教育部2012年规划基金项目
编号：12YJA752014

日本幽玄体系论

李东军 著

厦门大学出版社 国家一级出版社
XIAMEN UNIVERSITY PRESS 全国百佳图书出版单位

图书在版编目（CIP）数据

日本幽玄体系论 / 李东军著. -- 厦门：厦门大学
出版社，2023.4
　　ISBN 978-7-5615-8418-7

　　Ⅰ．①日… Ⅱ．①李… Ⅲ．①和歌—诗歌研究—日本
Ⅳ．①I313.072

中国版本图书馆CIP数据核字(2021)第264785号

出 版 人	郑文礼
责任编辑	高奕欢
责任校对	郑鸿杰
封面设计	蔡炜荣
技术编辑	许克华

出版发行　厦门大学出版社

社　　址	厦门市软件园二期望海路39号
邮政编码	361008
总　　机	0592-2181111　0592-2181406(传真)
营销中心	0592-2184458　0592-2181365
网　　址	http://www.xmupress.com
邮　　箱	xmup@xmupress.com
印　　刷	厦门市明亮彩印有限公司

开本	720 mm×1 020 mm　1/16
印张	24
字数	408 千字
版次	2023 年 4 月第 1 版
印次	2023 年 4 月第 1 次印刷
定价	95.00 元

厦门大学出版社
微信二维码

厦门大学出版社
微博二维码

序言

　　庚子年，在世界共同在家中度过的幽闭岁月里，东军的新著《日本幽玄体系论》飘然来到我的书案上，墨香清雅，宛如"清泉石上流"，沁人心脾，令我惊喜不已。

　　东军这部新著与其博士论文《幽玄研究：中国古代诗学视域下的日本中世文学》同样以日本文论中著名的"幽玄论"为研究对象，但本书是一部全新的学术专著，与其博士论文完全不同。从中可以看出，自博士论文出版后，他仍孜孜不倦地研究所选定的方向，日益深入，进入学术研究的一个新境界、一个新阶段。学术研究渐臻佳境，这是最可祝贺的。学术界有经验之谈：最优研究方案是长期甚至终生研究一个方向、一个专题，就地打出一眼深井来。例如 1941 年前后，当时的教育部曾经提出在全国范围评定"部聘教授"，最终有两位入选，其中一位就是终生研究古文字学的杨树达教授，另一位是从哈佛归来的"学衡派"吴宓教授。西方学者也是"所见略同"。近年来饮誉国际学界的哈佛比较文学专业戴维·达姆罗什（David Damrosch）教授在接受访谈时表示，在一个世纪的四分之一时间段里"尝试一些新鲜事物是个不错的想法"。他本人从 1980 年起就在哥伦比亚大学任教，直到2009 年调入哈佛大学教授比较文学。其所说的四分之一世纪就是近三十年的研究目标的集中，这也是值得玩味的。

　　从世界诗学研究方向而论，东军的书有几点重要创新，值得一论：

其一是理论体系建构。诗学本质上是文学理论批评与哲学、美学或文明理论的结合。以亚里士多德《诗学》为肇始，因为亚里士多德本人是哲学家，而《诗学》是以史诗与戏剧为主要对象，所以诗学实质上是一种哲学家视域下的文学研究。在中国，同为诗学巨著的《文心雕龙》也是如此。刘勰能从魏晋文论中另辟蹊径，原因之一就是他用佛经体系来建构文论。佛经是中国古代社会最大的理论体系，也因此《文心雕龙》素称"体大精深"。当然这里也必须说到黑格尔，恩格斯曾经高度评价"黑格尔体系"，认为在其令人感到烦琐的"脚手架"之下，其实是其缜密的理论体系建构。黑格尔《美学》是黑格尔唯一一部谈论史诗戏剧的专著，同样以理论体系见长，继承了亚里士多德的传统，以哲学家身份谈诗。

"世界诗学体系"概念是在拙编《世界比较诗学史》（西北大学出版社，2007年）中首次提出的。这一体系并不是文学与哲学或美学的结合，而是以季羡林先生的东西方四大文化学说为基础结合建立的。这是因为20世纪以来，文化体系以及之后的文明体系是一种全球化的新体系论的基石。从斯宾格勒《西方的没落》起，经汤因比《历史研究》、沃勒斯坦《现代世界体系》到亨廷顿《文明的冲突与世界秩序的重建》，全球化中的世界体系是以文化文明为核心建构而成的。

东军从世界诗学体系来研究"日本幽玄论"这一范畴，从中认识日本诗学的历史进化与民族美学，这是本书的重点。特别是日本诗学中处处可见的佛教影响，这成为本书的一个重要理论来源。从诗学范畴体系到世界诗学大体系，都具有体系特性，即跨文明与跨文学与佛学，这样才能构成体系，体系的本义是结构的普适性，以及认识论与实践论之间的互文性。这两者都可以从东军的论述中清楚地看到。

其二则是本书所采用的诗学范畴论研究方法。幽玄、真言、物哀等，都是相对独立又互相关联的范畴。日本的"幽玄"范畴起于镰仓、室町时代。唐骆宾王《萤火赋》"委性命兮幽玄，任物理兮推迁"可能是这个范畴最早的表现。其来源应当是《易经》中的"幽"，易"困"有"幽，不明也"，此外也有"隐"的色彩，《荀子·正论》中说"上幽险，则下渐诈矣"。然而，如其他许多从中国传到日本的范畴一样，"幽玄"范畴在日本民族心理中经过再塑形，完全成了另一种范畴。日本高僧最澄在《一心金刚戒体诀》中说："得诸法幽玄之妙，证金刚不坏之戒。"日本天台宗是遣唐使最澄（767—822年）于平安初期入唐求法返日后创建的。805年，最澄融合禅宗、戒律与密教三者创立了日本天台宗，与空海创立的密宗同为日本佛教主流。《宋史·日本传》曰："景德元年，其国僧寂照等八人来朝，寂照不晓华言，而识文字，缮写甚妙，凡问答并以笔札。诏号圆通大师，赐紫方袍。"①寂照则应是于景德元年（1004年）从日本九州筑紫出发，到汴京后，受宋真宗赐见，授圆通大师号与紫衣束帛。与其他日本学问僧一样，他向真宗介绍了日本的天皇近况与宗教典章制度等。他的师父源信（942—1017年）是日本净土宗名僧，也是主要理论家。他以佛经撰述闻名，其《往生要素》是日本净土宗的经典文本，所以从思想源流而言，源信是天台宗最澄宗师的学生，而寂照又师从源信，也是禅宗思想传承。从这种传承中可以窥得寂照入宋后入普门禅院，当然是选"教门"而入，进行禅宗行践。当然，禅宗最终在日本佛教中形成势力却是到了公元12世纪，这时正是日本的幕府时代的开端。正如美国历史学家罗兹·墨菲所说："镰仓幕府时代（1185—1333年）形成的模式，在很多方面统治日本直到十九世纪。"②

可以说，禅宗自南宋东渡日本，到元明两朝一直长盛不衰，元大德三年（1299年）中国禅宗僧人一山一宁持元成宗国书赴日，而后长期在日修持。1305年之后，日僧大量入元学习禅宗。直到明代的"遣明使"中兴，有明一代有历史记载的遣明僧即114人。日本室町时代的禅宗是国家的精神支柱。直到明嘉靖年间，倭寇屡犯中国海防，明政府实行海禁，日本政府中止遣明使。最后一位返回日本的名僧是1547年来华留居三年的日本禅僧策彦周良。

值得注意的是，正是在这种语境中，"幽玄"这一诗学观念在日本和歌中发展成为一种核心范畴，这个范畴本身是丰富多元的，同时，它又与其他范畴如"艳"等之间形成一种"秘响旁通"的关联。这就是一个更为完整的诗学体系，至此则可以"提纲挈领"，对日本诗学范畴论有全局性观念。

顺便一说，范畴论是诗学研究的基石，从幽玄切入，形成体系，而具有独特的切入角度，不大不小，是一种学术研究的极好方式。中国诗学美学研究中，一直都存在这一范畴研究，如神思、风骨、意象等范畴，都有其研究的历史。范畴论的深入研究，也是诗学体系化的表征之一。

① 《日本传》，载《二十五史：宋史（下）》，浙江古籍出版社1998年版，第1410页。
② ［美］罗兹·墨菲：《亚洲史》，黄磷译，海南出版社2005年版，第250页。

其三则是一种诗学史论，重点是日本诗学范畴与中国诗学的关联。美国学者本尼迪克特在《菊与刀——日本文化的类型》中说："日本各地还仿照中国式样，建造了许多壮丽的佛教伽兰（寺院）和僧院。天皇采用了使节们从中国学来的官阶品位和律令。在世界史上，很难在什么地方找到另一个自主的民族如此成功地有计划地汲取外国文明。"① 特别要注意的是，本尼迪克特在这里已经强调了日本是"成功地有计划地汲取外国文明"，日本在中古封建文明时代主要汲取的是发达的中国文明之道。

本书的探索开始于幽玄在道教、佛教典籍中的起源，直到西方美学进入日本，幽玄等诗学范畴走上了与西方诗学相结合的道路，由此产生更多新的相关范畴，而本书将起源论、认识论与创作论融合，则展现出这个领域数千年来在诗学中的历程。

这也是本书中所强调的，日本虽长期受中国文化影响，但其文化的本土特色并未丧失，而是在借鉴中培养。如同明治维新之后的日本走上了西方化的道路，但作为一个东方国家，日本仍然是借鉴西方而不是全盘西化。这一特点正是本书中的另一特色：从日本文学史来研究幽玄诗学的本质。

有趣的是，中国与日本之间的诗学交流历史，恰恰是一种"文明互鉴"。尤其是唐代白江村之战后，唐朝联军击败倭（当时日本尚称倭国，日本国名正式出现是唐武周时期），从老北线入唐的海航线路断绝，日本为了向中国学习，大量遣唐使、遣宋使横渡日本海峡从中国台州、明州、淮安、苏州等地入华。这是古代中国文明向日本的传播。而近现代史上，特别是日本明治维新之后，鲁迅、郭沫若等大批中国留学生赴日学习日本的文学理论与诗学，如厨川白村的文学理论就是由鲁迅介绍到中国来的。另有日本小说理论家坪内逍遥的《小说神髓》也对中国文学理论产生很大的影响。

当然也要说到日本诗学的成就与不足可为二分法。中江兆民有一句名言："我日本，从古至今无哲学。"这一评价对日本，尤其是日本古代理论思维而言是公正的。日本民族艺术才能突出，由饮茶发展出茶道，到审美的插花，再到后来绘画中

---

① ［美］鲁思·本尼迪克特：《菊与刀——日本文化的类型》，吕万和等译，商务印书馆 1990 年版，第 41 页。

的浮世绘，都享有世界声誉。而理论思维成就则显现得较晚，日本文化学者家永三郎指出：自镰仓幕府，禅宗思想兴盛后，日本的理论思维才有大进展。首先是歌论，突出代表有藤原俊成的《古来风体抄》、藤原定家的《每月抄》《咏歌大概》等歌论著作。家永三郎从理论思维角度来观察，指出："但从中诞生了日本独特的美学原理——'幽玄'的概念，还是发挥了一定的历史作用。"我认为，这一看法是较为切实的，可以与东军的看法互为说明。"幽玄"无论是作为一种诗学，还是作为一种美学观念，都是一种理论思维的范畴，它在日本诗学甚至整个日本文明史上，都有着举足轻重的作用，东军这本书的意义与价值也可以从这一特殊的角度来理解。

近年来从余游的博士生、博士后逐渐成为国内外高校教学科研一线的主力军，学术论著、国家社科基金与省部级课题源源不断，这令人想起世纪之交后的二十年，苏州大学博士点的最盛时期，东军等一大批来自全国各重点大学与 211 名校的优秀青年教师，齐聚苏州大学比较文学研究中心时的情景。

20 世纪 90 年代中期，我受国际奖学金资助，在美国进行比较文明学博士后的研究，突然接到季羡林先生托北京大学的李铮老师转达的消息，告诉我说国内比较文学学科点开始建设，劝我能回国参加学科点建设。我的硕士论文《屠格涅夫与巴金创作风格论》经季先生推荐，发表于北大《国外文学》（1986 年 1~2 期合刊），这是《国外文学》发表最早的比较文学专栏论文。回国后，季羡林先生推荐我到苏州大学比较文学研究博士点任教，也就在这一年，我获得教育部人文社科重点研究基地北京大学东方文学研究中心重大课题，任北京大学东方文学研究中心特聘专职研究员。在这段时间里，我大约出版了十余部书，在各核心期刊发表学术论文数十篇，算是个人研究的小高潮。但更重要的是一段时间里，我作为较早的博士生导师，可以培养较多的博士生。

当时从北京到苏州"夕发朝至"的直达列车刚刚开通，七八年间，我在北大与苏大之间往返，晚上坐卧铺，天亮后赶到北大或苏大为硕博士生上课。有一次，我应北大邀请作《比较文学与比较文化的新辩证论》的讲演（发表于《北大讲座》第七辑，北京大学出版社，2005 年）。天正下飘泼大雨，幸好当时北大小西门允许车辆进入，我在预定时间准时跳下车跑进老北楼的讲演厅时，北大外语学院赵白生教授正手举着从北大图书馆借来的、一本摩挲着有点破旧的拙著《比较文学高等原理》向听众介绍。看到我冒大雨赶来，坐满过道的师生自觉站起来鼓掌。这一经历令我深刻感受到北大师生的学术热情与深情厚谊。

这时，我任北大特聘专职研究员已经五年了。那时的我居住在畅春园，若遇朋友来访，一般会一起在勺园宾馆餐厅吃饭，自己一个人时则在农园就餐，晚上在静园一号院东方文学研究中心工作室里读书写作。我其实是在北师大获得博士学位的，但在北大工作学习时间相当久。特别是自 20 世纪 80 年代中期起，我因经常来北大图书馆看书而与馆员们熟识。1999 年冬，当我再次来北大图书馆，有人在图书馆门前登记入馆，很远一眼就认出我来，问这几年怎么来得少，是出国了吧。我点头称是，确实如此。

图书馆老馆员的版本目录学知识水平并不亚于专业教师。我查书为省事经常用《四部丛刊》，其中集部最为常用，如《鲒埼亭集》、《挥尘录》（这是影印本，另有《挥麈录》等刊本）、《樊榭山房集》等常读书齐备而且好取。经常有学生不知道《四部丛刊》是影印本，持书来问为什么《挥麈录》之外还有《挥尘录》，老馆员就会解释说影印本是复制原钞本与刊本，如此书是汲古阁景宋钞本影印，古代刻本就是《挥尘录》，而上海商务印书馆只影印古刻本，不可能改正"错字"。宋明刻书既珍贵又有学问，其避开魏晋至宋代间前人几百年的"执""弄""挥"的争论，用"挥尘"二字表达重视除旧布新，主张"索微阐幽"，并表达上海商务的古籍重刊眼光，这里就不多谈了。

晚上经常有外国语学院师生在静园一号院小会议室开会，听外国专家作报告，有时鼓掌声震屋瓦。院子里有大银杏树，每年秋天白果结实时，树上黄叶如金，树下白果铺地如银，景色煞是好看。可惜后来这所大院子被改建了。无论如何，在北大任特聘专职研究员的时期能有如此静谧安详的一个环境，对于写学术论著是极适宜的。

东军的硕士阶段由吉林大学日语系名师指导，又到苏州大学外语学院日语系任教，同系北京大学日语系毕业的潘文东、日本名古屋大学硕士归国的张龙龙等也都多年浸润于日本语言文学教学研究，功底深厚。君子志于学，其心一矣。在苏州大学比较文学研究中心学术繁荣的语境中，出成果水到渠成，不过是待以时日而已。

这也是我当时经常对大家说的话。如今近十余年，一一皆成现实。他与同师门的教授无不主持国家社科基金、出版发表论著，担任学科带头人与院系负责人。这与他们持之以恒的学术积累，以及苏州大学比较文学研究中心的学术语境不可分离。

最后要说的是，比较诗学属于比较文学与世界文学学科，从国际学术形势来看，世界文学与比较文学学科发展趋势近年来看似相当兴旺，如达姆罗什在新著《比较的文学：全球化时代的文学研究》（2020 年）中就乐观地断言：比较文学正在"新生"（rebirth）。[①]他分析了国际比较文学学会，特别是美国、秘鲁、马来西亚等几个国家参加学会会议的人数，有的超过 3000 人，列举了一批比较文学论著的出版。但是无可讳言，他关于斯皮瓦克《学科之死》的分析却显得理屈词穷，这可能部分是由于达姆罗什是一个世界文学史家，而斯皮瓦克则是理论批评家，有德里达等法国哲学理论为根底的原因。

从理论批评的角度来看，"反比较文学"或"反世界文学"的西方学者可能更有威胁性。佛家析理并不看经典与信徒多少，唯以可否"穷理"为准则。这也是一种标准，如果按照这一标准，我们至少要有些忧患意识。

20 世纪前五十年间，韦勒克等人的"比较文学危机论"盛行，此学说理执一端：比较文学学科对象不明，比较只是学科方法，而不是学科研究对象。因此，比较文学命中注定将始终处于危机之中。

2001 年，斯皮瓦克《学科之死》鼓噪比较文学学科灭亡论，而后又有英国巴斯奈特（S. Bassnett）再次从翻译学领域重操"比较文学终结论"。我先后在国际国内各刊物发表《比较文学学科"永恒危机"的逾越：兼及巴斯奈特与米勒的"比较文学危机论"》等系列论文，批驳了这种理论。虽然危机论之风稍息，但理论争锋仍在继续。2013 年前后，原为达姆罗什"世界文学重构"一翼的美国纽约大学法语教授阿普特（Emily Apter）发表《反世界文学：论不可译性的政治学》（*Against World Literature: On the Politics of Untranslatability*, 2013），锋芒指向马克思的世界文学概念。我与从游已经分别在《广东社会科学》《苏州大学学报》等期刊发表论文进行批评。无论如何，随着欧美的民粹主义思潮起伏，世界文学与比较文学，乃至我

---

① Damrosch, David. *Comparing Literatures: Literary Study in a Global Age*. Princeton: Princeton University, 2020. 234-235.

近年来从事的比较文明学，都不会太平。在新一轮"全球化时代的文学研究"中，中国学者任重道远，这是我对从游弟子与从业于这一领域学者的告诫。

我们必须认识到中国古代学术史的一大结论：六经皆史。詹姆逊在《政治无意识》中也有一句名言——永远历史化——这是一句绝对的口号。这句话以马克思主义历史主义理论来补充，即理论与历史的融合，历史是有道伐无道，这也正契合了中国人的"六经皆史"的历史观。

"人间正道是沧桑"，吾与东军及同门从游诸子与女史，可以共勉哉。

方汉文

国际比较文明学会副会长兼中国比较文学学会会长

教育部人文社会科学重点研究基地北京大学东方文学

研究中心特聘专职研究员

苏州大学比较文学研究中心主任、教授、博士生导师

2020 年 7 月于海上借山金石精舍

目录

绪论

　　本书旨在对日本中世诗学"幽玄"思想进行中国化阐释，使其独特的理论体系为我所用，对其进行必要的话语转换。笔者在 2008 年曾出版专著《幽玄研究：中国古代诗学视域下的日本中世文学》，该书是在笔者的比较文学专业博士论文的基础上加工而成的，在国内首次运用了比较诗学的双向阐发原理。十二年之后，笔者推出这本《日本幽玄体系论》，从诗学原理上重新梳理与阐释"幽玄"概念的生成与流变，重构其诗学体系，并对此前的某些观点进行修正与补充，强调了中国化阐释的学术立场。

　　日本和歌的创作与批评理论在习惯上称作"歌学"与"歌论"，其发生与发展离不开我国古代诗论的影响，出于论述方便的考虑，本书将之统称为"诗学"。"诗学"（poetics）的概念源于亚里士多德的著作《诗学》，广义的"诗学"泛指文艺理论、文学创作与批评等多个方面的内容。

　　二十世纪八十年代以来，中国学界大量译介、转述、复述西方诗学理论，拓展了国内的学术视野，实现了当代中国诗学与国际文化思潮某种程度的对接，但存在生搬硬套、削足适履的挪用之嫌。而且，西方诗学中的理性中心主义备受诟病，甚至许多西方学者也开始对之进行现代性反思与批判。近些年来在全球化语境下，以美国学者达姆罗什为代表的西方学者重提"世界文学"的建构工作。① 为摆脱中国诗学研究集体"失语"带来的焦虑与困境，中国学者开始探讨具有中国特色的"东方诗学"的重构工作。值得注意的是，与西方诗学重思辨、重逻辑的特点不同，注

---

① 李滟波：《全球化语境下的"世界文学"新解——评介大卫·达姆罗什著〈什么是世界文学〉》，《中国比较文学》2005 年第 4 期，第 167~173 页。

重感悟、兴寄、妙趣、神韵等研究方式是中国古代诗学的基本特点，这也是东方诗学的特色与长处。因此，本书对日本"幽玄"的研究与重构，不仅是新时代的需求，还具有现实意义。

王向远这样诠释道："'幽玄'是日本古典文论中借助汉语而形成的独特的文学概念和美学范畴，如果说'物哀'是理解日本文学与文化的一把钥匙，那么'幽玄'则是通往日本文学文化堂奥的必由之门。'幽玄'概念的成立主要是出于为本来浅显的民族文学样式和歌寻求一种深度模式的需要，以此促使和歌、连歌、能乐实现雅化与神圣化。'幽玄'是日本贵族文人阶层所崇尚的优美、含蓄、委婉、间接、朦胧、幽雅、幽深、幽暗、神秘、冷寂、空灵、深远、超现实、余情面影等审美趣味的高度概括，并体现于能乐等各种文学艺术样式乃至日常生活的方方面面。"①

日本与朝鲜等东亚国家曾经深受中国文化的熏陶与浸染，同属儒家思想与汉字文化圈。尤其日本社会至今仍使用汉字，虽然许多同形汉字在字义上存在微妙差别，甚至字义完全相反，但两国在感悟思维、含蓄表达等基本文化层面上存在很高的相似性，这为我们重构日本诗学提供了必要的语言逻辑。

本书的研究对象是日本中世诗学的核心观念——"幽玄"的概念形成与发展的演变轨迹，研究思路是将散见于歌学歌论以及"歌合判词"中的点滴感悟式言说梳理归纳，并进行中国式话语转换，重构"幽玄"诗学体系。这有助于中日古代诗学思想的相互印证、相互参证，找出东方诗学的共性与个性，最终为实现世界文学的终极目标贡献力量。

一

中国古代文学中的传统观点认为：诗与散文是一等文学，词为"诗余"，且词为艳科，诗庄词媚；至于元曲、明清小说便更不入流，所谓"街谈巷语、道听途说"不足为训。同样，古代日本人崇尚大唐文化，汉诗也曾经被视为"宜登公宴""润色鸿业"的一流文学。751年的《怀风藻》就是最早由日本文人创作的一部汉诗集，而日本第一部和歌集《万叶集》于759年编成。至少在十世纪之前，《怀风藻》的

---

① 王向远：《释"幽玄"——对日本古典文艺美学中的一个关键概念的解析》，《广东社会科学》2011年第6期，第149~156页。

政治地位要远远高于《万叶集》。

九世纪末晚唐国力式微，日本停止派遣遣唐使，开始注重本民族"国风"文化的建设，和歌才有机会取代汉诗，成为贵族文人的创作主流，获得"宜登公宴""润色鸿业"的政治地位。905年，敕选和歌集《古今和歌集》（简称《古今集》）编撰完成，纪贯之与纪淑望用日文与汉文分别创作了《假名序》与《真名序》。这两篇和歌序蕴含着日本诗学的思想萌芽，至此日本诗学由模仿中国诗学转向独创的道路。

一般而言，日本传统诗学与美学范畴中，"物哀"与"幽玄"是最基本、最具民族特色的两大概念。"幽玄"与"物哀"关系密切，二者是"通其源、交其脉"的关系，而且广义的"幽玄"已经自成体系，最终将"物哀"美学纳入其理论体系之内。

春秋时期孔子删诗的标准是"思无邪"，其出发点是必须符合儒家温柔敦厚的"中和之美"，雅正典丽成为评价诗歌优劣的首要标准。而日本江户时代的国学大师本居宣长认为，日本传统文化的本质是"知物哀"，他主张去除"汉意"的污染，恢复日本民族传统的"物哀"审美思想。对此，美国学者厄尔·迈纳的论断很是精辟："总的说来，中国倾向于道德层面，而日本则更着意于广泛的非道德说教的情感主义。"[1]反映在诗歌理论上，日本古代诗学几乎没有中国古代的儒家功用主义与道家审美主义的对立冲突，日本学者将其概括为"文学脱政治性"[2]。

毋庸置疑，日本古代诗学的萌发离不开中国古代诗论的影响，藤原浜成的《歌经标式》基本上照搬中国诗论，甚至连"四声八病"等声病理论都照抄过去。而纪贯之的《假名序》则被认为是日本诗学的开端，虽然关于和歌的功用以及"六义歌"等内容与《诗大序》非常相似，但刻意消除儒家诗教的意图还是显而易见的客观存在。为了发扬日本的"国风文化"，提升和歌的政治地位，以藤原俊成、藤原定家父子为代表的古代日本文人怀抱强烈的民族自觉意识，撇开现成的中国诗论话语，创立了以"幽玄"为核心的中世诗学体系。由于没有儒家功用主义诗教的羁绊，日本诗学虽起步较晚，但它走的是一条捷径，尽管它的理论话语在表述上充满感悟

---

① ［美］厄尔·迈纳：《比较诗学：文学理论的跨文化研究札记》，王宇根、宋伟杰等译，中央编译出版社1998年版，第338页。

② 参见拙著：《〈水浒传〉美刺说与〈南总里见八犬传〉劝惩说之比较》，《解放军外国语学院学报》2004年第6期，第97~100页。

性，甚至还带有些神秘主义色彩，却包含了许多的可能性与合理性，具有超前性。中国诗论走过的发展之路，如曹丕的"文气说"、殷璠的"兴象论"、王昌龄的"三境说"、苏轼的"寂寥枯淡"、严羽的"妙悟"以及王士禛的"神韵"等理论都可以在"幽玄"理论中找到相对应的部分。

虽然没有确切证据说明"幽玄"的成熟与发展和中国诗论有直接的关联，但也没有反证可以否定这一点，还可以找出许多间接证据。不过有一点必须承认，日本"幽玄论"中的"物哀"美学非常发达，它语义的生成或扩张能力极强，具有两个极端，一种可以用寂寥枯淡之美学加以说明，或者用现代的极简主义美学比拟，主要体现于松尾芭蕉的俳句，以及插花、茶道等艺术创作方面；另一种则是妖艳浓丽、绚烂之极的象征之美，体现在落樱满地、霜叶火红的视觉美以及古典能乐的舞台表演。

日本中世歌论是日本诗学理论发展的关键阶段，但是针对极具日本文化特色的"幽玄论"研究却是观点众多、论说纷纭。为此，本书以对"幽玄"核心诗论的多种学说的辨析为主线，从中找出日本诗学与中国诗学的历史关联，立足于中国古代诗论，对其进行诗学意义上的中国化阐释，重构"幽玄"诗学体系以及它的发展与流变。

在日本学界，关于"幽玄"研究的权威性专著主要有已故学者谷山茂的《幽玄的研究》（1943年）、能势朝次的《幽玄论》（1944年）、久松潜一的《日本文学评论史》（1950年）等。能势朝次认为"幽玄"是一种复合美，无限扩散性的、缥缈无止境的余情（余韵）之美，无限深化挖掘的沉潜之美，它们代表了幽玄的性格；谷山茂则提出广义"幽玄"与狭义"幽玄"的概念，广义"幽玄"包括"长高""物哀""优艳"三体，而狭义"幽玄"则只是指物哀、细婉、枯淡等风格。

在我国学界，"幽玄"一般被解释为一种含蓄美、意境美。其理论阐释的依据主要有鸭长明的"余情笼于内，景气浮于空"（意在言外，情溢形表）（《无名抄》）；以及藤原俊成《古来风体抄》所说的"余情幽玄"。叶渭渠认为："（幽玄）作为和歌的最高的美的基准，含有一种朦胧和悲哀的美感。"[1]藤原定家在继承其父藤原俊成的"幽玄论"后，进而提出了"有心论"。叶渭渠认为："有心是指余情的心，是情

---

[1] 叶渭渠：《日本文学思潮史》，经济日报出版社1997年版，第202页。

调性的、含蓄的表现，具有内涵丰富的意象，从而创造一个神秘的、超现实的象征世界。"① 然而这种论点过于感性主观，不如日本学者手崎政男说得简单明了："幽玄"是"对现实的理想化，对美的情调世界的追求"，"是一种艺术至上主义"，"有心"则是对追求形式主义的一种反动，属于"为人生而艺术"的"功利主义艺术观"。② 不过，笔者认为，从广义上来说，"幽玄论"与"有心论"最终在创作论上趋同合一，这并非指修辞技巧与立意构思，而是一种高级的审美思维，当主客观妙合无垠，思与境偕，便可达到苏东坡所说的"无意于文而文自成"的境界，换言之，"心幽玄"这个"心"并非指简单的思想内容，而是指诗人的"道法自然"的创作态度。于是"有心"便与"幽玄"找到了契合点，殊途同归。

由于"幽玄"的歧义过多，经历了漫长的发展才最终形成中世诗学核心观念，况且藤原俊成、鸭长明、藤原定家等人对"幽玄"的论述存在微妙差异，造成后世众说纷纭的局面。纵观国内外的研究现状，日本学者的实证研究扎实、细致入微，"述而不论"，但难免有"不能持论"之缺憾；而国内学者的研究多集中于美学风格、诗题句题的典据出处、写作技巧等微观研究，尤其在批评理论的研究方面存在简单化、笼统化概论等不良倾向，例如"幽玄是一种复合美""有心即是妖艳美"等论点难免有笼统之嫌，有失简单。其实，"幽玄"与"有心"除了美学风格外，还包括和歌的本体论及诗歌经营论、创作方法论、意象兴象论、美学风格论等内容，可谓融合了"体格声律、兴象风神"等诗歌批评要素于一体。

古典诗歌的本体论离不开"情""志""才""气""力"，以及"言意象"三要素，那么和歌同样离不了"心""词""姿"三要素。藤原定家的歌论偏重于广义的"有心体"，而他的"幽玄体"只是十种歌体中的一格一体；而广义的"幽玄"与广义的"有心"内涵接近，这些复杂的关系都有待厘清。藤原定家的歌论继承了其父藤原俊成的"幽玄论"，并有新的诗学创建，其观点散见于《咏歌之大概》《近代秀歌》以及判词（评语）中，多感悟却不重思辨，甚至前后矛盾，这为后人的阐发与敷衍留下巨大空间。因此，以"幽玄""有心"为核心观念的日本中世诗学研究尚有待深入。

---

① 叶渭渠：《日本文学思潮史》，经济日报出版社 1997 年版，第 95 页。

② 手崎政男、『有心と幽玄』、東京：笠間書院、1985 年、第 54 頁。

近年来随着中日文化交流的深入，越来越多的中国人开始熟悉日本传统美学的"物哀"，人们将"物哀"与樱花、和服、茶道、能乐等联系起来，视其为一种审美情趣，即所谓的"日本格调""日本趣味"，但"物哀"的内涵不仅仅如此。广义的"物哀"是一种思维模式与审美意识，类似于六朝文学"以悲为美"的创作思维，由于杂糅进佛教的无常思想，因外物动情、触景生情的悲悯与感伤情绪得到恰到好处的淡化。而与带有"落樱满地""美人迟暮"等感伤情调或意象特征的"物哀"相比，"幽玄"的概念内涵就更加不易被国人理解了。虽然按字面意思，我们可以将"幽玄"的语义解释为"幽深玄妙"，或如同老子言道一般，称其"玄之又玄"，"妙不可言"。但这都只是皮毛之见，远未触及实质。"幽玄"作为日本中世诗学或美学的核心范畴，必须就其内涵外延以及使用语境进行严谨细致的界定，而要做到这一点，仅凭简单的几句话是无论如何也说不清楚的。

二

回顾历史，日本古代诗学的萌生及成熟发展与中国古代文论有着千丝万缕的渊源，例如成书于772年的《歌经标式》吸收了沈约的"四声八病"说，它与成书于十世纪前后的《喜撰式》《孙姬式》并称"和歌三式"，这明显模仿了唐代流行的《诗格》《诗式》；遍照金刚（空海）所著的《文镜秘府论》则网罗了中唐以往的诗论诗话，其中包括王昌龄《论文意》等早已散佚的著作；又如藤原佐世在宽平年间（889—898年）奉敕编纂的《日本国见在书目录》，共收唐及唐代以往的古籍1568部，计17209卷，模仿了《隋志》分类的结构和次序。此书目对中国古典文献学、中国古代文学、中日文化交流史等研究具有重要的学术价值。

894年，由于大唐国力式微，日本停止了始于630年的遣唐使派遣工作。然而此前的两百多年间，大唐文明对日本社会造成的积极影响极其深远。此后，日本文化由吸收模仿转入自主创新的历史阶段，"大和族"的民族意识开始觉醒，为了抗衡中国的"唐风"文化，日本人有意识培育自己的"和风"文化，进入了所谓"国风高扬"的时代。日本学者铃木修次在《中国文学与日本文学》中说："日本人吸收外来文化，自古以来就把'淡化'作为自己的得意本领，往往在淡化之中创造独特的日本文化。"① 所谓"淡化",这是一种中文的意译,具有改造之义。原文使用的是"去涩味"一词,犹如中国的豆腐有种卤水的苦涩味,而日本的豆腐则少有卤水的苦涩,原文作者用了一个有意思的比喻,就像用淘米水去除竹笋涩味一样,日本人将中国文化改造后吸收。另外,研究中国古代文学的大家吉川幸次郎(1904—1980年)曾写过一篇题为《日本的歪曲》的论文,收于其著作集第十七卷中。所谓"日本的歪曲",其实是"日本式的歪曲"之意,即"为我所用"。

905年编撰完成的敕选和歌《古今集》是日本诗学萌发的重要标志,尤其由纪贯之执笔的《假名序》被公认为日本诗学的滥觞。尽管与纪淑望的《真名序》相比,《假名序》刻意消拭了《诗大序》所带有的儒家诗教色彩,但它关于和歌的起源、"六义歌"(六种诗体)对"风、雅、颂、赋、比、兴"六义的借鉴与创新以及对"六歌仙"(和歌诗人)的品评方式,无不透露出中国诗论的影响痕迹。从此,日本诗学走上了独立发展的道路,其中"幽玄"与"有心"就是两个最具有代表性的上位阶诗学范畴,其他如"物哀""余情""妖艳""心姿""景气""面影""闲寂"等下位阶范畴,均可以归入"幽玄论"的体系内。

谈到"幽玄"范畴的生成语境,就不得不提及藤原俊成与藤原定家这对父子,以他们为代表的新古今和歌诗人生活在平安王朝向镰仓幕府转型的动乱时期,贵族公卿被武士阶层取代了权力地位,曾经的荣耀光环、贵族文人的意识与身份认同带给他们无限的焦虑与烦恼,现实与心理预期的反差失落,促使他们潜心艺术探索,反而造就了新古今歌风的炫丽世界——"妖艳美"。落日余晖、黄昏意象以及美人迟暮,这些都成为他们抒发感伤主义情怀的绝好题材。

清诗人赵翼在《题元遗山集》中的《论诗绝句》诗云:"国家不幸诗家幸,赋到沧桑句便工。"② 这句诗说得非常有道理,中国文学史上有一种规律性现象,许多文学高潮和文学名家的创作高峰都出现于国家的衰败、灭亡时期。③ 在"礼乐崩坏"的动荡社会里,天灾人祸不断,民众朝不保夕。"末法"思想更是起到推波助澜的作用,古代日本人普遍具有强烈的危机意识。按照佛教说法,释迦死后便一代不如一

---

① [日]铃木修次:《中国文学与日本文学》,吉林大学日本研究所文学研究室译,海峡文艺出版社1989年版,第18页。

② 福建师大古典文学教研室:《清诗选》,人民文学出版社1984年版,第431页。

③ 陈友康:《论"国家不幸诗家幸"》,《云南民族大学学报》2004年第3期,第104~109页。

代，开始是"正法"，有教法、修行和证悟；其后是"像法"，仅有教法、修行；最后是"末法"，只剩下"教法"，没有真正的修行者，又无证悟者，佛法行将灭亡。平安末期，日本人认为永承七年（1052年）进入"末法之年"①。末法思想的流行加剧了悲观厌世与人生无常的思想。

古代的人们对超出自身认知能力的自然现象表现出一种神秘主义态度，源于宗教哲学的"幽玄"一词具有幽深玄妙、不可思议等含义，于是它被用作和歌文学的鉴赏用语。如果只是欣赏诗歌外形上的浓丽妖艳诗美风格，或声调音律上的高古浏亮，这当然远远不够，必须弄清楚诗美歌风的审美机制原理。在这方面，藤原俊成无疑是先觉者和实践者，他在《古来风体抄》中首先提出了"余情幽玄"的命题，一下子抓住了要害，"幽玄美"首先是一种含蓄美。刘勰《文心雕龙·物色》云："物色尽而情有余者，晓会通也。""余情"的产生在于"物色"的"妙得其要"。"物色"是指自然景物与客观事物，例如颜延之《秋胡行》："日暮行采归，物色桑榆时。"李善注："物色桑榆，言日晚也。严羽用物色于文论，系指万象的行、声、色，指外境，与心神对言。"②刘勰反对"模山范水"式的铺陈描写，诗人的言辞简约清丽且合乎法度，辞赋作品则过分华丽而辞句繁缛。但要想做到妙得其要，则需要"心物交融"，即刘勰《文心雕龙·物色》中所谓："写气图貌，既随物以宛转；属采附声，亦与心而徘徊。""随物宛转"与"与心徘徊"分别是指诗人的主客观两种思想状态，而"登山则情满于山，观海则意溢于海"是客观的"随物宛转"，"心悲则景含愁，离人眼中江山多带泪"是主观的"与心徘徊"。所以，主客观二者兼得的"心物交融"的极致状态，应该就是藤原俊成所说的"余情幽玄"了吧。

古代诗歌的发展经历过由长到短的定型化过程。在日本《万叶集》时代，和歌分长歌、短歌、旋头歌、反歌等多种体裁，到了《古今集》时代，已经没有人创作长歌了，提到和歌都是特指短歌，即五、七、五、七、七，共三十一言（音）。所以，即使与唐诗的五言绝句相比，和歌包含的信息量也少得多。为了让短小体裁承载更多的内容，和歌诗人只好在意象、兴象、兴寄等修辞手法上下功夫。藤原公任提出"心词姿"的概念，诗人的兴寄怀抱或文意与体格声律等外形完美结合，产生

---

① 杨曾文：《日本佛教史》，浙江人民出版社1995年版，第166页。

② 陈书良：《〈文心雕龙〉释名》，湖南人民出版社2007年版，第98页。

了动人的艺术联想，如丰姿绰约的美人，这便是"姿"，随后又衍生出"词姿""心姿"等概念，三者进而又与"幽玄"结合，当达到无以名状的辞采与诗美效果时，便是一种"词幽玄""姿幽玄""心幽玄"。古人论诗常说，句秀不如骨秀，骨秀不如神秀。因此，可以认为"心幽玄"的和歌境界要高于"姿幽玄"，而"姿幽玄"的和歌要高于"词幽玄"，"词幽玄"的和歌只是徒有华丽的辞藻，缺少兴象风神的意蕴。

"幽玄"一词在藤原俊成提出"余情幽玄"之前，只是一个带有道教思想与佛教色彩的形容词，意为"美妙神奇、不可思议"，甚至一度沦为日本人的日常用语。然而，"余情幽玄"的首倡起了化腐朽为神奇之作用，"幽玄"成为诗学范畴正式登上了历史舞台，极大地扩张了其内涵与外延，最终形成日本中世文学的核心概念，对后世的连歌、能乐戏、茶道、俳句等产生了深远的影响。

三

二十世纪以来西方诗学话语强势，中国诗学长期处于"失语"状态，近现代的中国诗学史基本上是一个贩卖、推销西方理论的过程。"失语"造成的焦虑促使研究者从多个角度提出建构中国原创诗学的设想，其中有学者把视线投向古代诗学，并提出"古代文论现代转换"的命题，希望从古代诗学遗产中获得某种理论资源，以促进当下诗学民族特色的内在生成机制。而东方诗学与西方诗学相比，虽在逻辑性、理论性等方面薄弱一些，但也有自身的强项。西方自古希腊时代起，雕刻与绘画等视觉艺术便非常发达，诗学与美学很早就相互独立、各成体系；而东方诗学以中国与日本为代表，诗论与画论往往不分，而形容诗画有意境时，人们会说"诗中有画，画中有诗"。总体来说，东方诗学缺少理论的思辨性，讲究感悟、意境、滋味，以自然含蓄为上。然而在现代社会里，这些东方诗学的优势长处却成为劣势短处。扭转这种不利的局面就是研究比较文学研究的中国学者的历史使命。

其实西方学者同样面对着现代性反思的困境。人类发展进入近代社会，科学与理性带来了思想启蒙，机器大工业的生产模式使人们生活便利和富裕起来，但却不能解决人类的精神痛苦。十九世纪末的西方出现了反理性主义的思潮，以尼采为代表的一些哲学家开始了现代性反思。而文学创作上则出现了以波德莱尔的《恶之花》为代表的"世纪末文学"。进入二十世纪后，现代主义、后现代主义等文艺思想层出不穷，"你方唱罢我登场"，可谓热闹非凡。而在中国，直到二十世纪八九十年代才大量引入西方诗学思想，某种程度上实现中国当代诗学与国际文艺思潮的接轨。然而许多译介者在引入西方理论时出现了"误读"，这种情况在不同文化语境之下是难以避免的。西方文化凭借科学认识论来把握世界，并且视客观对象为可认识、可解剖、可征服、可利用的。而以中国为代表的东方文化则以诗意、凭感悟来认知世界，最高境界就是天人合一，人与万物是平等的存在，超越万物的"道"才是终极真理与主宰，它是不可言说的。

西方诗学虽然自亚里士多德时代便具有完整的理论体系与形态，富于思辨性，注重逻辑，但是文学不同于历史研究，它不是现实社会的忠实再现，而是描述现实人生的多种可能。尽管外表上可能是虚构的故事，但其背后隐藏着各种人生感悟与生命体验，因为文学的本质是感性而非理性的，尤其是抒情诗更是如此。古人言："诗无达诂"，"诗不可句摘，诗不可句解"。诗可以"兴观群怨"，可以"品"，可以"妙悟"，可以有"神韵"。东方诗学以"感悟"为基本特征，它必然与"批评"结合在一起，中国古代的诗话、词话特别发达就说明了这一点。

随着全球化浪潮进一步增强，世界文学的话题再次成为焦点，针对西方理性中心主义的批判逐渐促成了西方文学走向东方，而当代西方诗学出现了一种"理论批评化"趋势，这被认为是对自亚里士多德到黑格尔的那种封闭的理性主义体系的反拨，古老的东方思维也许可以为世界文学提供克服理论困境的智慧。

而且在文化的多元化、多样性越来越成为人们共识的今天，西方理性中心主义思维的狭隘性与偏见已经完全不合时宜，对东方诗学的重构变得更加急迫起来，因为没有东方诗学的参与，新世界文学的真正实现是不可想象的。"只有吸收中国文化与中国诗学的合理成分，用西方现代哲学的人文主义观念加以重新解释，同时培养批评者的人文操守和诗性颖悟力，才能'返本开新'，创建以开放体系整合今日世界文化现实的东方诗学和东方批评的伟大风范。"①

本书属于比较诗学的研究范畴，具体来说是运用诗学解释学的原理，对中日两国古代诗学进行互证、互印式的双向阐发。诗学（poetics）解释的基本目标是"通

---

① 杜书瀛、毛峰：《东方诗学与东方批评——关于建设有中国特色文艺学的对话》，《学术研究》1996 年第 6 期，第 71~72 页。

过话语建构最大限度地揭示作品本身所具有的'艺术深度'和'思想深度'"①。诗学解释需要一种创新的姿态，它要求当今诗学与古典诗学解释范式和非本民族的外来诗学解释模式保持一种历史的"话语链接"，从而使诗学问题自身能在诗学话语的历史时空中找到渊源，又能在创造性表述中显示出一种现代性力量。② 对于现代人而言，解释上的主观创造性在很大程度上受制于"经典性解释系统"，解释不应该是自我如何解释，而是他者进行过什么样的解释，我们须在"他者解释"的基础上寻取新的解释。中日古代诗学互为"他者"，对中国古典文论的解释多基于儒家或道家的经典解释，个性化解释往往得不到认同。然而在当今全球化的时代，人们提倡多元化的价值判断，而个性化的解释可以带来普世性解释的多元化，并为我们改善现实生存境遇，提供人文关怀。而艺术性解释或文学性解释都带有主观性强的个性化解释的特征。因此，为了能够具有科学性、理性化的诗学解释，我们必须在共同性解释的基础上寻求兼顾沟通性与个体独创性的解释范式，现代人文科学符合这种要求，它有助于我们打破西方理性中心主义思想占主导地位的局面。

传统东方诗学以中国与日本以及朝鲜等同属儒家文化圈的古代诗学为主，彼此的哲学宗教与道德伦理等历史文化语境都极其相似，特别是儒家文化包含人文关怀、人道关怀。例如中国古代儒释道三教融合语境下所形成的人文精神，其本质上就是一种诗性文化，人们崇尚自然、淡泊名利、得意忘言、含蓄内敛，但缺点也是显而易见的，即缺乏理性逻辑、不能持论。因而东方诗学相比西方诗学而言，无论是理论性逻辑性，还是言说的深度以及概念的周延等方面都处于弱势，甚至是欠缺的。如何才能扬长避短呢？其实，我们所要做的不是借用西方诗学的逻辑体系进行所谓的话语现代转换，而是重建东方诗学的思想体系与审美模式，这些思想在古人的论述中已经存在，只不过有些零散化、碎片化。

当然，东方诗学同样具有自己的强项，例如"感悟"思维，这种认知方式是东方文化的基本特征。杨义在《感悟通论》一书中提到感悟是中国原创的思想和思维方式："数千年的思维实践，使中国感悟式的思维经验和智慧异常发达，渗透到日常生活和哲学、宗教、文学艺术的各个领域，沉积为中国精神文化最具神采，又极其丰厚的资源。（中略）感悟思维作为富有中国文化特色的思维方式，较之意境、

① 李咏吟：《诗学解释学》，上海人民出版社 2003 年版，第 1 页。

② 李咏吟：《诗学解释学》，上海人民出版社 2003 年版，第 1 页。

意象、神韵一类词语具有更深刻的关键性，或者说，意境、意象、神韵都是感悟思维导致的审美状态和审美结果。"①在全球性跨文化对话中，中国文学理论要把握住自己的身份标志，有必要利用自身智慧优势，建立一种具有东方神采的"感悟哲学"。因此，杨义先生指出了两条思路："走向现代形态的感悟汲取了新的时代智慧，在纵横的时空坐标上疏通古今脉络，沟通中西学术。（中略）它大体舒展着两条基本思路，一是对传统的诗学经验、术语、文献资源和学理构成，进行现代性的反思、阐释、转化和重构；二是对外来的诗性智慧和学术观念，进行中国化的接纳、理解、扬弃和融合。"②

其实早在一百多年前的清末民初，就已经有学者这样做了。王国维《人间词话》既立足于对具体诗词文本的感悟体验，同时又结合西方诗学的学术观念，比较成功地对"境界"这一传统诗学范畴进行了现代阐释。一方面，他立足于感悟思维，对文学史上李白、温庭筠、李后主、欧阳修、苏东坡、秦观、陆游、辛弃疾等重要诗人词人及其作品都进行了体悟鉴赏，其对"境界"理论的阐释"散发着中国诗学和感悟思维的灵性与趣味"；另一方面，王国维又参照了西方主客体二分的思维方式，将境界分为"造境"和"写境"、"有我之境"和"无我之境"、"隔"和"不隔"等，从分类、结构、生成等多方面对"境界"这一传统术语进行了辨析，"其立论，却已经改变了禅宗妙悟的玄虚的喻说，而对于诗歌中由'心'与'物'经感受作用所体现的意境及其表现之效果，都有了更为切实深入的体认，且能用'主观'、'客观'、'有我'、'无我'及'理想'、'写实'等西方之理论概念作为析说之凭借，这自然是中国诗论的又一次重要的演进"③。国学大师王国维接受西洋美学思想的洗礼，以崭新的眼光评论中国传统文学，这种跨文化的比较思维在今天仍具有启发性。

建构东方诗学首先就要打破西方理性中心主义的束缚，这要求我们必须具备比较思维，运用东方传统的感悟思维弥补西方理性思维的不足，两者不是矛盾对立的关系。我们强调重构东方诗学，并不是以使其与西方诗学相抗衡为目标，最终的目标是基于对世界文学和理论现象的比较研究，旨在建构一种具有普世准则和共同美

---

① 杨义：《感悟通论》，人民出版社 2008 年版，第 1~3 页。

② 杨义：《感悟通论》，人民出版社 2008 年版，第 103 页。

③ 杨义：《感悟通论》，人民出版社 2008 年版，第 338 页。

学原则的世界性的文学理论。① "它既非始自单一的西方文学,也非建基于单一的东方文学,更不是东西方文学理论的简单相加,而是基于对世界优秀的文学和理论话语的研究所建构出来的一种既可以解释西方文学现象,同时也可用于解释东方文学以及整个世界文学现象的阐释理论。"② 在跨文化的比较视野中,东方诗学不能满足于杨义先生主张的"原创性诗学"或自我满足型(autonomous)的"系统性诗学"(a systematic poetics),而应成为"生成性诗学"(a generative poetics)或者"世界诗学"③ 的有机组成部分,从而具有某种程度的普世意义。

人们常说:"越是民族的才越是世界的。"我们建构东方诗学时也必须考虑普世性与相对性的结合。这就要求我们不能囿于本民族文化的有限思维定式与视野,更应该具有跨语言文化的比较思维。虽然日本、朝鲜等其他亚洲国家在历史上深受中国文化的影响,但每个民族国家都存在自己优秀的作品与创造性发展。东方诗学的建构必须具有包容性的态度,必须是一个开放的诗学体系,必须同人文学科的其他领域进行对话。因此,在阐释日本"幽玄"概念时,如果离开了佛教思想,特别是脱离了《法华经》的注释,那将是不可想象的缺憾。此外,通过中国古代诗学对幽玄思想的观照,以及参照西方诗学的宏观视域,对于本书的研究也是必要的。诗学研究与人文学科中的美学、宗教、历史、政治等都存在密切的联系。多维度、多视角、跨学科、跨文化的比较思维将为我们的诗学研究提供坚实的哲学基础和研究路径。

四

此外,建构东方诗学离不开翻译理论与实践的中介。我们知道,翻译难以避免"误译",特别是文学理论常常因翻译而变异。正如萨义德所说,理论和观念总是在旅行。④ 我们在对日本和歌或批评理论的译介过程中遇到了太多困难,例如铃木修

① Zhang, Longxi. "Poetics and World Literature." *Neohelicon* 38, 2(2011): 319-327.

② 王宁:《孟而康、比较诗学与世界诗学的建构》,《文艺理论研究》2014 年第 6 期,第 30~37 页。

③ 王宁:《孟而康、比较诗学与世界诗学的建构》,《文艺理论研究》2014 年第 6 期,第 30~37 页。

④ Said, Edward. "Traveling Theory", in *The World the Text and the Critic*. Cambridge:Harvard University Press, 1983. 226.

次在《中国文学与日本文学》一书中曾写过一段有趣的逸事：二十世纪七十年代，某日本作家代表团访华，与中国作协的作家们座谈，席间有日本学者提到了"物哀"一词，中方译员将其译作"日本式的悲哀"，在场的中国作家们脸上都露出了奇怪的表情。①

学习日语的人都知道，日本汉字在给我们带来方便的同时，也会给我们造成麻烦，它会束缚我们的思维表达，甚至会影响我们正确地理解原义。不过对于"物哀""幽玄"这样的诗学范畴，本书在原则上都采取直译（使用原有汉字或音译）。但是其外延与内涵极其丰富深奥，必须对其进行话语转换，即运用中国诗学或西方现代诗学的范畴理论进行阐释说明。至于对和歌经典作品的汉译则是翻译论的研究范畴，但本书在阐释和歌批评理论时难免涉及许多和歌作品，为了真实还原创作语境，笔者多采用直译策略，因此无法做到合乎律诗平仄与押韵的要求，这对于古典定型诗来说，极大地削弱了声律铿锵、对仗工整的音乐美与形式美，但这是一种不可避免的遗憾。

总之，日本"幽玄"一词源自中国的道教思想，取"幽邃玄妙"之义，随后又杂糅进佛教等宗教哲学思想，尤其是《法华经》的圆融三谛观。在其后数百年间，"幽玄"一词逐渐脱去了宗教色彩，演化成一个诗学与美学范畴。在这个过程中，藤原俊成、藤原定家父子以及鸭长明等人起到了重要作用，如"余情幽玄""余情笼于内，景气浮于空""余情妖艳"等诗学命题的相继提出勾画出一条清晰轨迹，"幽玄"由单纯辞藻意义上的"美辞丽句"向内涵意蕴方面的"兴寄深远"转化，最终又转向意境营造方面的"兴象风神"，最终达到"妙悟神韵""吟咏情性"的本体论高度。这种转变符合东方传统的抒情诗、定型诗的发展规律。回顾我国古典诗歌的发展历史就会发现，从南北朝的山水诗到盛唐诗，人们对诗体诗美的认识经历了由"体格声律"到"兴象风神"的转变过程，即从注重诗歌的外形律到注重诗歌内在的艺术规律。日本传统美学思想的重要性不言而喻，在世界诗学发展史中占有一席之地。"幽玄""有心"等诗学范畴不仅在日本中世文学时期被广泛使用，它还涉及日本的戏剧、绘画、茶道等多个艺术领域，其内敛含蓄、闲寂枯淡等审美性格构成了日本传统文化的思想内核，影响深远。

---

① ［日］铃木修次:《中国文学与日本文学》，吉林大学日本研究所文学研究室译，海峡文艺出版社 1989年版，第 50 页。

与西方诗学的逻辑性、思辨性等特点相比，以中日诗学为代表的东方诗学整体上来说是片断零散、点滴感悟式的，而且以诗论诗话为主。中国古代的正统文人认为，诗是第一位的，词为"诗余"，至于元曲、明清小说则是不入流的"街谈巷语"。日本古代诗学基本上也是如此，中世和歌文学经藤原俊成、藤原定家父子之手确立了以"幽玄""有心"为核心的诗学体系，后经宗祇、心敬等人的继承与发展，拓展到连歌（一种联句诗）、能乐、茶道，最终在松尾芭蕉的努力下，"幽玄"中内含的寂寥枯淡之美逐渐浓缩淳化，形成了以"和敬清寂"四个字为代表的、充满禅趣意味的"闲寂"（wabi）美学。

最后，本书的研究方法不同于日本学者常用的实证性研究，而是用我们熟知的中国古代诗论话语对"幽玄""有心""妖艳"等范畴进行诗学阐释，强调中国化阐释的立场。这有利于我们更好地了解日本的传统文化与审美思想的生成机制与原理，对重新认识与重构东方诗学也大有裨益。

第一章

经世致用：中世和歌诗人的政治生态

　　日本的传统诗歌称作"和歌"或"倭歌"，目的是与汉诗相区别。古代日本人很早就开始创作汉诗，由日本人创作并编成的汉诗集《怀风藻》（751年）比《万叶集》（759年）还要早几年问世。和歌的起源与日本古代的祭祀文化有深远的渊源，最有名的即"言灵"信仰（kotodama）。平野仁启在《万叶集批评史研究》中说："言灵不仅是指语言的灵妙运用，而且是指掌管理解言外所思的神。"①古代日本人相信语言中隐藏着一种令人敬畏的神力，不敢随意说谎，由此产生"makoto"信仰，可以表记为"真""诚""实"等汉字，这种"言灵"源于日本原始社会"万物有神论"的萨满教思想，日本传统文学中的"主情"思想之根也源于此，一言蔽之，即"崇真贵诚"。

　　《古事记》（712年）记载着日本"创世"的传说：从天而降的"伊邪那岐"与"伊邪那美"兄妹俩成婚，随后生出日本众神，其中的天照大神（太阳神）、月夜见尊（月亮神）、素盏鸣尊（海神）等三位大神最为著名，被称为"三贵子"。后来，素盏鸣尊杀死了怪物"八岐大蛇"，救下少女"奇稻田姬"。在二人成婚时，素盏鸣尊作了一首和歌：

> 夜久毛多都、伊豆毛夜幣賀岐、都麻碁微爾、夜幣賀岐都久流、曾能夜幣賀
> 岐袁　　　　　　　　　　　　　　　　　　　　　　　　　　　　　（《古事记》）

　　这首和歌被认为是日本最早的和歌，大意是说："出云"这个地方云蒸霞蔚，

---

① 转引自叶渭渠、唐月梅：《日本文学史》，昆仑出版社2004年版，第74页。

彩云高耸犹如宫殿，伉俪佳偶居住于斯。此后，素盏鸣尊被视为掌管姻缘的神而受到日本年轻情侣的顶礼膜拜。[①] 这个故事很有意思，日本和歌的起源既然与掌管婚姻的神有关，也难怪和歌中表现爱情题材的"恋歌"特别发达，而且"恋歌"也是我们研究"幽玄"与"物哀"的重要途径。

在《万叶集》成书时代之前，描写山水题材的和歌创作大都借助"言灵"或"地灵"等咒语，因此抒情类和歌也会引入招魂的巫术[②]，这种先天的神秘主义基因有助于古代日本人接受外来的"幽玄"思想，并将其用于诗学理论。随着中国先进文化的传入，"唐风文化"占据日本社会的主流，汉诗创作自然而然地受到日本贵族文人的喜爱与推崇。相对汉诗"宜登公宴"的政治属性，和歌只是男女传情的信物或酒宴上助兴的把戏，犹如"诗余"一般，难登大雅之堂。然而，这种"国风黑暗"的历史局面迎来了转机，随着大唐国力式微，日本停止了遣唐使的派遣工作，和歌创作受到了当权者的重视，终于可以像汉诗那样起到"润色鸿业"的政治功用，于是便有了日本第一部敕选和歌集《古今集》的诞生。

编撰于905年的《古今集》对于日本和歌文学乃至日本诗学来说意义重大，标志着一个新时代的开始。因为《古今集》的"和歌序"（《假名序》）中体现出诗学思想、文体学意识以及美学思想的萌芽状态，并且在其民族意识的催化之下，这种萌芽迅速成长，很快便走上一条独创之路。从《古今和歌集》（905年）到《新古今和歌集》（简称《新古今集》，1205年）仅仅过了三百年，日本诗学便完成了由萌芽到成熟的整个发展历程；相反，中国古代诗学则经历了上千年的漫长岁月。这当然有日本诗学后发优势的因素，中国诗学或称古代文论无疑也产生了不可替代的催化与影响，日本古代独特的政治生态与社会文化因素更是起到了关键作用。

中日两国古代诗学的话语体系是同中有异、异中有同。中国诗学的话语体系由"诗言志""诗缘情""妙悟""吟咏情性""神韵""格调"等诗学命题或核心范畴构成，而日本诗学的话语体系则是由"心词相兼""花实相具""幽玄""心词姿""有心""景气""物哀""妖艳"等构成。这些形式不同的诗学范畴背后一定流淌着诗学意义上的普遍性原理，既然同属东方诗学，同属儒家思想与汉字文化圈，中日两

---

① ［日］安万侣：《古事记》，周作人译，中国法制出版社2018年版，第72页。

② ［日］安万侣：《古事记》，周作人译，中国法制出版社2018年版，第76页。

国人民在感性思维、审美取向上的共性必然要多一些。但是，我们必须清醒地认识到彼此之间存在的个性与差异性，"幽玄"作为日本古代诗学的核心范畴，它形成于十二世纪晚期绝非偶然，它离不开日本古代的政治生态与文化土壤，同时也离不开中国古代诗学思想的催化作用。

第一节　"国风高扬"时代的和歌创作

905 年，由醍醐天皇下令编撰的、日本第一部敕选和歌集《古今集》问世了，此后相对于用汉字创作的汉诗或散文，以和歌与物语（小说）为代表的"假名文学"迎来了新的发展机遇。因为在平安时代中期之前，和歌、日记（笔记小说）、物语（小说）等文学体裁是用日文"假名"文字书写或创作的，汉诗、散文等用于正式场合或官方的书写文字则采用汉字表记，汉字被日本人称为"真名"。"假名文学"的创作与欣赏群体主要是宫廷内部的皇后、嫔妃、宫女以及从事文化活动的贵族妇女，她们被称为"女房"，因此"假名文学"又称作"女房文学"。作为汉诗文创作主体的男性贵族文人则羞于公开创作"假名文学"。

可以看出，这种心态与中国古代文人很相似。在宋人笔记中，我们看到很多这类记述。比如，魏泰的《东轩笔录》中就曾记载了一个小故事，说王安石初做宰相的时候，有一天读了晏殊的小词，就问他的朋友们："为宰相而作小词，可乎？"①由上可见，当时的人们对于歌词的意义和价值有一种困惑，一方面当然是因为小词或称令词的篇幅短小，另一方面显然有一种轻视的意味在里面，因为词的内容与言志的诗有很大不同。②因此，古人才会将宋词视为"诗余"，明显有轻视之意。

相反，《古今集》的编者之一、著名的和歌诗人纪贯之却率先模拟女子的语气创作了《土佐日记》，首开平安时代日记文学的先河。纪贯之曾任土佐太守，临卸任回京之前他的女儿因病去世，他欲借创作活动减轻丧女之痛，但他也深知汉诗文在表达情感上不够细腻、温婉，故此他借用女子语气进行创作。此后在平安贵族妇女中间便开始流行"日记文学"，这种独特的文学体裁非常适合表现细腻婉约的感

---

① （宋）魏泰：《东轩笔录》（卷五），田松青校点，上海古籍出版社 2012 年版，第 52 页。
② 叶嘉莹：《从文本之潜能与读者之诠释谈令词的美感特质》，《文学遗产》1999 年第 1 期，第 44~52 页。

情生活，或怀人，或闺怨，悼亡，这类日记文学在平安时代的中后期非常盛行。

究其原因，应该与当时独特的政治婚姻形态密不可分。当时贵族社会流行"访婚制"这一特殊习俗，贵族女子同时与几位男子保持恋爱关系，而和歌的唱和便成为传情、表达爱慕的媒介，但恋爱主导权往往掌握在男子手里，女子被动地等待男子来访，一旦男子有了新欢，女子便沦为"弃妇"。因此"日记文学"很容易被写成闺怨之作。一般认为，纪贯之用女性口吻创作《土佐日记》有两种原因：一是悼亡爱女，二是日本的民族意识开始觉醒。说得直白一些，这是纪贯之等人对当时文坛上汉诗文创作"一边倒"局面的一种反拨。从结果来看，和歌与物语文学的政治地位得到提高，日本人的民族自觉意识也开始觉醒。

894年，宇多天皇在右大臣菅原道真的建议下，日本朝廷停止派遣遣唐使。随着日本民族意识的"高扬"，所谓"国风文化"的时代来到了。"假名文学"开始受到当权者的重视，尤其和歌更是如此。然而，汉诗文并没有因此而受到冷落，相反和歌文学在汉诗文的滋养、刺激之下茁壮成长，和歌与汉诗时而和声、时而变奏，许多贵族文人都擅长"和汉"两道，和歌与汉诗的创作并重。特别是宇多天皇（887—897年在位）和村上天皇（946—967年在位）统治期间，这是"和汉文学"兴盛时期。

905年《古今和歌集》问世，收录了未能被《万叶集》选入的和歌以及当代的和歌作品，《万叶集》所收录的和歌体裁繁杂，有长歌、短歌、片歌、旋头歌等；创作主体众多，上至天皇、王公贵族，下至贩夫走卒，甚至乞丐、妓女，并且收入了大量佚名作品。相比之下，《古今和歌集》则基本只收录了文人创作的和歌，在创作技巧方面有了极大的提高，体裁上只选短歌，即五、七、五、七、七，共三十一音（言），这也是今天世人所熟知的日本和歌的体裁形式。

我国古代时期，定型诗由春秋时代的《诗经》《楚辞》发展到魏晋六朝的"五言腾跃"，随后又经沈约等人"四声八病"的砥砺打磨，体格声律和兴象风神，律诗的外形律与内在审美两个方面得到发展，至盛唐李白、杜甫时代方才日臻完美，这个过程经历了近千年的漫长岁月；而日本和歌自《万叶集》到《古今集》，再发展至《新古今集》时代，和歌经过了四百多年便走完了萌芽、成熟、盛极而衰的过程。和歌创作已开始式微，最终被连歌（类似我国的联句诗）所取代。1205年编撰的

《新古今和歌集》具有与晚唐诗的"浓丽细婉"诗风相似的特点，歌风"妖艳"，它是对曾经绚丽灿烂的王朝贵族文化即将消逝的一种挽歌，而"幽玄"诗学思想也正是在这一历史时期萌发并走向成熟的。

毫无疑问，中国的魏晋六朝、唐宋时期的诗论诗话，以及中国人与日本人创作的律诗（汉诗）等，这些都对和歌文学的成熟发展起到了积极的催化作用。日本古代文人也有意识、有目的地吸收消化中国古代诗学思想。最早将中国诗学引入日本文学的是藤原浜成所著的《歌经标式》（浜成式）。该书成书于 772 年，与十世纪上半叶出现的《和歌作式》（喜撰式）、《和歌式》（孙姬式）并称日本"和歌三式"。当然，《歌经标式》是后人给取的书名，原书名为《歌式》。仅从书名来看，这明显受到了唐代诗格、诗式的启发。

藤原浜成在序文中论述了和歌的功用、起源以及该书的写作缘起，并将魏晋六朝时期出现的押韵、声病等诗论思想通过借用或转化，移植到和歌的创作理论当中。该书的前半部为"歌病"论，如"头尾""胸尾""腰尾""游风""同声韵""遍身"等歌病；后半部为"歌体"论，细分成"求韵体""查体""雅体"等。但从作者自己所举出的例歌分析来看，汉诗的"四声八病"并不适用于和歌，因此文中的论述前后矛盾，显得生搬硬套、错漏百出。尽管如此，藤原浜成和他的《歌经标式》仍具有开拓意义和重要的史料价值。①

另一位传播中国古代诗论史料的重要人物则是日本僧人遍照金刚（774—835年），俗姓佐伯，名空海，法号"遍照金刚"，死后被追封为"弘法大师"。他生活在日本平安朝前期，对佛学以及文学、语言、书法、绘画均有研究，著作繁丰，1910年由日本祖风宣扬会汇编成《弘法大师全集》十五卷。空海于唐贞元二十年（804年）至元和元年（806年）在中国留学三年，与众多中国僧徒、诗人有过友好交往。他归国后应当时日本人学习汉语和文学的要求，将崔融《唐朝新定诗格》、王昌龄《诗格》、元兢《诗髓脑》、皎然《诗议》等书籍带回日本，随后编纂成书，即《文镜秘府论》，为中日文化交流做出了重要贡献。

日本平安时代后期，在大量吸收中国古代诗学的基础上，纪贯之、壬生忠岑、藤原公任等和歌诗人开始着手建构日本诗学体系。905 年，《古今和歌集》的"和

---

① 小岛宪之、『上代日本文学と中国文学出典論を中心とする比較文学的考察（下）』、東京：塙書房、1971 年、第 1371~1394 頁。

歌两序"，即《真名序》与《假名序》标志着日本诗学的滥觞，两序带有仿效《诗大序》的痕迹，尤其《真名序》几乎是《诗大序》的翻版，但《假名序》则刻意摆脱了儒家诗教的色彩。

下面我们将两者作一下比较：

> 夫和歌者，托其根于心地，发其华于词林者也。人之在世不能无为，思虑异迁，哀乐相变，感生于志，咏形于言。是以逸者其声乐，怨者其吟悲，可以述怀，可以感情，动天地，感鬼神，化人伦，和夫妇，莫宜于和歌。
>
> （《真名序》）

> 夫和歌者，根植于人心，成就万千言辞。世间之人，每遇世事纷繁，发于行止，心有所思，耳闻目染。闻莺嘀雪梅，蛙鸣清溪之声，自然万物，皆形于和歌。无须用力而感动鬼神，和睦男女之情，慰藉猛士之心，莫宜于和歌者。
>
> （《假名序》）

简单对比一下就会发现，和歌两序关于和歌起源的论述均与钟嵘《诗品序》非常相似。《诗品序》云："气之动物，物之感人，故摇荡性情，形诸舞咏。欲以照烛三才，晖丽万有。灵祇待之以致飨，幽微藉之以昭告。动天地，感鬼神，莫近于诗。"当然，早于《诗品序》成书的《诗大序》中也有几乎相同的文字。《真名序》几乎原封不动地照搬了前者的一段话："动天地，感鬼神，化人伦，和夫妇，莫宜于和歌。"然而《假名序》则淡化了诗教的伦理色彩，尤其是"闻莺嘀雪梅，蛙鸣清溪之声，自然万物，皆形于和歌"等，这几句话是对钟嵘"物感"思想的敷衍铺陈，具有民族审美特点，着眼于细微之物（处），体现出"物哀"思想，或以小为美，或触景生情，或感物兴叹。久松潜一将"物哀"细分为感动、调和、优美、情趣、哀感等五大类情感反应。[①] 这种分类有助于人们更好地把握"物哀"的美学概念。

当然，"和歌两序"不可能完全忽视儒家的功用主义思想。《古今和歌集》两序在叙述和歌发展历史时，均指出《古事记》与《日本书纪》记载的上古时代在日本

---

① 久松潜一、『日本文学評論史』、東京：至文堂、1968 年、第 87 頁。

历史中所占的重要地位，它是和歌创作的繁荣时期，也是纪贯之等人为之向往的理想盛世。两序中均提到，古代和歌摒弃"耳目之玩"的娱乐思想，推崇"教诫之端"的功用思想。这种政教主义理念的背后隐含了纪贯之等人的政治意图，即"以和歌辅佐王道"。然而，近代和歌（平安时代前期）沦落为传递男女私情的媒介工具，纪贯之等人认为这是统治者错误地放弃和歌治世功用的必然结果，这种局面应当得到扭转，和歌与汉诗一样可以承担起道德教化的重任。

因此，和歌的发展过程可简单归纳为"和歌繁荣的古代→和歌衰落的近代"。但是这种和歌发展史的构图并非事实，而是根据"礼乐兴盛的古代→礼崩乐坏的近代"这一礼乐思想史的理论而构筑出的和歌史，这是儒家崇古主义的体现。[①]但是，我们也不必把《真名序》中这几句话太过当真，纪贯之未必真的这么考虑，事实也是如此，在和歌创作上鲜有人付诸实践。其主要原因是，新古今时代以及之后的和歌诗人已经远离了政治权力中心，他们被边缘化了，缺乏中国文人士大夫式的家国情怀，沉溺于"花鸟之使"的自娱创作，这种文学创作被称为"脱政治性"（详见本章第三节）。

此外，"夫和歌者，托其根于心地，发其华于词林者也"或"夫和歌者，根植于人心，成就万千言辞"，这两者将诗歌与植物相提并论的想法应该来自白居易的诗学思想。[②]白居易《与元九书》中云："诗者，根情、苗言、华声、实义。上自圣贤，下至愚呆，微及豚鱼，幽及鬼神，……"[③]其中的"微及豚鱼，幽及鬼神"，"微"与"幽"都是当作动词使用，特别是"幽"字值得我们关注，与"幽玄"的词义似乎有一定的联系，不仅是指细致入微的伦理说教，而且有入神的艺术效果。

相比之下，成书于891年的《日本国见在书目录》中有证据表明《诗品》《文心雕龙》等这些古代中国诗论著作很早便传入日本，但目前缺乏其直接产生影响的证据，反而是《玉台新咏》《昭明文选》《白氏文集》等具体的诗文集对日本文学创作起到更直接、更深远的影响。早在《万叶集》时代，山上忆良、大伴家持等和歌诗人的作品就与中国文学有着深远的渊源。长期以来，日本学者继承了江户时代国学

---

① 尤海燕：《〈古今和歌集〉的崇古主义——以两序中的"教诫之端"与"耳目之玩"为中心》，《外国文学评论》2012 年第 4 期，第 115~125 页。

② 新間一美、「花も実も——古今序と白楽天」、『甲南大学紀要（文学編 40）』、1980 年、第 49~75 頁。

③ 朱金城：《白居易集笺校》（第四十五卷），上海古籍出版社 1988 年版，第 2790 页。

者本居宣长的观点，认为以《万叶集》为代表的上古文学是最纯粹的日本文学，表面上有汉诗文的影响痕迹，但本质上是"大和魂"（民族精神）的具现。这种思想的背后是日本人骨子里隐藏的民族自尊心在作怪，他们意欲将《万叶集》与上古文学加以神圣化。①江户时代的日本国学者将中国古代文化的影响贬称为"汉意毒化"。然而，这种观点显然站不住脚。随着研究工作的深入，例如日本学者辰巳正明便明确地批驳了这种观点，他认为《万叶集》不仅借用汉字的外形用于表记，而且思想内容也深受影响。不过，这并非说日本上古文学是中国文学的亚流变种，因为人类情感的表达具有普遍性，日本文化吸收外来优秀文化的传统早在《万叶集》时代就已经形成。②各民族文化具有自身独特性的同时也具有普遍性。

《古今集》时期，和歌创作由民间口承相传向文人诗过渡，汉诗的诗题、诗语、意象、修辞等创作理论启发了和歌诗人的创作思维，创作技巧也迅速成熟起来。在传入日本的众多诗文集中，要数白居易的《白氏文集》影响最大、流传最广。1013年，由藤原公任编集的《和汉朗咏集》收录了白居易的诗作135首，占收录的全部中国诗人作品数量的六成之多。③

汉诗的影响是多方面的。在"国风高扬"的时代，日本刻意回避"汉意"，在和歌创作尽量不用"汉语词"，而提倡使用"和语词"。然而偶尔也有例外，和歌诗人有意无意地泄露出受汉诗文的影响，这种影响是潜移默化的存在，无法彻底掩盖。例如，《古今和歌集》的主要编撰者纪贯之有一首咏蔷薇的和歌。据《和歌植物表现辞典》记载，作为"歌语"，和歌创作极少使用"蔷薇"一词，《古今和歌集》只收录纪贯之这一首作品。④而在中国的《诗经》《楚辞》中均未见"蔷薇"的用例，最早出现则是在魏晋六朝时期的作品中。⑤后来《白氏文集》中也有一首咏蔷薇诗⑥：

---

① 辰巳正明、『万葉集と中国文学（二）』、東京：笠間書院、1993 年、第 6 頁。
② 辰巳正明、『万葉集と中国文学（二）』、東京：笠間書院、1993 年、第 8~9 頁。
③ 木越隆、「藤原公任の歌論私考——『あまりの心』と『心ふかし』について」、『学習院研高等科研究紀要』、1966 年 9 月号、第 128~135 頁。
④ 中島輝賢、「紀貫之の『薔薇』歌——漢詩文の影響と物名歌の場」、『国文学研究』、2001 年 135 号、第 13~22 頁。
⑤ 黒川洋一ら編、『中国文学歳時記・夏』、京都：同朋社、1988 年、第 301~303 頁。
⑥ 张丑平：《古代诗词中蔷薇的审美意蕴和象征意义》，《安徽文学》2018 年 9 月号下半月，第 1~2，8 頁。

蔷薇正开，春酒初熟。因招刘十九、张大夫、崔二十四同饮。

瓮头竹叶经春熟，阶底蔷薇入夏开。

似火浅深红压架，如饧气味绿粘台。

试将诗句相招去，倘有风情或可来。

明日早花应更好，心期同醉卯时杯。

古代官厅在卯时（上午五点到七点）查点到班人员，叫点卯。其语出自《西游记》第十五回："行者道：'你等是那几个，可报名来，我好点卯。'"那么，"卯酒"就是早朝喝的酒，据说白居易特别喜欢喝卯酒，诗中最后一句的"卯时杯"便是指此意。

下面的和歌则是纪贯之的咏蔷薇歌：

われは今朝 / うひにぞ見つる / 花の色を / あだなるものと / 言ふべかりけり

今朝初遇蔷薇开，花色婀娜美人来。 （笔者译）

这首和歌具有文字游戏的成分，"今朝"的日语读音为"けさ"（kesa），而后一个音"さ"（sa）与第二句的"うひ"（uhi）合起来就是"さうび"（saubi），这是"蔷薇"的日语读音。

在日本平安时代（794—1192年），《白氏文集》《玉台新咏》深受日本贵族文人的喜爱，《千载佳句》《和汉朗咏集》中均大量收录白居易等人的诗句，在各种游宴、赛诗（歌）会上被吟唱。白居易的咏蔷薇诗描写赏花饮酒，纪贯之的和歌中有"今朝""蔷薇"，这应该不是一种巧合吧。另外，被日本尊为"学问之神"的菅原道真精通"和汉两道"，和歌与汉诗都擅长，他也曾创作过一首咏蔷薇的汉诗：

一种蔷薇架，芳花次第开。色追膏雨染，香趁景风来。数动诗人笔，频倾醉客杯。爱看肠欲断，日落不言回。[1]

———
[1] 菅原道真、『日本古典文学大系72·菅家文草』、川口久雄校注、東京：岩波書店、1966年、第420~421頁。

这首诗不仅写蔷薇花的娇艳，重点是诗人饮酒作诗的高雅情趣。所以，"数动诗人笔，频倾醉客杯"这句是该诗的诗眼。

总之，中国传入日本的汉诗文对和歌创作产生了重要影响，不仅是诗题、诗句、修辞等形式方面，而且在构思立意、诗学思想，以及文人情趣等多方面都产生过深远的影响。这一时期和歌的创作风格以《古今和歌集》为代表，雅正清丽、构思精巧、阴柔温婉、讲求理趣，尤其是描写风物景色的"叙景歌"，与魏晋六朝的山水诗有相似的诗风。《古今和歌集》开创了敕选和歌集的先河，随后《后撰和歌集》《拾遗和歌集》相继问世，由于这三部和歌集是在醍醐天皇、村上天皇、花山天皇等三位天皇在位期间编成的，故此被称为"三代集"，被后世日本人奉为和歌经典，言及和歌必提"三代集"。然而，到了《金叶和歌集》与《词花和歌集》时期，清新雅正的歌风逐渐发生了变化。我们知道，南朝齐梁时期宫体诗取代了山水诗与玄言诗，改而追求辞章词采的华丽雕琢，一时间出现"俪采百字之偶，争价一句之奇"（刘勰语）的不良诗风。同样，和歌的审美标准也经历了由简素到繁缛的过程，这符合魏文帝曹丕关于"诗赋欲丽"的论断，符合诗歌审美的发展规律。不过，日本十世纪初，日本和歌创作出现了一股世俗化倾向，一改《古今集》时代的雅正高古、清新自然的歌风，转变为错彩镂金，注重繁文缛节和所谓的"美辞丽句"，这被后世称为"康和时势妆"。"康和"是堀河天皇执政时期的年号（1099—1104年），"康和时势妆"的意思是指时代的流行潮流。康和四年（1102年），宫廷内部举行"堀河院艳书（歌）合"，源国信、藤原仲实、藤原俊忠等近臣及"女房"歌人以"想象的恋爱"为歌题，举行歌会，此后香艳浓丽的歌风风靡一时。一派歌舞升平的景象暂时掩盖了政治危机，平安朝仿效唐朝律令制的变法受到贵族势力的层层阻挠，宫廷内部的政治斗争使得日本社会危机四伏，武士集团的势力趁机崛起，最终镰仓幕府取代了王朝政权。

正如绮丽奢华的南朝齐梁文学一样，统治阶级的奢靡浮华、醉生梦死的生活态度反映到文学创作上，浓丽华艳的宫体诗取代了清丽的山水诗。同样，充斥着美辞丽句却内容空洞的《金叶集》与《词花集》在这一时期出现便不足为奇。但从另一个角度来看，和歌创作注重体格声律及修辞等形式美，对和歌艺术的发展客观上也起到了积极的推动作用。

第二节 "院政时期"的和歌文学

　　一般来说，文学创作只有在理想的真空状态下才能真正做到非功利性创作，实现"为艺术而艺术"的艺术至上主义理想。虽然文学不应成为政治功用与道德教化的工具，但是说日本文学具有"脱政治性"，未免有些绝对化。至少十一世纪至十三世纪的和歌文学并不是这样的，和歌受到当权者的政治庇护而获得快速发展，出现了以宫廷文学沙龙为标志的贵族文人集团，他们被称为"堂上派"，类似于我国古代的"庙堂派"，与民间的"地下派"相对而言，"堂上派"的创作活动与政治权力有着千丝万缕的联系。

　　平安时代后期，和歌创作与享受的主体人群发生了很大变化。《古今集》时期的创作主体主要是下级贵族，而"公卿"上层贵族的作品被大量收录歌集则要等到《后撰和歌集》（951年）的编撰①，这说明当时的和歌地位仍然很低。平安时代中期以后，平安朝政处于"摄关政治"即外戚当权的局面，藤原氏家族长期担任"摄政"与"关白"（官名），辅佐年幼的天皇治理朝政，这项制度始于藤原良房，他将女儿嫁给天皇并当上外祖父，很快年幼的外孙便继位登基，即清和天皇。866年藤原良房就任摄政，掌握了朝廷政治大权。当天皇成年并亲政之后，藤原良房便由摄政改任关白，但依然拥有同样的权力。后来，藤原道长（966—1028年）接任摄政、关白等职，其执政期间是"摄关"制度的鼎盛时期。1192年镰仓幕府建立，武士阶层登上历史舞台，于是"摄关政治"制度便名存实亡。②

　　另外，武士阶层的崛起带来另一个后果则是婚姻制度的改变。日本平安时代的婚姻制度非常特别，颇具母系社会的遗风，贵族男女之间流行"妻访婚"，即男子夜间留宿女子家里，天亮便离开。即便有了孩子之后，夫妻也不生活在一起，孩子主要由女方抚养。因此，即便贵为皇太子也是由藤原氏家族抚养长大，自然会听命于娘家。然而，到了平安时代后期情况发生了改变。武士阶层开始崛起，女性贞操对于时刻准备牺牲性命的武士来说至关重要，因此"妻访婚"逐渐消亡。然而，"妻访婚"这种独特的婚姻或恋爱形式与和歌中的恋歌题材异常发达不无关系，因

---

① 橋本不美男、『院政期歌壇史研究』、東京：武蔵野書院、1966年、第5頁。

② 美川圭、『院政』、東京：中公新書、2006年、第240頁。

为贵族诗人不仅要用恋歌传情示爱，而且更主要的是主动为妇女"拟代"，犹如作"妮子语"，"男子作闺音"，这也许是一种隐晦的思想表达方式，抒发他们对美好时代的留恋与感伤，借此发泄对现实的不满情绪。

从"摄关政治"逐渐消失到武士幕府完全掌握政权，两者之间还存在一种世界罕见的政治形态——"院政"，天皇退位后称"上皇"，或称"××院"，例如堀河院、崇德院、二条院、顺德院，"院"是上皇死后的尊号。天皇退位后仍然把持朝政，与天皇的朝政相对，上皇的政务就称作"院政"。而且这几位开设"院政"的上皇都非常热心于和歌的创作活动，在他们的周围便形成宫廷文学沙龙，经常举办称作"歌合"的赛歌会，王公贵族相互赠答酬唱，因此和歌创作与政治权力在这一时期结合得非常紧密，大量的敕选和歌集也正是在这一期时编撰完成的。可以说，院政时期和歌创作的繁荣局面为中世和歌留下大量艺术遗产。

院政时期的独特政治环境对文人心态以及和歌创作产生过深远影响。然而"院政"一词却是数百年后，江户学者赖山阳在其著作《日本外史》中首次提出的。[①]本书中所指的院政时期特指1086年到1185年，即狭义的"院政期"[②]。1086年白河天皇让位于年仅8岁的堀河天皇，开启了"院政时代"。

在"院政"持续时期，宫廷斗争、政变内乱频发，白河上皇、鸟羽天皇、崇德天皇、后白河上皇等上皇与天皇之间争权夺势，你方唱罢我登场，朝代更迭如同走马灯一般。保元之乱（1156年）、平治之乱（1159年）、治承之乱（1179年）、承久之乱（1221年）等战乱接二连三，平氏与源氏两大武士集团趁机崛起，本来天皇与上皇是想拉拢并利用武士集团为自己效力，结果却被鸠占鹊巢。1192年源赖朝任征夷大将军，镰仓幕府成立，天皇反倒成为幕府将军的傀儡，日本进入了武士掌权的中世社会，直到1868年明治维新，国家的政治权力才重新回到天皇手中。

人们常说，历史有时会有惊人的相似。东汉末年，由于外戚当权、民不聊生，汉献帝为镇压黄巾军起义，令诸侯进京护驾，结果董卓篡权，后来曹操"挟天子以令诸侯"。建安年间，曹操父子成为诗文领袖，围绕他们以及建安七子的周围形成了一个庞大的邺下文人集团。钟嵘曾说："降及建安，曹公父子，笃好斯文；平原

---

① 转引自原今朝男、『室町朝廷臣社会論』、東京：塙書房、2014 年、第 166~168 頁。

② 宫内庁、『皇室制度史料（太上天皇）（三）』、東京：吉川弘文館、1980 年、第 66~69 頁。

兄弟，郁为文栋；刘桢、王粲，为其羽翼。次有攀龙托凤，自致于属车者，盖将百计。彬彬之盛，大备于时矣。"①建安末年，北方政局稳定，曹操为建安文人创造了一个适合文学创作的良好环境，邺下文人集团的活动在这一背景之下展开，他们畅游名都胜地，公宴赋诗，享受高官厚禄。刘勰《文心雕龙·时序》云："自献帝播迁，文学蓬转，建安之末，区宇方辑。魏武以相王之尊，雅爱诗章；……洒笔以成酣歌，和墨以藉谈笑。"②受贵族礼乐文化的影响，邺下文人非常重视个人的艺术修养。余英时在《士与中国文化》中道："士之内心自觉又可由其艺术修养见之，就汉史考之，当时士大夫最常习之艺术至少有音乐书法及围棋。"③

同样的，日本平安朝后期，贵族文化也高度发达，汉诗文、和歌与丝竹音乐是贵族文人的必习之技，例如《和歌九品》的作者藤原公任就非常擅长此三者，甚至有"三船才"的雅号。④传说有一次游宴活动，时任朝廷关白的藤原道长安排了三条船，分别为汉诗、和歌与音乐等三组，而藤原公任选择了和歌船。后来藤原公任对他人说，自己后悔没有选择汉诗船，因为汉诗的创作难度更大一些，诗名也更加响亮。他的本意是说汉诗、和歌与音乐三者都擅长，其中当然有炫耀才能的成分，但这个故事告诉我们，汉诗、和歌与音乐是当时贵族文人必备的艺术修养，通过参加这类游宴活动，吟诗酬唱，可以培养出个体对文人集团的认同感与归属感。

台湾学者梅家玲在《汉魏六朝文学新论——拟代与赠答篇》中道："文学方面，除提供一个人际往还沟通的美学形式外，更突破政教、社会性的既有限制，开创出无物不可写、无情不可抒、无事不可叙的新体貌；社会方面，则因赠答诗系'精英团体'、'仪式行为'与'象征符号'的展现，故于圣贤、将守之外，使'文士阶层'成为另一'精英团体'。"⑤平安后期的日本王公贵族纷纷在京都郊外建造行宫或别墅，春季赏樱花，秋天赏枫叶，并效仿中国诗人的曲水宴吟诗作歌。其实，他们聚集在天皇以及王公贵族的宫廷沙龙周围，当然有攀附权贵的精明打算，但客观上这种游宴活动刺激了文人的灵感兴会，有助于创作活动的发展。

---

① 陈延杰：《诗品注》，人民文学出版社1961年版，第19页。

② 周振甫：《文心雕龙今译》，中华书局1996年版，第404页。

③ 余英时：《士与中国文化》，上海人民出版社2003年版，第296页。

④ 村濑敏夫、「藤原公任傳の研究」、『東海大学紀要文学部（2）』、1959年、第112~125页。

⑤ 梅家玲：《汉魏六朝文学新论——拟代与赠答篇》，北京大学出版社2004年版，第5页。

　　平安时代前期的和歌创作多以日常生活的赠答、祝贺、游宴等为内容，其地位类似艳词小令，难登大雅之堂；但在十一世纪初，这种局面得到了改变，特别是在村上天皇当政期间。959 年 8 月，村上天皇在皇宫里的清凉殿举行了汉诗会，全部由男性诗人参加。第二年 3 月，皇宫里的后妃宫女等爱好文学的"女房"们也举行了一次歌合（和歌赛诗会），两人一组，即兴或事先以同一诗题作歌一首，由"判者"评判优劣，胜负难分时称"持"。初期的歌合主要是女性作者，因为和歌的社会地位不高。这种局面很快得到改变。1072 年，白河天皇继位登基，彻底摆脱了"摄关"政治的羁绊，亲临朝政，不但在政治上一展雄才抱负，还推动了礼乐、和歌等宫廷文化的复兴。白河天皇当政期间频繁举行歌合，承保二年（1075 年）举行了"殿上歌合"，承历二年（1078 年）举行了"内里歌合"（"内里"即皇宫大内）。从参加的人员构成来看，虽然都是白河天皇的近臣，但官阶并不高，且不具诗名，如藤原通俊、藤原显季等人只是中下级贵族，官位五品而已。后来，白河天皇命藤原通俊负责编撰《后拾遗和歌集》，反而将诗名更高的源经信弃之不用，这当然引起源经信的强烈不满。白河天皇的这种做法有推行儒家功用主义诗教的想法，将和歌创作视为辅佐政治的工具。[①] 然而从实际效果来看，并没有多少实质内容，儒家诗教的影响仅停留在创作活动的表面上。

　　1086 年，白河天皇让位给堀河天皇之后，开始了白河院政时代。与此同时，白河上皇的近臣们以藤原显季为中心，组成了"仙洞歌坛"（宫廷歌坛）。另外，围绕在没有政治实权的堀河天皇以及近臣源国信的周围，包括显房、师房、俊赖、忠教等熟习管弦音乐、和歌创作的一批文人形成了一个"内宴"群体，而且在这些文人的周围，又分别形成多个派生性文人集团，吸引了更多的"圈外"歌人加入。因此，"国信家歌合""艳书合"这类由宫廷沙龙或宫外沙龙所举办的"恋题"歌会尤其受到当时人们的关注。从此，和歌开始摆脱宫廷游宴的装饰性、娱乐性，开始过渡到文人诗的成熟阶段，追求艺术性、文学性的批评意识渐渐萌发。在源俊赖、藤原基俊等人的作品中已经出现了求新求异的创作特点，中世和歌文学特有的艺术特质明显有别于"三代集"的古典主义性质。

　　白河上皇的"仙洞歌坛"被认为是正统派、保守派，格调高古雅正；而显季家

---

① 橋本不美男、『院政期歌壇史研究』、東京：武蔵野書院、1966 年、第 6~7 頁。

以及忠通家的歌坛只能算是一种变形，它与"仙洞歌坛"的关系是正体与变体、尊体与卑体的关系，但变体或卑体更具有生命力与艺术活力。最终，"仙洞歌坛"放下尊贵身段，吸纳源俊赖、藤原基俊等外人加入自己阵营，结果官位卑微的源俊赖、藤原基俊凭借丰富的歌学知识与文学天赋成为歌坛领袖。他们的政治庇护者藤原显季将自己的官场资源传给了长子和次子，而将和歌等才艺传了三男藤原显辅。

藤原显季这样做是有原因的。在日本古代关于和歌的学问称为"歌学"，与医术、儒术、巫术、音乐等技能一样，秘不外传，如同春秋时的诸子百家一样受到重视，可以传给后代。然而中国自汉儒董仲舒主张"罢黜百家，独尊儒术"之后，"重道轻器"的观念便长期存在，再加上科举制度的诗赋取士等原因，儒家功用主义诗教对国人的人生观、价值观以及审美意识等方面都产生了深远影响。刘勰在《文心雕龙·原道》中说："道沿圣以垂文，圣因文而明道"，他依照儒家思想准则来阐述文章写作之道，因此把"六经"作为人文教化的工具，认为经典之文都是圣人教化的纲领文献，让人们在道德规范中确立人的道德主体性。这出于刘勰自身所持有的儒家古文学派的立场，具有浓厚伦理色彩的儒学天命观。[1]

从这一点来看，日本古代的政治与文学的关系相对独立，尽管《古今集》的汉文序中有"化人伦，和夫妇"等类似诗教的言辞，但在实际创作中少有实践者。这是日本古代独特政治生态所造成的局面。645年，日本效仿唐朝的律令制进行了一系列政治经济改革，史称"大化改新"[2]。日本曾经一度实行过科举制度，但不久便废止。[3]受白居易的"为君、为臣、为民、为物、为事而作"，"救急人病"等诗学思想影响，日本平安时代也曾出现过山上忆良、菅原道真等具有忧患意识和士大夫家国情怀的诗人。在现代人看来，山上忆良的《贫穷问答歌》等作品具有一定程度的批判现实主义思想；至于文章博士菅原道真更是如此，在他身上多少有一些中国文人士大夫的忧患意识，但他受到谗言而被左迁，最终客死他乡。此后日本的贵族

---

① 王少良：《〈文心雕龙·原道篇〉哲学本原论思想探微》，《文艺评论》2013年10期，第145~150页。

② 王军有：《大化改新性质博弈论——兼论日本律令时代的封建性》，《学术探索》2012年第5期，第29~31页。

③ 熊達雲ら，「古代日本科挙制度の導入と廃止について」，『山梨学院大学法学論集』60号、2008年2月、第51~73頁。

文人再无批判精神，只顾"嘲风雪、弄花草"，信奉文学只为"花鸟之使"的享乐思想，即将文学比拟花鸟，"（将）花鸟（视为）仆人"，就如同仙人施法一般。在阴阳道的传说中，阴阳师运用法术可以"使役"外物为我所用，"花鸟之使"的意思便是，文人可以驱使"花鸟鱼虫"供自己消遣自娱。这种文学思想与儒家功用主义相悖，也是文学"脱政治性"观念的始作俑者。但如果严格地说，任何文学活动都离不开政治权力与意识形态，特别是宫廷诗人更是离不开政治权力的庇护，表面上可能写的是纯粹的风花雪月、卿卿我我，但是被统治者用来粉饰太平、歌功颂德。

由于日本平安时代的律令制道路并不顺利，没有建立起中央集权政治。因此，白河院很快便对恢复儒家诗教的政策失去了兴趣。《后拾遗和歌集》卷六"冬部"第三首的歌序曰："承保三年十月，今上（天皇）狩猎，随便游幸大井河（川）。"此外，《扶桑略记》以及《续古今集》《新千载和歌集》《新拾遗和歌集》等都提到白河上皇游幸"大井河"之事。[1] 大井川是流经京都地区的桂川水系的一个支流，如今称为大堰川，附近有岚山、龟山等著名风景区。

每年秋季时节，白河上皇率领群臣在大井川游宴并赏红叶的风雅之举给后世留下太多的艺术想象，这成为后世文人纷纷效仿的对象。日本《本朝续文粹》卷十中记载："初冬扈从行幸，游览大井河，应制和歌一首并序。金商告谢，玄阴肇来（中略），圣上当令节之萧索，访佳境之幽深，命关白左丞相曰，传闻，天下胜地者，莫过于大井河。城中名区者，未若嵯峨野。暂乘一朝之余暇，欲专四面之眺临，虽有前凿，奈荒乐何。敕命未毕，臣应如先。黄轩洞庭之游，夏后会稽之会，皆载典章。"[2] "金商"指秋季，"玄阴"指冬季。圣上即白河上皇，关白左丞相是源师实（人名）。"黄轩"指黄帝，"夏后"即夏后氏大禹。

进入十一世纪初的"院政"时期后，和歌的属性逐渐发生了变化，"花鸟之使"的文学观取代了儒家功用主义思想，在白河上皇、堀河天皇等的倡导下，形成了"仙洞歌坛""内里歌坛"等宫廷文学沙龙和贵族文人集团，他们频繁举行游宴歌会，这表明"文的自觉"时代开始到来，文艺批评意识亦随之觉醒。这是因为这一时期的和歌创作与古代和歌相比，性质上已经发生了巨大变化。一方面，作品不再

---

①　橋本不美男、『院政期歌壇史研究』、東京：武蔵野書院、1966 年、第 19 頁。

②　橋本不美男、『院政期歌壇史研究』、東京：武蔵野書院、1966 年、第 22 頁。

处于"饥者歌其食，劳者歌其事"的初级阶段，而是具有较高艺术性的文人诗，无论是体格声律方面，还是修辞技巧都有了巨大发展。另一方面，和歌创作出现不同流派，表现为以家学为主，如"六条歌派""御子左家派"等歌学世家开始形成。然而在创作繁荣的背后，宫廷文学、贵族文学却存在诗题与内容单一狭窄、雕琢辞藻而内容空洞、缺乏真情实感等弊端。

但是，想要彻底消除这些弊端则要等到"幽玄"概念的出现。中世和歌要寻艺术上的创新，必须在体格声律等诗歌外形律之外，即从诗歌内部的审美机制上寻求突破。中国古代的诗歌发展经历了由重"体格声律"向重"兴象风神"的转变、再到两者并重的发展历程，日本的中古和歌到中世和歌的发展也必然经历类似的过程。

第三节 "经世致用"与"脱政治性"

歌德曾说："一切倒退和衰亡的时代都是主观的，与此相反，一切前进上升的时代都有一种客观的倾向。"[①] 从世界范围来看，古人对文学规律的认识几乎都始于对政教功用性的关注上，其后才认识到文学的审美性。而日本文学则与众不同，不用说古典文学，即便是近代文学，我们也会为日本独特的"私小说"现象而困惑不解。这种不注重政教功用的创作态度被称为"脱政治性"。而溯其根源应始于日本的中世文学，具体地说应是《新古今集》前后时期。本节将从历史时代的更迭、感伤文学传统的流变、文人创作心态的转变以及中国文化的影响等视角，对其进行分析，试图从中找出较为合理的文化解释。

铃木修次在《中国文学与日本文学》中曾说："在日本的文学世界里，如果把政治纠缠于文学之中，那就会流于庸俗，这种倾向是很强的。"[②] 那么，如果将"脱政治性"进行话语转换的话，其实说的就是我们熟悉的古代文人士大夫"入世"与"出世"的话题。在儒家文化的长期浸染下，"达则兼济天下，穷则独善其身"成为中国正统文人的理想人格，尤其是在我国古代，"家国意识"与"忠君思想"是

---

① ［德］爱克曼：《歌德谈话录》，朱光潜译，人民文学出版社1980年版，第97页。

② ［日］铃木修次：《中国文学与日本文学》，吉林大学日本研究所文学研究室译，海峡文艺出版社1989年版，第17页。

衡量诗品与人品的试金石。杜甫《奉赠韦左丞丈二十二韵》中的"致君尧舜上，再使风俗淳"的诗句被后世正统文人所推崇，宋人更是将杜甫尊为"诗圣"。于是"一饭未尝忘君"（语出苏轼的《王定国诗集叙》）的杜甫成为忠君爱国、忧国忧民的楷模。

　　然而，当我们用这种士大夫意识标准衡量日本古代文人时，勉强符合标准的似乎只有菅原道真一个人。菅原道真在日本可谓家喻户晓、老幼皆知，尤其是学生高考前都会到供奉其灵位的天满宫参拜，祈求"学问之神"的保佑。菅原道真出身名门贵族官宦世家，自幼天资聪慧，862年，17岁的他入"大学寮"成为"文章生"。大学寮是平安时代专收贵族子弟、培养官僚的学校，分"纪传道"（历史）和"文章道"（汉诗文）两种。867年毕业时他被选为两名"文章得业生"（优秀毕业生）之一，授正六品下官阶。877年兼任"文章博士"，相当于翰林院士。此后仕途顺利，深受宇多天皇的信任，894年他被任命为遣唐使，但此时的大唐已经式微，处于风雨飘摇之中。在菅原道真的建议下，日本朝廷停止了遣唐使的派遣工作。897年，宇多天皇让位给醍醐天皇，菅原道真仍然受到重用，899年任右大臣，两年后获从（准）二品官阶，仕途达到顶峰。由于菅原道真在政治上主张中央集权，与地方贵族势力发生激烈冲突。醍醐天皇听信谗言，于901年将菅原道真贬官到远离京城的偏僻之地——太宰府（今福冈县太宰市），903年客死他乡，并被葬在那里。菅原道真在离开京都时曾作过一首和歌：

風（こち）吹かば / 匂ひをこせよ / 梅の花 / 主なしとて / 春な忘れそ

来年春风日，借花传梅香。今朝恨离别，春归勿相忘。　　　　　　　　（笔者译）

　　传说菅原道真咏过的梅花树在一夜之间，飞过千里之遥，来到太宰府的宅院之中，这就是流行已久的"飞梅传说"①。菅原道真受中国古代文化影响，具有强烈的士大夫情怀及忧患意识，他主张文章经国思想，信奉儒家功用主义诗学。自平安时代初期起，日本朝廷对中国先进文化表示出浓厚的学习兴趣，诸如《史记》《汉书》《后汉书》等典籍成为培养官僚的必备教科书。进入九世纪后，汉诗文的创作活动

---

① 刘江宁：《日本古典文学中的植物美学——从"花""草""木"诞生的文学》，《日语教育与日本学》2018年第1期，第92~101页。

迎来了高潮，在一些游宴聚会场合，日本文人经常以中国历史上的人物为题赋诗。在日本人编集的汉诗集《凌云集》《文华秀丽集》《菅家后集》《扶桑集》等中记载了大量发生在弘仁（810—824 年）、贞观（859—877 年）、宽平（889—898 年）、延喜（901—923 年）等时代所举行的"竟宴咏史诗"。

后来菅原道真被贬至太宰府后没有委曲求全、等待时机以求东山再起，他郁闷怨愤，不久便病死在客乡。传说菅原道真死后其怨灵化成雷神作祟，用雷击中皇宫清凉殿的屋顶，天皇受到惊吓，遂命人作法安其魂。此后，菅原道真逐渐被日本人神化。12 世纪初期的历史物语《大镜》（小说）和《天神缘起》（画卷）等，都有菅原道真化身雷神的生动描写。特别值得一提的是，江户时期流行的"净琉璃"（木偶戏）《天神记》在町人（市民）阶层所造成的影响最大。如此这般，菅原道真死后被神格化，成为"学问之神"而受到日本学子顶礼膜拜，但是自菅原道真之后，刚正不阿、敢于讽谏的文人士大夫精神却在平安时代后期消失了，或者准确地说，刚开始出现萌芽便夭折了。

当然，更主要的原因是日本效仿唐朝的律令制在"摄关政治"的干扰下变成有名无实，武士集团趁机崛起，贵族文人远离了政治权力中心，逐渐被边缘化。尽管以天皇为首的王朝贵族势力不甘心失败，试图夺回权力，但种种努力都化为泡影。

藤原定家的日记《明月记》中有一句非常有名的话"红旗征戎非吾事"，它显然模仿了白居易的《与刘十九同宿（时淮寇初破）》中的诗句，"红旗破贼非吾事，黄纸除书无我名。唯共嵩阳刘处士，围棋赌酒到天明"①。该诗大意是说闻听官军击破淮南贼寇，但与自己没有关系，任免官职的名单上没有自己的名字，"我"与同样没有官职的刘十九一起下棋赌酒。诗中的刘十九生平不详，从白居易在 817 年写下的另一首诗《问刘十九》来看，他应是白居易贬官江州时的朋友。白诗中流露出一种归隐的消极情绪，不过这种"出世"与"入世"的矛盾心态在中国古代诗人身上比比皆是。

一般认为，白诗的思想与创作分前后两个时期，前期政治态度积极，以"兼济"为主导，后期以"独善"为主导。白居易生活在宦官擅权、藩镇割据、民不聊生的中唐时期，16 岁时他以《赋得古原草送别》一诗崭露头角，29 岁中进士，32 岁那

---

① 白居易：《刘十九同宿》，载《白居易全集》卷十七，上海古籍出版社 1999 年版，第 243 页。

年白居易授校书郎，步入仕途。808 年至 815 年，在白居易任左拾遗、翰林学士期间，因直言敢谏，为执政者所忌。815 年被贬江州司马。在江州，他自称为"天涯沦落人"，以游历山水、作诗为事，慕起陶渊明来，希望做个隐逸诗人，从此一心事佛向道。虽然学术界对白诗前后期的分界线还存有争议[①]，但白居易创作的"讽喻诗"主要集中在他任左拾遗与翰林学士期间，这是无可争议的事实，从一个侧面也说明我国儒家功用主义诗学的兴盛与官僚科举制度有着密切的关系。

古代日本人很早就接触到了白居易的作品。日本诗人都良香（834—879 年）曾写过《白乐天赞》："有人于是，情实虚深。（中略）集七十卷，尽是黄金。"[②]以《长恨歌》为代表的许多诗作都成为和歌诗人们竞相选取的"句题"[③]，其中尤以"兰省花时锦帐下，庐山夜雨草庵中"最为人们所称道。藤原定家对白诗也非常喜爱，其在《咏歌大概》中说："常观念古歌之景气可染心。（中略）白氏文集第一、第二帙常可握玩。"[④]

藤原定家生活的时代正处在一个动荡变革的时期，拥有绚丽优雅贵族文化的王朝时代就要被沉闷窒息的幕府社会所取代，整个贵族世界弥漫着感伤主义的时代气氛。藤原定家生于歌道世家，在父亲藤原俊成的盛名与光环之下，青年时代的藤原定家当然有着远大的政治抱负，但他在仕途上却屡屡遭遇坎坷。美好的时代行将没落之时都会像落日的余晖，虽然无限美好，但"青山遮不住，毕竟东流去"。敏感的诗人们都会发出同样的哀叹。在这一点上，藤原定家也不例外，他写下了许多具有妖艳浓丽风格的和歌，诗境的表面尽管浓艳华美，背后却隐藏着一种夜色阑珊、曲终人散的落寞与伤感，这不仅是他个人的创作风格，而且整个《新古今集》时代都具有这种浓丽哀婉的审美风格。[⑤]

《新古今集》的编撰（1205 年）正处于新旧时代更迭交替的政治旋涡之中，好似台风的风眼一般，貌似平静如常。作为该歌集编撰的颁令者与参与者，后鸟羽上皇时刻幻想着复辟，从镰仓幕府的手中夺回政权，最后却失败，被流放孤岛。另一

---

① 张安祖：《唐代文学散论》，生活·读书·新知三联书店 2004 年版，第 74 页。

② ［中］隽雪艳，『藤原定家「文集百首」の比較文学的研究』，東京：汲古書院，2002 年、第 24 页。

③ 遠藤実夫，『長恨歌研究』，東京：建設社、1934 年、第 184 页。

④ 藤原定家，『日本古典文学大系 65·詠歌大概』，東京：岩波書店，1973 年、第 115 页。

⑤ 参见拙著：《晚唐诗的浓丽美与新古今的歌风》，《日语学习与研究》2001 年第 4 期，第 46~48、29 页。

位最重要的编撰者藤原定家非常看重自己的功名利禄，他的日记《明月记》中有充分的思想流露，可当他仕途遭遇坎坷之时，他又表现出清高姿态："红旗征戎非吾事。""入世"与"出世"的心态非常矛盾。姑且不问藤原定家说这句话时的初衷如何，这句话后来被用来证明日本文学所谓的"脱政治性"。不可否认，这句话在古代日本文人中间曾经引起过强烈共鸣。

我们只要读一下魏晋南北朝的历史，便可以理解得更加深刻。刘勰《文心雕龙·时序》云："世积乱离，风衰俗怨"，儒家思想的"大一统"受到黄巾军起义等战乱冲击，人们的思想获得极大解放，同时也带来了"文的自觉"；在"倒退和衰亡的时代"，文学艺术无力干预政治生活，文人士大夫不能实现"达则兼济天下"的政治理想，只能转向"独善其身"，在精神领域里创造出纯美的个人世界来娱悦性情。于是"有才华的文学艺术家可以心平气和地回归艺术本体，探索艺术的奥秘"①。

在西方文学语境中，在十八世纪初期，一股感伤的气息在英国文坛滋长。古典主义的僵化教条和精雕细琢的奢靡文风令读者感到厌倦，他们转而对一种表现人的主观感受和自然情感的新型文学表现出极大兴趣。当劳伦斯·斯泰恩发表了名为《感伤的旅行》的小说之后，"感伤"一词成为这种新型文学的代名词。感伤主义文学反映下层社会人民的贫困与忧患，在表现形式上，用朴素清新的自然美取代刻意雕琢的理想美，以滑稽、幽默、感伤取代古典主义的崇高、优雅和庄重。

其实早在一千多年前，在魏晋六朝时期，建安诗人以及后来的南北朝时期的诗人身上弥漫着一股浓重的感伤主义情绪。徐国荣在《中古——感伤文学原论》中说："当意识形态对文学创作的干扰减少后，文人们开始关注对自身的反思与探求生命的意义，统一而上升的社会为人们提供了自我价值实现的载体，使个体生命价值融入群体价值观当中。而当群体价值观破裂后，人们从外界世界走向自我时，才对生命的悲剧意义恍然大悟，进入感伤主义时代。"②

古代宫廷的政治斗争必然会引发社会动荡。"红旗征戎非吾事"的文人心态还表现在"草庵文学"极度发达的文学现象上。"草庵文学"的本质是一种隐逸文学，

---

①　陈良运：《中国诗学批评史》，江西人民出版社 2001 年版，第 296 页。

②　徐国荣：《中古——感伤文学原论》，中国社会科学出版社 2001 年版，第 32 页。

其创作主体多为遁世者。"遁世"本来是指出家为僧，但在日本中世时期，"遁世"具有另一层含义。按照日本学者安良冈康在《遁世的文艺及展开》一文中的解释，出家者可分成遁世者和僧侣两类人。遁世者是指"并非自幼出家，而是成年以后，因为某种原因，脱离世俗社会，剃度皈依佛门，受沙弥戒，着僧衣僧帽，却不归属任何佛门宗派，也不住在寺庙里，终生只作为沙弥或沙弥尼"这一类人；而僧侣是指"自幼剃发出家跟随师父修行，住在寺院里，满二十岁以上时受足具戒，从属一定的宗派，有僧位或僧官等职位的人"。[①]这种情况类似于我国古代的官度僧与私度僧的区别。

伊藤博之在《中世的隐者文学》中指出：中世遁世思想形成的时代背景在于"末法思想的流行而引发了浊恶末世的社会普遍认识，以及道心（佛性慧根）的催发，佛门寺院的世俗化等，这些原因促成了僧侣二次出家的现象，目的是追求真正意义上的出家；此外，贵族们开始重新内省自己的人生价值和所处的历史环境"[②]，他们失去了往昔的权力与荣耀，唯有和歌成为他们可以聊以自慰的风雅之物，而且只有贵族文人才有能力创作和歌，在镰仓前期这种观念很具有代表性。

于是，日本平安王朝后期的贵族文人也开始脱离政治斗争，转向沙门佛法。日本古籍《扶桑略记》中有记载，康保元年（964年）开始形成了劝学会制度，大学寮北堂的文章道学生们经常聚集于此，他们与僧人一起听讲《法华经》，吟咏诗句："愿此生世俗文字业，以翻狂言绮语误，当来世世赞佛乘因，转法轮缘。"显然"狂言绮语"一词取自白居易的《香山寺白氏洛中集记》："我有本愿，愿以今生世俗文字之业，狂言绮语之过，转为将来世世赞佛乘之因，转法轮之缘也。"[③]对于这些日本儒生来说，"文章经国"已毫无意义，只不过是"狂言绮语"而已。

当平安朝的律令制正常运转时，抱有"文章经国"思想的贵族文人能够感受到自己的人生价值，但当处于"摄关政治"与"院政体制"的压制之下，他们受到排斥，毫无尊严，要么放下自我加入权贵体制；要么坚持自我，游离于权贵体制之外。而在体制内部的人必须否定自我，迎合当权者，这让他们容易产生空虚感与无常感，为了消除这些情绪，便自然而然地投向宗教的怀抱。况且这一时期"末法"

---

① 木下資一、「遁世」、『国文学解釈と教材研究』、1985年第30卷第10号9月号、第94頁。

② 木下資一、「遁世」、『国文学解釈と教材研究』、1985年第30卷第10号9月号、第95頁。

③ 刘瑞芝：《"狂言绮语"源流考》，《浙江大学学报》2003年第3期，第90~97页。

思想流行，净土宗受到贵族与民众的欢迎。而平安时代的佛教形式主义倾向严重，僧侣内部等级森严，佛教已经世俗化了，于是真正立志于修行悟道的僧侣便脱离僧团，进行所谓的"二次出家"。日本学者伊藤唯真将这些修行者分成两类：一类是隐遁求道者型，他们离开僧团，独自隐居修行，或者隐于教团内部，为自己的来世修行；另一类是民众宗教者型，投身于民众当中，进行教化。①

那么，隐遁者摆脱教团、由集团回归到个体，这本质上是一种自我意识觉醒的行为。1205 年敕选和歌集《新古今集》编撰完成，此时的审美情趣与歌风都与以往发生了巨大变化，如果说崇尚雅正、格调高古的《古今集》是一种古典主义的话，那么讲究"余情幽玄""余情妖艳"的《新古今集》则是一种浪漫主义思想的集中体现。其独特的政治环境与历史语境使得和歌诗人的创作精神由外拓转为内敛，他们通过自我观照，常常入微细致地把握内心深处情感的涟漪波动，但表现出的诗歌境界却狭窄局促，远不及《万叶集》时代的浑雄大气，但在体格声调的表现技巧上更加精细雕琢。这是对人工美、形式美的刻意追求，更重要的是在诗学理论方面有了突破性进展，例如"幽玄""有心"等诗学概念逐渐形成并发展成体系。总之，在和歌的"体格声律"之外，中世和歌开拓出了"余情笼于内，景气浮于空"（境生象外）的意境论，和歌理论的发展迎来了崭新的时代。

---

① 伊藤唯真编、『阿弥陀信仰』、東京：雄山閣出版、1984 年、第 107 頁。

第二章

幽深玄妙："幽玄"的词义渊源与流变

　　古人论诗常用"参禅"比拟，北宋诗人吴可《学诗》："学诗浑似学参禅。"[1] 这句话强调的是"神思妙悟""不可言说"。在此之前还有杜甫《奉赠韦左丞丈二十二韵》中的诗句"读书破万卷，下笔如有神"。这样的例子不胜枚举，古人评诗的最高标准大概便是"神"了，诸如"神来之笔""鬼斧神工""天衣无缝""神韵"等评语，这些超出人力所及的艺术境界、诗学功力都可以谓之"神"。

　　与此相对，十二世纪至十六世纪的日本中世文学时期，"幽玄"成为评价诗歌、戏曲、绘画等艺术作品的最高审美范畴，无论是立意构思，还是语言风格，或者审美境界，这一切的最高评价便称之为"幽玄之境""余情幽玄"，或者称之为"词幽玄"（词秀）、"姿幽玄"（句秀）、"心幽玄"（骨秀）。在不同时代的审美思想中，"幽玄"的内涵外延不断发生变化。首先它是一种诗美境界，就思想内容而言，是指深奥高远的兴寄怀抱；就美学风格而言，它是复合型的审美范畴，从广义来说包括多种类型与风格，诸如清丽、浓艳、华美、自然、典雅，甚至包含寂寥枯淡、以悲为美的"物哀"之美。可以肯定地说，狭义的"幽玄"并不包含雄浑与壮美这类风格。

　　其实，"幽"与"玄"本来是两个分开使用的汉字，常见于老庄哲学。而"幽玄"连缀则最早见于佛教典籍。[2]"幽玄"的概念形成符合东方哲学的含蓄思维，佛家常言，"言语道断。不可说，一说就错"。如果用非此即彼的理性思维进行解读的话，则很难理解其真正的诗学内涵。

---

① 徐传武：《漫说"学诗浑似学参禅"》，《齐鲁学刊》1994 年第 3 期，第 32~34 页。

② ［日］能势朝次、大西克礼：《日本幽玄》，王向远译，吉林出版集团有限责任公司2011年版，第7页。

第一节　中国道教典籍中的"幽玄"

对于中国人而言，"幽玄"一词听起来感到陌生，但对"玄"字却很熟悉，"玄之又玄""神玄""玄妙"等都很常见，但"玄"字很少与"幽"字连缀。根据《辞源》的解释，"幽"的字义主要有如下几点：（1）潜隐。（2）深。（3）隐秘，隐微。（4）僻静；幽雅。（5）暗；暗淡。（6）微弱。（7）指迷信者所说的阴间。（8）坟墓。（9）囚禁。（10）使消沉。（11）用酒、盐之类腌藏东西。（12）通"黝"，黑色。（13）古代九州之一，即"幽州"。而"玄"的字义主要有：（1）黑色。（2）理之深奥谓玄。（3）清净也。将两者放在一起比较就会发现有相通之处，即隐微、深奥。

日本学者上田万年编撰的《大字典》对"幽"字的注释很有意思："深奥隐而不显之义。'丝'者为微小，'山'者遮蔽眼目，两者结合而成幽字，表示隐之义，进而引申为隐微、黑暗之义"；"玄"是"黑而带有赤色，呈幽远之色。丝为幽（色）而微妙。亠乃覆盖之义。盖以幽暗之物则更加幽暗。玄为天之色。引申为上帝、心、真理、幽远、静深等意"。①那么，"幽"与"玄"连缀，重心应该在"玄"字上，"幽玄"一词天然具备道教思想的性格。虽然说东方哲学离不开儒释道的浸润，但"幽玄"主要还是与道教和佛教相关。佛教自东汉末年传入中国，在汉译过程中夹杂了道教思想，被称为"格义"佛教。

具体来说，"玄"字出自《老子》："玄之又玄，众妙之门。"②当时哲人奉《周易》《老子》《庄子》为经典，合称其为"三玄"。"玄"相当于《周易》中的"易"。"玄数"类似"易数"。"玄"均可以理解为是自然、社会排列、构造的原则，它是事物发生、发展的规律，而且这个原则、规律是广大悉备、无所不包容的。"玄"超乎一切的重要性与本源性，它超越时空，应该是比"虚无""神明""阴阳""万类""气"等更为本源的存在，它创造并制约着"规"（规律）、"摹"（法度）、"气"、"形"以及"古今"（时间）。玄学是魏晋哲学的主流形态，以老庄思想解释儒家经典，所谓援道入儒，具有高度抽象的思辨形式。魏晋玄学家出身门第世家，

---

① 上田万年、『大字典』、東京：講談社、1963 年、第 736 頁、第 1474 頁。

② （春秋）老聃：《老子》，梁海明注，山西古籍出版社 2001 年版，第 3 页。

以容貌仪止、虚无玄远的"清谈"为标榜，形成一时风气。当时，玄学被称为"玄远之学"。"玄远"有两种含义：一指远离"事务"（世事），二指远离"事物"。玄学所关注的是天地万物存在的根本问题，属于一种远离"世务"和"事物"的形而上学的本体论问题。王弼《老子指略》说得更明确："玄，谓之深者也。"①玄学的研究对象是"幽深玄远"的学说。在具体方法论上，玄学主张"得意忘言"，相对于汉儒那种支离烦琐的解释方法，王弼、郭象等人强调论证时应把握"义理"，反对执着"言""象"，即所谓"得意忘言""寄言出意"。

《道德经》中还有"玄之又玄"的语句，故而老子思想被称为"重玄"。元代初年，龙虎山道士张留孙（1248—1321 年）为元世祖所信任，赐号玄教宗师。张留孙从至元十五年（1278 年）作玄教宗师以后，即陆续从龙虎山征调道士到两都（即元朝的京城，大都和上都）。两都分别建有崇真宫，或委以京师道职，或派至江南各地管理教务，最后形成一个规模较大、辖域较广的一个道派，时人称之为"玄教"。②

《道德经》第一章云："道可道非常道，名可名非常名。无名天地之始，有名万物之母。故常无，欲以观其妙。常有，欲以观其徼。此两者，同出而异名，同谓之玄。玄之又玄，众妙之门。"③老子的"道"是宇宙的本源，天、地、人以及世间万物都是由"道"所生，由"道"所化。"玄"字在现代汉语中主要包括黑色和神秘等含义。然而在古汉语中，"玄"字还包括时空遥远之意义。奚侗注曰："以其深远，故云玄也。""玄"字的这些含义是可以相通的，因为愈是距离我们遥远的东西，看上去自然也就愈发显得黯淡和神秘④。

此外，在《道德经》中还可见"玄牝""玄览""玄德""玄通""玄同"等词语。老子所说的"玄"可以从多个方面进行解释敷衍，但最终归结于"道"。"道"是宇宙万物开始时无名的状态与称谓，从道德思想层面而言是自然无为、恬淡无欲，是人格高尚的理想形态，《汉书·扬雄传》云："且人君以玄默为神，淡泊为德。"李

① （汉）王弼：《王弼集校释》（上册），楼宇烈校释，中华书局 1980 年版，第 196 页。
② 梁琼：《玄教宗师张留孙与元初道教政治》，《宜春学院学报》2013 年 10 月，第 20~24 页。
③ （春秋）老聃：《老子》，梁海明注，山西古籍出版社 2001 年版，第 3 页。
④ 展立新：《"玄道"、"玄览"、"玄同"和"玄德"——老子"不言之教"的玄思》，《学术论坛》2004 年第 6 期，第 24~29 页。

善注："玄默谓幽玄。"① 为政者需要德行高尚完美的人格，只有这样才能达到包容善恶贤愚的"无"的境界。老子与庄子、列子、杨朱等人的思想后来与神仙思想相融合，最终形成了道教的哲学基础，对后世产生了巨大影响。

老子哲学包括"玄道""玄览""玄同""玄德"等四个基本组成部分：（1）"玄道"代表着古朴的"无为之治"政治经验；（2）"玄览"属于一种理性的历史反思方法，它与"不言之教"是相互支持和相互论证的；（3）"不言之教"引发了老子哲学的内在矛盾，后者在"玄同"的境界中得到完全的消解；（4）"不言之教"追求一种超功利主义道德，这种道德只能体现在圣人身上，老子称之为"玄德"。②

毫无疑问，老子的玄道思想是"幽玄"语义的最早源流，随后以老子思想为主要哲学基础的道教则又给"幽玄"增添了长生不老等神仙思想。按《史记·封禅书》记载，在胶东以及辽东半岛沿岸地区曾存在擅长方术的宗教团体，他们信奉神仙思想，并且认为渤海湾中有蓬莱、方丈、瀛洲三座仙山岛，那里居住着长生不老的仙人，于是秦始皇、汉武帝等命人去寻找长生不老的仙丹，其中以徐福率五百童男童女东渡日本的故事最为有名。因此，道教思想很早便有可能传入了日本。

其实，神仙思想只是道教的众多思想来源之一，而且道教从西汉至东汉时期主要以经学为主，老子与黄帝并称，又被称为"黄老学"，主要成就集中体现于淮南王刘向命人编撰的《淮南子》。现存的《淮南子》内书二十二篇，而外书三十三篇以及中书八篇都已散佚。而中书八篇便记录了神仙的黄白之术，即炼丹术，黄白指黄金与白银。晋代的著名炼丹家葛洪（284—263年）著有《抱朴子》讲述神仙思想，其中内篇二十卷专讲炼丹术；外篇五十卷，采用问答体，论述当时的政论风俗等内容。

葛洪《抱朴子》云："玄者，自然之始祖，而万殊之大宗也。眇昧乎其深也，故能微焉。绵邈乎其远也，故称妙焉。"③ 其大意是说：玄道是自然的始祖，万事万物的根本。它幽深得渺渺茫茫，所以称之为"微"；它悠远得绵绵莽莽，所以称之为"妙"。由此可见，葛洪的"玄"具有神秘主义色彩，论玄为宇宙之本体，尤着重于

---

① （汉）班固：《汉书（卷八十七下）·扬雄传（第五十七下）》，重刻宋淳熙本。

② 展立新：《"玄道"、"玄览"、"玄同"和"玄德"——老子"不言之教"的玄思》，《学术论坛》2004年第6期，第24~29页。

③ （晋）葛洪：《抱朴子内篇校释》，王明校释，中华书局1985年版，第1页。

玄道。在另一篇《论仙卷》中,葛洪云:"寿命在我者也,而莫知其修短之能至焉。况乎神仙之远理,道德之幽玄,仗其短浅之耳目,以断微妙之有无,岂不悲哉?"[1]意思是说:寿命掌握在自己手中,却不知道它的长短能到多少岁,何况成仙的道理那么高远,道德那么幽深玄妙,凭借自己那短浅的见识,来判断细微玄妙之道有无,岂不是太可悲了吗?此外,神仙思想也催生了南北朝时期志怪小说的流行,如干宝的《搜神记》、陶渊明的《搜神后记》、张华的《博物志》等都收录了大量神仙鬼怪的故事。

在南北朝这一时期,与道教思想密切相关的"幽玄"一词大量出现在文献典籍中。建德六年(577年),北周灭了北齐,周武帝对北齐之地实行排佛政策,焚毁一切经像,废四万所寺庙,被迫还俗的僧尼达三百余万。北方佛教一时之间销声匿迹,史称周武法难。

进入唐代后,道教因受到李唐皇帝的重视变得空前繁荣。武则天统治时期,诗人骆宾王作《代女道士王灵妃赠道士李荣》:"自言少小慕幽玄,只言容易得神仙。"后来的宋真宗时期,景德进士张君房于天禧三年(1019年)编成《大宋天宫宝藏》4565卷(已佚),后撮其精要万余条,辑成《云笈七签》122卷。道教称书籍为云笈,分道书为三洞(洞真、洞玄、洞神)、四辅(太玄、太平、太清、正一),总称七部。故该书《自序》有"掇云笈七部之英"以成书之语,故得名《云笈七签》。[2]《云笈七签》卷八八《仙籍旨诀部》:"杨君再拜具词曰:某才器琐微,行能幽晦。(中略)实为聋瞽之徒,岂觉幽玄之理,步步就死,兀兀不知。"[3]

总之,在我国众多的道教典籍中,"幽玄"一词基本上都是指玄虚的释道哲理。在南北朝时期,原始形态的道教基本形成,例如北魏的寇谦之(365—448年)成立了新天师道的教团;江南丹阳句容的葛洪写成《抱朴子》一书;北宋的陆修静(406—447年)以及陶弘景(456—536年)以江苏茅山为根据地建立了上清派道教。这一时期日本派来的使者来到北宋、北齐的都城建康,自然会受到道教的影响。[4]

《日本国见在书目录》将内篇分类为道家,而外篇则被分入杂家部。《抱朴子》

---

① (晋)葛洪:《抱朴子内篇校释》,王明校释,中华书局1985年版,第171页。

② 刘全波:《〈云笈七签〉编纂者张君房事迹考》,《中国道教》2008年第4期,第39~42页。

③ (宋)张君房:《云笈七签》,蒋力生等校注,华夏出版社1996年版,第540页。

④ [日]中村璋八:《日本文化中的道教》,萧崇素译,《文史杂志》1991年第1期,第40、44~46页。

对日本文学产生过深远的影响，例如山上忆良所作的《沉疴自哀文》（《万叶集》卷五）以及《令反惑情歌》中都引用了《抱朴子》的内容："人但不知其当死之日，故不忧耳。若诚知刖劓可得延期者，必将为之。以此观乃知，我病盖斯饮食所招，而不能自治者乎。"① 此外，《昭明文选》《艺文类聚》等中国典籍都在《日本国见在书目录》中有明确记载，至少说明这些典籍在《日本国见在书目录》成书前已经传入日本，此目录由藤原佐世编撰，成书于日本平安时期，时间大抵上限为日本清和天皇贞观末年，下至宇多天皇宽平三年后，约为877—892年，相当于我国唐代末期的僖宗朝。② 而这些典籍中都有许多的"幽玄"用例。其实，"幽玄"一词在我国唐代时期已经演变成日常俗语，逐渐脱离了道家老庄玄学与佛教思想的范畴。③

第二节　佛教及一般典籍中的"幽玄"

东汉末年佛教传入中国，南北朝时期达到兴盛④，尤其是南朝的宋齐梁陈四个朝代对佛教非常推崇，统治阶级与一般文人学士都崇信佛教。例如，杜牧的《江南春》诗云："南朝四百八十寺，多少楼台烟雨中"，这两句诗便印证了当时佛教兴盛的状况。在佛教的中土化过程中，鸠摩罗什（344—413 年）所起的作用无疑是巨大的，他被称为中国佛教四大译经家之一，其父籍天竺，本人出生于西域龟兹国（今新疆库车），精通大乘小乘。后秦弘始三年（401 年）入长安，弘始十一年（409 年）与弟子译成《大品般若经》《法华经》《维摩诘经》《阿弥陀经》《金刚经》等经和《中论》《百论》《十二门论》《大智度论》《成实论》等论，系统介绍龙树中观学派的学说。著名弟子有道生、僧肇、道融、僧叡，人称"什门四圣"。⑤

其中的僧肇是鸠摩罗什最得意的弟子，据梁代成书的《高僧传》第六《释僧肇传》记载："释僧肇，京兆人。家贫以佣书为业。遂因缮写。乃历观经史备尽坟籍。爱好玄微。每以庄老为心要。尝读老子道德章。乃叹曰。美则美矣。然期栖神冥累

---

① 伊藤理惠、「山上億良の令反惑情歌と『抱朴子』の『地仙』思想」、『フェリス女学院大学日本大学院人文科学研究科』、1997 年 12 月第 5 号、第 1~22 頁。

② 郝敬：《〈日本国见在书目录〉著录小说书考略》，《古籍研究》2014 第 1 期，第 97~110 页。

③ 谷山茂、『谷山茂著作集（一）・幽玄』、東京：角川書店、1982 年、第 16 頁。

④ 滕昭宗：《佛教在我国开始兴盛的时间问题》，《史学月刊》1983 年第 3 期，第 20~22 页。

⑤ （梁）释慧皎撰、汤用彤校注：《高僧传》，中华书局 1992 年版，第 45 页。

之方。犹未尽善。后见旧维摩经。欢喜顶受披寻玩味。乃言。始知所归矣。因此出家。……肇既才思幽玄。又善谈说。"① 文中称僧肇"才思幽玄"，应该是说其才思过人、深奥神妙。而在唐释元康的《肇论疏》中，"幽玄"一词被使用了五次②，也包括"才思幽玄"：

①肇既才思幽玄。又善谈说。承机挫锐。曾不留滞。

②谓肇法师。将心于大乘水中得浴。将怀于幽玄之津取悟。

③言此涅槃。毕竟性空。诸佛齐证。即是安隐幽玄之宅也。

④玄枢者。玄谓幽玄。枢枢要也。谓至理幽玄。教门枢要。佛穷尽之耳。

⑤而复不得云无涅槃也。其道不无则幽途可寻。言幽玄途略可寻求耳。所以千圣同辙。

这五种"幽玄"的用例含意各不相同，有的是指神妙深奥之义，有的是指阴间幽冥，显示出其词义的多歧性。

永平十年（67 年），汉明帝夜梦金人，遂遣人西行以求佛法，使者途遇高僧迦叶摩腾、竺法兰，便邀来华传授佛法。随着二人于白马寺译出《四十二章经》后，佛教便开始了在东土传播，然而外来的宗教文化与中国传统思想和礼制发生冲突，加之早期解经方法不完善，使得外来的宗教文化在中国传播受到了很大阻碍。为了调和佛教与儒道之间的矛盾，遂产生了一种新的解经方法，即所谓的"格义佛教"。"格义"就是以中国传统的思想文化，特别是用老庄思想去解释佛教思想的深奥学说，使人们更易理解并接受佛教思想。梁代高僧慧皎在《高僧传·竺法雅传》中是这样释其义的："以经中事数，拟配外书，为生解之例，谓之格义。"③

面对本土文化的拒斥，佛教为求得在中土传播，便借助本土文化的话语权威，采用中国传统思想文化的主流话语来比附佛经中的概念，以便使译本能为人所接受。如支娄迦谶把"真如"译作"本无"；安世高译《阴持入经》把"色、受、想、

---

① （梁）释慧皎撰、汤用彤校注：《高僧传》，中华书局 1992 年版，第 248 页。

② （唐）释元康，「肇論疏卷上序」，『大正藏（卷45）』，東京：日本大正一切経刊行会出版，1934 年：第 161~163 頁。

③ （梁）释慧皎撰、汤用彤校注：《高僧传》，中华书局 1992 年版，第 356 页。

行、识"五类构成人的因素译作"五阴";支谦译《般若波罗蜜经》为《大明度无极经》,把"般若"(智慧)译作"大明",将"波罗蜜"(到彼岸)译作"度无极",这二者均是取自《老子》的"知常曰明"和"复归于无极"。①

虽然老庄思想与般若有相通之外,但老庄所主张的"无"属于本体论性质的概念,是一切万物产生的本源。"有"是世人对无的表象的理解,"无"才是真实所在。正所谓:道生无,无生有,有生五行,五行化万物;而般若所说的"空"或者"无"是认识论层面的概念。僧肇的《肇论》由"宗本义""物不迁论""不真空论""般若无知论""涅槃无名论"等内容组成。其中的"涅槃无名论"与老庄的思想密切相关。僧肇幼时学习过经学,尤其是对老庄思想感兴趣,后来转向佛学。魏晋时期,般若思想在士族阶层当中非常流行。因此,僧肇在讲授佛法时引入老庄思想便是非常自然的事情了。

僧肇的《涅槃无名论》探讨"涅槃"的深意,"涅槃"是巴利文 Nibbāna 的音译,意译为"寂灭"。《阿含经》称为"毕竟寂静""实极安乐",大乘赞其常、乐、我、净四德,是指佛教全部修行所达到的最高理想,这是不生不灭、超离生死烦恼、安住永恒快乐的境界。《涅槃无名论》的"表上秦主姚兴":"涅槃之道,盖是三乘之所归,方等之渊府。渺漭希夷,绝视听之域;幽致虚玄,殆非群情之所测。"②《道德经》第十四章曰:"视之不见名曰夷,听之不闻名曰希",河上公③注:"无色曰夷,无声曰希。"因此,后人便以"希夷"指虚寂玄妙的境界。

那么,如何才能达到"涅槃"的境界呢?只有否定现有世界方可达到"寂灭"的境界,引导众生走向"涅槃"的方法则是根据"三乘"(声闻乘、缘觉乘、菩萨乘)的教义,如果达到了"涅槃",便可以明白方正平等之理。老子思想的"玄"主张无欲无为、道法自然,属于一种处世哲学,老子的"玄道"实质上是逃避现实,只是用"幽致虚玄""希夷",或者"无""空"等概念来假设一种混沌的理想状态,但并不能完全说清楚这种否定现世的目的与意义所在。相反,佛教否定现世,希求来世,佛教"涅槃"具有明确的目的,即求得众生的平等与解脱。佛教在理论体系的完备与深度上要优于道教,事实上道教思想体系也正是吸取了佛教理论才得以建

---

① [荷]许理和:《佛教征服中国》,李四龙,裴勇译,江苏人民出版社 1998 年版,第 97 页。
② 麻天祥:《僧肇与玄学化的中国佛学》,长安佛教学术研讨会,2009 年。
③ 河上公为传说中住在河上的神人,其实是根据王弼《老子注》而作的。

立起来的。

进入南北朝时期之后，欧阳询的《艺文类聚》第七十六"内典上"可见"幽玄"的用例："梁王筠国师草堂寺智者约法师碑曰：结宇山椒，疏壤幽岫，蓄云泄雨，霭映房栊，浴日涵星，翻光池沼，震居暇豫，留思幽微，研精经藏，探求法宝，香城实相之谈，金河常乐之说，究竟微妙，洞达幽玄……"①

王筠是梁朝著名的书法家，他去草堂寺拜谒慧约法师的墓碑；而草堂寺有两处，最著名的草堂寺创建于东晋末年，位于陕西省户县圭峰山北麓。草堂寺是中国佛教三论宗的祖庭，也是古代最早、规模最大的朝廷译经场之一，在佛教译经史上具有划时代的意义；另一处草堂寺则是慧约法师的墓地之所在，该寺位于南京的紫金山（古名钟山）之南，为梁代之周颙所创建，时人称山茨寺。慧约墓碑上的"究竟微妙，洞达幽玄"两句，其意思是说可以洞察事物的本质。

佛教传入中国的最初阶段并没有区分大小乘经典，也没有明显的立宗分派。佛教自印度传入中国，在中国经过五六百年的发展，到隋唐时进入了创宗立派的新时期，出现了十三个宗派，后来合并为八宗：一是三论宗，又名法性宗；二是瑜伽宗，又名法相宗；三是天台宗；四是贤首宗，又名华严宗；五是禅宗；六是净土宗；七是律宗；八是密宗，又名真言宗。以上就是通常所说的性、相、台、贤、禅、净、律、密等八大宗派。在这大乘八宗之中，"唯识"近于科学，"三论"近于哲学，"华严"及"天台"近于文学，"真言"及"净土"近于美学，"禅宗"则是佛法的重心。隋唐时期，中央集权的建立与寺院经济的发展，促进了佛教宗派之间的融合发展，且顺应思想文化的大统一趋势。这些宗派各具独特的教义、教规和修持方法，并为了维护自己宗教的势力和寺院经济财产，而模仿世俗封建宗法制度，建立了各自的传法世系。彼此的思想体系都融合吸收了大量的传统思想。中国化佛教各宗派的建立，标志着佛教在中土的发展进入了鼎盛阶段。②

在佛教八大宗派中，华严宗与天台宗对文学创作的影响最大。华严宗三祖法藏贤首大师（643—712 年）的《华严探玄记》可见"幽玄"用例："一甚深者是幽邃义。一约有为性彻穷后际故。二约无为性真如法性离相离性故。三约用出生胜德不

---

① （唐）欧阳询撰，汪绍楹校：《艺文类聚》，上海古籍出版社 1965 年版，第 1309 页。
② 谢锐：《中国最早的华严宗基地的形成》，《唐都学刊》2011 年第 1 期，第 16~21 页。

可尽故。四彻同佛果故。又照穷逾远曰甚。毕竟无底曰深。幽玄无极故曰甚深。二广大者是包含义普遍义无边义。前即深无底。此即广无涯此通有为无为能生所生因果等法。"①

法藏将佛法之理"甚深"的程度即"幽邃"分成四种，分别对应四种法界观，即事法界、理法界、理事无碍法界、事事无碍法界。四法界是华严宗对于世界的看法。这里法界有两个意思：一是指事物而言，界为分义，即差别义；二是指理而言，界为性义。前者指千差万别的事物现象，后者则指法性真如。所谓"事法界"，指形形色色的现象世界（杂）；所谓"理法界"，指清净的本体世界（纯）。这两种世界互相包容而无妨碍（纯杂无碍），这就叫"理事无碍法界"。各种事物之间也都互相包容而无妨碍，这就叫"事事无碍法界"。法藏认为，这四法界体现了宇宙万事万物的关系，也就是人们了解世界的四种精神境界。而"幽玄"则是指达到圆融无碍、圆融即相的境界。②

此外，在天台宗的《金刚般若经疏》序中可见"幽玄"用例："略释经题，法譬标名，般若幽玄，微妙难测，假斯譬况以显深法。""般若"（bō rě），梵语的译音，慧（梵文：Prajñā；巴利文：paññā），或译为"波若"，意译"智慧"，在英文中写作"panna"。佛教用以指如实理解一切事物的智慧，大乘佛教称之为"诸佛之母"。般若智慧不是普通的智慧，是指能够了解道、悟道、修证、了脱生死、超凡入圣的这个智慧，这是属于道体上根本的智慧。所谓根本的智慧，就是超越一般聪明与普通的智慧，了解到形而上生命的本源、本性。这不是凭借思想得到的，而是将身心两方面投入求证到的智慧，这个智慧才是"般若"。因此"智慧"两个字不能代表"般若"的整体含义③，为表示有别于一般所指的智慧，所以用音译。

在僧肇《肇论》的"般若无知论"第三项中，有"般若虚玄"的语句，这是用老子的虚玄来格义佛法。由于"虚玄"与"幽玄"的语义等同，故此"般若幽玄"中的"幽玄"也被用来格义"般若"。唐良贲法师（717—777年）在《仁王护国般若波罗蜜多经疏》的序言云："解释经题目兼通别。仁王护国，标请主之所为，般若波

---

① （唐）释法藏：《大方广佛华严经探玄记》，上海古籍出版社 1995 年版，第 71 页。

② （唐）释法藏：《大方广佛华严经探玄记》，上海古籍出版社 1995 年版，第 72~74 页。

③ 邓曦：《奥义书与佛教般若思想》，《哲学动态》2011 年第 1 期，第 198~205 页。

罗蜜经，明境智之幽玄。"①对此，《佛学大辞典》解释："境与智。所观之理叫做境；能观之心叫做智"；"境与智之并称。境即所观之境界，智即能观之智慧。境智合一即称境智冥合（冥：暗合，默契）。"境智"为天台宗所常用，与般若之义类似。天台宗将主客观的一大圆融视为理想的境界，所谓"般若幽玄"或"境智幽玄"，说的都是这种境界如何玄妙不可思议。

另外，"幽玄"一词除了出现在道教或佛教典籍中外，在古代的一般典籍中也有许多用例。例如，汉少帝刘辩②《悲歌》的诗句："天道易兮我何艰，弃万乘兮退守蕃。逆臣见迫兮命不延，逝将去汝兮适幽玄。"（《全汉诗》卷七）③汉少帝在位仅四个月便遇害，诗中的"适幽玄"是指命丧黄泉之意，这首《悲歌》在《后汉书·皇后纪》第十下，灵思皇后一条中也有记载。到了晋代，成公绥的《正旦大会行礼歌》十五章的最后部分："明明圣帝，龙飞在天，与灵合契，通德幽玄。仰化青云，俯育重渊，受灵之祜于万斯年。"④这是泰始五年（269年）成公绥所作，赞美当时晋武帝的德行可以通达"幽玄"，这也是指"黄泉"之义。

在音乐古籍方面也可见"幽玄"一词的用例。《魏书卷一百九·志第十四·乐五》："《书》曰：'于予击石拊石，百兽率舞，八音克谐，神人以和。计五音不具，则声岂成文；七律不备，则理无和韵。八音克谐，莫晓其旨。圣道幽玄，微言已绝，汉魏以来，未能作者。'"⑤不过，这里说的"幽玄"显然不是指音乐，而是歌颂圣道英明。

另外，唐高宗时期李善的《文选注》（658年）中可见三例"幽玄"。⑥现举两例：

（1）卷九，《长杨赋》（扬子云）："人君以玄默为神澹泊为德。善注：玄默谓幽玄恬默也。魏都赋曰。显仁翌明藏用玄默。"

其中的"玄默"一词应该相当于"玄"字的清净之义。圣明的君主应该稳重寡言，而非妄言轻言。正如《汉书古今人表注》所载："老子玄默仲尼所师"，老子玄

---

① 大藏经卷33、经疏部、NO：1709、日本大正一切经刊行会出版、1934年、第429页。

② 189年5月15日—9月28日在位。

③ 丁福保编：《全汉三国晋南北朝诗（一）》，中华书局1959年版，第5页。

④ 转引自张梅：《成公绥〈正旦大会行礼歌〉辨正二题》，《古籍整理研究学刊》2014年第2期，第58~63页。

⑤ （北齐）魏收：《魏书卷一百九·志第十四·乐五》，中华再造善本。

⑥ 转引自赤羽学，『幽玄美の探究』，東京：清水弘文堂、1988年、第27~28頁。

默，所以为圣人师表。李善把"玄默"注解为"幽玄"，"幽玄"的意思便有清净高洁之意。

（2）卷三十四，《七启八首并序》（曹子建）："玄微子隐居大荒之庭。善注：玄微幽玄精微也。（中略）铣曰：假立幽玄精微之人以为端。"①

曹植的《七启八首》假托一位名叫玄微子的贤人，表达了作者隐居山林、等待明君的寓意。李善将"玄微"解释为"幽玄精微"，张铣也认为是"假立幽玄精微之人"，假立即假托。诗中的"大荒之庭"是指日月皆无、黑暗无边的场所。与"幽玄"并列使用的"精微"，其精细微妙的地方与"幽玄"相通。例如，白居易有诗曰："清楚音谐律，精微思入玄。"（《江楼夜吟元九律诗成三十韵》）②从这个用例可以推测出，幽玄具有"广大细微"的含义，让人可以联想起《法华经》中的妙庄严王本事品，他的两个儿子净藏、净眼所示现的神变："须弥纳芥子，微尘容虚空。"

佛法中说，我们的"法身自性"是"横遍十方，竖穷三际"，因为法身慧命大而无外，小而无内，无处不遍，无所不在；我们的真心本性是不生不死，是永恒如一。所以，佛教的时空观认为，时间是竖穷三际，贯通过去、现在、未来三世，是无始无终的；空间则是横遍十方，横此方世界、他方世界、十方世界，是无量无边、无穷无尽的，这就是我们心内的空间。一个人能体会心内的空间，便能领略"须弥纳芥子，微尘容虚空"的奥妙。"须弥"由须弥山转借而来，喻指极大的空量。"芥子"原是芥菜的种子，因为它的体积微小，借以比喻为极小之物。"微尘"是眼根所取最微细的色量，诸经论中每以"微尘"比喻量的极小。在小乘佛教如萨婆多部认为，构成宇宙最基本最细微的元素叫作"极微"，也就是物质分析到极小不可分的单位，称为"极微"，又称为"微尘"。《大毗婆沙论》卷一百三十二记载：极微虽然没有长短方圆等形状，也没有青黄红白等色彩，不是肉眼所能看得见的，但是极微确实为一实质存在的色法，一切物质均为极微所组成，因此极微在虚空中占有一定的方位空间。③

（3）《全梁文·卷四十三·到大司马记室笺》（任彦升）："神功无纪作物何称。"

---

① （唐）李善：《文选注》（卷三十四），重刻宋淳熙本。
② 龚克昌：《白居易诗文选注》，上海古籍出版社1984年版，第1339页。
③ 定方晟，『須弥山と極楽——仏教の宇宙観』、東京：講談社、1973年、第9~13頁。

李善注："言圣德幽玄同夫二者。"吕延济注："高祖如神妙之功无能纪述。"①

这里是说梁高祖武帝的神妙之功德，李善注的"幽玄"也是称赞圣人之德高大深远，可与老子的脱凡超俗相比。

唐代以后，很少见到"幽玄"连缀的用例，主要是出现在诗句中。日本学者赤羽学举出骆宾王的《萤火赋》"委性命兮幽玄，任物理兮推迁。化腐木而含彩，集枯草而藏烟。"②然而《骆宾王文集》中收录的《萤火赋》却并非"幽玄"二字，而是"幽元"③。不过，道教治病保生咒中有"太虚玄妙神，空洞幽元君"一句，俗语中也有"探古思幽元"的说法，可见"幽玄"与"幽元"在道家思想语境中可以视为同义词。骆宾王的另一首《代女道士王灵妃赠道士李荣》中可见"幽玄"的用例："自言少小慕幽玄，只言容易得神仙。"④元末明初的诗人王逢《妇董行》云："湘妃掺袂溯寥廓，汉女结佩穷幽玄。缟衣綦巾共缥缈，文鱼赤鲩长周旋。"⑤赤鲩即鲤鱼，唐代讳言李字，称鲤鱼为赤鲩公。前一句的"幽玄"与后一句的"缥缈"相对，大概是幽深玄妙之意。

第三节　古代日本人对"幽玄"的移植

在中国古代，道家以"无"为其理论核心，而佛家则以"空"为佛法基本。佛教的"空"是借助道家的"无"而发展起来的，后来者居上。道家以追求现实的快乐与长生不老为终极目的，佛教以探究真理真相为目标。因此，道家思想中的"幽玄"具有生命的神秘性格以及天地混沌的色彩，主张人生的终极意义蕴含其中。而佛教的"幽玄"虽吸收了道教的神秘主义色彩，但更主要的是指佛法的玄奥深邃，超越主客体的局限，从而获得一种圆融无碍的大智慧与思维模式，可以将"般若"换言为"幽玄"。

随着中日古代的文化交流活动，"幽玄"随佛教与道教传入日本。552年，百济圣明王进献给钦明天皇金铜释迦佛像一尊和经论、幡盖等物品，并上表赞颂弘布佛

---

① （清）严可均：《全梁文·集部·卷四十三》，商务印书馆 2006 年版，第 456 页。

② 赤羽学、『幽玄美の探究』、東京：清水弘文堂、1988 年、第 28 页。

③ 《四部丛刊初编·集部 103·卷一》，影印上海涵芬楼藏明翻元刊本。

④ 庄国瑞：《骆宾王的七言歌行创作及其抒情艺术》，《重庆社会科学》2010 年第 6 期，第 102~106 页。

⑤ （元）王逢编：《梧溪集（卷一）·二十四》，中华再造善本。

教大法的功德。其文曰："是法于诸法中最为殊胜，难解难入，周公孔子尚不能知。此法能生无量无边福德果报，乃至成辨无上菩提。譬如人怀如意法宝，所求无不如愿。此妙法宝亦然，祈愿依情无所乏。且夫远自天竺，爰泊三韩，依教奉持，无不尊敬。由是百济王臣明，谨遣陪臣怒唎斯致契，奉传帝国，流通畿内，果佛所记，我法东流。"①

602 年，百济僧观勒献上历法、天文地理以及遁甲方术等典籍并移居日本。②遁甲方术又称奇门遁甲，它是古代的一种术数。据《中国方术大辞典》记载，奇门遁甲的具体内容见自于《易纬·乾凿度》。以十干中的"乙、丙、丁"为三奇，以八卦变相"休、生、伤、杜、景、死、惊、开"为八门，合称奇门。以十干中的"甲"最尊贵而不显露，"六甲"隐于"戊己庚辛壬癸"这六仪中。三奇和六仪置于九宫，"甲"不占宫，故称遁甲。传闻黄帝发明奇门遁甲，也即隐身术。晋代葛洪对隐身术笃信无疑。他在《抱朴子·遐览》中介绍了一种以药符作法的隐身术："其法用药用符，乃能令人飞行上下，隐沦无方，含笑即为妇人，蹙面即为老翁，踞地即为小儿，执杖即成林木，种物即生瓜果可食，画地为河，撮壤成山，坐致行厨，兴云起火，无所不作也。"③

这类以方术为代表的神仙思想通过朝鲜半岛传入日本，传播者中有许多中国人或朝鲜人，他们为躲避战乱等原因移居日本，被称为"归化人"，其中最有名的当数徐福率五百童男童女东渡日本的故事，现在日本各地有许多日本人自称是徐福后代，但都缺乏确切的科学论证。

在中国古代，道家思想成为文人士大夫隐退江湖的精神寄托，他们信奉"达则兼济天下，穷则独善其身"的人生信条，具体表现为"入世"与"出世"两种截然相反的人生态度。唐代诗仙李白为人放荡不羁，神仙道教信仰在其思想中占有重要地位，给他一种极强的自我解脱能力，他的不少诗作表面上是及时行乐思想，其实内心深藏对自由的向往。山水漫游，企慕神仙，终极目的是要达到一种不受约束的逍遥的人生境界。

---

① 杨曾文：《日本佛教史》，浙江人民出版社 1995 年版，第 17 页。
② 许能洙：《中、朝、日佛教初传期比较》，《延边大学学报（社科版）》1998 年第 1 期，第 23~26 页。
③ （晋）葛洪：《抱朴子内篇校释》，王明校释，中华书局 1985 年版，第 337 页。

同样,一方面,在日本古代文人当中亦有人深受道家神仙思想的影响,例如《万叶集》时代的和歌诗人山上忆良便是其中的一个。山上忆良(660—733年)在文武天皇大宝元年(701年)曾随遣唐使粟田真人来到中国,任少录职。他在中国生活过两年,研习汉学,这段经历对他后期的文学创作产生了深远影响。晚年的山上忆良在《沉疴自哀文》中将孔子的《论语》与葛洪的《抱朴子》并列,而且引用了唐传奇《游仙窟》中的一段文字,在同一篇文章中还将孔子的言论和古代情色小说《游仙窟》并列,这在中国古代绝对不可想象。① 关于这一点,幸田露伴认为:"余观其引《游仙窟》之文,与《任征君语》《论语》《抱朴子》《帛公略说》之引文错杂一体,毫无顾忌,似全然忘其文之猥琐以至如同与诸经同视。吾等不止不宜轻视忆良所引《游仙窟》之文,更应爱赏珍重并细窥之方可。"② 虽然在山上忆良的著述中未见"幽玄"一词,但他在日本传播神仙思想方面发挥了重要作用。我们可以强烈感受到《沉疴自哀文》中所表现出来的、对现实生命的那份留恋与执着,但作者并没有达到葛洪在《抱朴子》中追寻"神仙之远理、道德之幽玄"的思想境界。

另一方面,神仙思想对日本文学的创作以及神话传说起到了深远的影响作用,例如《竹取物语》《浦岛子传》《玉造小町子壮衰书》以及流行于日本各地的"羽衣传说"等民间故事。其中浦岛太郎入龙宫的传说流传最广,最初见于《日本书纪》雄略纪廿二年秋七月条中的记载:"丹波国余社郡管川人水江浦岛子乘舟而钓,遂得大龟,便化为女,于是浦岛子感以为妇,相逐入海,到蓬莱山历观仙众,语在别卷。"其后《释日本纪》引述了《丹后国风土记》的佚文:"浦岛子钓鱼,钓了三天三夜什么也没有钓到,正感到奇怪时,一名仙女出现了,浦岛跟随她去了龙宫,在那里度过了三年。因浦岛思念家乡,便获赠一只玉匣回到家乡。但家乡却是三百年后的模样,当浦岛打开玉匣,一股白烟冒出,年轻的他就变成了白发老人。"③

其实,《浦岛子传》所记载"神婚传说"与其说是受道教的神仙思想影响,不如说是源自古人想与神灵沟通的愿望,这与古人祭神拜神或图腾崇拜没有太多的差别。而《续浦岛子传记》(920年)则表现出不同的性质,浦岛子在故事的最后得道

---

① 小岛宪之、『上代日本文学と中国文学 (中)』、東京: 塙書房, 1964 年 3 月、第 988~990 頁。

② 井波律子、『中国文学 読書の快楽』、東京: 角川書店, 1997 年 9 月、第 179 頁。

③ 转引自[中]严绍璗、「日本古伝記浦島子の研究」、『日本研究 (日文研)』、6 月号、1995 年、第 34 頁。

成仙，"服气乘云，出于天藏之间。陆沉水行，于地户之扉"①。这样的文学想象已经脱离了早期的志怪小说，加入了文人的审美想象。当然，"幽玄"一词也出现于其中："宛如羽客乘风，仙娥上月，胜地闲敞，而洞里幽玄也。其山为状，崔鬼而穿云。瞻之目眩将坠，岩嶙而陵波。登之情迷失度，巍巍隐天，俯观云雨。荡荡临海，近玩沧浪。"②其中的"洞里幽玄"，表达了人们对深邃莫测的仙洞抱有神秘想象与无限向往，因此仙境往往都是云雾缭绕、虚无缥缈、可望而不可及。

然而必须承认道教对日本宗教文化所起的作用远不及佛教。佛教传入日本的确切时间为钦明天皇十三年（552 年）十月，百济圣明王献金铜佛像一尊、经卷若干。围绕是否允许佛教传入，苏我氏与物部氏两大豪族之间展开了对立冲突。最终，苏我氏占据了上风，日本政治进入了中央集权社会，佛教依靠朝廷的政治庇护兴盛起来。当时任摄政王的圣德太子笃信佛教，令人编撰"三经义疏"，具体来说是指法华经义疏、胜鬘经义疏、维摩经义疏，高丽僧人慧慈与百济僧人慧聪成为圣德太子的老师，主要传授三论宗思想。

"三论宗"是中国隋唐时代的佛教宗派。因据印度龙树《中论》《十二门论》和提婆《百论》三部论典创宗而得名。又因其阐扬"一切皆空""诸法性空"而名空宗或法性宗。后秦鸠摩罗什传译三论，盛倡龙树、提婆之学，为创立三论宗奠定了理论基础。三论宗起源于鸠摩罗什的弟子僧肇，而僧肇的佛法思想形成深受老子虚无思想的影响。③

三论宗传入日本，成为南都六宗④之首，三论宗的创始人吉藏（549—623 年）所著《净名玄论》自然也传入了日本，净名是梵语"维摩"（vimalakirti，毗摩罗诘利帝）的汉语意译，由鸠摩罗什与僧肇最初在翻译中使用。《维摩经》主张修行的人必须内心清净，内心清净才能到达不可思议之境，即解脱之境。《净名玄论》卷一："所谓净名。以净德内充。嘉声外满。天下藉甚。故曰净名。""金陵沙门释吉

---

① 转引自赤羽学、『幽玄美の探究』、東京：清水弘文堂、1988 年、第 78 頁。

② 转引自赤羽学、『幽玄美の探究』、東京：清水弘文堂、1988 年、第 79 頁。

③ 理净：《三论宗在中国的发展及其思想概述》，http://wenku.shanyuanwang.com/wenku-43361.html，访问日期：2013-12-06。

④ 南都六宗指日本奈良时代的以平城京（奈良）为中心流行的佛教六个宗派，即三论、法相、成实、俱舍、律、华严，与中世以后平民化的净土宗等相对，南部六宗被称为是"学问佛教""贵族佛教"。

藏。陪从大尉公晋王。（中略）昔僧睿僧肇悟发天真。道融道生神机秀拔。并加妙思。具析幽微。而意极清玄。辞穷丽藻。但斯经。文约义富。意远义深。"①日本僧人智光（708？—780？年）在《净名玄论略述》序中道："法门冲邃以不二为宗，解脱幽玄以离思为本。"智光对"幽玄"也作了解释："体名玄者，至虚冲寂绝心言路不能行不能到。不二法门为法之体，超心言路难可测度所以名幽。"②为获解脱之道，必须打破旧俗，居破邪之境地，为此要净心，取绝对"空"的立场。"空"指没有文字语言的"不二法门"。

《维摩诘经·入不二法门品》："如我意者，于一切法无言无说，无示无识，离诸问答，是为入不二法门。"在佛教中，对事物认识的规范，称之为法；修有得道的圣人都是在这里证悟的，又称之为门。佛教有八万四千法门，不二法门是最高境界。入得此门，便进入了佛教的圣境，可以直见圣道，也就是达到了超越生死的涅槃境界。从佛教哲学观来看，"不二"即"非此非彼又即此即彼""众生平等""自他平等""心佛平等"等，是佛教认知世界万事万物的方法与观念，演绎阐述的是世间万物本质与表象的关系。《维摩诘所说经》记载：

> 问文殊师利："何等是菩萨入不二法门？"文殊师利曰："如我意者，于一切法，无言无说，无示无识，离诸问答是为入不二法门。"文殊师利问维摩诘："我等各自说已。仁者当说，何等是菩萨入不二法门？"维摩诘默然不应。文殊曰："善哉善哉。乃至无有文字语言，是真入不二法门。"③

"幽玄"在日本最早的用例出现于智光和尚的《净名玄论略述》中。④在他的另一部著作《般若心经述义》的序中："观夫大道幽微深远难测，无智无相非生非灭。然则理绝百非言语无展其辩，理绝百非道忘四句情识不致其虑。"⑤所谓"大道幽微"

---

① 吉藏：《净名玄论》（卷一），京东电子书，第1页。
② 大鹿实秋、「净名玄論序の序——密教とインド思想」、『松尾義海古希記念文集』、種智院大学密教学会、1980年1月、第19~39页。
③ 王健三：《论维摩诘经之不二法门》，《宗教学研究》2006年第1期，第152~156页。
④ 赤羽学、『幽玄美の探究』、東京：清水弘文堂、1988年、第86页。
⑤ 智光、「般若心経述義序」、『大正藏』（卷57）、東京：日本大正一切経刊行会、1934年、第3页。

是说"般若"的智慧无法用语言说明，"幽微"与"幽玄"应该是意思相同的词语。"幽致"见于《高僧传》卷六《僧肇传》："涅槃之道，盖是三乘之所归，方等之渊府。眇茫希夷，绝视听之域；幽致虚玄，非群情之所测"①。而"玄枢"一词则出自唐代元康的《肇论疏》："玄枢者，玄谓幽玄。枢枢要也，谓至理幽玄。教门枢要，佛穷尽之耳。"②"幽玄"被僧肇用来格义般若思想，它随同三论宗一起传入日本，并得益于圣德太子对佛教的积极推行政策，迅速渗透进当时的日本社会。

784年，桓武天皇从平城京（今奈良市）迁都至长冈京（今京都府向日市），794年又迁都平安京（今京都市）。这一时期，"山岳佛教"开始盛行，受盛唐佛教文化影响，这一时期的日本佛教也多在名山建立寺院，开创了日本的"山岳佛教"，其与政治的联系也不如前代"都市佛教"那样密切，可以说从政教合一转变为政教并立。日本佛教的任务是祈祷国家平安，此后的日本佛教不再单纯是中国佛教的翻版，它开始走上一条自主发展的道路。

最澄（767—822年）创建的天台宗已是台、密、禅、律的"四宗合一""圆密一致"③。866年，清和天皇授给最澄"传教大师"的谥号，这是日本首个"大师号"。最澄所著《一心金刚戒体决》中有一例"幽玄"的用例："夫等觉大士以善恶同现，化他自在之念。冥契舍那心地之果，得诸法幽玄之妙。证金刚不坏之戒。无谋妙应，自然摄化。故善恶融泯，尽称戒体。"④其中，"诸法幽玄之妙"的"幽玄"之义是指佛法之理深远玄妙。至于如何才能超越善恶自他的局限、达到圆融自在、圆融无碍的境界，华严宗主张事事无碍，天台宗宣扬圆融三谛。"三谛说"源自龙树的《中论·观四谛品》："因缘所生法，我说即是空，亦为是假名，亦是中道义。"因缘所生法的空、假、中即是三谛。"由于谛、观、智的相互链接及其圆具涵融，并且主体所生发之观慧是直接包含了其所观之境的真理性。观是关键环节，谛是最终所证，慧是最终结果。"⑤主张"圆融三谛"的天台宗在日本平安时代至镰仓幕府时代一直都占据佛教思想的主流，并且与由空海法师开创的密教一起，为后代日本佛教

---

① （梁）释慧皎撰、汤用彤校注：《高僧传》，中华书局1992年版，第248页。
② 『大正藏』（卷45）、東京：日本大正一切经刊行会、1934年，第162页。
③ 杨曾文：《日本佛教史》，浙江人民出版社1995年版，第105页。
④ 冈崎义惠、「有心と幽玄」、『日本文芸学』、東京：宝文館、1973年、第568页。
⑤ 董平：《论天台宗圆融三谛的真理观》，《中国哲学史》1999年第3期，第61~68页。

奠定宏大的基础。后来，"三谛"思想被藤原俊成用来建构他的"幽玄论"体系。

藤原俊成最先将"幽玄"引入和歌批评领域，"余情幽玄"主要用于和歌作品的美学语言风格与艺术境界，但更重要的是如何获取或表现"幽玄"之境，"余情"的产生不仅依赖含蓄自然的表现方法，更主要的是主客观相一致、思与境偕的"心幽玄"的创作姿态。所以，"幽玄"研究也应将创作构思阶段、类似于"虚静""神思"的灵感获取，或者将艺术感悟的审美机制纳入研究视野。古人云："学诗浑似学参禅"，天台宗与禅宗原本就是一脉相承的关系。此后，具有道教与佛教思想色彩的"幽玄"逐渐被运用到和歌及其他艺术领域，如同"无生有、有生万物"一样，"幽玄"的本义就是"虚玄""空无"，它具备极强的语义生成功能，后来"幽玄"进入"复合美""大美"的审美层面，最终由宗教哲学概念演变为诗学范畴。

第四节 平安文学时期批评意识的萌芽

据能势朝次、久松潜一、谷山茂等多位日本学者的缜密考证，日本奈良朝与平安朝时期，"幽玄"在日本佛教等典籍中有大量用例，尤其是进入平安时期随着天台宗思想日益渗透到社会各个层面，"幽玄"一词极有可能成为日常俗语，就已知用例来看，这一时期的用例均未超出"幽深玄妙""不可思议"等词义范围。不过，十世纪初的平安时代中期之后，"幽玄"开始用于文学批评用语，显示出批评意识的萌芽。

在日本平安时期，由于汉诗文的文学地位远远高于和歌，"幽玄"的词例在汉诗文中相当常见。例如，《作文大体》作为汉诗文的创作指南，其成书年代为 1108 年（另一说为 939 年），它有一个人们熟知的名称《倭注切韵》。该书由大江朝纲作序，跋文中则有"记菅江两流之家记"的字样，可知该书记述了菅原道真与大江匡衡两家族的秘传，具体内容是关于诗病、对句、平仄等写诗要领。该书中出现"余情幽玄体"的名称："清风何处隐题。保胤诗云：庶人展箪宜相持，列子悬车不往还。又花寒菊点薮（丛）题。菅三品（菅原道真）诗云：兰蕙苑岚摧紫后，蓬莱洞月照霜中。是诚幽玄体也。"[1]

---

① 能势朝次、『幽玄論』、東京：河出書房、1944 年、第 42 頁。

　　保胤的全名叫庆滋保胤（933—1002 年），是日本平安时代的文人、儒学者。关于"庶人展箪宜相持，列子悬车不往还"，"列子"是指列御寇，"悬车"出自"悬车致仕"的成语，古人七十岁时便将车悬起来，表明自己辞官不作的意愿与情操。汉班固《白虎通·致仕》云："臣年七十悬车致仕者，臣以执事趋走为职，七十阳道极……"① 至于"展箪"，是说庶人将竹席铺好等待列子御风而来，然而列子辞去官职一去不返（没有凉风而酷暑难耐）。该诗句的作者保胤曾著《池亭记》，表现了一种归隐思想，被称为日本古代隐士文学的鼻祖。

　　前文菅原道真的诗句中有一句"兰蕙苑岚摧紫后，蓬莱洞月照霜中"，意思是说"暴风雨将兰蕙苑中紫色的鲜花摧残，月光照耀着冰霜覆盖的蓬莱仙洞"。作者用高洁的兰花自拟，兴寄高远。虽然"蓬莱洞"会让人联想到神仙思想与归隐思想，但是仅凭这一个词语不足以得出结论。结合两者来看，"余情幽玄体"应该是指表现手法含蓄委婉的一种诗体。

　　此外，《本朝续文粹》卷十一中，藤原敦光所作的《柿本朝臣人麻吕画赞序》云："方今为重幽玄之古篇，聊传后素之新样。"② 与藤原敦光同时代的文人大江匡房（1041—1111 年）也有"幽玄"的用例，见于《本朝续文粹》卷八《七言秋日陪安乐寺圣届同赋神德契遐年诗一首》："……彼萧萧暮雨，花尽巫女之台。袅袅秋风，木下伍子之庙（庙）。古今相隔，幽玄惟同。"③

　　《本朝续文萃》的编者为藤原季纲（生卒不详），全书 13 卷，收录了日本平安时期由日本人创作的汉诗文作品约 230 篇。诗题的"遐年"是高龄长寿之义，即"遐龄延年"。诗中说的"巫女之台"是指高唐赋中的神女，"伍子之庙"是伍子胥。"古今相隔，幽玄惟同"，意思是说人生无常、世事难料。这种"幽玄"用法并不常见。《本朝续文粹》中还有"幽玄"的其他用例，如"纪贯成问花园赤恒详和歌策问对一条"，"使皋蒲腐而水萤流，尽入幽玄之兴。宫树红而山蝉鸣，高振神妙之理"。④ 这个"幽玄"的词义是指和歌的感兴高远深奥、幽邃玄妙。

---

① 王文涛：《论汉代官吏七十致仕》，《社会科学战线》2005 年第 4 期，第 151~155 页。
② 能势朝次、『能势朝次著作集（第二卷）·幽玄論·中世文学研究』、東京：思文閣、1981 年、第 231 頁。
③ 转引自谷山茂、『谷山茂著作集（一）·幽玄』、東京：角川書店、1982 年、第 61 頁。
④ 转引自谷山茂、『谷山茂著作集（一）·幽玄』、東京：角川書店、1982 年、第 62 頁。

日本平安朝中期之前，汉诗文占据主流文学的位置，和歌被难登大雅之堂，日本人称这一时期是"国风暗黑"的时代。进入平安时代后期，唐朝国力式微，日本朝廷停止了遣唐使的派遣工作，转向发展本民族的"和风"文化，和歌文学进入了繁荣时期，在数百年间曾出现了21部敕选和歌集。为了"润色鸿业"，历代天皇对"敕选"和歌集表现出极大的热情，如后鸟羽天皇、花园天皇等，他们成立了宫廷文学沙龙，组织举办歌合，这间接地刺激了和歌创作与批评理论的繁荣。敕选和歌集《古今集》在这种历史语境下诞生了，纪淑望的《真名序》与纪贯之的《假名序》是日本古代诗学思想的滥觞，标志着日本诗学由模仿期走向独立发展的道路。其中《真名序》中有这样一段话：

> 难波津之什，献天皇。富绪川之篇，报太子。或事关神异，或兴入幽玄。[1]

"难波津之什"与"富绪川之篇"是指两首和歌。第一首和歌：

> 難波津に 咲くやこの花 冬籠り 今を春べと 咲くや木の花。
> 难波津之渡，寒冬盼春晓。腊梅花期错，当春乃绽放。　　　　　（笔者译）

"难波津"是古地名，"津"是港口码头的意思，位于今天日本的大阪市内，"难波津之什"或写成"难波津之歌""难波津之篇"，都是指一首和歌，传说是朝鲜人王仁所作。这首和歌暗含政治隐喻，日本第十五代天皇应神天皇驾崩后，皇位本应由皇太子菟道稚郎子继承，但他却让皇兄大鹪鹩尊继承皇位，俩人互相谦让了三年。据《日本书纪》记载，皇太子菟道稚子用自杀的手段才迫使大鹪鹩尊继承了皇位。大鹪鹩尊果然非常贤德，体恤百姓疾苦，因此谥号"仁德天皇"。但有学者认为这些传说并不可信，应神天皇与仁德天皇可能就是一个人。[2]

另一首和歌"富绪川之篇"则是讲述圣德太子与一名乞丐进行和歌唱和的故事。据《日本书纪》记载，圣德太子有一次出游路遇一名乞丐，出于怜悯便给了乞丐食

---

①　王向远译：《日本古代诗学汇译（上卷）》，昆仑出版社2014年版，第76页。
②　松原聪、『日本の経済（図解雑学——絵と文章でわかりやすい!）』、東京：ナツメ社、2000年、第228頁。

物，然后脱下自己的衣服给了乞丐，并作和歌一首（收录在《拾遗和歌集》卷二十"哀伤"1350）：

しなてるや　片岡山に　いひ（飯）にうゑ（飢）て　ふせる旅びと　あわれ　親なしに　なれなりけめや　さす竹の　きみはやなき　飯に飢ゑて　臥やせる旅人　あわれ　あわれ。

　　苍凉片冈山，饥人卧道边。可怜汝无亲，恐毙荒野中。　　　　　（笔者译）

于是乞丐便回作一首：

いかるがや　富の緒川の　絶えばこそ　わが王君の　御名をわすれめ。

　　奈良斑鸠里，横亘富绪川。流水不停息，大恩永不忘。　　　　　（笔者译）

　　传说圣德太子第二天派人去看望乞丐，发现乞丐已经死了。圣德太子非常悲伤，命人埋葬。但没过几天，太子听说那个乞丐并非凡人，命人掘开棺木，却只有太子所赐衣服整齐地放在里面，原来那乞丐是达摩老祖（一说是文殊菩萨）的化身。太子将那件衣服又穿在自己的身上。这个传说的目的是对圣德太子的一种美化与神化。①

　　因此，《真名序》中的"或事关神异，兴入幽玄"分别对应了"难波津之歌"和"圣德太子与乞丐"的故事。冈崎义惠认为"兴入幽玄"中的"幽玄"是指"禅或佛教的深奥境界"②。然而，虽然这个"幽玄"的确与佛教有关联，但重点应放在对"兴入幽玄"的"兴"字的解释上面。关于"兴"，孔子在《论语·阳货》中指出诗可以"兴观群怨"；孔颖达在《毛诗正义》中说："兴者，起也，取譬引类，起发己心。"③现代学者褚斌杰、谭家健主编《先秦文学史》云："《诗经》中用来发端起情的事物，来于两个途径。一是作者的眼中所见。作者触景生情，应物斯感，乃藉以起

① 米田雄介、「聖徳太子伝説（片岡山飢人説話）」、『歴史読本特別増刊 事典シリーズ16・日本「神話・伝説」総覧』、東京：新人物往来社、1992年、第194~195頁。
② 岡崎義恵、『日本文芸学』、東京：岩波書店、1935年、第569頁。
③ 李学勤：《十三经注疏·毛诗正义》，北京大学出版社1999年版，第12页。

兴,歌以咏之。(中略)二是用来起兴的事物不是作者眼中所见而是作者心中所存。作者有了感受想唱歌,就因情设景,因事借物,在心中选择一个与诗义相关的事物为诗歌开个头。"①

日本古人最初接触到"兴"的概念是通过遍照金刚的《文镜秘府论》:

> 三曰比。皎曰:比者全取外象以兴之。西北有浮云之类是也。王云:比者直比其身谓之比假。如关关雎鸠之类是也。四曰兴。皎(应为崔融)曰:兴者立象于前,后以人事喻之。关雎之类是也。王云,兴者指物及比其身。说之为兴,盖托喻谓之兴也。②

皎然《诗式》云:"取象曰比,取义曰兴,义即象下之意。凡禽鱼草木人物名数万象之中,义类同者,尽入比兴,《关雎》即其义也。"③王昌龄《诗格》云:"二曰赋。赋者,错杂万物,谓之赋也。三曰比。比者,直比其身,谓之比假,如"关关雎鸠"之类是也。四曰兴。兴者,指物及比其身说之为兴,盖托喻谓之兴也。"④

如果将《文镜秘府论》对"比兴"的引述与唐人原著相比,除了将皎然与崔融搞混之外,对"兴"的论述与原著基本上是一致的。

王昌龄《诗格》云:

> 诗有三宗旨:一曰立意。二曰有以。三曰兴寄。立意一。立六义之意,风、雅、比、兴、赋、颂。有以二。王仲宣《咏史诗》:"自古无殉死,达人所共知。"此一以讥曹公杀戮,一以许曹公。兴寄三。王仲宣诗:"猿猴临岸吟。"此一句以讥小人用事也。⑤

综合来看,"有以"和"兴寄"的内容不出儒家诗论的范围,王昌龄要求诗歌

---

① 褚斌杰,谭家健:《先秦文学史》,人民文学出版社1998年版,第144~145页。
② [日]遍照金刚:《文镜秘府论》,周维德校点,人民文学出版社1975年版,第56页。
③ (清)何文焕辑:《历代诗话》,中华书局2004年版,第30页。
④ 张伯伟:《全唐五代诗格汇考》,凤凰出版社2005年版,第159页。
⑤ 张伯伟:《全唐五代诗格汇考》,凤凰出版社2005年版,第182页。

反映现实，针砭现实，有所寄托，有所讽喻。"立意"一则云"立六义之意，风、雅、比、兴、赋、颂"，也明显涉及传统的美刺讽喻说。这"三宗旨"其实正是对于"意"之内容的诗教要求。不过，日本人在引入"六义"的同时，有意识地淡化了诗教的内容，至少在纪贯之《假名序》中可以看出这种倾向。

因此，《古今集·真名序》说"难波津之篇"这首和歌的思想内容是"兴入幽玄"。虽然从和歌的表面内容来看，描写的是"难波津"的梅花该开却未开，进入冬季休眠期；当春天来临之时，梅花终于绽放。该和歌用高洁孤傲的梅花意象比拟谦让皇位的二位皇子，最后用梅花绽放的意象隐喻大鹪鹩尊继承了皇位。这种修辞手法符合皎然所说的"取象曰比，取义曰兴"。

如果说"圣德太子与乞丐"的故事与佛教尚有密切关系的话，那么"难波津之篇"这首和歌则实在难以与佛教扯上关系。该和歌的"托喻"或"寄托"是对仁德天皇的颂歌，表现手法含蓄、格调雅正，"入兴"的程度幽深玄妙。尽管纪淑望《真名序》中的这种溢美之词带有政治目的，但不可否认，原本出自道教与佛教思想的"幽玄"一词已经逐渐褪去宗教色彩，开始向诗学范畴转变。这种转变当然不是一朝一夕就能完成，但仍有迹可循。

继《古今和歌集》之后，醍醐天皇下敕命编撰《新撰和歌集》。时任土佐国太守的纪贯之受命编撰该和歌集。在繁忙的公务之余，他精心挑选和歌作品。然而，当他带着和歌集书稿返回京城时，醍醐天皇已经驾崩，直接传达天皇敕命的中纳言藤原兼辅也已不在人世，这令纪贯之感到非常悲痛与遗憾。纪贯之撰写了《新撰和歌集》的汉文序："抑夫上代之篇，义尤幽而文犹质。下流之作，文偏巧而义渐疏。故抽始自弘仁（810—824 年）至延长（923—931 年）词人之作。花实相兼而已，今所撰玄之又玄也。"[①]

文中的"上代之篇"究竟是指什么说的呢？《真名序》说："神世七代。时质人淳，情欲无分，和歌未作。"因此，"上代"应该指"神世七代"，据《古事记》记载，神世七代又称天神七代，是日本创世纪神话传说中七代神的总称。[②]此外，"上代"还指原始口承文学时代。所以，《真名序》说："情欲无分，和歌未作"，即在

---

① 佐々木信綱編、「新撰和歌序」、『日本歌学大系（第一卷）』、第七版、東京：風間書房、1991 年。

② ［日］安万侣：《古事记》，周作人译，中国法制出版社 2018 年版，第 7 页。

口承文学阶段,和歌这种文学形式尚未出现。结合这一点来看"义尤幽而文质",此处"幽"字可理解为难解难懂之义,这是说和歌内容的含义非常难懂,文辞修辞等表现形式尚处于质朴简单阶段,缺少文采。然而随着时代发展,人们却变得过分追求雕琢辞采,形式大于内容。无论是"义幽文质",还是"文巧义疏",纪贯之认为这都是不良的创作倾向。

因此,从弘仁至延长年间,纪贯之将"花实相兼"、形式与内容相一致作为评审标准,他从《古今和歌集》中选出优秀作品360首,编成了《新撰和歌集》。他认为只有思想内容与表现形式达到完美结合的作品才称得上是"玄之又玄"。

前文曾说过"幽玄"的重点在于"玄"字,老子的"玄之又玄"为我们理解"幽玄"的真正含义提供了启示,"幽玄"一定是指和歌带给人们无法言表的、幽深玄妙的艺术享受与诗美境界。那么"幽玄"一词已经传入日本三四百年,他将"幽玄"视作衡量"花实相兼"的审美标准,这是自然而然的事情。与他同时代的另一位和歌诗人壬生忠岑(860—920年)很快便响应了这种观点,在《和歌体十种》的序中说道:

> 夫和歌者我朝风俗也。兴于神代盛于人世。咏物讽人之趣。同彼汉诗章之有六义。然犹时世浇季(道德风俗浮薄的末世)。知其体者少。至于以风雅之义当美刺之词先师土州刺史叙古今歌。粗以旨归矣。今之所撰者只明外貌之区别。欲时习易谕也。于时天庆八年冬十月壬生忠岑撰。①

从这段话中可知,壬生忠岑称"土州刺史"纪贯之为自己的老师,并继承了纪贯之的诗学思想,《和歌体十种》的写作目的是"明外貌之区别。欲时习易谕也"。所谓"和歌体十种"是指和歌的十种诗体,具体为古歌体、神妙体、直体、余情体、写思体、高情体、器量体、比兴体、华艳体、两方体。

唐代崔融撰《唐朝新定诗格》中有十体:"形似体、质气体、情理体、直置体、雕藻体、映带体、飞动体、婉转体、清切体、菁华体。"② 与我国古代的做法一样,

---

① 王向远译:《日本古代诗学汇译》,昆仑出版社2014年版,第87页。
② 张伯伟:《全唐五代诗格汇考》,凤凰出版社2005年版,第129页。

和歌的诗体分类标准也非常混乱，内容题材、语言风格、修辞手法等都可以成为分类的标准。其中，关于"古歌体"的定义，壬生忠岑道："古歌虽多其体，或词质俚以难采，或义幽邃以易迷。然犹以一两之眼及，欲备其准的，但皆通下九体，不可必别有此体耳。"①大意是说，古代和歌作品当中虽然多数为"古歌体"，但不是词语质朴、近俗近俚，就是其义难懂、令人疑惑。不过，少数作品能够让人接受，应当允许此种歌体成为创作标准。而且"古歌体"的本质与其余的九种歌体相通，不必拘泥特定的某种歌体。壬生忠岑将高古朴拙的"古歌体"视为和歌产生的本源，它代表和歌文学的抒情传统，其余九种歌体在"古歌体"的基础上产生，注重华美词采以及修辞技巧。

《真名序》中的"幽玄"与《新撰和歌集》序中的（义）"幽"，以及壬生忠岑"古歌体"的"幽邃"是一脉相通的。纪贯之说的"义尤幽而文犹质"与壬生忠岑说的"词质俚以难采，或义幽邃以易迷"，二者所说基本是同一个意思，即对上古时代的和歌持否定态度，甚至认为上古的原始歌谣还不能称为真正的和歌，即所谓的"和歌未作"。"义尤幽而文犹质"可以解释为"含义深奥玄妙却辞采平淡无奇"，但是深邃的思想如果不靠高明的语言表达出来，就不能让旁人感知，对于讲求语言艺术性的诗歌而言更是如此；壬生忠岑则说得更清楚明白："义幽邃以易迷。"意思是说如果没有好的语言表达，则语义深奥而令人费解，容易陷入迷惑的境地。

孔子在《论语·雍也篇》云："质胜文则野，文胜质则史。文质彬彬，然后君子"②，意思是说朴实胜过文采则人显得粗野，文采胜于朴实则人显得浮夸。只有两者平衡，方才算称上君子。后人将其引申为"文质说"，用于说明文学创作中的形式与内容的辩证关系。纪贯之所提倡的"花实相兼""心词相兼"就是另一种形态的"文质说"。由于和歌的形式与内容很难做到兼顾，往往是互相矛盾的悖论关系，所以纪贯之等人便主张"以心为先"，这是一种无奈之举。在藤原俊成提出"余情幽玄"命题之前，古代日本人对"幽玄"的理解尚处于字面意义的浅显阶段。

壬生忠岑对"高情体"的解说也使用"幽玄"："高情体，此体词虽凡流义入幽玄，诸歌之为上科也，莫不任高情，仍神妙余情器量比以出是流……"③这段话的大

---

① 王向远译：《日本古代诗学汇译》，昆仑出版社2014年版，第87页。

② 杨伯峻译注：《论语译注》，中华书局1980年版，第61页。

③ 王向远译：《日本古代诗学汇译》，昆仑出版社2014年版，第89页。

意是说,高情体和歌的辞采虽不出众,平凡朴实,但所表达的诗意深邃入幽,幽深玄妙,十种歌体当中的其余九体都是自高情体演化而来。

壬生忠岑所说的"高情"一词应来自《文选》,谢灵运《述祖德诗》云:"达人贵自我,高情属天云。"①在我国古代诗文中有大量的"高情"用例。按照《汉语大词典》的解释,"高情"主要有两种意思,一是指高尚的品格与情趣,二是指如高隐超然物外之情。②

关于前者的用例,唐杨炯《为薛令祭刘少监文》:"良辰美景,必躬於乐事;茂林脩竹,每协於高情。"宋曾巩《东轩小饮呈坐中》诗:"高情坐使鄙吝去,病体顿觉神明还。"而后者的用例主要有晋孙绰《游天台山赋》:"释域中之常恋,畅超然之高情。"唐方干《许员外新阳别业》诗:"莫恣高情求逸思,须防急诏用长材。"宋梅尧臣《过山阳水陆院智洪上人房》诗:"遗墨悲苏倩,高情想遁林。"明李东阳《不寐》诗:"闭门索古义,著书见高情。着鞭让祖生,割席效管宁。从此毕馀生,垂休俟千龄。"这些诗句中的"高情"都指高尚的情操或者品格。③

壬生忠岑又接着说道:"诸歌之为上科也,莫不任高情。"意思是说,要想创作出绝好的和歌作品必须"任高情",意思是说好的作品必须依靠高尚的诗情支撑,谢榛《四溟诗话》云:"景乃诗之媒,情乃诗之胚"④,这是诗歌创作的出发点,与刘勰所说"为情而造文",以及钟嵘所说"诗缘情而绮靡",三者都是同样道理。因此说诗人的兴寄怀抱、胸襟眼界决定了诗歌的格调高下。

王昌龄在《论文意》中则说得更为明白,他将诗歌的意蕴兴寄等内在美与格调声律的外形美之间的关系说得非常清楚:"凡作诗之体,意是格,声是律,意高则格高,声辨则律清,格律全,然后始有调。"⑤在唐代诗人眼中,"诗言志"与"诗缘情"对于诗歌创作而言同等重要,因此古人将"情志"并称,王昌龄更是将"情志"

---

① 孙尚勇:《谢灵运〈述祖德诗二首〉的创作宗旨和年代》,《杜甫研究学刊》2019 年第 1 期。

② 罗竹凤编:《汉语大辞典》,汉语大辞典出版社 1993 年版。

③ "高情"的用例均出自吴江诗词网,http://www.wjszx.com.cn/gaoqingzhenmiaomiao-s.html,访问日期:2022-03-31。

④ (明)谢榛、(清)王夫之:《中国古典文学理论批评专著选辑·四溟诗话 姜斋诗话》,宛平、舒芜校,人民文学出版社 2005 年版,第 69 页。

⑤ [日]遍照金刚:《文镜秘府论》,周维德校点,人民文学出版社 1975 年版,第 128 页。

用"文意"代替，它既包括主观情感与兴寄怀抱，也包括客观性的意蕴，或称"以意为主""理趣"等。与此相对，纪贯之《假名序》则用一个"心"字表现和歌的情志或文意，同样也有主观性的"人心"与客观性的"歌心"之分。壬生忠岑用"余情体""写思体""高情体"等来区别和歌的意蕴兴寄所表现的深浅程度。"余情体"的文体特征为"是体词标一片，义笼万端"[①]。"词标一片"的"一片"语义与汉语不同，是"片断""不全面"的意思。这便类似于司空图所说的"含蓄"一品，"不睹文字，但见风流"。"写思体"则如同字面意思所说，是一种"直寻"式的书写怀抱。张少康认为："直寻是指用直接可感的形象来描绘诗人有感于外界事物所激起的感情，他并不排斥创作中理性的参与，但必须以直接可感的形象为主体，使之作用于接受者的感官，进而感染、震撼其心灵。"[②]

综合上述内容，壬生忠岑的"高情体"应该是指平实无华的语言背后，所隐含的微妙深远的意蕴与情感，在美学意义上来讲，它比"余情体"与"写思体"的艺术完成度都更高，超出了修辞技巧等形而下的语言层面，透过质朴古拙的词语表面，可以进入一种无为自然、浑然天成的审美境界。正如李白的诗句："清水出芙蓉，天然去雕饰。"尽管没有错彩镂金、雕琢矫饰的美辞丽句，但其诗心表现得意蕴深远，令人回味无穷。

老子《道德经》所云："大方无隅，大器晚成。大音希声，大象无形。"对此王弼注："听之不闻名曰希，不可得闻之音也。有声则有分，有分则不宫而商矣。分则不能统众，故有声者非大音也。"[③]借用现代语言来说，最美的声音就是听起来没有特别的声响，最美的形象就是看不着痕迹、毫无做作。大音若无声，大象若无形，至美的音乐、至美的形象已经到了和自然融为一体的境界，反倒给人以无音、无形的感觉，这已经上升到了老子的"道"的境地。如果用老子的这段话来解释"高情体"的诗学内涵，那便容易理解"词虽凡流，义入幽玄"所说的深奥含义了。

随后，藤原公任（966—1041 年）是继纪贯之、壬生忠岑之后的又一位重要的和歌理论家，他的代表著作《和歌九品》将和歌的优劣等级分成上、中、下三品，

---

① 王向远译：《日本古代诗学汇译》，昆仑出版社 2014 年版，第 87 页。
② 张少康：《中国文学理论批评发展史（上）》，北京大学出版社 2004 年版，第 231 页。
③ （汉）王弼：《王弼集校释》（上册），楼宇烈校释，中华书局 1980 年版，第 113 页。

进而每品又分成上、中、下三从品，合计九品。① 当时的日本社会非常盛行佛教的净土宗思想，如《极乐净土九品往生义》《往生要集》等佛教著作对日本社会产生深远的影响。按其说法，人死后去西方极乐世界，所受到的待遇根据生前的修行而分成九品。因此，《和歌九品》的书名、章节结构等显然受到净土宗的影响。

平安时代中期（十一世纪），日本贵族的王朝文化得到高度发展，浓丽侈靡之风日盛，然而到了《金叶集》《词花集》编撰的时代，雕饰辞藻所带来的新鲜感消失殆尽，多数和歌作品徒有美辞丽句的华丽外形，却内容空洞、兴寄全无。因此，以藤原基俊、藤原俊成为代表的古典主义诗学受到人们的关注，高古朴拙的万叶歌风重新受到推崇。

尽管藤原公任的歌学著作中未见"幽玄"的用例，但他主张将"余情体"尊为"上品上"，诗歌应该含蓄蕴藉，含而不露。刘勰《文心雕龙·情采》云："昔诗人什篇，为情而造文；辞人赋颂，为文而造情。何以明其然？盖风雅之兴，志思蓄愤，而吟咏情性，以讽其上，此为情而造文也；诸子之徒，心非郁陶，苟驰夸饰，鬻声钓世，此为文而造情也。故为情者要约而写真，为文者淫丽而烦滥。"② 同样，藤原公任也主张："凡和歌者，以心深姿清、构思奇巧为优胜。"③

藤原公任所谓的"心深"，意思是说和歌应该有的蕴藉怀抱。"姿清"是指和歌的意象、兴象、修辞、语言风格等带给读者的艺术享受，类似于古人常说的"风清骨俊""气韵流动"，至少它与繁文缛节的辞藻矫饰之间没有半点关系。当然，"姿"是藤原公任首倡的诗学范畴，分"句姿""词姿""心姿"三个层面。当"心"（兴寄怀抱）与"词"（体裁修辞）完美结合时，便产生美妙的艺术效果，好的意境或意象组合所构成的画面犹如美人的丰丽身姿一般美妙。而"心深姿清"中的"姿"应该是指"词姿"或"句姿"，"姿清"仍停留在词语的修辞层面，给人一种清新自然之感。这种情况直到藤原俊成提出"余情幽玄"为止，"心姿"才真正超越和歌的"体格声律"层面，进入"兴象风神"的层面，此后，"心姿"被"幽玄"所取代。

---

① 小沢正夫、「壬生忠岑と藤原公任の古今集批評」、『日本學士院紀要』、1966 年 24 卷 3 号、第 267~285 頁。
② （梁）刘勰：《文心雕龙注（下）》，范文澜注释，人民文学出版社 1958 年版，第 583 页。
③ 王向远译：《日本古代诗学汇译》，昆仑出版社 2014 年版，第 96 页。

　　而当"心"与"姿"不可兼得的时候，藤原公任主张优先取"心"，即"以意为先"，不能为文害意。他继承了壬生忠岑的"高情体"重视"心"（兴寄怀抱）的和歌理论，但加入了练字与推敲、立意构思等诗学主张。"姿"的概念开拓了和歌理论的发展道路，使其从"心词相兼"的二元对立困境中摆脱出来，正如盛唐诗由重"体格声律"转向重"兴象风神"一样，"词姿""心姿"也为和歌理论的这种审美转向铺平了道路。不久之后，藤原俊成标举的"余情幽玄"应运而生，它既具有古典主义的高古典雅格调，又兼备佛老思想的幽远玄妙，而且重点是"意在言外"，含蓄蕴藉，回味无穷。最终，"幽玄"从一个宗教用语转变为诗学范畴。

第三章

余情幽玄：神韵美学的崛起

在日本平安时代的大部分时期，"幽玄"一词频繁出现于佛教、汉诗文以及和歌集序、"歌合判词"等典籍中，其含义或多或少带有道家虚玄及神仙思想，甚至很有可能已经渗透到当时日常会话中，但在藤原俊成的"余情幽玄"诗学命题出现之前，纪贯之在《假名序》中所说"兴入幽玄"的"幽玄"一词，尚不能算作真正的诗学范畴。

十二世纪平安时代末期，日本社会发生了重大变化，天皇效仿唐朝律令制的政治努力受到挫败，"摄政"与"关白"的外戚政治也极大削弱了天皇权威，更重要的是，这一时期日本出现了非常独特的"院政"政治形态。"院政"一词源自江户时代汉学家赖山阳（1780—1832 年）所著的《日本外史》二十二卷，其中"源氏前记"云："当时政（权）在上皇，（藤原经家、藤原惟方）劝帝（二条天皇）亲政。两宫交恶。"[①]实行"院政"的上皇被尊为"治天之君"。频繁的宫廷斗争导致政局不稳、社会动荡，更严重的局面是，以源氏与平氏为首的两大武士集团的势力趁机崛起，最终导致王权政治被武家政治所取代，日本社会进入了长达数百年的幕府时代。

由于中世和歌文学处于"摄关""院政"等政治体制下，加之渗透到民众日常生活的佛教思想影响，以及"脱政治性"[②]的文人创作心态等历史语境，日本中世文学具有鲜明的时代特色，和歌文学由注重"体格声调""美辞丽句"的修辞美、形式美，转向注重"兴象风神""含蓄蕴藉"的神韵美、余情美，而这种转变的标志便

---

① ［日］赖山阳：『日本外史（一）』、名古屋：彰文屋、1911 年 1 月、第 21 页。

② ［日］铃木修次：《中国文学与日本文学》，吉林大学日本研究所文学研究室译，海峡文艺出版社 1989 年版，第 17 页。

是"余情幽玄"命题的提出。该命题由藤原俊成首次提出，"幽玄论"的诗学思想体系逐渐形成。由于鸭长明、藤原定家、心敬、宗祇等人对"幽玄"内涵的阐述存在微妙的差异与变化，使得诗学范畴"幽玄"呈现出多歧义的面貌。对于现代人来说，对古代诗学范畴的阐释历来都是一个难点。我们不应该成为原教旨主义者的信徒，虽然对原义的追问与考据、实证研究体现了学术的严谨性与科学性，但不同视角的诗学阐释客观上丰富了其精神内涵，而且一切文学研究与阐释都是为了满足当下的精神需求。故此，本书重构的"幽玄"诗学体系包括诗歌的本体论、创作论，以及批评理论、美学思想等多方面的诗学内容。

第一节　藤原俊成的"余情幽玄"

藤原俊成（1114—1204 年）生活于平安王朝向镰仓幕府时代转变的社会动荡时期。在当时歌坛上，保守派的代表人物藤原基俊与革新派的源俊赖都是和歌创作的权威人物。藤原俊成虽然师从于藤原基俊，但在创作理念上却倾慕源俊赖的诗学主张，而且他较好地兼顾了保守派与革新派的两方诉求，并未偏执一方，显示出灵活务实的性格。

藤原俊成的诗学主张集中体现于歌学著作《古来风本抄》，以及《慈镇和尚自歌合》《民部卿家歌合》等"歌合判词"之中。他主张和歌创作不需要华丽绮靡的辞藻，也不必表现深邃幽远的哲理奥义，概言之就是"不落言筌"，"不涉理路"；优秀作品必然做到"意在言外"，诗贵含蓄，包含多种解释的可能，故言"余情幽玄"；至于如何做到含蓄的表达，藤原俊成则说得很简单，他认为和歌要有"调"。[1] 王昌龄《论文意》说"意是格，声是律，意高则格高，声辨则律清，格律全，然后始有调"[2]。这句话是说，决定诗歌优劣的标准是思想内容，即古人所说"兴寄怀抱"；同样，和歌的本体论也是说"以人心为种子"（《假名序》）、"托其根于心地"（《真名序》），这表现了"主情主义"的和歌传统。无论是"有心"，以及"有情""有意""有理""有志"，日本人统称为"有心"或"心深"，那么和歌便会自成韵律、有腔调，这也是一种"不烦绳削而自合"的境地，藤原俊成用"余情幽玄"一词加

① 王向远：《诗韵歌调——和歌的"调"论与汉诗的"韵"论》，《东疆学刊》2016 年 3 期，第 1~7, 111 页。
② ［日］遍照金刚：《文镜秘府论》，周维德校点，人民文学出版社 1975 年版，第 182 页。

以高度概括。这种和歌境界并非只可意会、不可言传，可以对其进行话语转换与阐释。

建久八年（1197 年），藤原俊成在 83 岁高龄时写下了《古来风体抄》一文，献给式子内亲王。他在文中说道，关于歌姿（兴象）与歌词的优劣高下，很少有人能够将评判标准说得清楚。接着他引用章安灌顶的名言"止观明静，前代未闻"，借此说明"幽玄"的原理与天台宗的"三谛圆融"相通。章安大师的法名灌顶，隋代临海章安人。世人称章安大师、章安尊者。著有《大般涅槃经玄义》《大般涅槃经疏》《观心论疏》《天台八教大意》、《隋天台智者大师别传》等著作，闻名于世。唐贞观六年（632 年）念佛示寂，追谥"总持尊者"。章安大师继承了智顗（538—597年）的"止观"思想，结集天台三大部《法华文句》《法华玄义》《摩诃止观》，标志着宗派理论著作的完成，也标志着天台宗正式成立，天台宗是印度佛教传入中国后最早实现本土化的佛教。①

章安大师继承智顗的"三谛圆融观"，主要说的是"空、假、中"三谛互具互融，"空即假中，假即空中，中即空假，举一即三，全三即一，十法界中，任何事物，其体其相，悉具三谛，如是作观"②。所谓"三谛"，即《中论》的"三是偈"所提到的"空""假""中"。"谛"者即真理意。"空"谛，又称真谛，诸法性空，空是万事万物的本质。"假"谛，又称俗谛，是事物的假相或假名，是客观存在的世俗真理。承认"假"有，即承认世俗世界。"中"谛，又称"中道第一义谛"，即非空非假的一种认识。这是佛应达到的认识，即世间为出世间，不离生死而达到涅槃。在天台宗看来，三谛才是一切事物的实相，三谛同时存在于一切事物之中，存在于众生的一心之中，所谓"一念心起，即空、即假、即中"，"三谛圆融，三一无碍"，这就是"三谛圆融"说③。

"空"谛虽谓"空"，但它是真如实有的"有"，世间万物都是"有"，世间众生执着的是"有"，但对一切都有的事物的执着无法具到真如自性。佛陀施设了一个假名称为"空"，引导众生从"有"的执着中摆脱出来。以和歌为例，人们都想创

① 王雷泉：《天台宗止观学说发展的历史过程》，《法音》1985 年第 5 期，第 16~22 页。
② 智顗：《三观玄义》（卷下），《续藏经》，台湾新文丰影印本（第 99 册），1975 年，第 0100 页下至0102 页上。
③ 张风雷：《智顗的"三谛圆融"思想》，《佛学研究》1998 年总第七期，第 74~83 页。

作出惊天地、泣鬼神的好作品，从而博得"诗名"，甚至获取功名利禄，因此无论是在辞采华章上，还是在表现深奥玄理上，对这些"有"便过于执着。魏文帝曹丕《典论》就说过"文以气为主，气有清浊，不可强力而致"。关于"气"，可以解释为是文气、才气，以及诗人的性格等意思，它是客观存在的，可以感知却不可用理性知识加以描述。因此，要想达到"余情幽玄"的境界，就必须做到放下对"诗名"的执着。

"假"谛者，不仅要看破世间万物都是因缘和合的幻相，更重要的是看破"见闻觉知意识心"的虚妄。杜甫《江上值水如海势聊短述》诗云："为人性僻耽佳句，语不惊人死不休。"古人作诗强调"炼字""推敲"，但这种"苦吟"的诗作终究是二流之作，甚至可能出现相反效果，斧凿痕迹过浓反成败笔。江西诗派虽强调作诗要守"法度"，但更强调"活法"，不为死法所缚。简单来说，初学者必须经历一个学习模仿的过程，对诗歌的体格声律、修辞技巧等都能熟练地掌握之后，必须忘却"技巧"才能进入创新的境界。王国维《人间词话》中说："诗人对宇宙人生，须入乎其内，又须出乎其外。入乎其内，故能写之。出乎其外，故能观之。入乎其内，故有生气。出乎其外，故有高致。"[1]诗人之眼与常人之眼不同，常人之眼有时看不出，或看到却说不出来，缺乏提炼的语言能力。诗人之眼则不同，能客观地观照外物，可以"出乎其外"，摆脱外物的束缚，做到"超以象外，得其环中"（司空图语），不受私欲、功利等个人因素影响，可将客体的真如本性体察出来，这就是诗人天才的"内美"，具有这种崇高的人格和素质，才能"出"，故能"观"。

在藤原俊成看来，和歌创作要想达到"幽玄"之境，可以借助"假"谛来破除"见闻觉知意识心"的虚妄。见闻觉知心又称识心，是指第六识，有观有觉而识，是指对万物的感知，与真心相对，是妄心，妄心中前六识起于根、尘相应处。根、尘是六根与六尘之并称，六根是认识的主体，即眼根、耳根、鼻根、舌根、身根、意根；六尘乃所认识之对象，即色、声、香、味、触、法。六根六尘合之称为十二处。六识指六根触六尘境三和合后，由真心流注所产生的六种心，乃是具有认知尘境之作用，即眼识、耳识、鼻识、舌识、身识、意识；真心即本心，是指第八识阿

---

① 王国维：《人间词话》，山西古籍出版社 2002 年版，第 31 页。

赖耶识，即无观之心。① 因此，"见闻觉知心"就是我们的感知与意识，在现实当中即便是亲眼所见也未必是真，而众生常常是以妄当真，特别是西方社会有崇尚理性主义的历史传统，认为通过理性与科学可能认清世界的本质；然而，科学并非万能，至少人类精神世界的全部问题无法仅凭科学理性来解决。

而"余情幽玄"（缘情绮靡的绝妙诗境）是仅靠雕琢辞藻的美辞丽句达不到的境界，为此需要"中"谛来化解困境，从而到达"不落言筌、不涉理路"的境界，这时诗人便进入了"心幽玄"的创作状态。圆融三谛中的"中"谛是中道第一义谛观，它是以空假二观之所破所立为前提，立其所破而空其所立，是即所谓"双亡方便""双存方便"的双亡双照。双边同时扬弃，遂能开展出别一圆照之智境，即以中道观得入中道第一义谛而成就一切种智，断除无明。②

智顗将传统的"二谛"说创造性地发展为"三谛"说，"空、假、中"三者之间不是后者否定前者的关系，正如"一念三千"所说，任一"谛"都具足其余两"谛"，彼此之间相互转化，圆融无碍。章安大师继承了智顗的"圆融三谛"，并发扬光大。藤原俊成的《古来风体抄》中既然提到了章安大师的名字，说明藤原俊成所说的"止观"思想就是来自智者大师智顗与章安大师的"圆融三谛"。

藤原俊成 63 岁时生了一场大病，病愈后便皈依佛门，法号释阿。《古来风体抄》是他 83 岁时所著，这之间经过了二十年的岁月，所以藤原俊成用"圆融三谛"的止观思想比附"幽玄"是非常自然而然的事情。另外，古人论诗主要从"言、意、象"三个方面进行评判，换成和歌则称"心、词、姿"。人们判断一首和歌的优劣时，往往习惯于从"心、词、姿"中的某一处着眼，例如有的作品辞藻华丽绮靡，但内容空洞；有的则是意蕴深邃，但词采欠佳。这时候就需要"姿"来协调"心词"的关系，这就好比"空""假"二谛的关系，引入"中"谛后，三谛达到"圆融无碍"的境界。

"姿"的外延内涵是在不断变化之中。藤原公任（966—1041 年）在《新撰髓脑》中首倡"姿"的概念，"心"与"词"完美结合便产生美好的"姿"。"姿"本来是指女性婀娜美妙的仪态身姿，引申为美妙的诗情画意，读者通过联想浮现出意境

---

① 孙劲松：《永明延寿的真心妄心说》，《宗教学研究》2009 年第 3 期，第 77~85 页。

② 董平：《论天台宗圆融三谛的真理观》，《中国哲学史》1999 年第 3 期，第 61~68 页。

兴象。"姿"根据"心"（内容）与"词"（形式）结合的完美程度不同，又分为"词姿""句姿""心姿"三种层次。其中的"心姿"便是藤原俊成所说的"余情幽玄"，要想获得这种境界，诗人对"心、词、姿"，即"言、意、象"三者的关系须达到"圆融无碍"的程度。然而，这种观点说起来容易，但做起来难，很容易陷入神秘主义的窠臼。

建久八年（1197年），藤原俊成应后白河上皇的公主式子内亲王之命编写《古来风体抄》（初撰本），1201年又进行了修改，称为"再撰本"。该书选取《万叶集》中的191首和歌，以及自《古今集》至《千载和歌集》等敕撰和歌集中的395首和歌，在此基础上作者论述了和歌的发展历史、创作思想以及批评理论。谈到秀歌的评价标准时，藤原俊成引述了藤原通俊在《后拾遗和歌集》的序言："词采若天衣之巧，诗心堪比海之深。"[①]这句话貌似强调词采的重要性，但他又接着写道："好的和歌应该是这样，朗声吟咏时一定会闻之优美、意蕴深远。原本（对于）咏歌吟诗（的评判标准），（根据）声调音律的排列组合，听者会作出高下优劣的判断"，"吟颂和歌，没有缘由（莫名）却闻之产生艳丽哀婉之感（幽玄）"[②]，这是对和歌秀歌的基本要求。也即是说，和歌要有音律和谐优美的声调，这是前提条件。否则即使诗心意蕴如何深邃幽远，没有流丽动听的声律也是美中不足。但由于"词采、诗心意蕴、歌姿"三者是圆融无碍的关系，任何一项都不能抛开其余二者而独立存在。除此之外，与前人的诗学主张不同，藤原俊成特别强调和歌的声律音调，在"心""词""姿"之外增加了一个"调"（しらべ），拓展了和歌诗美的享受空间与维度，同时也解决了以往因汉诗声病理论不适合和歌创作而带来的难题。日本人摸索出一套适合和歌音律的声病理论，因为和歌在创作上很难做到押尾韵，但押头韵则相对容易做到。从此，除了内容题材、语言修辞之外，抑扬顿挫的声调音律（音乐美）也成为审美对象。同样，江户时代桂园派和歌诗人香川景树继承了藤原俊成的"调"说，将其解释为："调者，情也。"[③]

另外，在对待继承和歌传统的问题上，藤原俊成堪称一名典型的古典主义"格

---

① 藤原俊成、「古来風体抄」、『芸術論集』、東京：筑摩書房，1962年，第8页。

② 藤原俊成、「古来風体抄」、『芸術論集』、東京：筑摩書房，1962年，第12页。

③ 参见拙著：《诗人贵诚、诗心贵意——论日本桂园派和歌诗人香川景树的"调"之说》，《苏州教育学院学报》2019年第4期，第68~74页。

调派"诗人，他在《古来风体抄》中的言说表达了如下意思，上古时代（《万叶集》）的和歌，虽非刻意装饰词姿，雕琢辞藻，但人心质朴，感情充沛，所以脱口而出便能"不烦绳削而自合"，诗境浑然天成，使人闻之有"心深姿高"，生出兴寄深远之美感。但同时，他又认为《万叶集》中的和歌良莠不齐、鱼龙混杂；相反，《古今集》是纪友则、纪贯之等人受敕命而精心挑选编撰的、集古人佳作精品之大成，堪称和歌创作之典范。总之，藤原俊成认为时代不断变化，不能墨守成规。

正如刘勰《文心雕龙》所云："文变染乎世情，兴废系乎时序。"平安时代后期至镰仓时代，和歌创作由宫廷贵族文学的风花雪月式的"花鸟之使"，演变成表达诗人真情实感的文学艺术。诗人开始注重个性化表达，越来越多人加入创作队伍中来，他们用自己的心血进行创作，而不再视和歌为文字游戏。因此，为了规范和歌的创作活动，歌学歌论在这一时期大量集中出现，注重"法度"（即诗歌的文体学思想）的意识开始萌发，只是古人往往将诗歌体裁与美学风格合称为"风体"，这就需要我们仔细加以厘清。

藤原俊成的诗学功绩在于提出"余情幽玄"的概念，拓展了"幽玄"作为诗学范畴的外延内涵。简单地说，即"诗贵含蓄"，"境生象外"。他指出"余情"才是和歌创新的新方向，终结了自纪贯之时代以来的"心词相兼"的二元悖论，因为"心"（内容）与"词"（形式）永远是矛盾的对立体，这也是老庄哲学中的"言意之辨"的延续。"余情"使人们不再拘泥"模山范水"式的言辞表达，取而代之的则是"意象兴寄"的诗境营造。换言之，"余情幽玄"也即"心幽玄"的艺术效果，和歌诗人已经由追求"词幽玄"的阶段过渡到追求"心幽玄"的阶段，若想用短小有限的形式与辞藻表达尽可能多的思想内容，只能是追求"象外之象""境外之旨"，除此别无他途，我国古代诗词发展的事实充分证明了这一点。因为对"象外之象"的追求必然会引出"妙悟"等感性思维；同样，"词幽玄"与"姿幽玄"也必然会引出"心幽玄"。因为美学风格有多种，或雄浑壮美，或婉约清丽；而诗境也分大小，或阔大，或纤弱。而终极诗境的营造不是靠理趣，也不是靠学识。严羽《沧浪诗话》主张靠"妙悟"取得，"惟在兴趣"，这种道理完全暗合"幽玄"的诗学内涵。如果用尼采的酒神理论同样可以获得完美解释，诗人处于忘我的状态，摆脱现实功利心的羁绊，便会"神来，兴来"，从而达到"兴会神到""天人圆融"的境界。借用我国古代诗论话语来说，相当于"妙悟""道法自然""吟咏情性"等，总之就是一句话，"兴会神到"。当诗人进入"心幽玄"的创作状态时，便会文思泉涌，下笔如有神助，于是"词幽玄"与"姿幽玄"的和歌创作水到渠成。黄庭坚在《大雅堂记》中说："子美诗妙处，乃在无意于文。夫无意而意已至，非广之以《国风》《雅》《颂》，深之以《离骚》《九歌》，安能咀嚼其意味，闯然入其门邪？故使后生辈自求之，则得知深矣。"① 以上这些诗论所说的内容可以很好地阐释藤原俊成的"余情幽玄"。

藤原俊成的"幽玄"用例大量见于他的"歌合判词"中，即和歌赛诗会上的竞赛评语，二人为一组"PK"，分左歌与右歌，由"判者"进行评判，分"胜"、"负"、"持"（平）三种结果。

（1）中宫亮重家朝臣家歌合（1166年）

歌合分别以"花""郭公"② "月""雪""恋"为题，共七十番（140首和歌），每对分为"左歌"与"右歌"，由藤原俊成担任"判者"。例如：

二番 花（题）

左歌 胜

作者：隆季

打ち寄する / 幾重の波の / 白木綿は / 花散る里の / とほめなりけり

海面千层浪，犹似木绵花。遥望春樱落，梦里归故乡。　　　　　　（笔者译）

"木绵"是指楮树的树皮纤维，日本神道教常用它来制作神符，悬挂于神社内。"木绵花"则是用白色的楮树皮制成的假花，主要用于神道教的法事活动。这首和歌以"花"（樱花）为题，诗的上半句没有直接咏樱花，而是以白色的浪花比拟樱花，并借助神圣高洁的"木绵花"提升格调；下半句道出思乡主题，游子极目远眺，此时故乡的樱花应该缤纷凋落，进而营造出艳丽且感伤的意境。

---

① （宋）黄庭坚：《黄庭坚全集》，刘琳等校点，四川大学出版社2001年版，第412页，第437页。

② 郭公本来是指布谷鸟，但在日本平安时代，郭公与杜鹃被混同。杜鹃啼血被视为爱情忠贞的象征。

右歌

作者：三河

散り散らず / 覚束なきに / 花ざかり / 木のもとをこそ / 住家にはせめ

花开盛极日，月满盈亏时。作人当行乐，花下是我家。　　　　（笔者译）

右歌与左歌相比就显得直白得多。其大意是说，花无百日红，人无百日好，人生应当及时行乐。对此，藤原俊成评判道："左歌，风体幽玄，词义非凡俗。"[①]古人对"风体"概念的使用相当宽泛，既指风格又指体裁。结合左歌的具体情况来看，"风体幽玄"应该是说表达含蓄、格调高雅。虽然以海浪比拟木绵花的手法并不算新奇，但用于神道教法事的木绵花，能让读者联想起森林、神社，为该和歌增添了几分庄严肃穆；而和歌的后半句思维跳跃，作者由海浪想到洁白的木棉花，再联想到故乡的樱花。不过，相比盛开的樱花，日本人更喜爱随风凋零的樱花，看着花瓣如雨般落下，此情此景让人感受人生无常的痛楚，从而更加珍惜现世的生活。"海浪""白木绵花"与"故乡""落樱"等意象词，通过诗人心中的遥望、梦回将它们串联起来，这种"比兴"手法的运用堪称了无痕迹，继承了和歌的美学传统。因此，藤原俊成称赞其是"风体幽玄"。而其中的"幽玄"二字应有两个层面的含意：一是指题材内容，二是表现手法。

（2）住吉社歌合

1170年藤原俊成在《住吉社歌合》所作判词中也有一例"幽玄"用法。该歌合共有50名参加者，依次以"社头月""旅宿时雨""述怀"为题进行创作。至于"社头"是指住吉神社的大殿上空，"社头月"是神社殿前升起的明月，"旅宿时雨"是羁旅逢秋雨之意。三个诗题各二十五番，总计七十五番，每番各有左歌与右歌配对，一争高下。藤原俊成在该歌合的跋文写道："和歌之道，如千寻深的海水，难测其幽深；如万里波涛，难知其宽广。"[②]通过这种比喻，他用"幽玄"一词概括和歌艺术的深奥神韵。

---

① 岡崎義恵、『美の伝統』、東京：宝文社、1969年、第79頁。

② 转引自赤羽学、『幽玄美の探究』、東京：清水弘文堂、1988年、第188頁。

二十五番 旅宿时雨（题）

左歌 胜

作者：实定

うちしぐれ / 物さびしかる / 葦のやの / こやの寝覚に / 都こひしも

秋雨潇潇，苇原寂寂。草庵惊梦，思念京城。 （笔者译）

右歌

作者：藤原俊成

哀れにも / 夜半にすぐなる / 時雨かな / 汝もや旅の / 空に出でつる

夜半秋雨恼，沥沥不停歇。旅人出门日，汝（秋雨）必来相伴。（笔者译）

　　藤原俊成评判道："左歌幽寂玄远，'草庵惊梦，思念京城'这句形象地营造出的意境已入幽玄之境。闻之绝佳。""右歌为判者的拙作，依例不能加判矣。"[1] 藤原俊成判自己的作品不如对方，固然有自谦的成分，但还算公正客观。我们先来看左歌，诗人谪居僻壤或羁旅异乡，远离京城的落寞孤寂外化为潇潇秋雨与寂寂苇原。但他对故乡与亲人的思念如此强烈，以至于常常从梦中惊醒。前半句平淡如水，后半句则是一种咏叹调，抑制不住的情感喷涌欲出，却又戛然而止，符合古典雅正的"哀而不伤"的中庸之美。相比之下，右歌的诗境就狭窄许多，而且表现手法直白，直截了当地说："每当夜半时分便会下起恼人的秋雨，莫非这次你（秋雨）又会出现在（我的）旅途中？"从藤原俊成的判词可以看出，"入幽玄之境"必须满足两个条件，一是题材内容的高古典雅，二是表现手法的含蓄自然。

　　（3）广田社歌合

　　《广田社歌合》收录的是 1172 年 12 月在广田神社举行的歌合作品，参加者有 58 位和歌诗人，分别以"社头雪""海上眺望""述怀"为题，合计八十七番和歌。既然是在神社里举办的和歌比赛，所有作品都要供奉给神灵，自然会蒙上了一层神圣崇高的色彩，同时也还有另一层意思，这些即将迈入中世文学时期的和歌诗人拥有自己的艺术追求，他们想与王朝时代"花鸟之使"的娱乐性创作态度决裂，从而

---

① 转引自赤羽学、『幽玄美の探究』、東京：清水弘文堂、1988 年、第 188 頁。

开拓出一条真正的诗歌艺术道路，这种求道精神与探索态度与以往完全不同。在这种时代语境下，"幽玄"被赋予了特殊的含义。例如：

二番 海上眺望（题）
左歌 持
作者：大纳言实定
武庫の海を / なぎたる朝に / 見渡せば / 眉も乱れぬ / 阿波の島山
武库苍海水平镜，一轮朝日冉冉升。远眺青山阿波岛，黛眉不乱横碧海。

（笔者译）

诗中的"武库"为地名，位于日本兵库县尼崎市内。藤原俊成评判道："左歌，虽未雕饰辞藻，却具幽寂之姿（境），自成一体。令人想起诗句'黛色遥临苍海上''龙门翠黛眉相对'等诗句的意境，犹显幽玄。"① 这两句诗分别出自唐代诗人贺兰遹的《百丈山》"黛色迥临沧海上，泉声遥落白云中"②，以及白居易的《五凤楼晚望》"龙门翠黛眉相对，伊水黄金线一条"③。判词中说"幽寂之姿"和"意境犹显幽玄"，应该是说该和歌诗中有画，仿佛一幅精致的山水画放在我们读者眼前一样。

右歌的作者为赖政朝臣：

渡津海を / 空にまがへて / ゆく舟も / 雲の絶え間の / 瀬戸に入りぬる
海天水相连，云间一线天。一叶轻舟见，没入濑户海。

（笔者译）

藤原俊成对右歌评判道："右歌，'海天一色一轻舟'的构思立意，深掠心地，打动人心；'云间透出一线天，轻舟已入濑户海'的诗境，愚心难以企及，胜负难分，故判两歌持平。"④ 从上面两首和歌来看，"海上眺望"之题兼顾对广田神社的敬

---

① 转引自武田元治、「幽玄用例注釈（三）」、『大妻女子大学紀要』、24 号、1992 年、第 25~41 页。

② 刘洁：《唐代诗人补考五则——以〈千载佳句〉所收"生平无考"者为中心》，《域外汉籍研究集刊》2016 年 5 月，第 16~28 页。

③ （唐）白居易：《白居易集》，顾学颉校点，中华书局 1979 年版，第 602 页。

④ 转引自赤羽学、『幽玄美の探究』、東京：清水弘文堂、1988 年、第 191 页。

神娱神，从神社正殿眺望大海，波涛万顷，场面壮阔，登时为和歌平添几分神圣庄严之气。特别是左歌，藤原俊成认为其"犹显幽玄"，我们从和歌创作所处的环境来看，"幽玄"首先具有对神的敬畏，其次和歌中大海、岛山、黛眉等几个意象组合营造出苍茫、寂寥、冷俊等色调，而这种色调构成了"幽玄"美学的基本色，简单来说，即一种寂寥枯淡之美。

此外再如：

八番　海上眺望（题）
左歌　持
作者：左兵卫督成范
沖つ波 / 天の川にや / 立ち上る / 漕ぎゆく舟の / 空に見ゆるは
大海扬鲸波，直冲九重霄。一叶扁舟远，浮游在空中。　　　　　　（笔者译）

右歌
作者：盛方
漕ぎ出でて / 御沖海原 / 見渡せば / 雲居の岸に / かくる白波
泛舟海天间，广田神社前。举目云深处，天边隐白波。　　　　　　（笔者译）

藤原俊成判左右两歌持平，左歌的"（海浪）冲上九重霄"的立意构思非常奇巧。右歌"云居的岸边"，与左歌的立意相同，"云居"就是白云飘浮的高空；"面对神社的大海"（御沖海原）所形成的阔大诗境，呈现出"幽玄"之体的特征，使人联想起广田神社庄严神圣的氛围。藤原俊成评其是"幽玄之体"，应该也是基于这个原因。然而这里说的"幽玄体"并不具有诗体学意义，只是一种诗境美，或者说是一种近似壮美崇高的风格，诗中表现为"海水与天际相连浑然一体"，这种阔大的诗境令人生出崇高壮美之感。

（4）三井寺新罗社歌合（1173 年）

三井寺是日本天台宗派的总本山（总部），历史上曾与著名的延历寺相抗衡，在古代日本政治上曾发挥重要的作用。新罗神社隶属于三井寺，古代日本佛教的寺院与神道教的神社并不分家，直到明治维新之后才开始"神佛分离"。新罗社的神殿正对着日本最大的淡水湖——琵琶湖，也是著名的赏月之地。据记载，1173 年8 月 15 日，三井寺的僧侣在新罗社神殿前举行和歌诗会，以"遥见山花""古乡郭公""湖上月""野宿雪""谈合友恋"为题，每题各创作八首，合计四十番和歌。参加者均为僧侣，藤原俊成并未出席，他是后来补作的歌合评判。

　　藤原俊成在跋文中写道："三密瑜伽之坛傍，暂咏柿下之风。一乘止观之窗前，遥望湖上之月，即参诣新罗社之广前。各讲师诵丰苇原之旧迹。"[①]"丰苇原"是日本的雅称。"柿下之风"是指风雅之事，因为《万叶集》时代的和歌诗人柿本人麻吕被尊为"歌圣"，"柿本"即"柿下"。藤原俊成的儿子藤原定家在为《宫河歌合》所作的判词中有这样一段文字，原文用汉文书写：

　　　　左右歌，义隔凡俗，兴入幽玄，闻杉上之风声，摸柿下之露词。见宫河之流，深苍海之底，短虑易迷。浅才难及者欤，仍先为持。[②]

　　而在藤原俊成的跋文中，"三密瑜伽"的三密就是身、口、意三业，瑜伽意即相应，"三密瑜伽"也就是"三密相应"，即手结印相、口诵真言、观心本尊，达到主客观相融合；"一乘止观"是说停止一切妄想而可成佛。[③]藤原俊成借用天台宗的"三密瑜伽""一乘止观"等佛教学说来比附"幽玄"，虽然有抬高和歌地位的意图，但佛教也确实深化了文学创作的思想深度。可以想象，歌会参加者眺望着湖上的明月，恍惚间也许便进入"物我一如""物我两忘"的佛法与审美的双重境地。例如：

　　第一番比赛为"故乡郭公"题，在《万叶集》时代，日本和歌诗人将"郭公"（布谷鸟）与"时鸟"（杜鹃鸟）的名字混淆了，所以"故乡郭公"题所咏的和歌其实是杜鹃鸟，传说这种鸟的叫声凄切，因此中日两国都有杜鹃啼血的传说。左歌的作者为中纳言君：

---

① 转引自赤羽学，『幽玄美の探究』、東京：清水弘文堂、1988 年、第 196 頁。
② 『新編国歌大観（第五巻）·歌合編』、東京：角川書店、1987 年、第 264 頁。
③ 释印顺：《成佛之道》，载《妙云集》（12 卷），正闻出版社 2009 年版，第 57 页。

難波潟 / 朝漕ぎ行けば / 時鳥 / 声を高津の / 宮に鳴くなり

难波海滩静，行舟遇早潮。杜鹃啼声闻，高津神宫幽。　　　　　　（笔者译）

"难波"是大阪市的古地名，"高津宫"（神社）建在日本第十六代天皇仁德天皇时代的旧皇宫遗址上，是在九世纪时为纪念仁德天皇而修建。仁德天皇的时代大约在于公元五世纪前期，传说他是一位贤德明君，爱民如子。这首和歌的大意是说：诗人清晨乘小船，去参拜位于难波海滩边上的高津宫神社，贤明的仁德天皇的丰功伟绩令后人景仰，杜鹃鸟朝着高津宫方向啼鸣。

右歌的作者是少辅公：

故里の / みかきが原の / 時鳥 / 声は昔に / へだてざりけり

故里荒野外，昔时宫墙遗。杜鹃声泣血，古今未相隔。　　　　　　（笔者译）

右歌同样也是歌颂后人对仁德天皇的怀念之情，借杜鹃鸟的哀鸣来衬托氛围，对此，藤原俊成评判道："左歌，词存古风，近代入幽玄。但郭公声高，强非其庶几欤。右歌，姿心（兴象意蕴）皆佳，与素性法师的那首和歌'石上寺、古都的杜鹃'①有相通之处。"②"宫墙荒野远，今昔未相隔"，意思是说，尽管年代久远，但杜鹃鸟的哀鸣声并未曾改变，人民对仁德天皇的思念与景仰没有改变。藤原俊成认为这种表现手法堪称绝妙。然而（和歌中）古词用得多，难以判其优胜，左右歌应算持平。

其中，围绕不同版本的抄本中"近代入幽玄"的不同表记，在日本学者之间存在不同的意见，谷山茂等人认为应是"义入幽玄"，而赤羽学则认为是"近代入幽玄"③。所谓"近代"是相对于"古代"而言的，我国古代有"古体诗"与"近体诗"之分，近体诗又称今体诗或格律诗。

藤原俊成生活在平安时代后期向镰仓时代过渡的历史时期，随着诗歌的题材内

---

① 素性法师的和歌：いそのかみ、古き都のほととぎす、声ばかりこそ 昔なりけれ。（奈良石上寺，古都杜鹃鸟。往昔已逝去，啼鸣声依旧。）
② 转引自赤羽学、『幽玄美の探究』、東京：清水弘文堂、1988 年、第 197 頁。
③ 转引自赤羽学、『幽玄美の探究』、東京：清水弘文堂、1988 年、第 197 頁。

容、语言修辞等表现手法的成熟发展，雕琢矫饰、追求美辞丽句之风盛行，到了堀河天皇在位的康和年间（1099—1104 年），这股风潮达到了高潮。藤原基俊在《宰相中将源朝臣信卿家歌合》（1100 年）中对源俊赖的作品给出的判词："此歌词备六义，兴入万端。就中（尤其是）腰句非古歌，康和时势妆也。足惊心，自可以庶几也。"① "庶几"的意思是希望得到之意。白居易曾作杂言诗《时世妆》："时世妆，时世妆，出自城中传四方。时世流行无远近，腮不施朱面无粉。乌膏注唇唇似泥，双眉画作八字低。妍媸黑白失本态，妆成尽似含悲啼……"②诗中描写了唐代妇女流行的妆容服饰与审美情趣。白居易的"时世妆"与"康和时势妆"应该有关系，都是指一种社会流行现象。源俊赖属于革新派歌人，而藤原基俊属于保守派，本来两人在诗学主张上意见对立，互不相让。但在堀河天皇主宰的康和歌坛时代，藤原基俊尽管保守，但也不得不承认"康和"新风已经成时代的主流。③

我们知道，六朝齐梁文学时期流行宫体诗，刘勰在《文心雕龙·明诗》中批评道："俪采百字之偶，争价一句之奇，情必极貌以写物，辞必穷力而追新。"意思是说，过分讲求声病词采的后果，就是出现外表华丽却内容空洞的流弊。虽然定型诗在体格声律方面的追求符合诗歌艺术的发展规律，但形式不应大于内容，纪贯之、藤原公任等人都主张，在即"心"与"词"不能相兼，形式与内容不能兼顾之时，应"以心为先"，这是"主情主义"思想指导下的必然结果。

不仅如此，在日本平安时代后期，一种被称为"今样"的歌谣体裁开始盛行，对古典和歌创作产生了不小的负面影响，主要特点是将俗词俚语入诗，和歌的断句由"五七调"变成"七五调"，修辞意象等表现手法都发生了重大变化。例如，"七福神"中的惠比须在日本自古以来就被商人奉为财神，但平安时代的和歌作品中从未出现"惠比须"一词。而新古今和歌诗人却在《广田社歌合》中集中地将"惠比须"咏入和歌。④一方面，"今样"歌谣更具有时代气息，带给人们新鲜感；另一方面，"今样"歌谣对传统和歌的破坏性也不容忽视。

①　池田富藏池、「藤原基俊の初期歌論の特質——宰相中将源朝臣国信卿家歌合を視座として」、『日本文学研究』、16 卷、1980 年 11 月、第 67~78 頁。

②　龚克昌：《白居易诗文选注》，上海古籍出版社 1984 年版，第 63 页。

③　峯岸義秋、『歌論歌合集』、東京：桜楓社、1959 年、第 97 頁。

④　大野順子、「藤原俊成の和歌と今様」、『中世文学』、55 号、2010 年、第 77~87 頁。

藤原俊成在保守派与革新派之间采取了比较中庸的态度，他首先主张继承古代的和歌传统。《万叶集》时代的和歌质朴高古，充满真情实感，没有辞藻雕饰，表现得清新自然、格调高古雅正。因此，藤原俊成在《三井寺新罗社歌合》的判词中说："左歌，词存古风，近代入幽玄。"这无疑是一种正面评价，该和歌的诗句诗语具备雅正之风，没有矫揉造作，而且在艺术表达手法上含蓄自然，与古人常见的直抒胸臆不同，说明"近代"和歌的表现手法更加成熟精湛。因此，"近代入幽玄"是指，中世和歌的表达方法比起古代（《万叶集》时代）有了更大进步。不过，这一时期的"幽玄"作为审美范畴，在藤原俊成心中所占的分量不算重，尚停留在词章、兴象的层面，还未达到圆融三谛的境界。但在随后的日子里，它将逐渐成为中世文学最重要的核心概念。

（5）六百番歌合

1192 年藤原俊成为《六百番歌合》作判词，此时他已经是年近八旬的老人了，想要作出令保守派和革新派都信服的评判非常困难。但他不负众望，最终做出了圆满的判词，充分体现了他的"幽玄"思想。然而，保守派六条家的代表人物显昭（1130—1209？年）仍然写出《显昭陈状》，对藤原俊成的判词提出质疑。两者的分歧主要表现在对待《万叶集》的态度上，六条家歌派奉行古典主义，将《万叶集》视为金科玉律，严加遵守，在和歌的体制法度上不能越雷池半步；而以藤原俊成为代表的御子左家歌派则表现出相对灵活的态度，将《万叶集》同《古今集》《后撰集》《伊势物语》《源氏物语》等经典同等对待，没有厚此薄彼，在遵循古典和歌的体格声律基础上，追求一种"兴象风神"的艺术效果，即所谓的"幽玄之姿"，它带给读者一种"境外之象""意在言外"的艺术享受。

显昭将"万叶调"（古拙歌风）作为评判和歌优劣的绝对标准；而藤原俊成不拘泥古典的外在形制，只是反对近俗近俚的世俗化创作，他看重古典和歌的抒情性与兴寄怀抱，此外更重要的一点是创造性地将"歌心"表现出来。

例如，六番歌以秋天的残暑为题。左歌，作者为女房（藤原良经）①：

---

① 六百番歌合的主办者是藤原良经，因其身份高贵，按惯例隐藏身份，故写成"女房"（后宫女）。

うち寄する / 波より秋の / 龍田川 / さても忘れぬ / 柳陰かな

波涛拍堤岸，秋日龙田川。红叶染锦绣，难舍柳下阴。　　　　　（笔者译）

　　龙田川是流经日本奈良县的一条河流，自古便是赏红叶的佳处。该和歌的大意是说：海水掀起波涛，拍打堤岸，令人惊心动魄。人们往往认为秋日里的龙田川更有情趣，每当红叶铺满河面，如锦绣般溢光流彩，然而诗人却更留恋眼前的柳下浓荫，它为人遮蔽秋老虎的酷暑。

　　右歌，作者为信定：

秋浅き / 日影に夏は / 残れども / 暮るる籬は / 荻の上風

秋意尚浅夏暑残，日暮竹篱荻上风。　　　　　　　　　　　　　（笔者译）

　　藤原俊成评判左歌与右歌持平。其判词大意是：左歌的立意构思很新颖独特。与柳荫的意象相比，"龙田川水漂红叶"这类咏法在古歌中很常见，如果将柳荫换成漂红叶便可称其"幽玄"[1]。因为柳荫这种词法属于中古时期的语言习惯，有些近俗近俚。《古今集》中收录了圣武天皇与柿本人麻吕咏龙田川的和歌，并将红叶与河水两个意象组合搭配，构成了艳丽典雅的经典范例：

たつた川 / もみぢみだれて / ながるめり / 渡らば錦 / 中やたえなむ

（《古今集》283）

霜叶何绚丽，秋色映流水。横舟龙田川，忍心裂锦帛。

龍田川 / 紅葉ばながる / 神なびの / 御室の山に / 時雨ふるらし

（《古今集》284）

龙田河水清，红叶逐水流。御室神山静，秋雨潇潇下。

　　藤原俊成所说的"中古"应该是指《后拾遗集》时期，"柳荫""柳影"等意象

---

① 武田元治、「幽玄用例注釈（三）」、『大妻女子大学紀要』、24 号、1992 年、第 21~44 頁。

开始出现在和歌作品中，所以给人以近俗的感觉，而注重格调典雅的"幽玄"最忌讳的就是近俗近俚的歌语。

（6）慈镇和尚自歌合

平安时代的汉诗创作"宜登公宴"，政治地位高于和歌；和歌长期以来或被视为贵族社交的风雅玩物，或用作男女传递爱情的私密书信，文字游戏的成分较高。因此，和歌被当成"花鸟之使"，引申之意是指"嘲风雪、弄花草"的自娱之物。进入中世文学时期，随着人们自我意识的萌发，越来越多的和歌诗人开始有了表现自我的欲望，他们或独自吟诗作歌，或举行小型歌会，仿效歌合的形式，称为"自歌合"。例如西行和尚（1118—1190年）的自歌合——《御裳濯河歌合》和《宫河歌合》便是早期自歌合的代表性作品。

《慈镇和尚自歌合》的成书时间尚不确定，《日本歌学大系》的第二卷解题篇认为是建久元年（1190年）前后，日本学者谷山茂则认为这是藤原俊成于建久九年（1198年）作的判词①。该歌合的绝大部分作品都是慈元和尚（1155—1225年）所作，此外有良经的7首、俊成的7首、兼实的1首，加上慈元的195首共计210首，该自歌合的创作目的是献给比叡山的山王七社，以供奉神灵。

冬日山里（乡）（题）

左歌

冬枯れの / 梢にあたる / 山風の / また吹くたびは / 雪の天霧る

冬日林萧瑟，荒野北风寒。风吹越林梢，雪雾漫飞横。　　　　　（笔者译）

右歌

み山木の / のこりはてたる / 梢より / なほしぐるるは / 嵐なりけり

山野荒草枯，秋暮林萧瑟。冷雨落梢头，朔风吹不息。　　　　　（笔者译）

藤原俊成评论道："左歌，乃心词幽玄之风体。但右歌，'从残枝败叶的梢头，仍然不停地有冷雨落下'，闻其姿与心俱佳，应为优胜。"左歌为"幽玄之风体"，

---

① 谷山茂、『谷山茂著作集（二）・藤原俊成——人と作品』、東京：角川書店，1982 年、第 371 頁。

但仍评右歌为优胜，^①这说明在藤原俊成的心目中，"幽玄"一词尚未成为最高级的诗学范畴。尽管如此，"幽玄"的审美内涵已经比之前丰富了许多。

首先，"幽玄美"体现在高古雅正的词法、句法等语言风格上面，最明显的依据是"雪雾漫飞横"（雪の天霧る），这种诗句诗语的组合在古体和歌的作品中比较常见，例如《万叶集》时代的和歌诗人柿本人麻吕的作品：

> 梅の花 / それとも見えず / 久方の / 天ぎる雪の / なべて降れれば
>
> （《古今集》334）
>
> 早春梅花绽，雪天雾中舞。飞雪入梅林，片片似落英。 （笔者译）

"雪天雾"（雪の天霧る）是对"天雾雪"（天ぎる雪）的巧妙化用，《古今集》《新古今集》中有许多和歌作品都借鉴了柿本人麻吕的这首和歌。在汉语中，对主谓宾的判定依靠语序决定，改变语序的话，句子的意思就会改变，甚至词义不通；而日语则可以随意改变语序，当然这还要受语言习惯的制约。所以，"雪天雾"与"天雾雪"在日语中意思相同，"雾"字当动词来用，意思是说下雪天，视线受阻，如浓雾笼罩；柿本人麻吕的和歌第二句应该译为"（落花在）天（之）雾雪中舞"，但考虑到汉语的表达习惯，只好改译为"雪天雾中舞"。意思是指，梅花与雪花浑然一体，已经让人无法分辨清楚，《万叶集》时代常见的古朴歌句与歌风在沉寂了数百年之后，重新被《新古今集》时代的歌人发现，并受到追捧，被认为是"幽玄美"的体现。

其次，"冬日山里（乡）"这一诗题本身具有极好的联想效果。冰封雪飘、肃杀索漠的深冬山野，再加上隐居者的高洁情操与人生态度令后人神驰向往。中国古代文人信奉"达则兼济天下，穷则独善其身"的人生哲学，我们既欣赏陶渊明《归田园诗》中"采菊东篱下，悠然见南山"的恬适与豁达，也喜爱柳宗元《江雪》的"孤舟蓑笠翁，独钓寒江雪"的清冷孤寂。相比之下，"冬日山里"这首和歌的意境有些凄冷苍凉，色调过于沉重消极；不过，"幽玄美"具有一种由银装素裹、飞雪满天的意象所带来的缥缈迷离般的奇幻意境。

---

① 转引自武田元治、「幽玄用例注釈（三）」、『大妻女子大学紀要』、24 号、1992 年、第 21~44 頁。

藤原俊成在《慈镇和尚自歌合·十禅师十五番跋》中写道：

> 凡和歌者，未必声律奇巧、理趣精彻。夫咏歌之道，无论朗咏或自吟，闻之不觉有浓丽优艳、意境幽玄等莫名之感。若创作出良歌佳作，其词采之外定有景气添附。例如，春花丛畔一抹霞，皓月当空鹿清呦。岭前秋雨飞红叶，篱垣春风送梅香。[①] （笔者译）

这段话的大意是说，大凡和歌者，未必有新奇的立意构思，也无需穷尽说理。原本咏歌者，只需或高声朗诵，轻声吟唱，他人闻之便生出或艳丽绮靡或幽深玄妙之感。若欲得秀歌，必须于词姿之外带有景气。真正优秀的和歌创作应该是"不烦绳削而自合"的过程，所营造的诗境诗美必然是浑然天成、不加雕琢的，给读者带来无以名状的艺术联想与美感。"景气"即一种境外之象，即"含不尽之意见于言外"的艺术联想。由此可见，藤原俊成将"艳"与"幽玄"并列，显然其所指是两种不同风格的诗境美，一动一静、一清一浊。如果用美学的视觉风格来比拟的话，"幽玄"之美的本义一定是冷色调的，属于"清丽"范畴；而"艳"则是一种"浓丽"之美，诗境在视觉上呈现出暖色调。

藤原俊成首次使用"幽玄"一词是在永万二年（1166 年）《中宫亮重家朝臣家歌合》，共计十四处[②]，试举出其中一例：

> 冬枯れの / 梢にあたる / 山風の / 又吹くたびは / 雪のあまぎる
> 北风劲吹百草枯，银装素裹遍山野。旋风卷起梢头雪，漫天白雾当空舞。
> （笔者译）
> 左歌，心词幽玄之风体也。[③]

---

① 转引自谷山茂、『谷山茂著作集（二）·藤原俊成——人と作品』、東京：角川書店，1982 年、第18~19 頁。

② 谷山茂、『谷山茂著作集（一）·幽玄』、東京：角川書店、1982 年、第 72~75 頁。

③ 田仲洋己、「藤原定家の十体論について—その概略と定家の幽玄観について—」、『岡山大学文学部プロジェクト研究報告書』、2006 年 3 月、第 11~27 頁。

从藤原俊成使用"幽玄"一词的情况来判断，谷山茂总结出两点：（1）"余情幽玄"，即含蓄绝妙，迷离缥缈，余韵悠长。在创作技巧上，主张声律音调的美感，营造出一种朦胧美幻的情调氛围，或哀婉，或艳丽，或庄重，或雄浑，色调多重。此可谓广义的"幽玄"；（2）"幽玄"的美感色调，清丽哀婉、寂寥枯老，可谓以悲为美，这是狭义的"幽玄"。[①]

"余情幽玄"的说法来源于壬生忠岑的《忠岑十体》及《作文大体》中的"余情幽玄体"，鸭长明在《无名秘抄》中解释"幽玄体"时说："唯不显于文辞之余情"，"余情笼于内，景气浮于空"[②]。其大意就是我国古代诗论中说的"意在言外""境生象外"。

我们从藤原俊成对他人作品的评语中可以看出，他在使用"幽玄"一词时是从"心"（诗心）、"姿"（兴象）、"风情"（诗趣）等多方面来评价作品的。[③]藤原俊成在论述"余情幽玄"时曾先后三次提出大意相同的论断：

（1）夫和歌者，未必用尽绘画之丹色，未必穷尽器物之巧术，未必细刻木器之纹理。惟吟咏之时，（使人）闻之应有艳与面白之"姿"（兴象）。

（《民部卿家歌合》）

（2）不必如锦绣般华丽，和歌或吟咏或朗吟，闻之不觉顿生艳与物哀之感。

（《古来风体抄》序）

（3）夫咏歌之道，无论朗咏或自吟，闻之不觉有浓丽优艳、意境幽玄等莫名之感。

（《慈镇和尚自歌合》）

藤原俊成在说明广义"幽玄"时，分别用了"艳"且"面白"（奇趣）、"艳"且"物哀"（幽寂哀婉）、"艳"且"幽玄"等三种说法，以此来说明一首好的和歌应具有"姿"（兴象），三者相同的地方是"艳"，而狭义"幽玄"被换成了"面白"和"物哀"，但我们不能简单地认为"幽玄"、"面白"及"物哀"三者同义，而应该理

① 谷山茂、『谷山茂著作集（一）·幽玄』、東京：角川書店、1982 年、第 76~79 頁。
② 『日本古典文学大系 65·歌論集 能楽論集』、東京：岩波書店、1973 年、第 87 頁。
③ 能勢朝次、『能勢朝次著作集（第二卷）』、東京：思文閣、1981 年、第 249~255 頁。

解为：由"面白"到"物哀"，再进化为"幽玄"，三者的关系应是逐级深进的。

"面白"的本意是诙谐、幽默、滑稽、情趣等义，而在歌论中的"面白"则是指技巧上的比兴或构思方面富于机智、奇巧。下面举个例子来说明何为巧智，《世说新语·贤媛》中有关于谢道蕴的逸话，她是书法家王羲之的儿子王凝之的媳妇，极富才智。传说在一个下雪的夜晚，其叔谢安石先出一个上句，"白雪纷纷何所似"，谢安石的侄子谢朗说"撒盐空中差可拟"，谢道蕴说"未若柳絮因风起"。诗意高下立判，谢安石大悦，世人称她是"咏絮才"。① 此外还有著名的曹植七步成诗的故事，这些便是一种"急智"或"巧智"。因而诸如"出口成章""佳句偶得""妙语联珠"等说法都是具有"面白"之妙。

据日本学者谷山茂的统计，"艳"在藤原俊成的歌合判词中共有 84 次用例，而"优"共被使用 287 次，"幽玄"则被使用 13 次，"长高"被使用 20 次。② 由此可以看出"藤原俊成广义的'幽玄'，应该是以优艳为基调的"③。

"大凡和歌的表现形式要求有优艳的风格"（凡歌は優艶ならん事こそ可庶幾を，《六百番歌合》寄海恋七番），④ 藤原俊成的这句话与曹丕的"诗赋欲丽"语意相当，有异曲同工之妙。不过，藤原俊成的这种观点被后人曲解，他们认为"幽玄"即"优艳"，例如，歌僧正彻（1381—1459 年）以及能乐大师世阿弥（1363—1443年）等人就将"幽玄"理解为一种华丽浓艳之美。⑤ 其实藤原俊成的"优艳"并非指雕琢堆砌的辞藻美，而是指带给读者以绮丽华美的审美感受，并非只是某一种风格这么简单。况且，"优艳"只是广义"幽玄"美中的一个侧面，它是对平安贵族的典雅、优美的文学传统的继承。藤原俊成一贯推崇典丽雅正的《古今集》歌风，即纪贯之等人提倡的"心词相兼"——内容与形式完美结合所营造出的诗美意境，强调的是高古雅正的格调美。然而两百多年过去了，这种雅正的歌风受到了新兴贵族的歪曲，和歌创作越来越空洞无物，且流于轻艳浮躁。正是在这种背景下，藤原俊成主张复古，恢复古调，推崇《古今集》歌风。但他并不赞成回归到古朴质拙的

---

① 转引自鈴木修次、『中国文学と日本文学』、東京：東京書籍、1981 年、第 148~149 页。

② 谷山茂、『谷山茂著作集（一）·幽玄』、東京：角川書店、1982 年、第 90 页。

③ 谷山茂、『谷山茂著作集（一）·幽玄』、東京：角川書店、1982 年、第 90 页。

④ 谷山茂、『谷山茂著作集（一）·幽玄』、東京：角川書店、1982 年、第 90 页。

⑤ 谷山茂、『谷山茂著作集（一）·幽玄』、東京：角川書店、1982 年、第 90 页。

《万叶集》时代歌风，因此与保守的六条家歌派产生了激烈争论，最终藤原俊成占据了上风，成为一代歌坛的权威人物。

在藤原俊成所创作的作品中，沉郁孤寂的古风占多数，而鲜见浓艳华丽之作，但是他并没有完全排斥"优艳"的辞采与风格。至于"优"与"艳"原本是可分开的两类风格："优"是优美典雅，"艳"则具有浓烈的视觉效果，原指女性的美貌或花草的妍丽；"优"的美学风格如果说是一种清丽，而"艳"就是一种浓丽。在藤原俊成的和歌判词中，"优艳"开始出现了连缀用例，后来在其子藤原定家那里，"优艳"演变成了"妖艳"的概念，表现在审美风格上就是由清丽雅正变成了浓丽香艳，而且在其背后隐藏着淡淡的伤感，这折射出动荡的时局与文人心态的微妙转变，也是"物哀美"的一种流变。宋词的婉约派词风与这种"妖艳美""物哀美"颇有相似之处。

不容置疑的是，"优艳"在歌合判词中大量被使用，说明"优艳"之美在藤原俊成的歌论中占有重要地位，但是将"幽玄"等同于"幽玄体"是对藤原俊成的广义"幽玄"论的一种误解。从藤原俊成评为"幽玄"的和歌内容来看，大多数是描写自然景物的作品，尤其是狭义的"幽玄"具有孤寂清丽的色调，显然不适合用其来评论情意缠绵的恋歌情诗，反而适合评论描写四季景物变换的作品，比如描写暮秋、晚秋这类枯叶飘零、萧索肃杀的山川景象作品。因此我们认为，作为广义的"幽玄"则具有多重美学性格，包含"优"（典雅）、"艳"（纤秾绮丽）、"妖艳"（浓丽细婉）、清丽、寂寥枯淡等词义。

风卷景次郎认为："幽玄"包含了"艳"的要素，或者说是"幽玄"具有"艳"的特性，"如果从幽玄中除去艳的要素，那么余下的只有寂寞闲静式的凄凉咏叹了"[1]。久松潜一认为："'幽玄'既有纤秾清奇的性格又有雄浑高古的性格，于是便会出现'优艳'这种美感情调，可以说它是人类所有的情调氛围的多重复合体"[2]。另外，藤原俊成在其代表作《古来风体抄》一书中，继承了其师藤原基俊的学说，将"幽玄体"（含蓄）、"妖艳体"（浓丽）、"长高体"（雄浑）等三种风格用广义的"幽玄"统括起来。"在他的歌合判词中，出现将'幽玄'作为审美范畴的例子，主

---

[1]　風巻景次郎、『新古今時代』、東京：三協美術印刷社、1970 年、第 156 頁。

[2]　久松潜一、『日本文学評論史』、東京：至文堂、1968 年、第 456 頁。

要有三例（中略），俊成所举的三例幽玄，比起上述歌论中的幽玄的含义更为广泛，它包含了寂寥、孤独、怀旧和恋慕之意。"①

藤原俊成评为"长高"（壮美）的写作风格在《万叶集》中已多数存在，他在《古来风体抄》中说："上古之和歌虽不矫饰雕琢词采，然年代越久远，人心越古朴，率性而发，直抒胸臆，便能诗境浑成，闻之意蕴深长且格调高古。"② 他认为"长高""格高之姿"的源头在于上古和歌，即《万叶集》和歌，"长高"之美可用于评价和歌的修辞与辞采（壮词），也可指审美风格的雄浑壮美或冲淡飘逸。

在和歌创作方面，藤原俊成将"幽玄"理论运用到了自己的创作实践中。后鸟羽上皇在《后鸟羽御口传》（简称《御口传》，成书于 1226 年前后）中评论他的歌风道："释阿（俊成）的和歌有优艳、心深、物哀之处。"③ 意思是说其和歌既有艳丽、典雅的美感，又有寂寥枯淡、含蓄委婉的风格，同时还有意蕴深奥、富于胸襟怀抱。这三者结合起来便构成了"幽玄"的诗美全貌。

然而仅就美学风格而言，广义"幽玄"之美的三个要素"优艳""幽玄""长高"在建仁三年（1203 年）举行的"三体和歌会"上变成了"艳体""瘦体""高体"，成了歌会上和歌创作的新的审美规范，藤原俊成理所当然地成了创作与批评的指导者。那么，在"优艳"、"幽玄"（狭义）、"长高"等三种风体当中，藤原俊成最看重的是哪一体呢？虽然在判词中，"优艳"的使用次数居多，但在他负责编撰的《千载和歌集》中，收录进他的作品则多为狭义"幽玄"体，下面这首和歌是他最得意的代表作：

夕されば / 野べの秋風 / 身にしみて / 鶉啼くなり / 深草の里
暮野秋风瑟，哀怨刺骨寒。故里草木深，凄切鹤鸟啼。　　　　　　（笔者译）

这首和歌中有一个典故，来源于小说《伊势物语》的第 123 段，一名男子欲抛弃曾经相恋的女子，他在离开女子家门时作了一首和歌：

①　叶渭渠：《日本文学思潮史》，经济日报出版社 1997 年版、第 203 页。
②　藤原俊成、「古来風体抄」、『古典日本文学全集 36・芸術論集』、東京：筑摩書房，1962 年、第 12 頁。
③　後鳥羽御口伝、『古典日本文学全集 65・歌論集 能楽論集』、東京：岩波書店，1973 年、第 145 頁。

年を経て / 住み来し里を / 出でいなば / いとど深草 / 野とやなりなむ

同居此处已经年，而今离别后，深草之野荒草生。　　　　　　　（笔者译）

和歌大意是说，我在这里已经住了多年，如今我走后，这里就会变得更加荒凉，就如同"深草"这个地名一样，一定荒草丛生吧。

对此女子回应了一首和歌：

野とならば / うづらとなりて / 鳴きをらむ / かりにだにやは / 君はこざらむ

若成荒野地，妾愿变鹌鸟。每日啼不止，盼君狩猎来。　　　　　（笔者译）

其大意是说，如果这里变成了荒草丛生的地方，那我就变成一只鹌鹑鸟，不停地啼鸣。于是你就会来打猎，哪怕是暂时相遇也好，你一定会来看我吧，至少要像狩猎鹌鹑一样来看看我吧。这里的"狩猎"是双关语，即"猎色"的隐语表达。于是，男子被深深感动了，便与该女子和好如初。

那么，藤原俊成自比变成鹌鹑的女子，其目的也许是在向天皇表忠心。这首和歌是藤原俊成壮年前期的作品，当时他的官位是"从四品下"，并不算是很高的职位。于是，他将这首秋歌连同其他和歌共计百首，献给了崇德上皇，希望得到重用。中国古代诗人有自比臣妾的创作心理，一般认为这种做法始于屈原将自己比作"香草美人"。藤原俊成的这首秋歌因为有了《伊势物语》中的情节典故作背景，女子的哀叹如泣如诉，似杜鹃啼血，再加上暮野秋风，枯草瑟瑟，可谓诗中有画，营造出悲悽哀婉的氛围和意境，使人不禁想起秦观的《踏莎行·郴州旅舍》中的词句"雾失楼台，月迷津渡。桃源望断无寻处。可堪孤馆闭春寒，杜鹃声里斜阳暮"。秦少游在绍圣四年（1097 年）因新旧党争先贬杭州通判，再贬监州酒税，后又被罗织罪名贬谪郴州，削去所有官爵和俸禄，又贬横州。此词就是离郴前所写，故而词中充满了离世厌俗的情感。相比之下，藤原俊成的和歌则表现出卑微的臣妾心态，其用意在于讨好天皇，以便换取仕途的升迁。

总之，藤原俊成继承了平安时代《古今和歌集》以来形成的优美典雅的文学传统，与壬生忠岑等人的"余情"说，以及源自《万叶集》时代的"物哀"思想相结合，融会贯通，创造出具有复合美学性格的诗学范畴——广义的"幽玄论"。

　　当然为了弄清"余情幽玄"的形成机理，仅研究歌合判词显然是不够的，还应该将他的诗学著述作为研究对象。藤原俊成的"幽玄"思想集中反映在他的歌学著作《古来风体抄》之中。该书是于建久八年（1197 年）七月，应式子内亲王的要求而作（初撰本）。式子内亲王问道："歌姿（诗境）要优美，词采要新奇，如何能做到这些呢？"这个提问中包含着对和歌本质、和歌理想的追问，时年 83 岁高龄的藤原俊成必须对此作出回答。令人遗憾的是式子内亲王没能亲眼看到该书的修改稿便死去了，其死后的第二年（1201 年）五月，已经 87 岁的藤原俊成才完成了该书的再撰本。

　　《古来风体抄》分上下两卷，论述了《万叶集》至《古今集》，以及《千载和歌集》等的和歌发展历史，阐述了和歌的本质与创作理念，尤其指出《万叶集》是和歌创作的灵感源泉，高古、雄健的万叶歌风是抒情和歌的典范。此外，和歌在发展过程中得益于佛教思想的滋养，特别是在和歌诗境的拓展深化方面都离不开佛教的影响。为了阐明歌道的奥秘，藤原俊成借助"摩诃止观"思想，开宗明义地指出："止观明静，前代未闻。"[1]

　　《摩诃止观》，原题名《圆顿止观》，共十卷（因每卷各分上下，又作二十卷），为天台宗实际创始人智𫖮（538—597 年）于隋文帝开皇十四年（594 年）在荆州玉泉寺（在今湖北当阳市）结夏安居期间所说，由门人灌顶笔录成书。《摩诃止观》是智𫖮晚年最为成熟的止观著述，阐明天台宗定慧兼美、义观双明的独特学说。从全书恢宏博大的体系来看，堪称中国佛教史上第一部系统的佛学导论和禅学教科书。"摩诃"，意为大，《摩诃止观》也称作《大止观》。"止观"，从狭义上说，指禅定修行的实践方法。止（梵文 samatha，奢摩他），意为"止寂"，指停止或抑制由外境的生起、转变所引发的心之散乱、动摇，形成明镜寂水般的意识状态；观（梵文 vipasyna，毗婆舍那），意为"智慧"，在寂静的心境中对现象作如实的观察和自在的应对，获得佛教特定的智慧。从广义上说，通指教理与修证两大部门，称教观二门。

　　藤原俊成引用《摩诃止观》的目的是展示古代和歌的风体，主要是指和歌的体

---

[1]　王向远译：《日本古代诗学汇译》，昆仑出版社 2014 年版，第 144 页。

格声律或语言风格，为其所生活时代的和歌创作服务，由于使用普通语言难以阐明和歌的美学本质，因此他想借助止观的教义加以说明，并且借助摩诃止观的宗教权威来抬高和歌的社会地位。佛教的教义具有深广的包容力，自然可以用来规范和歌的创作之道。佛教开经日上堂法语，金口宣妙谛；与此相对，和歌则被认为是"狂言绮语"①，然而"烦恼即菩提"，和歌之道比拟"空假中三谛"。所谓"三谛"，意思是从三个层面说明真理。"谛"是审谛之义，即详细、明白之意。"空谛"是谓诸法不具固定的实体。"假谛"是谓诸法变化不已，依因缘而假和合。"中谛"是既非空、亦非假，无法用文字、言语、符号表现的真实存在。此三谛是以三个观点来认识一个真实存在，不能予以分开思考。三谛是含于一谛，虽称一谛，亦是依三谛才得认知的真实存在面，此称圆融三谛，于一念而观三谛的真理，谓一心三观。②

不过，藤原俊成引用佛教教义来阐释和歌之道毕竟有点牵强，其实他的本意是主张通过参佛法的方式来体悟和歌之道，而且也正是他视和歌与佛法同根同源的信念支撑了他对和歌创作不懈的求道探索。基于此种考虑，藤原俊成从内心排斥那些充满急智巧思、近乎文字游戏的和歌作品，他所推崇的是由诗人内心深处产生出来的情趣盎然、蕴藉含蓄的诗篇。

在歌学著作《古来风体抄》中，藤原俊成说道："若问什么样的和歌为良歌，四条大纳言公任卿（将他的私选集）命名为金玉集。另外，通俊卿的《后拾遗集》序中说，词如缝物（编排精巧），（诗）心比海深。然而未必（辞藻）如锦绣织物一般，（好的）和歌只须高声吟颂在口，便可闻之优美动听，感之情趣盎然深远。原本按'咏歌'的字义，声律是否和谐，闻之便知和歌的优劣。"③ 从这段话的大意可以推测，首先，藤原公任注重和歌的辞藻词采，必求字字珠玑；通俊则从词采与意蕴两方面规定和歌的创作标准；而藤原俊成则特是强调和歌的声律，即和歌的音乐美属性，他反对过分的雕琢矫饰和所谓的美辞丽句，认为秀歌首要条件是带给读者以美的感兴，这与辞藻的雕琢美属于不同层面的问题，应该分开讨论。其次，"闻之优艳哀婉"，即感兴，会让人产生联想，进而生出幽深玄妙的境外之象，这种艺术效

---

① 刘瑞芝：《论白居易的狂言绮言观在日本文学史上的影响》，《外国文学研究》2005 年第 3 期，第 136~142 页。

② 高楠顺次郎，小野玄妙等编、『大正新修大藏経』、東京：大正一切経刊行会，1934 年、第 433 頁。

③ 王向远译：《日本古代诗学汇译》，昆仑出版社 2014 年版，第 143 页。

果具有无限的美的延伸性，客观上不具备可感可知的属性，只可意会，不可言传。

在《慈镇和尚自歌合》中，藤原俊成将同一诗学主张用不同的方式加以叙述："声律奇巧、理趣精彻。夫咏歌之首，无论朗咏或自吟，闻之不觉有浓丽优艳、意境幽玄等莫名之感。"[①] 另外在《民部卿家歌合》中，他再次重复道："夫和歌者，未必用尽绘画之丹色，未必穷尽器物之巧术，未必细刻木器之纹理。"[②]

《慈镇和尚自歌合》、《古来风体抄》及《民部卿家歌合》这三部著作都是建久年间写成的，反映了藤原俊成的和歌创作理念，尽管在表述文字上略有差异，但大同小异。三者中都使用了"艳"字，若直译的话即："闻之艳或幽玄"（《慈镇和尚自歌合》）；"闻之艳或物哀（あはれ）"（《古来风体抄》）；"闻之艳或奇趣（をかしき）"（《民部卿家歌合》）。"幽玄""物哀""奇趣"原本表示三种不同的美学风格，但可以肯定地说，藤原俊成所推崇的诗美不是"美辞丽句"式的雕琢美，正如鸭长明在《无名抄》中所说："余情笼于内，景气浮于空"，其追求的是"象外之象""韵外之致"的诗美。和歌的意蕴兴寄不显露在美辞丽句的词语表面，而是要通过读者的艺术想象使和歌所蕴含的"余情幽玄"（兴象风神）出现在享受者的脑海中，诗情画意如同美轮美奂的画面浮在空中，堪称是"状难写之物置于睫前"，这种"余情幽玄"的境界是一种"境外之象""韵外之致"。所以，藤原俊成评判和歌作品优劣的标准，并不在于诗句歌语的工整与华丽与否，他主张在评判和歌时能够借助神佛的启示，从而超越人类智力的界限，进而达到那种神秘莫测的"幽玄"之境，也即"三谛圆融"的止观。

在"空假中"的三谛之中，"空谛"谓诸法空无自性，体不可得；"假谛"谓诸法宛然而有，施设假立；"中谛"谓诸法其体绝待，不可思议，全绝言思。总之，"三谛圆融"成为藤原俊成和歌诗学体系的支撑根基。对于和歌的发展史，藤原俊成认为《古今集》是和歌创作的尊体（正体），而以《万叶集》为代表的古歌群体，在创作技巧方面不如《古今集》。不过，他认为："（《万叶集》）虽不刻意修饰词姿、琢磨辞藻，然而闻之顿觉心深姿高（意蕴深邃、格调高雅）。"[③] 尽管这句话听上去明显是一种恭维，但其话语背后存着的是对古典和歌传统的一份尊重。

---

① 谷山茂、『谷山茂著作集（四）·新古今時代歌合と歌壇』、東京：角川書店、1983 年、第 316 頁。

② 转引自赤羽学、『幽玄美の探究』、東京：清水弘文堂、1988 年、第 231 頁。

③ 藤原俊成、「古来風体抄」、『古典日本文学全集 36·芸術論集』、東京：筑摩書房、1962 年、第 12 頁。

　　藤原俊成推崇《古今集》的本意是反对当时雕琢辞藻的歌风流弊。在《古来风体抄》序中，藤原俊成谈及《拾遗集》与《拾遗抄》的关系时说道："大纳言公任卿，从《拾遗集》中抄选出佳作，编成《拾遗抄》。今之世人喜读之，而《拾遗集》却被冷落一旁。"① 其实是先有《拾遗集》，还是先有《拾遗抄》，自古以来就争论不断。近代以后，越来越多的日本学者认为，《拾遗集》是以藤原公任的《拾遗抄》为蓝本、再补充编集而成，这种观点逐渐占了上风。《拾遗集》据说是 1006 年由花间上皇亲自编撰，另有说法是上皇命令藤原长能、源道济等人编撰，收录了《古今集》《后撰集》未收录的柿本人麻吕、纪贯之等人的作品，同时还收录了当时和歌诗人的作品，选集风格平易优美，这与《古今集》《后撰集》注重格调雅正的做法不同。

　　自《拾遗集》之后，《后拾遗集》《金叶集》《词花集》等都延续了这种平易直白的歌风，而这种歌风迎合了当时人们世俗化的审美趣味。然而，对这种世俗化的潮流，藤原俊成本能地加以排斥，他在《古来风体抄》中流露出对《拾遗集》之前的雅正高古歌风的推崇与留恋。他与六条家歌派的文人展开论战，甚至将《词花集》贬得一无是处。六条家歌派的代表人物是显昭，藤原俊成则属于御子左家歌派。保守的六条家歌派以显季为始祖，显季是《词花集》的编撰者，因其住宅位于六条与乌丸这两条街道的交汇处，故此得名"六条家"。"御子左家"的名称由来则是因为醍醐天皇的第十六皇子、兼明亲王的通称为"御子左大臣"，藤原道长的第六子藤原长家受赐继承了兼明亲王的宅邸——"御子左第"，于是得名"御子左家"，又称"御子左流"。藤原俊成以及其子藤原定家等人都属于此派，"御子左家"属于和歌的革新派。

　　藤原俊成批评《词花集》是徒有虚表、名不符实，其背景是御子左家歌派与六条家歌派在创作理念上存在意见分歧。《词花集》的编撰者是六条家歌派的始祖显季，而且当时的六条家歌派的领军人物显昭主张"以理入歌"，即"主理派"，主张以技巧、理知为主进行和歌创作。例如，写景歌（山水诗）是对自然景物采取模山范水式的描写，抒情与写景往往是分离的，尚不能有机地融合。藤原俊成则是"主调派"，所谓"调"，是指和歌的音律声调，他在《古来风体抄》等著作中都提到和

---

① 藤原俊成、「古来風体抄」、『古典日本文学全集 36・芸術論集』、東京：筑摩書房、1962 年、第 13 頁。

歌创作不必雕琢辞藻，不必穷尽理数，和歌只需声律和谐、吟咏性灵，令人闻之便有或"艳"或"幽玄"等缘情绮靡的美感。当然，藤原俊成尚未真正明白和歌音乐性的美学机理，而人类真正对音乐的理解则要等叔本华的出现，即所谓的"深刻的音乐形而上学"①。

当时六条家歌派被称为保守派，而御子左家歌派被称为革新派。其实，我们应该辩证地来看待当时保守与革新的对立问题。纪贯之《古今集·假名序》说："和歌者以人心为种子"，虽然围绕"心"字可以有多种解释，但无外乎"情志""兴趣"之类，而且和歌的本质也在于抒情。然而，是纪贯之除了提出"心词相兼"这样笼统宽泛的命题外，对和歌的初学者并未能给出明确有效的创作规范。进入平安时代后期，贵族创作的文人诗取代了那些民间佚名诗人的创作，在和歌的体格声律上的讲究越来越甚，但是贵族文人的身份地位妨碍了他们接触广泛的现实社会，和歌的题材内容越来越狭窄，修辞手法越来越僵化，诸如"枕词""缘语""禁词"等规范类似于南朝沈约等人的"四声八病"说。这些创作规范是一把双刃剑，一方面让属于定型诗的和歌在外形律上更具有艺术美感，但另一方面也严重地束缚了和歌的健康发展。然而，以显昭为代表的"六条家"歌派严格遵守纪贯之与《古今集》定下的和歌法度，不敢越雷池一步，逐步陷入僵化教条。

与此相反，以藤原俊成为代表的御子左家歌派诗人们已经意识到了变革的必要性。在《古今集》《后撰集》《拾遗集》这所谓的"三代敕选和歌集"之后，和歌创作已经很难创新，而且难以为继，无论是题材内容，还是体格声律，都陷入了格调粗鄙低下的局面，甚至《拾遗集》中也收录了许多"俳谐歌"。如果不进行革新，那么和歌将彻底沦为一种文字游戏。然而，平安时代末期的和歌创作已经高度发达，在体格声律、题材内容等诗体的外在形式上很难再有突破，唯一留给《新古今集》和歌诗人的只剩下和歌的内在美因素。

藤原公任在"心词"之外率先提出了"姿"的诗学概念，进而又由后人发展出"心姿""词姿""句姿"的概念，拓展了和歌追求诗美的道路。可以说藤原公任的"姿"能与唐人殷璠《河岳英灵集》中的"兴象"说相媲美，"姿"是和歌享受者的头脑中形成可视可感的兴象，它通过联想机制触发读者各不相同的人生境遇、生命

---

① ［德］尼采：《悲剧的诞生》，石冲白译，商务印书馆1982年版，第46页。

体验，以及所形成的深层记忆，这样才能做到真正的"思与境偕"。当和歌作品的"心姿""词姿""句姿"三者达到完美融合，浑然天成，且情与理契合无垠之时，审美体验便可以求得最大化。

　　然而，并非感情丰沛细腻之人都可以创作出优秀作品，除了少数天才诗人之外，绝大多数诗人都必须经过"积学""苦吟"的过程。学古与创新是一种辩证关系，和歌的创作技巧与修辞方法也必须不断创新。在《古今集》时代，将烂漫樱花比拟为彩霞云朵，将飞卷的波涛比拟为千堆积雪，这种陌生化所带给人们的新鲜感很快便产生审美疲劳。尽管《新古今集》时代的和歌诗人不懈地探索创新，例如为增加余韵将"五七调"改为"七五调"，运用名词结句（体言止め），或采用类似于黄庭坚的"夺胎换骨法"的"本歌取"等等，但这种和歌外形律上的创新毕竟是有限度的，必须在和歌的内形律方面寻求突破。为此，藤原俊成将视线投向了天台宗的《法华经》，试图将"三谛圆融"的止观法理借鉴到和歌创作上来。同样道理，尼采曾经用酒神精神来对抗苏格拉底的理性精神，尼采认为酒神精神是全部希腊艺术的根源。[①] 一般来说，宗教是反理性的存在，那么和歌的"幽玄"之境也是超出人智理解的界限。藤原俊成的用意是借助天台宗的佛教权威来抬高和歌的政治地位。事实上也是如此，在幕府政权的强大势力控制之下，王权沦落为傀儡政治。在短短的数百年间出现了 21 部敕选和歌集，虽然是天皇下敕令编撰和歌集，但如果和歌失去佛教势力的加持，这是根本办不到的事情。

第二节　鸭长明的"幽玄"思想

　　鸭长明（1155？—1216 年）是日本中世隐逸文学的著名作家，记事体散文《方丈记》便是他的手笔，该书的第一段话为：

　　　　ゆく川の流れは絶えずして、しかも元の水にあらず。淀みに浮かぶ泡沫は、かつ消えかつ結びて、久しく留まりたるためしなし。[②]

---

① ［德］尼采：《看哪这人》，载《悲剧的诞生》，周国平译，生活·读书·新知三联书店 1986 年版，第 310 页。

② 綱明保ら編、『日本文学の古典』、東京：岩波書店、1987 年、第 13 頁。

　　　川流不息的河水，（此处）已非原来的河水。回水盘旋处，漂浮着浊水泡
沫，且灭且结，不见其久留于斯。　　　　　　　　　　　　　　　　（笔者译）

　　这段话中弥漫着浓重的无常思想，笔调低沉哀婉，令人深思与叹息。不仅如
此，鸭长明同时也是著名的和歌诗人和歌论家。《续歌仙落书》评论他的作品是
"风体以比兴为先，且有物哀之样（风体）"①。其歌论著作主要有《无名抄》《莹玉集》
等。当时和歌歌坛有"旧风"与"今风"，即旧派与新派之争。旧派的代表歌人主要
有以藤原清辅、藤原重家、季经、显昭等人为中心的六条家歌派；而新风则有藤原
俊成、寂莲、藤原定家、藤原俊成女（俊成的养女，在血缘上为其孙女）、藤原家
隆等人为中心的御子左家歌派。保守派将《古今集》时代纪贯之的创作理念视为创
作规范，主张"心词相兼"，即形式与内容的和谐统一，和歌的风格典雅优美。

　　然而随着时代的发展，曾经高古雅正的和歌风格渐渐流于平易直白，表现手
法上往往"穷形尽象""穷言尽意"，甚至是赤裸裸的道德说教。例如，后鸟羽上皇
（1180—1239 年）就非常看重诗歌的政教功用性，这在他对《拾遗抄》和《拾遗集》
的编辑态度上就很充分地反映出来，《拾遗抄》按后鸟羽上皇的意思编撰，将"余
情妖艳"风格的作品都排斥在外，而《拾遗集》则大量收录前者舍弃的作品。藤原
定家认为《拾遗抄》的艺术性远劣于《拾遗集》②，这显示出君臣二人在选歌标准上
存在分歧，这后来导致君臣间原来亲密的关系决裂，藤原定家也因此很长时间被排
斥在宫廷文学圈外，直到承久三年（1221 年）的承久之乱，倒幕失败的后鸟羽上皇
（1183—1198 年在位）被流放到隐岐岛，藤原定家才得以重返主流歌坛。

　　藤原定家在《近代秀歌》中对保守派的做法进行了批评："昔日，纪贯之歌心深
奥格调（高远后人）难及，注重修辞技巧及诗趣，但不作余情妖艳之体。（中略），
而今末世之（旧派）和歌，犹如农夫离花阴（下）、商人脱鲜衣一般。"③意思是说旧
派歌人只重堆砌辞藻，格调也日益低下，他们不懂"余情妖艳"就像农夫对鲜花
熟视无睹一般不解风情，那简直是大煞风景。"余情妖艳"是对和歌营造出的浓丽

---

① 塙保己一编、『群書類従』（第 16 辑），東京：続群書類従完成会、1960 年、第 347 頁。
② 谷山茂、『谷山茂著作集（一）・幽玄』，東京：角川書店、1982 年、第 119~121 頁。
③ 藤原定家、「近代秀歌」、『日本古典文学大系 65・歌論集 能楽論集』，東京：岩波書店、1973 年、第
101 頁。

意境美而言，而非指辞藻上的堆砌雕琢、美辞丽句等的形式美。同样，鸭长明也在《无名抄》中说过类似的话："《万叶集》时代，花与实方才兼备，其样态也多姿多彩。到了《后撰集》时代，和歌的词采已经写尽了，随后，吟咏和歌不再注重遣词造句，而以心为先。《拾遗集》以来，和歌不落言筌，而以淳朴为上。而到了《后拾遗集》时期，则嫌侬软，古风不再。（中略）《拾遗集》之后，和歌一以贯之，经久未变，风情丧失殆尽，陈词滥调，斯道衰微。古人以花簇为云朵，以月亮为冰轮，以红叶为锦绣，如此饶有情趣，而今却失去了此心，只在云中求各种各样的云，在冰中寻找异色，在锦绣中寻找细微差异，如此失掉安闲心境，则难有风情可言。"①

从《无名抄》中的言论来看，鸭长明对保守派持批评态度："今世歌人，深知和歌为世代所吟诵，历久则益珍贵，便回归古风，学幽玄之体。而学中古之流派者，则大惊小怪，予以嘲讽。"②而以藤原定家为首的革新派又称"幽玄派"，注重诗境的深化，风格浓丽华美，表达则以含蓄蕴藉为上。然而由于当时大多数人没有立刻接受它，而将这种新风戏称作"达磨宗"，即有嘲笑其晦涩难懂之意。藤原定家在《拾遗愚草员外》中不得不感叹："自文治建久（1185—1199 年）以来，称新仪非据达磨歌，为天下贵贱被恶，已欲被弃置，及正治建仁（1199—1204 年），蒙天满神（菅原道真死后被尊为神）之冥助，应圣朝敕爱仅继家迹（业），犹携此道事秘而不浅。"直到正治二年（1200 年）《正治百首》歌合举行时，这种幽玄新风才终于为世人所接受。③

鸭长明在《无名抄》中解释"幽玄体"时说："不显于文辞之余情，不现于姿之景气。"④大意是说"意在言外，情溢辞表"，鸭长明认为好的和歌应该是"余情笼于内，景气浮于空"。"景气"是一种具有视觉效果的审美范畴，按本文的语境来理解大概是"景物之气象"之义，也是"姿"（兴象）的属性之一。如此这般，寥寥数语蕴含丰富的意象词语，气韵生动，犹如一股生气充盈其间。

从鸭长明等人的论述中，我们看到被称有"景气"的和歌绝大多数都是描写自然景物的作品，或托物言志，或睹物起兴，用形似之言，立象尽意。下面我们将从

---

① 王向远译：《日本古代诗学汇译》，昆仑出版社 2014 年版，第 164~165 页。

② 王向远译：《日本古代诗学汇译》，昆仑出版社 2014 年版，第 165 页。

③ 谷山茂，『谷山茂著作集（一）·幽玄』，東京：角川書店、1982 年、第 122 頁。

④ 鴨長明、「無名抄」、『日本古典文学大系 65·歌論集 能論楽集』，東京：岩波書店、1973 年、第 87 頁。

具体和歌作品中来把握"景气"的审美境界。

> 村雨の / 露もまだひぬ / 槙の葉に / 霧たちのぼる / 秋の夕暮れ
>
> （《新古今集》"秋" 491）
>
> 乡村骤雨歇，露珠结杉叶。秋日夕照里，暮霭悄然升。 （笔者译）

这首由寂连法师创作的和歌大意是：乡村的树林间，一阵急雨过后，尚未蒸发掉的晶莹水珠残留在叶片之上，秋日的暮霭正无声无息地慢慢升腾。作者使用了秋雨、雾霭、日暮等几个视觉意象，描绘出乡间秋日、雨后黄昏的景象，带给人一种静谧闲适、清新自然的艺术享受。诗歌中没有出现作者的主观身影，虽不露本情，但兴寄深远，韵味无穷。读者根据个人的人生境遇、感悟，可以从作品中读出不一样的感受。以纪贯之为代表的《古今集》时代的和歌诗人主张"心词相兼"，当形式与内容发生矛盾、不能兼顾的时候，主张"以心为先"，即宁可诗语不美、格律不顺，也不能以辞害意。这种观点无疑是非常正确的，但是随后的亚流之辈渐渐荒腔走板，出现两种极端，一是语言平易直白，缺乏诗味；另一种则是追求辞藻华丽，内容空洞。在这种语境下，新古今歌人追求新风变革，强调兴象"景气"的营造，这背后的诗学原理就是一种"兴象风神"，这种诗美的呈现必然是"象外之象""韵外之致"。鸭长明将这种新风概括为"幽玄之体"。

鸭长明的《无名抄》认为，"幽玄体"是"不显于文辞之余情，不现于姿之景气"，即"意在言外，情溢形表"，他举出例子来说明"余情"：

> 如秋日黄昏后的天空景色，无（晚霞）色彩亦无（鸟鸣）声，不知缘于何故，怆然泪水簌簌而下。[1] （笔者译）

常言道，人事无常，天地悠悠，"人生若朝露"。面对此情此景，敏感的作者一时感慨万千，不觉悲从中来，颇有陈子昂《登幽州台歌》苍凉悲慨的意境，此情境可称"幽玄"之境，令人回味无穷。景气歌未必都是幽玄体，但至少可以认为，

---

① 鴨長明、「無名抄」、『日本古典文学大系 65 · 歌論集 能楽論集』、東京：岩波書店、1973 年、第 87 頁。

"幽玄体"的和歌必然具有"景气"，即兴象玲珑、气韵生动。

至于如何理解"不现于姿之景气"，鸭长明举例解释道："从浓雾的间隙眺望秋日山间的景色，所见之处缥缈朦胧，幽深远奥，但记忆中绚烂斑斓的枫叶红遍山谷，情趣盎然，它是如此清楚鲜明地浮现于脑海，尽管眼前不能目睹实景，但它却是如此地令人神往。"①现实中的自然景物因为种种原因都会有这样那样的瑕疵缺憾，只有在审美想象的世界里它才是最完美的，即美学大家王国维《人间词话》所说的"能写真景物、真感情者，谓之有境界"。

在谈及和歌的创作方法时，鸭长明认为不应该"穷形写物""穷言尽相"。他说：

> 言虽简而使其蕴藉深理，无须穷力便可尽表深邃胸襟，（使读者）对其闻所未闻之物有似曾相识之感，脱去庸俗鄙陋而显优雅艳丽，虽寥寥数语，却穷尽妙理，作歌时若才思阻塞，可施其法，虽仅三十一文字，却有动天地之能，泣鬼神之术。②

这段话强调了"余情幽玄"所具有的巨大艺术魅力。其实早在奈良时代，如在原业平、小野小町等歌人的作品中，"余情"（含蓄）的艺术效果就已有所体现，然而纪贯之出于对政教功用的考虑对"余情"横加指责："其心有余却词不足，如菱花失色犹残留余香"（《假名序》），意思是说和歌的"余情"虽有深邃的意蕴兴寄，但却没有充分明确地表达出来。显然纪贯之对委婉含蓄的表现方法不以为然，但在他自己的许多作品中，可以看出这种"余情幽玄"的艺术效果，也许他在不自觉地运用，当创作技巧积到一定程度后，便转化为一种艺术本能，这也许就是苏东坡、黄山谷等人说的"无意为文而文自成"的境界吧。综上所述，鸭长明所说的"幽玄体"涵盖了所有审美风格，代表了《新古今集》的典型歌风，它比藤原俊成所说的"幽玄体"（狭义）的含义更广泛③，它是广义上的"幽玄体"，包括了创作论、风格论以及鉴赏接受论。

---

① 王向远译：《日本古代诗学汇译》，昆仑出版社 2014 年版，第 168 页。
② 王向远译：《日本古代诗学汇译》，昆仑出版社 2014 年版，第 168 页。
③ 能勢朝次、『能勢朝次著作集（第二卷）·中世文学研究』、東京：思文閣、1981 年、第 255~260 頁。

晚年以后，鸭长明在《莹玉集》中又进一步将其"幽玄体"进行了细分，也将和歌的审美风格分成十一品（体）①：

  （1）"秀歌"（清麗）

  （2）"纤柔美妙歌"（たおやかにして妙なる歌）

  （3）"长高远白歌"（長けたか遠白き歌）

  （4）"词健势丰歌"（詞つづきすくよかに勢いゆたかなる歌）

  （5）"气味浓烈歌"（匂いふかくしめる歌）

  （6）"面影歌"（面影ある歌）

  （7）"景气歌"（景気ある歌）

  （8）"以幽玄为姿歌"（幽玄を姿とする歌）

  （9）"优美如花歌"（優しく花なる歌）

  （10）"艳歌"（艶歌）

  （11）"词采工妙歌"（詞つづき妙なる歌）

这十一品说的并不都是审美风格，像"面影歌"（意象）、"景气歌"（兴象）是从接受美学的角度来说的；"词采工妙歌"则是从创作方法或修辞来说的；鸭长明《莹玉集》在解释"以幽玄为姿歌"时说："心词难猜测，如春田日暖，水气升空，观之若游丝。若隐若现，似有似无，未入幽玄之境者难得其妙。"②这段话最重要的地方是"心词难猜测"，即作者的真实用意难以猜测，且语多歧义，正如晚唐诗人李商隐的《锦瑟》一样，风格浓丽美艳，意境朦胧曲折，是缠绵甜美的爱情？还是对人生境遇的感悟？后人对其作出了种种猜测，仁者见仁，智者见智，但这并不妨碍人们对它的喜爱，具有不同人生经历和境遇的人都会对其做出符合自己审美理想的解读。

然而鸭长明的"以幽玄为姿歌"与"缥缈体"（朦胧体）只差一点，搞不好便弄巧成拙，变得艰深晦涩。笔者认为，"以幽玄为姿歌"中的"幽玄"与前面的"幽

---

① 佐々木信綱編、『日本歌学大系（第三卷）』、東京：文明社，1943年、第351頁。

② 佐々木信綱編、『日本歌学大系（第三卷）』、東京：文明社，1943年、第356頁。

玄体"（广义的幽玄）不同，应是狭义的"幽玄"，但并不具有藤原俊成所说的那种寂寥枯淡之美，与其说是审美风格，莫如说是一种创作方法，类似于司空图的"含蓄"一品。

鸭长明的这种观点源自其师俊惠（1113—? 年），俊惠对藤原俊成的那首最著名的和歌颇有微词：

> 夕されば / 野べの秋風 / 身にしみて / 鶉鳴くなり / 深草の里
>
> 暮野秋风瑟，哀怨刺骨寒。故里草木深，凄切鹤鸟啼。　　　　　（笔者译）

歌中的"深草"为双关语，既指地名，又指草木深。鸭长明的老师俊惠认为"身にしみて"（感到寒风刺骨）这个词用得不好，过于直白，是"有我之境"，"非无我之境"，作者的主观思想表现得过于强烈直接，寂寞失意、怀才不遇等负面情绪通过一句"刺骨寒"表现出来，这违背了"余情"美学的含蓄规则。[①]鸭长明继承了俊惠的这种观点，主张在表达诗人的胸襟怀抱时，要做到委婉含蓄，即"若有若无，似隐似现"，不可作直抒胸臆式的情感宣泄。

但是藤原俊成主张和歌要有胸襟怀抱，并将其明确地反映在作品中，通过营造深邃幽远的诗境，引起读者强烈的共鸣。这种创作态度上的不同，也许是身为僧侣的鸭长明与藤原俊成在身份地位上的不同而造成的：藤原俊成官至正三品，若不是在 63 岁时身患重病，他不会辞官出家，而且晚年的藤原俊成一直都是歌坛的领袖人物，在他身上既有新派和歌诗人的创新意识，同时也有旧派和歌诗人的保守一面；而鸭长明则是一个厌世悲观的隐逸者，悲天悯人，消极避世，因此在诗学主张上自然与歌坛权威的藤原俊成有所不同。

第三节　和歌形象论之"景气"

中日文化语境及审美思想存在较大差异，日本歌论在中国文论的启蒙与刺激下产生"变异"，具有其民族特性。然而，以"景气"说为代表的中世和歌形象理论暗

---

① 能勢朝次、『能勢朝次著作集（第二卷）・中世文学研究』、東京：思文閣、1981 年、第 261 頁。

合了唐人殷璠的"兴象"说，两者之间存在诗学阐释与话语转换的哲学基础。"景气"说标志着和歌审美标准发生转变，由单方面注重"体格声调"转向重"兴象"和"神韵"，继而对二者并重，并对以"幽玄"与"有心"为核心观念的日本诗学体系的形成与发展产生了重要作用。

一、"景气"的诗学意义

鸭长明《无名抄》论"幽玄体"时道："余情笼于内，景气浮于空"，这不同于《古今集》时代的和歌注重"格调气骨"的审美标准。关于"余情"，《文心雕龙·物色》云："物色尽而有余情"，其大意是说，古人"立象以尽意"，但"言不尽意"则成为审美理想。如果我们对"余情笼于内"进行诗学话语的转换，即"意在言外"，无论是"笼于内"还是"在言外"，说的都是诗歌在字面上没有明确说明诗意，因为诗贵含蓄，读者可以通过象征、隐喻进而联想到诗人主客观思想的内涵意蕴；至于"景气浮于空"，则类似于我国文论中的"兴象玲珑"或"气象浑成"。古人云"意高则格高"，"景气"能否"浮于空"，关键在于"余情"是否达到"情幽兴远"。

按日本辞典解释，作为中世和歌的批评用语，"景气"有"景色""情调""气氛"等语义。日本学者对"景气"的研究存在两种截然不同的观点，一种以田中裕为代表，非常重视"景气"的诗学意义，认为它是藤原俊成的和歌创作论的核心思想。"景气"是"言语所唤起的映像或情绪"，与"构成具体诗美世界的日常事实"相并列，"映像与情绪相结合"并另外构建出"一个持续（意境）"，"景气"与"余情"具备相同的含义，"余情"是通过特殊的遣词造句等修辞法来营造，而"景气"则是通过情绪、兴象来完成。[1] 另一种观点以武田元治为代表，他将"景气"的大量用例进行了收集归纳，认为"景气"与"余情""面影"尽管性质有所不同，但在"意在言外"的审美思维上具有共性。武田元治认为藤原俊成并不重视"景气"，倒是"面影"的概念倍受其青睐。[2]

事实上，"景气"出现在中世初期的歌论中并非偶然，正如《新古今集》歌风具有绘画性、视觉性的特点一样，和歌的审美标准从注重外部的体格声律以及音乐性

---

[1] 田中裕，「俊成歌論研究——景気と余情」，『大阪大學文學部紀要』、8 卷、1961 年 11 月。

[2] 武田元治，『中世歌論をめぐる研究』、東京：桜楓社，1978 年、第 11 頁。

开始转向对内部的意境营造、艺术形象以及兴象神韵的追求上来，人们对"意"与"象"、"情"与"景"的诗美关系的探究推动了和歌形象理论的发展。藤原公任发展了纪贯之的"心词相兼"说，进而在《新撰髓脑》中提出"姿"的概念。顾名思义，"姿"就是一种艺术形象，好的诗歌能"状难写之景置于睫前"，"姿"的概念至少包括了意象、兴象、风骨以及风格等含义，由于过于宽泛，对创作实践缺少指导性，随后"姿"又细化为"心姿"、"词姿"与"句姿"，最终被"景气"所替代。

"心"与"词"相结合的程度决定"姿"的情态，或高古雄浑、或清丽婉约、或纤细消寒。故此，雅正平合的宫商调与峭劲硬直的角羽调更适合正体（雅体）和歌的创作，也更符合宫廷歌人的审美情趣。"姿"比"词"在概念表述上更具有形象性，藤原公任试图使"姿"的概念摆脱"心"与"词"（内容与形式）的二元对立关系，让"姿"在更高层面上对"心词"进行统领，"心词相兼"的和歌便具备了"姿"的艺术感染力，这种论述逻辑类似于刘勰的论"风骨"，只是当时的日本诗学尚没有成熟到如此高度，而且和歌诗人或许也在刻意回避直接使用中国文论的诗学概念。结果，"心""词""姿"三者的辩证关系在体格声调以及遣词造句的修辞方面已经得不到完美诠释，必然要另辟蹊径，于是"姿"的概念演变为"心姿""词姿""句姿"，借助"比兴""余情"的媒介作用进而形成了以"景气""面影"等为主要内容的和歌形象理论，拓展了和歌创作与批评的新领域。

二、"兴象"与"景气"

胡应麟《诗薮·内编》卷五云："作诗大要，不过二端，体格声调、兴象风神而已。体格声调有则可循，兴象风神无方可执。（中略）譬则镜花水月，体格声调，水与镜也；兴象风神，月与花也。"[①]明清诗人论诗有"格调派"与"神韵派"之争，究其"神韵派"的源流可追溯到殷璠的"兴象"说。殷璠《河岳英灵集叙》云："夫文有神来、气来、情来，有雅体、野体、鄙体、俗体。"中国传统美学有"气""韵""神""境""味"五大基本范畴，殷璠的兴象说"把'神'、'气'、'情'、'风骨'、'声律'、'兴象'等概念融会贯通，构建出一个精密而富有弹性的理论体

---

① （明）胡应麟：《诗薮·外编》（卷五），上海古籍出版社 1979 年版，第 66 页。

系"①。林继中认为:"气来"与"慷慨言志"有关,"情来"则与"兴趣幽远"有关,"情来"说的"核心"则是"兴象"。②

在殷璠之前,选诗的标准往往是以"体格声律"为主,如"言气骨则建安为传","论宫商则太康不逮",而开元盛世的诗则是"声律风骨始备矣"。古人以"格调声律"的标准选诗,尤其喜好所谓的"正声",或气骨弥高,或体调尤峻,或雅正平和,或声韵圆融。总之,古体诗重风骨,新体诗重声律。然而仅凭声律体格来论诗美是不够的,除了音乐美外,诗歌还具有一种不可言传的"神会于物"的审美体验以及幽远的旨趣、意境,于是殷璠的"兴象"说便应运而生。

早在平安初期,空海的《文境秘府论》便收入了殷璠的《河岳英灵集》与王昌龄的《诗格》等诗论。日本诗学在中国文论的影响与启蒙下开始萌发,不同文化体系之间的碰撞融合必然会带来文学基因的"变异"③。不久便有了以纪贯之的《古今集》和歌序为代表的诗学滥觞,这一时期"唐风"式衰而"国风"兴起,日本诗学开始探索自己的道路,"幽玄""有心"等一批具有日本民族特色的诗学范畴纷纷涌现,"景气说"也是在这一文化背景下产生的。

"景气"一词源自汉语,晋殷仲文《南州桓公九井作》诗:"景气多明远,风物自凄紧。"唐杜审言《泛舟送郑卿入京》诗:"酒助欢娱洽,风催景气新。"《宋史·礼志七》云:"严冬之候,景气恬和。"日本平安时代藤原茂明所作《初冬即事》收于《本朝无题诗》,其中有诗句"景气萧条日渐倾,不堪事事遇冬情"。以上的"景气"用例有景色、景物之义,而作为和歌批评用语则最先见于藤原俊成《慈镇和尚自歌合》的《十禅师十五番跋》:

> 凡和歌者,未必声律奇巧、理趣精彻。夫咏歌之道,无论朗咏或自吟,闻之不觉有浓丽优艳、意境幽玄等莫名之感。若创作出良歌佳作,其词采之外定有景气添附。

---

① 张安祖,杜萌若:《〈河岳英灵集叙〉"神来"、"气来"、"情来"说考论》,《文学遗产》2003年第3期,第28~34页。
② 林继中:《释"神来、气来、情来"说——盛唐文评管窥之一》,《古代文学理论研究》第11辑,上海古籍出版社1986年版,第236~237页。
③ 严绍璗:《"文化语境"与"变异体"以及文学的发生学》,《中国比较文学》2000年第3期,第1~14页。

　　おほかた、歌は必ずしもをかしきよしを言ひ、事のことわりを言ひきらむとせざれども、もとより詠歌といひて、ただ詠みもあげ打ちも詠めたるに、艶にもおかしくも聞ゆる姿のあるなるべし。よき歌になりぬればその詞のほかに景気のそひたるやうなることあるにや。①

他在《古来风体抄》序又一次表述：

　　不必如锦绣般华丽，和歌或吟咏或朗吟，闻之不觉顿生艳与物哀之感。原本咏歌者，关于声调无论优劣高下都由听觉而决定。

　　かならずしも錦ぬひものゝ如くならねども、歌はたゞ、よみあげもし、詠じもしたるに、何となく艶にもあはれにも聞ゆる事のあるなるべし。もとより詠歌といひて、こゑにつきて、よくもあしくも聞ゆるものなり。②

　　这段话中虽没有提及"景气"，而是强调好的和歌应注重声律音调，"景气"是一种审美者头脑中由联想引出的视觉图象。声调的音乐性尽管也能唤起读者的审美经验，进而形成视觉性的审美意象，但这种转换不可能比语言的兴象、意象来得更快、更直接。所以说，"景气"与"声调"是两种不同的审美标准，而藤原俊成在两本著作中有两种不同的表述，这也正说明"景气"作为形象理论尚处于理论初期。至于俊成的判词中为何仅有两处"景气"的用例，考虑到他与俊惠曾为歌坛对手关系，俊成不使用"景气"而喜好使用"面影"的现象便可以得到很好的解释。③但是将"景气"与"面影"完全等同，这种观点难以令人信服，本章在后文将论述两者的微妙关系。

　　下面试举两首被藤原俊成评为有"景气"的和歌：

　　①春深き / 野べの霞の / 下風に / 吹かれてあがる / 夕雲雀かな

---

① 谷山茂、『谷山茂著作集（四）・新古今時代的歌合与歌坛』、東京：角川書店、1983 年、第 316 頁。
② ［日］藤原俊成、「古来風体抄」、『古典日本文学全集 36・芸術論集』、東京：筑摩書房、1962 年、第8 頁。
③ 武田元治、『中世歌論をめぐる研究』、東京：桜楓社、1978 年、第 40~41 頁。

　　　春意渐浓晚霞天，云雀田野随风舞。　　　　　　　　　　　（笔者译）

②かへる雁 / かすみのうちに / 声はして / ものうらめしき / 春の気色や

　　霞光映日雁归来，一声鸣叫春色浓。　　　　　　　　　　　　（笔者译）

　　从表面上看两首和歌都是描写自然景色，语言朴实无华，景物如画，历历在目。然而诗中之景并非实景，而是诗人心中之景，表现的是诗人对春归大地的喜悦之情，堪比谢灵运的《登池上楼》名句"池塘生春草，园柳变鸣禽"，和歌中的晚霞、云雀、雁鸣等意象通过排列组合共同营造出一种"景气"，可谓气韵生动、兴象玲珑。这种"景气"是通过读者的联想得以实现，由若干个意象串联起来共同营造出一种意境，这种审美的心理机制类似于我国文论从"形象"到"意象"，再到"兴象"的逻辑过程。

　　鸭长明《无名抄》引述俊惠的话说："世人常言良歌如平纹织布。清丽雅正之和歌如观斜文织物。景气浮于空也。"（世の常のよき哥は堅文の織物のごとし。よく艶優れぬる哥は浮文の織物を見るがごとし。空に景気の浮べる也）①

　　"平纹织物"与"斜纹织物"是象征的说法，在《新古今集》时代之前，具备雄浑高古的声调、平和中庸之美的宫廷和歌被视为风雅"正体"，其特点如同平纹布一般方正端丽；相反，"余情妖艳体"的和歌被视为变格、变体而不受重视，宫廷贵族歌人在审美情趣上依然注重集体认同感与归属感，强调个性张扬的做法必然受到排斥。进入中世社会后，武家政治取代了皇家王权，这反倒带来了思想上的解放，文学创作的个性张扬取代了群体性的中庸之美，新体和歌必然要取代旧体，审美标准也随之发生变化，于是注重"兴象""神韵"的形象理论"景气说"便应运而生。

　　例如，

　　　月やあらぬ / 春や昔の / 春ならぬ / わが身ひとつは / もとの身にして

　　　月非昔时月，春非昔时春，唯有此身昔时身。　　　　　　　（佚名译）

---

① 鴨長明、「無名抄」、『日本古典文学大系 65・歌論集 能楽集』、東京：岩波書店、1973 年、第 88 頁。

　　鸭长明认为这首和歌是"余情笼于内，景气浮于空"。小说《伊势物语》二十三段，在原业平与贵族女子发生一夜情后便无缘相见。第二年春天，男子故地重游，但见梅花盛开，月光皎洁，却是物是人非，触景生情。和歌大意为："睹物思伊人，明月春宵不复在，唯我独伤神"，这首怀人之作的原文写得含蓄蕴藉，曾经明月春宵的浓情香艳与现今的孤身影只形成强烈的对比反差，诗人无法言说的落寞孤寂如烟笼寒水一般弥漫在空中，却又不着痕迹。

　　这首和歌对日本后世产生巨大影响，有一百多首和歌以此为"本歌"（夺胎换骨法）进行了再创作，衍生出庞大的互文性文本群。由此，我们会联想起崔护的《题都城南庄》："人面不知何处去，桃花依旧笑春风。"崔诗虽流露出一丝惆怅，但整体上还算明快清丽；在原业平的和歌则意境凄婉悲切，但仍不及李后主《虞美人》所表现出的失家亡国的切肤之痛。当然，这首和歌受到日本古人的推崇也是有原因的。平安时代贵族社会流行"访婚制"，两性关系曾经开放自由，和歌担当了红叶传书的重要角色，正如我国古代文人与青楼歌妓之间常有爱情佳话一样，一定程度上两者可以相提并论。另外，这首和歌也可以有多重解读，它代表了一个已经逝去的美好时代，让新古今歌人为之留恋与感伤。台湾学者梅家岭在《汉魏六朝文学新论——拟代与赠答篇》一书中论述了魏晋文人在"拟古""代言"的行为背后，隐藏着文士阶层的形成与群体认同的深层原因，在社会方面具有"精英团体"、"仪式行为"与"象征符号"等示范意义。[①] 这对我们理想中世和歌诗人的审美心理与创作活动具有启示性意义。

　　藤原定家在判词中经常使用"景气"，如"景气虽异，歌词是均者欤"、"景气甚幽而感情相催欤"、"风雪之景气，词尤妖艳，足见弥珍"等等，其中有一首和歌：

人はこず / 払はぬ軒の / 桐の葉に / 音なふ雨の / 音ぞ淋しい

落叶满轩无人扫，雨滴梧桐声声寂。　　　　　　　　　　　　　（笔者译）

　　"雨滴梧桐山馆秋"出自白居易的《宿桐庐馆同崔存度醉后作》，全诗为"江海漂漂共旅游，一樽相劝散穷愁。夜深醒后愁还在，雨滴梧桐山馆秋"。和歌中"雨

---

① 梅家岭：《汉魏六朝文学新论——拟代与赠答篇》，北京大学出版社 2004 年版，第 154 页。

声"与"桐叶"所营造出的悲秋愁绪与白诗的意境相仿。白诗的四句诗中有三句虚写愁绪,末句实写景物,虚实结合,但重点在虚,那挥之不去的愁绪原本是看不见摸不着的,正是因为实写的景物一下子变得清晰可辨,仿佛就在眼前,但却"可望而不可置于眉睫之前",如水中之月,镜中之花。而这一切的产生都是因为诗人的主观情思"愁绪"的渲染,末句"雨滴梧桐山馆秋"便顿时"气来、情来",从而"兴象玲珑",因所谓"情哀则景哀"。这些话用来解释在原业平的和歌也同样具有说服力。因此,将"景气"解释为自然景色、景物的观点过于简单化,令人难以信服。

从上面的例子可以看见,带有"景气"之美的和歌所描写的是"思与境偕"的自然美,情与景相契合,妙合无垠,这种审美思想可以通过我国文论中的"比兴"与"兴象"理论加以诠释。中世日本歌人对于"比兴"说并不感到陌生,特别是"诗总六义"的"兴"最适合解释"情"与"景"的审美关系了,"兴"本是象形字,即众人合同力举物之义,后引申为因事物激发与众人互相感发而产生强烈的感情,进而又引申出"比兴"之"兴"与审美感兴之"兴"。"比兴"之"兴"是"先言他物以引起所咏之词",尚属于修辞方法阶段;而感兴之"兴"则是刘勰所说"拟容取心"以及殷璠所说的"兴象",属于情思与物象相融合的审美心理范畴。

古人很早就认识到这种情与景"妙合无垠"所带来的审美效果的艺术规律,然而孔子的"兴观群怨"受到汉儒的曲解,从"比兴"发展到"兴象"经过了数百年。从刘勰《文心雕龙》的"比兴"到唐人殷璠的"兴象",我国诗歌的形象理论具有一条清晰可辨的发展轨迹。《易传·系辞上》云:"见乃谓之象,形乃谓之器。""象"是动物名称而引申为一种视觉表象,凡形于外者皆曰"象","象"的意蕴远胜于简单的"形"。① 不过古人在使用概念时并不作严格界定,常常会出现"景""物""色""貌""状"甚至"形"来替代"象"的现象,例如"穷形而尽相""情必极貌以写物""状溢目前曰秀"等等。

与西方人长于抽象思维不同,东方人擅长于形象思维。王运熙认为:"以兴象见长的诗人,大抵擅长描写山水田园等自然景物,如常建、刘眘虚、孟浩然等均

---

① 高秉江:《idea 与"象"——论直观和超越的兼容》,《外国哲学》2007 年第 11 期,第 11 页,第 66 页。

是。"①但并不是说只有自然景物才能引发"兴象"，王昌龄《论文意》云："凡作诗之人，皆自抄古人诗语精妙之处，名为随身卷子，以防苦思。"定家《咏歌大概》亦云："常观念古歌之景气可染心。殊可见习古今，伊势物语、后撰、拾遗、三十六人集之内殊上手歌可悬心，人麿、贯之、忠岑、伊势、小町等之类。虽非和歌之先达，时节之景气，世间之盛衰，为知物由，白氏文集第一第二帙常可握玩，深通和歌之心。"②两者所说极为相似，互文见义。

三、"景气"与"余情""面影"

"景气"与"余情"密切相连，相伴相生，"余情"由特殊的修辞句法而创造；"景气"则不靠特殊的修辞句法，而是由意象情绪而生成。③"余情"的概念源于《忠岑十体》中的"余情体"，在中世文学之前，"余情"并没有得到足够的重视，这从纪贯之对六歌仙的讥讽评语可窥一斑。"心词相兼"要求"言以尽意"，故而"穷形写物""模山范水"的六朝诗受到古今集歌人的推崇。纪贯之等人的"秀歌论"主要从体格声调方面入手，而藤原公任的"心词姿"仍未脱离注重声调音律的思维模式，但"姿"的概念中已经包含了形象理论的胚胎，随后"心姿""词姿""句姿"等概念的提出使日本诗学由重体格声调转向标兴"景气""面影"等形象（意象、兴象）思维，读者运用形象思维进入一个审美的想象空间，在这一审美过程中，"余情"（含蓄）起到了至关重要的作用。

"余情"受到诗家关注，其背后是"言以尽意"到"言不尽意"的思维转变，刘勰说："物色尽而有余情"，而"余情"的有无在修辞上最有效的方法便是"比兴"，尤其是"兴"，正如《文心雕龙·比兴》所云："诗人比兴，拟容取心"，"比者附也，兴者起也，附理者切类以指事，起情者依微以拟义"。"附理"即"切类以指事"，用类似的事物来比喻；"依微以拟义"则指用微妙的事物来寄托情感。由此可知，"比"与"兴"的差异在于"由心及物"与"由物及心"的关系。④"六义"的"比兴"

①　王运熙，杨明：《隋唐五代文学批评史》，上海古籍出版社 1994 年版，第 244 页。

②　藤原定家、「詠歌大概」、『日本古典文学大系 65・歌論集 能楽論集』、東京：岩波書店、1973 年、第 115 頁。

③　村尾誠一、「朦気を払う歌——藤原定家『毎月抄』における『景気の歌』をめぐって」、『東京外国大学論集』、第 42 号、1991 年。

④　孙维才：《日本古典诗歌中的"比兴"》，《外国问题研究》1991 年第 2 期，第 31~32，51 页。

已具备了诗学形象学的雏形，然而汉儒却对"比兴"进行了曲解，以实现道德教化的儒家功用目的。

纪贯之的《假名序》对此进行了摒弃，将"六义"解释为六种歌体，但同时也将"比兴"降格为一种修辞手法。"景气"的实质是"人禀七情，应物斯感"的"物感"与"感兴"，而且自觉地将情与景、物与象水乳交融地合二为一，这种审美意识与刘勰的"拟容取心"相通。当和歌诗人开始自觉地在创作活动中追求兴象玲珑、气象浑成的"景气"之美时，其意义不亚于严羽的"兴趣"说之重要，《沧浪诗话·诗辩》云："诗者，吟咏情性也。盛唐诸人惟在兴趣，羚羊挂角，无迹可求。"① 这就为诗人摆脱名教束缚、追求个性大开方便之门。

明代谢榛在《四溟诗话》中说："作诗本乎情、景。（中略）景乃诗之媒，情乃诗之胚，合而为诗。"② 同样，"余情"与"景气"也是合二为一，不可分割，对于"景气"不应该简单地理解为普通的景色、物象，而是一种韵外之致、象外之象。司空图《与极浦书》中说："戴容州云：'诗家之景，如蓝田日暖，良玉生烟，可望而不可置于眉睫之前也。'象外之象，景外之景，岂容易可谈哉！""象外之象"中的前一个"象"指作品本身的艺术形象，即艺术作品中所描绘的物象；后一个"象"是读者依据作品所描写的具体形象，通过想象和联想重新创造出来的意境和形象。司空图借用戴容州的话来说明诗之意境和形象的特点：蓝田多玉石，晴日高照，便烟雾朦胧，远望便可见玉光四溢的瑰丽景象。这说明诗的形象和意境，不是生活本身，但又离不开生活本身。

和歌的形象理论除"景气"之外，还有"面影"。藤原俊成的判词中只有两例使用了"景气"，但"面影"的用例则有十五个，似乎俊成对"景气"不够重视。不过，定家的判词中"景气"与"面影"两者的使用频率都很大，很难说"景气"与"面影"哪个更重要。福田雄作将《歌论中的面影》一文中将"面影"分成三类用法：（1）视觉美，（2）气氛情绪美，（3）本歌、本说或名胜古迹（典故）。武田元治认为面影是"以美的形象为核心、染色于情调的观念"③。北住敏夫在《余情与景

---

① （清）何文焕辑：《历代诗话》，中华书局 2004 年版，第 688 页。

② （明）谢榛，（清）王夫之：《中国古典文学理论批评专著选辑·四溟诗话 姜斋诗话》，宛平、舒芜校，人民文学出版社 2005 年版，第 69 页。

③ 武田元治，『中世歌論をめぐる研究』，東京：桜楓社，1978 年，第 34 頁。

气》一文中称："景气与面影大体上可看作同一概念。"①

笔者认为，"景气"与"面影"作为和歌的形象理论范畴缺少西方诗学的精确与思辨，两者的审美特征非常相似，都是由和歌意象、兴象而引发的视觉性意境，"状难写之物置于睫前"；从具体的判词用例来分析，两者还是有所区别。"景气"多用于评价"叙景歌"，即山水田园等自然景物，气象浑成；而"面影"常用来评价如羁旅怀人等内容的作品，当然也有少数描写自然景物的和歌。"景气"与"面影"的关系就如同"比"与"兴"的关系，如将"景气"比拟于"兴"，那么"面影"便如同"比"；还可以用王国维的"造境"与"写境"来比拟两者的关系，"景气"是一种写境，"邻于理想"，而"面影"则相当于"造境"，"必合乎自然"。

而且被评为有"面影"的和歌多为"题咏"也说明了这一点，诗人面对诗题而不是真实的自然景物，构思立意，"观古今于须臾，抚四海于一瞬"，向内寻求与主观情思相契合的意象。而"景气"者则是"登山则情满于山，观海则意溢于海"，清代吴乔《围炉诗话》云："夫诗以情为主，景为宾，景物无自生，惟情所化，情哀则景哀，情乐则景乐。"②如果将其停留在赋物塑形，而不在曲尽事物妙处抒发人的情思，无论写得怎样优美，境界也不高。诗人拟物造像是由于客观景物触发了自己心中的情，或者说客观的景物因为诗人主观感情的融入，才成为有生命力的艺术形象。

故此，定家将歌论的核心概念定位为"有心"，刘勰说过"为情而造文"，日本诗学的"心"在我国文论语境中常被表述为"意""情""志"，或"诗心""文意"。《每月抄》论"有心体"时有一段话："当咏不出有心体时，朦气出现而心底神情迷乱，无论如何也思想不出有心体的和歌构思来。越是想超越这种状态，反而会气骨软弱，没法得到格调雅正之和歌。这时候应先作景气歌，当姿、词兴象玲珑，虽没有意幽旨远，但体格端正、声律浏亮。（中略）如果持续咏上四五首，乃至十首，朦气便会消散，神清智锐，有心体和歌可作矣。"③

《日本古典文学全集》与《日本古典文学大系》的"歌论集"将定家的"景气

---

① 北住敏夫、『日本文芸の理論』、東京：弘文堂、1944 年，第 31 頁。

② 郭绍虞：《沧浪诗话校释》，人民文学出版社 1983 年版，第 478 页。

③ 藤原定家、「毎月抄」、『日本古典文学大系 65・歌論集 能楽論集』、東京：岩波書店、1973 年、第 129 頁。

歌"注释为"描写山水景色的和歌，景色之外弥漫着某种情趣"、"营造出和歌特有的情调气氛"、"描写景色等外部事物的和歌"等等。这里所说的"景物之外的情调氛围"，即形象理论的审美机制发挥的效果。

至于"兴"，它是诗人处于"精神清爽"之际受外物（古人佳作、自然景物）引发而出现的一种"意"与"象"契合的精神状态。①定家称其为"性机端丽"，"性机"是指主观精神或一种心境。②只有当诗人的主观感情即"有心"不着痕迹地表现出来，即王国维在《人间词话》中所说的"无我之境"时，而且声律整肃、风姿端丽，这便是定家所推崇的"秀逸体"，用我国文论的话说便是"体格声律、兴象风神"，二者兼备。

当诗人陷入苦思时，心中出现"朦气"的状态，藤原定家主张"景气歌"可以消除"朦气"，景气歌只是获得感兴的一种途径，这说明他开始自觉地运用形象理论促成主观情思的高度凝练，超越了雕琢辞藻的修辞阶段，在声律声调、音乐性之外又开拓出一条审美之道，正如明人谢榛《四溟诗话》所说："景乃诗之媒，情乃诗之胚"，自然景物是最好的感兴媒介，"景气歌"是进入"兴象玲珑""气象浑成"即"思与境偕"的前提条件，是获得感兴的一种方式，而"景气浮于空"则是一种理想的结果，格调有高低，境界有大小，同样"景气"也是由诗人的主观情思即"有心"所决定的，最理想的状态是"澄心入一境"，即诗人"澄心味象"，达到"虚静"的审美境界，精神上进入一种无欲无得失、无功利的极端平静状态，这样事物的一切美和丰富性就会展现在眼前。刘禹锡说："能离欲，则方寸能虚，虚则万景入。"只有万景入胸，才能经过方寸之心的熔铸冶炼，酝酿凝聚成审美意象，塑造出独具特色的艺术形象。

四、"神来、气来、情来"

殷璠将"意"看作"兴"的内在前提，《河岳英灵集叙》中的"神来、气来、情来"说的是三种境界。"神来"应该是最高者，可谓"兴象风神，兼备气骨"。而对于"气来"，殷璠称之为气骨、风骨，"气来"之气与诗人建功立业的慷慨之志和报

---

① 刘怀荣：《论殷璠"兴象"说》，《中国人民大学学报》1997年第4期，第74~80页。
② 村尾誠一、「朦気を払う歌——藤原定家『毎月抄』における『景気の歌』をめぐって」、『東京外国大学論集』、第42号、1991年、第37頁。

国无门的不平之气相关，具有较深刻的社会内容。^①而这风骨之气恰恰是日本中世歌人所缺少的，他们对柔弱婉约的"物哀"之美更情有独钟。此外，"情来"的情与意相通，有无兴象的关键在于是否能"神会于物"，在心物浑融的状态下凝结于具体物象。

藤原定家在《近代秀歌》中称："昔，纪贯之好词强姿趣之体，歌心奇巧，体格高拔，令人难及。不作余情妖艳之体。"^②两者互文见义，可以推测出纪贯之的选歌态度与审美标准，和歌为了能"在人口"、被后世传颂，必须是"语近人耳，义贯神明"，而"余情妖艳体"的和歌柔澹含蓄，伤于轻艳，不如"万叶调"的和歌听起来悲壮慷慨、响亮整肃。《古今集》时代的选歌标准主要是集中于"体格声调"，选歌的标准自然以雅正平合、声调纯完者为正声，柿本人麻吕的歌风"庄重雄大"，"高振神妙之思，独步古今之间"，"六歌仙"的歌人们则受到纪贯之的讥讽，如"其情有余，其词不足"，"然其体近俗，如商人着鲜衣"，"然艳而无力气，如病妇之著花粉"等。

从这段话中可以看出，纪贯之时代的秀歌论注重"心词相兼"，尤其偏重于"歌心"，贵族歌人正处于强势社会时期，和歌要表现的是整个贵族社会的"雅正"歌道，表达诗人一己之心、个人情感的"余情妖艳体"被排斥于"正体"之外，于是重格调、重气骨的风雅之作便受到推崇；进入《新古今集》时代，贵族歌人在政治上让位于武士阶层，心态上难免失落伤感，类似于我国古代文人感兴于四时之景的悲秋意识，"物哀"思想由诗美风格的一格迅速成长为诗歌的本质论，即吟咏性情。在这种审美思想的指导下，"比兴"之"兴"也转变为兴象、感兴，在"体格声调"之外，"兴象风神"成为和歌审美批评的另一种标尺，"景气"说的应运而生正说明了这一点。以"景气"为代表的形象理论的生成逻辑以"余情"为前提，而"余情"是"心词相兼"说发展到"心姿相兼"说的必然产物，因为"心词相兼"等于"姿"，有了姿的概念，那么"心姿""句姿""词姿"的概念便自然产生，它们与形象、意象、兴象等范畴基本相通，而"余情笼于内，景气浮于空"便可以与殷璠的"神来、气来、情来"相提并论，其中的"景气"应该就是"情来"的境界。

---

① 王钟陵：《中国中古诗歌史》，江苏教育出版社 1988 年版，第 184 页，第 195 页。
② 藤原定家、「近代秀歌」、『日本古典文学大系 65·歌論集 能楽論集』、東京：岩波書店、1973 年、第 100 頁。

第四节　藤原定家的继承与创新

　　治承四年（1180 年）二月十四日，当时 18 岁的藤原定家在皎洁的月光下，散步在自家的小院里，空气中弥漫着馥郁的梅花香气。夜已经深了，但他毫无睡意，突然间有人高喊："着火了！"由于火灾离得很近，藤原定家便去了藤原成实家躲避，但他的家里遭到损失，许多资料书籍被烧毁了。

　　对于这次火灾，藤原定家在日记《明月记》中有一段清楚的记录。日记的前半部记述得很浪漫："明月无片云，庭梅盛开，芬芳四散。家中无人，一身徘徊。夜深返寝所，灯光朦胧，犹无就寝之意，更出南方见梅花间。"然而日记的后半部笔锋一转："忽闻炎上（着火）之由，乾位云云，太近。须臾间，风忽起，火烧到北少将家……"[①] 这段日记所记载的事件可以通过其他古文献得到证实。[②]

　　我们从这段日记的记录可知，藤原定家是一位性格浪漫的诗人，如果是普通人遭遇到火灾，自家房屋被烧毁，还损失了许多珍贵的书籍，那么在日记中，一般不会如此抒情地记录夜晚赏梅的情景。藤原定家生活的时代无疑是一种"乱世"，在他生出的前几年接连爆发了两次战乱，即 1156 年的保元之乱和 1159 年的平治之乱，平氏与源氏两大武士集团利用后白河上皇与二条天皇之间的宫廷内斗迅速崛起，进而两者之间展开争夺天下的战争，最终源氏集团打败了平氏集团，源赖朝于 1192 年建立了镰仓幕府，开创了武家政权执政的时代，天皇沦落为傀儡。1162 年，藤原定家出身于贵族家庭，即名望显赫的御子左家，其父藤原俊成时任正四品下左京大夫，虽然也算是歌坛上的领袖人物，但在政治上却是仕途不顺，而且因受政变牵连，差点被判流放。自藤原定家出生时候开始，家道已经走下坡路了。

　　中国古代的诗歌与政治结合得非常紧密，一流诗人往往也都在朝廷任职，而日本古代官僚的登用不是依靠科举的诗赋取士。尽管藤原定家自幼便有诗名，但他体弱多病，他的仕途升迁也非常不顺。据他的日记《明月记》记载，他幼年患过两场大病，后来"风病""咳病""结石""肿瘤"等慢性病长期折磨他的身体与神经。毫无疑问，家道中落、仕途坎坷、疾病痛苦等原因对他的敏感、内向的人生性格形

---

①　堀田善衞、『定家名月記私抄』、東京：新潮社、1986 年、第 38 頁。

②　久保田淳、『藤原定家』、東京：集英社、1984 年、第 9~10 頁。

成起到了消极作用。

藤原定家头顶着歌道世家"御子左家"的光环，天资聪慧，在和歌创作以及诗学理论方面取得巨大成就，但他的现实人生却忍受着常人无法想象的痛苦，承受着是多种慢性疾病的折磨以及经济上的压力，更有要将歌道世家发扬光大的名望所累。由于律令制度废弛，公卿贵族从朝廷已经领不到多少俸禄。藤原定家有八位子女，养家的经济来源都要依靠庄园的地租收入，受到各种不确定因素影响，地租也经常不能成为稳定收入。[①] 藤原定家在《明月记》中详细记载了各种收支情况，让我们能够了解当时社会的经济情况，也为我们勾画出一个藤原定家人物形象的另一面——他也是个有着七情六欲的普通人，性格上也有狷介古怪、吝啬小气、钻营世故等人性弱点。在藤原定家身上，追求仕途荣达与和歌诗人的清高之间存在巨大反差。然而，从另一个角度来看，正是因为现实生活的黑暗与不如意，藤原定家才执着地追求浪漫主义的"妖艳"歌风。况且，御子左家是日本中世的歌学世家，这既是荣耀也是一种心理负担，藤原定家不仅有一个在歌学歌道方面难以超越的父亲藤原俊成，还有从他身上继承了将御子左家发扬光大的重任。最终他完成了这一几乎不可能实现的任务，成为日本名垂青史的歌道家。

韩愈曾说过："欢愉之词难工，穷苦之言易好。"[②] 此言同样适用于藤原定家的创作活动与诗学理论。藤原定家的文学活动主要分三个时期，这与他的家庭经济状况基本对应。青少年时期的他过着稳定富裕的生活，这一时期是其歌道修行的积累阶段；进入壮年期后，藤原定家在经济上遇到困难，一度非常拮据困苦，但却是他和歌创作的丰产期；到了晚年后，藤原定家仕途顺利，经济富裕，但他的文学创作却陷入枯竭期。[③] 不过，藤原定家的诗学思想的成熟也恰恰是在这一时期。

一般来说，有才华的人往往会恃才傲物，藤原定家更是如此，幸好有其父的提携与庇护，但藤原俊成的诗名荣耀与威望却同时又是一道挡在藤原定家面前的高墙。在藤原定家 42 岁的时候，其父藤原俊成去世，享年 90 岁。为了创新与突破，藤原定家继承了其父的"幽玄"诗学思想，并在此基础上创立了"有心"论，拓展了"余情幽玄"的意境论与兴象论等内容，使"幽玄"论的外延得到扩展。从此，

---

①　石田吉贞、『藤原定家の研究』、東京：文雅堂書店、1957 年、第 131~135 页。

②　（唐）韩愈：《韩昌黎文集注释》，关琦校注，三秦出版社 2004 年版，第 400 页。

③　石田吉贞、『藤原定家の研究』、東京：文雅堂書店、1957 年、第 154 页。

中世和歌由注重"体格声律"转向了重视"兴象风神"的创作时代，创作理念也由一种古典主义、写实主义发展为浪漫主义、唯美主义的阶段。《新古今集》的浓丽细婉的"妖艳美"歌风便是显著的标志，但物极必反，其后"妖艳"歌风便归于沉寂，被一种"清淡"歌风所取代。其实，浓丽与清淡都是"幽玄美"的组成部分，而是狭义"幽玄"的审美风格的最核心特点是寂寥枯淡，日本人称之为"平淡美"（闲寂美）。

1192年，源赖朝当上征夷大将军，结束了二百多年"摄关"与"院政"的特殊政治形态，标志着镰仓幕府时代的到来，奢华绚烂的贵族文化随着王朝时代一同终结了，尽管贵族文人依依不舍、无限留恋，但毕竟"无可奈何花落去"，这种惆怅、眷恋给《新古今和歌集》染上了感伤主义的时代色彩。另一方面，曾经令日本人无比向往的大唐文明也已没落，北宋结束了五代十国的战乱，社会经济相对稳定繁荣，虚空内敛的禅宗思想获得了极大发展，这些反映到文学创作以及审美情趣上面，审美文化经历了晚唐诗与西昆体的"浓丽细婉"之后，一种类似于极简主义的审美思想开始出现，"寂寥枯淡"成为宋人追求的审美情趣，其背后隐含的是对禅宗思想的内敛、虚空等性格的深刻领悟以及文人的隐逸心态。

当然，日本的宗教界与思想界不可能置身界外，同样发生了巨大变化。法然、荣西先后从宋朝带回净土宗与临济宗，受到了日本普通民众与武士阶层的欢迎与信仰。在这种动乱与变革时期，藤原定家继承了其父的歌学衣钵并成为当时歌坛领袖，他的新歌风却受到保守派的攻击。他在《拾遗愚草员外杂歌》中的话说，"自文治建久以来，称新仪非处达磨歌，为天下贵贱被恶"①，意思是说定家的和歌被当成歪门邪道，被天下各阶层人士抛弃。

然而，藤原定家的"达磨歌"与以往的和歌相比，改变了模山范水式的写实性手法，注重和歌的余韵余情，语言上含蓄曲折、用事用典。总之，"达磨歌"让那些习惯于老套修辞手法的人们感到难懂，保守派主张遵守先人定下的规矩法度，如用白云彩霞来比拟盛开的樱花，用鹿鸣求偶比拟男欢女爱，诸如此类，这些程式化的表现手法有其产生的合理性与时代性，很大程度上体现出贵族文人阶层创作活动的集团性、社交属性。法国哲学家布尔迪厄提出"场域"的概念："场域是指商品、

---

① 藤平春男、「建久期の歌壇と新古今」、『中世文学』、9卷、1964年、第10~17頁。

服务、知识或社会地位以及竞争性位置的生产流通与挪用的领域。"①布尔迪厄对场域的研究涵盖了文学场域、艺术场域、知识分子场域、高等教育场域、科学研究场域、宗教信仰场域等方面。同样，对于新古今和歌诗人而言，各种宫廷文学沙龙的"歌合"便是他们获得精神慰藉的重要"场域"。

既然平安贵族文人的"游宴""歌合"是一种文学场域，他们从中可以得到集体归属感与情感慰藉。我国古代的建安文人围绕在曹氏父子的周围，"洒笔以成酣歌，和墨以藉谈笑"。具有共性的歌题、歌语以及修辞手法会受到欢迎与鼓励，而个性的表达则会遭到群体排斥。然而，历史进入平安朝末期，尤其到了十三世纪的镰仓幕府时代，王朝贵族被政治权力边缘化，加之天灾人祸不断，末法思想流行，敏感的贵族诗人猛然间从浮华春梦中惊醒，自我意识与生命意识随之苏醒过来，曾经的外拓张扬转变为内敛自省，而禅宗佛教为他们提供了内心观照的途径，他们不再满足于辞藻浮华的美辞丽句，于是幽深玄妙的"兴象风神"、诗歌意境成为他们追求的审美目标，因此，"幽玄"在这一历史语境下成为诗学范畴便是顺理成章的事情。

藤原定家在其父的庇护与提携下迅速成长，在歌坛上崭露头角。文治五年（1189年），年仅27岁的他便为和歌诗人西行和尚的自歌合《宫河歌合》做评判。所谓"自歌合"，即参赛作品都由一个人所作，把自己的作品分成左右歌配对，请判者评价优劣。藤原定家第一次做判者便为著名的西行和尚作品评判，这不仅是因为家学渊源，也是因为他天资聪慧，其过人才华受到西行和尚赏识的缘故。

例如下面的西行和歌：

左歌

よろづ代を / 山田の原の / あや杉に / 風しきたてて / 声よばふなり

伊势山原野，绫杉叶繁茂。神风啸枝头，先皇留伟业。　　　　　（笔者译）

和歌的大意是歌颂上代天皇的丰功伟业与天地共存。伊势是指位于日本三重县的伊势神宫，是天皇家的祖庙，也是日本神道教的发源圣地。"山田原"是指伊势神宫面对着的一片原野。"绫杉"是指枝干交错、树繁叶茂的杉树。

① ［美］斯沃茨：《文化与权力：布尔迪厄的社会学》，陶东风译，上海译文出版社2006年版，第136页。

右歌

流れ出て / み跡たれ / ます瑞籬の / 宮河よりや / わたらへのしめ

圣人垂迹处，伊势宫河口。瑞篱绕神宫，流芳佑后人。　　　　　　　（笔者译）

所谓"垂迹"者，即俗称的显灵。佛教谓佛、菩萨从本体上示现种种化身，济度众生。晋僧肇的《注维摩诘经序》云："然幽关难启，圣应不同，非本无以垂迹，非迹无以显本，本迹虽殊，而不思议一也。"[①] 在日本则有"本地垂迹"说，后来又出现了"反本地垂迹"说，"本地垂迹"是说日本神道教中的神都是印度佛陀或菩萨的化身，"反本地垂迹"则是说佛陀或菩萨是日本神明的化身。按日本神道教的说法，天皇是天照大神（太阳神）的子孙，古代日本有"天孙降临"传说。据《日本书纪》中的垂仁天皇二十五年三月条记载，垂仁天皇下令在伊势神宫的内宫祭祀天照大神的神位。[②] 伊势神宫分内宫和外宫，而宫河则是外宫附近的一条河。瑞字有吉祥美好等词义，瑞篱或称瑞垣是指围绕神宫外面的围墙或树林。

西行和尚在晚年时将自己的得意之作挑选出来，编集了两部自歌合——《御裳濯河歌合》与《宫河歌合》。御裳濯河与宫河分别是伊势神宫的内宫和外宫附近的两条河，从而被借以指代内宫与外宫。西行请藤原俊成、藤原定家父子分别为两歌合作评判，并将两本歌合敬献给伊势神宫，这样做的目的是他的"和歌起请"，意思是向神佛发誓，从此不再创作和歌，全身心投入普度众生的事业中去。[③]

西行将颂扬天皇的和歌放在《宫河歌合》的首要位置，这必然具有象征意义。这类和歌被归类为"神祇歌"，在八代敕选和歌集中，除了《金叶集》和《词花集》以外，其他敕选集都设有"神祇歌"的分类。日本进入中世社会之后，和歌文学的宗教色彩更加浓郁，有许多歌合就是为了敬神娱神，《宫河歌合》与《御裳濯河歌合》便是其中具有代表性的两部歌集。

---

① 高楠順次郎，小野玄妙ら編、『大正新修大蔵経』、東京：大正一切経刊行会、1934 年、第 550 頁。
② 吉村武彦、「列島の文明化と律令制国家の形成」、『古代学研究所紀要』、第 21 号、2014 年、第 3~21 頁。
③ 金任仲、「西行の晚年――『和歌起請』をめぐって」、『文学研究論集』、第 17 号，2002 年 9 月、第 59~80 頁。

　　藤原定家对西行的两首和歌作出评判："左右歌，义隔凡俗，兴入幽玄。闻杉上之风声，摸柿本之露词。见宫河之流，深苍海之底。短虑易迷，浅才难及者欤。仍先为持。"[1]那么，"义隔凡俗，兴入幽玄"，这两句话是对左右歌的极高评价，立意高远，超凡脱俗，兴寄达到"幽玄"的境地。而关键之处在于如何解释"幽玄"的诗学含义，判词的后半部分为我们提供了线索，"闻杉上之风声，摸柿本之露词"，在左歌中，"神风啸枝头"，翁翁郁郁、枝繁叶茂的"绫杉"令人肃然起敬，神风从树梢头上扫过，呜呜的声响、摇摆的枝头，仿佛是对先皇的丰功伟业的崇拜与景仰，千秋万代，基业永恒；至于"绫杉"的"绫"字，按照日本辞典《大言海》的解释，是指黑色，或指木纹，或指树叶上的叶脉。笔者认为，这里解释为黑色比较合适，因为黑色也是玄色，接近幽玄之色的本意。"柿本之露词"是指柿本人麻吕的一首和歌：

　　　をとめらが / 袖布留山の / 瑞籬の / 久しき時ゆ / 思ひき吾は

（《万叶集》卷四 501）

　　　布留山神祠，瑞篱绕四周。两者相对立，天长地久时。　　　　（笔者译）

　　"布留山"的名称由来是少女挥舞衣袖，"布留"在日语中是挥舞的意思，有镇魂之意，又指呼唤情郎之意，一语双关。在布留山上，神圣美好的"瑞篱"（围墙）围绕着庄严肃穆的神社。面对此情此景，"我"（诗人）祝愿它天长天久。

　　柿本人麻吕是《万叶集》时代的著名和歌诗人，被尊为"歌圣"，他的歌风格调高雅、意境壮阔、气韵悠长。藤原定家称赞西行和尚的和歌"摸柿本之露词"，意思是指通过对"瑞篱"一词的化用，获得了庄严阔大的诗境。毕竟《宫河歌合》的创作目的是敬献神社、奉祀神灵，这类和歌自带庄严肃穆的格调、神秘深奥的意境，可以解释为"幽玄"的复合型美学风格中的某一类型。

　　另外，藤原定家在对《一千五百番歌合》的评判中也使用过二例"幽玄"评语。

① 能勢朝次、『幽玄論』、東京：河出書房、1944 年、第 92 頁。

左歌

作者：女房（后鸟羽院）

秋の虫の / 手玉もゆらに / をる機を / たれ来てみよと / 野べの夕暮れ

秋虫叽鸣似梭机，纤指细腕玉镯音。荒野幽寂斜阳暮，此情此景谁人看。

（笔者译）

这首和歌使用了拟人手法，晚夏的夜晚，秋虫寂然鸣叫着，在生命的最后时光中不知疲倦地鸣叫。在那鸣叫声中，诗人联想起宫中贵妇人纤腕上戴的玉镯，随着梭机抖动而发出叮咚声响。然而，美好的青春韶华即将逝去，就像这个寂静落寞的夜晚，犹如美人迟暮一般，荒野斜阳暮，谁人会来此？谁人能看到？这让人联想起中唐诗人元稹的《行宫》："寥落古行宫，宫花寂寞红。白头宫女在，闲坐说玄宗。"

对此藤原定家评判道："（左歌）秋虫假机妇札札之声，晚野感行人悠悠之望。词虽为塞北秋雁之行，心深江南春水之色，其义偏惯于上世，左其体已超于中古。"① 大意是说，用秋虫的鸣叫比拟贵妇织布的机声，夜晚荒野中发出游子之感慨。词语表面上说的是塞北秋雁南飞的时节，蕴含的诗意让读者感受到江南春水般的温婉柔情。作品的立意构思符合《万叶集》时代和歌的审美传统，但表达方式（文体、修辞等）已经超过了中古时代的《古今集》，具有创新之处。其实，藤原定家本人也曾创作过类似的作品：

例如：

七夕の / 手玉ゆらに / 織るはたの / をりしもならふ / 虫の声かな

七夕牛郎会织女，纤腕葱指配玉镯。玉碰织机叮咚响，夏虫一旁鸣唱和。

（笔者译）

藤原定家的这首和歌创作于 1216 年，时间上晚于他所评判的作品，不过用虫鸣声比拟织布劳作时女性手镯与玉佩的响声，两者的修辞手法非常相近。

---

① 转引自武田元治、『「幽玄」——用例の注釈と考察』、東京：風間書房、1995 年、第 63 頁。

右歌

作者：释阿（藤原俊成）

月はこれ / あはれを人に / つくさせて / 西につひには / さそふなりけり

月朗星疏夜，令人感物哀。西方极乐世，佛光引众生。 （笔者译）

藤原定家评右歌道："寄瞻望于秋月，凝观念于西天许也。幽玄之词，虽
频异也，胜负之思，更难及左者欤。"①

后鸟羽上皇的左歌与藤原俊成的右歌组合为一对歌合，藤原定家也许是顾及后
鸟羽上皇的颜面，判定左歌取胜。毕竟右歌的作者是自己的父亲，多少需要避嫌。
不过，客观上来说，右歌单纯从宗教观念出发，西方极乐世界的观念令诗人眼前生
出灿烂夺目的虚幻景象，引人入胜。这种"幽玄"之境带有浓厚的宗教色彩；相比
之下，左歌的诗境更符合"塞北秋雁之行"的诗题原意，表面上寂寥枯淡，暮野荒
郊秋虫鸣叫，人生苦短、美人迟暮，但其中蕴含天道运行、盛极必衰的哲理，秋虫
鸣叫声与宫女纤纤细腕上的玉镯的叮叮脆响相互重叠与转换，而美妙的音响幻化出
青春的辉煌与暮年的无奈交织的画面，色彩斑斓、天籁美妙，最终却又归于沉寂，
唯有余音在空寂中遗响。整个画面就像是一部蒙太奇，外枯内膏，令读者产生难以
名状的艺术联想，这种意境如水中望月、雾里看花。藤原定家将这称其为"江南春
水之色"，令人遐想并向往。从诗境营造的深度与广度上来说，左歌的确优于右歌。

下面再试举1232年《贞永元年八月十五夜歌合》中的判词用例。贞永元年
（1232年）藤原定家给《石清水若宫歌合》《光明峰寺摄政家歌合》《八月十五夜歌
合》等三场歌合作判者。对于已经70岁的他来说，为歌合写判词已变成一件苦差
事，他把精力都集中于古籍校勘，对于判词评语已有些应付了事之嫌。尽管如此，
长年在歌道上的修炼浸润使得藤原定家的批评功力炉火纯青，对别人作品的艺术评
价把握拿捏得恰到好处。例如：

① 转引自武田元治、『「幽玄」——用例の注釈と考察』、東京：風間書房、1995年、第63頁。

二十四番

左歌

作者：权中纳言

月かげは / 秋のよながく / 住の江の / いくちとせにか / 相生の松

月色皎洁秋夜长，住吉江水不停息。并根同生夫妻松，天地悠悠几千载。

（笔者译）

右歌

作者：高仓

里はあれて / 伏見の秋を / きてとへば / 月こそやどれ / 浅ぢふの露

月是故乡明，田园已荒芜。伏见秋夜长，浅茅草沾露。　　　　（笔者译）

　　"伏见"是日本京都市南面的一处地名，"伏见之秋"经过古代和歌的反复演绎已成为萧索枯寂的悲秋意象，称作"歌枕"，寥寥数言，便可以为和歌增添许多内容，犹如舞台剧的幕前解说，为观众提前交代故事发生的背景。

　　藤原定家的评语判词写道："住江月，又虽募神社之威。伏见秋，乃殊入幽玄之境，仍为胜。"意思是说，左歌虽然有"住江之月"的意象，可以借助住吉神社的威名，但伏见之秋，更是入幽玄的境界，右歌为优胜。[①]

　　另外"伏见"也曾是平安朝贵族文化繁荣昌盛之地，以鸟羽离宫为代表。据《扶桑略记》记载，1086 年白河上皇下令修建鸟羽离宫，标志着院政时代的开始，到 1156 年院政期结束为止的七十年间，鸟羽离宫的规模不断扩大，成为平安京的政治文化中心，大批王公贵族也纷纷迁至伏见居住，一时间成为奢华繁盛之地。[②]然而，随着武士阶级在政治权力上的崛起，导致战乱不断，伏见区的繁华渐渐没落，令后世唏嘘不已。现如今，通过现代考古技术的发掘，位于伏见的鸟羽离宫往昔繁荣的贵族文化，包括建筑、绘画、古文献等文物重见天日，精美绝伦的艺术成就令现代人叹为观止。

---

① 转引自武田元治、『「幽玄」——用例の注釈と考察』、東京：風間書房、1995 年、第 72 頁。

② 黒板勝美編、『国史大系（第 6 巻）・扶桑略記 帝王編年史』、東京：吉川弘文館、2007 年、第 832 頁。

对于中世贵族文人而言，"伏见之秋"具有了特殊的文化符号。唐代诗人刘禹锡在安史之乱后曾写过"旧时王谢堂前燕，飞入寻常百姓家"的诗句（《乌衣巷》），以此来抒发对往昔繁华岁月的惋惜之情。1221年承久三年，后鸟羽上皇对镰仓幕府发动战争，意图夺回政治实权，但是以失败而告终，他本人被流放到隐岐岛。此后，王朝贵族彻底失去了与武士阶层对抗的政治与经济实力。另外，"伏见之秋"这个意象中还有弃妇的隐喻，例如藤原俊成的和歌：

> 忘るなよ／世世の契りを／菅原や／伏见の里の／ありあけの空
> 菅原伏见地，晓月天边挂。与君今世缘，期盼有来生。　　　　（笔者译）

"菅原"与"伏见"都是地名，这首和歌描写男女的忠贞爱情，以女子的口吻呼喊：不要忘记誓言，来世还续今世缘。然而，古代的男子多为薄情郎，所以"伏见之秋"的意象在感伤、怀古等宏大的宇宙人生之义外，又增加了哀婉、伤情等个体化的细腻情感。藤原定家在这种"伏见之秋"的意象中感受到了幽玄之境。与藤原俊成等人的"幽玄"相比，藤原定家的"幽玄"减少了一些宗教色彩的神秘性，增加了一些浪漫与温婉，即他本人所说的"妖艳"，并非指雕琢辞藻或美辞丽句，而是意在言外、境外之象的象征美、意象美。而且这种妖艳美是隐藏在寂寥枯淡的外表之内，外枯内膏，即鸭长明所说的"余情笼于内，景气浮于空"。然而必须指出，藤原定家将"景气"（气象）的概念具体化，拓展为一种"余情妖艳"，诗人们追求的是对黑暗现实的超越，即用个性化的艺术想象、生命感悟与人生体验对抗残酷的现实，这正是一种浪漫主义诗学，与《古今集》时代所崇尚的模山范水式的古典主义诗学彻底划清界线，开创了中世日本诗学注重"兴象风神"的"幽玄"时代。

第五节　"幽玄"之境与王昌龄的"三境说"

日本中世社会，"世积乱离，风衰俗怨"，宣扬无常宿命的佛门思想占据人心，歌人将目光由对外部世界转向内心世界的自我观照，对审美境界的探求也变得更加深刻。和歌不再是贵族游宴酬唱的风雅之物，他们或超然物外，表现出某种人生真谛的彻悟，或沉郁悲怨，诉说人世间的无常；文人的自我觉醒，带动了"文的自觉"。这期间论述和歌文体风格的著作大量出现，革新派与保守派激烈对抗。藤原俊成则巧妙地处理创新与继承的关系，开创了一代新风，他提出的"幽玄论"标志着日本中世歌学理论走向成熟。

能势朝次认为"幽玄"具有"虚无缥缈般弥散开来的余情美，无限幽深难测的沉潜美"，具有"虚"的性格。[①]"虚"具有道家的哲学色彩，刘禹锡在《秋日过鸿举法师寺院便送归江陵并引》说："能离欲则方寸地虚，虚则万景入。"所以"幽玄"本身虽无色彩，却可以表现出极具艳丽色彩感的诗境，叶渭渠先生在《日本文学思潮史》"古代篇"中认为："幽玄与妖艳、余情、朦胧、空寂等多因素联系，形成了以'幽玄'为中心的象征的空寂文学思潮。"[②]

作为中国古代艺术的美学范畴的"意境"，它最先出现在古代文论中，刘勰虽未说出"意境"一词的具体概念，但他所提出的"情境交融"的"意象"形态，无疑体现了"意境"最根本的美学特征。《文心雕龙·物色》的重点是提出创作人与自然诗意关系问题，他回顾历代文学描写人与自然景物关系，提出了"心物宛转"说。刘永济《文心雕龙校释》借用王国维《人间词话》中"有我之境""无我之境"等概念来解释"随物宛转"："被动者，一心澄然，因物而动，故但写物之妙境，而吾心闲静之趣，亦在其中，虽曰无我，实亦有我。主动者，万物自如，缘情而异，故虽抒人之幽情，而外物声采之美，亦由以见，虽曰造境，实同写境。是以纯境固不足以谓文，纯情亦不足以称美，善为文者，必在情境交融，物我双会之际矣。"[③]

我国文艺理论发展史上最早明确提出"意境"概念的则是唐代诗人王昌龄，他在其《诗格》中说："诗有三境，一曰物境，二曰情境，三曰意境。"[④]自此中国传统艺术的创作理论中便形成了一个以"意境"为中心的审美学说。

"幽玄"一词源自佛老思想，取其"深奥难窥知"之意，自然暗合了意境论。平安时代藤原公任提出和歌应具有"余情"；藤原俊成将"余情"深邃者称为"幽玄"，"幽玄"之境来自天台宗的"三谛圆融"说，和歌的"余情幽玄"者必具有"景气"及"面影"两种境界。

---

① 能势朝次、『能势朝次著作集（第二卷）·中世文学研究』、東京：思文閣、1981 年、第 200 頁。

② 叶渭渠：《日本文学思潮史》，经济日报出版社 1997 年版，第 202~203 页。

③ 刘永济：《文心雕龙校释》，华正书局 1981 年版，第 180~181 页。

④ 张伯伟：《全唐五代诗格汇考》，江苏古籍出版社 2002 年版，第 172~173 页。

藤原俊成的和歌①：

　　夕されば / 野べの秋風 / 身にしみて / 鶉鳴くなり / 深草の里

　　暮野秋风瑟，哀怨刺骨寒。故里草木深，凄切鹌鸟啼。　　　　（笔者译）

　　鸭长明认为此歌符合"余情笼于内，景气浮于空。"②这与皎然所说的"风律外彰，体德内蕴"有相似之义，即刘勰所说的"意在言外，情溢乎辞"；"景气浮于空"者应该是一种可睹而不可求的景象，具有迷离恍惚、缥缈不定的朦胧效果，可谓"诗中有画"，如水中望月，镜中观花，颇有"蓝田日暖，良玉生烟"之境。

　　从藤原俊成定家父子以及俊惠、鸭长明等人的论述中，我们看到被称有"景气"的和歌绝大多数都是描写自然景物的作品，可谓"气韵生动"，或托物言志，或睹物感兴，用形似之言，立象尽意，"状难写之景如在目前，含不尽之意见于言外"（梅尧臣语）。下面我们将从具体和歌作品中来把握"景气"的审美境界。

　　①村雨の / 露もまだひぬ / 槙の葉に / 霧たちのぼる / 秋の夕暮れ
　　　　　　　　　　　　　　　　　　　　　　　　　　　　　　（寂连法师）

　　　乡间骤雨歇，露珠结杉叶。秋日夕照里，暮霭悄然升。　　（笔者译）

　　和歌①的大意是：乡村的树林间，一阵急雨过后，尚未蒸发掉的晶莹水珠停留在叶片之上，这时秋日的暮霭正无声无息地慢慢升腾。作者使用了秋雨、雾霭、日暮等几个视觉意象，描绘出乡间秋日、雨后黄昏的景象，带给人一种静谧闲适、清新自然的艺术享受。诗歌中没有出现作者的身影，虽不露本情，但兴寄深远，韵味无穷。

　　②秋風の / 枝吹きしをる / 木の間より / かつがつみゆる / 山の端の月（顺德院）

　　秋风劲吹树影疏，一轮明月映山边。　　　　　　　　　　　（笔者译）

---

① 藤原俊成、『千載和歌集（卷四）』、東京：岩波文庫、第67頁。
② 鴨長明、「無名抄」、『日本古典文学大系65・歌論集 能楽論集』、東京：岩波書店、1973年、第88頁。

③谷ふかき/やつをの椿/幾秋の/しぐれにもれて/年のへぬらん（顺德院）

八峰幽谷秋风寒，碧绿山茶经霜雨。　　　　　　　　　　　　（笔者译）

　　和歌③的大意是说山谷幽深的八峰山上，山茶花虽经年遭受霜雨的吹打，依然绿色葱葱。我们再来看一下王昌龄的"三境"说，似乎可从中得到一些启发。"物境"指描写自然景物为主的诗歌所展示的境界。"物境"所描写的对象是实际存在之物，但并非纯粹写物，而应当是能引起作者创作欲望的"感兴之物"。然而"物境"诗歌中景句与情思是分离的，六朝时期的山水诗便是如此，像谢朓的名句"余霞散成绮，澄江静如练"，王昌龄评道："诗有天然物色，以五彩比之而不及。由是言之，假物不如真象，假色不如天然。（中略）假物色比象，力弱不堪也。"[1] 他认为虽然山水诗描绘的是泉石云峰之美，但诗人要眼观景物后，"神之于心，处身于境"，不能句句写景，让人看不出作者的主观情思。

　　至于"面影"，并非指人的容貌，而是诗境中朦胧迷离的景物姿态，表现的景象不是真实的实景，它是作者"心中之景"，读来会产生一种似曾相识之感，从而使人"思而感之，感而契之"。对于藤原俊成用"面影"评论的歌境，俊惠则使用"妖艳"，也就是说"面影"与"余情妖艳"相通其义。"面影"一词在日本古代的和歌或物语小说中经常出现，到了中世文学时期，"面影"与"幽玄"联系在一起，作为和歌理论的范畴被确立起来，用今天的话来说，它属于象征主义的文学概念。王昌龄关于"情境"说道："娱乐愁怨，皆张于意，而处于身，然后弛思，深得其情。"[2] 即诗人融情于物，取物象征，或直抒胸臆，化客观外物为主观情思，诗中所描写的景物只是一种象征，象外之象，境外之致才是诗人要表达的情感世界。陈良运认为表达情境的诗有三种可识别的形态：第一种是传统诗中已有的，用象征手法表现诗人的感情，和歌中对此创作手法称为"本歌取"；第二种情境形态在唐诗中大量出现，即触景生情，诗人不把景或物作为主要的表现对象，而是以主观之情为主，以客观景物为宾，景物的描写往往是情感的渲染或补充，融情入景；第三种形

---

① ［日］遍照金刚：《文镜秘府论》，周维德校点，人民文学出版社 1975 年版，第 134 页。

② 张伯伟：《全唐五代诗格汇考》，凤凰出版社 2005 年版，第 172 页。

态是直抒胸臆。①

在中世歌人的歌论及判词中，"景气"与"面影"常并列在一起，意思相近，很难分清。如藤原俊成在使用"景气"与"面影"时几乎不加以区别；而俊惠、鸭长明等人则区别使用，"景气"呈现出一种恍惚迷离、冲淡高远的色调，"面影"则具有鲜明清晰的感觉。②如果说"景气"相当于"物境"的话，那么"面影"则相当于"情境"。下面我们就结合具体作品来分析一下有"面影"之境的和歌。

①思ひかね/妹がりゆけば/冬の夜の/河風さむみ/千鳥啼くなり（纪贯之）
　　长夜相思苦，辗转不成眠。风吹冬水寒，水鸟哀鸣凄。　　　　（笔者译）

鸭长明在《无名抄》中记载了俊惠对和歌①的评语："没有哪首和歌能有如此面影。"此歌描写了一个男子在寒冷的冬夜去会见恋人，寒风吹过河面，传来水鸟求偶的啼鸣。缠绵悱恻，凄婉动人，在夏日最炎热的日子里吟咏此和歌，歌中渗透出的哀怨甚至会让人感到丝丝寒意。鸭长明在晚年所著的《莹玉集》中，将此和歌归类为"面影歌"，他说："闻之面影浮，对面见情思。此等秀歌之典范，优于任何歌姿（风格）。"③这里说的"对面见情思"及"面影浮"，应理解为情景交融或"思与境偕"。

②春やいま/あふ坂こえて/残るらむ/ゆふつけ鳥の/一声のすえ
　　春风又度逢坂山，鸡鸣一声长悠悠。　　　　　　　　　　　　（笔者译）

"逢坂"又称"相坂"，原是指靠近京城（京都）的交通要道上的关卡，也指男女难得相见的场所，"木棉付鸡"是将取自楮树皮的纤维系在关卡饲养的鸡身上，用来避邪。此歌借鸡鸣声表达男子思念恋人之情，可谓《诗经·关雎》的一种翻版。这首和歌使人很容易联想起《后拾遗和歌集》"春上中"的藤原范水之作：

① 陈良运：《中国诗学体系论》，中国社会科学出版社1992年版，第247~252页。
② 北住敏夫、『日本文芸の理論』、東京：弘文堂、1944年、第35頁。
③ 鴨長明、『鴨長明全集』、東京：貴重本刊行会、2000年、第351頁。

尋ねつる / 宿は霞に / 埋もれて / 谷の鶯 / 一声ぞする

春山探幽人，云霞深处隐。谷涧传莺啼，唯有空余声。　　　　　（笔者译）

③面影に / 花の姿を / 先立てて / 幾重越え来ぬ / 峰の白雲　　（藤原俊成）

朦朦影象先花姿，座座峰巅白云来。　　　　　　　　　　　　（宿久高译）

宿久高认为和歌③的"作者并非直白地表现对花的憧憬，而是在美丽的花之影像的吸引下，飘越座座山峰，尾随花后追逐而来。用此种委婉的表达，把对花的憧憬之情表现得淋漓尽致"①。

以及藤原定家的那首极具浓丽妖艳风格的和歌：

④春の夜の / 夢の浮橋 / とだえして / 峰にわかるる / 横雲の空

春宵梦断若浮桥，峰顶浮云随风逝。　　　　　　　　　　　　（笔者译）

此和歌中用了两个典故，一是"浮桥"会使人联想起《源氏物语》中最后的"梦之浮桥"篇，另一是宋玉的《高唐赋》，描写巫山神女与宋襄王梦中相会的典故。作者以此来比喻美好的事物总不长久，春梦短暂易逝，只留下深深的甘美幽怨令人回味。前半句写人事，后半句写景物，可谓融情入景，情景交融，共同营造出艳丽婉约的"情境"。

通过对上述具有面影的和歌的分析，我们可以看出与纯粹写景的"景气歌"不同："面影歌"主要是写人事，"景气歌"以气韵胜，"面影歌"以情思浓郁为胜；"景气歌"创出的物境呈现出虚无缥缈、亦真亦幻的"象外之境"，即便作者有意借景抒情，也是景语胜过情语，而"面影歌"中作者的情思与景物有机地融合在一起，由于歌中所写的景物已非真实之境，而是作者心中之景，于是主观化了的物象也即成了意象，在诗人的内心中重新排列组合，便形成了整体的境界，这可以说是"情境"，具有鲜明的色彩，因此也称之为"余情妖艳"。

王昌龄的"三境"中"意境"为最高，王昌龄对"意境"下的定义："亦张之于

---

① 宿久高：《浅析幽玄》，《日语学习与研究》1998 年第 4 期，第 54~56 页。

意而思之于心，则得其真矣。"①陈良运认为，情境与意境的区别关键在于深得其情与得其真这一点上。②"意境"可谓能表达内识与哲理生命的真谛，我们来看王昌龄写"真"的诗《静法师东斋》："筑室在人境，遂得真隐情。春尽草木变，雨来池馆清。琴书全雅道，视听已无生。闭户脱三界，白云自虚盈。"③所谓真隐情就是人虽在人境而不受外物所扰，三界俱在身外。"身"出世外，"心"亦出世外。④在我国古代诗论中，"得其真"的意境被解释为达到了自然之道与人生哲学的最高境界，例如司空图《二十四诗品》所说的"如见道心"，"俱道适往"，"真体内充"等都是如此。下面我们以此对照一下有"幽玄"之境且被誉为日本"三夕歌"的和歌。

①見渡せば / 花も紅葉も / なかりけり / 浦の苫屋の / 秋の夕暮れ

秋日暮里眺津浦，无花无叶天苍茫。唯见渔屋立孤寂，浪花回卷映残阳。

（笔者译）

这首和歌是藤原定家的代表作，如果我们追求诗歌的字面含义，和歌的大意是说诗人眺望海边的秋暮景色，不见美丽的樱花与枫叶，唯有一个破旧的木屋孤零零地立在岸边。然而诗境却是外枯内膏，意蕴极深，诗中的樱花与枫叶具有强烈的象征性，代表了人生的荣辱兴衰，而拍击岸边的海水象征着时间的流逝与永恒不变的时空，至于那简陋的小渔屋则代表了诗人此时此刻荣辱不惊、豁达闲适的心境。

②心無き / 身にもあはれは / 知られけり / 鴫立つ沢の / 秋の夕暮れ

跳出红尘不恋世，今见此景犹生情。飞鸟划破秋暮色，此心只在不言中。

（刘利国译）

作者西行法师（1118—1190 年）已遁入空门，本应割舍世俗凡尘，四大皆空，但当萧瑟静肃的秋暮斜阳中，倦鸟知返，划破静空，此情此景让人不觉心旌摇荡。

---

① 张伯伟：《全唐五代诗格汇考》，凤凰出版社 2005 年版，第 173 页。

② 陈良运：《中国诗学体系论》，中国社会科学出版社 1992 年版，第 265 页。

③ （清）彭定求等编：《全唐诗》（第 170 卷），中华书局 1960 年版，第 146 页。

④ 陈良运：《中国诗学体系论》，中国社会科学出版社 1992 年版，第 257 页。

飞鸟的名字为"鴠",其飞行时羽翅发出尖厉的啸声,却更显出四周的寂静,有种"鸟鸣山更幽"的意境。这首和歌表达了西行法师"由这种剪不断理还乱的矛盾情怀中超越自我,执着地追求佛道之无欲无为之至上境界,以孤寂为乐,力求将自身完全融于大自然,溶于宇宙天地中"①。

③寂しさは/その色としも/なかりけり/槙立つ山の/秋の夕暮れ

秋暮山失色,心寂林幽静。　　　　　　　　　　　　　　　　　（笔者译）

寂莲法师这首和歌的大意是说杉柏等乔木在暮秋中失去绿色,山林中一片萧瑟。然而天地悠悠,苍茫宇宙,让诗人体悟到生命哲理的寂寥之感则另有缘故,这是因为诗人心中自有"寂灭为乐"之境也。

从上述例句分析看出,"幽玄"之境明显带有宗教的哲理意识,它是"余情"深化到一定程度的产物。"余情"是从和歌的意蕴深邃这方面而言,而"景气"及"面影"代表的是诗境审美,"余情"包括了"景气"与"面影",它们之间是诗美意蕴两方面的关系。王昌龄的"意境"的标志是"得其真",这个"真"具有道家与佛家的哲学思想,如"法天贵真","返璞归真","诗人之情超越了一般的人之常情而有了更广深的生命体验的内涵"。"诗人之意应该升华到类似佛道的道理境界。"②这种解释似乎也可用来解释"幽玄"之境,因为"真"的概念在古代日本诗学中也同样受到高度重视。③

王昌龄将诗境分成三境,并将意境视作最高之境,而物境、情境都是诗人的意中之境,只不过有显有隐罢了,到了宋代之后,三境便归为一境,以意境统称。王昌龄认为"物境"是三境中最低的,同样藤原定家也认为"景气歌"是通往"有心体"的一个低级阶段。他在《每月抄》中说:"景气歌"是"无心"的,只是具有"歌样",当心神浮躁无法写出"有心体"时,可以先作几首"景气歌",诗人心中沉睡的诗心便会被唤醒。"无心"与"有心"是相对的范畴。

①　刘利国:《中日"日暮诗"的意象分析——〈唐诗三百首〉与〈新古今和歌集〉之比较》,《外语与外语教学》2004年第6期,第42~45页。

②　陈良运:《中国诗学体系论》,中国社会科学出版社1992年版,第258页。

③　叶渭渠:《日本文学思潮史》,经济日报出版社1997年版,第49~51页。

藤原定家在《定家十体》中将"有心体"视为最理想的歌体，他说："有心体统领其余九体。幽玄体必须有心，品高体亦须有心。其余诸体，概莫能外。"[①]在创作"有心体"的和歌时，诗人必须"凝神谛视，内省弛思，才能创出丰富的意象幻化出神秘而超越现实的象征世界"[②]。刘勰在《文心雕龙·原道》中说："夫以无识之物，郁然有彩，有心之器，其无文欤？"[③]他说的"有心之器"是指我们人类，人是具有感情的，可以"雕琢性情，组织辞令"，能写出有华丽文采而且意蕴深远的诗文来。刘勰特别强调"为情而造文"。藤原定家主张"有心"，"心"可以理解为反映在作品中的情思、情趣。藤原定家认为"景气歌无心"，是说"景气歌"主要描写自然景物，不见作者情思。然而我们知道，表现"物境"的诗歌也有优秀之作，况且没有绝对的"物境"与"情境"之分。

鸭长明《无名抄》曰："余情笼于内，景气浮于空。"有"余情"的和歌带给读者的审美享受表现为"景气"和"面影"两种意境，"景气"表现为借景抒情或纯粹描写实情；而"面影"表现出情景交融，立象尽意，意象似乎可以与"姿"通其义，所以说"心姿妖艳"即"面影"。当"余情"深奥用"景气"及"面影"均不足以表现时，便是"余情幽玄"，即和歌的最高境界——"幽玄"之境。通过上述对比研究，虽还不能明确地说"景气"、"面影"及"幽玄"完全等同于物境、情境及意境，但我们可以从"余情"（景气）—"余情妖艳"（面影）—"余情幽玄"（幽玄之境）这一发展轨迹中看出日本中世和歌诗人对审美规律的探求是不断深入的。

①　藤原定家、「毎月抄」、『日本古典文学大系 65·歌論集 能楽論集』、東京：岩波書店、1973 年，第 128 頁。

②　高文汉：《日本中世文论》，《解放军外国语学院学报》2004 年第 4 期，第 93~97 页。

③　（梁）刘勰：《文心雕龙注》，远方出版社 2004 年版，第 2 页。

第四章

浓丽细婉："幽玄"美学的多重风格

　　平安时代中后期日本贵族文化得到高度发展，呈现出绚丽多彩的局面，和歌文学逐渐取代了曾几何时"宜登公宴"的汉诗，因其同样具有"润色鸿业"的功用性质，和歌文学受到王朝贵族的青睐，和歌在皇室王族的政治庇护下获得了巨大发展。然而，"成也萧何，败也萧何"，"院政"时期的政治斗争波及和歌文学。武士阶级的崛起导致了日本政治格局发生巨大变化，曾经辉煌风光的公卿贵族受到武家政权的排斥，彻底被边缘化了。社会地位的跌落与心理落差使得王朝贵族终日惶惶不安、颓废惆怅，这种负面情绪必然要反映到文学创作上来，浓丽细婉的"妖艳美"渗透着浓浓的感伤主义情绪。

　　当然，文学时代的划分不同于朝代更迭，不过为了方便起见，文学史的时期划分习惯等同朝代更迭。日本中世时代始于 1192 年，这一年源赖朝当上征夷大将军，建立了镰仓幕府。日本中世文学的开始应该稍早一些，1183 年藤原俊成负责编撰《千载和歌集》，所选录的和歌作品与此前的《金叶集》《词花集》相比，在风格上有了很大不同。后两者从名称上便可知一二，注重辞藻的雕琢矫饰，形式大于内容，这已经严重地偏离了纪贯之于《古今集》时代起确立的"心词相兼"创作原则；不过，这是诗歌发展的必然规律，人们总是先认识诗歌内容的重要性，然后才会考虑表现形式的问题。所以，到了《金叶集》《词花集》时代，日本人对"体格声律"方面的形式美的关注达到顶峰，正如刘勰《文心雕龙·明诗》所云："俪采百字之偶，争价一句之奇。情必极貌以写物，辞必穷力而追新。"①

　　凡事物极必反，和歌的发展必然要另辟蹊径。藤原俊成等人摒弃了《古今集》

---

① （梁）刘勰：《文心雕龙》，远方出版社 2004 年版，第 31 页。

时代的写实主义、模山范水式的写作手法，注重意境营造，讲求余情余韵，标举"余情幽玄"，开拓了"境生象外"的新时代。"幽玄"作为诗学范畴首先具有的是审美境界，这在上一章已有论述。在本章当中，我们将重点阐释"幽玄"之境的美学风格。

现代美学源于西方美学，将美的风格分为壮美、优美以及滑稽。黑格尔说过："到了希腊人那里，我们马上便感到仿佛置身于自己的家里一样，因为我们已经到了'精神'的园地。"[①] 希腊文化与基督教文化构成了西方现代文化的两大支柱，而"摹仿说""和谐说""理式说""灵感说""净化说"等是西方美学最重要的五种哲学基础。[②] 与此相对，以中国、日本为代表的东方美学则显得零散杂乱，分类标准众多，如阴阳刚柔、豪放婉约，至于刘勰的《文心雕龙·体性》、司空图的《二十四诗品》，对文学风格的分类更是繁复琐细。

在东西方美学的观照之下，本章将论述"幽玄"的时代风格，具有何种美学特点以及形成机制。按照藤原俊成的观点，"幽玄"不仅是幽深玄妙的美的境界，还是以"寂寥"为基本色调的美学范畴，包含着"艳""优""妖艳""清""物哀"等多重美学风格。因此，能势朝次《幽玄论》中称"幽玄美"是一种复合型、多色调的美学范畴：

> 从探索美的立场来看，这个词语具有很特别的意思，那就是，在美的性格和色彩上它并没有特别之处，而在于表现美的深度和高度上是独特的。无限扩散性的、缥缈无止境的余情之美，无限深化挖掘的沉潜之美，它们代表了幽玄的性格。可以说是一种"虚"的境地，物哀之极致，艳之极致，闲寂之极致，这些美学情调的微妙复合体，或单独的状态，都可以用"幽玄"来表达。[③]

这段话总结得非常精辟，既然"幽玄"本义是"幽深玄妙"，那么它的外延内涵先天具备了极高的延展性与扩张性，人们不断地赋予它更多、更广的诗学意义。但是反过来说，这对"幽玄"也是一个致命的不利因素，因为"幽玄"的含义过分扩

---

① ［德］黑格尔：《历史哲学》，王造时译，生活·读书·新知三联书店 1956 年版，第 268 页。

② 朱志荣：《中西美学之间》，上海三联书店 2006 年版，第 2~4 页。

③ 能势朝次、『能势朝次著作集（第二卷）』、東京：思文閣、1981 年、第 248 页。

展却让其失去了准确性和科学性。所以，当西学东渐、社会思想启蒙传入近代日本之后，"幽玄"便失去了用武之地，渐渐淹没在浩瀚的历史烟波之中。

第一节　"幽玄"与"有心"

藤原定家的诗学思想主要体现在《每月抄》《近代秀歌》《咏歌大概》等著作当中，但与西方诗学相比，缺乏系统性与思辨性，多为感悟式的点滴评语，仅配以少数例歌，缺乏必要的说明解释，这为后人的解读与阐释留下太多的空间。当然，藤原定家的诗学体系建构离不开"有心"说，"有心"说源自诗体学概念——"有心体"。

一般而言，诗体学思想的成熟需要创作经验积累到一定阶段才会萌发。日本社会由平安朝后期进入到镰仓幕府时代，和歌创作的审美群体与社会阶层的构成都发生了重大变化。在王朝贵族时代，和歌与音乐、弓射等属于贵族的必备修养与社交工具，注重培养对集团群体的归属感、连带感的精神养成以及场域体验；而进入中世社会以后，情况发生了悄然变化，一些出身于歌道世家的和歌诗人在仕途上升迁受阻，或者遇到了社会动乱而萌生隐世思想。正所谓"国家不幸诗家幸"，生于乱世的和歌诗人反而更能专注于歌道上的精进与耕耘，从而取得更高的艺术成就，这是一个方面。另一方面，喜爱和歌创作与消费的群体不断扩大，许多武士阶层因为战乱而过着朝不保夕的危机生活，他们对人生无常的感悟有更深刻的认识，和歌与禅宗的结合成为他们抒发生命感悟与人生体验的绝佳艺术。然而，创作上的繁荣却往往引发格调低下的世俗化危机，一种被称为"今样"的歌谣开始流行，引发和歌创作的体制混乱，甚至威胁到正统和歌的生存。为此，非常有必要规范和歌的体制法度，藤原定家的"定家十体"正是在这种时代语境下应运而生的。

在中国诗学史上，以黄庭坚为代表的江西诗派是一个影响重大的流派，黄庭坚强调作诗形式上的体格声律，尤其重视篇章结构的经营和字句的锤炼，讲究法度和绳墨的规范性，这对当时混乱的创作局面起到约束作用。同样，藤原定家提出《定家十体》，并以此来规范和指导和歌创作，虽然围绕《定家十体》的真伪问题，在日本学界仍存在争论，但肯定的一方认为，虽然不能确定《定家十体》这本书的存在，但"定家十体"所列出的十种诗体名称均可在《每月抄》中找到，而诗学著作《每月抄》的真实性毋庸置疑。本书对上述观点持赞同意见。

"定家十体"是指和歌的十种歌体，即"有心体、幽玄体、事可然体、丽体、长高体、见体、面白体、浓体、有一节体、拉鬼体"。以现代文体学的眼光来看，"定家十体"的分类标准还是很混乱的，但与壬生忠岑的《和歌体十种》相比有很大进步。忠岑的十种歌体分别为："古歌体、神妙体、直体、比兴体、两方体、余情体、写思体、高情体、器量体、华艳体。"

任何事物都具有两面性，中国古代诗体学概念成熟于南宋时期的严羽之手，但他的诗体论却也成为后世最为诟病、批判最为猛烈的靶标。清代冯班《钝吟杂录》卷五说："沧浪一生意处，是分诸体制，观其诗体一篇，于诸家体制浑然不知。"[①]郭绍虞《沧浪诗话校释》认为严羽《诗体》部分存在重大缺陷，明显"体、格、法"不分。[②] 不过，这种观点有失公允，也是对古人的一种苛求。

严羽的诗体论思想首先集中体现在《诗体》专篇中。辨体理论前人虽已有论述，但在诗话中专设一章进行探讨的始自严羽。《诗体》篇辨析诗之"体"，那么何谓"体"？中国文论"体"一词，义有多端，内涵丰富，既指文类，也指语体、风格。美国汉学家宇文所安（Stephen Owen）说中国"体"的内涵，"既指风格（style），也指文类（genres）及各种各样的形式（forms）"[③]。严羽《沧浪诗话》之诗体内涵可借用文论中"文体"的定义："指一定的话语秩序所形成的文本体式，它折射出作家、批评家独特的精神结构、体验方式和其他社会历史、文化精神。从表层看，文体是作品的语言秩序、语言体式；从里层看，文体负载着社会的文化精神和作家、批评家的个体的人格内涵。"[④]

从上述的视角来看，"定家十体"的诗学意义重大，它上承壬生忠岑的《和歌体十种》，将藤原俊成的"幽玄论"深化为"有心论"，完成了由风格论、意境论到

---

① （明）冯班：《钝吟杂录卷五》，载《文渊阁四库全书》（第886册），严氏纠谬，台湾商务印书馆1986年版，第553~555页。

② （宋）严羽：《沧浪诗话校释》，郭绍虞校释，人民文学出版社1983年版，第100页。

③ ［美］宇文所安：《中国文论：英译与评论》，王柏华、陶庆梅译，上海社会科学出版社2003年版，第4页。

④ 童庆炳：《文体与文体创造》，云南人民出版社1994年版，第1页。

和歌本体论的质的飞跃。我们先来看忠岑的《和歌体十种》，从歌体的分类上来看，大致有四种标准：一是"古歌体"，古歌体以《万叶集》晚期至《古今集》初期的和歌作品为宗，这是典型的古典主义思维，忠岑将古歌体视为《和歌体十种》的灵魂与基础。二是"神妙体"，以主题思想作为分类标准，主要为颂神祭祀类题材。第三类以表现手法或修辞分类，包括"直体""比兴体""两方体"。其中，"直体"是一种直抒胸臆式的创作方法，任凭感情的宣泄，不借助任何修辞技巧。"比兴体"当然是源自我国古代诗歌的比兴修辞法。至于"两方体"，全称为"两方致思体"，简单地说类似我国古代的"回文体"，修辞上利用谐音、双关、隐喻等方法，将上半句的写景与下半句的抒情有机地联系起来。正着读是借景抒情，反着读则是抒情引发对美景的联想。上句与下句分别为"一方"，合起来就是"两方"。所以，"两方体"其实带有文字游戏的性质。

朱熹在《朱子语类》卷八十中说："比是以一物比一物，而所指之事常在言外。兴是借彼一物以引起此事，而其事常在下句。但比意虽切而却浅，兴意虽阔而味长。"[①] 这句话浅显而准确地解释了比兴的含义。"比"便是通过类比联想或反正联想，引进比喻客体，"写物以附意"；"兴"则是"触物以起情"，"它物"为诗歌所描写的景物，而这种景物必然蕴涵着诗人触物所起的情。"兴"是一种比"比"更为含蓄委婉的表现手法。汉乐府诗歌《孔雀东南飞》开头用"孔雀东南飞，五里一徘徊"起兴，用具体的形象来渲染气氛，激发读者想象，营造出缠绵悱恻的情调，又能引起下文的故事，起到了统摄全篇的作用。

至于"两方体"则与比兴体相近，或者可以说"两方体"是"比兴体"的特殊形式。和歌（短歌）由五、七、五、七、七言构成，五七五为上半阕，七七为下半阕。一般上半阕为比兴的事由，后半阕为比兴引发的内容。例如《关雎》，"关关雎鸠，在河之洲"便是兴的物象部分，而"窈窕淑女，君子好逑"则是兴的修辞结果，也是该诗的写作重点。而"两方体"的上下阕都采用比兴手法，很有点类似回文诗的意味，正读是比兴关系，反读也是比兴关系。例如下面的一首和歌：

---

① （宋）黎靖德编：《朱子语类》，中华书局 1986 年版，第 2069 页。

　　年を経て / 花の鏡と / なる水は / 散りかかるをや / くもるといふらむ

(《古今集》44)

　　经年水平镜，花娇映倒影。妆镜蒙尘埃，落花覆水面。　　　　(笔者译)

　　该和歌的大意是，花开花落又一年，鲜花倒映在如镜面般的水面。然而，当花瓣纷纷飘落水面时，这般情景用尘埃蒙上了梳妆镜来形容恰当呢，还是说落花遮住了如镜面般的河水更恰当呢？"飘落"与"尘埃"(chiri)的日语发音相同，一语双关。上半阕说的是花开花落，落花破扰了河水的镜面；下半阕说的是尘埃蒙住了女子的梳妆镜。两者之所以可以互为比兴，其背后隐喻着美人迟暮、年老色衰的无奈与悲凉。本来和歌中所描写的"河水倒映鲜花"，"落花流水"①，"尘埃蒙镜"等几个意象并无直接的关系，但"花镜"引出"梳妆台"蒙尘，本来是"女为悦己者容"，却变成了年老色衰而无心打扮，于是"美人迟暮"的意象将和歌的几个意象串联起来，"尘埃蒙镜"便成为"落花流水""落红扰水镜"的比兴。"两方体"即前后两头互为比兴的一种和歌体。

　　第四类是从题材上分类，包括余情体、写思体、高情体、器量体、华艳体。对于这几种歌体，我们从其名称上可以推测了大概来，例如所写的内容无论是社稷家国，还是儿女私情，无论宫商大调还是小令小词，格调的高低自然立见分晓。

　　藤原定家的"定家十体"无疑是借鉴了忠岑的《和歌体十种》，只是他并没有使用"体"的概念，取而代之的是"样"。不过"体"与"样"只是用字不同，实质是一样的，"样"字(樣)的读音"sama"，完全是日语读音，而"体"字则是沿用了汉诗文的习惯用法。在"定家十体"中，"体"与"样"是相同概念。而"体"的概念源自我国古代诗学。唐人崔融的《唐诗新定诗格》等诗式、诗格书通过《文镜秘府论》传入日本，短时间内出现了许多关于和歌文体的著作，如《倭歌作式》(又名喜撰式)、《和歌式》(又名孙姬式)，它们与《歌经标式》共称为"和歌三式"②。平安时代的歌学、歌论主要借用中国诗论对和歌创作进行规范，所以比较注重和歌的体格声律等形式美、音韵美。然而到了中世文学时期，日本和歌诗人开始由对和歌外部形式的关注，转向对艺术规律的探求上面来。

---

①　"落花流水"与汉语的成语词义不同，而是比喻男女之间情投意合。

②　『日本古典文学大辞典』、第六卷、東京：岩波書店、1985 年、第 335 頁。

为了方便起见，本书统一使用"体"的概念。定家的"见体"与忠岑的"直体"，定家的"丽体""浓体"与忠岑的"华艳体"等都有或多或少的渊源关系。忠岑《和歌体十种》的核心诗体是"古诗体"，这说明和歌的诗体学意识还处于萌芽阶段，首先要解决的是诗歌的外形律，即"体格声律"方面的规范；而到了藤原定家与《新古今集》时代，战乱不断与佛教的无常观、末法思想流行等因素促使人们的生命意识与自我意识开始觉醒，创作视角由外拓转向内敛，由对诗歌外形律的关注转向对文学内部审美规律的挖掘上来。于是，"有心体"成为"定家十体"的核心歌体。

中世和歌诗人的文体学意识由"古歌体"到"有心体"的转变具有重大诗学意义。南宋诗人陆游晚年告诫其子说："我初学诗日，但欲工藻绘，中年始少悟，渐若窥宏大。……汝果欲学诗，功夫在诗外。"[1]人们对"功夫在诗外"的解释有多种，最根本的解释应该是说，不能只在辞藻、技巧、形式上下功夫，作诗应该注重蕴藉兴寄，以及弦外之响、境外之象等诗美意境。日本诗学中也有"姿""景气""面影"等近似"兴象风神"这一类的美学范畴。

藤原定家认为"幽玄体、事可然体、丽体、有心体"这四歌体是最基本的歌体，借用我国文论的话说便是"正体""尊体"。这四种歌体的共通特征是"真且具优美之姿"。"真"（makoto），意思是说好的和歌要表达真情实感，而且必须具备优美的表现形式。在我国古代文论中，刘勰标举的"为情而造文"成为古代诗人应当遵守的创作准则，不应该有矫饰造作的"为赋新词强说愁"，这种艺术追求才称得上"真美"[2]。

藤原定家在《每月抄》中对四种"正体"进行了简单的说明。所谓"事可然体"，是指具备古拙质朴的表现风格，形式与内容达到和谐统一，在表现"真美"时能够做到中庸谦和，崇尚自然。无论是在表现技巧上，还是构思立意都无突出过人之处，而是中规中矩，"平凡而特殊"[3]。李白的《经乱离后天恩流夜郎忆旧游书怀赠江夏韦太守良宰》中有两句诗说得好："清水出芙蓉，天然去雕饰。"[4]如果能达到

---

① （宋）陆游：《剑南诗稿校注》，钱仲联校注，上海古籍出版社2005年版，第4263页。
② 详见陈竹、曾祖荫：《中国古代艺术范畴体系》，华中师范大学出版社2003年版，第207~212页。
③ 前田妙子，『和歌十体論の研究』、東京：清水弘文堂、1968年、第32页。
④ （清）彭定求等编：《全唐诗》（第170卷），中华书局1960年版，第1752页。

这种理想状态便离"事可然体"不远了吧。"丽体"，是针对和歌作品带给读者的艺术想象而言，铿锵的音韵、华美的意象等都会将读者带入一个美妙的艺术空间。藤原定家所说的"丽"并非单纯辞藻的华美艳丽，而是有伦理的、崇高的、感官的审美要求，须符合高古雅正的和歌传统，换言之就是一种"格调派""古歌派"。

藤原定家在《每月抄》中说，"有心体""幽玄体""事可然体""丽体"是"定家十体"的四种正体，他告诫初学者在充分掌握四种正体的基础上，方可学习其他变体，"长高体""见体""面白体""有一节体""浓样体""拉鬼体"等变体和歌的修辞技法虽然难学，但容易做到"工"；"有心体""幽玄体"等正体则是易学难工，因为"功夫在诗外"，四种正体的习得关键不在体格声律等形式上面，而是如何做到"境生象外"，即藤原俊成所说的"余情幽玄"，鸭长明所说的"余情笼于内，景气浮于空"，以及藤原定家所推举的"余情妖艳"。这些都是对诗境美、含蓄美的诗性阐述。

"定家十体"的四种正体中最重要的"有心体"与"幽玄体"是本章节论述的重点。至于"定家十体"中的其余六体都是出自四种"正体"的"变体"，因不是本书的讨论范围，便不再展开论述。

早期的"幽玄"用于和歌的内容意蕴与词采修辞两方面的评价上，出现了"心幽玄""词幽玄"的概念，通俗地说即"神妙""玄妙"，美到极处，无法用语言形容。随着人们对诗学理论的认识不断深化，意象、兴象的概念产生了，藤原公任率先提出"姿"的概念，无论是"心姿"，还是"词姿"，都是一种美的视觉化效果。鸭长明在《莹玉集》中评论在原业平的和歌是"以幽玄为姿歌"，换言之就是"姿幽玄"。①

诗人对引发诗兴、感兴的自然景象都会进行感情移入，客体化的意与主体化的景（象）相结合，会产生诗的意象。"意"指主体在审美时的意向、意图、意志、意念、意欲，表达的思想情感、人生体验、审美理想、艺术追求等；"象"则指由想象创造出来，能体现主体之"意"，并能为感官所直接感受、知觉、体验到非现实的表象。而当诗人"意与境会"，心中的"情志"便会发动，即诗人的"感兴"。"感兴"乃是心物交感，诗人内在情意与外在物象之间交流互动，从而形成诗歌意

---

① 佐々木信綱编、『日本歌学大系第三巻』、東京：風間書房、1956年、第351頁。

象。意象作为诗歌生命的实体，它以"立象尽意"的方式荷载着"情志"，"象"实而"意"虚，"象"凝定而"意"流动，"象"有限而"意"无限，这种虚实相涵、即小见大的表达方式，又为意境的创造提供了可能途径。

鸭长明《无名抄》用"余情笼于内，景气浮于空"来解释"幽玄"，这与刘禹锡所说的"境生于象外"颇有相近之处。刘禹锡在《董氏武陵集纪》一文中云："诗者，其文章之蕴耶！义得而言丧，故微而难能；境生于象外，故精而寡和。千里之缪，不容秋毫。非有的然之姿，可使户晓，必俟知者，然后鼓行于时。"[1]陈伯海在《释"意境"——中国诗学的生命境界论》一文中做出更明确的解释："境生象外"命题的提出，实质上是将诗歌艺术世界归结为一种层深的建构，由"象"和"象外"两部分组成，象外世界又可区分为想象空间和情意空间。艺术审美活动由象内的感知世界起步，经象外的想象空间的拓展，超拔于最高层的情意空间，是一个从具体的生活感受逐步提升为对生命本真的情趣和意蕴作领略的过程。"这样一种领略，又是以天人、群己、人我、物我之间的生命沟通为标志的，故而审美的超越同时便是还原（复归），还原于天人合一（包括群己互渗）的生命本真状态，这也正是诗歌意境创造的主要功能之所在。"[2]

在陈伯海的上述论述中，他所提出的"想象空间"与"情意空间"是审美境界的两个层次，这为我们理解藤原定家的"幽玄体"与"有心体"提供一定的启示性。中世和歌诗人对审美境界的认识呈现由低到高的渐进过程，如果说构成藤原俊成的"幽玄"论的底色为"优艳"（雅正清丽）的话，那么，藤原定家的"幽玄"底色则为"妖艳"（浓丽细婉），"妖艳美"也是最能代表《新古今和歌集》的时代风格，它是对曾经绚烂至极的王朝贵族文化无法救药地走向没落的一种"挽歌"。

"定家十体"的"幽玄体"配有 58 首例歌。

新古 [抄]

作者：寂莲法师

今はとて / たのむの雁も / うちわびぬ / おぼろ月夜の / あけぼのの空

拂晓田野上，朦胧月色悲。故国春日暖，鸣雁欲北归。　　　　　（笔者译）

---

[1]　吴在庆选编：《刘禹锡集》，凤凰出版社 2007 年版，第 261 页。

[2]　陈伯海：《释"意境"——中国诗学的生命境界论》，《社会科学战线》2006 年第 3 期，第 89 页。

这首和歌描写了拳拳思乡之情,诗人仰望东方破晓的天空,微亮的天边还挂着一片残月。这时田野里一群来此地过冬的大雁开始焦躁不安地鸣叫着,因为北国已经春暖花开,该是飞回北方故乡的时候了。此情此景犹如一幅清丽的图画,画中有诗,诗中有画,游子的心绪想必也是波动难平,一颗思乡的心将随着北归的大雁一起远走高飞。然而,该和歌并没有直白地写出游子思乡之情是多么的迫切,而是含蓄地排列出大雁北归、黎明破晓、晓风残月等数个意象,且这几种意象并非诗人眼前的实景描写,而是出自诗人头脑中的审美意象的想象画面,即"心中之景"。它是完美无缺的"真景物",表面上看起来虽平淡无奇,缺乏光鲜的色彩,就像一幅水墨丹青一般,寂寥枯淡,但画面背后隐藏着诗人炽热的情感怀抱,诗人已经过漫长的等待与煎熬,盼望着可以早日回到魂牵梦绕的故乡,那焦躁鸣叫的大雁、破晓的曙光残月,都是诗人心绪的外部投射或移情之物。我们有理由相信,这种"象外之境"有能力勾连起读者心中曾经的生命体验与人生感悟,在想象的世界里,原本平淡无奇甚至寂寥枯淡的画面就像被施了魔法,顿时间变得光彩夺目、绚丽多彩。这便是藤原定家所说的"妖艳"之美,摆脱了美人容貌姿色的庸俗与浅薄,这种审美境界便是"幽玄"之境,它内敛含蓄,外枯内膏,只有通过人生的种种历练才能获得此境界,无疑《法华经》等宗教思想起到了推波助澜的作用,况且"幽玄"本身就具有宗教哲理的深度。

新古 [抄]

作者:藤原定家

たまゆらの / 露もなみだも / とどまらず / 亡き人こふる / 宿の秋風

人生若朝露,悲泪化泉涌。亡母驾鹤游,浮生捱秋风。　　　　　　(笔者译)

这首和歌是藤原定家写给父亲藤原俊成的一首悼念亡母的和歌。作品用晶莹玉透的露珠来形容悲伤的眼泪,在作者的心底,扑簌的泪水化成一颗颗玉珠落下,仿佛发出叮叮的声响。这是儿子心中泣血的声音与挽歌,希望它能和着低吟婉转的秋风送达到天国里的母亲耳中,人生如朝露一般短暂无常啊!这首和歌的优点在于它超越了普通意义上的生老病死,第一句的"玉响"(たまゆら)原意是指玉石相碰时发出和轻微声响，后来引申出短暂、片刻等词义。用"玉响"来修饰"朝露"，便是朝露的生命短暂之义。

建安文人常用"人生若朝露"这一譬喻来抒发生命无常、要珍惜人生的感慨，但在东汉之前的文学中却罕见这种诗语，孔子《论语·先进第十二》云："未知生，焉知死"，儒家主张"入世"与"兼济天下"，表现出积极乐观的人生态度。而东汉末年的黄巾军起义沉重地打击了封建统治阶级的儒家伦理思想，打破了思想禁锢，于是自我意识与生命意识开始觉醒，感慨"人生几何""生存困境"的悲怨意识成为当时文人的一种风尚。

同样，平安时代末期的日本战乱不断、社会动荡，净土宗成为日本民众摆脱人生无常、生存困境的救命稻草，"人生若朝露""人生几何"，这种痛楚与无奈在无常观思想的浸润下得到一定程度的平息与救赎。在藤原定家的和歌中，我们感受不到特别强烈的悲伤与痛苦。和歌最后两句即"亡き人こふる／宿の秋風"，直译的话就是"思念亡人，浮生秋风"。"宿"本意是"旅店"，这里有"浮世""苦海人生"之义。作者想表达愿亡母的灵魂在西方极乐世界得到超脱永生，从中"浮世秋风"的余韵中我们可以感受到一种类似"庄子鼓盆而歌"（《庄子·至乐》）的豁达与解脱。当然藤原定家深受法华经等佛教思想的影响，两者不能混为一谈，但宗教思想在信徒身上引发的现象是现代科学理性所无法解释的，所以该和歌在当时日本人的头脑中所引发的"幽玄"境界，想必是一种佛光普照、祥云缭绕的想象画面吧。

但是，在"定家十体"中，藤原定家并没有对"幽玄体"的定义做出任何说明，只是例举出58首和歌为例，题材涉及怀古、思妇、悼亡、感遇等多方面。从入选的知名作者来看，定家自己有1首，其父俊成有3首，寂莲有3首，西行3首，柿本人麻吕4首，式子内亲王2首，藤原俊成女5首，伊势2首，小野小町1首等等。其中藤原俊成女、式子内亲王、伊势、小野小町这四位女性诗人的合计10首入选，再加上其他明显属于恋歌题的4首，即58首例歌中至少有14首是以怀人、思妇为题材的恋歌作品，占全部例歌数的四分之一；其余的作品也几乎被感遇、怀古、羁旅等题材所囊括。这很能说明问题，这类题材都是表现人类最深沉、最婉丽、最柔美的情感纠葛与人生感悟，如果用直抒胸臆式的诗体表达，则有失直白之憾，重要的是缺乏诗味与美感意境。因此，"幽玄体"的例歌都采用了含蓄的表现手法，着重意象、兴象的刻画，营造出梦幻、虚无、空灵的意境，尤其是藤原俊成女、式子内亲王等女性诗人创作的"幽玄体"和歌，情感表达可谓柔肠百结、缠绵悱恻、细腻入微。

《新古今集》时代在藤原定家等人的倡导下，求新求变的风气催生了和歌诗人对创作技巧的探索，从"余情幽玄"到"余情妖艳"，和歌创作越来越注重诗境的营造。下面试举一首藤原俊成女的"幽玄体"和歌：

> 下もえに / 思ひ消えなむ / 煙だに / 跡なき雲の / はてぞかなしき
>
> 死灰烬复燃，悔恨肝肠断。妾身化飞烟，云飘空余憾。　　　　　（笔者译）

藤原俊成女是藤原俊成的孙女，因天资聪颖，才气过人，被后人冠以"藤原俊成女"的称号。日本古代妇女的地位低下，往往没有留下姓名，如小说《源氏物语》的作者紫氏部，其父的名字叫藤原为时，"氏部"是其父的官名，紫式部在任中宫皇后定子的女官时，通称"藤式部"。在藤式部去世一百多年后，才有"紫式部"这个名字。"紫"的姓取自《源氏物语》中的女主人公"紫上"的名字中的"紫"字。日本古代只有贵族才有姓氏，普通日本人只有名字而没有姓，这种情况一直持续到明治维新时期才改变。

藤原俊成女的这首和歌中写道，女主人公对男子痴情不改，表面上像熄灭的火，但在灰烬之下，感情像余火一般，静悄悄地喘息着。当余烬彻底熄灭之日，便是女子生命终结之时。那么，她的爱恋、痴情将随她的躯体化成轻烟，飘上云霄，散入云端，最后了无痕迹……但这一切太悲哀啊！这首和歌会让我们联想起唐代诗人李商隐的《无题》："春蚕到死丝方尽，蜡炬成灰泪始干。"这份痴情是多么执着、多么热烈啊！和歌在通篇字面上没有提到一个"情"字，只是写余火、余烬、熄灭、飞烟、无痕、云空等意象的组合，最后是一句"可悲"的咏叹。读者只有读到和歌最后才恍然大悟，头脑中的各种排列混乱的意象片段一下子变得清晰起来，女子痴情的主题顿时也鲜明突出，而且心中的审美经验、人生境遇等尘封记忆也被唤醒。当然，读者若要获得这种阅读能力需要"积学"，即大量阅读以及有丰富的人生阅历和敏锐的感受力。

　　总之，和歌的"幽玄体"的评判标准应该有两种：一是含蓄的修辞手法，不同于一目了然的简单比兴，至少也应是隐喻或者暗喻转换，换言之是比较复杂隐晦的表现技巧；二是有"余情妖艳"的诗境，而且诗境的获取必须通过审美联想，诗语表面没有雕琢辞藻与美辞丽句，甚至有些平淡无奇，画面缺乏色彩、寂寥枯淡，但外枯内膏，诗题被抽象成某种形而上学式的宇宙人生等概念，它成为绚烂诗境突现的起爆器，犹如禅宗所说的顿悟，读者的想象能力突然被激发，"幽玄"之境立现，此时读者的审美体验获得极大的满足，借用古人的诗句即："俯仰自得，游心太玄"（嵇康语），"精骛八极，心游万仞"（陆机语），"观沧海于一瞬，抚古今于须臾"（陆机语）。当人的审美能力摆脱世俗伦理的束缚与羁绊，就会获得无比的想象自由，尽情地在艺术天国里翱翔。

　　藤原定家的"幽玄体"和歌除上述两点外还有一个重要特征：在诗境营造上面，"余情妖艳"给"幽玄"之境抹上一层浓丽细婉的绚丽色彩，犹如夕阳的余晖，在耀眼夺目、灿烂辉煌之后终归沉寂，感伤与幻灭、辉煌与落寞等等。这些对比与反差是如此巨大，如果纠结于此，便不能达到"幽玄"之境，仅仅依靠美辞丽句、雕琢辞藻等形式上的努力是不够的，必须依靠诗人内心的充沛情感与意蕴怀抱。

　　为此，藤原定家提出了"有心体"，这不单单是一个独立的文体学概念，因为"有心"思想贯穿于"定家十体"的每一诗体当中，它是解决什么是和歌本质的本体论问题。"有心"的"心"并不是简单的思想内容，而是诗人的情志、怀抱、才力、胆识等要素的综合体，在外物触发下，兴会神到，诗人便产生一种不可遏制的创作欲望，如鲠在喉，不吐不快。这种创作状态或心理机制应该就是藤原定家所说的"有心"吧。

　　因此，"有心体"便具有了狭义的概念和广义的概念，广义的"有心体"概念超越了文体学范畴，进一步完善了纪贯之的"和歌以人心为种子"的本体论。纪贯之的"心词相兼"，以及"和歌者发根于心地"等命题中的"心"可以指"人心"即作者的怀抱，也可指"歌心"即和歌的意蕴兴寄、义理人情。在此之前，中国古代诗论已经解决了"诗言志"与"诗缘情而发"的矛盾问题，"情志"连缀，承认主客观因素都是诗歌创作的动因。但进入具体创作环节，两者的对立矛盾仍然存在，"以意为主"的理性客观与"吟咏情性"的主观感性之间一直没有得到较好的融合，一直持续到明末清初，神韵派、格调派与性灵派仍然争论不休。相反，日本古代诗学的发展道路上却看不到这样的争论，至少在江户时代之前便是如此。

藤原定家提出"有心体"的概念，如果只是重复前人的"心"的内涵外延，则很难令人信服，而且"有心体"贯穿"定家十体"中的每一歌体，这就不能用"表现内容"来解释广义上的"有心"概念。所以，藤原定家的"有心体"可以分别从"表现内容"与"表现态度"两方面加以解释，回顾中国古代诗学的发展史可以为我们提供新的研究视角。

我们知道，中国古代诗学思想始于儒家功用主义诗学，即以"诗言志"为代表的言说；南北朝时期出现了"诗缘情"的道家审美主义诗学，随后经过"物人相谐，情志合一"（刘勰语）以及孔颖达《毛诗正义》中的"情志观"的推动，情与志并列，成为诗歌的本体论。然而，除了"情志"之外，中国古代诗学中还有一条主线，即"吟咏情性"与"以意为主"的对峙与融合。① 那么，以此观照"有心体"，广义的"有心"就是一种吟咏情性的创作态度。

"情性"本身是一个哲学范畴，常见于诸子百家的著作中。《毛诗序》最早将其引入诗学，在不同语境下的"情性"会呈现出不同的侧面与内涵，但魏晋六朝以后，刘勰、钟嵘将"情性"解释为人的才气、情怀、气质、心境等个体心理特征。而南宋严羽的《沧浪诗话》更是标举"兴趣""妙悟"，将"吟咏情性"推举到前所未有的高度。

至于"以意为主"，南朝宋范晔曾云："文患其事尽于形，情急于藻，义牵其旨，韵移其意。虽时有能者，大较多不免此累，政可类工巧图绘，竟无得也。常谓情志所托，故当以意为主，以文传意。以意为主，则其旨必见；以文传意，则其词不流；然后抽其芬芳，振其金石耳。"② 其中的"意"是指诗文的主旨思想，与"情性"是相对的，"意"是客观内容，"情性"则是主观情感，两者根本上没有冲突，只不过偏向任一边都不好，人常说"唐诗主情，宋诗主理"，"意"包含"理"。总之，偏废一方的态度都是不可取的。

其实，"有心"当中包含着"情性"与"意"两方面，两者都是作品中的主体思

---

① 李春青：《"吟咏情性"与"以意为主"——论中国古代诗学本体论的两种基本倾向》，《文学评论》1999 年第 2 期，第 35~36 页。

② 庞天佑：《论范晔的历史认识论》，《中州学刊》2003 年第 4 期，第 113~116，123 页。

想，很多时候二者是纠缠不清的，诗人本人也无法分得清楚。如果硬要加以区别的话，二者的区别在于，"意"是认知性的心理因素，而"情性"是非认知性心理因素。"情性"是未经逻辑思维梳理，没有抽象概念侵入的那种混沌一片的心理状态。而"意"是理性的、意识层面的，"以意为主"的诗作所传达的是普遍的社会话语，占据主流社会的意识形态。①"吟咏情性"的作品则往往是表达个人话语，是诗人的个体生命体验与人生感悟的体现，甚至会上升到宇宙人生的精神层面。总体来说，人们喜欢主情的唐诗要胜过主理的宋诗，其原因就是这种道理。

与此相对，狭义的"有心体"可以用"以意为主"加以诗学阐释。"以意为主"的"意"在宋人眼中具有深刻的内涵。梅尧臣《续金针诗格》云："有内外意，内意欲尽其理，（中略）。外意欲尽其象，（中略）。内外含蓄，方入诗格。"②外意指诗语的字面意思，内意则指诗的隐微含义。日本古代诗人自纪贯之、藤原公任、壬生忠岑等以下，至藤原定家等《新古今集》时代诗人都非常重视和歌创作要"有心"，当"心"与"词"不能做到相兼，那就应该取"心"。正如黄庭坚《与王观复书》卷十九中所说："好作奇语，自是文章一病。但当以理为主，理得而辞顺，文章自然出类拔萃。观子美到夔州后诗，韩退之自潮州还朝后文章，皆不烦绳削而自合矣。"③这里的"理"与"意"相通。

藤原定家的"有心体"在狭义概念上基本还是继承了自纪贯之以来的和歌传统。中国古代诗学史上，诗言志与诗缘情，儒家功用诗学与道家审美诗学互相对立、融合，彼此消长；尽管日本中古和歌向中世和歌转变的历史过程中未明显地出现这种争论，但超越儒家与道家的诗学对立，"文以意为主""诗以意为主"的诗学命题在潜移默化中影响着中世和歌诗人的思想，他们创造性地提出了"心""心深""有心"等诗学范畴，是对平安贵族文学末流中盛行的"花鸟之使"（娱己说）诗学思想的一种纠偏。

所以，"有心"是诗歌本体论的概念，藤原定家继承了和歌传统诗学思想，即"以意为主""心乃和歌之根苗"等观点，并在此基础上进行创新，广义上的"有

---

① 李春青：《"吟咏情性"与"以意为主"——论中国古代诗学本体论的两种基本倾向》，《文学评论》1999 年第 2 期，第 39 页。

② 张伯伟：《全唐五代诗格汇考》，凤凰出版社 2005 年版，第 522 页。

③ 陈伯海：《唐诗学史稿》，人民出版社 2011 年版，第 304 页。

心"是"吟咏情性"的主观思维,一方面是人的天性,另一方面是对人生的感悟与生命存在的体验,其目的是强调诗歌内容的绝假纯真与创作手法的浑然天成、不假绳削。而"幽玄"的概念主要是谈美的意境,藤原定家的"幽玄体"通过所举例歌的分析,可以看出审美意境往往是外枯内膏,寂寥之色背后隐含着浓丽华艳的色彩,即"妖艳美",这与其父藤原俊成、鸭长明等人的"幽玄"的复合型美学风格并不一致。

"有心"是建立在"幽玄"基础上的诗学范畴,整个日本中世社会,"幽玄"不仅是停留于诗学领域,还渗透到连歌、能乐、茶道等其他艺术领域,它是人生的艺术的最高境界,"有心"与"无心"相对,是通往"幽玄"之境的方法论。王国维在《人间词话》中把艺术境界分为"有我之境"与"无我之境"两种,并作了简略说明,他说:"有有我之境,有无我之境。'泪眼问花花不语,乱红飞过秋千去','可堪孤馆闭春寒,杜鹃声里斜阳暮',有我之境也。'采菊东篱下,悠然见南山','寒波澹澹起,白鸟悠悠下',无我之境也。有我之境,以我观物,故物皆著我之色彩。无我之境,以物观物,故不知何者为我,何者为物。古人为词,写有我之境者多,然未始不能写无我之境。此在豪杰之士能自树立耳。"又说:"无我之境,人惟于静中得之;有我之境,于由动之静时得之。故一优美一宏壮也。"①

无论是"幽玄"还是"有心"都存在狭义与广义两个层面。在藤原定家的"定家十体"中,"幽玄体"与"有心体"并列,在诗体学范畴内,二者的含义是不同的,前者的重点在于审美风格,外枯内膏,表达方式上含蓄内敛,但带给读者的审美感受却是无比艳丽华美;后者"有心体"则重点放在"以意为主"上面,兴寄深远,意蕴深邃,但和歌表面上则是语浅意深。至于广义层面,"幽玄"与"有心"则是相通的,表达了基本一致的诗学原理,只是藤原俊成借用"三谛圆融"的止观思想比附"幽玄",诗歌的创作原理其实都离不开"言""意""象"三要素,和歌则称"心""词""姿"。当三者都达到极致的状态时,便是"心幽玄""词幽玄""姿幽玄",和歌诗人不应拘泥于其中一种,必须将三者融会贯通;藤原定家继承了其父的"幽玄论",只是"幽玄论"有陷入神秘主义的缺憾,作为歌学的指导理论不利于初学者学习,故此,他便另辟蹊径,拈出"有心"范畴。广义上的"有心"指的是

---

① 王国维:《人间词话》,山西古籍出版社 2002 年版,第 3 页。

将主客观融会贯通的创作态度,它贯穿于十种歌体当中,无论是"长高体""面白体""有一节体",还是"浓体""拉鬼体"等等,它们都有各自的风格特点,但唯一不变的是"有心"的创作态度,诸如不能以辞害意,不能为文造情,而应该"道法自然","吟咏情性",采取"妙悟""活法悟入"的创作态度。藤原定家《每月抄》称这种状态是"澄心入一境"。

"定家十体"基本上涵盖了和歌创作的多种语言风格与创作技巧,最后藤原定家通过广义"有心体"将"定家十体"达到圆融无碍的融会贯通,这也即是藤原俊成所提倡的"心幽玄"境界。

第二节 "幽玄"与"三体和歌"

藤原俊成的诗学著作《古来风体抄》中,"幽玄"与"物哀""奇趣""优艳"等概念尚处于并列状态,而且他在判词中对"幽玄"一词的使用只有十四处,这也许意味着"幽玄"并非非常重要的概念。

"幽玄"一词的语意过于宽泛、含糊。在藤原俊成的判词中,诸如"心词幽玄之风体也","歌道……难及幽玄","词存古风,兴入幽玄","姿,幽玄之体","姿,既入幽玄之境","风体幽玄,词义非凡俗"等,"幽玄"的用例涉及和歌的心、词、姿等各个方面,反而容易失去诗学范畴的规范性。然而,我们不能苛求古人,藤原俊成所在的历史时代,古代诗学理论不可能对"幽玄"做出科学合理的解释,而且如果硬要解释,就会限制"幽玄"的内涵与外延,因为"幽玄"是一个开放性的诗学理论系统。

纪贯之在《假名序》中道:"或事关神异,兴入幽玄。"此时的"幽玄"尚存有浓重的道教或佛教色彩;一百多年之后,藤原基俊首先将"幽玄"用于歌合判词:"词虽拟古质之体,义似通幽玄之境"。作为藤原基俊的弟子,藤原俊成继承了老师的"幽玄"思想,也将"幽玄"一词用于歌合判词,其宗教色彩基本上已褪去,虽不能称得上是藤原俊成歌学思想体系中最重要的范畴,但至少可以认为,"幽玄"与"优艳""物哀""奇趣"同属于诗歌的美学范畴,它们代表了不同风格的诗美。

另外,中国古代诗论对诗美的认识晚于对内容的重视,先有"诗言志",而后才有"诗缘情"。如果不是东汉末年黄巾军起义引发的战乱打破了儒家"大一统"的局面，道家审美主义诗学不知要到何时才能出现。魏文帝曹丕在《典论·论文》中提出"诗赋欲丽"命题，宣告了文学发展新时代的到来。但是，"丽"字的词义过于宽泛，缺乏精准性，很容易被人理解成浅显的"美辞丽句"。例如，齐梁宫体诗呈现繁缛轻靡、雕琢矫饰的时代特点，这种流弊一直持续到唐初的上宫体，直到陈子昂的《登幽州台歌》出现才扭转局面，它是"建安风骨"与"盛唐之音"之间的重要转折点，随后李杜等盛唐诗人彻底改变人们对诗美的认识，审美标准由"体格声律"转向"兴象风神"，再到两者并重。

由此观照日本诗学的发展，从纪贯之到藤原公任，再到藤原基俊、藤原俊成，或者说从《古今集》到《新古今集》，无论歌学思想还是歌风都发生了重大变化。《万叶集》时代，日本的诗学思想尚未萌发，和歌创作处于民间诗向文人诗过渡的阶段，虽然表现手法幼稚朴拙，但情感真挚直率，尤其是柿本人麻吕被后人尊为"歌圣"，其作品风格堪称古拙高雅。进入《古今集》时代，尤其是经过"六歌仙"的努力，和歌在"体格声律"方面取得了巨大进步，后人评价《古今集》的和歌创作具有"理智的""技巧的"等特点，而且歌风雅正，格调高古，成为后世和歌创作的典范。但是正如藤原定家在《近代秀歌》中所说，纪贯之排斥"余情妖艳体"。前文已有论述，好的和歌创作必须将"心""词""姿"三者做到"圆融三谛"的境地，而"余情妖艳"是离不开"姿"的营造，《古今集》恰恰是重视"心词相兼""花实一致"，却对"姿"（兴象）的认识尚未成熟。

刘勰在《文心雕龙·体性》中将诗体的美学风格分成八类：一曰典雅，二曰远奥，三曰精约，四曰显附，五曰繁缛，六曰壮丽，七曰新奇，八曰轻靡。这其实是将曹丕"诗赋欲丽"的"丽"字进行了细化，至于唐代司空图《二十四诗品》更是将美学风格进一步细分。我国古代诗体学的成熟则要等严羽《沧浪诗话》的出现。

相比较而言，和歌的诗体学意识萌芽并不算晚。《古今集》的《假名序》与《真名序》对"六歌仙"的作家创作风格的评论完全相同，出于方便考虑，现引用《真名序》的文字：

华山僧正，尤得歌体。然其词华而少实。如图画好女，徒动人情。在原中将之歌，其情有余，其词不足。如萎花虽少彩色，而有薰香。文琳巧咏物。然其体近俗。如贾人之着鲜衣。宇治山僧喜撰，其词华丽，而首尾停滞。如望秋月遇晓云。小野小町之歌，古衣通姬之流也。然艳而无气力。如病妇之着花粉。大友黑主之歌，古猿凡大夫之次也。颇有逸兴，而体甚鄙。如田夫之息花前也。[1]

虽然这种创作风格的论述尚缺乏理论性、科学性，但所使用的比喻性描述极为传神。这段文字是纪贯之等编者对在原业平、小野小町等六人"歌仙"的创作风格的评价。诸如"其词华而少实""其情有余，其词不足""其体近俗""艳而无气力""而体甚鄙"等等，从中可以看出纪贯之等人的评判标准，即和歌主情，"以人心为种子"，形式与内容要一致，"心"与"词"要兼顾；反对含蓄的表达方式；和歌的格调，必须雅正高古。总之，纪贯之反对"余情妖艳体"，他受时代局限没有认识到"诗缘情而绮靡"的诗学原理。"绮靡"与藤原定家所说的"妖艳"基本同义，指的是诗歌所呈现出来的意境美以及语言风格，可以带给读者无限的审美感受。这种诗美产生的前提条件就是诗人作者的真情实感、兴寄怀抱必须是发自肺腑，"思与境偕"，主客观感情契合无垠，缘情而发。这种创作思想暗合了藤原定家所说的广义"有心体"的诗学原理。

另外，严羽《沧浪诗话》云："诗有别材，非关乎学；诗有别趣，非关乎理。"[2]这种"妙悟"思想在很大程度上等同于藤原定家的"有心"诗学中的"澄心入一境"（《每月抄》）。而"有心"状态下创作出来的和歌作品一定会进入"幽玄"之境，换言之，"心幽玄"的创作状态必然会带来"词幽玄"与"心幽玄"的诗美境界。

《古今集》的和歌两序主要是从和歌的外形律，即格调、词采、诗语等内容来评价和歌诗人的创作风格。然而，纪贯之的初衷不在于此，尽管他主张"心词相兼"，即内容与形式要完美结合，但其实纪贯之是将"心"视为第一位的，这可以说是一种表现主义思想，事实上也是如此，他非常看重和歌的理性构思与表达形式，注重修辞技巧，但当"心词"不能做到兼顾时，他主张"以心为先"。《文镜秘府论》中说："诗本志也，在心为志，发言为诗。情动于中而形于言。然后书之于

①　紀淑望、「真名序」、『古今和歌集』、窪田章一郎校注、東京：角川文庫、1977 年、第 259 頁。

②　（清）何文焕辑：《历代诗话》，中华书局 2004 年版、第 688 頁。

纸也。"①这一观点实则是出自《诗大序》。然而这种"以心为先"的观点其实是有缺陷的。在我国古代，"诗言志"与"诗缘情"两种观点长期处于对立矛盾当中，随后又发展出"以意为主"与"吟咏情性"两种诗歌审美倾向。但是，强调其中任何一个都会削弱诗美的营造，无论是以意胜，还是以辞胜，都算不上真正的好诗，因为真正的好诗的诗境必须浑然天成，不能有人工斧凿痕迹。同样，"幽玄"思想注重的是"三谛圆融"式的思维，"心、词、姿"（言、意、象）此三者的关系不分孰轻孰重。

虽然纪贯之有意淡化《诗大序》的儒家功用主义色彩，但表现主义思想让他对"六歌仙"的评价不高，因为"六歌仙"的和歌创作多具有"余情妖艳体"，表达含蓄，强调缘情绮靡，注重"心姿"（兴象）的营造，其中最主要的原因应该是格调不够雅正。当然"六歌仙"活跃歌坛的时代，"心姿"的概念尚未出现。其后不久，藤原公任《新撰髓脑》提出了"姿"的概念，他主张"心深姿清"是优秀和歌的必要条件，而如何做到"姿清"？他并没有做出详细说明，只是说当"心"与"词"达到完美结合时便会产生"姿清"。如何理解"清"的含义呢？曹丕《典论·论文》的"文气说"可以给我们提供某种启示，即"文以气为主。气有清浊，不可强力而致"②。一般认为，"气"是哲学概念，被引入文学领域后是指诗歌作者的禀性气度；"清浊"在美学意义可以理解为阴柔美与壮美，这种风格可以是表现在语言层面，也可以是不同题材。造成这种不同的原因有多种：有的是诗人的性格使然，也有的是社会身份或人生阅历的原因，如身为朝廷高官的苏轼多为豪放词，而柳三变常混迹于青楼伎坊，主要创作婉约词；但也有例外，诗圣杜甫的诗作则呈现出多种风格，虽总体诗风沉郁顿挫，但他既有"鲸鱼掣海"的壮美也有"翡翠兰苕"的柔美。

相对而言，日本中世和歌诗人因为特殊的政治环境而首和无表现出内敛自省的创作态度，他们或消极避世，或风花雪月，将和歌视作"花鸟之使"；再者题材非常狭窄，例如《新古今和歌集》的选歌情况，将近二千首和歌的主要分类有十二种，恋歌与杂歌的数量远超四季歌题。恋歌数量最多，杂歌除去羁旅与挽歌之外，其余都可称无题。这从一个侧面说明，中世和歌诗人的身上缺乏文人士大夫式的家国情怀，他们不希望自己的作品有明确的意思所指。因此，含蓄蕴藉、虚无缥缈的

---

① 〔日〕遍照金刚：《文镜秘府论》，周维德校点，人民文学出版社 1975 年版、第 129 页。

② 郭绍虞主编：《中国历代文论选》，上海古籍出版社 2001 年版，第 55 页。

"幽玄美"成为他们追求的目标，不可否认，天台宗的"止观"思想为"幽玄"诗学注入了极深的思辨性。

建仁三年（1203年），后鸟羽上皇公开了《三体和歌》，收录了后鸟羽上皇、定家、良经、慈元、寂莲、家隆、鸭长明等七人的歌合作品。该歌合分别以春夏、秋冬、恋旅三者为题，每人各作一首和歌，比试优劣。按照《日本歌学大系》的记载如下：

表1 后鸟羽院、定家、良经、慈元、寂莲、家隆、鸭长明等七人的歌合作品优劣评判

	春夏	秋冬	恋旅
竹柏园本	粗大	枯细	艳
久曽神藏本	粗大	细枯	艳优
长明无明抄	粗大	细枯	艳优
歌学文库本	粗大，大有余情	枯细，细唐	艳优，幽艳
三条西家本	长高大有余情	细唐	艳优
明月记	大粗歌	枯（过瘦由也云云）	艳体
后鸟羽御集	高体	瘦体	艳体
秋筱月清集	高歌	瘦歌	艳歌
壬二集（玉吟集）	长高样	有心体	幽玄样

其中只有《壬二集》（1245年）明确地提出了"长高""有心""幽玄"的概念名称。不过，在"三体和歌"成立之初，并没有这种明确的固定名称，大概是在《壬二集》编集时由后人补加进去的。

刘勰的《文心雕龙·体性》将诗体风格分成八种，晚唐诗人司空图《二十四诗品》更是将美学风格细分为二十四种。然而，后鸟羽上皇的《三体和歌》仅仅分为三种，但这三种歌体的风格却并不容易区分。

下面，我们首先来看"粗大体"或称"长高体"，此体适合春夏题。这是因为春夏两季气候宜人，春季春暖花开、莺歌燕舞，夏季植被茂盛生长。诗人的诗兴与诗趣非常容易受到外界的触发而感兴，于是兴寄高远，豪情满溢。例如：

雁かへる / 常世の花の / いかなれや / 月はいづくも / おなじ春の夜

（后鸟羽院）

春日雁归来，北国花开否？春夜月阑珊，他乡共婵娟。　　　　（笔者译）

　　这首和歌的大意是说，春暖花开之时南雁北飞，回到它们那遥远常住的北寒之地，那里想必已是百花盛开了吧，虽然（我）无法知晓到底花开与否。不过天上的明月，无论此地还是彼地，应该都是一样的皎洁明亮吧！诗中的现实与虚幻相互交织，在诗人想象中，世界充满着甜美浓丽的诗情画意，不同世界里的人们共赏一轮明月，其巧妙的立意构思令人联想起苏东坡的《水调歌头》："但愿人长久，千里共婵娟。"虽然"大雁北归"以及"异乡共婵娟"的"明月"等意象的组合很难产生雄浑阔大的诗境，但原文中的"常世"一词蕴含着深奥多歧的语义，如"常世之国"既指黄泉，也指仙境，还可指现世的遥远之地；而且该和歌的下半句与在原业平的那首和歌"月やあらぬ / 春や昔の / 春ならぬ / わが身ひとつは / もとの身にして"（月非昔时月，春非昔日春，唯有此身昔时身）具有互文性。

　　在原业平的这首和歌出自日本古典小说《伊势物语》，小说由125段相对独立的故事构成，每段故事后都附上一两首和歌，起到画龙点睛的作用，烘托气氛。该段故事讲述一个贵族男子思慕某女子，却不得相见。一年之后，又遇梅花盛开之时，男子又来到女子住处，结果是人去楼空，四周萧条凋敝，男子流连了一夜，感怀而作歌。这很容易让我们联想起崔护的《题都城南庄》："人面不知何处去，桃花依旧笑春风。"诗句的背后感伤的情绪非常浓厚。

　　不过，后鸟羽上皇的和歌中的"月はいづくも / おなじ春の夜"这两句，直译的话则是"无论何时何地，在明月照耀之下，天地间的春夜都洒满同样的月光"。该歌句一扫怅惘失意的阴暗色调，其意境与唐代诗人张九龄的《望月怀远》中的"海上生明月，天涯共此时。情人怨遥夜，竟夕起相思"的意趣相通，虽然比不上唐代诗人张若虚《春江花月夜》的磅礴大气，然而后鸟羽上皇的和歌中透露出的那份豁达洒脱，仍然可以让我们感受到一股帝王之气。

　　再如下一句"长高体"和歌：

かづらきや/たかまの桜/さきにけり/立田のおくに/かかる白雲 （寂连）
葛城连山高间山，山樱烂漫白云间。龙田山下平安京，故国神游在梦里。
（笔者译）

葛城连山与高间山是位于奈良境内的两座山脉，高间山又名高天山，现称金刚山。立田指龙田山，位于奈良的西北部。这三座山均为古代日本文人墨客的畅游之地，龙田山在葛城山与高间山的北面，诗人从北方向南面望去，龙田山的背后是葛城山与高间山，山顶上开满了洁白如云霞的山樱，宛如白云一般飘浮在龙田山的上方。而葛城山与高间山的南面则是京都城，那才是诗人向往的故国。该和歌委婉地表达了游子的思乡之情。该作品中三座高山带给读者山峦叠翠、雄浑大气的意象景观，格调高雅，气韵悠长。"粗大体"在《壬二集》中改为"长高体"。

再举一例藤原定家的作品：

五月雨の/ふるの神杉/すぎがてに/木だかくなのる/郭公かな
石上神社布留町，初夏新绿五月雨。神明杉树高百尺，杜鹃哀鸣啼不住。
（笔者译）

这首和歌与《万叶集》时代的诗人柿本人麻吕的一首和歌构成互文性关系。
石上布留の神杉/神びにし/我れやさらさら/恋にあひにける
（《柿本人麻吕歌集》卷十一第 2417 首）
石上布留寺，神杉经年久。虽已老朽身，遇爱发新枝。 （笔者译）

柿本人麻吕的这首歌是对别人恋歌的唱和之作。大意是说，我已经老态龙钟，就如同石上神社院内的那棵古老的神杉树，但人老心不老，我又对爱情焕发出活力。石上神宫位于奈良县天理市布留町，据《日本书纪》记载，石上神宫与日本最古老的天皇家神庙——伊势神宫相媲美，它是日本飞鸟时代的豪族——物我氏的盘据之地，负责看管大和朝廷的武器库，即所谓的"神库"。其中藏有历代天皇所拥有，以及诸侯进贡来的盾、矛、长刀、盔甲等物品。① 石上神宫的院内栽种高大的杉树，被称为"神杉"。在神宫的院内，常年绿树成荫，蓊蓊郁郁，地上铺满细小的鹅卵石，踏上去便发出悉索声响，给静谧肃穆的庄严神宫平添几分幽寂。另外，神杉的粗大树枝上挂着"注连绳"（神道教法器），古老树干上挂满青苔。诗人柿本人麻吕的这首和歌的上半句极力渲染了神宫的庄严肃穆；下半句却笔锋一转，千年古木又逢春，歌颂爱情的美好与向往。全歌亦庄亦谐，相映成趣。

藤原定家的和歌借用了柿本人麻吕古歌的意境，两者的诗境重复叠加、浑然一体。读者感受到的审美体验更显高古悠远，而且杜鹃的啼声配上幽寂的"神杉"，两个意象共同营造出庄严肃穆、幽远玄妙的意境。王国维语："境界有大小，不以是而分优劣"，"细雨鱼儿出，微风燕子斜"，何遽不若"落日照大旗，马鸣风萧萧"。② 所以，具备"粗大体"，或称"长高体"特征的和歌一定有阔大悠远的诗境，而不在于诗语表达上是否有"壮词"。

至于"瘦体"，与高古悠远的"长高体"相对，则呈现出纤细微妙、寂寥枯淡的色调。"瘦（细）体"的日语训读为"カルビホソシ"（karubihososhi），按日本古辞典《句义抄》的解释，"カルビ"（karubi）可以写成"枯""凋""苑"等；"ホソシ"（hososhi）可以写成"微""纤""缕""细""精""靡"等汉字。"瘦细体"适合创作以秋冬为题的和歌，诗人寂寞幽寂的心境与萧条肃杀、草木凋零的景象相契合，江户俳句诗人松尾芭蕉所提倡的闲寂美学的源流可追溯至此。当然，这种寂寥枯淡之美也是"幽玄美"的重要组成部分。

试看下面的一首和歌：

> 霜まよふ / 小田のかりいほの / 小莚に / 月ともわかず / いねがての空
> 草席映月光，疑为染地霜。小田草庵卧，熟睡入梦乡。　　　　　　（笔者译）

这首和歌是藤原定家创作的咏秋题和歌。和歌大意是说：初霜时节，在小田（地名）临时居住的草庵里，清寒的明光照在草席之上，诗人分辨不出是月光还是

---

① ［日］舍人亲王：《日本书纪》，四川人民出版社 2019 年版，第 85～86 页。

② 王国维：《人间词话》，山西古籍出版社 2002 年版，第 4 页。

霜花，安然进入梦乡后神游太虚。这首和歌很自然会让中国人联想起李白的《静夜思》："床前明月光，疑是地上霜。举头望明月，低头思故乡。"受中国古代文化的影响，明月代表思乡的意象，日本人同样也有中秋赏月的习俗。虽然定家的和歌没有明确写出思乡的意思，但和歌的立意构思与《静夜思》的上半句非常相似。清丽冷寒的月光、秋意、初霜等意象构成了孤寂、幽寒却又冷艳凄美的意境，那么思乡之情自然会得到含蓄自然的表达。

> さびしさは / なほ残りけり / 跡たゆる / 落ち葉が上の / 今朝の初霜
> 孤寂闲愁留，庭院足迹绝。落叶空飘零，晨曦染初霜。　　　　　　（笔者译）

这首和歌的作者是鸭长明（1155？—1216 年），他是日本中世隐逸文学的著名作家，也是记事体散文集《方丈记》的作者，同时也是著名的和歌诗人与理论家。该和歌的上半句直抒胸臆，门庭冷落车马稀，引发诗人的闲愁别绪无处排遣，这是实写诗人悲秋之苦。下半句运用了比兴手法，落叶染初霜，明显是意有所指，作者感叹人情冷暖，世态炎凉。语言表达上含蓄蕴藉、温丽悲远。

上面我们例举藤原定家与鸭长明的两首秋冬题和歌，忧郁的色调与春夏题和歌的明快抒情相比有明显的差别，愁苦悲悯与惆怅惘然成为"瘦细体"和歌的主色调，诗境也由"长高体"的阔大高远转为狭促窄小，却又显得含蓄内敛。所以，《壬二集》也将"瘦细体"称作为"有心体"。

下面我们再来看一下"优艳体"（有心体）。

> ①旅寝する / 夢路は許せ / 宇都の山 / 関とは聞かず / もる人はなし
> 游子漂泊苦，世间羁绊多。宇都关隘阻，梦境无人守。　　　　　　（笔者译）

这是藤原家隆所作的羁旅和歌。宇都山位于静冈县境内，历史上属于骏河国，自古就是兵家必争之地，具有很多历史典故。诗人旅途劳顿陷入梦乡，平日里出入受限的宇都关卡竟无人把守，诗人的心绪犹如冲破牢笼的小鸟一般自由飞翔。

②忍ばずよ／絞りかねぬと／語れ人／物思ふ袖の／朽ち果てぬまで

堪忍相思苦,终日泪自流。睹物怨情郎,揾泪糟襟袖。　　　　　　　（笔者译）

这首以闺怨为题的恋歌是由鸭长明创作的,虽然修辞技巧上朴实无华,但感情强烈真挚,与我国古代闺怨诗的含蓄婉约不同,该和歌堪称直抒胸臆,呐喊迸发,直呼要流尽泪水,甚至擦拭眼泪过多,衣袖几乎要糟烂。这种表达模式对于讲究含蓄温婉的中国人来说颇有些惊心动魄。但在日本古典文学中,女性的怨念尤其可怕,例如《源氏物语》中的贵族女子六条御息所因光源氏移情别恋,灵魂出壳化成"生灵",将光源氏的新欢夕颜杀死。这样一对比,鸭长明的恋歌似乎有些"小巫见大巫"了。

上面这两首和歌分别以羁旅和恋歌(闺怨)为题,与《古今集》时代"模山范水"式的写实风格相比,《三体和歌》以及《新古今集》时代的和歌则多以诗人头脑中的审美体验(记忆)、审美观念为创作对象,并非实写眼前之景,而是通过"心中之眼",即审美之眼来表现自己对社会人生的感悟。这一时期,中世和歌诗人在"兴象风神"方面寻求突破,即追求和歌的意境美、余韵美,用藤原俊成的话说即是"余情幽玄"。从这点来说,藤原家隆和鸭长明的和歌被选为"优艳体"或"有心体",这指的并不是从诗句的语言风格或修辞特点,而是和歌的意象、包括句姿、词姿所营造出来的清丽、哀婉的意境,并具有绘画性、象征性的梦幻色彩。其实"瘦细体"(幽玄体)与"优艳体"(有心体)是非常难区别的。不过,秋冬歌题的萧条寂寥景象是很好理解的,无论是实景,还是虚景,这在读者的头脑中都是存在记忆的内容;而"优艳体"(有心体)所表现多为恋歌与感遇、抒怀等题材,所以浓丽细婉、香艳甜美的诗美感受是由读者通过联想而获得的,这种美感或称风格便是"优艳体"名称的由来,而且这类和歌都蕴含着深奥的人生哲理与感悟,故又称"有心体"(狭义)。

"三体和歌"由后鸟羽上皇倡导,对和歌的审美风格进行尝试性分类,但分类方法基本上是按题材内容划分的,未免让人感到有些简单,与刘勰《文心雕龙·体性》相比,远不及"典雅、远奥、精约、显附、繁缛、壮丽、新奇、轻靡"等八体的概括来得精妙,但体性篇并非单独论诗,而且考虑到和歌(短歌)的体裁短小等因素，我们不得不承认，"三体和歌"概念的提出对和歌理论与创作的发展具有重大意义。尽管如此，由当时日本歌坛的顶尖歌人们组成的宫廷文学沙龙，首次面对"三体和歌"的概念仍然有些不适应，很难达到这种要求。因此，七位参加三体歌合的诗人共作出 42 首作品，但被选入《新古今和歌集》的作品仅有 4 首[①]，这说明大多数作品的艺术水准并未达到令藤原定家等《新古今集》编委们满意的程度。不过，后鸟羽上皇的"三体和歌"概念开启了中世和歌文学的诗体学意识，"有心体"（优艳体）与"幽玄体"（瘦细体）在后来的"定家十体"中直接得到了继承。

在《三体和歌》中，只有"长高体"的名称没有歧义，它表达的是一种壮美或阔大的诗境。然而《壬二集》（1245 年）将"瘦细体"等同于"有心体"，将"优艳体"等同于"幽玄体"，由于缺乏必要的逻辑性衔接，这显得有些思维跳跃。而其他典籍如《每月抄》《无名抄》等则是将"瘦细体"称为"幽玄体"，将"优艳体"称为"有心体"。从具体作品来看，"瘦细体"的和歌内容平淡自然，语言本色质朴，意境浑融高远，在平淡的外表下含蓄着炽热的情感和浓郁的生活气息，深隐着丰富的意韵和人生哲理。苏轼十分推崇柳宗元的诗文，说它"外枯而中膏，似淡而实美"，"发纤秾于简古，寄至味于淡泊"。"外枯而中膏，似淡而实美"语出苏轼《评韩柳诗》："柳子厚诗，在陶渊明下，韦苏州上。退之豪放奇险则过之，而温丽靖深不及也。所贵乎枯淡者，谓其外枯而中膏，似淡而实美，渊明、子厚之流是也……"[②]

一般认为，"有心论"是由藤原定家首倡，他继承了其父藤原俊成的"幽玄论"并进行了创新。"有心"的概念分广义与狭义之分，广义的"有心"是指和歌的本质论，即什么是和歌，或称和歌发生论；而狭义的"有心"即"有心体"，它只是一种诗体，一般可以理解为它具有"妖艳美"的风格，而这种风格的产生是因为作品表现了意蕴深邃的人生哲理。因此，《壬二集》将以秋冬题的"瘦细体"改称为"有心体"，这似乎有悖藤原定家的初衷，瘦枯所带来的寂寥枯淡的色调联想与妖艳美的浓烈色彩无论如何也联系不到一起。况且，藤原定家认为"有心体"最适合于恋歌的创作，与秋冬题也相去甚远。

① 转引自赤羽学、『幽玄美の探究』、東京：清水弘文堂、1988 年、第 262 页。
② （宋）苏轼，（明）茅维编：《苏轼文集》，孔凡礼校点，中华书局 1986 年版，第 2109~2110 页。

　　当然我们可以理解，诗学范畴在草创期尚处于不明晰、模糊不定的阶段。我们不妨大胆推测一下，广义的"有心论"是指和歌的本质论，中国古代诗论在论诗的起源时有诗言志与诗缘情两种观点，严羽《沧浪诗话》则提出了妙悟说，"惟在兴趣"，指出诗歌的本质是为了"吟咏情性"。那么，"有心论"与严羽说的"吟咏情性"是否具有诗学意义上相通之处，这还需要进一步的论证。不过，本书认为，藤原定家的广义"有心"的内涵外延要大于严沧浪的"吟咏情性"，"有心"应该包括诗人的主客观两方面思想感情，而严沧浪的"妙悟"则排斥理趣与学问。

　　其实，藤原定家主张"有心说"的妖艳美不是指美辞丽句上的绚烂美感，也不是指美女的婀娜多姿与妖娆妩媚，它是一种意境美，具有象征性、联想性以及绘画性，可以"状难写之物置于睫前"，但不是现实世界中的存在物。同时，"有心体"和歌对读者的欣赏水平有非常高的要求，作品的句姿平淡无奇，但以简为绚，外枯内膏，看似简单的几个意象可以唤起读者内心的审美经验与生命体验，于是美轮美奂、绚丽夺目的妖艳美便出现在读者的脑海里。鸭长明《无名抄》在谈"幽玄"时说："余情笼于内，景气浮于空。"虽然是说"幽玄"，但与"有心"在美学原理上相通。"景气浮于空"是说好的和歌必然会有"景气"，可以简单解释为一种"兴象玲珑""气韵生动"。"余情笼于内"是说和歌作品不能表达直白，应该含蓄蕴藉，暗含不露，意在言外；"景气浮于空"则是说兴象鲜活、气韵流动。而要达到这种境界，必须先进入"有心"的创作状态，诗人要有蕴藉怀抱，还要有难以遏制的创作冲动。此时的创作态度便是李贽所言"夺他人之酒杯浇自己之块垒"。对于"块垒"，还有其他类似表述，如韩愈的"不平则鸣"①，苏舜钦《投匦疏》的"露己扬才"，以及马克思在给恩格斯的信中所说"愤怒出诗人"②等等。中国古代先有"言志说"，后有"言情说"，再有"情志说"，以及严羽《沧浪诗话》的"兴趣说""妙悟说"，这些观点即"吟咏情性"。但这些观点并不全面，只有将"妙悟"与"神韵"，"吟咏情性"与"以意为主"等这些对立统一的观点融会贯通，将主客观两方面的思想感情统一起来，这才是完整的诗歌本体论。

　　日本古人并没有对诗歌起源作细致科学的论述，汉诗创作方面基本上是对中国

① 景凯旋：《韩愈"不平则鸣"说辨析》，《南京大学学报》1996年第1期，第61~68页。
② 陈福记：《"愤怒出诗人"的出处》，《咬文嚼字》2009年第6期，第6页。

古代诗论全盘接受，而和歌理论的表述更是含蓄简单："有心"。"心"的概念源自纪贯之的《假名序》："夫和歌者以人心为种子。"一般来说，"心"被解释为内容，这样说是不错的，但是还不够完全。广义的"有心体"可以换言之"有心论"，它是和歌的本体论，涉及和歌的起源问题；而狭义的"有心体"是一种诗体，或称为美学风格，但它不代表具体的语言修辞意义，而是读者需要通过联想唤起心中已有的审美经验，进而达到一种美轮美奂、浓丽细婉的审美境界，藤原定家称其为"余情妖艳"。

瘦细体的外表简素枯淡，实则妖艳浓丽，这种妖艳美其实是一种境界，从审美风格上来说，这是"幽玄美"，从意蕴兴寄上来说，这则是"有心妖艳"。其实，"幽玄美"也可分广义与狭义，狭义的"幽玄美"是寂寥枯淡式的寂美；广义的"幽玄美"则是复合型美，当然也包括"有心妖艳"的浓丽美，寂寥枯淡的寂美与浓丽细婉的妖艳美（浓丽绮靡）是广义"幽玄美"的两个极端，也是两种不同的境界。

谈到"境界"，国学大师王国维在《人间词话》标举"境界"："词以境界为最上。有境界则自成高格，自有名句。五代、北宋之词所以独绝者在此。"王国维解释说："能写真景物、真感情者，谓之有境界。否则谓之无境界。"可见"境界"说的核心价值在于"真"字。日本古代长期存在"言灵"信仰，崇真尚实，"真""实""诚"等汉字的日语读音均为"makoto"，古代日本人相信语言的读音中隐藏着神奇的"言灵"，它具有咒力或魔性，令人敬畏。在这种文化积淀与历史语境下，和歌的"人心"或"歌心"的真实性便显得尤为重要。

《古今集》作为第一部敕选和歌集，极大地抬高了和歌的政治地位，可以与"宜登公宴"的汉诗相比肩，并戴上了"润色鸿业"的美名。然而纪贯之、壬生忠岑、藤原公任等和歌诗人相继离世，和歌创作陷入了"彩丽竟繁、兴寄都绝"（陈子昂语）的局面，藤原定家提倡"有心"，其目的是改变格调卑下、内容空洞的和歌创作流弊。"有心"就是"真景物、真感情"，王国维云："能写真景物、真感情者，谓之有境界。"① 这就是"幽玄"之境的产生机制与艺术源泉。"幽玄"与"有心"并不是对立的两个概念，"有心"吸收了"幽玄"的意境论思想，呈现出一个幽深玄妙、美轮美奂、虚空缥缈的浪漫主义世界，并且还为我们展示了通往审美世界的艺

---

① 王国维：《人间词话》，山西古籍出版社 2002 年版，第 57 页。

术途径,"吟咏情性"与"以意为主"是诗人达到"有心"境界的两个层次,即主观与客观、感性与理性的辩证关系。

古人认为:"诗品出于人品。"刘熙载《艺概·诗概》云:"诗格,一为品格之格,如人之有智愚贤不肖也;一为格式之格,如人之有贫富贵贱也。"[1]他把文学作品同作家的思想倾向和品德结合起来,人品与诗品美德结合,认为人品高的作家才能写出优秀而有见识的诗作。同样,藤原定家的"有心论"也要求诗人在创作态度上有境界、有情操。狭义的"有心"是指诗歌要有内容上的兴寄怀抱,与狭义的"无心"概念相对,藤原定家告诫学诗的人不要创作形式大于内容或者根本就没有内容的文字游戏;而到了广义"有心"的创作境界,诗人的"有心"就是"真感情、真景物"的自然流露,和歌创作便是一种"兴趣"使然,诗人有"吟咏情性"的冲动,创作出来的和歌"不烦绳削",自然有"幽玄之境","有心"是"幽玄之境"的根源,和歌的心灵之源。"幽玄之境"则是"有心"的必然之果。当诗人的主观情感极为强烈时,这种"有心"便会呈现出一种"有我"之境,"以我观物,万物皆著我之色彩";而当诗人的主观感情隐于自然背后,超然旷达、荣辱不惊,便能"以物观物","故不知何者为我,何者为物"。

下面试举一例:

> 見渡せば / 花も紅葉も / なかりけり / 浦の苫屋の / 秋の夕暮れ
> 环望处,樱花红叶皆无迹,海岸茅庐日暮秋。　　　　　（金中译）[2]

如果按字面意思解释,诗人在海边眺望,没有鲜花也没有红叶的点缀,一片萧索肃杀的景象,只有一间简陋的渔屋孤立在斜阳之中。面对此时此景,诗人心中涌现出巨大的感慨:啊!秋日斜阳暮。只需"斜阳暮"三个字,就会让我们联想起众多互文性诗句,如秦观《踏莎行》中的"可堪孤馆闭春寒,杜鹃声里斜阳暮",以及南宋赵彦端《点绛唇》中的"寒蝉鸣处,回首斜阳暮"。

歌中的樱花与枫叶是具有强烈象征性的意象,代表人生的荣辱兴衰,而拍击岸

① （清）刘熙载撰:《艺概注稿》,袁津琥校注,中华书局2014年版,第394页。
② 金中:《日本诗歌翻译论》,北京大学出版社2014年版,第104页。

边的海水则象征着时间的流逝与永恒不变的时空，至于那简陋的小渔屋也代表了诗人此时此刻荣辱不惊、旷达闲适的心境。

从这首和歌的诗境上来说，让人感受到幽邃玄妙、苍凉悲慨的"幽玄之境"，和歌对自然景物的刻画并不精细入微，甚至有些粗疏，犹如寥寥数笔的水墨画，意悲境远。曾经绚丽多彩的繁花枫叶虽不复存在，但仍存于诗人与读者脑海的鲜明记忆中，想象图画中的美景是现实世界无法比拟的。然而诗人又说，这一切都消逝了、不复存在了，眼前只剩下孤寂的渔屋面对苍茫的大海，秋风日暮，斜阳残照。繁华与枯寂、实景与虚景，对照呼应恰到好处。而诗人能写出这样的"幽玄之境"，就是因为诗人"有心"，才能做到超越世俗的种种羁绊，看透世间的荣辱兴衰，由于藤原定家的这首和歌与西行、寂莲两人的作品均以"秋日黄昏"（秋の黄昏）结尾，在日本文学史上并称为"三夕歌"。这三首和歌的诗句在表面上平淡无奇，并无浓丽妖艳的色彩，反倒有一种水墨画的色调，寂寥枯淡。然而诗人心中或感时伤事，或人生感悟，或顿悟升华，那是一种绚烂至极、天花乱坠的想象世界，外枯而中膏，似淡而实美，正如苏轼所言"发纤秾于简古，寄至味于淡泊"[1]。这种以素为绚的枯淡美奠定了日本传统美学的基调，江户时代俳句诗人松尾芭蕉的闲寂美学的源流就在于此。

另外，在藤原定家辞世之后，其子藤原为家成为歌坛领袖，他推崇内敛含蓄的歌风，表现为一种清丽自然的"平淡美"，取代了其父定家推崇的浓丽细婉的"妖艳美"。这一时期，平民化、集团化的诗歌——"连歌"（日本联句）迅速崛起，取代了和歌的文学地位。此外，能乐、茶道等多种艺术形式也纷纷出现，和歌创作出现式微局面。面对这般强劲的世俗化风潮的冲击，"幽玄"理论始终守望着日本诗学的审美传统，维系住和歌的贵族精神气质与格调，最终提升了"连歌"等文学体裁的艺术品位，"幽玄"思想被连歌理论、能乐理论所吸收，并在江户俳句诗人松尾芭蕉的闲寂美学中重放异彩、结出硕果。

---

[1]　陈良运：《中国诗学批评史》，江西人民出版社 2001 年版，第 131~136 页。

第三节 "幽玄"美学中的"艳"要素

一、齐梁宫体诗与"康和时势妆"

现代西方美学将美的风格简单地分成壮美与优美两大类；文学特别是诗歌所带给人的美感不同于雕刻绘画等形象艺术的视觉美，需要将文字或韵律经过大脑转换成意境美、音乐美。相对于视觉美，诗歌艺术带给人的想象的美感难以用客观标准来衡量，例如精美的宋锦，当我们变换光线与视角便会呈现出变幻莫测的美丽光泽。鸭长明《无名抄》用精美的斜纹布来比拟"幽玄美"。在日本中世文学的数百年间，"幽玄"这一诗学与美学范畴经历过萌发与成熟发展的过程，但是，藤原俊成、藤原定家等人并没有对其作出明晰的论述或说明，多数著述只是感悟式的点评，或者是以诗论诗。这些主客观原因造成了"幽玄"美学具有多歧义的性格特征，诸如"妖艳美""清风美""平淡美""寂美""物哀"等等，转换成中国诗论的话语就是"浓丽""清丽""温丽""寂寥枯淡"等，虽然不能说完全等同，但大体上是不差的，因为其内在的诗学原理相同。东汉末年，佛教通过西域传入中土，鸠摩罗什等人在翻译佛经时，想到了用道家的思想话语来"格义"经文梵语，而到了唐代玄奘法师翻译佛经时则多采用音译，最大程度上保留佛典的原汁原味。同样，我们对待"幽玄""物哀"等日本古代诗学范畴的翻译与阐释，也要经历类似"格义"的话语转换。

日本学者久松潜一认为："'幽玄'既有纤秾清奇的性格又有雄浑高古的性格，于是便会出现'优艳'这种美感情调，可以说它是人类所有的情调氛围的多重复合体。"[1]"优艳"作为判词的评语被使用时，最初"优"与"艳"是分开使用的，应该说"艳"的出现要早于"优"。"艳"字代表了平安贵族文化的奢华性格以及向往风雅的生活方式，往往表现为一种华服美食、曲宴流水的奢华场景，这在平安时代的日记文学与物语文学中表现得淋漓尽致，但在和歌文学的批评中则鲜见使用，至少不算是主流的批评话语。然而，藤原俊成首先将"艳"字引入和歌批评[2]，使其成为

---

① 久松潜一、『日本文学評論史』、東京：至文堂、1940 年、第 456 頁。

② 小西甚一、『日本文芸史（二）』、東京：講談社、1970 年、第 65 頁。

和歌美学的一个重要属性。据日本学者谷山茂考证，在藤原俊成所作的判词中，有96 个"艳"的用例，而"优"的用例更是多达 279 个^①。

汉语中的"艳"字是会意字，繁体字有三种写法：艷、豔、豓。常用的字形是繁体的是第一种，其义为从豐，从色。豐，丰大。色，色彩。丰大而有色彩。引申为"鲜艳""艳丽"，也指女性的美貌、文采等，现代汉语中有艳丽、艳阳、艳诗、艳曲、艳福、艳情等多种用法。然而，因受儒家功用主义诗学的束缚，"艳"字在中国传统文化语境中不是一个褒义词，无论诗歌写得多么好，仅凭一句"伤于轻艳"，便被一票否决。

南朝齐梁时期盛行宫体诗，主要描写女性容貌、男女之情、咏物、游宴登临、文字游戏等内容，带有明显的娱乐目的和消遣性质。虽然早在《诗经》中就已出现描写男女情爱的诗歌，后来的《古诗十九首》中也有这类描述，但那些都是一种难以割舍的深挚情怀和发自内心的深沉爱恋，与宫体诗有明显不同。宫体诗在处理这类题材时，会用一种观赏的眼光描写女性姿色的艳美与娇媚之态，例如细腻地描写她们的香汗、娇靥、玉腕、钗鬓鬓影、薄衫细腰等等，甚至带有挑逗的意味，无疑是一种性暗示。例如，萧绎的《闺怨诗》："尘镜朝朝掩。寒衾夜夜空。若非新有悦，何事久西东？知人相忆否，泪尽梦啼中。"这实际上是一种男人想象中的女性姿态，"止乎衽席之间"的宫体诗是男性把女性视作性伴侣和行乐对象时的虚拟代言。^②不过，宫体诗并非没有可取之外，它继承并发扬了咏物诗、山水诗的写实技巧，从咏物转向咏人，把女人当作物来描写，写她们的姿态容貌，完全从形似着眼，写得细致入微。宫体诗的写实技巧已达到了极高的水平，词采绮艳，丰赡华美。^③

宫体诗代表了一种崇尚娱乐、重写实的文学思潮，自魏晋以来文坛上便出现了重抒情非功利的发展倾向，这是"文的自觉"过程中的一种极端表现，写实主义思想应该受到肯定，自此开启了文学史上注重艺术特质、摆脱功利主义诗学束缚的新时代。虽然宫体诗的文体特征在于"轻艳"。但正如"宫体"文章"绮艳"之"艳"

---

① 谷山茂、『谷山茂著作集（一）·幽玄』、東京：角川書店、1982 年、第 255 頁。

② 逯钦立辑校：《先秦汉魏晋南北朝诗》，中华书局 1983 年版，第 1941 页。

③ 徐艳：《"宫体诗"的界定及其文体价值辨思——兼释"宫体诗"与"宫体文"的关系》，《复旦大学学报（社科版）》2009 年第 1 期，第 12~24 页。

绝非指艳情，李延寿《南史·梁本纪下》转述《梁书·简文帝纪》该段落，将"轻艳"改为"轻靡"，"艳""靡"内涵一样，都指文辞华美。①

魏晋六朝迎来了思想解放以及"文的自觉"时代，刘勰的《文心雕龙》、陆机的《文赋》、钟嵘的《诗品》等一批文艺批评理论著作集中出现，以及《文选》《玉台新咏》等诗文选集的问世，极大繁荣了魏晋文学。"丽"字通"俪"字，本来是指诗赋对偶、对仗的工整及铿锵的声律，于是便有了"丽词"的说法；"丽"字与"艳"字相通，二者连缀出现在"俪采百字之偶，争价一句之奇"的魏晋六朝时期也就不足为奇了。

905 年，由纪贯之等人编撰的敕选和歌集《古今集》问世，该书附有汉文与日文书写的两个序文，通称"和歌两序"，即《真名序》与《假名序》。纪望淑所作《真名序》："至如难波津之什献天皇，富绪川之篇报太子，或事关神异，或兴入幽玄（中略）但见上古歌，多存古质之语，未为耳目之玩，徒为教戒之端。"这意思是说，上古时代的和歌在语言形式上质朴古拙，不具有娱乐耳目的审美功用，只能起到道德教化的功用。

《古今集》时代的和歌创作已经开始注重诗歌的"体格声律"方面的外形律美感，但纪贯之、纪淑望等人反对一味地追求美辞丽句的做法，于是说："及彼时变浇漓，人贵奢淫，浮词云兴，艳流泉涌，其实皆落，其华孤荣。（中略）故半（伴）为妇人之右，难进大夫之前。""浇漓"是指礼乐崩坏的末世乱世；"浮词云兴，艳流泉涌"，是说平安时代后期的和歌过分追求辞章华采的流弊，例如以《堀河艳书合》（1102 年）为代表的奢华风尚，时人称之为"康和时势妆"。

在日本平安社会，王公贵族在游宴或公宴上习惯吟诵汉诗或和歌，最初时讲究格调、讲究题材的雅正，而到了康和年间，在堀河天皇的推动下，上行下效，纷纷举办"艳歌合"，即拟代男女情书的歌合，语言风格非常类似于齐梁的宫体诗，时人称之为"康和时势妆"。这种"康和时势妆"的和歌对冲破诗教藩篱的束缚起到积极的作用，推动了诗歌艺术的健康发展，但也带来了许多流弊，作品的形式大于内容，越来越变得空洞无物。

---

① （唐）张鷟：《朝野金载》（卷六），中华书局 1979 年版，第 140 页。

唐代以后，宫体诗继续流行，演变成为"上官体"，后来陈子昂等人发起复古运动，暂时扭转了这种不良局面，直到盛唐时代才彻底清除"上官体"的流弊。同样，纪贯之等《古今集》时代的和歌诗人正处于"国风高扬"的时代，为摆脱对"汉意唐风"的模仿，高涨起来的民族意识使他们迫切地想振兴和歌创作，抬高和歌的政治地位，因此对过分讲究华丽辞藻、绮靡温婉的和歌创作加以排斥，提倡格调高古与风骨雅正的作品。于是，我们在《真名序》评价"六歌仙"的部分看到如下文字：

> 宇治山僧喜撰，其词华丽，而首尾停滞。如望秋月遇晓云。小野小町之歌，古衣通姬之流也。然艳而无气力，如病妇之着花粉。（中略）此外氏姓流闻者，不可胜数。其大底皆以艳为基，不知和歌之趣者也。

文中的"衣通姬"，又名"衣通郎女"，是指五世纪中期日本第十九代天皇——允恭天皇的女儿，传说中她是绝世美女，其美艳之色可以穿透衣裳，故得名"衣通姬"。小野小町也是日本古代传说中的美女，她的和歌辞采华丽，其歌风具有古典美人"衣通姬"一般的温婉柔美。不过，小野小町被讥笑为"艳而无力气"，这是说和歌外表华美却缺少风骨格调，就像是病妇一般，即使施以精美的妆容，但也掩盖不了其病态的气色。

从上面这段话可以看出，纪贯之、纪淑望等《古今集》编委对"丽"或"艳"持排斥态度。喜撰与小野小町属于"六歌仙"中的两位和歌诗人，藤原定家在《近代秀歌》中将"六歌仙"的整体艺术风格概括为"余情幽玄体"，可惜的是，他并没有进一步加以说明。不过，我们从和歌两序对"六歌仙"的评语中可以总结，"余情幽玄体"至少具有以下三个特点：

（1）含蓄自然的表现手法。纪贯之对在原业平的评价是"情有余而词不足"；喜撰则是"其词华丽，而首尾停滞"。虽是只言片语，但此贬抑之语透露出纪贯之等人的审美喜好，相比委曲婉转、含蓄蕴藉的歌风，他们更喜欢气势如虹、高腔大调、格调雅正之作。因为这样的作品才"宜登公宴"，可以"润色鸿业"。《真名序》的最后写道："臣等，词少春花之艳，名窃秋夜之长。况乎，进恐时俗之嘲，退惭才艺之拙。适遇和歌之中兴，以乐吾道之再昌。"前几句是明显的自谦之词，后两句写出了编撰《古今集》的政治目的。

（2）华艳浓丽的辞章词采。"丽"与"艳"基本同义，"艳"在程度上色彩浓烈一些。在《万叶集》《日本书纪》等典籍中，"艳"字的日语读音有多种，如优（yasashi）、雅（miyabi）、丽（uruwashi）、香（nihohu）、柔（shinahu）等，"艳"的美学风格应该是一种阴柔婉约，包括浓丽或清丽两个方面，但决不可能与壮美扯上关系。早期的"余情妖艳体"不仅是指词采上的艳丽风格，还具备了兴象意象所营造出的美幻意境，但尚不具备理论上的自觉意识。

（3）"艳"与"物哀""无常"，彼此之间交其流、通其脉。日本奈良、平安时代引入唐朝的以儒家思想为根基的律令制度，但在强大的贵族氏族势力的抵触下，并没有真正实施多长时间，便因受到阻挠而废弛。因此，儒家思想的影响并没有渗透到日本社会的根部，相反日本人对佛教思想本能地加以接受，深受地缘性条件限制的"岛国根性"使得日本人养成了悲观、敏感、内敛等集体无意识的民族性格，崇尚自然与多神教的神道教与外来的佛教一拍即合，人生无常、六道轮回等思想为日本人提供了心灵慰藉，当他们遭遇现实生活中的天灾人祸、生老病死之时，能够表现出豁达态度，特别是在日本中世社会，世俗化的真言净土宗出现爆发式流行。相比之下，汉诗文受儒家的"入世"思想影响多一些，在平安前期的文学创作中，"文章经国"的色彩较浓，甚至在一些敕选和歌集的序言中，也可以见到类似"诗大序"的言论。

平安时代的日本人并不介意将和歌称为"艳词""艳歌"，因为和歌处于汉诗的阴影之下，正所谓"诗庄词媚""词为诗余"，和歌如同汉诗的"小词小调"，即便在后来的"雅化"过程中，和歌的"艳词"属性一直没有完全褪却。进入平安时代后期之后，原本是后宫贵族女性的消遣玩物转移到男性贵族文人手中，演化成"嘲风雪、弄花草"的"花鸟之使"。对此种现象，纪贯之在《假名序》中讥讽道："其大底皆以艳为基，不知和歌之趣者也"。此时和歌的"艳"应该是指辞藻词采的雕琢夸饰，即一种"词艳"，而要达到和歌诗人兴寄怀抱意义上的"心艳"，则还要等上两百年的时间。

虽然《古今集》的和汉两序没有完全否定"词艳"，但纪贯之主张以"心"为主，最理想的状态是"心词相兼"，而当"心词"不可兼得之时，主张取"心"，相当于"以意为主"，这在兴象理论尚未出现的时代，其观点无疑是合理的，适应了那个时代的需求。"艳"字与"丽"字虽然同义，但"丽"字相对典雅许多，"艳"字则有世俗化之嫌，至少在正统文人眼中难登大雅之堂。近两百年之后，藤原俊成首次将"艳"字用于歌合判词当中，但此时的"艳"已非指"词艳"或"美辞丽句"，而是指和歌的"兴象风神"。从"余情幽玄"这一美学命题的实质来看，"艳"已演变为一种意境美，一种由"兴象"而引发的"象外之象"，一种由兴寄怀抱而引发的情感共鸣，这无疑就是"心艳"，古人评论诗歌时，最高的评语便是"语浅意深""兴寄深远"。这看似简单，但却极难做到。因此，当"艳"字由外在的辞藻词采的华美转化为想象世界中的境界美时，它才真正成为诗学或美学的范畴。

二、"以悲为美"的审美取向

在中世诗学语境下，"艳"被"幽玄"所吸收，成为"幽玄美"的众多色彩的组成部分。前面说过"艳"与"物哀"交其流、通其脉，"物哀"的本意类似于"物感"[①]。刘勰《文心雕龙·明诗》云："人禀七情，应物思感。感物吟志，莫非自然。"意思是说人的情志受到外界的刺激感兴，就会诗兴大发，或直抒胸臆，或托物言志。"物哀"概念的外延要大于刘勰的"物感"，它是一种思维方式，可以称其为"悲天悯人""感物兴叹""以悲为美"。作为美学范畴，"物哀"的另一层含义则是一种意境、一种氛围、一种格调，其背后隐含着淡淡的感伤主义情绪。

为了更好地理解这种"物哀美"的心理机制，我们试举晚唐诗人李商隐的诗句为例，"夕阳无限好，只是近黄昏"。诗人个体的人生坎坷、时运不济的嗟叹与大唐国运的式微重叠共振，曾经的辉煌与荣耀已经渐行渐远，正如夕阳西下，仅留下美丽的余晖，这引发了晚唐诗人以及后人们的无尽感慨。同样，现代日本人似乎比世界其他地方的民族更加热衷于观爱"花火"（焰火）大会，每年八月十五前后是日本人一年中最重要的两个节日之一，即盂兰盆节，省亲扫墓，祭祀先人。而"花火"大会是不可缺少的节目，被日本浪漫地称为"夏季的风物诗"，女孩子们身穿

---

① 姜文清：《"物哀"与"物感"——中日文艺审美观念比较》，《日本研究》1997 年第 2 期，第 71~77 页。

艳丽的薄式和服变成"花火"大会的必要陪衬。然而这些都不是主要的因素，绚丽多彩的焰火在夜空炸开、向黑暗四射、变暗而消失……观众如醉如痴。这种光景周而复始，年年岁岁，日本人乐此不疲，就像是长不大的孩童在玩肥皂泡游戏，而旁观者则有一种心痛、怜悯的复杂心情。这种将物我外化的审美思维便是"物哀"的生成机制。

不仅如此，"物哀"本身所具有的令人心痛的感觉还体现在日本人赏樱的行为上面，烂漫盛开的樱花固然美丽，但大多数日本人感觉纷纷凋零、随风而逝的花瓣雨更能拨动他们的心弦。在中国人看来，黛玉葬花式的感伤未免过于消极灰暗，虽然"人生苦短""人生如朝露"，但中国古人在儒家的入世精神鼓舞下，表现得更为积极向上，正所谓"老骥伏枥，志在千里。烈士暮年，壮心不已"。这种乐观积极的人生态度冲淡了弥漫于魏晋六朝时期文坛的悽凉悲慨之风。相反，古代日本人并没有真正吸收儒家思想，江户时代德川幕府大力宣扬朱子学的做法则是后话，日本中世社会时期，佛教思想对日本人的思维模式、价值取向、审美情趣等方面产生重要影响作用，尤其是净土宗的影响最为深远，正如"厌离秽土，欣求净土"，这极大地助长了日本人悲观厌世、看破红尘的隐遁思想。不过，无常观触发了具有"岛国根性"的日本人的宿命感，他们表现出感情细腻并且多愁善感，这必然会在和歌创作上反映出来，因此和歌的题材狭窄也是有原因的。进入中世纪以后，禅宗思想开始在武士阶层迅速流行，它解决了人们对自我生命、对现实人生的执着。换言之，正是因为宗教色彩浓郁的"幽玄"思想吸收了"物哀"范畴，在一定程度上弱化了"物哀"的感伤主义色调。

那么，"物哀"的色调是什么呢？"物哀"（mononoaware）是古代日本人所使用的"借字"，在没有文字记载的年代，日本人曾使用汉字来表音或表意，这被称作"万叶假名"。"物"与"哀"本来是分开的，"哀"的日语读音是 aware，指人的所有情感，包括喜怒哀乐，最初只是一种感叹词。当"哀"与"物"连缀之后，便是人的情感的外化，姜文清在《"物哀"与"物感"——中日文艺审美观念比较》一文中对两者的异同做过精辟论述[①]，在此不再赘述。总之，一切美好的人事自然之物都有消逝的宿命，正如日本中世文学《平家物语》的开篇词中所云："祇园精舍

---

① 姜文清：《"物哀"与"物感"——中日文艺审美观念比较》，《日本研究》1997 年第 2 期，第 71~77 页。

钟声响，娑婆双树花失色。盛者必衰，骄者无长久。"当人类心智成熟到一定程度，必然会从原始蒙昧中醒来，一旦意识到生死不能逆转，一股悲凉便从他们的心底油然升起，佛教的无常思想虽然在一定程度上可能减轻一些人类痛苦，但仍嫌过于消极。当人们掌握了诗歌可以直抒胸臆之时，他们便将心中的情感外化为可见可感之物，朝露、秋虫、斜阳、春花、红叶等各种意象成为诗歌常见的表现对象，诗人们极力渲染着人生的辉煌与灿烂，他们拥有一颗柔软敏感的心，由这种"知物哀"的内心中流淌出来的诗歌一定是最感人的诗篇。当然，诗境有大小深浅，达到"幽玄"之境的和歌必然有"物哀"之美，这种"物哀"之美表现为一种"艳"色，或浓丽，或清丽，但绝非表现为丽词之上的华丽工整，这种"艳"的最高境界是"羚羊挂角，无迹可寻"，即没有斧凿雕琢的人工痕迹，诗境浑然天成，却让人感受到一种"象外之象""韵外之致"的美感，然而在艳色之外，隐含着淡淡的感伤，这种感伤不是作者本身所感，而是被物化了，投射在外物之上。诗人的主观感情如果强烈地渗透词语表面，这不是"物哀"；只有诗人的主观感情完全物化，达到"无我之境"，诗歌中的自然景物即使不带任何主观感情色彩，它也会打动读者，这便是真正的"物哀"之美。

　　总之，"丽""艳""优艳""妖艳"，这几个范畴基本上是同义词，根据诗人的气质、才情、功力以及感情的浓烈程度、修辞手法等因素，在和歌作品中会呈现出不同的色调以及时代风格。"丽"字偏向于对偶、对句等辞章词采的外形美；"艳"字侧重于感官视觉上的美感，往往需要读者的审美联想才能得到；"优"或者"优艳"带有雅正端丽之色；至于藤原定家所主张的"妖艳"则是"艳"的一种极端形式，在诗境上表现为一种视觉性与梦幻般的艺术效果，完全不同于纪贯之等古今集歌人的古典主义，具有一定程度上的浪漫主义思想。此外，日本中世社会的特殊政治形态以及佛教的末法思想流行，促使"物哀"染上了感伤主义色调，当它与贵族文学的"幽玄"思想相遇时，两者的结合必然会呈现出"优艳"，甚至"妖艳"的色彩。

第四节　复古通变的"以悲为美"

藤原俊成在论述和歌本体论时，曾先后三次提出大意相同的论断：

（1）夫和歌者，未必用尽绘画之丹色，未必穷尽器物之巧术，未必细刻木器之纹理。惟吟咏之时，（使人）闻之应有艳与面白（奇趣）之姿（兴象）。

（《民部卿家歌合》）

（2）不必如锦绣般华丽，和歌或吟咏或朗吟，闻之不觉顿生艳与物哀之感。

（《古来风体抄》序）

（3）夫咏歌之道，无论朗咏或自吟，闻之不觉有浓丽优艳、意境幽玄等莫名之感。

（《慈镇和尚自歌合》）

藤原俊成在说明广义"幽玄"时，分别用了"艳"且"面白"（奇趣）、"艳"且"物哀"（幽寂哀婉）、"艳"且"幽玄"等三种说法，以此来说明一首好的和歌应具有"姿"（兴象），三者相同的地方是"艳"，而狭义"幽玄"被换成了"面白"和"物哀"，但我们不能简单地认为"幽玄""面白""物哀"三者同义。

而在藤原俊成创作的具体作品中，沉郁孤寂的古风占多数，而浓艳华丽之作则鲜见，但是他并没有完全排斥"优艳"的辞采与风格。至于"优"与"艳"原本是分开的，"优"是优美典雅，"艳"则具有浓烈的视觉效果，原是指女性的美貌或花草的妍丽；"优"的美学性格如果说是一种清丽，而"艳"则是一种浓丽。在藤原俊成的和歌判词中，"优艳"开始出现连缀，后来在藤原定家那里"优艳"演变成了"妖艳"的概念，表现在审美风格上就是由清丽雅正变成了浓丽香艳，只是在浓艳诗美的背后，还隐藏着淡淡的伤感与颓废，这种演变折射出动荡的时局与文人心态的微妙转变。

魏晋时期，"文以气为主"标志了中国文学开始进入自觉创作的阶段，鲁迅就说曹丕的"文学的自觉"是从"诗赋欲丽"四字生发的。"魏晋文学自觉说"最早由日本学者铃木虎雄在 1920 年提出[1]，后经由鲁迅 1927 年的著名演讲《魏晋风度及文

---

[1] ［日］铃木虎雄：《中国诗论史》，许总译，广西人民出版社 1989 年版，第 37~39 页。

章与药及酒之关系》的介绍，成为中国文学研究领域的一个常识性判断。鲁迅说："用近代的文学眼光看来，曹丕的一个时代可说是'文学的自觉时代'，或如近代所说的是为艺术而艺术（Art for Art's sake）的一派。"[①]魏晋六朝时期经过了东汉末年的一系列战乱，百姓流离失所，但却成就了建安风骨与魏晋风度的文学精神，玄学黄老盛行，儒家"大一统"的局面被打破，思想上迎来了解放与启蒙的新时期，所以"文的自觉"的前提是"人的自觉"，也是人们对自我意识的觉醒。

至于"丽"，《说文解字》释云："丽，旅行也。鹿之性见食急则必旅行。从鹿，丽声。"[②]《周礼·夏官·校人》："丽马一圉，八丽一师。"郑玄注："丽，耦也。"[③]古人认为事物的外表文采是"物一无文"。意思是说，一种颜色或单一线条不足以产生美感，必须有两种以上的色彩或线条才会产生文采。所以"丽"字便生出"美丽"之义，扬雄《法言·吾子》最早将"丽"字运用到文学评论中，他说"诗人之赋丽以则，辞人之赋丽以淫"[④]，也就是说词采华丽要适度。到了陆机《文赋》，更是提出了"诗缘情而绮靡"的命题，可以说是对"发乎情而止于礼义"的反拨。

南朝齐梁文学趋向唯美，萧氏皇帝爱诗尚美，对两朝的唯美风气推波助澜，于是人们对"丽"的追求更是到了无以复加的地步。这一时期，出现了讲究音律、崇尚清丽的"永明体"和轻靡绮艳的"宫体诗"，它们在追求辞藻华美这一点上是共同的，只是"永明体"偏于清丽，而"宫体"偏于艳丽罢了。萧统在《答湘东王求文集及〈诗苑英华〉书》中主张文章要"丽而不浮"，第一次明确地将文学与经史区分开来。而诗文若典正则无文采，于是他又用儒家的"文质彬彬说"来说明如何做到"丽而不浮"。而到了萧纲那里，则完全将"风教"抛到一边，他认为"立身先须谨慎，文章且须放荡"[⑤]。萧统强调文学审美的特殊性，与教化无关，他身体力行写了许多香艳的宫体诗。李泽厚等人在《中国美学史》书中对梁代美学特征进行了概括：将注意力集中到了对美与艺术的感性形式的具体考察上，对日常现实中的美的

---

① 鲁迅:《鲁迅全集（第三卷）》，人民文学出版社 2005 年版，第 526 页。

② （汉）许慎:《说文解字》，中华书局 2004 年版，第 203 页。

③ 李学勤:《十三经注疏·毛诗正义》，北京大学出版社 1999 年版，第 860 页。

④ 曾祥波:《"诗人之赋丽以则"发微——兼论〈汉志·诗赋略〉赋史观的渊源与影响》，《中国人民大学学报》2018 年第 1 期，第 149~156 页。

⑤ 陈庆元:《萧统与声律说——〈文选〉登录齐梁诗剖析》，《中州学刊》1996 年第 3 期，第 93~96 页。

感性享受的重视，代替了魏晋对超感官的绝对美的追求。①

　　南北朝时期是中国古代美学最高发展的时期，而齐梁又是代表南朝文化发展的鼎盛期，它的发展与这一时期社会的思想变化有着密切的关系，如崇儒重佛，儒佛一致，这种做法与魏晋时期崇尚清谈的玄学不同。此外，门阀士族受到严重打击，出于寒门的人物成了新贵，掌握国家大权。据《梁书·陈伯之传》，齐明帝建武以后，草泽底下，悉化成贵人。虽然南朝新的统治者不能不顾及遗留下来的晋代门阀士族的政治影响，还要给其一定的社会地位，但这个政权已不是以门阀世族在掌权了。与士族的颓废弱势相适应，文学上的情感表达由山水诗转向了宫体诗，尤其是在梁简文帝萧纲及徐陵等人的倡导下，魏晋文学的"慷慨悲歌"变成了齐梁的"缘情绮靡"。徐陵在《玉台新咏序》中称道历代名媛宫女的种种"婉约风流"，称描写闺思宫怨的诗作"曾无忝于风雅，亦靡滥于风人，泾渭之间，若斯而已"②。意思是说，虽然此类诗歌无关讽刺教化，但仍可以流行于诗人之间。由于该诗集因多收录艳情诗作，长期受到正统文人的鄙视。

　　因为中国古代自孔圣人删诗以来，一句"思无邪"使得言情诗的创作成为禁区，即使可以写，也被赋予了"微言大义"的教化使命，而且习惯用男女关系比拟君臣，这股风气似乎起源于屈原的"香草美人"自喻，后来的宋代文人甘愿"自比臣妾"，自贬身价。就连"含蓄蕴蕴"的杜甫也被牵连，他的诗句"穿花蛱蝶深深见，点水蜻蜓款款飞"（《曲江二首》），也被斥为"闲言语"（《二程遗书》）③。

　　在梁代昭明太子的周围聚集了一批文人之士，如刘孝绰、王筠等人都是当时最优秀的文人，他们不时地"游宴玄圃"。这一时期出现的《文选》与《玉台新咏》两部诗集，虽然在选诗的尺度上有所不同，但它们在追求绮靡华丽的唯美风格上是一致的。如果将齐梁的宫体诗用"丽"字来概括的话，那么日本"幽玄"美学的早期特征便可用"艳"字或"妖艳"来形容。藤原俊成在解释"幽玄"概念时，所例举的和歌多为"婉丽妖艳"的男女情歌，而"妖艳"是"幽玄"美学思想中的一个重要特征，可以解释为是"艳"的一种极致形态。"妖艳"原义是指美女诱人的姿态，以及给人带来神魂颠倒、虚幻迷离的感官刺激与心理感受，这里则引申为诗学意义

① 李泽厚，刘纪纲编：《中国美学史：魏晋南北朝编（上）》，安徽文艺出版社1999年版，第14~17页。
② （陈）徐陵：《玉台新咏笺注》，（清）吴兆宜注，程琰删补，穆克宏校点，中华书局1985年版，第12页。
③ （宋）程颢、程颐：《二程遗书》（卷十八），载《二程集》（第三册），中华书局1981年版，第182页。

上的意境美、朦胧美、含蓄美，至于原义中的官能性、诱惑性、有毒性等因素仍然存在。

藤原基俊最早将"幽玄"引入歌合判词。天治元年（1124 年）《奈良花林院歌合》中的祝二番两首和歌的判词，"左歌，言隔凡流入幽玄"①。不久之后，他又将"艳"引入批评用语，最早见于藤原基俊 1134 年的《中宫亮显辅家歌合》判词："何忘我朝之艳词，偏授汉家之难仪。和歌之本意，岂可然哉。"②

藤原俊成非常喜欢使用"艳"字来评判和歌的优劣，在他的歌论及判词中多达九十多例，但"妖艳"的用例仅有三例，《民部卿家歌合》有一例，《千五百番歌合》有二例。"妖艳"是"艳"的极致化用法。因为当时人们对"妖艳"还持有偏见，《风雅集·真名序》中说："妖艳亦有懦弱之病。"③"妖艳"作为诗学范畴，它真正成熟起来还要等待藤原定家的"有心妖艳"的出现。因此，我们可以通过和歌整体意境表现出来浓丽细婉的色调来把握"幽玄"的审美内涵。藤原俊成的"幽玄论"是以"优艳"为基调，"优艳"应符合贵族审美情趣，典雅艳丽、优游不迫。总体来说，"优"与"艳"的区别并不大，而"妖艳"是"艳"的极致效果。

藤原俊成在《古来风体抄》中认为，好的和歌不在于华丽的词采，也不必表达出深奥的哲理，不能强力而致，不能用力过猛，而是首先要让人感受到音韵美，即和歌的"调"（ shirabe ），有情便有"调"。王昌龄《论文意》云："意是格，声是律，意高则格高，声辨则律清，格律全，然后始有调。"④因此，诗人的兴寄怀抱是一首好诗的先决条件，在雕琢辞藻上下功夫则是舍本逐末之举。

藤原俊成认为有"调"的和歌便已入"幽玄之境"。诗人与读者在吟咏过程中，自然而然地产生深奥幽远的意境和情趣上的艺术享受。这与苏轼等人提倡的"无意于文而文自成"在道理上是相通的。除了"调"之外，藤原俊成的"判词"中还有一个审美标准就是"姿"（兴象玲珑）。藤原公任认为内容与形式完美的结合会产生出美的境界，带给读者审美享受，这便是和歌的"姿"，但"心"与"姿"的关系还

---

① 谷山茂、『谷山茂著作集（一）・幽玄』、東京：角川書店、1982 年、第 59~60 頁。

② 稲田繁夫、「藤原基俊の歌論の意義特に俊成の幽玄論成立過程における」、『人文科学研究報告』、6 号、1956 年 3 月、第 45~50 頁。

③ 『新編国歌大観（第一巻）・勅撰集編歌集』、東京：角川書店、1987 年、第 553 頁。

④ ［日］遍照金剛：《文镜秘府论》，周维德校点，人民文学出版社 1975 年版，第 128 页。

是有先后的，他更注重"心"（思想性）的表现；而藤原俊成则认为"姿"比"心"更重要，读者接触和歌作品时，首先被注重审美效果的"姿"所吸引，然后才是对思想内容的关注。由藤原俊成开创的追求唯美风格的"幽玄"诗学道路，在藤原定家等人的手中进一步得到深化发展，并在连歌（连句诗）、能乐、茶道、绘画等多个领域开枝散叶、发扬光大，其影响深远。

下面，我们来分析一下具体的和歌作品。

①風かよぶ／寝覚めの袖の／花の香に／かをる枕の／春の夜の夢

（藤原俊成女）

晓风入室微，花香沁衣袖。枕边空余香，春宵惊幽梦。 （笔者译）

②春の夜の／夢の浮き橋／とだえして／峰にわかるる／横雲の空

（藤原定家）

春宵香浓夜，梦中浮桥断。晓见巫峰侧，风流朝云散。 （笔者译）

这两首和歌被认为是极具妖艳之美，但多歧义。第一首和歌的作者是藤原俊成女，藤原俊成女的和歌风格"妖艳"，特别是恋歌题材更是香浓艳丽，这首作品描写了女子思春的内容，清晨微风带着花香飘进室内。从表现手法上看，这首和歌没有特别之处，"花香沁衣袖""枕边空余香""春宵惊幽梦"等都是常见的表达方式，也没有用事用典。

第二首和歌是藤原定家所作，由于在《新古今和歌集》中被归入"春歌部"，即这是一首咏春歌。但表面看来却像一首爱情诗，因为春宵一刻值千金，春梦会让人浮想联翩，然而漂移巫峰的朝云却又喻示着，相恋男女无奈的分离。浮桥很容易让日本人联想到《源氏物语》中的悲剧女子——"浮舟"和"桥姬"。因桥姬早逝，酷似桥姬的浮舟与两位贵族男子之间发生一段凄美的三角爱情故事。面对两位男子的追求，浮舟进退两难，无法作出选择。为了斩断情丝，竟然投水自尽，获救后出家为尼，这样的结局令读者嗟叹不已。而且"浮"字与"忧"字的古日语读音相同，作者藤原定家运用谐音，一语双关，为和歌的"妖艳"意境添上了一抹哀愁。而和歌末尾的"横云之空"又会让我们想到宋玉的《神女赋》，楚襄王梦中与巫山神女相会，神女"且为行云，暮为行雨"，宋襄王醒来后望着朝云暮雨，思慕缥缈不定的神女，无限怅惘。想必作者藤原定家在创作时，其脑海中一定会想起宋襄王与巫山神女的典故。

其实，这首和歌还有另外一种解读的可能。宋玉描写神女的故事是有其寓意的，自从有了屈原自比"香草美人"后，当文人士大夫怀才不遇或受冷遇之时，便会有意识地自比"美人""臣妾"，希望得到君王的重新宠爱。宋玉只是楚国归州乡下的一介贫士，他儒雅风流，长于词赋。在友人推荐下，好不容易才谋得一个小小的文学侍从职置，正欲施展自己的抱负，想不到遭人嫉妒而被革职，从此落魄终生。但他意志坚定，性洁志廉，写诗述怀，他的长篇抒情诗《九辩》抒发"失职而志不平"和"无衣裳以御冬兮"的政治志向和可叹身世。

虽然没有证据表明藤原定家读过宋玉的《神女赋》，但生活在那个时代的贵族文人都有非常高的汉诗文修养，昭明太子主编的《文选》中收录了《神女赋》，而且《文选》很早时候便传入日本。因此，藤原定家读过《神女赋》的可能性非常高。这首和歌创作于 1198 年，定家时年 36 岁。不可否认，藤原定家的政治地位和境遇虽然比宋玉要好，但他的仕途早期并不顺利。1196 年，建久七年政变对藤原定家的打击很大，他因政治靠山失势而陷入苦闷，直到 1201 年得到后鸟羽上皇的赏识后才有所改观。因此，藤原定家的这首和歌表面上浓艳华丽，但仍掩饰不住一种失落与惆怅的悲色。

藤原定家在继承其父的基础上提出了"妖艳余情"的概念，至于"余情"将在后文中论述，而对于"妖艳"，人们容易将其等同于宫体诗的"丽"，无非是指雕琢辞藻，错彩镂金，其实二者之间存在很大不同。我国两晋时期，士族文人代替了建安诗人登上文坛，纵情声色，文风华丽雕饰。但是"妖艳"与清丽或艳丽不同，它带给人一种怪异诡邪的感觉，这是因为描写的景物不是自然景物，而是作者内心世界的扭曲折射，是审美世界中的虚幻场景，是依靠艺术联想而产生的"真景物"。作为当时文坛的领袖，藤原定家被盛名所累，颇有高处不胜寒之感，尽管他说"红旗征戎非关吾事"，显示出与世无争、不问政事的姿态，但事实并非如此，现实生活并不容易，甚至可以说是相当黑暗。

藤原定家幼年时患过一场大病，此后便一直疾患不断，虽然他活到将近 80 岁，但疾病对他的性格产生了重大影响，敏感多疑，悲观厌世，狷介偏激，这也给他带来许多麻烦，成为后鸟羽上皇疏远他的原因之一，最终君臣关系决裂，藤原定家被逐出宫廷文学沙龙，若非 1221 年后鸟羽上皇发动承久之变失败，遭受流放，他也许就彻底远离歌坛。当然，不仅藤原定家如此，《新古今集》时代的贵族文人群体再次面临相同局面。因此，他们刻意营造出一个虚拟的艺术世界，与黑暗肃杀的现实相对，和歌的世界则是"妖艳"多姿的，充满浪漫主义气息。然而，新古今和歌诗人发现，单从和歌的修辞技巧中寻求突破几乎不可能，唯有将目光转向对内心世界的凝视与观照，感时伤事。

孔子曰："诗可以兴观群怨"，而西方也有"愤怒出诗人"的命题。早在春秋战国时代的《诗经》中就有"我心蕴结"，以及屈原的忧悲愁思。到了魏晋文学时代，更给人一种"悲凉之雾，遍布华林"（鲁迅语）之感。自曹氏父子为代表的建安文人时代开始，"人生几何"，"人生若朝露"，这样的悲慨便充满各种诗篇。钱锺书在《诗可以怨》一文中说，《诗品》序中列举的范作，"除掉失传的篇章和泛指的题材，过半数都可以说是怨诗"①。而六朝时期的文人为何有那么多怨要发泄呢？这是因为自我意识的觉醒使个体不再是群体的工具和附属品，他们有了对个体价值的追求，但短暂的人生如何能实现自身的价值，于是不得不发出深沉的哀叹。

下面这首和歌是藤原俊成的作品：

またや見ん / 交野のみ野の / 桜狩り / 花の雪散る / 春のあけぼの

春日晨曦落樱雪，交野盛景重见否？ （笔者译）

这首和歌收于《新古今集》卷二"春下篇"中，时年藤原俊成 85 岁，和歌的大意是，作者在交野（地名）的皇家狩猎地赏樱，美不胜收。然而一夜过后，第二天在春日的晨曦中落花如雪片般飘落，这种美景可否能再见到？不，再不会见到了！在歌中作者采用了倒装句、双关语、名词句等技巧，"狩樱"原义是在樱花盛开时节的狩猎活动，后演变成赏樱的一种形式，即寻找并品评樱花的优劣。古代日本贵族将游宴于樱花树下视为风雅之事，与曲水之宴的红叶题诗有同趣之妙。渐入老境

---

① 钱锺书：《钱锺书散文·中国文学小史序论》，浙江文艺出版社 1997 年版，第 489 页。

的藤原俊成目睹太多的人世沧桑，也经历过荣辱沉浮，所以交野的那场赏樱活动一定在作者记忆中留下了极美的印象，但不仅如此，它也是作者对往昔荣华岁月的一种追忆与留恋。和歌的第一句用了一个反问句，还能重现往日美景否？末两句中，在春日晨曦的清丽背景中，如雪片般的花瓣纷纷落下，艳丽之极。然而这绝美浪漫的景象并非现实情景，而是对往昔的美好回忆，于是一种"无可奈何花落去"式的失落与寂寞隐藏在华丽的辞藻背后，使人读罢顿生"人生几何"的感慨。

诗歌的语言风格可以是错彩镂金或清水芙蓉，这是两种迥异风格的美。那么，"优艳"与"幽寂"，"妖艳"与"枯淡"也是相差甚远的美学风格，这两者却在"幽玄美"当中得到了极好的融合。司马相如论汉赋的特点时说："合綦组以成文，列锦绣而为质，一经一纬，一宫一商。"①至汉灵帝时，开设鸿都门学，延揽词赋之士造作新语，文辞更趋华丽。东晋之后，随着士族由兴盛转向衰落，他们的审美情趣也从山水清音转向闺阃之思。对声色刺激的追求构成了士族追逐华靡文风的审美心理。于是铺采摛文，雕琢堆砌风靡一时。

那么，日本中世社会是不是也迎来了"文的自觉"新时代呢？答案当然是肯定的。日本平安社会过渡到中世镰仓幕府社会，王朝贵族文化经历了由兴盛走向衰败的过程，和歌文学随着文人心态的起伏消沉、时代精神的昂扬低回、审美情趣的变迁等外界因素，呈现出不同的时代风格。王朝时代的终结令贵族文人感到惋惜与失落，同时政治权力上的被边缘化也让他们感到无奈与无力，和歌创作成为他们保持尊严的最后一丝希望。

在这样的历史语境下，作为日本中世文学的最高诗学概念，"幽玄"自然会被染上多重色调，或典雅，或清丽，或浓丽，甚至妖艳、寂美。这一时期，修辞意义上美辞丽句、形式美、声律美等方面已经成为和歌创作的基本要求，似乎已经没有必要再继续强调"美辞丽句"。因此，"幽玄美"中所包含的艳丽、妖艳必然是指"境外之象"的意境之美，这也是鸭长明所言"余情笼于内，景气浮于空"的真正意义。虽然"幽玄"之美具有多重美学风格，但最主要的风格则是"妖艳"与"寂美"，这两者貌似矛盾却又你中有我、我中有你，当"艳"的色调过浓时便出现了"妖艳"的极端情况；反之，则呈现出寂寥枯淡、外枯内膏的闲寂美、侘寂美。

---

① （晋）葛洪：《西京杂记》，中华书局1985年版，第12页。

清人赵翼诗云："国家不幸诗家幸，赋到沧桑句便工。"①日本中世社会虽没有像中国古代那样屡遭外族入侵，但摄关政治、院政争权等宫廷斗争的激烈程度超出想象，其结果导致了武士集团的崛起并夺走王权，从此王朝贵族失去了政治与经济上的特权，他们由此而产生无尽的失落与惆怅，只有和歌文学可以慰藉他们凄苦的内心。和歌诗人的沉郁深邃、内省内敛的创作态度使得《新古今集》时代的中世和歌染上浓郁的"妖艳"之色，现实生活的灰暗与惨淡，令他们更加留恋往昔的荣耀时代，绚烂妖艳的诗境为他们提供忍耐残破现实的慰藉，只是无限的惆怅伤感如影随形，挥之不去。

这种心绪投影在和歌创作中，构成了"物哀"美学概念的核心内容。由于"物哀"的概念形成要早于"幽玄"，有学者将其解释为"悲悯""感物兴叹"等审美思维。但这种解释有失简单化。"悲悯"的概念深受佛教思想的影响，即所谓的"慈悲心"，然而"悲悯"的主体往往超脱于万物之上，最好是"太上忘情""不为情所困"。而"物哀"不仅提倡要有悲悯之心，而且为情所感动，人的美好情感映射在天地万物、人事自然，甚至各种无情物之上。"物哀"的"哀"字可以换言为"情"字，也即是说，"物哀"就是一种"万物有情论"，"哀"字前缀"物"字，淡化了人的情感，避免情绪失控，与儒家提倡的"中和之美""温柔敦厚"有相似之处。当然还有内因，"岛国根性"的地缘文化原因造就了大和民族在情感表达上的含蓄内敛，而且平安时代王朝贵族文化滋养助长了这种国民性格，"我心悲伤""顿足捶胸"式的嘶喊宣泄在日本历来都是水土不服的。当然，这也不能说日本古典诗歌中就没有直抒胸臆式的创作，至少在《万叶集》中就有"正述心绪歌"。但不得不说，在"幽玄"诗学思想的统摄之下，含蓄内敛的表达方式与"物哀"美学一拍即合。

日本江户时代的国学者本居宣长认为《源氏物语》的写作目的是"知物哀"，而"知物哀"即懂得风雅之道，用现代的话说是"拥有一双发现美的眼睛"。人类懂得"物哀"的代价是知晓自己一天天走向死亡、万物由盛转衰的事实真相，向死而生。人类用这种残酷的结局换来自我意识的觉醒，如果不用文学艺术的形式加以掩饰美化，那么大多数人将无法面对这种"物哀"真相。为此，日本古人用最美好的爱情、亲情，用"艳"色来对抗残酷的命运，努力做到"哀而不伤"。而到了日本中

---

① 胡忆尚选注：《赵翼诗选》，中州古籍出版社 1985 年版，第 162 页。

世纪，战乱动荡、天灾人祸加剧了人们对"物哀"思想的理解，佛教的无常思想进一步加深其思想深度与思辨性。由于诗学概念"艳"与"物哀"相通，最终"物哀"思想被中世诗学"幽玄论"所吸收。

随着时间的推移，中世歌坛伴随强烈感伤的"妖艳"之风渐渐平复，寂美之色渐浓，最终流行一种"清风美""平淡美"，这是一种理性的回归，符合审美的发展规律。以藤原俊成、藤原定家为代表的《新古今集》时代歌人，他们都极具个性魅力，但那个特殊时代的审美风格过于强烈，浓丽细婉、悲凉感伤的新古今歌风掩盖了诗人们的个性差异。而当我们拨开或"妖艳"或"闲寂"的时代风格的面纱之后，和歌诗人的个性才情便会显露出来。也正因为如此，"幽玄美"被众多学者认为具有复合型、多重性的美学性格。不过，有一点可以肯定，中世和歌的创作与享受群体非常特殊，落魄的王公贵族、后宫女房，以及僧侣、隐士等构成创作主体群。首先在创作心态上，与平安早期的王朝贵族已不可同日而语，已经不具备上升期的昂然豪迈之气魄，他们的精神人格变得矮小萎靡，自然不能或不愿抒写诗境阔大的和歌作品，描写宫闱床笫的恋歌很容易成为创作的首选歌题。例如，男女恋情可以细分为单恋、忍恋、苦恋、热恋、遇不到恋等多个歌题，一大群男性歌人为女性拟代创作，乐此不疲。这要是在中国古代必然会被正统文人斥为"作妮子语"，饱受诟病。

不可否认，古代和歌是在汉诗的影响下发展并成熟起来，柔美艳丽是和歌的基本属性，如同"诗庄词媚"的观点所言，和歌创作的"恋歌"题材特别发达。在"幽玄"诗学范畴形成初期，"三体和歌"中的"粗大体"可以细分为"长高体""远白体"，与狭义上的"幽玄体"（优艳体）、"瘦细体"相对。后来，广义上的"幽玄体"将"优艳体"与"瘦细体"合并起来，但与"粗大体"的壮美风格还是格格不入。尽管广义的"幽玄体"中包含壮美的元素，但这在日本中世和歌文学中，几乎可以断言它是缺位的。

前文就"幽玄"的基本色调"艳"进行了论述。在平安中期之前，日本人对"艳"的好尚源自贵族社会的奢华生活方式，美食华服、游宴风流，而且对"艳"字的理解尚停留在美辞丽句的浅薄层面上。十二世纪平安时代后期，特别是《千载和歌集》的编撰时期，藤原俊成将"艳"字引入批评用语的体系中，人们对和歌诗美的审美取向由“词艳”转向“心艳”，由“体格声律”转向“兴象风神”，从而引出了“余情幽玄”这一诗学命题的勃发，开拓了和歌批评的新境界，标志着和歌批评由“体格声律”转向“兴象风神”的时代，最终达到二者并重。

而随着时代的发展以及诗人们自身的人生阅历的丰富积淀，妖艳（浓丽细婉）的歌风犹如洗净铅华后的美人一般露出清丽自然的面庞。事实上，妖艳歌风流行的时间并不很长，如果仅从藤原定家本人的创作时期来看的话，妖艳歌风也仅限于他青年时代。进入中年期之后，便很难从其作品中找出浓郁的“妖艳美”，毕竟“妖艳”是“优艳”（雅正端丽）的一种极端形式，它的出现伴随着一种感伤主义的创作态度，并随着感伤主义思潮的消退而淡出中世文学。但“优艳”的雅正格调并没有消失，它融入了中世和歌文学的血脉当中，散发出优雅典丽的贵族气质，潜藏于闲寂淡泊的枯淡美表象之下，忍受住了中世社会的世俗化摧残，虽然和歌的文学地位被连歌、俳谐等其他文学体裁所取代，但“优艳”保留住了一缕日本传统美学的贵族气质，上接《古今和歌集》的高古雅正诗风，下承江户时代松尾芭蕉的闲寂美学，“诗赋欲丽”的文学特质并未曾改变，“艳”作为和歌的美学本质得到了一脉相传。然而，日本人更习惯称其为“物哀”，“物哀”与“艳”是相通的两个概念，只是“物哀”的外延更大一些，它不仅是一个审美范畴与风格范畴，还是一种审美思维与哲学范畴，但这已经超出了本章的讨论范围。

无独有偶，我们知道晚唐诗的特点是浓丽细婉，花间词则表现得香浓缠绵、幽远温丽。换言之，这两者也可以说“妖艳”之色达到登峰造极、无以复加的程度，因为《新古今和歌集》的歌风酷似晚唐诗的诗风。[①] 然而，美学发展自有其规律性，进入北宋时期，苏轼等人提倡类似于现代极简主义美学的枯淡美。苏轼《书黄子思诗集后》说：“独韦应物、柳宗元发纤秾于简古，寄至味于淡泊，非馀子所及也。”又说：“柳子厚诗，在陶渊明下，韦苏州上。退之豪放奇险则过之，而温丽靖深不及也。”[②] 十二世纪后期的日本中世和歌受到宋诗枯淡美学的影响。

试比较一下《词花集》卷四收录的大藏卿匡房所作和歌：

---

① 参见拙著：《晚唐诗的浓丽美与新古今的歌风》，《日语学习与研究》2001年第4期，第29，46~48页。

② （宋）苏轼，（明）茅维编：《苏轼文集》，孔凡礼校点，中华书局1986年版，第2124页。

①奥山の / 岩垣紅葉 / 散り果てて / 朽葉が上に / 雪ぞ積もれる

　　远山叠峰峦，岩壁染红枫。落叶有腐色，经年积雪堆。　　　　　（笔者译）

该和歌描绘了一幅衰败萧瑟的冬景画面，那曾经满山遍野的红叶美景早已没有了踪影，满树枯黄的枝丫伸向空中，腐败的落叶上堆积着厚厚的白雪。然而诗人的关注点却没有放在眼前的景物上，而是通过"红叶飘散""积雪覆盖"的意象组合，抒发自己感时伤逝的情怀，曾经的色彩斑斓的秋景红叶已经成为记忆，寒来暑往，星移斗转，一切都顺乎自然规律。这与晏殊的"无可奈何花落去"诗境颇为相似，那份惆怅与无奈、伤感与落寞跃然纸上，可谓文温词丽、意悲境远，和歌通篇弥漫着一层孤寂之色。

下一首和歌也是收录于《词花集》卷四，作者为曾祢好忠。

②外山なる / 柴の立枝に / 吹く風の / 音聞く際ぞ / 冬はもの憂き

　　窗外寒山远，朔风劲且悲。冬木枝头风，闻者心自忧。　　　　　（笔者译）

该和歌的画面色调灰暗，手法写实，作者对寂寥枯淡的意境美营造明显表现出消极态度。然而，到了《千载和歌集》的时代，和歌诗人对闲寂诗境的态度明显发生了改变，他们开始追求并享受这种寂寥枯淡之美。例如下面这首和歌，作者寂莲法师是藤原定家的表兄，三十多岁时出家为僧，其歌风与藤原定家相似，擅长"幽玄体""有心体"的和歌创作，意境深邃、清丽凄婉。

③尾上より / 門田に / 通ふ秋風に / 稲葉を渡る / さを牡鹿の声

（《千载和歌集》325）

　　尾上山峰秋，门田原野暮。稻穗风中摇，鹿鸣声啾啾。　　　　　（笔者译）

和歌的前两句，先写远景，后写近景，秋野日暮；后两句明然是虚写，写作者的心中之景，稻穗金黄，在秋风中摇曳，恬静自然，诗人很是享受这份闲情孤寂；远处传来鹿鸣求偶的鸣叫，表现出作者淡泊名利的高洁情操。将这首和歌与《词花集》的和歌相比较，格调境界高下立判，这说明《千载和歌集》时代之后的歌风开始转变了，和歌诗人开始享受起了"孤寂"与"闲寂"。

再如藤原基俊的和歌：

④霜寒えて / 枯れゆく小野の / 岡辺なる / 楢の広葉に / 時雨ふるなり

小野秋霜寒，一岁一枯荣。楢树岗边立，秋雨阔叶湿。　　　　（笔者译）

虽然我们不能确定和歌作者的真实意图，但从诗境来看，闲寂枯淡的意境带给我们读者以自然清丽、豁达积极的审美感受。如果将后两首和歌③④与前两首①②相比，可以感受到后者的创作态度摆脱掉了消极颓废之色，做到从容面对人生的荣辱兴衰。当然，这一时期的隐逸文学对和歌创作的影响作用也不可忽视，不过《千载和歌集》是一个至关重要的历史节点，"幽玄"中的"优艳"与"闲寂"两大构成要素的彼此消长进入了临界点，此后的"闲寂"之美成为和歌诗人主动追求的美学范畴。

十四世纪以后，"幽玄"诗学体系中的美学思想得到进一步深化，和歌文学式微，"一代有一代之文学"，连歌、能乐、俳谐、茶道等艺术形式相续兴起，"闲寂"（詫び）、"空寂"（さび）等寂寥枯淡系列的审美范畴被松尾芭蕉的俳句吸收，并发扬光大；而与"寂美"相对，"妖艳"美学则在"能乐"戏剧领域得到更好的继承。而在"闲寂"美学的发展初期，藤原俊成起到了关键性促进作用，下文将以他在《六百番歌合》中对以"寻恋"为题的和歌所写的判词为例。所评和歌为：

①尋ねつる / 道に今夜は / 更けにけり / 杉の梢に / 有明の月　　　（佚名）

路熟访佳人，今宵夜阑珊。古杉梢头明，晓月挂当空。　　　　（笔者译）

②心こそ / 行方も知らね / 三輪の山 / 杉の梢の / 夕暮れの空　（僧正慈元）

佳人心难猜，行踪无觅处。三轮山枝头，日暮星空远。　　　　（笔者译）

这两首和歌都是写男子暗恋女子的单相思。我国《诗经》中也有类似题材，古人常用"辗转反侧""夜不成寐"等诗句，而上面两首和歌则用月光、星空等意象，含蓄表达男子的爱慕之心，不过两者并非立足于第一视角，而是以旁观者的视线进行叙述。男子探望恋人，却因故耽搁了时间，他在夜色已深的林中，借助枝头的月光辨识脚下的道路。这种浓浓的痴情跃然纸上，令读者顿生"物哀"的同情之心。藤原俊成评论道："左歌中的'杉梢有明月'，右歌中的'杉梢星空远'，均极具诗情画意，（中略）殊寂，（两者）持平。"（《六百番歌合》"恋一"242）"殊寂"的意思是说非常富有闲寂之色（意境）。藤原俊成对"闲寂"的欣赏态度影响了《千载和歌集》的选歌标准。[①]

　　从"以悲为美"发展到以欣赏的态度来描写枯淡美，若要达到这种审美境界必须经过长期的文化积淀和人类心智的成熟，日本中世和歌诗人凭借后发优势，借鉴中国古代诗歌的创作与批评理论，经过了二三百年便取得了中国诗人近千年才取得的诗学成就。平安时代的和歌诗人大多是"和汉双修"，汉诗文的成就与和歌创作可以相提并论，汉诗的诗题、立意构思以及修辞技法自然会被引入和歌创作，晚唐诗的浓丽妖艳到宋诗的"以理入诗""以禅为诗"，以及由此而产生的对寂寥枯淡的审美好尚影响了中世和歌诗人，"幽玄美"随时代的审美好尚变化而出现不同的色调，由"妖艳""优艳"的浓丽色而转向清丽婉约的闲寂美、枯淡美。而闲寂的"闲"字主要指诗人的隐逸心态，这是前提条件，当内心充满了从容豁达、超凡脱俗的情操，才能真正欣赏这种外枯内膏的枯淡美。在中国古代诗人当中，只有陶渊明、王维、柳宗元等少数诗人才能做到这一点；在日本中世诗人中也只有西行、俊惠等少数出家僧人达到这种审美境界。

---

① 小西甚一、『日本文芸史（三）』、東京：講談社、1960年、第71頁。

第五章

琴瑟相鸣：宫廷文学的"幽玄"绝响

在中国古代诗学中存在"言志说"与"缘情说"两套话语体系，儒家功用主义诗学与道家审美主义诗学长期处于对立与融合的状态，表面上诗家谈诗讲究"原道""宗经"，捧儒家经典为神明，但私底下仍能自觉地探索诗美的创作规律。此外，还有一个更主要的原因就是"科举取士"对诗歌的发展起到至关重要的作用，虽然王昌龄的"三境说"借鉴了佛家话语，但唐人殷璠的"兴象"以及南宋严羽的"兴趣"等范畴，具有理性的探索精神。然而，诗美的艺术规律靠理性分析是无法彻底搞清楚的。出于对程朱理学的反拨，明代出现了神韵派诗论，带有神秘主义色彩。毋庸置疑，"神韵派"追求的艺术理想与"幽玄论"颇为相似，古人对超出人力理解范围的事物往往用"神"称之。

与此相对，"幽玄"出现于日本中世诗学有其必然性。首先是中国文论以及佛教等外来文化的催化作用；其次是平安中后期宫廷文学的繁荣局面带来的影响，自此"彩丽竞繁"，却"兴寄都绝"，然而客观上促进了和歌创作，这一点是不能抹杀的；再次则是院政时期的特殊政治形态造成的，和歌形成了所谓的"脱政治性"，远离政治可以使和歌诗人们专注艺术创作，但也造成了脱离社会现实的弊端；最后还有一点值得一提，日本中世社会之前，和歌与医术、巫术、音乐等技能并列，其歌道家的家族世袭，秘不外传，堪称是一种密学。和歌的创作与欣赏集中掌握在少数贵族手里，虽然当时已经有了"堂下派"（民间诗人），但整体来讲，民间诗人并没有在文学史上留下痕迹。概括地说，上述四点为"幽玄"诗学思想产生的客观原因。

此外，主观原因则是藤原俊成、藤原定家父子，以及鸭长明等《新古今集》时代的和歌诗人,他们对"幽玄"的概念成熟起到了推动作用。后鸟羽上皇、西行和尚等人通过与藤原俊成父子的交往活动,起到了间接作用。

第一节　藤原定家与后鸟羽院

藤原定家出身歌学世家——御子左家,他青少年时代体弱多病,正值平安王朝向镰仓幕府过渡的动乱时期,养成了恃才傲物、敏感孤僻的性格。1178年,他在16岁时首次参加歌合,初露锋芒;1180年源氏与平氏两大武士集团爆发战争,18岁的他开始写日记——《明月记》,他写下了著名的"红旗征戎非吾事"一句名言,抒发自己的文学抱负,表明自己对政治斗争毫不感兴趣。《明月记》一直坚持到他73岁时才停止,长达五十六年之久。他在24岁时创作了歌集《二见浦百首》,其中就有这首最著名的和歌:

> 見渡せば / 花も紅葉も / なかりけり / 浦の苫屋の / 秋の夕暮れ
>
> 环望处,樱花红叶皆无迹,海岸茅庐日暮秋。　　　　　　　　　　（金中译）

这首和歌与西行和尚、寂莲法师的作品合称为"三夕歌",因为三首和歌的尾句都以"秋日黄昏"结句。一般认为,这首和歌堪称藤原定家的代表作之一。和歌的高明之处在于语浅意深,前三句中作者使用"樱花"与"红叶"两个意象词,借喻人世间的一切美好事物,读者也可将其理解为功名利禄,辉煌与荣耀;后两句则笔锋一转,秋暮斜阳,海边只有一处小渔屋孤寂地立在那里。和歌前半是虚写,后半是实写,虚实相兼,情景交融。人世间的诸事都是盛极必衰,"洗尽铅华成简素"则是对人生意义,以及对美的最深刻的感悟。不过,年轻时的藤原定家不可能有如此深刻的人生感悟。

藤原定家尽管有父亲藤原俊成的庇护,以及御子左家的歌学名望,但他在仕途上却经历坎坷,28岁时才晋升为少将,直到40岁时仍停留在少将的头衔上。其父俊成官至从三品而终,其祖上有人曾位列公卿,官拜大纳言。因此,藤原定家心中光宗耀祖的念头格外强烈。为了达到目的,他寻求势力强大的九条家庇护,成为九条良经的门客。这的确很有效，在文治（1185—1190 年）、建久（1190—1199 年）时期，藤原定家可谓春风得意，也是他相对丰产的创作时期，作品风格带有浪漫主义色彩，歌风明快高扬，辞藻华丽。但是好景不长，1196 年，九条家族在政治斗争中失利，定家从此失去了政治靠山，仕途上的晋升变得希望渺茫，他的创作热情也一落千丈，1193 年他仅创作了 2 首和歌，1195 年创作了 11 首。不仅创作数量急剧减少，而且作品风格也发生了重大改变，由浪漫主义歌风转向了颓废消极。[1] 不过，1200 年藤原定家终于迎来了命运转机，他创作的两首和歌受到后鸟羽上皇的欣赏，从此成为宫廷诗人。

其中的一首如下：

　　駒とめて袖うちはらふ陰もなし佐野の渡りの雪の夕暮

　　勒马欲停歇，长路无遮蔽。飞雪满襟袖，佐野渡口暮。　　　　　　　　　（笔者译）

和歌的大意是，诗人骑马赶路，大雪纷纷，扑怀而入，沾满襟袖，心想勒马停下，拍落身上积雪，顺便休息片刻，然而路边连遮蔽风雪的地方都没有，大雪依然纷落不停，只见佐野渡口隐约在苍茫的暮色中。这首和歌的妙处在于"境生象外"，作者的真实意图不在对大雪封路的实写，而是借景抒情。我们知道，李白的《蜀道难》以夸张的语言写山川之险，表现蜀道之难，难于上青天，而事实上作者的目的在于讽刺世道的艰难。

藤原定家的两首和歌被后鸟羽上皇收录进自己主编的歌集《院初度百首》。由于得到了后鸟羽上皇的赏识与庇护，藤原定家很快成为当时的和歌权威人物之一，并于 1201 年受敕命担任《新古今和歌集》的重要编撰者，《新古今集》的歌风在很大程度上反映出藤原定家的"妖艳"美学思想。

当然，藤原定家受到后鸟羽上皇的赏识，除了其自身和歌天才的原因之外，还离不开其父藤原俊成的大力举荐。藤原俊成是和歌文坛的绝对权威，他对自己的儿子藤原定家的诗才有绝对信心，为了让儿子能进入后鸟羽上皇的宫廷文学沙龙，他想尽了各种办法，不仅亲自写奏折求情，还为儿子修改作品。最终藤原定家在父亲

---

① 　石田吉貞、『藤原定家の研究』、東京：文雅堂書店、1957 年、第 220~223 頁。

的斡旋下加入后鸟羽上皇主持的宫廷文学沙龙，很快便崭露头角，受到后鸟羽上皇的器重。他在《明月记》中写下了极度喜悦的心情："今咏进百首，即被仰之条，为道面目幽玄，为后代美谈也。自爱无极。道之中兴最前，已预此事，更不及左右。"①

藤原定家对后鸟羽上皇的赏识一直心存感激，尽管他后来被赶出了宫廷文学沙龙，但他的感恩思想并未改变，他在《拾遗愚草员外》中对"堀河院题百首"的注记中这样写道："自文治建久以来，称新仪非据达磨歌，为天下贵贱被恶，已欲弃置。及正治建仁，蒙天满天神之冥助应圣王朝敕爱，仅继家迹犹携此道。秘而不浅。"②其大意是说，文治建久以来，藤原定家欲创新妖艳歌风，但不被时人所接受，被人讥讽为"达磨歌"，意思是说其意难懂。他甚至想放弃创作，幸好承蒙菅原道真的冥助，以及受到后鸟羽上皇的赏识，才得以继承歌学世家的名号。

后鸟羽上皇在歌学理论方面有很高的造诣，他是日本和歌史上著名的评论家，他所著的《后鸟羽御口传》是一部和歌批评著作。他与藤原定家之间除了君臣关系之外，在对待和歌的文艺批评理论方面，俩人相互欣赏，当然有时也会发生争论。这种融洽的君臣关系最终因见解不同而分道扬镳。

后鸟羽上皇在位期间（1183—1198 年）正是日本平安朝向镰仓幕府政治过渡的动乱时期，1198 年后鸟羽天皇将皇位让给了土御门天皇，改称后鸟羽上皇，并开启了"院政"，掌握着朝廷的实质权力，此后的 23 年间，尽管换了三代天皇，但院政大权一直牢牢地掌握在后鸟羽上皇的手中。这种局面一直持续到 1221 年，后鸟羽上皇发动承久之乱，试图打倒镰仓幕府，结果失败。后鸟羽上皇被镰仓幕府流放到隐岐岛，此后再也没能回到京都，于 1239 年死去。③

后鸟羽上皇对推动和歌创作抱有极高的热情，大概也有"润色鸿业"的政治考虑。1200 年 7 月后鸟羽上皇主持了首次宫廷和歌会，参加者还有式子内亲王、源良经、藤原俊成、慈元、寂莲、藤原定家、藤原定隆等人。仅过了一个月，同年 8 月后鸟羽上皇再次在宫中举办了"百首和歌"歌会，显示出极其浓厚的兴趣。第二年 1201 年他恢复了官办机构"和歌所"，"和歌所"最早于 951 年由村上天皇创办，属

---

① 堀田善衛、『定家名月記私抄』、東京：新潮社、1986 年、第 145 頁。
② 堀田善衛、『定家名月記私抄』、東京：新潮社、1986 年、第 150 頁。
③ 谷昇、「承久の乱に至る後鳥羽上皇の政治課題」、『立命館文学』、588 号、2005 年、第 135~186 頁。

于临时组建的机构，其目的是更好地编撰敕选《古今和歌集》。时隔两百多年，后鸟羽上皇为了编撰《新古今和歌集》，再一次组建了"和歌所"，招募了当时最著名的和歌诗人，组成编撰委员会，其中就有担任重要任务的藤原定家。

藤原定家与后鸟羽上皇的"蜜月期"大约持续了七年左右，由于定家恃才傲物，更主要的是两人的创作理念有分歧，定家逐渐招致后鸟羽上皇的不满，最终被赶出了宫廷沙龙。关于两人的诗学争论与恩怨，藤原定家在《明月记》中有详细记录，例如藤原定家在《明月记》建仁二年（1202 年）三月十八日条写道："十八日天晴，晓参八条殿，如例参向殿退出，此间只取乱古歌，以之送日，无他营，甚无益，已讲来谈"；元久元年（1204 年）九月二十四日条写道："明后日依法事自女院被催人々，归宅后殊恼，吉富事逐日逼范，无缘者更无其计，将奈何哉。近日和歌部类每日虽催，所劳无术由披露，万事无兴，交众甚无益，以无道心怒送旬月，只有增耻辱钦，卅日，晦，暮雨，病气无减，金商（秋天）已尽。"[1] 我们从这只言片语中可以感受到定家对后鸟羽上皇的抱怨情绪。

后鸟羽上皇在《御口传》中评论藤原定家的为人以及歌学主张，言辞非常尖锐："定家的和歌尤为特出……不过，他对于自己的作品过于自信，有时候指鹿为马，旁若无人，锋芒过露，不能听取他人的意见。"[2] 后鸟羽上皇的这几句话为我们描绘了一个狷介孤傲的和歌天才形象。但也可以这样解读，藤原定家与后鸟羽上皇虽是君臣关系，但两人相互欣赏，惺惺相惜，在人格上保持相对独立，这在古代封建社会是非常难得的事例。

导致两人分道扬镳的风波发生于承元元年（1207 年），由后鸟羽上皇亲自选定"最胜四天王院名所障子和歌"[3]。藤原定家所作的和歌没有被选中，这首和歌如下：

> 秋とだに／吹きあえぬ風に／色かはる／生田の森の／露の下草
>
> 秋风乍起时，天暖未觉凉。生田林木深，白露草色黄。　　　　　　（笔者译）

和歌大意是说，虽然已经是秋季时分，但秋风未起，人们感受不到秋风的凉

---

① 藤原定家、『名月記』、東京：国書刊行会、1978 年、第 249 頁、第 383 頁。

② 王向远译：《日本古代诗学汇译》，昆仑出版社 2014 年版，第 194 页。

③ 障子指日式纸拉门，障子和歌应该是指写在纸拉门上的、装饰用的和歌。

意。在神圣庄严的生田神社院内，秋风乍起之时，微风吹拂，让人感受不到明显的凉意，然而挂在翠绿草叶上的露珠随风飘散，悄悄留下秋霜染色的泪痕，树下的野草已经开始微微泛黄。生田神社指日本古地名摄津国八部郡生田，现址为神户市中央区的生田神社。该和歌以"生田秋"为题，歌题的背后隐藏着深奥的意蕴兴寄，时光在人们不经意间悄悄地溜过身边，一去不回，无论身份的高低贵贱，大自然的法则是公平的。这首和歌的语言表达含蓄委婉，甚至曲折隐晦，符合"定家十体"中的"有心体"特征要求。藤原定家对这首和歌非常满意，对入选也非常自信。然而，出乎意料的是，这首和歌竟然没能入后鸟羽上皇的法眼，反而是慈元的一首相对平庸的和歌入选了。

しら露の / しばし袖にと / 思へども / 生田の杜に / 秋風ぞふく

白露襟袖泪，流年似水长。生田神社边，耳畔秋风响。　　　　　（笔者译）

慈元的这首和歌的表现手法比较老套，无论是意象还是修辞，都属于传统和歌的表现手法，如将白露比拟为眼泪，以及悲秋的立意构思都是比较常见。"白露""襟袖"等意象词衬托出和歌后半句的孤寂色调，萧瑟秋风吹过肃穆神圣的生田神社，耳畔好似留有风声。不过，总体而言，斧凿痕迹较浓，缺乏新意，意蕴不深。如果将和歌前半句直译过来的话，"虽然我有短暂的念头，（感觉）白露好似衣袖上（的眼泪）"，作者的主观意图很明显，上半句的抒情与下半句的写景没做到完美的情景交融，可以说是一种"有我"之境，我们很容易感受到诗人就站在那里，抒发"时光冉冉、光阴如梭"的感慨。相比之下，藤原定家的和歌则含蓄客观许多，诗人隐藏起来，借用露珠被风吹散的意象比拟"人生苦短""人生若朝露"，而且岁月总是在人不经意之间，从人的手指间滑落，如水银泻地毫无痕迹，又如悄悄染色的草木一般，即使是在生田神社这种神圣之地，纵有神佛之力护佑，但面对光阴的流逝也会无可奈何。这种悲哀是多么深沉痛切，远远胜于"我心悲伤"式的呐喊，无疑达到了"幽玄"之境。

多年以后，后鸟羽上皇在《御口传》的"定家评"中重提此事，他先是承认当初没选藤原定家的"生田之森"这首和歌是考虑不周。他说："（和歌）的第一句

'秋とだに'（立秋）与第二三句'吹きあえぬ風に色かわる'（微风草变色），以及末句'霜の下草'，无论是辞藻连缀的声律，还是意境营造，都堪称优雅和歌的典范。与那障子上书写的和歌（慈元之作）相比要优秀得多。"①

后鸟羽上皇是一位非常强势的君主，让他主动认错是非常困难的，若不是他政变失败而受到流放并将精力重新放回和歌批评上来，他也不会这么简单就认错。不过，他还是没有停止对藤原定家的批评指责："如果细读定家的和歌，就会发现除了辞藻华丽、语言优美之外，其歌心（意蕴）与歌姿（兴象）都没有特别之处。生田神社院内林深处有些枯草而已，没有产生多少余情意境等韵外之致，只不过在声律上流畅些罢。那些对歌坛歌道内幕并不知情的人对定家的这首和歌应该不会有什么感触吧，即便告之这是定家的秀歌，恐怕能上人口的可能也不会有。虽然他有秀歌，但不会被人们真正理解。"②言外之意是说，藤原定家的和歌徒有辞藻华美的外表，却没有真情实感。其实，后鸟羽上皇并没有真正理解"余情妖艳"的审美机制，没有搞懂"境生象外"的真正含义。

当然，即便是在现代社会，仍然有许多日本人赞成后鸟羽上皇的这种观点，尽管他们也懂得"诗贵含蓄"的道理。因为他们认为日本古代的"三大和歌集"中，《万叶集》的歌风古朴刚健、感情真挚，但艺术手法稍嫌幼稚；《新古今集》被认为是一种技巧主义，形式大于内容，而且歌风妖艳绮靡；只有《古今集》才是雅正的和歌正统。当然这种观点是偏颇的，"三大和歌集"的时代风格与审美取向不同，这是符合诗歌的发展规律。后人要想在艺术成就上超越前人，必须走创新之路，和歌自《万叶集》时代发展到《新古今集》时代，即由八世纪初到十二世纪末、十三纪初，经过数百年间的发展，涌现出一大批杰出的和歌诗人，如柿本人麻吕、壬生忠岑、藤原公任、在原业平、藤原俊成、西行上人等人，无论是和歌的"体格声律"，还是"兴象风神"，语言艺术上的表现方法都被前人挖掘得差不多了。出身于歌学世家的藤原定家要想创新，必须超越其父藤原俊成的艺术成就，然而从和歌外形律上寻求突破几乎是不可能的，他只有在和歌内在诗美上下功夫。然而，"幽玄

---

① 後鳥羽院、「後鳥羽御口伝」、『日本古典文学大系 65・歌論集 能楽論集』、東京：岩波書店，1973 年、第 148 頁。

② 後鳥羽院、「後鳥羽御口伝」、『日本古典文学大系 65・歌論集 能楽論集』、東京：岩波書店，1973 年、第 149~151 頁。

论"已经包容了和歌的"体格声律"与"兴象风神",藤原定家似乎已经无路可走,然而他提出了"有心论",这是对藤原俊成"幽玄论"的创造性继承,是对前人的和歌传统的"扬弃",不执着于"心""词""姿"中的任意一端。广义的"有心"与藤原俊成《古来风体抄》中的"圆融三谛"(幽玄)思想是一致的。"圆融三谛"过于神秘难懂,因此藤原定家才拈出"有心论"。

毋庸置疑,藤原定家在歌学歌道上是非常自信的,称得上"歌学天才"。1180年,他在18岁的时候便说出了那句名言"红旗征戎非吾事",虽然这句话是对白居易《与刘十九同宿(时淮寇初破)》中的诗句"红旗破贼非吾事"的一种化用,但藤原定家的本意绝不是对自己被政治边缘化的自嘲或逃避,而是一种自负的表现。作为歌学世家的传人,他完全可以凭借和歌创作与歌学歌论的诗学成就而安身立命,甚至名留青史。

然而,藤原定家的创作活动并没有一帆风顺,他的创新活动遭到了当时人们的嘲讽。藤原定家1182年20岁时曾作《堀歌院题百首》,其父藤原俊成看到这一百首和歌,竟然感动得落泪,认为那简直是天才之作。[①] 然而仅仅过了三四年,藤原定家的和歌便被保守派讥讽为"达磨歌"。这种打击几乎令藤原定家放弃和歌创作。所谓"达磨歌",是指难懂晦涩、不知所云的拙劣和歌。然而,"达磨歌"一词从藤原定家口中说出,表面上是自嘲,实质上则是对和歌保守派的一种回击。藤原定家与慈元、良经等同属新派诗人之间经常进行酬唱应和,他们并不使用"达磨"一词,而是使用"密宗"一词自称,言外之意是说保守派是"显宗"。

松村雄二在《定家——围绕达磨歌》一文中对"达磨歌"的修辞技巧进行了概括,主要有句切、倒置、压缩、跳跃、体言句(意象的罗列)等当时被认为是"奇矫"的修辞法,它们打断了过去依靠语言逻辑来说理,进而抒情的做法,将貌似没有联系的若干意象排列组合,用极少的语言激发起读者心中的审美体验,用暗示联想等手法唤醒读者的审美记忆,并填充和歌意象间的空白,从而营造出一种本来用语言无法描述的审美意境。[②]

例如,建久九年(1198年)藤原定家创作的一首和歌:

---

① 堀田善衛、『定家名月記私抄』、東京:新潮社、1986 年、第 86~87 頁。

② 松村雄二、「定家——达磨歌をめぐって」、『新古今集とその時代』、東京:風間書房、1991 年。

　　大空は / 梅のにほひに / かすみつつ / くもりもはてぬ / 春の夜の月（定家）

　　暗香浮迷空，雾遮游人目。梅开花似海，春夜月朦胧。　　　　（笔者译）

　　这首和歌的大意是说，夜空中弥漫着梅花的香气，浓郁的花香似乎遮住了人的视线，四周的景物变得朦胧不清。然而夜空中出现一轮明月，透过朦胧的夜色，月光恰到好处，不明不暗。这首和歌运用了"本歌取"手法，本歌是大江千里的作品：

　　照りもせず / 曇りもはてぬ / 春の夜の / 朧月夜に / しくものぞなき

（《新古今集》"春上"55）

　　不明不暗朦胧月，风月无边春夜情。　　　　　　　　　　　　（笔者译）

　　大江千里的和歌明显是化用了白居易的诗句，"不明不暗胧胧月，不暖不寒慢慢风"（《酬和元九东川路诗十二首·嘉陵夜有怀二首》）[1]。当春回大地，万物复苏，人们的兴致也变得高涨起来，而且因为水汽蒸腾作用的缘故，春天总是显得雾气朦朦。大江千里与藤原定家的和歌都表现出春宵的朦胧月色的浪漫情调，而且藤原定家的和歌中不仅有视觉上的妖艳美，还引入了花香，更胜一筹。相比传统和歌平铺直叙的表现方法，这种"达磨歌"更多地运用了意象组合与联想，并且思维跳跃，对于当时的日本人来说的确难以理解。

　　然而，任何事物都有正反两面性，"达磨歌"也不能例外，如果掌握不好修辞方法的尺度就会滑向文字游戏的边缘。鸭长明在《无名抄》的"近代歌体"一节中便告诫人们，不要误蹈这种不良倾向，他认为御子左家的和歌诗人参加后鸟羽上皇的歌会时，所咏和歌属于"今样和歌"，"今样"是指流行，每个时代都有属于自己的时代风格，而"今样和歌"的最大特征便是具有"幽玄"特征，表现含蓄蕴藉，或词采华美，或兴象宛然，但同时也具有危险的陷阱。如果不能做到"心词相兼"的话，例如缺乏"风流心"（风雅）的人模仿"今样和歌"，就如同"丑女化妆"

---

① （唐）白居易：《白居易全集》，丁如明、聂世美校点，上海古籍出版社1999年版，第189页。

一般，只能是东施效颦。鸭长明说："夜露寒寂"（露さびて）、"春风微醺"（風ふけて）、"内心深处"（心の奥）、"物哀深处"（あはれのそこ）、"有明之月、残月"（月の有明）、"风中黄昏"（風の夕暮れ）、"故乡之春"（春の故郷）等，这些和歌意象首次使用时，当然是构思奇巧、引人入胜，然而反复使用的话，便会令人生厌，有拾人牙慧之嫌。鸭长明认为，这样的拙劣和歌是"无心所着"，也是真正意义上的"达磨歌"，与"幽玄歌"有着本质区别。[①]

因此，藤原定家的"达磨歌"绝不是徒有虚表、徒有美辞丽句的文字游戏，而是"幽玄歌"。为了求新求变，藤原定家与良经、慈元等九条家歌派诗人在表现手法上进行了大胆探索，他们被称为革新派；而以显昭为代表的六条家歌派被称为保守派，两派之间展开了激烈争论。在前文中提到，藤原定家为了寻求政治庇护而加入了九条家歌派，九条家歌派的中心人物是藤原良经，其祖上是皇族外戚，因住在京都九条（街道名）的九条殿而得名，围绕在藤原良经（九条良经）周围的一批和歌诗人被称为九条家歌派。后来，后鸟羽上皇创立宫廷和歌沙龙"仙洞"，歌坛的重心便转到了皇宫里，而九条家歌派的成员便"近水楼台"，成为宫廷"仙洞"歌坛的主流。作为保守派歌人，六条家的祖先为修理大夫（官名）藤原显季，其子藤原显辅负责编撰敕选和歌集《词花集》，称得上是当时歌坛的权威人物。清辅、显昭则是显辅的儿子，与藤原定家的父亲藤原俊成是同一代人。平安末期至镰仓初期，六条家歌派在歌坛上占有绝对优势。

早期的六条家歌派的势力强盛，唯一可以与其抗衡的只有九条家歌派。后来因为显昭在政治斗争中失利，六条家歌派便走向衰落。这时候，日本和歌史上最著名的流派——御子左家尚处于羽翼未丰的阶段。藤原道长的儿子藤原长家受到醍醐天皇的赏赐，将皇太子兼明亲王的宅院——"御子左第"赏赐给了藤原长家。于是，藤原长家的子孙家系就称为"御子左家"，藤原定家的父亲藤原俊成是藤原长家的曾孙。藤原定家晚年时期，御子左家歌派逐渐取代了六条家歌派，藤原定家的儿子藤原为家继承了御子左家之后，其歌坛老大的地位便牢不可破，但在藤原为家死后，御子左家便分裂为二条家、京极家、冷泉家三派。

院政时期的特殊政治生态导致了朝廷政权的连续更迭，也导致了社会动乱。正

---

① 鴨長明、「無名抄」、『日本古典文学大系 65・歌論集 能楽論集』、東京：岩波書店、1973 年、第 86 頁。

所谓"国家不幸诗家幸"，和歌诗人却因此获得了巨大的创作灵感。从这个意义上说，藤原定家与后鸟羽上皇的相遇相知，并受到政治庇护，这对和歌创作以及理论批评的发展都产生了重大影响。藤原定家借助后鸟羽上皇的政治权威迅速成为"后新古今时代"的权威人物，这对"有心妖艳"诗学思想的成熟与发展起到了积极的推动作用。

然而，恃才傲物的藤原定家与后鸟羽上皇之间的关系非常微妙。后鸟羽上皇在执掌"院政"时期，命人编撰《新古今和歌集》，并经常在宫廷中举办歌合，这当中必然有政治上的考量，简单地说是为了"润色鸿业"，也有"韬光养晦"之意，目的是麻痹政敌。因此他非常看中和歌的政治教化等功用，但他将藤原定家赶出宫廷文学沙龙之后，便对和歌创作失去了兴趣，举办宫廷歌合的次数明显减少，甚至完全停止了。其实，后鸟羽上皇举办宫廷歌会的目的也许并不在于和歌本身，这有些类似于围绕曹氏父子周围而形成的建安文人集团，他们以"拟代""赠答"的形式进行诗文创作，并结合政教思想进行"比兴谲谏"的创作，一时间出现大量的游宴诗与赠答诗。

这种文人集团的创作具有"仪式行为""精英集团"等社会意义，以及"召唤在场""应对想象""交换原则"等美学特质。[①]后鸟羽上皇主导的宫廷和歌沙龙完全具备了这种文人集团的性质，他们当然也会"洒笔以成酬歌，和墨以藉谈笔"，个人从集体那里得到归属感与安全感，然而失去个性是必然付出的代价。但是，这对于藤原定家这样的个性超强的天才作家来说，这是无法容忍的事情，并且围绕《新古今和歌集》等的选歌标准，藤原定家与后鸟羽上皇之间存在对立意见。

1221 年，后鸟羽上皇因发动承久之乱而被幕府流放到隐岐岛，最终死在孤岛上。这前后十九年间，他与藤原定家相隔两地，没有任何书信往来与交集，但彼此都意识到对方的存在。然而，1232 年发生了一件事情将俩人又联系在一起。顺德上皇（1210—1221 在位，他是后鸟羽上皇的第三个皇子，因承久之乱而受牵连，被流放到佐渡岛）创作了《顺德院御百首》，将一百首和歌分别送给后鸟羽上皇和藤原定家，请他们作出评判。[②]我们从藤原定家和后鸟羽上皇的评语中，可以看出俩人

---

① 梅家玲：《汉魏六朝文学新论——拟代与赠答篇》，北京大学出版社 2004 年版，第 5 页。
② 唐沢正実、「『順徳院御百首』の『裏書』について」、『和歌文学研究』、49 号、1984 年 9 月、第 36~46 頁。

在和歌批评方面的喜好倾向。藤原定家对其中的十四首和歌给予了极高的评价；后鸟羽上皇给予好评的和歌有八首包括在这十四首当中，这意味着俩人至少对八首和歌持相同意见，然而对于余下的六首和歌，后鸟羽上皇并不看好。

下面从这六首和歌中举出三首为例：

①ひとならぬ / 岩木もさらに / かなしきは / みつのこじまの / 秋の夕暮れ

（三十九番）

岩石草木无情物，无人知其心中苦。美豆小岛孤独影，海天一色秋暮里。

（笔者译）

"美豆岛"全称为小黑崎美豆岛，位于日本宫城县，历史上便是文人墨客造访的名胜之地，江户时代的俳句诗人松尾芭蕉曾到访过此地，留下优美的俳句作品。美豆岛原来只是一条名叫"江合川"的河中沙洲，与佐渡岛隔海相对，而顺德上皇被流放到佐渡岛。这首和歌表达了顺德上皇对返回京都无望的深切痛楚，歌者伫立在佐渡岛上眺望远方的陆地，只能依稀看见美豆岛（沙洲），心中的痛苦无人诉说，只能面对岩石草木这些无情物。这份绝望、孤独，在最后一句"海天一色秋暮里"的咏叹声中绵绵不绝。这应该是藤原定家给其高度称赞的直接原因，他留下评语道："此三十一字（短歌），每字难抑感泪，玄之玄最上候欤。"[1] 这基本上可以等同于"幽玄"之意。后鸟羽上皇漠视该和歌的原因也不难理解，他是顺德上皇的父皇，儿子是受自己的牵连才被流放，而且此时的他也是自身难保，同样被流放到孤岛上，并且与顺德上皇两地分隔。他绝对是感同身受，只是不想揭开心里的伤疤，毕竟他已在孤岛上生活了十多年，心理上的伤痛已经慢慢平复，因此他选择了沉默。

②ひとめみし / とをちのむらの / はじ紅葉 / またも時雨て / 秋風ぞ吹く

云雾散开一线天，惊鸿一瞥十市村。秋风挟雨云遮蔽，浓艳红叶无踪迹。

（笔者译）

---

① 唐沢正実、「『順徳院御百首』の『裏書』について」、『和歌文学研究』、49 号、1984 年 9 月、第 36~46 頁。

"十市村"是古地名，现在是奈良县橿原市的十市町。作者顺德上皇被流放到佐渡岛，位于日本东北地区宫城县的东部海域，远离奈良县数百公里，他不可能用肉眼看到十市町的红叶。那么，十市町的艳丽红叶只能是作者记忆中的景象，美好的事物总是那么短暂，当它消逝后才令人感到宝贵。和歌表面上是写红叶美景被秋雨遮蔽，但它能勾起许多读者心中的审美体验与回忆联想，可能是逝去的青春韶华，也可能是初恋情人，使人们因此打开尘封已久的记忆大门，感受到一次心灵洗涤。诗境看似平淡直白，实则回味无穷。藤原定家给出的评语为："词花加光彩景气铭心府候，每度催感兴候。"[①]评语的意思是说，辞藻流丽，兴象富有色彩感，感人至深。

③鳥の音の／あか月よりも／つらかりき／音せぬ人の／ゆふぐれの空

晨鸡报晓天光亮，自此离别闺怨深。音讯杳无何以堪，黄昏寂寂人迟暮。

（笔者译）

这首和歌的大意是说，"晨鸡报晓催人出发"，相恋男女从此分别。但相比这种浅层意义上的闺门幽怨，人迹绝无的黄昏天空（的幽邃气象）更让人情何以堪。藤原定家评论道："晨鸡再鸣征马频嘶，相比这种破晓时分男女分别的幽怨，显然行人绝迹、飞雁绝踪的雪后的天地尽头，这种意境更胜一筹。每读一次便催人感兴。"[②]

那么，如何理解藤原定家的这句评语呢？"晨鸡再鸣征马频嘶"这句源自白居易的诗歌《生离别》中的一句。原来，白居易在父亲去世后曾回故乡符离为父守孝三年，这期间他与邻居家姑娘湘灵谈起恋爱，两人原本就是青梅竹马，两小无猜。随着年岁的增长、知识的丰富，共同的兴趣和爱好把两个人的心紧紧地拴在了一起。俩人曾构筑美好的未来："愿作远方兽，步步比肩行。愿作深山林，树枝连理

---

① 唐沢正実、「『順徳院御百首』の『裏書』について」、『和歌文学研究』、49号、1984年9月、第36~46頁。

② 唐沢正実、「『順徳院御百首』の『裏書』について」、『和歌文学研究』、49号、1984年9月、第36~46頁。

生。"但是俩人的身份相差悬殊，不可能成婚。799 年，白居易参加科举考试，不得不离开家乡，他便创作了《生别离》，抒发与湘灵姑娘的离别之苦。全诗如下：

> 食檗不易食梅难，檗能苦兮梅能酸。
> 未如生别之为难，苦在心兮酸在肝。
> 晨鸡再鸣残月没，征马连嘶行人出。
> 回看骨肉哭一声，梅酸檗苦甘如蜜。
> 黄河水白黄云秋，行人河边相对愁。
> 天寒路旷何处宿，棠梨叶战风飕飕。
> 生别离，生别离，忧从何来无断绝。
> 忧极心劳血气衰，未年三十生白发。

顺德上皇的和歌化用了白居易的诗句。藤原定家评论和歌的后半句比起"晨鸡再鸣征马频嘶"和"相爱之人的生离死别"更加让人感到悲苦的，是行人绝踪、飞雁绝迹、雪色苍茫的天地之尽头苍凉悠远的意境，这种顿挫沉郁的诗境远远超出了儿女之情的个人层面，意境深远，令人感慨万千。

日本学者大取一马在对藤原定家和后鸟羽上皇的歌评进行详尽比较后得出结论：后鸟羽上皇喜好的和歌多为修辞技巧复杂精妙之作，尤其是开创前人未到之境界，或意趣奇巧、独具匠心之作，而这类和歌符合新古今歌人的早期创作风格；藤原定家则表现出了不同之处，从他的"难抑感泪""景气铭心府（腑）""染心肝"等判词中可窥见一斑，显然他对和歌的意蕴兴寄更感兴趣。[①]

一般认为，藤原定家的和歌风格"妖艳"，那么"妖艳"应该是他选秀歌的第一标准了，但事实并非如此。藤原定家在给《顺德院御百首》的评语中 13 次使用"妖艳""优艳""艳"等词，但在他心目中"妖艳"并非最高标准，"有心"才是他的最高理想。这是因为，"有心妖艳"虽然是两个词组连缀，但"有心"为体，"妖艳"为用。换言之，正如"缘情绮靡"的本质是"诗缘情而发"，那么，"有心妖艳"便是因为诗人处于"有心"的创作态度，更准确地说，诗人处于"澄心入一

---

① 大取一马、「後鳥羽院と定家の歌の好尚の違いについて——順德院御百首の歌評をめぐって」、『竜谷大学論集』、第 474 号、2010 年 1 月、第 474~475 頁。

境"（《每月抄》）的精神状态，只有进入"虚静""坐忘"的状态，才能不受外界干扰，这也是尼采所说的癫狂的酒神状态，也是藤原俊成所言的"圆融三谛"的"心幽玄"。总之，藤原定家所说的"有心妖艳"与藤原俊成所说的"余情幽玄"，二者并没有本质的区别。

当然，藤原定家在早期的和歌创作时期，也非常注重修辞技巧，但等他进入中年以后创作风格和创作理念都发生了变化。任何文学的创新都始于形式上的创新，《新古今集》时代的和歌也是从"体格声律"的创新开始，如"七五调"取代了"五七调"、"二句切"（断句）甚至"四句切"，短短的三十一个音节，分成四部分相对独立的句子，如果按着"万叶调"或"古今调"的说理议论式句子，根本不可能做到这一点，所以早期的和歌甚至是"一句切"，从头到尾没有断句，根本就是一句完整的内容。如此一来，体裁短小的和歌所容纳的信息就更加有限；而由于"新古今调"采用跳跃式的意象排列组合，或者不断变换景物、场面，抛弃了过去"模山范水"式的写实手法，改用写意式的含蓄手法，这些方法使和歌（短歌）的信息容量大大提高。

因此在较短的时间里，和歌文体（诗体）上的革新带来了和歌创作的繁荣局面。然而，忽视内容、只顾雕琢辞藻的空洞作品也随之产生。后鸟羽上皇被流放到荒岛上十多年，远离京都歌坛，他并不了解歌坛上已经出现了这种形式大于内容的流弊情况，所以他对顺德上皇的部分作品，仅仅因为构思奇巧、修辞精妙，便大加赞赏；而藤原定家则对此弃之不顾，没有留下任何评论。[1]

晚年时期的藤原定家已经成为当时歌坛上的绝对权威，他著书立说，写下了《近代秀歌》《咏歌大概》《每月抄》《定家十体》等歌学歌论，他在继承其父藤原俊成的"幽玄论"的基础上，提出了著名的"有心说"。也许有人会提出疑问，在此之前，其父藤原俊成已经在《古来风体抄》中提出了"余情幽玄"的命题，借用"三谛圆融"的止观思想将"幽玄"变成了诗学范畴，兴寄深远、气象玲珑的"幽玄歌"成为衡量和歌优劣的评判标准。然而，藤原定家为何还要另起炉灶呢？他用"有心"取代"幽玄"的意图何在呢？

"幽玄"的本义是幽深玄妙、玄之又玄，具有很浓的宗教神秘性色彩，后来人

---

[1]　大取一馬、「後鳥羽院と定家の歌の好尚の違いについて——順徳院御百首の歌評をめぐって」、『竜谷大学論集』、第 474 号、2010 年 1 月、第 476 頁。

们借用"幽玄"来评价和歌的优劣，到后来更是出现了"词幽玄""姿幽玄""心幽玄"，以此来对应和歌的词采声律、兴象意境、意蕴兴寄等三个层面的艺术效果。不过，当时的人们尚缺乏理论的自觉，在使用"幽玄"评价和歌时不可避免地带有笼统性、模糊性，而且如何才能创作出具有"幽玄"美的特性的和歌则缺乏科学的指导性。这时候，藤原俊成明确指出"余情幽玄"，要表现"幽玄"之美必须采取含蓄的手法，这为和歌创作指明了正确的发展方向，只是在方法论上还存在不足，这要等到藤原定家的"定家十体"的出现，方才得到有效的解决。

由于和歌的篇幅短小，其容量仅相当于一个五言对句，甚至一个七言句的信息就相当于一首和歌短歌，例如白居易的诗句"莺声引诱来花下"，用日语的训读法来读便是一首完整的和歌短歌。反之，汉语用七个音（字）表达的内容，用日语表达就需要三十一个音。所以，用"模山范水"式的描写句就只能写成"一句切"，也就是一个单句。而《新古今集》时期流行的和歌则可写成"二句切""三句切"，甚至"四句切"，也就是结构相当复杂的复句，而且意思上可以做到相互独立，就如同电影的蒙太奇手法，"幽玄歌"通过意象组合、思维跳跃、回闪重放等艺术手段，调动读者头脑中的审美记忆，最终形成一个完美的审美体验。

因此，藤原俊成的"余情幽玄"为和歌短歌的繁荣发展指明了道路。后来，鸭长明将"余情幽玄"进一步深化为"余情笼于内，景气浮于空"，如果用"意在言外，情溢词表"来解释似乎又不够充分，勉强可以表达前半句之义，但"景气浮于空"所要表达的兴象玲珑、气象万千的语意则未能充分译出来。按照笔者的理解，应该将后半句译为"兴象宛然，气韵流动"。如果再精练一下，可以译为"情溢词表，气韵流动"。但是，"幽玄"传到鸭长明的手中，还只是停留在文艺批评的术语层面，尽管已经达到谈论"兴象风神"的美学意境阶段，但毕竟没有彻底解决如何实现和歌"幽玄"之境的方法论问题。

藤原定家的功劳在于，他在继承其父藤原俊成的"幽玄"理论基础上，进一步提出了"有心论"，这不仅是指和歌本体论，也是创作方法论。藤原定家意识到仅从词采声律等修辞层面下功夫是远远不够了，这种技法创新是有局限的，后人很难超越前人成就，所以必须另辟蹊径，他将"余情幽玄"换成"有心妖艳"。作为一种应急的方法，藤原定家大力提倡的"本歌取"创作方法，其实质便是化用前人诗句，与江西诗派创始人黄庭坚的"夺胎换骨""点铁成金"并无二致。

江西诗派为了打破花间词派的轻软柔靡诗风，一方面强调严守"法度"，另一方面又主张不为"死法"所缚，应该"活法悟入"，为此独创一种佶屈聱牙的瘦硬诗体，其目的在于创新；同样，藤原定家的"定定十体"中也有一个"拉鬼体"，多用"壮词"，风格"瘦硬"，与传统和歌的温婉流丽形成鲜明的对照。①黄庭坚强调形式上的体制与句律，尤其重视篇章结构的经营和字句的锤炼，讲究法度和绳墨。在吟咏情性方面，严羽和黄庭坚是相通的。黄庭坚《书王知载朐山杂咏后》说："诗者，人之情性也。非强谏争于廷，怨忿诟于道，怒邻骂坐之为也。"②严羽《沧浪诗话·诗辩》云："诗者，吟咏情性也。"但在具体思想的运用上，黄庭坚更强调学问的"积学"："词意高胜要从学问中来。"（《论作诗文》）③严羽则以"情性"一以贯之。差别在于黄庭坚更重"意"，严羽更重"性情"。刘熙载《艺概·诗概》云："唐诗以情韵气格胜，宋苏黄以意胜。"④显然严羽推崇唐，重情韵和性情，与黄庭坚等重"意"，在趣味上有着很大的区别。⑤其实，重"意"还是重"性情"，这是古人的"诗言志"还是"诗缘情"之争的延伸，在两宋时期这种争论又以"以意为主"和"吟咏情性"的矛盾对立而出现，而到了明末清初，这种争论又演变为"性灵"与"神韵"的二元对立。这背后其实隐藏着儒家功用主义诗学与道家审美主义思想的对立冲突。

相比中国古代诗学的复杂局面，日本古代诗学的发展道路要简单许多。"幽玄"诗学包涵了"以意为主"的理性思维与"吟咏情性"的感性思维两方面。诗歌批评与创作最根本的就是"言""意""象"三要素，而"体格声律""兴象风神"也离不"言意象"三者的辩证关系。按照藤原俊成《古来风体抄》中的说法，"幽玄"与"圆融三谛"的止观思想是相同道理的，借助"三谛"的圆融无碍比附"言、意、象"三者的关系。

然而，"幽玄"一词具有极强的张力（词义扩张），其原义"幽深玄妙"既可以

---

① 参见拙著：《藤原定家"拉鬼体"和歌的美学风格》，《日语学习与研究》2015年第1期，第121~127页。

② （宋）黄庭坚：《黄庭坚诗集注》（第一册），刘尚荣校点，中华书局2003年版，第146页。

③ 祁志祥：《江西诗派的形式美论》，《云南大学学报（社会科学版）》2011年5期，第47~56，96页。

④ （清）刘熙载撰：《艺概注稿》，袁津琥校注，中华书局2014年版，第327页。

⑤ 朱志荣：《论江西诗派对严羽〈沧浪诗话〉的影响》，《文艺理论研究》2007年第5期，第65~70页。

指"词幽玄"，如美辞丽句、声律铿锵等形式美、音乐美；也可以指"姿幽玄"，例如兴象宛然、气韵流动、意境深远，或者"状难写景物置于眼前"；还可以指"心幽玄"，即意蕴兴寄、诗人怀抱。所以，"幽玄"以一股海纳百川的势头将"姿""面影""景气""优艳""妖艳"，甚至"物哀"等诗学范畴都收入自身诗学体系当中，这些内容在前面章节中已有详尽论述，这里不再重复。总之，"幽玄"本身的神秘属性符合日本中世社会的朴素审美思想。古人缺乏理性分析能力，习惯将各种诗美的产生归结为"神韵""神来之笔""下笔如有神"等等，只是这样的解释未免带有神秘主义色彩。藤原定家在长期创作活动中意识到，仅从和歌的"体格声律"等语言技巧、修辞手法等方面追求"幽玄美"是远远不够的，必须从和歌的内部审美规律入手，藤原俊成的"余情幽玄"开拓了新的发展方向，但是藤原俊成未能提供有效的方法论，他在《古来风体抄》中说，不必使用华丽的辞藻，也不必言尽理趣。和歌创作只需要"调"，便可闻之"优艳"与"幽玄"，即具有"兴象风神"的艺术效果。关于这个"调"，藤原俊成并没有进一步给出任何说明。直到数百年之后，江户时代桂园派诗人香川景树才对"调之说"进行了较为科学的阐释。①其实所谓"调"就是"情"，这与我国古代诗论中的"格调"基本同义。由此推论，藤原俊成与香川景树所说的和歌之"调"就是由诗人的主客观思想所决定的。

藤原定家在继承藤原俊成的"幽玄论"基础上，最终提出了"有心"说。既然和歌的"幽玄"之境是由诗人的主客观思想所决定，但如何才能做到这一点呢？藤原俊成没有完成这一任务，他说的过于笼统宽泛。那么，"有心"的"心"字，这个概念早在纪贯之与《古今集》时代便有了，人们将"心"分成"歌心"（客观）和"人心"（主观），若将其转换为我们熟悉的话语，就是"意"或"文意"；说得再明确的话，"歌心"就是诗歌的主题思想，而"人心"则是诗人的主观感情，或者称为"兴寄怀抱"。在理想的状态下，"歌心"与"人心"是浑然一体、难以分辨的，它是诗人才情、诗力、胆识的综合体的产物，例如古人常说的"情景交融"便是一例。

早在日本平安时代（794—1192年）"幽玄"一词已经是日本人常用的俗语。藤原俊成借用"圆融三谛"来比附"幽玄"的审美机制，这好比老子说："道可道，非

---

① 参见拙著：《诗人贵诚、诗心贵意——论日本桂园派和歌诗人香川景树的"调"之说》，《苏州教育学院学报》2019年第4期，第68~74页。

常道。"大意是说，能够用语言讲清楚的就不是真正的道，"幽玄"如果能说清楚，那也不是真正的"幽玄"。在藤原定家看来，"幽玄"与"达磨"基本同义，他非常忌讳"达磨歌"一词，因为他年青时代的和歌作品曾被人讥讽为"达磨歌"，意思是晦涩难懂。也许是这种原因，使藤原定家在吸收"幽玄"思想的基础上，提出了"有心妖艳"与"有心体"，建构起了"有心论"诗学体系。

不得不说，"幽玄论"与"有心论"是相当超前的诗学概念，甚至在随后的数百年都没有遇到真正的知音，后人对它们的解读是众说纷纭，莫衷一是。在现代诗歌理论中，人们可以将感性与理性彻底分开，科学地研究诗美产生的审美心理机制，但在中世纪科学理性尚未启蒙的时代，藤原定家虽然在认识上还有些朦胧，但已意识到了诗人主观感情在创作活动中的重要性。严羽《沧浪诗话》已经说得明白准确："夫诗有别材，非关书也；诗有别趣，非关理也。然非多读书，多穷理，则不能极其至。所谓不涉理路，不落言筌者，上也。诗者，吟咏情性也。"[1]严羽主张的诗歌创作是一种感性思维，当"兴会神到"之时，创作的欲望不可遏制，诗人可以不假思索，一气呵成，便可达到"不烦绳削而自合"的境地。然而，严羽过分强调了"情性""兴趣"，却忽视了理性思维的作用，没有学习先人经验，没有学问的积累，对生活的感悟终究肤浅。那么"吟咏情性"只是一句空话，作诗只能是力构。神韵派的创始人王士禛在《带经堂诗话》卷三中认为，性情与学问必须相辅而行，不可偏废："夫诗之道，有根柢焉，有兴会焉，二者率不可得兼。（中略）根柢原于学问，兴会发于性情。"[2]因此，虽然性灵派诗人袁枚批评神韵派，但这只是一种误解。性灵与神韵并不矛盾，而且真正的好诗必须是学问与性灵兼顾，主客观相一致。

藤原定家在和歌理论发展史上的成就巨大，一方面他出身歌学世家，家学渊源，其父兄以及"御子左家"的歌人们在当时和歌界都是一流诗人；但另一方面，作为外因，院政时期的特殊政治生态，尤其是后鸟羽上皇的政治庇护对藤原定家来说，其影响是深远的、不容忽视的重要因素。

---

① （清）何文焕辑：《历代诗话》，中华书局 2004 年版，第 688 页。
② （清）王士禛：《带经堂诗话》，人民文学出版社 1963 年版，第 78 页。

第二节 "三夕歌"的"幽玄"之境

日本古典和歌的文体风格与审美取向随时代变迁发生了巨大变化。《万叶集》的歌风刚健遒劲，感情真挚，唯有咏歌技巧尚显不够成熟，但有些作品则呈现古拙之美；进入《古今集》时代，创作与享受的主体多为王公贵族文人，和歌体裁摒弃了长歌、片歌、旋头歌等杂体，集中在短歌创作上，注重辞藻声律的形式美与交际功用性，语言风格高古典雅，但表现形式易陷入程式化，创作活动强调共同在场的场域化、空间化，审美取向表现为一种集体无意识，强调文人集团的审美趣味的共性，从而使得个性化审美严重缺失；《新古今集》的歌风妖艳，强调表现技巧与修辞，由于佛教无常思想的渗透影响，歌风中的艳丽浓美色调往往渗透出一抹孤寂枯淡的感伤与悲凉。

作为诗学范畴，"幽玄"出现于日本中世时期绝非偶然，外戚专权的"摄关"制度、"院政"干政、武士集团兴起等原因导致平安王朝的衰败。在这种大厦将倾、王公贵族惶惶不可终日的动乱时期，《新古今集》时代的和歌诗人用浓丽细婉的笔触，对即将逝去的王朝时代表达依依不舍的感情，和歌作品充满着浓烈的感伤情调，犹如落日的余晖，遍撒金黄色又如巫山神女的缠绵悱恻、如梦如幻般的香浓艳丽。用藤原定家的话来概括，便是"有心妖艳"。当然，"妖艳"并非都是指婀娜多姿的美女身姿、容貌等感官上的美好感受，定家所说的"妖艳"是指和歌依靠辞藻、声律、兴象、歌姿等艺术手段，整体营造出来的情调氛围，更主要的是一种象外之象、韵外之致，换言之就是"幽玄"之境，当然这里指的是广义上的"幽玄美"，呈现出复合型的审美风格。

纵观《新古今集》收录的作品，我们会发现其中有的和歌并非"妖艳"歌风一统天下，就好像美丽的宋锦，稍微变换一下角度，丝面便会呈现各种色调，五彩斑斓。那么，单凭"妖艳"一词已经不足以概括《新古今集》的整体风格，这时候人们便会发现，"幽玄"一词的存在是多么方便啊！它可以满足人们对美的一切想象。

在美学风格意义上，"幽玄美"是一种复合型的美，当然包括"妖艳"在内。"妖艳"的基本要素是"艳"，"优艳"和"妖艳"只是程度上的差异而已。"妖艳"表现得浓烈一些，"优艳"则相对典雅清丽一些。那么这样理解，我们可以将"幽玄美"比拟为一架天平秤，天平的一端是"艳"的话，另一端便是"寂"了。同样，"寂"也有"闲寂""空寂""寂寥枯淡"等不同色调，而"寂灭为乐"则是最高境界。事实上，"艳"与"寂"这两种要素并非对立矛盾，而是杂糅在一起，绝难分开。至于"幽玄"，则是两者的上位概念，统摄全局；"寂"与"艳"则是通过"物哀"带入"幽玄"，构成了"幽玄美"的底色，在此基础上再加入各种风格的美的要素。

所以说，"幽玄美"作为一种复合型的美学风格，根据不同的作品、不同的题材内容，以及读者的不同人生阅历、不同的心境等等，都会产生不一样的审美体验。虽然"幽玄"与"物哀"相比，"幽玄"的内涵外延都要大许多，但"幽玄美"主要表现的是抽象的美，"物哀美"则更多表现为可视可感的视觉画面，或者是听觉上带来的音乐的审美感受。当然，这种说法算不上严谨科学，不过"幽玄美"的审美风格更复杂多样，"物哀美"的风格则相对单一，甚至可以认为"幽玄美"包括了"物哀美"。当我们在欣赏二胡曲《二泉映月》时，眼前仿佛会出现泉水映月的美景，但欣赏不能只停留在这个层面，人世间太多的悲欢离合终究会随风而逝。而这种"物哀美"还是相对容易被人接受理解，有一些知识修养境界高超的听众则会随着乐曲激越的旋律进入更高的精神世界，感悟到宇宙人生的哲理层面，这便是"幽玄美"的境界。此外，二胡乐器的独特音色让人感到一种悲调，这也是一种"物哀"。当我们在听蒙古族音乐的"长调"时，在悠扬舒缓的节奏背后，也会让人感到这种"哀而不伤"的悲调，尽管场面可能热闹欢快，但"知物哀"、懂欣赏的人仍然会有"曲终人散"的悲凉之感，提醒自己要珍惜当下的美好生活，这同样是一种"物哀"，它是一种人生与艺术的审美思维。

一般而言，人类对美的追求往往始于简单到繁复，然后终于由繁复到简单，这是一个辩证的过程，后来的"简单"已非此前的"简单"。那么，美的极致状态——极简主义，绝不是简陋，其背后有丰盈的人生哲学与美学思想的支撑。苏轼《与董传留别》诗云："腹有诗书气自华"[①]，这与藤原定家的"有心"相通。和歌创作强调含蓄自然，平铺直叙谈不上"有心"，"有心体"和歌要表现的思想感情必须深藏不露，幽深婉曲，但通过比兴、意象等表达手法让读者隐约感受得到，如"雾里看

---

① （清）吕之振等选：《宋诗抄（一）》，中华书局1986年版，第716页。

花""水中望月"。

我们知道，人的气质雅俗不能只靠外表的装扮，优雅的气质是由内而外的自然流露。同样道理，早在《古今集》时代，纪贯之等人便已经意识到这一点，因此他特别强调"心词相兼"。但不可否认他更注重"心"，这是出于政治目的。他认为，当"心"与"词"、即内容与形式无法做到兼得的时候，主张取"心"（文意），即"以心为先"。藤原定家《咏歌大概》也认为"心"与"词"的关系就像鸟的双翼一样，缺一不可。[①] 这种观点在当时来说，无疑是正确的。然而，中日古典诗歌是以抒情为主的，不同于西方的叙事诗，感性思维要多于理性思维，董仲舒《春秋繁露》卷三云："诗无达诂，易无达占，春秋无达辞"[②]，讲的就是这个道理。中日古典诗歌以抒情见长，多用"比兴"手法，如果以字面取意，那么就会索然无味。

当然，《古今集》时代的纪贯之主张"以心为先"是有前提条件的，只有当无法兼顾形式与内容之时，应当把文意或诗意表达清楚，这是一种退而求其次的无奈之举。当藤原公任提出"心词姿"，以及藤原俊成的"余情幽玄"命题出现之后，纪贯之的"心词相兼"的二元对立矛盾便有了解决之法。然而，平安时代后期，以《金叶集》《词花集》为代表的时期，和歌创作陷入了形式主义的泥潭，幸亏藤原俊成编撰《千载集》，主张复古，以《古今集》为宗，在一定程度上扭转了这种不良歌风。进入《新古今集》时代，面对藤原定家的激进歌风，保守派歌人对"妖艳美"的理解容易产生误区，将"妖艳美"简单理解为女性容貌的官能美，进而将之理解为雕琢辞藻的"艳词"。为了消除这种流弊，藤原定家在《每月抄》等著作中提出"有心"这一诗学范畴，他批评纪贯之排斥"有心妖艳体"的做法，在"定家十体"中他进一步将"有心妖艳体"简化为"有心体"。

在中国古代诗歌史上，从"诗言志"过渡到"诗缘情"，这是诗学理论的巨大飞越，主客观因素都具备才算完整；后来诗歌的本体论又从"情志"连缀，发展到"吟咏情性"与"以意为主"，以及"神韵"与"性灵"，由对立矛盾发展到彼此融合。同样的发展轨迹，我们在日本诗学史上也可以看到。总之，人们的关注点由一己情感上升到人类普遍性的宇宙人生哲理，以及对人生意义的终极究问等抽象层

---

① 藤原定家、「詠歌大概」、『日本古典文学大系 65・歌論集 能楽論集』、東京：岩波書店、1973 年、第 130 頁。

② 毛宣国：《"〈诗〉无达诂"解》，中国文学研究 2007 年第 1 期，第 8~11 页。

面。"幽玄"诗学便是在这种人文关怀的需求背景下产生出来。

作为审美范畴的"幽玄"，尽管它属于复合型的美，而且"艳"与"寂"构成了大美的两极，但显然"寂"的美学属性要高于"艳"的属性，正所谓"铅华洗去呈素姿"，"浓丽"的宫体诗必然会被"清丽"的山水诗所取代，同样表现"妖艳美"的和歌也被"清风美""平淡美"的和歌所取代，这是审美规律发展的必然结果。

回顾一下我国古代诗歌发展史，南朝齐梁的宫体诗就曾经历过"彩丽竞繁"的时代，被后来的正统文人诟病为"伤于轻艳"。唐诗人陈子昂《登幽州台歌》一出——"前不见古人，后不见来者，念天地之悠悠，独怆然而泣下"[①]——一扫宫体诗以及上官体的轻靡之风；到了晚唐时代，国力式微，昂扬进取的盛唐气象荡然无存，颓废伤感伴随着浓丽细婉的诗风盛行。这股柔丽绮靡的诗风持续到宋代，直到黄庭坚、陈师道等人的江西诗派横空出世，凭借佶屈聱牙的瘦硬体诗风才扭转局面；至于宋词中的婉约派与豪放派之争，本来只是风格不同罢了，并没有优劣高下之分，然而在儒家诗教思想的高压下，婉约词派被边缘化了，只好搞出来"微言大义"，装点一下门面而已。因此，诗歌的时代风格之转变是再自然不过的事情了。

那么，"幽玄美"同样具有不同的色调，如果说两个极端的一极是"妖艳美"的话，那么另一端便是"寂美"。当然"物哀美"也具有宽泛的外延，但其终极之美则是空寂，甚至是寂灭。老子《道德经》云："大音希声，大象无形。"按照这种逻辑，浓丽不如清丽，味浓不如味淡，因此说"至味无味"。苏轼云"发纤秾于简古，寄至味于淡泊"[②]，又"所贵乎枯淡者，谓其外枯而中膏，似淡而实美"。而关于味道，老子《道德经》第六十三章云："为无为，事无事，味无味。"[③]老子所言的"无味之味"是一种有无相生的状态，这种无味是一种冲和、静和、淡和、太和。这种无味是在无我、忘我的一刹那的空无一切、心无挂碍的精神状态中，达到一种至纯至真的境地。这种无味不是真正的没有味道，而是摆脱了感官嗅觉和具体功利的味道，含不尽之意，见于言外。

老子所说的"无味之味"哲学思辨可以阐释现代美学意义上的极简主义，外表简素，甚至寂寥枯淡，但内涵丰富，似淡而实美，这应该可以比附"幽玄美"，"妖

---

① 蘅塘退士选编：《唐诗三百首（合订注释本）》，巴蜀书社1992年版，第45页。

② （宋）苏轼，（明）茅维编：《苏轼文集》，孔凡礼点校，中华书局1986年版，第2124页。

③ （春秋）老聃：《老子》，梁海明注，山西古籍出版社2001年版，第113页。

艳"美到极致便转化为一种"寂美",它是洗尽妖艳浓丽的"铅华"之后所呈现的素姿,它与浓墨重彩的描画无缘,而是冲和恬淡、写意含蓄的淡泊,这应该说较为准确地把握住了"幽玄美"的精髓。本书之所以这样认为,是因为现代日本人对《新古今集》中的"三夕歌"给予了极高的评价,尽管长期以来"妖艳美"被认为是《新古今集》的时代风格,但"三夕歌"所呈现出来的美学风格并非"妖艳",而是一种"寂寥""独寂"的美。然而,风格迥异的"艳"与"寂",在"幽玄美"的统摄之下得到对立与统一,那么这种疑问便得到完美的解答。"妖艳美"其实就是一种浓丽美,它表现为一种缠绵悱恻、虚无缥缈的意境美;而浓丽美在感伤情绪平复后必然会被清丽美所取代,它的极致形态就是老寂、孤寂的淡泊美、闲寂美。

《新古今集》第四卷"秋上"中有三首和歌被排列在一起,作者分别是藤原定家、西行和尚、寂莲法师,三首和歌的最后一句都是"秋日黄昏",因此后人称其为"三夕歌"。一般来说,描写秋天景色的诗歌分两种,一种是杜牧《山行》"霜叶红于二月花"式的明亮秋色,另一种则是如马致远《天净沙·秋思》"古道西风瘦马,夕阳西下,断肠人在天涯"般的晚秋悲凉。相比而言,日本人更喜欢后者,如果我们将《古今集》与《新古今集》中的秋歌题拿出来比较的话就会很明显,《古今集》时代的秋歌总体来说具有典雅优艳的特点;而《新古今集》时代则出现两种倾向,一种是浓丽细婉,色调艳丽却带有伤感的味道,正如晚唐诗人李商隐《登乐游园》"夕阳无限好,只是近黄昏"的无奈,另一种则是超脱个人情感的层面,在无常观等宗教思想的渗透作用下,贵族诗人对王朝时代没落式微的感伤情绪得到了淡化与平复。在这种趋势下,"妖艳美"必然会被"清风美""平淡美"以及"寂美"所取代。

下面,我们来看一下寂莲法师的和歌:

> 寂しさや / その色としも / なかりけり / 槙立つ山の / 秋の夕暮れ
>
> 秋暮山失色,心寂林幽静。 （笔者译）

虽然诗贵含蓄,但将和歌译成汉诗时,却不得不增译一些文字而使内容显得直白,但我们还是可以还原该和歌所表达的幽远意境。曾经满山遍野的红叶五彩斑斓、层林尽染，然而此时秋华散尽，略显萧条衰败的景象并没有令诗人感到几分寂寥之意，但在诗人心中，眼前景色仿佛蒙上了一层看不见却能感受到的寂寥之色。其实这是一种繁华变衰、曲终人散的宿命与无奈。当眼前繁花散尽，唯有高大的松树在日暮黄昏中寂寞地摇曳，令人顿生感慨，苍茫大地，天地悠悠。正如李白《春夜宴桃李园序》诗云："夫天地者万物之逆旅，光阴者百代之过客"，人在天地间是如此的渺小，唯有人的精神才能做到永恒。寂莲法师是藤原俊成的养子，后来由于藤原定家出生，改称定家的表兄，在 31 岁时出家为僧。

下面则是西行法师的和歌作品：

> 心無き / 身にもあはれは / 知られけり / 鴫立つ沢の / 秋の夕暮れ
>
> 出家人绝情，孤寂自知晓。朱鹮飞沼泽，秋日斜阳暮。　　　　　　　（笔者译）

西行法师的这首"三夕歌"收录于《山家集》中，但没有具体说明是何时所作。关于创作时间，日本学界主要有两种说法，一种是 25 岁的西行法师于 1143 年第一次奥州之旅时的作品，但从作品的老寂风格来看，不像是西行法师年青时代的作品；另一种观点是 1186 年作者 68 岁时创作的。另外，据日本学者窪田章一郎考证，这是仁安三年（1168 年）西行法师 50 岁时的作品[①]，本书赞同这一说法。对于日本人来说，一提到奥州便会联想起江户俳句诗人松尾芭蕉的游记《奥州小道》，奥州是指日本古地名的陆奥国，位于今天日本东北地区的岩手县，奥州藤原氏曾是割据一方的贵族势力，先后传承四代，持续了百年荣耀，1189 年被源赖朝所灭。奥州藤原氏建立的平泉文化在当时甚至可以与京都媲美，却因战火而毁于一旦。江户时代的俳圣松尾芭蕉在奥州之旅时，曾去凭吊过平泉古战场，写下了那首著名的俳句：

> 夏草や / つわものどもが / 夢の跡
>
> 夏草萋萋，武士长眠留梦迹。　　　　　　　　　　　　　　　（李芒译）[②]
>
> 夏草，将相梦留痕。　　　　　　　　　　　　　　　　　　　（金中译）[③]

---

① 窪田章一郎校注、『古今和歌集』、東京：角川文庫、1977 年、第 516 頁。

② 李芒：《芭蕉俳句选译》，《日语学习与研究》1987 年第 6 期，第 49 页。

③ 金中：《日本诗歌翻译论》，北京大学出版社 2014 年版，第 198 页。

芭蕉来到古战场凭吊，绿葱葱的夏草覆盖着大地，当年金戈铁马的厮杀场面只能存在于梦境之中。芭蕉在日记中提到了杜甫《春望》中的诗句："国破山河在，城春草木深"，一时感慨无限。^①而西行法师去奥州的时候，藤原氏贵族应该还是割据一方的诸侯，所以和歌中当然没有芭蕉俳句中的怀古感遇，然而他的和歌在"物哀"的色调上与芭蕉的"寂美"颇有相似之处。本来"寂美"就与"幽玄""物哀"纠缠不清，属于"幽玄美"中众多审美风格的一品。

西行法师的"三夕歌"是他在旅途中的写景歌，和歌里的诗人主观意识很浓重，首句直译是说"出家人本不该有俗家人的情感"，表明自己并非无情；最后一句"秋日斜阳暮"实写眼前的孤寂景色，表达出"天地悠悠的虚无与寂寥感"。西行法师的和歌第一句便说，"我"尽管已是出家之人，本应"跳出三界外、不在五行中"，对世间的感情应该彻底割舍，然而面对此时此刻的眼前景象，"我"却被深深地感染了。和歌的后两句描写了这样的画面："水鸟一飞冲天去，空余一片沼泽，陷入无尽的静谧，秋日黄昏斜阳西下。"当然，我们不认为这首和歌是纯粹写景的。西行法师在出家前曾是一名武士，出家后他却尘世情缘未了，情绪容易受到外界的纷扰，和歌第二句说自己能够感受到"哀"（人情世故），因此他希望能彻底摆脱尘世烦恼，于是诗人用了"朱鹮冲天，空余沼泽"的意象。和歌最后一句只是含蓄地写出"秋之日暮"，是否有美丽的余晖？还是残阳如血？还是天空阴暗？一切都没有交代清楚，全凭读者的自由想象。

本来作为一名出家人，西行法师应该超凡脱俗、清心寡欲，但却割舍不下对尘世的留恋，诗中"朱鹮冲天，空余沼泽"的意象隐喻地暗示出作者内心的主观情感。西行和尚出家前是鸟羽上皇的"北面武士"（御林军），俗名佐藤义清，他曾与年长许多的鸟羽上皇的中宫皇后璋子谈过恋爱，后来璋子皇后移情别恋，23岁的西行出家。这种事情在平安时代很常见，贵族女性同时有数个性伴侣，这被称作"妻访婚"。现代人很难理解日本平安贵族的婚姻制度与道德伦理，当时女性并没有形成严格的贞操观念，直到镰仓幕府时代之后，女性贞操观才真正形成。传说西行和尚出家的原因是失恋，他始终不能放下这段感情，矛盾纠葛终其一生，他创作过

---

① 参见拙著：《杜甫与芭蕉》，《苏州大学学报》2000年第4期，第41~43页。

三百余首恋歌，这令人感到非常奇怪。不过，读者即便不知晓这段故事，也不会影响对该和歌意境的欣赏，和歌表现出来的理想（朱鹮）与现实（沼泽）的矛盾对立，令人感到强烈的情感共鸣。

最后，我们来解读藤原定家的和歌：

見渡せば / 花も紅葉も / なかりけり / 浦の苫屋の / 秋の夕暮れ

环望处，樱花红叶皆无迹，海岸茅庐日暮秋。 （金中译）[①]

该和歌的大意是说，诗人伫立海边向远方眺望，曾经艳丽娇美的樱花或者红火色浓的枫叶此时都没有了踪影，"洗尽铅华呈素姿"，唯见海滩上孤独地伫立着一座打鱼人的茅草屋，此时在萧索的秋风中斜阳西下，黄昏日暮。这首和歌在《新古新集》时代便受到世人的喜爱，因为它极大地引起了王公贵族的情感共鸣。平安王朝的荣华繁盛时代一去不复返，夕阳西下的余晖尽管灿烂辉煌却非常短暂，"樱花"与"红叶"具有明显的象征意义。

藤原定家的这首和歌与寂莲、西行俩人的和歌相比，主观色彩似乎更少一些，诗人将自我隐藏得更深一些。藤原定家在和歌的首句中用了一个"远眺"（环视），大有"昨夜西风凋碧树。独上高楼，望尽天涯路"的意境，诗人注定是孤独的，李白《将进酒》诗云："古来圣贤皆寂寞，唯有饮者留其名。"藤原定家也不例外，他空有远大抱负，欲将和歌世家——御子左家的荣耀张扬光大，但却仕途坎坷，海边孤立的小渔屋便是他孤寂心象的外化投影。

该和歌为我们描绘了两种截然不同的画面，一种是"樱花红叶"所象征的平安贵族奢华香艳的游宴场景，它存在于作者的记忆与想象中，一定是绚烂艳丽之极，可称之"妖艳"；另一个画面是作者眼中现实的萧条落寞的景象。两者形成鲜明的对比与反差，但作者并没有流露出任何的感伤与落寞。最后一句含蓄地发出"秋风瑟瑟斜阳暮"的咏叹，一切都是写景语，却句句都是抒情语。王国维在《人间词话》中提出"无我之境"的命题，"寒波澹澹起，白鸟悠悠下"，无我之境也。而无

---

① 金中：《日本诗歌翻译论》，北京大学出版社 2014 年版，第 39 页。

我之境，人惟于静中得之。^①那么，我们来看藤原定家的这首和歌，前三句已经明确交代清楚，没有往昔的荣华艳丽色彩；最后两句在诗人眼中，渔夫草庐孤立海滩，寂寥枯淡犹如水墨山水画一般，斜阳的余晖也已然失去色彩，在天地悠远的宇宙面前，个人的荣辱兴衰都显得格外渺小。该和歌最后在"秋日斜阳暮"的咏叹中结束，留下兴寄高远的余韵。这首和歌传说是藤原定家二十四五岁时的作品，虽然他在歌学歌论上尚未形成完整成熟的理论体系，但这首和歌可称得上是佳句偶得、浑然天成、语浅意深，已入"幽玄"之境。

在《新古今集》中，西行法师的作品被收录的有94首之多，其数量占据首位，然而西行法师并非后鸟羽上皇"仙洞"歌坛的座上宾，他是一个闲云野鹤式的出家人，但同时也是一个与现实社会的底层民众联系紧密的隐逸诗人。而藤原定家等宫廷诗人则在继承雅正高古的和歌传统同时，也致力于创新，作品风格具有超现实的唯美主义倾向。西行与定家二人属于《新古今集》时代的美学风格的相对立的两个极端。^②

藤原定家首次公开参加歌会是1178年他17岁的时候，他在《别雷社歌合》中留下三首和歌，此时的西行法师已经60岁。1181年藤原定家凭借《初学百首》显示出天才诗人的禀赋，令其父藤原俊成激动得流下眼泪，这时的西行法师已经63岁，但在歌坛上并没有多少诗名。由于西行法师与藤原俊成的关系密切，随着藤原俊成逐渐成为歌坛的权威人物而受到世人的瞩目，并在藤原俊成负责编撰的《千载和歌集》中被收录了18首和歌作品，从而奠定了他在歌坛上的重要地位。在年青的藤原定家眼中，西行法师与其父藤原俊成一样，都是他值得仰视的歌学大家与楷模。

按照日本学者田尻嘉信的分类，藤原定家的创作活动分为四个时期^③。第一期是应保二年（1162年）至文治元年（1185年），即藤原定家23岁之前的时期，为其初学期；第二时期从文治二年（1186年）至元久二年（1205年），即24岁到43岁的期间；第三时期是建永元年（1206年）到承久三年（1221年），44岁到59岁的

---

① 王国维：《人间词话》，山西古籍出版社2002年版，第2~3页。

② 遠田晤良、「藤原定家の自立——西行歌風への超克」、『札幌大学女子短期大学部紀要』、第12巻，1978年3月、第109~123頁。

③ 田尻嘉信、「藤原定家」、『和歌文学講座』、東京：桜楓社、1972年、第59頁。

时期，他留下歌学著作《近代秀歌》《每月抄》等；第四时期从贞应元年（1222年）到仁治二年（1241年），从60岁到79岁的晚年时期，编撰《新敕选集》，以及从事古典的勘校工作。

藤原定家的第二创作活动期，即24岁至43岁这一时期他显示出旺盛的创作欲望，经历了九条家歌坛和后鸟羽上皇歌坛，也是其树立新风的重要时期。新风树立的标志便是《二见浦百首》，而"三夕歌"之一的定家作品便收录其中。藤平春男认为："藤原俊成经过长期努力，他在诗学上的探索逐渐带有理论的自觉性，而且在他的周围，和歌诗人们的作品开始孕育起新的生命，尤其是藤原定家行走在最前沿，在他文治二年创作的《二见浦百首》之上，已经可以让人看到明显的新风。"①当然，一种新风不是一天就能成熟的。藤原定家对创作技巧的探索早在《初学百首》时期就已开始，中间又经过《六百番歌合百首》时期的努力，终于在《二见浦百首》时期由量变到质变的飞跃式发展。

文治二年（1186年），已经68岁的西行法师为了修建伊势大佛，不顾年高体弱外出化缘，临行之前举办歌合献给神佛。藤原定家也受到邀请，于是便有了歌集《二见浦百首》的创作。此前，藤原定家的《初学百首》以及《堀河院题百首》等歌集关乎他的诗名等社会地位，所以马虎不得，必须全力以赴。然而，西行法师主办的民间歌合则性质不同，而且是献给神佛用的，为此藤原定家一定感到轻松许多，他可以从容地运用过去不方便使用的创作技法，在这种宽松的环境中有可能创作出更优秀的作品来。②

相比之下，藤原定家的"三夕歌"则做到了"作者的隐身"，诗人将主观情感完全隐藏起来，通篇和歌都在写景，诗人站在海边眺望，眼中看不见曾经的樱花与红叶，唯见渔夫的茅庐孤立岸边，秋日秋风斜阳暮，一下了把读者带到寂寥枯淡的意境中去。

---

① 藤平春男、『新古今歌風の形成』、東京：明治書院、1969年、第39頁。
② 久保田淳、『新古今歌人の研究』、東京：東大出版会、1973年、第562頁。

第三节 "幽玄"与"神韵""妙悟"

日本学者谷山茂认为"幽玄"与我国清代的"神韵说"非常相近[①]。钱锺书在《中国诗学与中国画》一文中就说过："神韵派在旧诗史上算不得正统，不像南宗在旧画史上曾占有统治地位。唐代司空图和宋代严羽似乎都没有显著的影响……"[②]他在《谈艺录》中说："然神有二义。'养神'之神，乃《庄子·在宥》篇：'无摇汝精，神将守形'之'神'，绝圣弃智，天君不动。至《庄子·天下》篇：'天地并，神明往'之'神'，并非无思无虑，不见不闻，乃超越思虑见闻，别证妙境而契胜谛。易所谓精义入神，《孟子》所谓'大而圣，圣而神'，《孔丛子》所谓'心之精神谓之圣'，皆指此言。"[③] 按照此观点，"神韵派"主张的"神韵"其实是狭义的，主要是指诗歌的立意构思的奇巧之极，非常人所能及，以及修辞技巧、用事用典等方面的精妙程度，属于理性思维的范畴。

明代诗人胡应麟在《诗薮·内编》卷五云："作诗大要，不过二端，体格声律、兴象风神而已。"[④] 意思是说，诗歌的"神韵"通达诗人的努力是可以达到的。我国古代诗歌发展到了唐代，已经达到登峰造极的高度，宋人为了创新，便想出了"以理入诗""以议论为诗"的办法，但少有好的作品，常受到后人的诟病。那么以黄庭坚、陈师道等人为代表江西诗派强调"诗法""法度"，教人拟古；而严羽《沧浪诗话》对江西诗派的创作主张进行了扬弃，反对过度拘泥法度，转而提倡"惟在兴趣""吟咏情性"等"妙悟"思想；而到了明清时期，以明前后七子以及清代的沈德潜等人主张宗法盛唐，被称为"格调派"。与此相对的则是王士禛的"神韵派"和袁枚的"性灵派"。格调派重视诗歌的体格声律、强调法度；神韵派则主张创作技巧的创新，尤其是注重"兴象风神"的有无；而"性灵派"与"神韵派"在反对"格调派"的拟古做法上面是意见一致的，但它们两者之间也存在差异，"性灵派"主张感情真挚而反对过度强调技巧。

从上面论述可知，自北宋江西诗派以降的诗学发展道路来看，诗家论诗已经不

---

① 谷山茂，『谷山茂著作集（一）·幽玄』、東京：角川書店、1982 年、第 163 頁。

② 钱锺书：《中国诗与中国画·七缀集》，上海古籍出版社 1994 年版，第 21 页。

③ 钱锺书：《谈艺录》，生活·读书·新知三联书店 2010 年版，第 111~112 页。

④ （明）胡应麟：《诗薮》，上海古籍出版社 1958 年版，第 100 页。

再纠结"诗言志"还是"诗缘情"的二元悖论，早在唐诗阶段"情"与"志"便合并为"情志"。古代日本人师从中国文化，一开始便有意绕过"情志之辩"，《古今集》和歌两序将"心"称为和歌之本，"和歌托其根苗于心地"。由此可知，和歌的"心"等同于汉诗的"情志"，而且古代日本人所说的"歌心"与"人心"其实就是指客观的"志"与主观的"情"。自两宋以后，儒释道三教开始出现融合倾向，"言志"与"缘情"，这种诗歌的本体论问题早已得到解决，人们对"什么是诗"已经没有疑问。于是，"如何写诗""如何写好诗"的问题便摆在两宋文人的面前。

北宋的黄庭坚、陈师道等江西诗派主张作诗应遵循"法度"，以老杜为宗，但他们又提出了"死法"和"活法"，并不是一味地墨守成规，在一定范围内还是主张创新的。同样，南宋的严羽也并非完全反对江西诗派的"法度"与学问，他提出"惟在兴趣"的命题是有前提条件的，而且这一时期文体学意识已经出现。严羽在《沧浪诗话》论诗体时说："《风》《雅》《颂》既亡，一变而为《离骚》，再变而为西汉五言，三变而为歌行杂体，四变而为沈、宋律诗。五言起于李陵、苏武（或云枚乘），七言起于汉武《柏梁》，四言起于汉楚王傅韦孟，六言起于汉司农谷永，三言起于晋夏侯湛，九言起于高贵乡公……"①

诗歌有诗歌的文体风格，这就是"法度"。然而过分强调法度，便会束缚住诗人的想象力和表现力，好像"戴着脚镣跳舞"一样，对此严羽主张作诗"惟在兴趣"，犹如给受"法度"束缚的诗人松绑一般；表面看来，中国古代诗学发展道路上存在儒家功用主义诗学与道家审美主义诗学的对立冲突，但实质上是表现形式与思想内容之争，或者可以说是"体格声律"（格调）与"兴象风神"（神韵）的美学批评之争。事实上，每一种流派为了自己的主张能够消除当时的流弊，都会强调某一点而忽略其他，非此即彼，各执一端。因此，我们应当全面地看待古代诗学中的流派之争。诗至唐宋方为大成，宋之后诗歌有衰微的趋势，宋词、元曲等新兴艺术开始流行。明代前后七子重提复古，"文必秦汉，诗必盛唐"。但大多诗人却陷入拟古困境，形式僵化，内容陈旧。清代诗人为纠正明代诗歌的拟古风气，神韵派与性灵派分别从学古与革新两个不同角度提出救弊主张。然而，单独来看，每一种流派的诗学主张都未免狭隘，如神韵派的美学风格偏于温婉柔靡，与格调派的豪放壮美相

---

① （清）何文焕辑：《历代诗话》，中华书局 2004 年版，第 689 页。

讯；而性灵派过分强调任情而作、率性而为，有时会出现过于直白的弊端。

明人张綖《诗余图谱·凡例》把词体流派分成婉约与豪放两种风格，所以才有两种风格之争。① 一种观点是"崇婉抑豪"。神韵说的代表人物王士禛在《跋陈说岩太宰丁丑诗卷》中说："自昔称诗者尚雄浑则鲜风调，擅神韵则乏豪健，二者交讥。"② 另外，他在《分甘余话》卷二中说："正调至秦少游、李易安为极致，若柳耆卿则靡矣；变调至东坡为极致，辛稼轩豪于东坡而不免稍过，若刘改之则恶道矣"③。另一种观点是"扬豪抑婉"，以豪放词为高，以婉约词特别是女儿之情者为不足取。清代的词论家则采取折中的态度，沈祥龙《论词随笔》道："词有婉约，有豪放，二者不可偏废，在施之各当耳。"④

这是因为唐朝处于封建社会上升阶段，文人士大夫具有积极进取、建功立业的精神面貌；而宋代积贫积弱，特别是南宋偏安江南，时代精神的不同造成了唐人与宋人在美学风格上存在着许多差异。蔡镇楚在《中国古代批评史》中认为：

> 宋代文学艺术呈现出雅致化的倾向：诗由唐代的诗人之诗演化为宋代的学人之诗；画由唐五代的人物画演化为宋代的山水画，追求意境之萧疏清雅平淡恬静，即使是人物画亦崇尚白描向淡毫清墨方向发展；书法由五代的重法度而变为宋代的重气势重神韵，追求淡雅清隽的审美情趣。⑤

如果以中国古代诗学的发展经验来反观日本，那么许多复杂的问题就会变得清晰起来。我们知道，古代日本诗学在中国古代文论的刺激下开始萌发，其标志便是纪贯之《假名序》，日本人没有争论过"诗言志"还是"诗缘情"，因为两者本来就是对立统一的关系，因为少了儒家诗教的羁绊，"幽玄"诗学得到了顺利发展的外部环境。

当然，日本人除了和歌以外还有汉诗，正所谓"诗庄词媚"，和歌就应该是温

---

① （明）张綖：《诗余图谱卷首》，嘉靖十五年（1536）刻本。
② （清）王士禛：《带经堂诗话》（卷三），人民教育出版社 2001 年版，第 42 页。
③ （清）王士禛：《王士禛全集（第 6 册）·分甘余话》，齐鲁书社 2007 年版，第 4974 页。
④ （清）沈祥龙：《论词随笔》，载中国古代文学理论研究室编：《历代诗话词话选》，武汉大学出版社 1984 年版，第 134 页。
⑤ 蔡镇楚：《中国古代文学批评史》，岳麓书社 1999 年版，第 242~243 页。

婉清丽或者余情妖艳，什么"宜登公宴""润色鸿业"等角色可以交给汉诗去完成。然而由于大唐国力式微，日本平安朝停止派遣遣唐使，兴起所谓"国风文化"，与"唐风文化"相对。在这种历史语境下，日本人的民族意识开始高涨，于是敕选《古今和歌集》的出现便为此后的和歌创作树立了标杆。犹其是纪贯之与《古今集》强调"主情主义"，为"幽玄"诗学奠定了坚实的基础。《古今集》与《新古今集》在主情主义思想方面目标一致，当"心"与"词"不能兼顾时，便主张"以心为先"。在这一点上，藤原定家与纪贯之俩人的观点一致。

藤原定家在《近代秀歌》中说："昔时纪贯之，（其）歌心（意趣）奇巧，格调品位之高无可企及，（犹）喜壮词且体格奇巧之作，不咏余情妖艳之体。"这段话告诉我们，纪贯之时代流行格调高古、构思奇巧的和歌，文中特别还强调了"壮词"，应该是指词语铿锵有力、风格豪放之意。那么，纪贯之所推崇的歌体风格与"余情妖艳体"是相对立的，后者应该类似于"婉约"的柔靡风格。换言之，《古今集》与《新古今集》的差别在于审美风格的不同，这是由于社会历史语境不同所造成的必然结果。

藤原定家在《近代秀歌》说道："此后，继承了纪贯之流派的亚流诗人唯此种歌体为宗。然而世代下降，人心衰劣，格调尽失，辞藻也变得鄙陋粗浅。（中略）农夫离开花荫下，商贾脱去鲜艳衣一般。"[1] 这段话基本上是照搬《和歌序》原文。一方面自《古今集》之后，《后撰集》《拾遗集》《后拾遗集》等敕选和歌集相继问世，平安王朝的天皇以及贵族文人对和歌创作表现出浓厚兴趣。但是另一方面，优秀的和歌作品却越来越少，尽管编撰者打着"拾遗""后拾遗"的口号扩大范围进行选歌，但仍然乏善可陈，因为后来的和歌多为拟古，自然一代不如一代，很难在体格声律等诗歌的外形律上有创新，变得形式大于内容，空洞无物。藤原定家讥讽他们是"农夫离开花荫下，商贾脱去鲜艳衣"。意思是说，离开了华丽辞藻的装饰，剩下的和歌内容则是一片狼藉，空洞无物。

不过话又得说回来，对于定型诗这类古典诗歌来说，必要的辞藻修饰是不可缺少的，严整端丽的声律、对仗工整，这些形式上的美感是诗歌不可缺少的组成部分。然而新奇巧妙的修辞句法等在初次使用时，可以带给人们新鲜感。但反复使用

---

[1]　藤原定家、「近代秀歌」、『日本古典文学大系 65・歌論集 能楽論集』、東京：岩波書店、1973 年、第100 頁。

后，很容易产生审美疲劳，甚至令人生出腻烦。因此，和歌诗人挖空心思地在句法词法创新，很容易产生内容空洞的作品，甚至成为一种文字游戏。

我们知道，南朝齐梁文学时期流行轻艳浓丽的宫体诗。刘勰在《文心雕龙·明诗》中道："俪采百字之偶，争价一句之奇。情必极貌以写物，辞必穷力而追新。"[①] 这几句大意是：讲究全篇的对偶辞采，争取一句的奇特警策；在情景上一定尽力刻画形貌，在用词一定力求新颖。追求辞藻华美与美辞丽句是必要的行为，因为"诗赋欲丽"是诗文的天生属性，但任何事物都不能超过一个"度"，词采是为内容服务的，不能以词害义。袁枚《随园诗话》卷七云："太白斗酒诗百篇，东坡嬉笑怒骂，皆成文章，不过一时兴到语，不可以词害意。"[②] 同样，我们在和歌的发展道路上也可以看到似曾相识的一幕。

康和二年（1100年），堀河上皇的近臣源国信（1069—1111年）招集众人举办了家庭歌会，以恋歌为题，尽管规模非常小，但它在日本和歌史上却有着重要影响地位[③]。该歌合的第六番歌如下：

> 契りありて / 渡りそめなば / 角田川 / かえらぬみづの / こころともがな
>
> 姻缘红线牵，修得同船渡。此情若磐石，隅田水不回。　　　　　（笔者译）

角田川即隅田川，是流经东京市区的一条河。这首和歌的大意是说，前世姻缘情丝难断，既然渡过了隅田川这条爱情河去约会（双关语），那么我们两人的爱情就像河水不会倒流一样，坚如磐石，牢不可破。藤原基俊对源俊赖的这首和歌评论道："就中腰句非古歌，乃康和时势妆也，足惊心，自可以庶几而已。"[④] 这是借用原文的日文汉字所表达的意思，"就中腰句非古歌"意思是说"尤其第三句的歌风不同于古歌"。和歌的短歌由五句组成。第三句有五个音节，角田川（sumidagawa），其实就是五个音节的意象词，而这个富有韵律的意象背后则是大量和歌文本的互文

---

① （梁）刘勰：《文心雕龙》，远方出版社2004年版，第31页。
② （清）袁枚：《随园诗话》，人民文学出版社1960年版，第234页。
③ 橋本不美男、『院政期歌壇史研究』、東京：武蔵野書院、1966年、第203頁。
④ 稲田繁夫、「藤原基俊の歌論の意義特に俊成の幽玄論成立過程における」、『人文科学研究報告』、6号、1956年3月、第45~50頁。

性联想，和歌围绕着"角田川"而展开联想，男子乘着小船划过隅田川（角田川）去探访女子，因为俩人的约会是由前世情缘决定的，俩人相恋相爱的决心就像不能倒流的河水一样坚定不移。

日本的传统和歌，至少康和（1099—1104 年）之前的和歌并没有这种抒情的表达方法，所以藤原基俊才会说"腰句非古歌"。"乃康和时势妆也"，是指康和年间流行的审美样式，以香艳浓丽为特征，"时势妆"通"时世妆"。"自可以庶几而已"中的"庶几"是"令人喜爱、向往"之意。简单地说，藤原其俊认为这首和歌的表现方法令当时的人们耳目一新。因为之前的表现方法注重说理达义、雕琢辞藻，而如今的表现方法注重兴象歌姿的营造，意在言外。

由于《古今集》《后撰集》《拾遗集》等三部敕撰和歌集分别成书于醍醐天皇、村上天皇以及花山天皇相继在位期间，因此被后人称为"三代集"。"三代集"为后世的和歌创作树立了榜样规范，和歌诗人便不敢越雷池一步，拟古歌大行其道。而到了康和年间，求新求变的"今样"新风流行起来。在这一时期，源经信、藤原通俊、大江匡房等老一代和歌诗人相继辞世，源俊赖时年 46 岁，藤原基俊 41 岁，以他俩为代表的一批中坚力量登上了历史舞台，肩负着开创和歌新时代的重任。

然而，古代和歌的创作主体主要是依附于宫廷生活周围的贵族文人，被称为"堂上派"的他们必然远离现实生活，创作题材主要是"题咏诗""应制诗"等。那么"宜登公宴"的庙堂性质必然会限制他们的自由发挥，而且日本平安朝文坛受中国文学的影响深远，儒家诗教的无形束缚同样也会对其产生负面影响。不过，打破诗教藩篱束缚的时机终会到来。平安时代后期康和年间，近臣源国信举办了一场"国信卿家歌合"，这被称为和歌史上划时代的大事件。① 为什么这样说呢？在此之前也曾举办过几次歌合，例如"阳成院②夏虫恋歌合"（912 年）、"阳成院亲王二人歌合"（868 年）等，虽然名义上算是单纯的"恋歌合"，但是都以"四季"为题，恋歌题只不过是附加题而已，并不受到重视。

相反，"国信卿家歌合"打破了以往举办歌合的成规，将恋歌题细分为"初恋"、"后朝"（约会）、"遇不逢恋"（不遇）、"夜恋"、"经年恋"等不同恋爱过程

---

① 橋本不美男，『院政期歌壇史研究』、東京：武蔵野書院、1966 年、第 205 頁。

② 即阳成天皇，868—949 年在位，退位后改称阳成上皇、阳成院。

的五种歌题，和歌诗人在描写恋爱双方的微妙心理变化过程，并从中体会到求新求变、个性张扬的快感，这其实顺应了新时代的要求。此后，"恋歌合"便更加频繁地举办，而且不仅是恋歌题被细化，其他歌题也出现了细分细化的倾向，例如四季歌题，每个季节又被细化为早、中、晚三种，例如春题可细分为早春、中春、晚春，各自都有相对应的四时花鸟景物。歌题的细分细化反过来又进一步促进了修辞与句法词法的发展，从而深化了诗境与审美风格的创造，并且进入了一个良性循环。然而，理论上来说"恋歌合"或者称"艳歌合"为拟古主义、古典主义的歌坛带来创新的清新空气，但"今样"流行歌谣所内藏的破坏性因素也不容忽视，它也给和歌创作造成了很大的混乱局面。

因此，对和歌创作规范的要求不能松懈。藤原基俊提出了"适歌"论（歌めく），优秀的和歌应该具备各项条件，只有符合条件标准的作品才算得上"适歌"，这显示出求新变革的积极态度。不过"求新"要有前提条件，墨守成规当然不行，过于激进也是不可取的，应该在继承传统的基础上适度创新，表现出非常谨慎的态度。为此，他举出一例和歌：

声たえず / 秋のよすがら / 鳴虫は / あさぢが露ぞ / 泪なりける

秋夜草虫鸣，浅茅朝露泪。 （笔者译）

藤原基俊认为这首和歌比起单纯的修辞句法上的求新更好、更有意境，兴象比兴的巧妙运用，让人感受到面对秋暮油然而生的落寞与寂寥感，即所谓的"物哀美"[1]。和歌表面上是写秋景，但生命的短暂与艰辛通过"秋虫"与"霜露"含蓄地表现出来，语浅意深，兴寄深远。只是当时"幽玄"尚未演变为诗学范畴，而且就连"余情"一词也没有出现，但藤原基俊已经敏锐地察觉到这种"境生象外"的歌风将大行其道。"物哀美"并非用词语直接表现出来，而是"意在言内，情溢词外"，这种"幽玄美"不同于以往的美辞丽句，因为词采辞章的美感只是表现外在的形式美，由体格声律产生的美感说到底是有限的，而"幽玄美"属于"兴象风神"的内在性美感，它的产生有着无穷尽的源泉。

[1] 稲田繁夫、「藤原基俊の歌論の意義特に俊成の幽玄論成立過程における」、『人文科学研究報告』、6号、1956年3月、第45~50頁。

通过上述的和歌例子可以看出，藤原基俊非常重视含蓄的"余情"表达，含蓄蕴藉才是诗人追求"诗味"，追求美辞丽句、雕琢辞藻的做法已经是明日黄花。其次，藤原基俊主张作品要表现自我个性，换言之就是独特的语言风格。因为在"歌合"的创作场域中，每位诗人面对的歌题是固定的，歌题中包含的传统审美思想是在场者相互理解、欣赏的共同基础，彼此之间可以"洒笔以成酣歌，和墨以藉谈笑"，但同时也必须具有自己的特色，这样才能分高低优劣。

此外，藤原基俊主张在和歌的用词必须雅正，禁止使用俚词俗语。在"雅俗"的对立观念上，古代日本人使用"晴"与"亵"的概念。在他看来，《万叶集》的和歌多古拙质朴之作，谈不上雅正，不足为训；而且汉诗文缘自中国文化，也成为他的排斥对象。他在"显国辅家歌合"的判词中批评形式主义歌风："何忘我朝之艳词，偏授汉家之难仪。"[①]意思是说，汉诗的审美思维、布局谋篇等并不适合和歌创作，而且和歌有自己的语言风格，即"艳词"。文中的"艳词"是指和歌而言，此外还有两层含义，一是指绮丽的语言风格，二是指擅长表现恋情题材。纵观古今中外，历史上的思想解放运动无不是先从男女爱情上寻找突破口。

由于受儒家诗教影响，中国古代的正统文人本能地对"艳词"抱有偏见，诸如"伤于轻艳"等言论。然而，和歌的"艳词"绝不是指美女妖冶的官能刺激，它应该是与庄严肃穆、刚健遒劲、洪钟大吕、宫商大调等风格相对，属于或温婉清丽、或浓丽华美的阴柔美、含蓄美。如果用"物哀美"来加以概括这些特点，便会十分地恰当。因此，藤原基俊主张从古歌中寻求创作规范，但他将《万叶集》排除在外，他心目中的理想典范是指《古今集》《后撰集》《拾遗集》等所谓的"三代集"，而且他的"适歌"论有四个标准，即"悦耳"（富于音乐性）、"朗朗上口"（有韵律美）、"诗词达意"（表现力强）、"读得懂"。最后一个标准是让人读得懂，这是因为《万叶集》时代的日本尚无本民族自己的文字，而汉字在五世纪时已经传入日本，于是在编撰《万叶集》时，日本人便使用汉字作为表音符号，记录下 4500 余首和歌，为后世留下了宝贵的精神财富。日本在平安后期才出现假名文字与汉字混合使用的表记方法，现代社会的普通日本人很少有人能够读懂《万叶集》收录的和歌，他们只好去读翻译成现代日语的《万叶集》，而我们中国人读《万叶集》，虽然每个

---

① 稲田繁夫、「藤原基俊の歌論の意義特に俊成の幽玄論成立過程における」、『人文科学研究報告』、6号、1956 年 3 月、第 45~50 頁。

汉字都认得，但完全不懂其内容。汉字原本是表意文字，而"万叶假名"却被用来表音。不过，这种办法虽然是权宜之计，但也让人们感叹古代日本人的聪明智慧。

随着藤原基俊的"适歌论"逐渐被世人所接受，于是对"歌姿"（体格声律的形态美）、"歌心"（意蕴、兴寄、怀抱）等方面的创新受到了和歌诗人的极大关注。平安晚期和歌创作迎来了重要的转折时期，用我们今天的话来说，就是古典主义开始转向浪漫主义的新开端。与此同时，日本和歌也开启了追求"神韵"的新时代。不过，这中间隐藏着意想不到的风险，追求"神韵"的方法主要依靠创作技巧以及用事用典，含蓄蕴藉与晦涩难懂之间只差那么一点儿。年青时代的藤原定家的和歌就被时人讥讽为"达磨歌"，有落入技术至上主义窠臼的危险。

不过，新文学思潮的出现并不都是对旧思潮的彻底否定，多数都是一种修正，当然有时会矫枉过正，这时候就会出现一种新的力量拨乱反正。"今样"歌谣的流行给保守僵化的和歌创作带给了活力，对辞藻声律的追求一方面在客观上完善了诗美与风格，另一方面也带来形式主义的弊端。这时候最有效的办法则是"复古"。

我国古人论诗常用"风骨"一词，其实是特指"建安风骨"，毫无疑问与齐梁宫体诗的"轻靡绮艳"构成完全对立。进入有唐一代，作为宫体诗的遗风，上官体也曾流行相当长的时间。陈子昂《幽州台歌》可谓振聋发聩，此后柔靡轻软的诗风开始逐渐改变。进入盛唐期后，雄浑刚健、高昂激越的诗风成为时代的主旋律。因此，诗歌的时代风格受到历史语境的制约，盛唐诗歌的创作主体与享受人群与齐梁宫体诗时代的士族阶层不同，庶族阶层开始登上历史舞台，盛唐的国力强大，昂扬向上的时代精神催人奋进、建功立业，这种时代风尚必然会反映到诗歌文学创作上来。而到了晚唐时代，国力式微，浓丽细婉且充满了伤感颓废的晚唐诗风必然与盛唐大相径庭。

同样，日本和歌的发展道路由此可以窥出某些端倪。纪贯之与《古今集》所处时期正值所谓"国风高扬"时代，王朝贵族处在上升阶段，为了使和歌摆脱"艳词小调"的负面形象，使其充当"宜登公宴"的角色，提升至能与汉诗平起平坐的政治地位，必然要在格调风骨上面下一番功夫。故此，藤原定家在《近代秀歌》才会说纪贯之的和歌格调高古、雅正端丽，后人不可企及，只是纪贯之排斥"余情妖艳体"，而这正是藤原定家与《新古今集》时代想要的审美风格。可见"余情妖艳体"

与雄浑刚健的风格相悖。如果说纪贯之喜好的是"豪放体"，那么"余情妖艳体"便是一种"婉约体"。当然，审美风格只有不同，没有高低之分。

　　然而诗歌的发展有其自身的艺术规律，审美的价值取向也必然会出现多元化。一方面，纪贯之的重"格调"主张一统歌坛的局面到了"三代集"的《后拾遗集》时代终于走到了尽头。"康和时势妆"的流行便释放出一种信号，而且"恋歌题"比以往任何时期都受到人们的关注，"恋歌"成为冲破诗教束缚的绝佳突破口，和歌诗人借助恋歌题抒发自己对美好生活的向往，作品中的意蕴怀抱渐渐会溢出男欢女爱的狭隘局限，诗境越来越得到深化。另一方面，平安王朝晚期，摄关政治的外戚专权引发政局不稳，武士阶层趁机崛起，最终建立了幕府政权，天皇变成了傀儡，曾经昂扬进取、意气风发的平安贵族公卿也随之失魂落魄，他们变得意志消沉、颓废内敛，或出家为僧，或隐居深山。这种消极的时代氛围必然会影响到诗歌文学的创作，曾经的慷慨悲歌也变成了低吟浅唱。

　　中国的宋代文人在王权与理学的重压之下，封建文人的人格出现矮化倾向，其特征之一便是喜欢"做妮子语"，即以女子的口吻写诗，自比臣妾，为妇女拟代。尽管十世纪至十二世纪的两国历史语境并不相同，但两国的诗人都特别喜欢"恋歌题"，也许是男女之情比较隐晦，更适合借题发挥，而周邦彦提出的"微言大义"其实是一种自欺欺人的言论，这只不过是"婉约"词派在宋理学、诗教和豪放词派的夹缝中求生存的策略而已。

　　相反，日本中世和歌诗人则无需面对诗教伦理的束缚，他们可以大胆地为女子"拟代"，毫无顾忌地吟咏"恋歌"。因此，《新古今集》的"妖艳"歌风在很大程度上与恋歌的"拟代"热潮不无关系。不过公平来说，这一时期日本人的审美取向还是比较多元化的，例如1202年后鸟羽上皇在和歌所举行的"三体和歌会"，分为"高体""瘦体""艳体"。"高体"又称"长高体"或"粗大体"，可以理解为是一种"雄浑""壮美"，具有阔大的诗境；而"瘦体"又称为"枯瘦体""幽玄体"，此"幽玄"为狭义上的概念，从具体的和歌例来分析，其表现的诗境比较狭窄，色调枯淡寂寥；至于"艳体"或称"优艳体""妖艳体"，最终演变为藤原定家的"幽玄体"。这一方面说明中世日本人对"幽玄"的理解非常混乱，另一方面也说明"幽玄"多歧义，在美学风格上属于复合型概念。

　　"长高体"基本上不容易搞混淆，它可以细分为"长高"与"远白"（或"远奥"），属于壮美系列；而"瘦体"与"艳体"则有相通之外，起到连接两者桥梁作用的是"物哀"，美学意义上的"物哀"也是一种复合型美，具有多重色调，"寂寥"与"妖艳"是物哀美的冷暖色调的两个极端。所以，"瘦体"与"艳体"似乎可以换言为"清丽"与"浓丽"。然而，此时的"物哀"一词尚未形成真正的诗学范畴，直到江户时期日本国学大家本居宣长（1730—1801年）在《紫文要领》以及《石上私淑言》中首次提出文学的本质在于"知物哀"这一命题①，此后，"日本物哀"才逐渐被世人所接受，成为日本传统美学的代名词。"物哀"不仅是一个诗学或美学概念，它还是一个哲学概念，简单说是一种思维。"物哀"的汉译有许多种，如"感物兴叹""物感""感物触怀""愍物宗情"，甚至译成"多愁善感""日本式的悲哀"等等，但却很难表现出"物哀"的微妙蕴涵。②尽管如此，至少可以说"物哀"所表现的审美思维是一种纤细含蓄、婉约蕴藉，风格与"长高""远白"的壮美相去甚远。

本章在前文提到"康和时势妆"，以及人们对纪贯之以及"三代集"的格调雅正歌风产生审美疲劳，急需求新求变，于是"余情妖艳体"开始出现在人们的视野里。在这一过程中，藤原俊成、藤原定家父子起到了关键作用，而且更重要的是他们推动了"幽玄"成为中世诗学体系中的核心观念。藤原俊成提出"余情幽玄"的诗学命题重构了和歌的评价体系，摆脱了儒家功用主义诗教的束缚，彻底走上了审美主义的发展道路。之所以这样说，是因为传统观点认为"诗言志，歌咏言"，和歌则是"以人心为种子"，而且日语的"心"字外延内涵都非常丰富，言简意赅。现代人用诗歌的思想内容来概括之，古人则用意蕴怀抱。纪贯之用"心词相兼"来规范和歌的内容与形式的关系，即表现形式要与思想达到完美的对立统一，但这是一个悖论。谷山茂《藤原俊成：人与作品》认为，"心词相兼"只能是一种理想状态，现实中很难做到这一点。而且历史上关于"心词"或"花实"的关系，孰先孰后，不同时期有着不同的观点，例如，《和歌式》主张"凡和歌者先花后实"，后来《袋草纸》《八云御抄》等歌学著作均延续了这种观点。相反，藤原公任《新撰髓脑》中说："若姿心相具难为，则应先取心也。"源俊赖《俊赖口传》云："盖乎和歌之优者，咏歌应以心为先，求珍奇之声律，以辞藻为修饰。"然而，藤原基俊则持相

① ［日］本居宣长：《日本物哀》，王向远译，吉林出版集团2010年版，第43页，第144页。
② ［日］本居宣长：《日本物哀》，王向远译，吉林出版集团2010年版，第5页。

反观点："和歌与汉诗，古人云，吟咏时应挑选辞藻，先花后实。"（内大臣家歌合，恋歌题，二番）①。

当平安后期和歌诗人还在争论"心"与"词"哪个优先时，藤原俊成提出了"余情幽玄"的命题。他在《广田社歌合》（1172 年）（海上眺望，十二番）的判词中说"歌合应以姿为先"②。关于"姿"的概念，是由藤原公任在《新撰髓脑》中最先提出："凡和歌者，心深姿清，赏心悦目者，可谓佳作。"③对"姿"细分的话，有"词姿""句姿""心姿"。"词姿"与"句姿"是指和歌的词语的修辞、体格声律等外在形式，"心姿"则是指通过对作品内容的理解，以及对朗朗上口的声律的音乐享受，从而在心中产生艺术联想，仿佛眼前出现一幅幅画卷一般，犹如美人的丰姿，可感可视。王国维《人间词话》说："温飞卿之词，句秀也；韦端己之词，骨秀也；李重光之词，神秀也。"④大意是说，词秀不如句秀，句秀不如神秀。同样，我们可以认为"词姿"不如"句姿"，"句姿"不如"心姿"。

藤原公任提出"姿"的概念，标志着日本古代诗学由古典主义转向"余情主义""浪漫主义"的开端，但他的观点尚不够明确，他说"姿心相俱做不到时，应以心为先"。他说的"姿"与"心"相对，应该是指"词姿"与"句姿"，与纪贯之的"心词相兼"说相比，"姿心相俱"无疑是前进了一大步，后来"姿"（兴象）又引出了"景气"（眼前景）、"面影"（意中景）等概念，日本诗学逐渐走向成熟与发展。

以康和年间为界线，康和之前的和歌创作遵循的是一种古典主义，注重作品的思想内容，以"心"为先，康和之后则慢慢转变为以"姿"为先，强调"兴象风神"。藤原俊成在这一转变过程中起到了关键作用。总体上说，他的立场与藤原公任、源俊赖等人是一致的，主张"以心为先"，思想内容是第一位的，这是"写什么"的问题，但"怎么写"的问题同等重要。在此之前的和歌诗人对"怎么写"认识不够，修辞技巧相对落后，而随着歌学歌论的发展，解决"怎么写"的问题被提上了日程。

---

① 转引自谷山茂、『谷山茂著作集（二）・藤原俊成——人と作品』，東京：角川書店，1982 年，第 16~17 頁。

② 武田元治、『広田社歌合全釈』，東京：風間書房、2009 年，第 136 頁。

③ 王向远译：《日本古代诗学汇译》，昆仑出版社 2014 年版，第 96 页。

④ 王国维：《人间词话》，山西古籍出版社 2002 年版，第 8 页。

从前面的论述可以看出，《古今集》等"三代集"时代主要依靠"心词相兼"，当不可兼得时便"以心为先"，主张以意取胜，以意为主。不过，从纪贯之的创作来看，有许多佳作都是兴寄深远、兴象玲珑，显示了他的诗学主张与和歌创作实践并不完全一致；藤原俊成首先提出"余情幽玄"的诗学命题，开启了和歌"神韵"诗学的先河。为了避免落入技术至上主义的泥潭，他提出了"调"论，提倡道法自然，在创作时不必拘泥形式与主理，主张和歌创作从心中流出，真情流露，不矫揉造作，便自成好的和歌作品。

和歌的声律具有音乐性美感，比文字的意象唤醒能力更具有优势。建久八年（1197 年）藤原俊成在《古来风体抄》序中提出了著名的"声调说"："和歌或吟咏或朗吟，闻之不觉顿生艳与物哀（幽寂）之感。"[1] 江户时代著名诗人香川景树继承了藤原俊成的"声调说"，他在《桂园遗文》中说："所谓歌者，应该吟时朗朗上口，与理数无涉，在于声调，调者为首要。调即姿也（中略）姿即声律的音调。"[2] 他在《桂园遗文》中又说："有调则有和歌，无调则无和歌。"[3] 从香川景树的话中可以推测出，藤原俊成的"声调"可以换言为"姿"（歌体），即"语言风格"。诗句中的词与意完美结合便形成意象或兴象，而这个意象是靠音律声调表达出来，或铿锵激越、或低吟浅唱，那么意象与音乐相结合会让审美享受者在心中形成视觉性心象，形象地说，这便是和歌的"姿"。进入中世诗学时期，"姿"的概念被"景气"和"面影"所取代，当然这是后话了。

藤原俊成用"调"替换"姿"，应该是有一番用意的。因为"姿"本身是不能成为评价标准的，藤原俊成最偏好使用"姿优""姿艳""姿哀"这一类评语，除此之外还有其他众多的评价标准，"姿"要和"优""艳""哀""谐"等其他词合缀。相对而言，"调"则属于音韵声律的音乐范畴，它不靠语言的逻辑性语义表达，"非关乎书也""非关乎理也"（严羽语），完全依靠诗人的形象思维，这与《古今集》时代注重理性思维、注重理趣的做法不同。前文已经提到过，这一时期的和歌诗人求新求变，但从藤原俊成对歌合的判词用例来看，并非句法词语新奇就好，而是他提

[1] 久松潜一ら編、『古典日本文学全集 36・芸術論集』、東京：筑摩書房、1962 年，第 8 頁。
[2] 香川景樹、「桂園大人詠草奥書」、佐佐木信綱、芳賀矢一校注、『校注和歌従書 7』、東京：博文館、1915 年。
[3] 高浜充、「桂園歌論の源流」、『日本文学研究巻』10 号、1974 年、第 69~76 頁。

出新的审美要求，诗贵含蓄，和歌同样需要有"余情"。他在《慈镇和尚自歌合·十禅师十五番跋》中写道：

> 凡和歌者，未必声律奇巧、理趣精彻。夫咏歌之道，无论朗咏或自吟，闻之不觉有浓丽优艳、意境幽玄等莫名之感。若创作出良歌佳作，其词采之外定有景气添附。例如，春花丛畔一抹霞，皓月当空鹿清呦。岭前秋雨飞红叶，篱垣春风送梅香。①

在和歌中不应该直接地全部写出晚霞、鹿鸣、红叶、梅香等这些意象，而是只写出一部分意象，至于与部分意象相关的其他意象可以依靠读者的想象，从而朦朦胧胧、似是而非地唤醒读者的审美记忆，展开丰富的联想，境生象外。这便是藤原俊成所说的"余情幽玄"。记得曾经读过一篇关于《蛙声十里出山泉》的文章，这是著名画家齐白石老先生在1951年为文学家老舍画的一张水墨画。画面中没有青蛙，只有几只活泼的小蝌蚪在湍急的水流中欢快地游动着，而这蛙声也非即时可"听"见的，运用了这种特殊的联想手法，恰到好处，构思绝妙。② 这便是一个对"余情幽玄"的绝佳注释。那么，"余情"也是刘勰所说的"物色尽而有余情"，"姿"应该大于或等于"物色"，至少"物色"等于"词姿""句姿"。也许"心姿"大于"物色"，与"余情"同义，但"余情"取代"姿"无疑是进步的，而且藤原俊成用"幽玄"统领了"优""艳""物哀""寂"等审美风格，甚至"余情幽玄"也简化为"幽玄"两字。随后，等"幽玄"到了鸭长明手里，进而由复合型的美学风格转变为美的境界理论，他在《无名抄》中，将"幽玄"的境界概括为"余情笼于内，景气浮于空"，其意思似乎等同于"意含词内，情溢辞外"。

前面章节已有论述，"幽玄"一词脱胎于道教与佛教，本义为"幽深玄妙"，藤原俊成等人将其转化为诗学范畴。然而，现在还不能直接断言说藤原俊成主张"幽玄论"，在其歌论《古来风体抄》以及若干歌合判词中有仅十四处"幽玄"的用例。有日本学者对藤原俊成的"幽玄论"持怀疑态度，理由是仅凭上述的十四例"幽玄"就得出结论未免太草率，因为藤原俊成曾对三千六百余首和歌作过判词，然而被判

---

① 谷山茂、『谷山茂著作集（四）·新古今時代歌合と歌壇』、東京：角川書店、1983 年，第 316 頁。
② 舒乙：《蛙声一片出山泉》，《财经国家周刊》2013 年第 6 期。

词称为"幽玄"的和歌仅取得了三胜六平三负的成绩。① 这又如何解释呢？代表藤原俊成诗学思想的三部著作——《民部卿家歌合》《古来风体抄》《慈镇和尚自歌合》，贯穿三者始终的是"优"或"艳"的评语，可以肯定地说，藤原俊成诗学思想中的美学价值取向是"优艳"。在当时，作为诗学范畴的"幽玄"尽管还未成熟，但藤原俊成的十四个"幽玄"用例已经包含了"神韵"诗学的两大基本要素，一是具有余情美、含蓄美的意境，二是寂寥枯淡的审美风格。这与以往的"幽深玄妙"的"幽玄"已经不可同日而语。

我们知道，魏晋六朝时期的山水诗、玄言诗以及宫体诗在表达方式上都注重写实、模山范水，表现的是极致的形式美。而日本的《古今集》则是以六朝诗为宗的，注重理趣，讲究格调；而重视余情美的《千载集》《新古今集》则显示出不一样的审美取向，借用严羽的话说即"非关乎理也，惟在兴趣"。而兴趣的妙处在于"羚羊挂角，无迹可寻"。藤原俊成的广义"幽玄"可换言为"余情主义"，这是一种近似于"妙悟"的审美思维，他提出"余情幽玄"的命题，标志着和歌创作由重体格声律的时代转向注重"兴象风神"的新时代。

而"寂寥""枯淡"的寒瘦风格则是藤原俊成的"幽玄"的另一含义，与广义"幽玄"相对，即一种狭义的"幽玄"②。其实，广义与狭义的划分只是美学风格的不同而已，虽然藤原俊成的歌合判词中最多的是"优艳"，但"优艳"则包含于广义"幽玄"当中，除此之外，还有"长高"与狭义"幽玄"，因此，"幽玄"的复合型美的特点便体现于此。藤原俊成在《六百番歌合》中说："凡歌者，成优艳之事可庶几"③，意思是说优艳风格值得追求；他在《千五百番歌合》评价二百七十一番歌时说："歌道……存于难及幽玄之所"④，意思是说狭义的"幽玄"是为歌之道要追求的境界；此外，他在《广田社歌合》中评八番歌（海上眺望题）时又说："心姿远白是咏歌追求的风体。"⑤ 那么，优艳、幽玄（寂寥）、远白（长高），这三者的审美风格看似相互矛盾，但藤原俊成依靠"余情幽玄"，将此三者不同的美学风格统摄起来。

① 藤平春男、「藤原俊成の幽玄論ということ」、『早稲田大学国文学研究』、1955 年 8 月号、第 35~49 頁。
② 转引自谷山茂、『谷山茂著作集（一）·幽玄』、東京：角川書店、1982 年、第 170~171 頁。
③ 转引自赤羽学、『幽玄美の探究』、東京：清水弘文堂、1988 年、第 205 頁。
④ 转引自赤羽学、『幽玄美の探究』、東京：清水弘文堂、1988 年、第 220 頁。
⑤ 转引自赤羽学、『幽玄美の探究』、東京：清水弘文堂、1988 年、第 192 頁。

虽然三者又可以变化出更加细微多变的美学风格，但万变不离其宗，重要的是要有妙悟兴趣的审美思维。

其实早在藤原俊成之前，他的老师藤原基俊等人在歌合判词中已经使用"幽玄"一词了，但其词义仍没有脱离"幽深玄妙"的基本原意。因此，"幽玄"作为诗学范畴，藤原俊成开创了"幽玄"诗学的新纪元。当藤原俊成与藤原定家相继辞世之后，御子左家歌派传到了藤原为家手中。

藤原定家的儿子藤原为家继承了御子左家的歌学衣钵，但他死后御子左家便分裂成二条派、冷泉派、京极派，其中二条派被认为是正统嫡传，执掌着解释《古今集》的体格法度、标记注音等解释工作，而这种师徒相承的做法被严格遵循了数百年。① 于是保守内敛、阴柔婉约的歌风成为日本中世美学的主色调，原本包含长高壮美诗风的"幽玄美"逐渐失去了这一要素，仅余下了寂寥枯淡和浓丽细婉的阴柔性格，其后在禅宗思想熏陶下，一支演变成闲寂与空寂的极简主义美学，以松尾芭蕉的"蕉风"为代表，另一支则演变为"物哀"美学，早褪去了平安贵族文化的妖艳色彩，加入了无常思想、象征梦幻等元素，色调多变，或浓丽、或清丽、或凄美。如此，"幽玄"在中世诗学之后便失去了立足之地，本来包含"物哀""闲寂""枯淡"等多重概念于一身，到了近代，"幽玄"被"物哀"所取代，也许带有宗教色彩的"幽玄"与理性启蒙的时代潮流格格不入，最终淹没在历史的潮流当中。

---

① 西田正宏、「事業報告 堺と古今和歌集——古今伝授をめぐって」、『上方文化研究センター研究年報』第4号、大阪女子大学上方文化研究センター、2003年、第114~117页。

第六章

雅俗之变："妖艳美"向"平淡美"的审美转向

"幽玄"诗学的发生与成熟处于日本平安朝向镰仓幕府的社会转换期，政治斗争、持续战乱以及各种天灾瘟疫加剧了民众的末世恐慌与无常思想，和歌、连歌等文艺创作成为当时日本人寻求精神慰藉的替代物，为了对抗残酷与黑暗的现实，人们只有运用理想主义、浪漫主义的火炬驱散心中的恐惧与忧伤，以净土宗为代表的新兴佛教取代了平安朝贵族化的学院派佛教，"明心见性""顿悟成佛"的参禅悟道渗透到中世社会的方方面面，很大程度上影响了人们的思维模式以及行为模式。因此，具有浓厚宗教色彩的"幽玄"诗学在这一时期出现有其历史必然性，而且在审美取向上面，"妖艳美"的浓丽歌风逐渐转向了远淡闲寂的"清风美""平淡美"。

第一节　二条歌派与"古今传授"

藤原为家去世后，御子左家分裂，形成了二条家、京极家、冷泉家三派鼎立的局面，二条家被认为是正统嫡传。然而，随着二条家的最后嫡传二条为衡逝世，二条家歌派便名存实亡。于是，二条为衡的弟子顿阿法师（1289—1372 年）便成为二条派传人，开始了所谓的"古今传授"，以《古今集》为宗，墨守成规。

顿阿在《井蛙抄》中提到藤原俊成和源赖俊二人的和歌：

> 鶉鳴く / 真野の / 入江の浜風に / 尾花波よる / 秋の夕暮れ　　（藤原俊成）
> 真野江边秋风瑟，鹤鸟孤鸣声闻哀。芒草花穗似波浪，晚秋人逢斜阳暮。
> 　　　　　　　　　　　　　　　　　　　　　　　　　　　　（笔者译）

ふる郷は / 散紅葉ばに / うづもれて / 軒のしのぶに / 秋風ぞ吹く（源俊赖）

故国依稀在，红叶飘零时。轩头蕨草茂，秋风吹不息。　　　　（笔者译）

藤原定家曾在《近代秀歌》中评论道："此乃幽玄且面影幽寂之体也。"[①]
顿阿对此发表看法：

故宗匠云。俊成的幽玄（境地）是后人难及。定家的义理之深是后人难学。
但民部卿入道之歌体可学，深相存也云云。[②]

"故宗匠"是指藤原为世（1251—1338 年），他是藤原定家的曾孙，"民部卿入
道"是指藤原为家，是藤原定家之子，"民部"即户部，"民部卿"是指官名，"入
道"则是对出家人的尊称。上述一段话的意思是说：藤原俊成的歌风堪称深远玄
妙，后人难望其项背，藤原定家的和歌义理（意蕴兴寄）之深奥也同样令人叹为观
止，因此，他们二人的和歌是后学难以模仿的对象；而定家之子藤原为家的歌风平
易直白，被称为"平淡美""清风美"，可以成为初学者的学习榜样。

顿阿的这番言论受到许多人的诟病。与二条派顿阿的意见相反，冷泉派则主
张以《新古今和歌集》为宗，主张回归到藤原定家的歌学原点，反对平易直白的歌
风。例如，今川了俊在《了俊弁要抄》诘难道："为氏、为世以来，定家、为家的
风体已发生变化。（中略）如果说原本之物（指俊成与定家等人的歌学）是无益的
话（没有必要学习），而且前代先贤的歌学之妙即便我们无法达到，也应该学习之，
却有人弃之不理、舍本逐末。而主张学习为氏、为世之歌风的观点不足取。"[③]

其实这是对顿阿的一种误解。其弟子二条良基在著作《愚问贤注》（1363 年）
当中记录了顿阿晚年成熟的歌学思想，该书采用二条良基提问、顿阿回答的形式写
成。二条良基在序文中写道："顿公已有七十余岁的高龄，仍能辨三十一文字（和

---

① 藤原定家、「近代秀歌」、『日本古典文学大系 65・歌論集 能楽論集』、東京：岩波書店、1973 年、第
　110 頁。
② 转引自赤羽学、『幽玄美の探究』、東京：清水弘文堂、1988 年、第 322 頁。
③ 转引自赤羽学、『幽玄美の探究』、東京：清水弘文堂、1988 年、第 323 頁。

歌）之奥玄。"①二条良基问道："当然，得正雅之趣，应嫌弃变风之体。切磋词句、琢磨诗心、以幽玄为先、一唱三叹不停，应该如此咏歌吗？然而（自己）对之前的义势甚难甘心（满意），此两者中应以哪个为是呢？"这句话中的"义势"是指二条良基之前提出的新主张："如果将眼前风景如实咏入和歌，自然而然会有种独创的期待。不应过分借用古语、学习旧典。墨守《万叶集》规范的做法不足为训。况且三代集之下，其实已落，仅残其花。应该将真实的感受由内心发出，围绕新敷风情（新展开的审美情趣），直抒胸臆而咏歌。"②二条良基对于这两种截然相反的观点感到迷惑，难以取舍，于是请老师顿阿答疑解惑。文中所说的"新敷风情"是指京极派和冷泉派的创新与探索，但并非指这两派不重视古典的审美传统，因为标榜正统的二条派虽在名义上重视古典歌学的法度体制，但只不过是对古典诗语诗意的简单模仿。

二条良基接着提问："和歌以心（意）为宗，初学者面对诗题而沉思，若不能寻到恰当诗语文词，自己的心中了见、兴趣风情便不能持续下去，即便偶然咏出佳句，大都近俗近俚，毫无幽玄之趣。另外从一开始便学习三代集之亚流，吟咏时模仿词采辞章，如果仅学会了'足拽之山'、'玉铧之道'之类的俗套歌枕（和歌修辞法），看起来似乎像模像样、格调高拔，这种做法可学吗？"③二条良基提问的意思是说，当和歌的意蕴内容与文词外形难以兼得时应该怎么办？如果以心为先、以意为宗，却缺乏词采，那么这样咏出的作品便会近俗且缺少幽玄之趣。然而在创作实践中，文（形式）与质（内容）、意蕴与文采都能兼顾的佳作非常难得。即便如此，顿阿还是坚持认为，为了达到"幽玄"之境，诗语精练、炼字推敲必不可少。

此外，顿阿主张用事用典、学问与性灵同等重要。例如，顿阿认为《源氏物语》就是最好的和歌创作源泉。他举出藤原定家的两首和歌为例，指出其构思立意与《源氏物语》有相通之处。

① 小川剛生、「二条良基の歌論と連歌——『愚問賢注』の題詠 論をめぐって」、『国語と国文学』、1999 年 6 月、第 42~54 頁。
② 小川剛生、「二条良基の歌論と連歌——『愚問賢注』の題詠 論をめぐって」、『国語と国文学』、1999 年 6 月、第 42~54 頁。
③ 小川剛生、「二条良基の歌論と連歌——『愚問賢注』の題詠 論をめぐって」、『国語と国文学』、1999 年 6 月、第 42~54 頁。

春はただ / かすむばかりの / 山の端に / 暁かけて / 月出づる頃

早春浅青色，山边朦胧光。晨风拂晓月，斜映朝霞影。　　　　（笔者译）

面かげの / ひかふるかたに / かへりみる / 都の山は / 月細くして

红颜伊人面，相思一线牵。回望京城路，细眉弦月垂。　　　　（笔者译）

前一首借用了《源氏物语》"须磨卷"中的一个场景，光源氏在离开须磨（地名）时，小说是这样描写的：

暁かけて月出づる頃なれば、まづ入道の宮にまうで給ふ

东方破晓，残月隐于朝霞，光源氏探望已出家为尼的藤壶中宫。

藤壶是小说《源氏物语》中的虚构人物，原本藤壶是指后宫的一处宫殿名，后来也指住在里面的嫔妃，因为小说中有三位女性都叫藤壶，为了相互区别而称其为"藤壶中宫"。男主人公光源氏为桐壶天皇与桐壶更衣（皇妃）的皇子，藤壶中宫与桐壶更衣长相酷似，同样美貌，所以桐壶更衣死去后，桐壶天皇便招藤壶中宫入宫，她只比光源氏大五岁。成人以后的光源氏将长得酷似母亲的藤壶中宫视为梦中情人，俩人私通后生下一男孩，即后来的冷泉天皇。桐壶天皇并不知情，视其为己出，格外疼爱。当桐壶天皇退位之后，朱雀天皇继位，立光源氏与藤壶中宫的儿子为东宫太子。后来桐壶上皇驾崩，失去政治靠山的光源氏逐渐受到排挤而失势，藤壶中宫为了保护东宫太子是私生子的秘密，狠心拒绝了光源氏的求爱，出家为尼。在小说《源氏物语》中，藤壶中宫是男主人公光源氏爱慕的第一个女性，也是光源氏心目中最理想的女性形象，从头到尾都存在于光源氏的心中，挥之不去，甚至可以说光源氏的"猎艳"人生都处于藤壶中宫的阴影之下。

藤原定家将这段奇美绝伦的爱情故事设为和歌的舞台背景，增加了和歌意境的景深，藤壶中宫红颜薄命的故事叫人嗟叹。然而对于中国人来说，光源氏与后母藤壶中宫的乱伦虐心恋并不能带来美感，反而会受到儒家礼教的道德批判，这中间存在着文化差异的障碍。

　　后一首羁旅题和歌则引用了《源氏物语》"浮舟卷"中匂宫和浮舟离别的场景：

　　風の音もいと荒ましう霜深き暁に、己が衣ぎぬも冷かになりたる心地して、御馬に乗り給ふほど、引き返すやうにあさましけれど。

　　　　天色向晓，风声凄厉，严霜载途，行人似觉身上衣衫皆已冻冰。匂亲王上马之后，犹自屡次回头，恋恋不舍。　　　　　　　　　　　　　　　　（丰子恺译）

　　"浮舟卷"中，女主人公浮舟与男主人公薰大将相恋，另一位男主人公匂宫被浮舟的美貌吸引便开始追求她，薰大将就把浮舟藏匿起来。当匂宫偶然知道浮舟的藏身之所后，便假扮薰大将的声音骗开浮舟的房门，直到第二天早晨浮舟才发现真相，但为时已晚，木已成舟。不过，浮舟却被匂宫的英俊潇洒所吸引，她的心在两位男子之间犹豫徘徊，难以选择。后来，两位男子为争夺浮舟而争斗，浮舟投水自尽却被救起，最终出家为尼。这个故事的背后反映了平安朝贵族"访婚制"的婚姻文化，这是母系社会的一种遗风。

　　日本平安朝的"访婚制"进入中世社会后便消失了，武士社会更重视女性的贞操观念，因为他们在战场上随时都可能丢掉性命，当然希望自己能后继有人，保证血脉纯正，他们也不可能像平安贵族那样"吟风雪、弄花草"，既没有那份闲情，也没有那种风雅诗才。现代日本人大概也不会从这种有违伦常的三角恋爱上感受到"幽玄"的妖艳美吧。不过，古代日本人很少受到儒家礼教的束缚，女主人公浮舟大胆、本能地追求爱情以及殉情、出家，无关乎伦理道德，表达了最纯真、最纯情的爱情观，古代日本人从中感受到了"幽玄"之美，妖艳凄美，哀而不伤。而且无常观的寂灭思想为这个悲剧结局冲淡了些许哀伤，让人们可以优游不迫地欣赏悲剧。藤原定家的第二首和歌正是借用了这段恋情构成了互文，浮舟与匂宫的恋情是不道德的，须避人耳目，就像是一对露水夫妻，天亮就得分开。当读者抛开世俗的伦理道德立场，便不由得对这种飞蛾投火式的爱情悲剧产生同情怜悯，进而艳羡不已、神之向往，浮舟的纯情、善良本性让她无法面对接受一个男子的爱而伤害另一个男子的局面，她竟然投水自杀，最终出家为尼。这种自我救赎的举动以及悲剧的命运令读者嗟叹不已。小说《源氏物语》为藤原定家的和歌营造出厚重、凄美的

"幽玄"意境，让人感受到了视觉性的妖艳美。

最后，二条良基征求顿阿关于"定家十体"中的"幽玄体"的看法，顿阿答道："对歌之风体的学习应该基于学诗者的个人喜好，有的喜好格调高雅，有的执迷细婉幽深玄妙（幽玄）的风格，对语言风格的喜爱也许是人的天性。贤明者的考虑不应该过分执着和歌的某种风体。"① 也就是说，顿阿并不主张将"幽玄体"视为最高的歌体。他认为"古人的秀歌无不是铭记心腑者"，好的诗歌必须带给人以强烈的感动，并不拘泥于诗歌的体格声律等外形律的法度体制，这与二条派墨守成规的保守相比，显示出灵活理性的态度。

二条良基在提问时使用了"幽玄"一词，而顿阿没有直接使用"幽玄"，但他的回答内容无不契合了"幽玄"的诗学精神，对二条良基的连歌论中"幽玄"思想的形成产生了重要影响。小说《源氏物语》中平安朝贵族的优雅与奢华通过中世的"幽玄"美学得以保全了命脉，成为现代日本人的文化遗产与精神财富。在这一时期，"幽玄美"的风格出现雅俗之变，贵族化的"妖艳美"与平民化的"平淡美"并存不悖。

与二条派相对，京极派与冷泉派则继承了古典和歌的美学精神并且努力开拓创新。二条派"幽玄体"已经蜕变为平易直白之歌体，其他两派的"幽玄体"则进化为"行云回雪"之歌体，借用了宋玉《神女赋》等中国典故，用"巫山云雨"这一极具梦幻、香艳的唯美意象来表现"幽玄美"，其背后隐含着一种浪漫主义诗学思想，不过"幽玄美"的诗境却变得狭窄，仅剩下妖艳之色，排除掉了闲寂枯淡。直到江户时代，俳句诗人松尾芭蕉继承并发扬了闲寂美学。

第二节　"行云回雪体"与"妖艳美"

与"体格声律"等诗歌外形律相比，"幽玄"诗学更加关注诗歌的"兴象风神"，即内在的美学规律，中国古人用"滋味""兴象""境界""神韵"等理论说明诗美的产生机制，这些学说为我们理解"幽玄"的思想内涵提供良好的启示。例如，我

---

① 小川剛生、「二条良基の歌論と連歌——『愚問賢注』の題詠 論をめぐって」、『国語と国文学』、1999 年 6 月、第 42~54 頁。

们可以运用色彩解释"幽玄美"，在前面的章节中论述过优艳与闲寂，虽然优艳是一种暖色调，闲寂则属于冷色调，但是这两种风格不同的色调杂糅在"幽玄美"的体内，再加之时代精神的变迁、审美取向与文化观念的更迭，优艳与闲寂随之彼此消长，于是"幽玄美"便显现出复合型、多歧义的审美风格，或浓丽妖艳、或清丽自然、或寂寥枯淡，然而其底色并没有改变，即"物哀"。"物哀"的概念形成要早于"幽玄"，它是日本人对自然人事认知（审美）的情感基础，只有"知物哀"才能无处不发现美，并感知到美。

在美学风格上来说，"优艳"与"闲寂"就是"物哀美"的两极，妖艳美与枯淡美则是两种极端的表现形式，"物哀美"是复合型"幽玄美"的组成部分。在《新古今集》时代，以藤原定家为代表的和歌诗人亲身经历了剧烈的社会变革，类似于感伤主义的集体无意识加剧了妖艳美的色调，浓丽细婉的新古今歌风是对平安朝贵族文化逝去的一种时代挽歌。随着时间流逝，这种感伤颓废的妖艳美渐渐平复下来，被一种"清风美""平淡美"的歌风所取代。然而，妖艳美并没有被人们所遗忘，它借助"行云回雪体"的躯壳延续了命脉。

藤原定家的儿子藤原为家主张"平淡美"歌风，这是审美取向的理性回归。因为无论是齐梁宫体诗、晚唐诗还是花间词派，浓丽奢华的诗风都经历了审美疲劳的阶段，最终被清丽自然的山水诗、田园诗，以及标举枯淡美的宋诗所取代，这符合美学的发展规律，由简到繁再由繁到简，这是一个辩证的过程。在藤原为家去世后，由藤原俊成、藤原定家等几代人创立的歌学权威——御子左家分裂成二条派、京极派、冷泉派，彼此之间围绕谁是正统嫡传而展开争斗，持续了数百年之久，而且在争论过程中出现了假托藤原定家之手的"伪书"。现在一般认为，《愚秘抄》《三五记》《桐火桶》等歌学著作均为冷泉派的后人假托之作[1]，具体来说，主要有今川了俊、正彻、心敬等和歌诗人或连歌师，他们按照自己的理解对藤原定家的"幽玄""有心"诗学进行了创新。这些"伪书"对连歌、能乐等的幽玄思想发展起到了深远的影响。

藤原定家在《定家十体》中将"幽玄体"排在首位，其特点是用意象、兴象营造出幽深玄妙的境界，带给读者或浓丽妖艳、或寂寥枯淡的审美感受与联想。而

---

[1]　石田吉貞、「定家偽書の発生の線路」、『国語と国文学』、1951 年 12 月号。

《愚秘抄》和《三五记》也同样将"幽玄体"放在各种歌体的首位，《愚秘抄》将"定家十体"扩展为十八体，《三五记》则多达二十体，而且后两者均将"幽玄体"注解为"行云体"和"回雪体"二种①。

我们很容易从"行云回雪"的名称联想到神仙思想，很早时候便传入日本的《昭明文选》收录了宋玉的《高唐赋》与曹植的《洛神赋》，当时的日本文人经常根据仙女故事创作"行云、回雪"这类的对偶诗句，而《愚秘抄》是第一个将其用于歌体名称的。"幽玄体不只是一种风格，在所有具备幽玄歌境的和歌当中，还应该有行云、回雪之姿（兴象风神）。幽玄者是总称，行云、回雪则是别名。所谓行云、回雪者，是用妖艳仙女来比拟的。具体而言，是指格调优雅、营造出薄云遮月效果（水中月、雾中花）的和歌被称为行云体；欲将神情心绪优雅委婉显露于外，（内心激动）非同一般地不可遏制，却如同飞雪一般轻靡飞散，此歌体称为回雪体。"②行云体与回雪体是两种风格迥异的诗体，行云体的特点在于含蓄，薄云遮月的审美感受与水中观月、雾里看花一样；而回雪体则直接表现出"艳"的特点。

宋玉的《高唐赋》云："昔先王游高唐，怠而昼寝，梦见一妇人。曰：妾巫山之女也，为高唐之客。旦为朝云，暮为行雨，朝朝暮暮，阳台之下。旦朝观之如言，故为立庙曰朝云。"③另外曹植的《洛神赋》云："河洛之神，名曰宓妃。（中略）仿佛兮若轻云之蔽月，飘摇兮若流风之回雪。远而望之，皎若太阳升朝霞；迫而察之，灼若芙蕖出渌波。秾纤得衷，修短合度。肩若削成，腰如约素。延颈秀项，皓质呈露。芳泽无加，铅华弗御。云髻峨峨，修眉联娟……"④对此《愚秘抄》云："是神女也。此幽玄自成一体，余体者皆以此体为准。"⑤意思是说，在十八歌体当中"幽玄体"是最根本的一体。因为这与藤原定家标举"有心体"的诗学主张相背，这大概是有人怀疑该书是"伪作"的原因之一。

显然，"行云、回雪"两者具有象征意义，《愚秘抄》用传说中的仙女美貌或姿态比附和歌诗体的美学风格与体格范式。《三五记》对"幽玄体""行云体""回雪

---

① 转引自赤羽学、『幽玄美の探究』、東京：清水弘文堂、1988 年、第 351 頁。

② 转引自赤羽学、『幽玄美の探究』、東京：清水弘文堂、1988 年、第 349 頁。.

③ （梁）萧统：《文选·卷十九》（第 2 册），上海古籍出版社 1986 年版，第 875 页。

④ 陈宏天，赵福海，陈复兴编：《昭明文选译注》，吉林文史出版社 1987 年版，第 1051 页。

⑤ 转引自赤羽学、『幽玄美の探究』、東京：清水弘文堂、1988 年、第 353 頁。

体”分别附上了例歌。

“幽玄体”的例歌：

①詫びぬれば / 今はた同じ / 難波なる / 身を尽くしても / 逢はむとぞ思ふ

（元良亲王）

深宫幽情悦，难波①海飘零。销魂不足惜，痴情为红颜。　　（笔者译）

这首和歌表达的是作者元良亲王与宇多天皇的皇妃偷情被发觉后仍痴情不改的绝望心境。宇多天皇是元良亲王祖父的表弟，算起来作者与天皇还有亲戚关系。尽管当时人们不太受封建贞操伦理的束缚，但这种飞蛾投火一般的凄绝恋情还是令人感到心痛。偷情故事的背后隐藏着两人的卿卿我我、儿女情长的香艳场面，这种虐心的恋情令人感受到“幽玄体”的深邃玄妙的意境美。

②思ひ河 / たえず流るる / 水の泡 / のうたたか人に / あはできえめや（伊势）

情思河流水，柔情意香浓。未遇梦魂人，浮沫一场空。　　（笔者译）

这首和歌是女诗人伊势所作，和歌大意是说，人生苦短若朝露，相思之情太虚无。如果恋情短暂的就像河面上飘浮的泡沫，还未遇到相爱的人就破灭，悲情总会令人唏嘘不已。

③有明の / つれなくみえし / 別れより / あかつきばかり / うきものはなし

残月星光淡，风清天欲晓。伊人催离别，心痛奈何忧？　　（笔者译）

这首和歌的作者是壬生忠岑，收录在《古今集》“恋歌部”，该和歌描绘了一位失恋者眼中的黎明景象，明月皎洁却给人清冷孤寂的感觉，夜不成寐，天即将破晓，静谧的月色背后隐藏着哀婉的情伤。这种隐而不露的含蓄手法深得“幽玄”的精髓，堪称“文温以丽，意悲而远”。

---

① 难波为古地名，在今天的大阪市境内。难波海是日本濑户内海的一部分。

《三五记》还用汉诗的诗境表示"幽玄体"：

　　　槐花雨润新秋地，桐叶风凉欲夜天。① 　　　　　（白居易《忆秦娥·槐花》）
　　　扁舟芦暗秋风泊，旅店柴疏晓月偏。　　　　　　　　　　　　　（佚名）
　　　燕子楼中霜月夜，秋来只为一人长。　　　　　　　（白居易《燕子楼》）

　　这三对诗句描写的均是秋夜清凄的景象。这对我们理解"幽玄体"的审美特征提供了启示。

　　关于"行云体"，《三五记》举出下面的和歌：

　　　したもえに / 思ひきえなむ / 煙だに / 跡なき雲の / はてぞかなしき

　　　　　　　　　　　　　　　　　　　　　　　　　（藤原俊成女）

　　　灰烬复燃起，无悔肝肠断。妾身化飞烟，入云留悲恨。　　　（笔者译）

　　该和歌的大意是说爱上一个绝不能公开恋情的人，女子为这份地下情献出一切，犹如燃烧生命、蜡炬成灰。哪怕是身体随火葬化为轻烟飞上云霄，浓郁的悲伤之情也不会消失！女子对爱情的痴情与执着令人动容，意悲哀婉。

　　　袖のうへの / 誰ゆえ月は / 宿るぞと / よそになしても / 人のとへかし

　　　　　　　　　　　　　　　　　　　　　　　　　（藤原秀能）

　　　红巾翠袖冷，揾泪月光寒。伤情缘何故，愿君问根由。　　　（笔者译）

　　和歌作者自拟女子口吻，无限幽怨地说衣袖上倒映出月光，其实闪烁的是泪光，而自己为某人流泪不止，那个薄情的人啊，你倒是来问个根由呀。

　　　露はらふ / ねざめは秋の / 昔にて / 見果てぬ夢に / 残る面影
　　　梨花带雨露，闺门梦惊醒。离别深秋怨，君颜残梦留。　　　（笔者译）

---

① 白易居的诗句"桐叶风凉欲夜天"应为"桐叶风翻欲夜天"。

和歌的大意是写女子的闺怨，她在梦中惊醒，哭得梨花带雨，尽管无情郎在深秋弃女子而去，但男子的音容萦绕在脑间不能忘怀。

此外《三五记》用白居易的诗句来说明"行云体"：

> 兰省花时锦帐下，庐山雨夜草庵中。
>
> （白居易《庐山草堂夜雨独宿寄牛二李七庾三十二员外》）
>
> 夕殿萤飞思悄然，秋灯挑尽未成眠。　（白居易《长恨歌》）
>
> 生涯事去只望水，老后人非独见山。　（佚名）

关于"回雪体"的例歌如下：

> 風吹けば / よそに鳴海の / かた思ひ / 思はぬなみに / なくちどりかな
>
> 冬日朔风寒，鸣海波涛高。孤鸟啼声悲，随风离岸远。　（笔者译）

这首和歌由藤原秀能所作，运用了谐音、双关等复杂的修辞技巧，甚至有文字游戏之嫌，但立意构思奇妙、兴寄幽远。"鸣海"是古地名，位于日本名古屋市的一片海域，"千鸟"是一种群居的水鸟。和歌大意是说，冬日的鸣海风大浪高，一只千鸟被海风吹离陆地，越来越远，离群的千鸟在海面上不停地悲啼，此情此景，令人感同身受。

> 思ひいる / 深き心の / たよりまで / 見しはそれとも / なき山路かな
>
> 妾心深似海，山高入云端。今日见山路，未及此情远。　（笔者译）

这首恋歌也是藤原秀能所作，其巧妙之处在于用遥远幽深的山路比拟男女思慕之情，并且坚定地认为恋情超过高山之幽远。

忘れゆく / 人ゆえ空を / ながむれば / たえだえにこそ / 雲もみえけれ

(藤原范兼)

长夜月色白,心怨薄情郎。浮云漂不定,最是伤心处。　　　　(笔者译)

　　这首和歌是拟代女子的情书,收录于《新古今集》1295,被藤原定家选为"幽玄体"的范歌。虽然描写的是常见的闺怨题,但表现手法新颖独特,和歌大意是说,因为夜里情郎不来相会,女子望着天空的浮云,像极了男人的心,飘忽不定,敏感的她便有了预感。该歌用浮云比拟变心的男子,可称含蓄哀婉。

　　其实这种手法在唐诗中极其常见。例如:

行宫见月伤心色,夜雨闻猿断肠声。[①]　　　　(白居易《长恨歌》)

迟迟钟漏初长夜,耿耿星河欲曙天。　　　　　　(白居易《长恨歌》)

何时最是思君处,月入斜窗晓寺钟。[②]　　　　(元稹《鄂州寓馆严涧宅》)

　　我们从白居易和元稹的诗句中可以感受到哀婉清丽的意境与诗美,极具画面美。《三五记》对此进行了说明:"凡上述之体,称其为幽玄,均为歌之心词幽微而非同寻常。行云回雪之两体者,乃幽玄中的余情。惟有心者是也。幽玄为总称,行云、回雪为别名。总之,被称为幽玄之和歌中,尤其是带有薄云遮月的意境、弥漫着飞雪缥缈的兴象,在心词之外有境外之象的和歌,先父(俊成)遗训为行云、回雪之体。虽说有多种歌体,此两体为和歌(创作)之本意(本体)。"[③]

　　在《愚秘抄》中也有类似论述,所谓"心词之外有境外之象",虽然可以认为是指意在言外的余情余韵,但这已经是一种诉诸视觉印象的兴象概念了。我们从白居易《长恨歌》的诗句来看,很难区分开行云体与回雪体;而几首描写闺怨恋情的和歌都是取自《新古今和歌集》,"云迹缥缈""袖泪映月""春梦面影残"等意境兴象营造出缠绵悱恻、哀婉凄美的气氛情调,可谓"状难写之景置于睫前",令读者感同身受,如同置身于其中。如果硬要区别"行云"与"回雪",只能在动与静的程度

---

①　蘅塘退士选编:《唐诗三百首(合订注释本)》,巴蜀书社 1992 年版,第 89 页。

②　(清)彭定求等编:《全唐诗》(第 414 卷),中华书局 1960 年版,第 4580 页。

③　赤羽学、『幽玄美の探究』、東京:清水弘文堂、1988 年、第 351 頁。

上加以区分，相对而言，回雪体的音律节奏或者意境诗美上更具有动感，如冬雪在狂风中盘旋飞舞，富有节奏感；而行云体的和歌意境则静谧平和，给人以静态美的感觉。

日本美学大家大西克礼在其著作《幽玄与物哀》中总结了行云体与回雪体的美学意义，指出它们将幽玄原有的神秘性与超自然性推向极致，甚至于夸张。他认为"幽玄"具有七种词义：

> 1. 隐蔽或遮蔽之义；2. 幽暗、朦胧、微明；3. 静寂；4. 深远；5. 充实貌；6. 神秘性与超自然性；7. 非合理性、不可言说、微妙等词义。①

大西克礼的概括非常精确。此外，我们从《三五记》对"幽玄体"所举的例歌中还可以感受到色彩、滋味的香艳浓厚。另外值得一提的是，假托藤原定家的伪作《桐火桶》，其成书时代要稍晚于前两本书。该书就初学者在学习阶段对幽玄应有的理解进行了说明："但入门幽玄并不容易，而且一开始必须学正幽玄。不应弃幽玄于不顾，要教导弟子在诗艺磨砺成熟之后也不应丢弃幽玄。"这是因为，当时的人们认为幽玄体是易学的，初学者都要先学幽玄体。《桐火桶》的作者主张，即使正确掌握了幽玄体，在其年老之后也不应该丢弃幽玄体。

《愚见抄》也是一本假托之作，同样引用了《高唐赋》和《洛神赋》来说明"幽玄体"，该书基本上没有什么新意，唯独一点值得人们注意，该书将幽玄分成"词幽玄"与"心幽玄"，并且认为"幽玄体"是一种"词幽玄"，意思是说通过词采、修辞等技巧可以达到幽深玄妙的诗境；而"心幽玄"则是有关和歌诗人的意蕴兴寄方面的理论，可惜的是该书并没有将"心幽玄"与藤原定家的"有心论"结合起来。纪贯之《古今集·假名序》云："和歌者以心为种子"，这是对《诗大序》的"在心为志，发言为诗"的一种敷衍铺陈，藤原定家的"有心"继承了纪贯之的学说，将"心"分成"歌心"与"人心"两方面，"歌心"即和歌的内容意蕴，简单地说就是"主情主义"或称"以意为主"。而藤原定家的功绩在于拓展了"人心"的诗学境界，和歌的本质不仅仅在于"言志"（歌心）和"缘情"（人心），而是一种"吟咏情性"，

① 大西克禮、『幽玄と物哀』、東京：岩波書店，1940 年，第 4~13 頁。

这与严羽标举的"兴趣说"不谋而合。而且"心幽玄"表现得过于含蓄神秘，不如"有心"来得直白通晓，这与当时的贵族化文学语境有关，文学活动的主体与受众主要是没落贵族、僧侣、隐士等阶层，歌学歌论（诗学）尚不属于"显学"，它必须保留自己的神秘性，所以"幽玄"成为日本中世文艺的核心诗学范畴，其影响深远，但到了近世的江户时代，称为"町人"的市民文学开始兴起，于是具宗教色彩的、玄而又玄的"幽玄"被近代诗学范畴所取代。

连歌诗人心敬（1406—1476 年）特别崇拜藤原定家，尤其是对带有梦幻色彩的妖艳美格外推崇，他在评论藤原定家的幽玄体歌风时说："犹如水中望月般的朦胧，借助对仙女的面影（想象丰姿）而展现诗美，即便消失后仍有仙女的余香残留。"[1]互文性文本拓展了人们的审美空间与想象力，《高唐赋》与《洛神赋》中的仙女形象美艳香浓，虽然虚无缥缈、若隐若现，却又美轮美奂，仙女们离去后现场仍飘荡着沁人心脾的诱惑余香。"行云回雪体"将幽玄体的视觉性梦幻属性发挥到极致，即便没有具体的描写对象，也可以激发起读者想象中的美好意象，朦胧缥缈如水中月、镜中花。

妖艳美与闲寂美、浓丽美与枯淡美构成了幽玄美诗境的两极，它们彼此并非二元对立式的矛盾关系，随着色调浓淡的变化，幽玄美便呈现出多变、风格万化的意境面貌。随着时间的推移，妖艳美的伤感情绪得到平复或稀释，"行云回雪体"的出现只不过是昙花一现，便又归复平寂。随着藤原定家去世，散发着颓废伤感气息的妖艳美与《古今和歌集》一起退出历史舞台，时代的审美取向由浓丽转向平淡清丽是一种理性的回归，也符合美学的发展规律。然而，在时代的审美主流之外，以正彻、宗祗、心敬、今川了俊等冷泉派的和歌、连歌诗人执着地守望着"妖艳美"，用浪漫主义的文学理想对抗中世社会黑暗的暴虐残酷。

虽然和歌、有心连歌的高雅文艺抵挡不住无心连歌、俳谐连歌等世俗化文学的冲击，幸好"幽玄美"中的妖艳美在舞台艺术的能乐剧中保留住了命脉；而"幽玄美"中的"枯淡美"在松尾芭蕉的闲寂美学（wabi）——"蕉论"中被发扬光大。

---

[1]　赤羽学、『幽玄美の探究』、東京：清水弘文堂、1988 年、第 353 頁。

第三节　王朝挽歌——《正彻物语》

冷泉派诗人正彻（1381—1459 年）是室町时代（1336—1573 年）中期的临济宗僧人，也是一名和歌诗人，称作"歌僧"。道号清岩，庵号招月庵，或松月庵，在日文中"招"字与"松"字的读音相同。正彻对藤原定家极度崇拜，这从他的《正彻物语》中可窥一斑："于歌道而非议定家之辈，不受冥福，必遭天谴。"[1] 藤原定家、藤原为家去世后，御子左家其末流分裂成二条、京极、冷泉三派，争夺歌学的正统地位。正彻认为三派都只是各自学得了定家歌学的部分而已，而他则不拘泥某个流派，自认掌握了藤原定家歌学的精髓风骨，从而可以超越门派之争。不过，正彻的歌学著作中还是以冷泉派的理论为主，尤其是在"幽玄论"上深受冷泉派的"行云回雪体"的影响。

在《正彻物语》中有一首题为"暮山雪"的和歌：

> 渡りかね / 雲も夕を / 猶たどる / 跡なき雪の / 峯の架け橋
>
> 溯风吹积雪，山峰悬险梯。行人难落脚，大雪了无痕。　　　　　　　　（笔者译）

该和歌描写了一幅大雪封山图，图中有一位孤独求道的修行者艰难地行走在被雪覆盖的云梯上。正彻解释道："'大雪了无痕'这句严整端丽，高古雅正。所谓行云回雪体，乃飞雪随风飘逝之体、晚霞满天配鲜花之体，艳丽华美无以名状。歌境中伴随着虚无缥缈、妙不可言的审美感受，此乃无上之歌也。"[2] 也就是说，"无痕之雪"（大雪了无痕）是这首和歌的诗眼，飞雪飘舞，积雪皑皑，眼尽处人迹罕至，白雪与山峰相缠绵，飞雪已经被拟人化了，漫天飞舞，无边无际。营造出如此清丽婉寂的唯美意境便是"行云回雪之体"。

---

① 正徹、「正徹物語」、『日本古典文学大系 65・歌論集 能楽論集』、東京：岩波書店、1973 年、第 166 頁。

② 正徹、「正徹物語」、『日本古典文学大系 65・歌論集 能楽論集』、東京：岩波書店、1973 年、第 171~172 頁。

以"落花"为题的和歌：

> さけばちる / 夜の間の花の / 夢の中に / やがてまぎれぬ / 峯の白雪
>
> 花开花又落，朦胧夜色中。梦醒问何处，不辨峰前雪。　　　　　（笔者译）

该和歌写诗人在梦醒之间，分辨不清是落花还是飘雪。《正彻物语》七十七条评论道："幽玄之体的和歌也。所谓幽玄者，心中有物，然并不用言词说出是也。如明月被薄云遮蔽，山中红叶笼罩在秋雾之中，此种意境谓之幽玄之姿也。"①正彻对"幽玄"的解释与司空图的"含蓄"如出一辙，"不着文字，但睹风流"。当然，正彻在吟咏和歌时借用了《源氏物语》"若紫卷"的场景，光源氏探访藤壶中宫而不遇，便咏歌一首：

> みてもまた / あふ夜稀なる / 夢の内に / やがて紛るる / 我が身ともがな
>
> 相见恨离别，何日再相逢。昼短苦夜长，潜入伊人梦。　　　　　（笔者译）

北村季吟在《湖月抄》（1673 年）一书中有更详细的解说："（俩人）相逢却好似有名无实，唯有在梦中相见。但愿我的身体消失在（你的）梦中，无怨无悔。"②光源氏与藤壶中宫，俩人名义上是母子关系（后母），太子与父皇的妃子之间的爱情在世间看来毕竟是乱伦，他们的爱情注定不会有结果，藤壶中宫最终出家为尼。这个爱情悲剧令日本人唏嘘不已。正彻认为光源氏分辨不出自身处境是梦境还是现实，正所谓"当局者迷、旁观者清"，这种表现模式可以借鉴。后来正彻也采用这种方法，尝试用前人恋歌的表现手法来写自然景物，用春宵甜蜜香浓的梦境形容花开花落的短暂时光，白云没有融入甜美梦境、孤零零地留在虚无缥缈的空中，令人无限怅惘、倍感失落。与抽象的"幽玄体"相比，"行云回雪体"则形象具体得多，增添了可视感、画面感。

再者，正彻对自己以《春恋》为题所作的和歌进行解说：

---

① 正徹、「正徹物語」、『日本古典文学大系 65・歌論集 能楽論集』、東京：岩波書店、1973 年、第 224 頁。

② 北村季吟、『源氏物語 湖月抄』（上）、東京：講談社学術文庫，1982 年、第 89 頁。

夕まぐれ / それかとみえし / 面影の / かすむぞかたみ / 有明の月

春日已黄昏，夜色渐朦胧。依稀伊人面，旦晓月影残。　　　　　（笔者译）

这首恋歌让人联想起藤原定家的一首和歌：

面影の / それかと見えし / 春秋も / きえて忘るる / 雪の明ぼの

寻觅千百度，忆中熟识面。春秋美景忘，清晨遇雪后。　　　　　（笔者译）

　　日语"面影"一词的原意是指人的面容或自然景物给我们留下的记忆，并且在特定的时空条件下回想、浮现在脑海中的审美印象，它是一种"意中景"，与"眼前景"相对。作为诗学范畴的"面影"自然不同于日常用语中的"面影"，它是诗人的"心中了见"，是被审美化的描写对象。正彻在解释自己和歌的含义时说道："每当黄昏晚霞相映时，凝视美景如同凝视自己的恋人，欲将其面容烙印在心间。而清晨见有明之月（拂晓日月交辉），回想起之前的记忆，已非鲜明的记忆，变得如薄云遮月般朦胧虚幻。这种诗情画意非语言能形容，幽玄（幽深玄妙）且优雅之妙也。意在言外也。"[1] 因为诗贵含蓄，"幽玄"之境当然不能是模山范水式的直描，正彻面对"春恋"歌题，并没有使用"春宵一刻值千金"这一类的直白语，而是运用了"黄昏""月影"这类富有联想性的意象，"月影"中仿佛浮现出令人朝思暮想的恋人"面影"。诗人触景生情又因情生景，以至于情景交融，和歌中的景语也是情语，二者相融相生，既有浑然整体的诗境，又具有纵深想象的空间，从有限的景观画面逐步引向更广阔的想象空间和情意空间，这就是所谓的"境生象外"。

　　由于和歌只有三十一个音，它所容纳的信息量仅相当于七言对偶句，甚至五言对偶句就能表达同样的内容。和歌由长歌、短歌、旋头歌、片歌等杂多体裁最终演化为短歌独大，这与我国古代诗歌体裁的发展规律基本相同，律诗、绝句往往是最好的珍品，它不适合平铺直叙的描写、铺陈，必然会采用兴象与意象的组合，以及情景交融的表现手法。况且中世和歌有后发优势，借助汉诗的创作理论得到迅速发

---

① 　正徹、「正徹物語」、『日本古典文学大系 65・歌論集 能楽論集』、東京：岩波書店、1973 年、第 187 頁。

展。平安时代后期兴起的歌合促进了和歌创作的繁荣局面，加之平安贵族社会流行
“妻访制”这种独特的婚姻制，和歌常常扮演鸿雁传情的情书，贵族男女之间在一
唱一和之间增递爱情。于是“恋歌”成为和歌创作的重要题材之一，藤原定家认为
“幽玄体”与“有心体”最适合创作恋歌，日本古代文人更是将恋歌题细分为热恋、
苦恋、单恋、忍恋、春恋等多种歌题。在歌合上，对于这类应制诗（歌）、酬唱诗
（歌），和歌诗人们基本上都是从概念出发，并非出于真情实感的抒发，常常“为
赋新词强说愁”。现实社会发生的恋情类型是有限的，而想象世界为他们通往“幽
玄”之境开拓了新的道路，“行云回雪体”使恋歌不仅局限于儿女之情、卿卿我我
的狭隘题材，缠绵悱恻、虚无缥缈的巫山神女不仅是男性爱恋的对象，也是人们对
美好事物的热忱向往与追求。至于女神的“面影”是如何美丽，每一位诗人心中都
有最美好的想象，当“心中了见”与外界的人事自然契合无垠，便会触景生情、兴
会标举，作者用心中之眼捕捉到的景物（面影）才是“真景”，因为自然界中的事物
无论多么完美，总会有这样那样的缺憾，而经过“心中之眼”过滤的景物则是最完
美无缺的，所抒写的感情也是最纯粹的“真感情”。王国维《人间词话》云：“境非
独谓景物也。喜怒哀乐，亦人心中之一境界。故能写真境物、真感情者，谓之有境
界。”①

此外，《正彻物语》也曾用“幽玄”一词评论其他人的歌作，例如：“式子内亲
王的「いきてよも、我のみしりて」等许多和歌为幽玄之作”②。式子内亲王的和歌
具体是指下面两首：

①いきてよも / あすまで人は / つらからじ / 此夕暮を / とはばとしかし
　　人生若朝露，妾身无来日。今宵盼君面，生死两勿忘。　　　　　（笔者译）

这首歌抒发的是式子内亲王患上了乳癌、自感将不久于人世时痛彻心扉的心
情。作为皇室成员的她决不能公开自己的地下恋情，在即将辞世的前夜，盼望与情
郎相见一面。不能与相爱的人厮守相依，人世间最大痛苦莫过如此！该和歌的表现

① 王国维：《人间词话》，山西古籍出版社 2002 年版，第 3 页。
② 正徹、「正徹物語」、『日本古典文学大系 65・歌論集 能楽論集』、東京：岩波書店、1973 年、第 180 页。

手法含蓄、意蕴幽深，故得"幽玄"之境。

　　②わすれては／うち嘆かるる／夕べかな／我のみしりて／すぐる月日を

　　一声长叹息，月光照孤影。昨夜盼君顾，方觉单相思。　　　　（笔者译）

　　该和歌采用倒置手法，将"常忘"置于开头，本来应是"人约黄昏后"，可是每次都不见君郎面，原来是自己单相思，便不觉间发出叹息声。昨夜又是满怀希望盼君来，却再一次意识到，这只是自己的单相思。该和歌将暗恋者的心态刻画得淋漓尽致。

　　正彻在解释"幽玄体"及"行云回雪体"时，喜欢用"梦境"的意象，前面所举的歌例中也提及"梦"，其用意是借助"春梦"的虚幻、短暂、香艳等属性来喻意男女恋情的甜蜜、却又不得"有情人终成眷属"的慨叹。"幽玄"一词的幽深玄妙之意虽然让人容易接受，但毕竟过于抽象，令普通人敬而远之。而"行云回雪"的美学意象则显得具体形象得多。

　　对于我们国人来说，明月的意象被赋予了太多的含义。借月亮描写爱情的诗句在《古诗十九首》中就已经很常见；像李白的"青天有月来几时，我乃停杯一问之"，"举杯邀明月，对饮成三人"，以及苏轼的"但愿人长久，千里共婵娟"，都是脍炙人口的诗篇。月亮的意象不仅代表爱情，还具有思念亲人、思念故乡，以及表现人品高洁等多重含义。受中国传统文化影响，日本人对月亮意象的理解与审美基本上与中国人是一致的，但仍稍有不同。在我们的古诗词中，皎洁的月光、一轮明月、皓月当空、月光如洗等等，都是主流审美的声音；相比之下，日本人更喜欢薄云遮月的朦胧美。当然，"镜中花水中月"代表的朦胧美，北宋诗人林逋的《山园小梅》"疏影横斜水清浅，暗香浮动月黄昏"①等诗句表现出的文人趣味、低吟浅唱式的情调也很美好，但它终究成为不了中国古代文艺批评的主流。这是因为，孕育中华文明传统文化的中原地带在环境气候上相对严酷，生活在这片土地上的人们自然养成了豪爽大气的性格，再加之长期受到北方游牧民族的袭扰与入侵，种种原因造就了古代诗文崇尚风骨、喜好慷慨悲歌的性格。反观日本古代历史，虽有朝代更

---

① （宋）林逋：《林和靖诗集》，沈幼征校注，浙江古籍出版社1986年版，第89页。

选，但没有"易姓革命"的惨烈，天皇血脉得以传承，即所谓"万世一系"。打仗征伐是武士的事，不知藤原定家的一句"红旗征戎非吾事"得到多少贵族文人的共鸣，因此日本古代文学中的贵族性格没有被打断，至少在西方现代文学思想传入日本之前都是如此。虽然在江户时代，市民（町人）文学开始崛起，浮世草子、读本等通俗小说非常盛行，但和歌、有心连歌、俳句等高雅文学仍然如涓涓细流浇灌着日本传统文化之花，深受"幽玄"诗学洗礼的"物哀"、闲寂等美学思想得到了精心的保护与传承。

正彻在《正彻物语》中解释"行云回雪"：

> 欲问何事者为幽玄体？不应在幽玄体的词与心中求。称回雪为幽玄体者，这是说（和歌令读者感受到）天空中薄云飘摆、雪片随风飞舞这种意象情趣（的作品）是幽玄体。藤原定家所著的《愚秘抄》等中将幽玄体比拟为楚襄王（遇巫山神女的故事）。某日午睡时，神女下凡与不知梦境还是现实的楚襄王共度云雨。楚襄王（对其）留恋思慕，神女说我乃天上的仙女，与你前世有缘而共度春宵。但我不能留在此地，必须飞回天上。楚襄王思慕不已，求其留下信物。神女说离宫中不远处有座巫山，朝为行云，暮时为雨，汝可观之。（我们读和歌时如同）观看朝云暮雨时的感受，每人心中都会出现不同的（审美）想象，缠绵缱绻、香艳婉丽，这（和歌）便是幽玄体。然而（这种感受）却不能用言语形容，心中不能明确辨明其状况，惟能做的只是称其为虚无缥缈的幽玄体。[①]

如果说这还让人感到抽象，正彻紧接着又举出具体的事例加以说明："南殿繁花锦簇、姹紫嫣红，宫女们艳装锦衣四五人徜徉其间，此时此刻的诗情画意应该称之为幽玄体。"（《正彻物语》）[②]南殿又称前殿、紫宸殿，位于京都御所（皇宫），平安中期以后取代了原来太极殿（正殿）的地位，成为皇宫里举行天皇继位、立太子等皇家庆典的场所；与此相对的则是供天皇日常起居的清凉殿。因此，在南殿这种

---

① 正徹、「正徹物語」、『日本古典文学大系 65・歌論集 能楽論集』、東京：岩波書店、1973 年、第 232 頁。
② 正徹、「正徹物語」、『日本古典文学大系 65・歌論集 能楽論集』、東京：岩波書店、1973 年、第 233 頁。

政治权力的中枢重地，本来应是一派庄严肃穆的神圣气氛，然而鲜花与宫女起到点缀，阴柔配阳刚，沉郁的画面顿时变到鲜活灵动起来，甚至可以闻到花香、听到年轻女子的笑声。"幽玄体"的和歌能带给读者以深奥的意境联想、视觉画面以及崇高的神圣感。

总之，"行云回雪体"借用仙女的美艳姿态来比喻"幽玄"的玄妙美感，非常含蓄委婉，"幽玄"本身具有的宗教色彩无形中加深了其美学意义上的表现力，审美观照与宗教信仰两方面因素叠加或杂糅在一起，难以区分。正彻主张的"幽玄"更倾向于新古今歌风的妖艳美。而到了他的弟子心敬那里，则转向宗教精神上的开拓。整体而言，在日本中世诗学的发展过程中，以"幽玄"概念为核心的诗学思想在审美与宗教之间保持着某种平衡，宗教要素保证了其艺术思想的深度；而过分倾向宗教怀抱则会失去文学艺术的本来目的。

第四节　标举"冷寂寒瘦"的心敬美学

心敬（1406—1475 年）是继正彻之后的歌坛领军人物。心敬主张歌道、连歌道与佛学同一说，他并非把和歌与连歌视为宣扬佛门思想的工具，而是主张和歌与连歌具有与佛法一样的终极目标，即凭借艺术审美的神奇力量，可以感动鬼神、幸福人生。但歌道、连歌道与佛法毕竟不同，它们的差异尽管微小但仍然客观存在，佛法教人行善好施，而歌道、连歌道则依靠艺术审美来影响人们的思想、净化人们的心灵，最终引领人们超越生死的羁绊而达到生命的永恒。

心敬的歌学思想集中反映在《私语》，心敬引述古人关于"用心"（以意为主）的观点，指出"幽玄体"关乎任一连歌诗句的"姿"（美学风格）的营造，这当然继承了藤原定家的"有心说"理论。按照严羽的观点来说，诗歌的本质在于"吟咏情性"，它是诗人的"兴趣"所致，也是情感的自然流露，当然也包括诗人的才性、学力、胆识、天分等因素。就和歌而言，而这些方面的内容都可以用一个"心"字概括。

心敬在《私语》谈到"幽玄体"时说："古人云，此道应铭记幽玄体于心中而修行。（它）涉及任何诗体之风格，应当用心修行之。然而，昔时古人的幽玄体与今日俗辈们所认为的幽玄体之间存在差异。若要取得古人的幽玄则以心为最用。而今多数人认为诗句的（词采）应具有情趣之姿（风格）。诗歌的心艳（外枯内膏）才是难以达到的境界。修饰诗歌的词采是众人的事情，修炼诗心则是个人的事情。"①从这段话可以看出，心敬非常重视诗心的营造，"以心为最用"，诗歌的意蕴兴寄是诗人最应该关注的内容。然而普通人更关心词采是否华丽，甚至过分雕琢辞藻，这是舍本逐末的行为。心敬的主张其实就是刘勰所标举的"为情而造文"，"情"就是诗歌所表现的思想内容、诗人的怀抱寄托，"文"就是词采。

心敬认为，诗歌的词采声律上的工整端丽是容易做到的，而诗歌内部的兴象风神，即他所说的"心艳"境界则不是常人能做到的，而且他所标举的"幽玄体"最重要的特征就是"心艳"。"心艳"与"心幽玄"基本同义，都是指诗人的蕴藉怀抱达到极深的境界，心敬用了"修心"一词进行表述，当诗歌具备"心艳"的条件时，整个诗歌便具备了感人的艺术魅力，由内而外地散发出一种无形的气韵与万千气象，将读者引入一个在现实世界里无法体验的神奇世界，绚烂奇幻，朦胧缥缈，美轮美奂。这种诗境的营造，离不开"修心"，它是诗人表现真情实感的前提条件。只有诗人的主观世界里才存在十全十美的真感情与真景物，而且必须通过诗人的"心中之眼"方能感受得到。那么，"心中之眼"的取得便是一种"修心"的过程。

在心敬看来，"幽玄"的重点不在诗歌表现出来的语言效果，也不仅指表现主体的"心幽玄"（怀抱兴寄）的深奥程度。说得更明白一些，心敬的"幽玄"超出了艺术范畴而具有道德与宗教性质，正如我国古代正统文人所提倡"诗品出自人品"一样，因此心敬强调诗人要"修心"，只有达到无私无欲的思想境界，才能真正理解悲悯情怀的意义，透过这样的"心中之眼"观察世间万物，原来人生无常的一花一叶都会带有闲寂、老寂之色，而在寂色的背后则隐藏着绚烂多彩的人生的种种可能，这种悲悯情怀应该就是心敬所理解的"幽玄"之义。其实，心敬的"幽玄"类似于本居宣长所说的"知物哀"，是一种具有人文关怀性质的审美思维。

下面三首和歌均是心敬《私语》中列举的"幽玄体"范歌②。

① 王向远译：《日本古代诗学汇译》，昆仑出版社2014年版，第432~433页。
② 转引自赤羽学，『幽玄美の探究』，東京：清水弘文堂、1988年、第448页。

①秋の田の / かりほの庵の / 苫を荒み / 我が衣手は / 露にぬれつつ

（天智天皇）

冷秋夜宿庵，思君难入眠。屋顶茅草荒，晨露（泪）湿衣襟。（笔者译）

②わすれなむ / 世にも越路へ / 帰る山 / いつはた人に / あはんとすらん

（伊势）

越前五幡山，路遥君不归。罢了罢了吧，笑我太多情。　　　（笔者译）

③わすれぬや / さは忘れけり / あふ事を / 夢になせとぞ / いひて別れし

（定家）

往事转头空，妄意君忘情。戏言一场梦，离别不相见。　　　（笔者译）

这三首幽玄体的和歌都是以恋歌、羁旅、离别为题，或感叹人生无常、或哀怨凄婉，与以往二条派的平明典雅、正彻法师的妖艳浓丽等风格相比，呈现出一般"冷瘦苦寒"的歌风。我们以上面的藤原定家和歌为例。这首和歌的大意是写一名女子的闺怨，以女子的口吻责备道：你一定是把我给忘记了吧，我们曾经相爱过。离别时，你说就当成是一场梦吧（然而，我又怎能忘记！）。诗歌表面上用词平淡，好像一切都已经成为往事，随风逝去，但女子的哀怨之情却如汹涌的暗流隐藏在海面之下，深不可测。诗人藤原定家的"心艳"表现是站在悲情女子的立场，为该女子代言，含蓄哀婉、引而不发。在我国魏晋六朝时期，以曹植等人为代表的男性文人比拟女性语气与心理并为女性代言，这种创作风气非常流行。在宋代的文人士大夫身上也能看到这种拟代的独特现象。

中世社会中，日本贵族文人所处的境遇与六朝文人以及宋代士大夫颇有几分相似之处。藤原定家等新古今歌人处于皇室与武士集团的权力斗争旋涡中，他们必须处处小心谨慎，不可能有建功立业的雄心，也不可能有经国济世的忧患意识，那么"嘲风雪、弄花草"成为他们的必然选择，然而少了世俗与权力的干扰，他们便可以在艺术道路上专心探索与精进。

心敬的理想化歌风可以用"冷、寂、寒、瘦"四个字概括。他将和歌中的"幽玄"诗学运用到连歌理论中，他在《私语》一书中举例加以说明：

> ほのぼのと / 霞に花に / ほひきて　　霞光迷离花熏香
> そことなく / おぼろ月夜に / 雁鳴いて　朦胧月色雁鸣声
> ゆふぐれの / すすきを風や / 渡るらん　黄昏芒草渡秋风

心敬认为这一类的连歌诗句虽然外形上端丽工整，但让人感受不到真情实感，因此价值不高，所以他故意没有将作者的名字写出来。①

> 徒に / 花の盛も / 過ぎぬらん　　　奈何花期过盛时（良阿）
> いつ出でて / おぼろに月の / 残るらん　不觉朦胧月影残（救济）
> 故郷の / 一村すすき / 風吹きて　　故乡村外芒草风（救济）

尽管心敬认为这类诗句平淡无奇，但没有"积学"的人绝无可能咏出这等佳句来。清新流畅，朴实无华，却又诗境浑然天成。②

> ねりそがは / 柴を真葛の / 花かづら　　捆柴须用葛花藤
> けだものは / 常に苔地を / はしりきて　野兽常奔苔藓地

对于这类将俗语俚语以及日常生活用语入诗的做法，心敬是坚决反对的。③ 虽然不能一概而论，但过于生活化的诗语违反了"陌生化"与"心理距离"等美学原理，心敬斥其为"无品""无下之人"，即粗陋之物。在和歌创作中，使用这类粗鄙之词违反了"禁词"原则，相对而言，连歌的"禁词"比起和歌要宽松得多，但心敬认为"野兽"这样的词语也不能给人带来美感与诗意。

此外，心敬还举了一例急智巧思的连歌例句：

① 转引自赤羽学、『幽玄美の探究』、東京：清水弘文堂、1988年、第450頁。
② 转引自赤羽学、『幽玄美の探究』、東京：清水弘文堂、1988年、第450頁。
③ 赤羽学、『幽玄美の探究』、東京：清水弘文堂、1988年、第451頁。

> 緑子の／ひたひにかける／文字をみよ　**请看绿子额头字（良阿）**
>
> いたりけり／谷に暁／月に秋　　　　　　**山谷晓月配秋风（宗砌）**

这类连歌犹如脑筋急转弯一般，前一句是说当时的一种风俗，即在小孩子额头上写"狗"字，用于避邪。[①] 后一句的意思令人费解，至今无法解读。也可能是说一个叫"绿子"的小姑娘，额头上写着一个"犬"字。下句与上句在意思上必须有联系，从此可以推断出，当时的日本小孩儿额头上几乎都有"犬"字避邪，那么考验脑筋急转弯的问题来了，"山谷"配上"晓风残月"是人们头脑中的秋天的意象。本来毫不相干的两个事物，却因为某种机缘巧合，并列排比在一起，巨大的反差形成滑稽的效果。这种做法是当时连歌会上常见的文字游戏。在我国俗语中，"物以类聚、人以群分"，同样的意思可以换言之，"王八瞅绿豆，针尖对麦芒"。"小孩额头写犬字"与"山谷上空挂晓月"，一俗一雅的固定搭配，这便是"无心连歌"的魅力所在。

在美学风格上，心敬推崇"冷、寂、寒、瘦"四个字，这四个字不是体现在诗句的语言表面，而是体现在诗境的营造上，而为了能营造这种闲寂诗境，诗人必须注重"心艳"的诗心修炼。他在说明"句秀之句"与"真艳之句"的区别时说："句秀之句与真艳之句、粗野之句与刚健之句之间的区别最重要。心词寒瘦之句中有秀逸。应该参考古人自赞歌作而进行构思立意。诗语佶屈聱牙、磕磕绊绊，以及诗体肥俗、色调偏暖的诗句则难有秀逸者。"[②] 从这段话中可以看出，心敬主张语言流畅清新、诗体雅正含蓄，反对过分矫饰雕琢辞藻。所谓诗体的"肥"与"瘦"，是指修饰成分的多少，以及表现手法的含蓄与否。从文人情趣来看，"冷、寂、寒、瘦"同样受到宋人的追捧，以柳宗元的诗作为代表；而"肥俗、浓艳"的诗体风格则历来都被视为恶俗之作。

至于"句秀"与"真艳"的区别，心敬认为如果不讲究"修心"则极易混淆。"句秀"是指体格声律上的工整绮丽、朗朗上口；"真艳"则是指由诗歌的意蕴兴寄引发的意境美，它是由内而外的诗美，盛唐诗人用"兴象风神"来指代它，这是

---

① 赤羽学、『幽玄美の探究』、東京：清水弘文堂、1988 年、第 451 頁。

② 转引自赤羽学、『幽玄美の探究』、東京：清水弘文堂、1988 年、第 452 頁。

一种境外之象、韵外之致，需要读者通用艺术联想并结合自身的人生境遇、生命体验才能获得的审美体验。心敬在《私语》第四十一段中写道："昔日曾有人问歌仙，和歌应该如何咏之。歌仙答曰：枯黄的芒草、破晓的残月。这其中的道理尽在不言处，也是对冷寂风格的一种开悟。"①

在《私语》第十四段中，心敬写道："将心绪调节在细腻艳丽的状态，深切感悟人世间一切的悲悯情怀、世态炎凉，那么诗歌便会由心田中流淌而出。如此这般，虽然只在一两个字的与众不同，然而却能做到格调高雅、冷寂寒瘦、含蓄蕴藉。此类歌作出自贤人雅士之口。"②从上述这段话可以看出，心敬所主张的"心艳"是一种审美思维，其实它是继承藤原定家的广义"有心说"的精髓，核心内容是指诗人"吟咏情性"，诗歌的美感不仅来自"体格声律"，更主要的是依靠"兴象风神"的诗境营造，而要取得这种艺术效果，雕琢辞藻等修辞层面达到的效果毕竟有限度，只有向诗歌内部的审美挖掘才是无穷无尽的宝藏。如何达到"心艳"的境界呢？用藤原定家的话说就是要"澄心入一境"，只是他并没有进一步解释，但"澄心"按字面的含义应该是"排除心中杂念"，并且"入一境"，即进入一个相当高深的境界，用佛家的话来讲便是"虚无"，而用中国诗论的话来说便是"虚静"。"虚静"就是使人的精神进入一种无欲无得失无功利的极端平静的状态，这样事物的一切美和丰富性就会展现在眼前。

早在先秦时期，老子提出了道家修养的主旨为"致虚极，守静笃"。他认为世间一切原本都是空虚而宁静的，万物的生命都是由"无"到"有"，由"有"再到"无"，最后总会回复到根源，而根源则是最"虚静的"，从而认为"虚静是生命的本质"。因此人们要追寻万物的本质，必须达到"无知、无欲、无为、无事、无我"的状态，回归其最原始的"虚静"状态。老子把"虚静"作为一种人生态度还提出了"涤除玄览"观点，他认为只有排除一切杂念，让心灵虚空，保持内心的宁静和澄明，才能以更明了的目光去观察大千世界。

此后，庄子在吸收老子"虚静"思想的基础上，对老子有关"虚静"的论述做了进一步的发展，他指出要达到"致虚守静"的境界必须做到"心斋"与"坐忘"，

① 王向远译：《日本古代诗学汇译》，昆仑出版社2014年版，第457页。
② 王向远译：《日本古代诗学汇译》，昆仑出版社2014年版，第438~439页。

庄子《人世间篇》说："唯道集虚，虚者，心斋也。"①在庄子看来人要达到"虚静"的境界必须忘了世间万物，忘了自己的存在，远离世俗的利害关系，不受私欲杂念干扰，以无知、无欲、无求的心态去感受世间的"道"，达到物我同一的"物化"状态，才能真正地体会自然，认识自然，创作出真正与自然相通的艺术作品。

最早把"虚静"说引入艺术领域的是西晋文学理论批评家陆机，他在《文赋》中提到"伫中区以玄览"，强调一个好的作品要对外界事物进行广泛而深入的观察，而在这个过程中人要不受外物干扰、思虑清明、心神专一。但是陆机没有明确使用"虚静"这个概念，其"虚静说"还停留在思想叙述的阶段，还没有形成完整的理论体系。

直到刘勰在《文心雕龙·神思》中写道："是以陶钧文思，贵在虚静，疏瀹五藏，澡雪精神。"②这时才将"虚静"的概念引入了文学理论范畴，而且还对"虚静"进行了深入的理论探讨。

"虚静说"在艺术领域的完善，绘画、书法、文学、音乐等艺术创作都把"虚静"视为创作主体自身修养的最基本条件。苏轼《书晁补之所藏与可画竹三首》云："与可画竹时，见竹不见人，岂独不见人，嗒然遗其身。身与竹俱化，无穷出清新。"③这即是指画家保持其"虚静之心"，进入了物我两忘的境界。郑板桥把画竹分了"眼中之竹""胸中之竹""手中之竹"等不同的创造阶段，这要求主体排除实用功利性的杂念和欲望，从而真正与自然对象之间形成纯粹的审美观照关系，同时也反映了"虚静"心理在艺术创造过程中的地位和作用。总之，主体只有达到"虚静"的境界，才能深入了解万物内在精神美，才对画理有深刻的体悟。④

因此，用"虚静"来阐释心敬的"心艳"是非常恰当的，也是非常有效的。无论是"心艳"还是"虚静"，其核心内容都是指诗人应排除内心中的一切私心杂念，不能被尘世的功利心所玷污，那么自然界中的飞花落叶便会映射到心中的明镜之上，人世间的世情百态也会至真至纯地投射在"底片"上。反之，没有达到"心艳"或"虚静"的境界的诗心，往往将外界自然人事的投射加以扭曲变形，而为了弥补

---

① 　陈鼓应：《〈庄子〉内篇的心学（下）——开放的心灵与审美的心境》，《哲学研究》2009 年第 3 期。

② 　（梁）刘勰：《文心雕龙》，远方出版社 2004 年版，第 90 页。

③ 　刘乃昌选注：《苏轼选集》，齐鲁书社 2005 年版，第 105 页。

④ 　张恩普：《哲学虚静论与中古文学虚静理论》，《东北师大学报》2004 年第 6 期，第 61~67 页。

这种缺憾，诗人只好在雕饰辞藻上多下功夫。然而纯真的好诗是由诗人的心田中流出，例如南朝诗人谢灵运的《登池上楼》诗云："池塘生春草，园柳变鸣禽。"这首著名的诗句引起很多人的赞赏，甚至引出一些带有神秘性的传说。钟嵘《诗品》"谢惠连"条引《谢氏家录》说："康乐（谢灵运袭爵康乐公）每对惠连（谢惠连，灵运之从弟），辄得佳语。后在永嘉西堂，思诗竟日不就，寤寐间忽见惠连，即成'池塘生春草'。故尝云：'此语有神助，非我语也'。"① 其实谢诗的这两句虽没有炼字锤句，但清新自然，其背后是诗人久病后对春季到来的喜悦之情，毫无造作之意，可谓朴实无华却入"幽玄"之境。

与此相对，藤原定家的那首"三夕歌"之一也是异曲同工：

見渡せば / 花も紅葉も / なかりけり / 浦の苫屋の / 秋の夕暮れ

（《新古今集》363）

环望处，樱花红叶皆无迹，海岸茅庐日暮秋。 （金中译）②

该和歌前半句描写诗人站在海边眺望远方，没有樱花的绚烂，也没有红叶的斑斓，这写的是虚景，其实描写的是对往昔荣华盛景的追忆；后半句是写海边寂寥的实景。日本学者铃木虎雄（1878—1963 年）认为白居易的诗句"兰省花时锦帐下，庐山夜雨草庵中"与藤原定家的这首和歌之间存在影响关系。③ 白诗上半句是说他在京任翰林学士替圣上起草诏书时的荣耀，而下半句则是写他被贬为江州司马夜宿草庵听雨时的寂寥心境。而藤原定家的和歌在构思上与此非常相似，也是往昔的荣耀与今朝寂寞形成鲜明的对照。

藤原定家的这首和歌营造出寂寥枯淡的意境美，属于狭义的幽玄体和歌。而心敬便是继承了定家的狭义"幽玄体"，他特别推崇"寒瘦体"。"寒瘦体"的反面是"肥暖体"，心敬反对过分矫饰辞藻以及色调艳俗的语言风格。正如古人云：诗品出于人品（刘熙载语）。心敬在人品修养上也同样做到高洁无瑕，他身处"末法"乱

---

① （清）何文焕辑：《历代诗话》，中华书局 2004 年版，第 14 页。

② 金中：《日本诗歌翻译论》，北京大学出版社 2014 年版，第 102 页。

③ 関口裕末、「定家の『見渡せば』詩論——白詩『蘭省花時錦帳下廬山夜雨草庵中』との関係をめぐって」、『文学研究論集』第 16 号、2002 年 2 月、第 239~256 頁。

世，遭遇到日本古代最严重、破坏性最强的应仁之乱（1467—1477年），甚至可与唐代的安史之乱相提并论。心敬特别推崇唐代诗人许浑，许浑创作了许多以水的意象为主的诗作，心敬在《独言》书中写道："再没有比水更情深意深且清凉玉洁的意象了。提及春水，眼前便浮现伊人面容，不由得心生怜意。夏天清水本泉（寺）的附近（令人顿生）凉意；听到秋水（之声），心生清冷之感。另外，冰清玉洁之物给人以艳丽之美。苅田之原野朝覆薄冰，老旧的桧树皮铺成的屋檐下垂着冰棱，荒野枯草，霜露冰封，此景风情万种，情趣盎然，清丽冷艳。"①其实，我国古人将雪拟梅的诗有很多，苏轼被贬黄州过春风岭时曾作《十一月二十六日松风亭下梅花盛开》诗云："岂惟幽光留夜色，直恐冷艳排冬温。"②黄彻《巩溪诗话》云："用自己诗为故事（中略）东坡赴黄州，过春风岭有绝句，后诗云：'去年今日关山路，细雨梅花曾断魂'。至海外又云'春风岭下淮南村，昔年梅花曾断魂'。"③

心敬对自然界中的清丽冷艳的偏爱反映出他的人生态度，即对世俗名利的超越，也是对人生百态"冷彻"的观照。心敬在上面一段话中表达了他对"冷寂寒瘦"风格的偏爱。而这种冷艳、冷寂的审美思想虽然有佛家无常观的浸润，但更主要的还是对王朝时代的追忆，是对一个逝去时代的挽歌。

总之，浓丽华美与寂寥枯淡这两种看似矛盾的风格是幽玄美的两极，它们并非对立排斥，而是你中有我、我中有你，犹如浸染技法所得到的斑斓效果一样。1221年爆发承久之乱，后鸟羽上皇的倒幕努力以失败告终，王朝公卿贵族从此一蹶不振，于是"冰霜""寒瘦""冷寂"等意象成为中世和歌诗人创作与审美的对象。

---

① 赤羽学、『幽玄美の探究』、東京：清水弘文堂、1988年、第484页。
② （清）吴之振等选：《宋诗抄》（一），中华书局1986年版，第716页。
③ 黄彻：《巩溪诗话》（卷四），人民文学出版社1986年版，第67页。

第七章

无中万般有："幽玄"遗响与"空寂"美学

　　为了论述方便，本章将日本中世社会的起止时间界定为始于镰仓幕府的建立（1192 年），终于室町幕府的灭亡（1573 年）。事实上，室町幕府的将军并没有多少时间真正做到有效统治，日本社会一直处于动乱时期。1334 年后，后醍醐天皇效仿东汉皇帝刘秀从王莽手中夺回政权、改元"建武"年号的做法，也改年号为"建武"，实行新政，史称"建武中兴"。但仅过了三年，建武中兴便遭失败。后醍醐天皇逃到吉野（今日本奈良县吉野郡），史称"南朝"；反对派武士集团的头领足利尊氏则拥立光明天皇在京都建立了"北朝"，至此日本进入南北朝对峙的历史时期，直到 1392 年南朝的后龟山天皇宣布退位，北朝才统一了日本。于是，以天皇为代表的"公家"想夺回王权的政治努力彻底失败了。

　　1467 年，武士集团内部又爆发内讧，即应仁之乱，前后持续了十年之久，繁华的京都化成一片焦土，幕府将军的权威也一落千丈，失去了对地方诸侯的控制力，日本进入了所谓的"战国时代"，下级武士甚至于农民百姓都敢于以下犯上，形成了所谓的"下克上"反叛精神。然而，正所谓"国家不幸诗家幸"（清赵翼语），尽管社会动荡与战乱不断，日本文化却因此得到了繁荣发展，在艺术方面，宗教造像、建筑雕刻，以及雪舟、狩野等人的绘画都获得了巨大成就，而在文学方面，各种文学体裁呈现出多样化的特点。

　　进入日本中世时期，人们对和歌创作逐渐失去兴趣，类似于我国古代联（连）句诗的诗歌体裁迅速兴起，这种集体即兴创作的诗歌被称为"连歌"。连歌会规模常常非常大，而且门槛很低，各种社会阶层的人都可以参加，有的连歌会参与人数可达数百甚至上千人，可连续举办数日之久。由于连歌会具有集团性、宗教性、娱乐性、通俗性等特点，有助于建构精神共同体，抵御乱世带给民众的恐慌与孤立等心理危机，吸引了包括藤原定家这些著名和歌诗人参加。最初的连歌主要是追求娱乐性为主，插科打诨以及文字游戏成为它的主要特点，这被正统文人讥称为"无心连歌"，他们将雅正的和歌传统引入连歌创作，推行所谓的"有心连歌"。在对"无心连歌"进行"雅化"的过程中，顿阿、二条良基、心敬、宗祇等连歌诗人起到了重要的推动作用，"幽玄"诗学被他们继承了下来。面对庶民文化的蓬勃发展，"公家"贵族文人因循守旧、墨守成规，顽固地坚守自己的古典传统。

　　室町时代后期，无论是和歌理论还是连歌论的发展都陷入了僵化局面。虽然在表面上"幽玄"等传统诗学与审美观念并没有发生改变，但在具体创作上，连歌诗人却更加关注诗格法度等形式以及修辞手法，在细枝末节上花费太多的精力，导致了在理论创新方面乏善可陈。在宗祇辞世之后，虽然有宗长、宗硕、宗牧以及猪苗代兼载等连歌诗人活跃在歌坛，也有《连歌比况集》《胸中抄》《暗夜一灯》《耳底记》等理论著作问世，但基本上都是重复前人的理论，缺乏新意，而在诗体法度上则更加细化，甚至繁复至极，由原来的"连歌十体"逐渐增加到"三十体""六十体"，最后出现了"八十体"。这在谷宗牧的《当风连歌秘事》（1542 年）中有记载，宗祇经常作"六十体"（或六十二体）连歌，由兼载、宗长等人流传开来。①

　　建武中兴失败后，以天皇与公卿贵族为主的公家彻底失去了夺回王权的信念，他们日益变得保守内敛，"幽玄"美学逐渐失去了"妖艳"色彩，语言风格由浓艳华丽的转向清丽自然的"平淡美""清风美"。后来在"平淡美"的基础上，心敬提倡的"心艳"思想，通过营造外枯内膏、寂寥枯淡的意境，深化了"平淡美"的思想内涵。而到了近世的江户时代，这种寂寥枯淡的"心艳"又褪变为一种"老寂"，"艳"的色调彻底消失，与其说它是一种审美思想，不如说是一种人生态度，这即是松尾芭蕉所推崇的"闲寂"（sabi）与"空寂"（wabi）美学②。

　　芭蕉标举的"闲寂""空寂"与其说是美学，不如说更像是一种哲学理念。成语中有一句"太上忘情"，太上指圣人。南朝刘义庆《世说新语·伤逝》："圣人忘情，最下不及情，情之所钟，正在我辈。"③意思是说，太上忘情，其次任情，再次矫情，

①　伊地知铁男、『連歌論集・能楽論集・俳論集』、東京：小学館、1973 年、第 145 頁。
②　叶渭渠：《日本文学思潮史》，经济日报出版社 1997 年版，第 216 页。
③　（南朝宋）刘义庆：《世说新语》，中华书局 1999 年版，第 401 页。

太下不及情，钟情者唯在我辈。诗人无疑是情感最丰富也最细腻的一类人，当然不能"太上忘情"，但诗贵含蓄，情感表达不能直白。"闲寂"与"空寂"二者只有程度之差，而无本质区别，因此可以合称为"侘寂"。这与"无我之境"的审美机制很相似，诗人将主观感情隐藏得很深，与自然景物融为一体，达到情景交融。而"物哀"则比"空寂"更倾向于"有我之境"，虽然是对主观感情"哀"的"物"化，但感伤的色调挥之不去，"以我观物，万物皆着我色"（王国维语），这应该就是"物哀"的审美思维。不过，经过数百年间佛教无常观与禅宗思想的浸润，"物哀"与"幽玄"中的闲寂枯淡，即"侘寂"之美终于呼之欲出，并且大放异彩。

为了更好理解"侘寂"，我们可以借助老庄哲学的"大象无形""大音希声"，以及佛家主张的"佛由心生"。根据道家的"无"与佛家的"空"，人的审美之"心"处于虚无空性当中，表现为一种精神存在，看不见、触不着。人感官视觉所能接触的声色之美只不过是表象，并非美的本质。而美的本质则需要进入"无"的境界才能获得，这种境界是可以让人感悟到无声、无色、无形的美的深层意境。世界万物都是"虚无"，"色即是空""空即是色"。而在文学艺术的世界，"虚无"的美在有形的画面中被人感知，通过艺术想象而生成更加逼真的画面，唤醒读者心中的审美记忆，这是"心源"和"造化"的交合，也是"无中万般有""机变神化"的审美哲学。①

广义的"幽玄论"在历史传承过程中逐渐被窄化，虽然连歌、能乐、俳句，甚至茶道、绘画等艺术领域都将"幽玄"美学纳入进来，然而后世日本人却只关注"幽玄"诗学的部分内容，尤其是歌僧心敬对"幽玄美"的审美风格从"寒""寂""冷""瘦"等四个特点进行重新诠释。江户俳句诗人松尾芭蕉则将"寂美"发挥到了极致。这种结局有其必然性，日本民族受"岛国情结"（岛国根性）影响，对事物的认识往往缺乏宏观性把握，对细节却有着出色的微观能力，这种审美特性被韩国学者李御宁称为"缩微志向""微小意趣"②，其实就是"以小为美"的思维模式，这种审美思想集中表现在世界上最短的诗歌俳句以及日本园林的造园艺术"枯山水"等事例上面。

① 赵树功：《无中生有、机变神化——论古代文艺美学中的文才创造思想》，《安徽大学学报（哲社版）》2016 年第 3 期，第 50~57 页。

② ［韩］李御宁、『「縮み」志向の日本人』、東京：学生社、1982 年、第 46~51 頁。

当然，"幽玄"代表的这种寂寥枯淡、含蓄蕴藉的审美风格受到中世、近世日本文人的追捧，而且更主要的是，"心幽玄"与"有心妖艳"二者内含的"无中万般有""机变神人"的审美思维给后世提供了无尽的艺术想象，滋养了连歌、能乐、俳句等艺术形式的发展。或许，我们也可以从另一个方面来解释这种文化想象，"幽玄"诗学所具备的"圆融三谛"式的精妙深奥已经无懈可击，在现代诗学思想尚未出现的古代社会，人们意识到"幽玄"已经不可能被超越，它只能不断地被阐释。而且，歌学歌论的权威性长期由御子左家，以及其嫡传二条派所掌控，秘不示人。直到江户时代中后期，二条派的权威地位才被打破。此后，"幽玄"诗学在近代西学东渐的大潮冲击下，已经不符合理性精神的要求，于是只能遭受时代的冷遇，最终被现代诗学理论所替代。

第一节　连歌论中的"幽玄"

国学大师王国维在《宋元戏曲史·自序》中说："凡一代有一代之文学，楚之骚，汉之赋，六代之骈语，唐之诗，宋之词，元之曲，皆所谓一代之文学，而后世莫能继焉者。"[①]同样，十三世纪之后，日本连歌的创作活动日益兴盛，逐渐取代了和歌的文学地位，成为文学主流。

提起日本连歌的话，就不能不先说中国古代的联句诗。清人王兆芳《文体通译》中说："联句者，作者不一人，共以句相属也。"[②]清人赵翼《陔余丛考》（二十三）则说得更为详细："雪浪斋日记云，退之联句，古无此法，自退之斩新开辟。（中略）文心雕龙曰，联句共韵柏梁余制是也。"[③]也就是说汉武帝与诸臣所作的《柏梁台联句》是最初的起源，而中唐诗人韩愈与孟郊的联句则是艺术性最高，无人能及。魏晋时期的联句已经相当成熟，被视为一种新的诗体，然而现存世的并不多，《何水部集》中收录了何逊等人的十二首联句，谢朓的《宣城集》中收录了七首联句。中唐时期的联句创作迎来了一个高潮期，以浙江的湖州和越州为中心，浙西与浙东出现两大文人集团，浙西文人集团以颜真卿、僧皎然为代表，浙东文人集团则

---

① 王国维：《宋元戏曲史》，广西师范大学出版社2010年版，第1页。

② 王水照编：《历代文话》（第七册），复旦大学出版社2007年版，第6319页。

③ （清）赵翼：《陔餘叢考》，中华书局1963年版，第464页。

以严维、鲍防为主要人物。《全唐诗》的 788 卷至 794 卷，共计收录了 137 首联句诗。[①] 唐代以后至清代为止都有诗人作联句，北宋时期苏轼等人开始创作"次韵"，即一种唱和诗，取代了联句的文学地位。此后的联句诗基本上都是文人雅士在酒宴上的余兴或文字游戏，或者是学诗者的练习工具，并未受到更多关注。

联句诗很早便传入日本，平安时代编撰的汉诗集《怀风藻》（751 年）中就有联句诗，由大津皇子的《述志诗》与后人唱和的《后人联句》组成七言二句。其实在联句传入日本之前，就已经有短连歌存在了。所谓短连歌是由两句片歌构成，片歌的音律为五、七、七言，一问一答。

根据《古事记》与《日本书纪》记载，日本古代英雄倭建命（日本武尊）在东征平叛时曾咏歌道[②]：

> 新治 / 筑波を過ぎて / 幾夜か寝つる
> 新治到筑地，途中几夜眠？　[③]

于是旁边执灯烛（"御火烧"）的老仆人唱和道：

> 日々なべて / 夜には九夜 / 日には十日を
> 屈指细细数，九夜又十昼。

传说中倭建命武艺高强、力大无比，简直就是日本的西楚霸王。日本人认为，倭建命与执烛老人之间的唱和便是最早的连歌，其实这只是连歌的雏形。后来的连歌发展受到我国联句诗的影响，进入镰仓时代之后，其体裁形式才真正完善。日本第一部连歌集《菟玖波集》（1356 年）的《真名序》中提到连歌起源时说："盖日本武尊平虾夷。叹菟玖波之艰难。"[④]"虾夷"是日本大和王朝对夷族的蔑称，倭建命在征服"虾夷族"时途经"筑波山"，而"筑波山"在古时写作"菟玖波"，二者的日

---

① 尹占华：《大历浙东和湖州文人集团的形成和诗歌创作》，《文学遗产》2000 年第 4 期。

② 王向远译：《日本古代诗学汇译》，昆仑出版社 2014 年版，第 240 页。

③ 新治、筑地均为地名。

④ 伊地知鉄男校注、『日本古典文学大系 39・連歌集』、東京：岩波書店、1960 年、第 1151 頁。

语读音相同。因此，日本连歌另外还有一个别称，即"筑波之道"。与此相对，和歌的雅称是"敷岛之道"，"敷岛"与"大和"等名称一样，都是日本的异称。正如《木兰辞》中的诗句："万里赴戎机，关山度若飞。"倭建命的连歌表面上是一问一答，询问东征途经筑波山过了几昼夜，其实是感慨山路的崎岖艰险。

虽然被称作"筑波之道"的日本连歌历史悠久，但在平安时代末期"锁连歌"出现之前，"短连歌"的诗体地位并没有得到公认。进入镰仓时代后，连歌迎来了快速发展的时期。这种兴盛得益于后鸟羽天皇的大力倡导，他在皇宫里的水无濑宫设"有心"与"无心"两个连歌座，并设有奖品。"座"是连歌即兴创作的群体和场所。1221 年后，鸟羽上皇发动承久之乱，结果失败被流放。此后，藤原定家成为宫廷歌坛的领军人物，晚年后的藤原定家对连歌显示出浓厚的兴趣，多次主办连歌会。

平安时代晚期之前，由二人唱和的"短连歌"占主流地位。进入十二世纪院政时期，"短连歌"发展为多人共同创作的"长连歌"，又称"锁连歌"，其结构是将许多"短连歌"像锁链一样串连起来，理论上来说，这种"锁连歌"是可以无穷无尽地创作下去，但五十句（韵）或百句（韵）的"锁连歌"最为常见。

"短连歌"的题材内容多为滑稽诙谐或急智速咏，但"长连歌"就很难做到这一点，而且规则更为复杂，另外还有"无心连歌"与"有心连歌"的对立。"无心连歌"指以滑稽诙谐为主的连歌，"有心连歌"则是指用和歌理论指导创作的连歌，讲求兴寄怀抱，可以理解为对"无心连歌"的雅化。在藤原定家的《明月记》中有关于"有心"与"无心"的连歌会记载，然而建保三年（1215 年）以后便找不到有关"无心连歌"的记载了。这说明一个问题，"无心连歌"的创作逐渐受到正统歌坛的排斥，"有心连歌"占据了歌坛的创作主流。[①]

因此，日本连歌（长连歌）由三人以上的奇数作者共同创作，上句（五七五言）与下句（七七言）交替接龙创作，连歌创作由众人共同完成，犹如完整的锁链一般，考验作品成功与否的关键在于完整度的高低，连歌的每一句不能像散沙，而要像一条珍珠项链，前后歌句要有照应。连歌的接句称"寄合"，作者要读懂前一句作者的意趣、立意，接句的歌意要与前句相吻合，这就要求所有"在场"的作者

---

① 能勢朝次、『聯句と連歌』、東京：要書房，1950 年、第 64 頁。

必须拥有共同的审美修养，而对传统审美思想与前人经典作品的“积学”“学古”便成为连歌创作的基础。然而，如果只是一味求同，那么连歌创作的魅力就会大减，所以更重要的是后句的“转”（转意）必须出乎意料却在情理之中，方为上品。连歌句的“寄合”类似于我国的对诗、对联，要遵守一定规则，如“春”对“秋”、“朝”对“夕”、“山峦”对“平原”等是常见的对法，缺乏新意，而“恋雨”对“秋月”、“薰风”对“鲜花”等便能令人耳目一新。

连歌一般都是即兴当场创作，甚至吃住都在连歌会场，规模大的连歌会有上千人参加，不过这种连歌会已经偏离了单纯的文学活动，带有明显的宗教色彩。十三世纪至十五世纪，连歌风靡日本社会，取代了和歌的文学地位。这种现象与日本中世社会的特殊政治形态与文化语境有很大关系，天皇以及公卿贵族曾经高高在上的权威被颠覆，武士社会奉行“丛林法则”。群雄割据的战国时代（十五世纪末至十六世纪末）甚至出现了“下克上”思潮，这在儒家教义里被视为大逆不道。然而，颠覆传统、藐视权威的民众势力给陷入僵化的日本社会带来巨大冲击与活力，根植于“俗”文化的连歌代表了民众的诉求，群体创作的文学形式暂时满足了他们摆脱战乱、向往和平的美好愿望与情感需求。连歌的创作场所是公共的、群体性的场域，就好像欧洲十五世纪出现的“狂欢场”一样。

苏联学者巴赫金从民间文化的历史源头出发，以歌德《意大利游记》中对1788年罗马狂欢节的描写为史料，结合陀思妥耶夫斯基与拉伯雷的创作实践，提出了“狂欢化”理论。狂欢化理论源自狂欢节，而狂欢节的源头则可以追溯到古代的农神节和民间仪式，它盛行于古希腊、罗马并延续至中世纪、文艺复兴时期的民间节庆、仪式和庆典活动。国王加冕和脱冕仪式是狂欢式的核心内容，这个核心是交替与变更的精神、死亡与新生的精神。狂欢节是毁坏一切和更新一切的时代才有的节日，包括一切狂欢节式的庆贺、仪礼、形式等，它是一种没有舞台，不分演员和观众的游艺活动。

巴赫金分析了狂欢式的四个范畴：

（1）等级制取消，人与人之间建立一种自由、率真、随意而亲昵的新型关系，人们的行为、姿态、语言都从阶级、年龄和贫富差异中解脱。

（2）一种插科打诨式的情景喜剧。

（3）俯就，一切被狂欢体以外的等级世界观所禁锢、分割、弃绝的东西又重新结合，神圣粗俗，崇高卑下，明智愚蠢等二元对立重新订立盟约。

（4）粗鄙，一种渎神式的、降格的与肉体下部相连的摹仿与讥讽。

以上四个范畴不是关于平等与自由的抽象言说，而是通过生活形式加以体验的具体感性的游艺仪式的"思想"。当狂欢式转化为文学的语言时就是所谓的"狂欢化"①。

狂欢化的内在性质是以狂欢式的世界感受、乌托邦理想、平等对话精神、社会开放性等原则为基础，它将看起来荒诞无稽而又出人意料、合情入理的事物赋予新的内涵，在各种狂欢式场域中创造出艺术的真实。尽管日本中世社会与欧洲中世纪社会不能同日而语，但连歌这种独特的诗歌体裁在那一时期大放异彩，甚至取代了和歌的地位，这其中必然有其合理性与必然性，而且以插科打诨、诙谐幽默为特征的"无心"连歌衍生出俳谐连歌，在江户时代最终产生出俳句这一新的诗歌体裁。

在中国古代，联句诗始终没有得到正统文人的重视，虽然算作诗歌的一体，但终究是文人雅士的文字游戏以及学诗初级者的练习工具。相反，日本连歌则受到重视，关于连歌的诗式法度、创作规则都有严格的规范，十四世纪日本室町时代出现一批连歌理论著作，如《应安新式》《连理秘抄》等等，甚至对连歌创作的诗句用语都有规定，某些特定词语不能入诗，这被称作"禁制词"。以二条良基为代表的日本文人对连歌创作进行规范化、雅化的努力逐渐起到了成效，最终"无心连歌"被驱逐出正统文学的殿堂，根源于和歌雅正传统的"有心连歌"成为创作主流，不过"无心连歌"并没有消亡，在民间仍受到大批普通民众的喜爱。

正是这种"雅"与"俗"的对抗与融合促进了连歌的健康发展。连歌的集体性与和歌的个体性本来是一对矛盾体，个体性的艺术表达保证了连歌的"雅"，即艺术性与文学性；而集体性的创作场域则为个体化创作提供了艺术灵感与活力。其实，和歌本身也经历过"雅"与"俗"的辩证发展历程，上古时代的口承文学——歌谣便具有集体性属性，而且在平安时代前期，和歌在汉诗文面前只是游宴的"余兴"，属于贵族的社交应酬手段，在这种创作场域里，一切个性化的艺术表达都会受到排斥，只用符合集体性、流通性的表达习惯才被整个贵族社会所接受。到了平

---

① 夏忠宪：《巴赫金狂欢化诗学理论》，《北京师范大学学报》1994 年第 5 期，第 74~82 页。

安朝后期，和歌创作的个性化表达才受到重视，在政治斗争、社会动荡以及无常观等宗教思想的催化下，贵族文人的创作思想中出现了生命意识、自我意识的萌芽。此后，他们开始了个性化创作，甚至敢于标新立异，每个人都想达到"语不惊人死不休"的境界。

然而，人是具有社会属性的动物，诗人也需要知音，他们相互酬唱，正如唐宋诗人喜欢联句与次韵一样，日本中世社会的贵族文人以及僧侣也热衷于各种形式的连歌会，他们很快就对诙谐滑稽的"无心连歌"感到厌倦，于是便将和歌的创作理念引入连歌并创作"有心连歌"。在"雅化"过程中，正统文人无疑吸收了俗文学的养分，连歌的精彩之处在于接句者不仅要"连"，而且要"转"。所谓"连"，即针对上句，按事先的诗题诗句等约定而对出下句；所谓"转"，即为下句提供一个新的诗题或诗境，一定要不同于上句的诗题诗境，既出乎意料，又在情理之中。一首连歌中所有相邻的两句都要有某种关联，有的堪比"脑筋急转弯"，但隔句的两者之间则没有任何关联。这种结构就好像是一条锁链，环环相扣，这种长连歌又名曰"锁连歌"。

这样的创作规范不仅增加了连歌的趣味性，而且集体创作的共同场域可以激发诗人的灵感与创作欲望，往往达到"佳句偶得"的意外效果，诗人在集体创作的场域中得到共同创作的归属感与安全感，用共同体的集团力量对抗社会动荡所带来的焦虑与恐惧。此外，"雅"与"俗"并不是绝对的矛盾关系，在一定条件下可以彼此转换。

室町幕府时代之后，这种集体即兴创作的文学形式愈发受到民众的喜爱，插科打诨、搞笑诙谐的"无心连歌"以游戏的心态、轻松的形式迅速吸引了大批民众参加。这种民众狂欢式的文学形式在日本中世社会特定历史语境下显现出浓郁的宗教色彩，也是俗文化对雅文化的一种反拨，为已渐渐僵化、陷入保守自闭的贵族文化提供了新鲜活力。贵族文人也受到俗文学的强烈吸引，但很快他们便不能满足于这种文字游戏的创作活动，他们需要对"无心连歌"的无序创作进行规范，尤其是用和歌的创作理论对俗文学进行"雅化"，于是便有了"有心连歌"或称"有文连歌"。不过，这种被称为"座"的即席创作，虽有像《水无濑三吟》《汤山三吟》等非常优秀的少数作品，但绝大多数并没有很高的艺术性。值得现代人一读的主要是连歌论，内容涉及创作的体格法度以及批评理论。早在平安末期的《俊赖髓脑》《袋草纸》《八云秘抄》等歌学著作中就有少量内容涉及连歌的"式目"（诗式）。最早的连歌论专著是冷泉为相创作的《连证集》。进入室町时代后，连歌迎来了兴盛时期，大量连歌论著作纷纷出现，其中以二条良基的《连理秘抄》（原名《僻连抄》）、《筑波问答》、《连歌十样》、《十问最秘抄》等最为著名。

二条良基（1320—1388年）出身权贵世家，其祖父与父亲都做过朝廷的摄政，其父亲良平的母亲是藤原为家的曾孙女，虽不是御子左家的嫡传，但他是著名歌僧顿阿（1289—1372）的弟子，属于保守的二条派传人。二条良基元服叙爵后，年仅8岁的他便被授予正五品下，第二年升为从三品；10岁任权中纳言，17岁任权大纳言。这种异常快速晋升的背后是世袭制度，其祖父、父亲都曾是摄政、关白，尽管当时已成为"闲职"，但其家族的显赫地位可见一斑。摄政的职责是当天皇年幼时代管朝政；关白是天皇亲政后的辅佐之职。858年藤原良房任第一任摄政，887年藤原基经任第一任关白。[1]

建武三年（1336年），后醍醐天皇在吉野另立南朝政权，与北朝政权对峙，日本历史上的南北朝时代拉开了序幕。二条良基没有追随后醍醐天皇去吉野南朝为官，而是留在京都，辅佐北朝光严天皇，随后经历了光明天皇、崇光天皇、后光严天皇等天皇当政，可谓四朝元老，官至从一品，历任摄政、关白、太政大臣（国相）。康永二年（1343年），年轻时代的二条良基在春日社头（神社）抄写金刚般若波罗蜜经，祈求神灵保佑，并许下心愿。其中有一条写道："执政之间，任建久正安例，可供养兴福寺事，此愿尤大望也。"[2] 建久五年（1194年），九条兼实当上关白之后供养兴福寺，正安二年（1300年）二条兼基任摄政之后供养兴福寺。二条良基效仿二人供养兴福寺的做法，如若"宿愿成就"、当上摄政或关白也会供养神佛。果然不久后，贞和二年（1346年），26岁的二条良基被任命为关白，而且连任13年。最终他三任关白、两任摄政。连任五次摄关，这种荣耀在日本历史上堪称绝无仅有，只有平安时代的藤原道长可以与其相提并论，藤原道长历任摄政与关白长达二十年。"摄关"政治最大的弊病便是容易造成外戚干政的局面，平安时代的"摄

---

① 古瀬奈津子、『「摂関政治」シリーズ日本古代史⑥』、東京：岩波新書、2011 年、第 8 頁。

② 木藤才蔵、「二条良基の研究」、『日本学士院紀要』、1963 年 21 巻 1 号、第 9~67 頁。

关"一直由藤原氏家族独占。虽说进入镰仓幕府时代之后，"摄关"便成为并无实权的虚职，但是，二条良基利用关白、摄政的政治头衔，不仅当上连歌创作与批评的绝对权威，同时他还致力于弥合堂上派连歌与地下派连歌之间的矛盾关系，促进了连歌创作的繁荣局面。1356年，二条良基与地下派连歌诗人救济和尚共同编撰完成了日本第一部连歌集《菟玖波集》，第二年这部连歌集得到皇家承认，其地位相当于敕选歌集，这对二条良基来说是莫大的荣耀。

1372年二条良基创作《应安新式》，进一步规范连歌创作活动。他在序言中说："右大概准建治式作之。"[①] 意思是说，"右面（前面）的内容是根据建治式而作"。"建治"（1275—1278年）是后宇多天皇的年号，"建治式"是建治年间出现的连歌创作规范。二条良基在建治歌式的基础上增补后形成《应安新式》，为"长连歌"的繁荣发展奠定了坚实的基础，这一时期连歌（特指长连歌）才真正算得上新的诗歌体裁。

二条良基属于二条派传人，而二条派经常以正统歌派自居，褒扬京都连歌（贵族连歌）而贬抑镰仓连歌（武士连歌）。因为天皇在京都，幕府将军在镰仓，已经没落的平安贵族阶层至少在高雅文化层面上，努力保持着一点心理优势，维护着自己已经所剩不多的颜面尊严。但事实上，武士阶层在取得政权掌控后出现了贵族化倾向，镰仓武士也渐渐学会了附庸风雅，然而他们对华艳浓丽的"妖艳美"表示出不以为然的态度，更喜欢带有禅趣的"闲寂美"。这大概与他们随时准备战死沙场的宿命有关，参禅悟道可以减轻一些他们对现世人生的眷恋与痛苦。

因此，武士对"幽玄"之境的理解与贵族文人自然会有所区别。换句话说，连歌论中的"幽玄"与和歌论中的"幽玄"之间开始产生了细微差别，此"幽玄"已非彼"幽玄"，简单来说，原来复合型的审美风格的"幽玄"变成单一型的"寂美"风格。不过，连歌诗人对"幽玄"之境的追求并没有改变过，毕竟单纯追求"词幽玄"是不行的，重要的是"心幽玄"的创作态度。东方古典诗歌擅长抒情，短于说理叙事。"心幽玄"的状态分为两个阶段：第一阶段是"以意为主"的"苦吟""炼字"，诗人要做到"语不惊人死不休"；第二阶段是"吟咏情性"的"妙悟"，诗人往往是"无意于文而文自成"，"兴会神到"，脱口而出，便可作到诗境浑然天成。表

---

① 木藤才藏、「連歌新式天文十七年注」、『連歌俳諧研究』、1988 年 1988 卷 75 号、第 1~8 页。

面上"苦吟"与"妙悟"是矛盾对立的关系，但实质上则是对立统一的关系。"心幽玄"与广义"有心体"都是指这种圆融无碍的创作态度，在这种创作态度下创作出来的和歌必然具有"幽玄"之境与"幽玄"之姿，气韵生动，兴象玲珑。

所以，优秀的和歌或连歌不是为了给读者讲清楚一个道理或客观事实，而是打开读者心中美好记忆的一扇窗，就如同催眠师对患者进行心理暗示一样，和歌中的一个意象、一个场景或者情调氛围，好似被施了魔法，一个绝美纯真、美轮美奂的审美世界就此打开，藤原定家所说"有心妖艳"便是"无中万般有""机变神化"的审美机制，"有心"为体，"妖艳"为用。在这种情况下，任何理性知识、学问道理都不起作用；作者心中必须持有丰沛充盈的主观情感，并且不为世俗名利所污染，始终保持一颗赤子之心，只有这样才有可能做到"思与境偕"，主客观感情便会高度契合，从而达到"无意于文而文自成"。这也就是我国诗论中所说的"神韵""妙悟"。然而，"幽玄"诗学并不排斥理性学问，"词幽玄"的获得必须依靠"学古"，向古人学习。总之，"幽玄"诗学虽然没有现代诗学那般的逻辑清晰，但也自成体系，而且是一种开放式的诗学体系，但核心部分已经相当完整，几乎可以说是"大道无言"，不容后人增删，只能按照个人的理解对"幽玄"进行阐释。随后，"幽玄"诗学被引入连歌等其他文艺形式的创作与批评理论。

藤原定家《咏歌大概》云："和歌无师匠，只以旧歌为师，染心于古风，习词于先达。"[1]其本意是说，和歌的学习只要靠自学自悟，虽然注重"积学"，学习前人诗作的立意构思，但不应单纯地模仿句法诗语。二条良基在《连理秘抄》中也有类似论述："此说并非为了教他人，而是为了助己。"又说："连歌者由心中产生，应自学之。非师傅之所教，常喜好玩之后方可熟巧。"[2]相对于藤原定家所说的"染心于古风"，继承传统思维模式，二条良基则更深入了一步，"连歌者由心中产生"，他强调诗人的主体性，以我为主。

"幽玄"诗学是一个开放的系统，其中包含了最基本的诗学原理。尽管二条良基对"幽玄"诗学有深刻的理解，不过由于他站在规范连歌创作的指导者的特殊立

---

[1] 藤原定家、「詠歌大概」、『日本古典文学大系 65·歌論集 能楽論集』、東京：岩波書店、1973 年、第 115 頁。

[2] 二条良基、「連理秘抄」、『日本古典文学大系 65·歌論集 能楽論集』、東京：岩波書店、1973 年、第 33 頁。

场，为了让初学者尽快掌握创作要领，他强调首先要掌握"幽玄"之词，这是获得"幽玄之境"或"幽玄之姿"的必要条件。但是，对于幕府武士阶层而言，他们更喜好慷慨悲歌、遒劲有力的"风骨"文学，这与哀婉绮靡的"物哀"与幽玄风格迥异。因此，如何让武士阶层与新兴贵族阶层接受"幽玄"与"有心"传统美学，这对二条良基来说是非常重要，毕竟政权掌握在幕府武士手中。

在具体创作方面，二条良基首先主张"复古"，只有向古人学习才能避免粗鄙浅陋的文风。他在《连理秘抄》认为，《古今集》《后撰集》《拾遗集》等"三代集"的和歌作品可充当"本歌"，化用其诗句歌语，通过"点铁成金""夺胎换骨"，对其进行再创作。他还认为《源氏物语》《伊势物语》以及歌枕（名胜古迹）都可以令连歌诗人"起兴"，引发创作灵感。这些前人作品都是风雅之源泉，能够激发起诗人的创作欲望，"学古"是掌握"幽玄"之词的必要途径①。

其次，二条良基强调"炼句""炼字"的重要，这是获取"幽玄"之词的前提条件。他在《连理秘抄》说："词采，应当向花中寻花，玉中寻玉。（中略）虽说不应该超出历代敕选和歌集所用的诗语歌词的范围，但为了创新，连歌创作中使用俗词俚语也未尝不可。不过有些人完全不知风雅之妙，混迹于俗鄙之间，做尽龌龊之事。这种做法值得商榷。大凡有心之作必成秀逸，词采上虽然差些，未必会闻之刺耳难听。而且地下派连歌之中，也常有歌语幽玄之上品。"②

"花中寻花、玉中寻玉"，意思是说连歌要炼字炼句，精益求精。然而，和歌的文采辞章方面的"幽玄"之妙，常人靠后天的"积学"无法做到，这是天才诗人才具有的天赋。在我国古代，"郊寒岛瘦"是苦吟派的代表，换言之，"花中寻花、玉中寻玉"便是"推敲"之意。所以，"积学"与"学问"对于诗歌创作是有其局限性的，必须顺其自然，找到适合自己的语言风格。因为诗歌创作的真谛在于"兴趣""妙悟"，"以学问为诗"所造成的弊端必须由"兴趣""妙悟"来化解。

而如何做到"兴趣""妙悟"呢？这是一个循序渐进的学习过程，二条良基告诫人们："初学者尤其需要柔和轻松的心态，不要拿腔作调，应该顺其自然，便可佳

---

① 　二条良基、「連理秘抄」、『日本古典文学大系 65・歌論集 能楽論集』、東京：岩波書店、1973 年、第 36~41 頁。

② 　王向远译：《日本古代诗学汇译》，昆仑出版社 2014 年版，第 213 页。

句偶得。"①初学者如果一开始便学习"壮词"连歌的话，便可能走火入魔，诗语粗鄙、面目可憎。如果先学习婉约温丽之词，即使诗才平庸之辈也可以自成歌体。这其中的道理很容易理解，魏文帝曹丕《典论·论文》云："文以气为主，气有清浊，不可强力而致。"这里的"气"是指诗人的性格秉性，例如"郊寒岛瘦"，诗人的性格与诗风之间往往具有特定关系。"不可强力而致"，意思是说不能勉强为之，诗歌创作不能矫揉造作，不能"为赋新词强说愁"，而应该因势利导，顺其自然，诗由心生，缘情而发。藤原定家的"定家十体"中便有一歌体——"事可然体"，其特征是指"道法自然"的吟歌态度②，该歌体继续了藤原俊成《古来风体抄》等著作中的"调"论，和歌诗人不要拘泥辞章词采，也不必纠结是否穷尽明理，只要"自然"咏出和歌，便可自带"幽深玄妙"与"艳丽温婉"之意境。关于和歌的"调"，因前文第三章中对此已有论述，在此不再赘述。

虽然二条良基也会用"田舍人""童蒙""初心者"等带贬义的称呼指代"地下派连歌"或"无心连歌"，但他并没有完全排斥它们。其实"地下派"的连歌不都是没有思想内容的文字游戏，也不都是插科打诨式的滑稽内容，"无心连歌"只是相对于"有心连歌"而言。后者强调思想感情的主观表达，注重表现技巧以及立意构思上的巧妙；而前者反对苦吟式推敲，排斥理智技巧，强调即兴速吟。两者的关系颇有些类似于"神韵"与"性灵"的关系。现代诗学认为两者并非矛盾对立，而是相辅相成、互为补充的关系。因此，"无心连歌"的作品虽然外表朴实无华，缺少雕琢矫饰，甚至粗鄙浅陋，但往往却是"真诗在民间"，其中不乏"诗语幽玄"之作。

当然，没有规矩不成方圆，连歌创作时对歌句歌语的选择要遵循传统规范，要符合连歌的"式目"，就如同我国古人作诗要根据《韵书》来选字韵一样，日本和歌或连歌也应当从《古今集》《源氏物语》等古典作品中选用词语，最好做到"无一字无来历"，并且俗字俚语一般是不能入诗的，这就是所谓的"禁制词"制度。

然而，二条良基认为，俗言俚语在一定条件下可以入诗，关键在于有无诗心、有无兴寄。不能因为"禁词"而束缚住手脚，不能以词害意，"为文而造情"，这才

---

① 王向远译：《日本古代诗学汇译》，昆仑出版社 2014 年版，第 212 页。
② 参见拙著：《藤原定家"事可然体"的诗学释义》，《东北亚外语研究》2019 年第 1 期，第 75~80 页。

是诗家大忌。他认为"连歌自心中而生"①，只要是真心之作，便可能成为好的作品。

这一观点的背后是和歌传统思想"以心为先"的影响。二条良基认为，将"幽玄"简单理解为"词幽玄"的观点是一种误解。因为这种观点认为，只需要将"春晓""秋暮"等这类"幽玄之词"罗列堆砌起来，便万事大吉了。其实这是不懂连歌艺术的本质。广义的"幽玄"应该从三个层面加以阐释，即"词幽玄""姿幽玄""心幽玄"，分别指代诗句诗语的修辞与体格声律，兴象风神、境生象外等意境美，以及诗人的兴寄怀抱、吟咏情性。而关于"幽玄"的第一个层面，即"词幽玄"，二条良基主张用平易通晓的语言创作，炼字炼句虽然很必要，但前提是创作连歌必须"有心"。他说："以心为首要，有骨之人凭借意地（主观表现），其句柄（语言风格）自然会富于情趣。"②

二条良基用"心""骨""意地"等范畴来说明连歌的本质，"心"与"意"基本同义。我们先来看"意"对诗歌的重要性。魏文帝《典论》云："文以意为主，以气为辅，以词为卫，子桓不足以及此，其能有所传乎？"杜牧《答庄充书》跟着说了相似的话："文以意为主，以气为辅，以辞藻为之兵卫。苟意不先立，止以文采词句绕前捧后，是词愈多而理愈乱，如入阛阓，纷纷然莫知其谁，暮散而已。"③杜牧所言的前三句几乎与曹丕所说完全相同，后面则批评那些只偏重形式不注意内容的人，好像上街买东西，乱哄哄地绕了一场，双手空空手而归，什么也没买到。此外，日本僧人遍照金刚（空海和尚）在《文镜秘府论·论文意》引述王昌龄的观点："凡作诗之体，意是格，声是律。意高则格高，声辨则律清。格律全，然后始有调。"④唐代以"诗格"为主要形式的诗歌理论大致可划分为前后两期：前期主要内容以讨论对属、声律、句法、结构等外在形式为主，可称为"法之格"；以王昌龄《诗格·论文意》篇为标志，唐人诗歌理论开始转向意象、句势、格调等内在的审美诉求，可称为"意之格"，他主张的"意高则格高"也逐渐成为中晚唐诗人普遍认同的美学理想。⑤

---

① 王向远译：《日本古代诗学汇译》，昆仑出版社 2014 年版，第 212 页。
② 王向远译：《日本古代诗学汇译》，昆仑出版社 2014 年版，第 213 页。
③ （唐）杜牧：《答庄充书》，载《樊川文集》（卷十三），四部丛刊初编本。
④ ［日］遍照金刚：《文镜秘府论》，周维德校点，人民文学出版社 1975 年版，第 128 页。
⑤ 杨星丽：《唐诗格成因探微》，《文艺评论》2015 年第 4 期，第 56~60 页。

日本和歌自纪贯之《古今集》时代起，便确立了"主情主义"思想，强调"以心为先"，即一种"意之格"的表现形式。随后，无论是藤原俊成的"余情幽玄"，还是藤原定家的"有心妖艳"，都非常重视"主情主义"思想。但是，进入方法论层面，如何表现诗歌的思想内容则是人们绕不过去的技术问题。于是，选择"意胜"还是"词胜"，强调"以意为主"还是主张"吟咏情性"，这种二元对立的矛盾问题一直困扰着古代诗人。

对此二条良基给出了解决方法。他在《连理秘抄》中说："以心为首要，有骨之人凭借意地……"①，意思是诗歌要以意为主，"意地"则是佛教用语，指六根，即人的眼耳鼻舌身意等感官，这里指诗人的主观感受与主观表现。而如何理解"骨"字呢？"汉魏风骨"或许可以为我们提供启示。南朝梁刘勰《文心雕龙·风骨》：

> 《诗》总六义，风冠其首，斯乃化感之本源，志气之符契也。是以怊怅述情，必始乎风；沉吟铺辞，莫先于骨。故辞之待骨，如体之树骸；情之含风，犹形之包气。（中略）捶字坚而难移，结响凝而不滞，此风骨之力也。若瘠义肥辞，繁杂失统，则无骨之征也。②

我国学界对于"风骨"是如何理解的？代表性观点主要有：（1）"一方面反映了社会的动乱和民生的疾苦，一方面表现了统一天下的理想和壮志，（中略）建安诗歌这种杰出成就形成了后来称为'建安风骨'的传统。"可以概括为以内容诠释建安风骨；（2）"建安风骨是指建安文学（特别是五言诗）所具有的鲜明爽朗、刚健有力的文风，它是以作家慷慨饱满的思想感情为基础所表现出来的艺术风貌，不是指什么充实健康的思想内容"；（3）"作品中表现出的刚健之力"。后两种观点都是以文风或者风格来诠释风骨。③

木斋在《论风骨的内涵及建安风骨的渐次形成》一文中对刘勰的"风骨"进行阐释：（1）指的是五言诗所要具有的抒情性，这是针对两汉诗歌的言志性而言的；（2）指的是写作上要精于锤炼，这是针对汉大赋的铺排风尚所给汉魏诗风带来的影

---

① 王向远译：《日本古代诗学汇译》，昆仑出版社 2014 年版，第 214 页。

② 周振甫：《文心雕龙注释》，人民文学出版社 1981 年版，第 320 页。.

③ 木斋：《论风骨的内涵及建安风骨的渐次形成》，《山东师范大学学报》2006 年第 3 期。

响而言的。其引申义有二：一是反对华靡，提倡质朴，这是由风骨之"骨"而来，若要精练，则必然反对汉大赋式的铺排和辞藻的炫耀；二是与意象理论有关，这既与针对两汉言志诗的"风"有关，也与针对汉大赋的"骨"有关。总之，风是"怊怅述情"的结果，骨是"沉吟铺辞"的果实。[①]

通过上面对"风骨"的理论分析并以此为观照，结合二条良基所说的"有骨之人"与"以心为首要"进行分析的话，可以认为他所言的"骨"是指文辞风格；具体一些，"骨"是精练的文辞、生动的兴象以及体格声律等综合构成的艺术美感。由此引申，"心骨"的内涵基本上与刘勰的"风骨"相同，能做到"心骨"兼顾的连歌诗人在"意地"（主观感受）的帮助下，便可以创作出富于诗情画意的"句柄"（诗歌风格）。

另外，二条良基将"幽玄"分成"语言上的幽玄"与"与生俱得的幽玄"，这显示出贵族出身的他对武士与平民百姓还保留着一点可怜的心理优势。"堂上派"的连歌诗人往往都具有"与生俱来的幽玄"，这个"幽玄"可以换言为"天才"；而"地下派"的武士或民众可以通过后天的积学取得"语言上的幽玄"，原本粗鄙浅陋的俗言俚语便可以改正，从而掌握高古风雅的歌学传统。但这种"雅化"的后果是扼杀了普通民众的鲜活个性与创新力。对于"幽玄"之词所带来的"幽玄"之妙（歌境），二条良基有自己的理解，他将"幽玄"解读为含蓄蕴藉的"秀逸"。他在《击蒙抄》中谈"秀逸"时道："秀逸者，应以少藻饰、咏词婉、心幽玄、富余韵、与众不同者为根本。"[②]连歌的歌句（每人）只有十七个音（五七五）或十四个音（七七），容量极少，却要表达一种相对独立的诗意诗趣，所以语言表达必须简洁含蓄，这在修辞上有极高的要求。

"秀逸"一词取自藤原定家的《每月抄》中提到的"秀逸体"："脱万机，不滞于物"（万機をもぬけて物に滞らぬ）[③]。意思是说"秀逸体"和歌不拘泥于对世间万物的写实描写，不应该"穷形尽相、图物写貌"（钟嵘《诗品序》）；秀逸体和歌的风格特征是"余情浮现，如睹诚实守信、衣冠端正之人一般"（余情うかびて、心

---

① 木斋：《论风骨的内涵及建安风骨的渐次形成》，《山东师范大学学报》2006 年第 3 期。
② 转引自赤羽学、『幽玄美の探究』、東京：清水弘文堂、1988 年、第 390 頁。
③ 藤原定家、「每月抄」、『日本古典文学大系 65・歌論集 能楽論集』、東京：岩波書店、1973 年、第 131 頁。

直く、衣冠正しき人を見る心地する)。"余情浮现"的意思是说兴象玲珑、气韵生动、意在言外。"目睹衣冠端正之人"的意思是令人赏心悦目。《世说新语·容止》有云："有人诣王太尉，遇安丰，大将军，丞相在坐（中略）今日之行，触目见琳琅珠玉。"[1] 琳琅指美玉，这里是指见的人物都容貌出众，衣着华贵。刘义庆《世说新语》第十四《容止》，讲述了魏晋时代评论人容貌、态度、举止的故事。藤原定家借助容貌美好的"容止"来比拟"秀逸体"和歌，这至少说明"秀逸体"必须符合雅正典丽的歌风。关于"秀逸体"，《每月抄》中有一段话：

> その歌は、まづ心ふかくたけたかくたくみに、ことばの外（ほか）まであまれるやうにて姿けだかく、詞なべてつづけがたきが、しかもやすらかにきこゆるやうにておもしろく、かすかなる景趣たちそひて、面影ただならず、けしきはさるから、心もそぞろかぬ歌にて侍り。

> 此歌者，意趣深远，格调雅正，意在言外，余韵悠远，歌品绝高，词语看似深拗难缀，但声律流畅；情趣盎然，幽深玄妙，景趣杳然，但立意明晰可辨。
>
> （笔者译）

> 这种歌，歌境深远，用词巧妙，余韵无穷，词意高洁，音调流畅，声韵优美，富有情趣，形象鲜明，引人入胜。
>
> （王向远译）[2]

为了让大家更好地理解这段话，笔者采用了两种译文，前者为直译，后者为意译。"秀逸体"无疑是藤原定家心目中的最佳歌体，但奇怪的是，"定家十体"中并没有"秀逸体"，也许他认为普通人根本达不到"秀逸体"的程度。与"有心体"相比，"秀逸体"强调的是创作技巧的磨炼，须经过"极尽吟咏事"（詠吟事きはまり）的阶段，方可进入"澄怀虚静"的"有心"状态。因此从这个意义上说，藤原定家是和歌创作的技巧主义者，堪称"戴着脚镣跳舞"[3]。欧阳修《六一诗语》中说韩昌黎作诗，"得窄韵，则不复傍出。因难见巧，愈险愈奇"，[4] 虽说韩愈作诗"求险求

---

① （梁）刘孝标：《世说新语笺疏》，余嘉锡笺注，中华书局 2011 年版，第 508~509 页。

② ［日］藤原定家：《每月抄》，载王向远译：《日本古代诗学汇译》，昆仑出版社 2014 年版，第 179 页。

③ 许霆：《闻一多诗论"脚镣说"新论》，《洛阳师范学院学报》2005 年第 1 期，第 69~74 页。

④ （清）何文焕辑：《历代诗话》，中华书局 2004 年版，第 272 页。

奇"有些过分，但这也是格律诗的魅力所在。

藤原定家在解释"秀逸体"时使用了"无文"一词。"无文"与"有文"相对，对于中国人来说，"文"的概念很容易懂，指"文饰""词采"，与"纹"字相通，这是中国古代文论中常见的范畴。日本古代文化中，"有文"与"无文"同样是针对装饰花纹而言。在藤原定家看来，"无文歌"在立意构思、修辞技巧等方面有太多欠缺，虽然没有人工雕琢的痕迹，但也绝对不能与"秀逸体"相提并论，他心目中理想的"秀逸体"必须是"有文歌"。当然，对于现代人而言，词采声律与思想内容绝不是对立关系，而是辩证统一的关系。然而，要想做到主客观相一致，达到真正的"心词相兼"是非常困难的，这需要极高的天赋与后天的勤奋。虽然古人没有从科学理论上加以说明，但藤原俊成的"幽玄论"以及藤原定家的"有心论"中已经暗含了这种诗学原理。尽管"圆融三谛"的止观思想是唯心论，但由"幽玄论"基础上产生的"有心论"诗学基本上克服了神秘主义的思想缺陷，虽然还未能摆脱感悟式思维，但我们应该看到，其诗学体系在十三世纪中叶已经建构得非常完备。

"幽玄"诗学借助"三谛"形成圆融无碍的诗学体系，"心幽玄""词幽玄""姿幽玄"三者之间的关系相辅相成。"无文"与"有文"的关系背后同样隐藏着道家的"无"与佛家的"空"的审美哲学。为什么这样说呢？在《新古今集》时代后期，和歌创作的审美取向已经发生了变化，浓丽细婉的"妖艳美"被清丽自然的"清风美""平淡美"所取代，"幽玄美"中的浓丽因素开始消退，另一极端的闲寂美、枯淡美的比重逐渐增加。

然而，藤原定家特别强调"秀逸体"与"无文歌"的区别，这是因为他对"无文"的认识受时代的局限，而且他自身在和歌创作上奉行"技巧至上主义"，将"无文"简单理解为排斥辞藻辞章的浅陋之作。二条良基对"无文歌"则持宽容态度，他在《九州问答》曾这样定义："和歌与连歌都存在有文与无文的现象。总之，地歌、地连歌被称作无文（歌）。情趣盎然、堪称力作的歌句应该被称为有文（歌）。"[①]"地歌"与"地连歌"是指"地下歌派"的作品，与"堂上派"相对而言。二条良基还说："在和歌领域，有人将秀逸称为有文。另外有观点称，有一节歌

---

① 转引自赤羽学、『幽玄美の探究』、東京：清水弘文堂、1988 年、第 400 頁。

（歌体）是秀逸。"①这句中的"有人"是指藤原定家，"有一节体"是"定家十体"中的一种歌体，其特点是突出创作技巧，令人耳目一新，回味无穷。

从上面的这两段话来看，二条良基对"有文"与"无文"的看法与藤原定家基本相同，但他并没有排斥"无文"，相反他认为"无文"对于集体创作的连歌来说，是不可缺少的"绿叶"，没有"无文"歌句的陪衬，便不能突显"有文"歌句的神采。二条良基认为，好的连歌作品应该每隔四五句"无文"歌句便插入一句"有文"歌句，这能让人惊呼感叹，这才称得上是"秀逸"之体。

这番话是二条良基针对普通民众的创作指导。对于行家里手而言，华丽的辞藻雕饰、兴寄幽远的意象自然是受欢迎的。二条良基称其为"异物"，相当于藤原定家所说的"拉鬼体"②，他在《连理秘抄》中有关于"异物"的论述：

> 异物，不常使用的鬼风情之物也。时而咏之，新奇之物也，令人精神振奋、倍感趣味。才力差者之咏句，令接龙者极难对句。这类令接龙者感到难以唱和接应的歌句，其句势风韵均不会太差。言辞优美之人所作连歌，闻之极其幽玄（委婉）。而语气粗鲁者的连歌诗句则如同鬼魅。切记要小心为妙。花月也有可怕之物，鬼怪也有温柔之物。这种感觉的产生不关乎歌咏对象，在于作者的心骨（悟性）。③

连歌的创作是集体即兴而作，如果上一句的作者使用了不常见的"指事"歌语，后面的人想接续便非常困难。例如将"风花雪月"这类风雅之物作为吟咏对象，如果表达方式或措辞不当，反而可能给人带来凄厉可憎之感；反之，"鬼魅妖怪"之物因表达技巧的高明也会生出温柔婉丽之美。因此，"幽玄"之美的产生与否，与吟咏的对象本身关系不大，而在于作者是如何用语言文字、修辞技巧进行表达。

二条良基《十问最秘抄》中有一段评论地下派连歌师救济和尚歌风的内容：

① 赤羽学、『幽玄美の探究』、東京：清水弘文堂、1988年、第400~401頁。
② 详见拙著：《藤原定家"拉鬼体"和歌的美学风格》，《日语学习与研究》2015年第1期，第121~127页。
③ 二条良基、「連理秘抄」、『日本古典文学大系65·歌論集 能楽論集』、東京：岩波書店、1973年、第45頁。

救济在用词方面力求幽玄趣味，但吟咏连歌并非不显示风情，只不过相互唱和而已。在一句连歌中尽显精彩，几乎不可能。只是要以接续唱和为中心，用词要有花香之气。信昭法师则力图以俚俗为宗，顺觉（和尚）在接续唱和上追求幽玄。①

总之，二条良基的"异物"是与风花雪月无缘的奇险或险韵之物，或音律上佶屈聱牙，或形象上险怪狰狞。藤原定家形象地称这类诗体风格为"拉鬼体"，但它也有其艺术魅力，刚健雄浑、铿锵高亢，常用来表达阔大、壮美的诗境。看起来"异物""拉鬼"与雅正优美的"幽玄"之境相去甚远，不过，如果诗人能有一颗温柔婉丽的诗心，那么"异物"自然会被驯服、为我所用，与"幽玄"之美同拍合调、琴瑟和鸣。

前文中谈及正彻在解释"幽玄"时，使用"水中月、镜中花"这类朦胧化的视角形象来加以说明；而二条良基主张语言运用上的含蓄方式，最好是借助古典作品的互文性，对古诗句的化用（本歌取）可以使新诗获得韵外之致、境外之象。对此，二条良基举出一例连歌：

上句：にほはずば / 梅と雪とを / よもしらじ　若不闻花香，难辨梅与雪。
下句：花のあたりぞ / 月おぼろなる　　　　鲜花盛开地，月色正朦胧。

二条良基评论道："花有清香月有阴，面影（兴象）宛然。"② 意思是说，下句连歌接得巧妙，大有苏东坡诗句之韵味。苏诗《春宵》全文为："春宵一刻值千金，花有清香月有阴。歌管楼台声细细，秋千院落夜沉沉。"下句连歌的"月色朦胧花盛开"便引出了苏轼《春宵》的香浓意境，含蓄巧妙。所谓"面影宛然"，"面影"是构成"幽玄之境"的一个视觉要素，自然景物或人事经过诗人"心中之眼"的观照，形成一个更鲜明生动的影像，犹如熟人的面容一般浮现。这种诗情画意的诗句，经过读者头脑的语言再次转换，同样也在心中重现这一影像，这便是"面影"

① 王向远译：《日本古代诗学汇译》，昆仑出版社 2014 年版，第 258 页。
② 二条良基、「連理秘抄」、『日本古典文学大系 65・歌論集 能楽論集』、東京：岩波書店、1973 年、第 56 頁。

的审美机制。欧阳修《六一诗话》引述梅尧臣语:"状难写之景如在目前,含不尽之意见于言外。"① 这句"状难写之景如在目前",其意大概就是一种歌境的"面影"或"景气"。在和歌批评中,"面影"与"景气"的意思基本相同,其区别在于"景气"多指自然景物的气象万千、气韵流动;"面影"则多指人事的音容宛然、栩栩如生。

二条良基认为"幽玄之词"(含蓄)是达到"秀逸"的艺术效果的最佳方式,"无文"与"有文"相互陪衬与提振,可以达到更好的艺术效果。"幽玄"诗学中的"含蓄"之美不仅继承了日本和歌的文学传统,也是中世社会的历史语境共同塑造的结果。日本中世社会以后,贵族公卿失去了往昔的荣华与特权,经济上也陷入困窘境地,因此他们变得内敛自省、谨小慎微,现实与理想之间巨大的反差让他们倍感痛苦,而禅宗思想的盛行让他们找到心灵的慰藉与寄托,参话头辩机锋在很大程度上锻炼了他们的语言能力与思想深度。

古人常说"诗贵含蓄",二条良基特别强调连歌要向汉诗学习,主要是在句法词法上,主张要取"轻词",即优婉流丽之音律声调,而反对"壮词",如佶屈聱牙、冷僻险怪的腔调。为此,他主张学习晚唐诗的浓丽细婉诗风:"汉家诗有汉、魏、唐、宋,其诗风皆随代变而变。今虽以唐诗为宗,但晚唐及宋的诗风清丽流畅、发人感兴,富于情趣。"②

总之,二条良基主张的"幽玄"诗学并非将残酷现实进行理想化、粉饰美化式的描写,而是在想象的世界里重建王朝贵族的风雅文化,向内心世界追求一种虚幻缥缈、幽深玄妙的诗美世界。但与以往的藤原定家等人从诗体学、意境论、本体论等宏观层面的探索方式不同,二条良基从指导普通民众创作连歌的实际需求出发,将目光由形而上的诗学理论转向形而下的句法词法及修辞等方法论层面,通过锤句炼字、选择奇巧的意象等技巧,从而达到幽深玄妙的"幽玄"艺术效果,但这失去了对"幽玄"诗学内涵本身更深更广的开拓。尽管他在连歌这种新兴诗歌形式的创作方法论上建树巨大,但他的连歌论中"幽玄"思想并没有超越前人,而在连歌论上对"幽玄"理论做出真正贡献的则要等到宗祇、心敬等人的出现,特别值得一提

---

① (清)何文焕辑:《历代诗话》,中华书局 2004 年版,第 267 页。

② [日]二条良基:《十问最秘抄》,载王向远译:《日本古代诗学汇译》,昆仑出版社 2014 年版,第 259 页。

的是世阿弥的能乐，"无"被赋予了最高的价值，"无中万般有"，"无"可以克服
"有"的相对性局限，看似平淡的诗句却蕴含着深邃之意。这主要是受禅宗思想影
响的结果，"幽玄"之美由"妖艳"转向"闲寂"，甚至是"老寂"，这种外枯内膏的
"老寂"之美是更高层次的审美范畴。

二条良基的弟子梵灯庵主（1349—？年）在《梵灯庵主返答书》中将救济、良
基、周阿等三人尊称为连歌师的"三贤"，他认为救济法师以闲寂为宗，而诗境高
雅不俗，余韵悠远；二条良基则以优艳为宗，且立意奇巧，诗境阔大；周阿则主张
连歌以理入歌，故其作品的意蕴兴寄、韵外之致的营造等方面则远不及前二者。

相比较而言，二条良基更加注重连歌创作上"幽玄"之境的获取，他对弟子梵
灯庵主说道："连歌具备余情（蕴藉兴寄）且（诗境）幽玄者，应视为堂上之玩而敬
之。"他将"堂上之玩"即贵族性格视作"幽玄"的属性。他接着说：

> 清凉殿上的有明之月（残月），四周弥漫着梅香。此情此景含蓄蕴藉，春日
> 的明月既不显朗照又不显过分朦胧，令人恍惚不知所处。夜色渐渐消散，天空
> 欲晓，远处山峰的松林蒙上一层薄雾，有些不堪分明，小雨细微落纷纷。这场
> 景令人触景生情，心中浮现物哀（空灵清澄）与面影（气象万千）。这必然成为
> 一种姿体（风格）。人们常说西子（施）颜色在大国（中国）被喻为何者才能形
> 容呢？被赞为五湖之句、李花一枝等溢美之诗句，世人心中自有想象。五湖通
> 过山远而表现湖水，山水相隔，远近眺望各不同。凡人之思不可相及。此意境
> 方能符合余情之句（标准）。

> （《梵灯庵主返答书》）[1]

"清凉殿"是天皇处理朝政的地方，拂晓时分的清凉殿上空挂着残月，空气中
弥漫着梅花的幽香。这种意境清新婉约，为庄严肃穆的宫殿蒙上一层暖色柔情。在
二条良基眼中，"幽玄"之境是一种主观的审美感受，虚无缥缈，如雾里看花、水
中望月，而且兴寄蕴藉含蓄，幽深玄远。而且这种审美感觉凭借"面影"，一种似
曾相识的感觉，唤醒读者心中曾经的生命体验与人生境遇，两者"思与境偕"产生

---

[1]　转引自赤羽学、『幽玄美の探究』、東京：清水弘文堂、1988 年、第 417 頁。

情感共鸣，情感得到宣泄。"面影"就是这种审美过程的具象化，仿佛被置于眼前一样，变得如此鲜明清晰，却又无法触及。

另外，"五湖之句"的"五湖"是指太湖的别称，相传吴越争霸，越王勾践打败吴王夫差，范蠡功成名就之后便激流勇退，与西施泛舟于五湖，逍遥于远离人群的小岛之上。日本谣曲《船弁庆》中就描写了这段故事，弁庆为了安慰失意消沉的源义经，便讲述了吴越争霸时范蠡与西施的故事。① 当时的日本社会也正处于战乱不断的室町时期（十四世纪初至十六世纪末），因战乱而领悟到人生无常的贵族文人往往选择离世隐居，他们留恋风雅之道，忘情于山水，诗歌创作便成为逃离战乱、摆脱世俗烦恼的最佳途径。日本中世社会的隐居者并不是彻底地脱离现实社会，虽然他们外表是僧侣打扮，但并非真正意义上的出家，随笔名著《徒然草》的作者吉田兼好便是最具代表性的人物。正是因为他们没有做到四大皆空的境界，对现实人生仍抱有眷恋之情，现实与理想之间存在着巨大差距，这种"不圆满"促使他们在艺术道路上不断进行探索，用审美体验对抗现实社会的残酷与政治压迫的暴虐，于是虚幻缥缈的"幽玄"诗境便成为他们苦苦追寻的艺术目标，也是他们的精神慰藉。

梵灯庵主将"幽玄"用于佛道修行的极致境界，当然也可以推广至所有的艺术领域。他认为："武库又天性器用，乃诸人皆知之事也。然却达不到最高之境。凡依有亲近愚意之趣连连讽谏申者也。真正能入幽玄之境者，必先舍弃执我。静心凝神修行，可自得发明。犹犹殊胜也。"② "武库"一语见于《晋书·杜预传》，据《太平御览》卷四四五"人事部"八六引晋王隐《晋书》曰："裴楷尝目夏侯玄云：'肃肃如入宗庙中，但见礼乐器。钟会如观武库，森森迫见矛戟在前。'"又"杜预在内七年，损益万机，不可胜数，朝野称美，号曰：'杜武库'，言其无所不有也。"③

"武库"并非指武器库，而是称赞杜预的学识渊博。梵灯庵主借杜武库之例来说明连歌创作的困难，意思是说，无论天资多么聪慧、精通连歌的"式目"，但未必就能达到最高境界。为了"真正达到幽玄之境"，必须依靠自身的内心修炼。正

---

① 樹下文隆，「室町後期の能に見る漢籍摂取——〈船弁慶〉の陶朱公故事をめぐって」，『中世文学59卷』，2014年、第98~107頁。

② 赤羽学、『幽玄美の探究』、東京：清水弘文堂、1988年、第420頁。

③ 《四库全书897·子部203》，上海古籍出版社1987年版，第186页。

如宋人所说"学诗浑似如参禅"，以禅入诗、以禅悟歌道成为中日古代诗人们的必然选择。

梵灯庵主例举出两句连歌来说明"幽玄体"的美学特征[①]：

> 上句：浮世にも/かかる時/ある花さきて　人生苦短若朝露，花无百日红。
> 下句：山里は/をやみもさびし/むら時雨　山野草庵骤雨歇，秋寂风萧瑟。

我们从这两句连歌中可以感受到一种豁达的人生态度，这是经历过人间沧桑之后才能到达的老寂境界。连歌的上句虚写人生无常，娇嫩鲜艳的花朵反衬出人世无常的残酷；连歌下句实写山野秋色，潇潇秋雨暂歇，给萧瑟肃杀的景色更添一层寂色。

十五世纪初，连歌创作经历过兴盛期后，民众对连歌便失去了新鲜感，连歌创作进入了衰退期。梵灯庵主的弟子高山宗砌致力于连歌的中兴事业，他与梵灯庵主都是武士出身，俗名为民部少辅时重。心寂在《私语》中称赞道："世上没有人能与永享（1429—1441 年）年间的宗砌法师、智蕴法师等人相比。他们久伺清岩和尚（正彻）而习得歌道，此后衰落的歌道得以中兴。"[②]

宗砌法师（？—1455 年）将二条良基的"有心连歌"忠实地传承下来，并建立起"歌道连歌道一如"合二为一的创作理念，抬高了连歌的文学地位。宗砌虽然继承救济、良基、周阿、梵灯等连歌诗人的创作风格，但因为他直接师承正彻的和歌理念，并应用于连歌创作，起到对俗文学的雅化作用，故他的文学成就要远高于救济、良基等连歌诗人。宗砌的诗学思想主要反映在《花能成贺喜》《初心求咏集》《密传抄》《砌尘抄》《古今连谈集》等著作中。关于"幽玄体"，宗砌与其师傅梵灯庵主的理解有着微妙的差别，虽然整体风格上都充满放下执念的豁达以及寂寥枯淡的空寂，但宗砌的"幽玄"之境带有妖艳、浓丽细婉的情调氛围。[③]例如：

---

① 伊地知鉄男、『梵灯庵主返答書・百韻連歌集・歌道聞書』、東京：汲古書院、1975 年、第 89 頁。
② ［日］心敬：《私语》，载王向远译：《日本古代诗学汇译》，昆仑出版社 2014 年版，第 455 页。
③ 金子金治郎、「連歌師宗砌の生涯」、『連歌俳句研究』、1953 年第 6 期、第 62~69 頁。

さめてうき夢のむかしは我なきて	梦醒浮生吾伤情
とはれしはなかなかにうき別にて	相逢时难别亦难
等閑に花をおもふは雲とみて	雾里观花疑似云

第一句是梦中忆往昔,第二句是说相恋恨别离,第三句则是雾里看花。连歌的相邻两句必须在意思上有联系,但同时也要有跳跃性的联想,即第三句与第二句有意思关联,但与第一句则毫不相干。"锁连歌"的魅力就在于下句接继上句的诗境或诗意,但同时也要转换、展开新的诗意或诗境,就如同铁链一般,环环相扣,但又彼此独立。虽然只是短短的三句,却将男女恋情的卿卿呢哝、依依不舍以及缠绵悱恻表现得淋漓尽致。这让我们联想起李商隐的《锦瑟》:"沧海月明珠有泪,蓝田日暖玉生烟。此情可待成追忆,只是当时已惘然。"①当爱成为往事,一切都化作云烟,雾里看花似观云,"却道天凉好个秋"。这种接续连句虽然跳跃,但浓丽细婉的妖艳色调却如影随形,挥之不去。宗砌的创作风格深得其师正彻的"幽玄"美学精髓,含蓄委婉、意味深长。

然而,若论在连歌领域谁取得的成就最高,则是宗祇法师(1421—1502 年)。宗祇号自然斋、种玉庵,俗家姓饭尾,他 30 岁时才开始学习连歌的创作,曾拜宗砌、专顺、心敬等人为师。文明五年(1473 年)他来到京都修建了草堂"种玉庵",开始结交室町幕府中的上级武士与贵族名流,如三条西实隆、细川政元等人,同时也广交地方诸侯(大名),其目的是寻求政治权力的庇护。长享二年(1488 年),宗祇当上了北野连歌所的"奉行职"(官名),属于幕府设立在北野天满宫、管理连歌会活动的朝廷机构,这是连歌界的最高"宗匠"与绝对权威。此外,宗祇不断地外出旅行,在各地不同的风土人情中汲取创作的灵感,文龟二年(1502 年)他在旅途中病逝,葬在日本静冈县裾野市的定轮寺内。

日本中世连歌的创作经历了由兴到衰的过程,在应仁之乱之后,复古之风开始兴起,地方豪族、士绅阶层对格调高雅的京都文化及有心连歌表示出浓厚的兴趣,这是因为京都的王公贵族为躲避战火纷纷逃离京都,他们将雅正的京都贵族文化带到了相对落后的地方,从而推动了传统文化的普及,一度式微的"有心连歌"也就

---

① 蘅塘退士选编:《唐诗三百首》(合订注释本),巴蜀书社 1992 年版,第 225 页。

因祸得福呈现出中兴的局面，堪称连歌的黄金时代。这期间宗祇等连歌师发挥了重要作用，并为后世留下了许多连歌佳作，主要有《水无濑三吟百韵》《汤山三吟百韵》《叶守千句》《萱草》《老叶》《下草》等连歌诗集，以及《吾妻问答》《浅茅》等连歌理论著作。

宗祇的"幽玄"思想集中反映在《长六文》与《吾妻问答》这两部连歌论著作中。中世文学之初，《定家十体》的问世确立了日本文人的文体学意识，长期以来，"长高体""幽玄体""有心体"等三体为人们所推崇。但在连歌领域，文体学意识则成熟得较晚，连歌论的创始人二条良基对此并没有留下任何论述；在《梵灯庵主返答书》中首次出现"秀逸体""幽玄体""长高体"，随后的宗砌所著《初心求咏集》中又增加了一个"余情体"。在梵灯庵主与宗砌的时代，人们并不推崇"有心体"，而是注重"秀逸体"和"余情体"。

宗祇将"幽玄"与"长高"归为同类，但二者还是存在细微差别，"长高"的诗境阔大，格调高雅；而"幽玄"（指狭义的幽玄体）则属于阴柔美的范畴，基本上可以用"寂寥枯淡"四个字加以概括。试举一例：

> あきさむげなるこがらしぞ吹く　　秋意已萧瑟，寒风正劲吹。
> をしねもるとを山もとの草の庵　　晚稻黄熟时，远山草庵寂。

宗祇所著《心敬僧都庭训》中记录了心敬的一言一行。心敬将这两句连歌作为失败的例子，他认为"寒风"与"远山"并不搭配，缺乏内在的诗意联系，不如将"远山"改为"片山"（孤山）更为自然；宗祇对此则不以为然，反倒认为"远山"的意象带给人以远阔的诗境，格调高古，符合"幽玄"与"长高"的诗美①。再举一例：

> 夢うつつともわかぬあけぼの　　半梦半醒天拂晓
> 月にちる花はこの世の物ならで　　月下花散非俗物

---

① 宗祇、「心敬僧都庭訓」、『續群書類従卷』、第四百九十七（雜部第 52）。

心敬的这首连歌被收录进《竹林抄》、《老来乐》(「老のすさみ」)、《新撰莵玖波集》等连歌集中,被称最具"幽玄"之风。上句描写了春夜接近拂晓,却又夜色朦胧的梦幻景象;下句描写了月色下娇艳的花朵凋谢,令人感到凄美与哀婉。此情此景让日本人联想起《荣华物语》"烟后卷"中的一段场景:"樱花盛开,妙不可言,美不胜收。马场(宫)殿映照在朗月下,中宫的女官们去赏花,樱花树林凋谢的花瓣纷纷飘落,与雪片飞舞毫无二致……"①宗祇认为,朦胧月夜凋谢的樱花比拟为冰清玉洁的雪片,冷艳凄美,这种景象描写具有"幽玄"之美。

宗祇在另一本诗学著作《吾妻问答》(又名《角田川》,1467—1470 年间)中表达了他对"有心"与"幽玄"等古典歌学传统的崇拜思想,《古事记》《日本书纪》时代的"记纪歌谣"以及《万叶集》中收录的连歌作品在体裁上尚不成熟,其创作思想与批评理论还需要和歌理论的指导与庇护,但已初具规模,以"主情"为主。但进入中世社会初期,插科打诨式的"无心连歌"越来越沦为文字游戏,或成为宗教弘法传道的工具,亟待雅正文学对其进行"雅化"。因此,"有心连歌"应运而生。但"庙堂派"的有心连歌与"江湖派"的无心连歌在相当长的时期处于势均力敌的状态,而且"无心连歌"的受众多为社会底层的民众,他们参加连歌会的动机多带有宗教色彩,净土宗的僧人会利用连歌会宣讲佛法,因此宗教性质的连歌会的规模都非常大,甚至有上千人参加。

宗祇认为连歌创作必须强调诗体学意识,要有自己的根本之体。和歌有十种诗体为正体,又演化为二十八种变体;而连歌的诗体不易多,以十种为宜,其中以格调高古的"幽玄有心体"最为重要。②宗祇举出几首和歌加以说明,本书试举两例:

小男鹿の / 妻どふ山の / 岡辺なる / わさ田はからじ / 霜はおくとも

(柿本人麻呂,《万叶集》十·《新古今集》五·秋下)

雄鹿鸣求偶,山谷空回声。早稻披白霜,农家祈丰饶。　　　(笔者译)

藤原定家将柿本人麻吕的这首和歌作为"幽玄体"的例歌,和歌大意是说,年

---

① 与謝野日子、『新訳栄華物語(下巻)』、大阪:金尾文渊堂、1915 年、第 1345 頁。
② 宗祇、「吾妻問答」、『日本古典文学大系 66·連歌論集 俳論集』、東京:岩波書店、1961 年、第 226 頁。

轻健硕的雄鹿求偶的鸣叫声在山谷里回荡，山边稻田里的早稻已经黄熟，稻穗上结满了白霜，但不见人们来收割。梅花鹿求偶与稻穗的意象代表着人们对多子多孙、丰产多饶的好美祝愿。该和歌含蓄雅正，诗境阔大。

再例如：

秋風に / 山とびこゆる / 雁がねの / いや遠ざかり / 雲がくりつつ

（柿本人麻吕，《万叶集》十·《新古今集》五·秋下）

秋风萧瑟，北雁南归。翻山越岭，隐入云端。　　　　　　　　　（笔者译）

这首和歌也是柿本人麻吕的作品，以"秋风雁归"为题，一行雁阵翻越崇山峻岭，伴随着一声声急促的雁鸣声，秋风猎猎，雁群渐行渐远，隐入云端，留给诗人无尽的惆怅，顿生天涯沦落之感慨。和歌的语言平实质朴，却又蕴藉含蓄，无论诗人表达的是羁旅、怀人，或是思乡，读者都能从中找到期待视野，感受与自己人生境遇的契合无垠。在审美的想象中，诗中有画，画中有诗，或残阳如血，或天色苍茫，远去的大雁隐入云端，天地悠悠，苍凉雄浑。因此，宗祇认为此和歌具有"长高"（壮美风格），而更重要的是，壮美雄浑的诗美并不都由修辞技巧所产生，主要还是诗心意蕴由内向外而发，唤醒读者的审美经验，进而产生联想而获得。在这一点上，"有心"与"幽玄"是彼此相连、密不可分的，"有心"无论是诗人之"心"（主观）还是诗心（客观），都是诗美诗境产生的前提条件，宗祇将"有心"理解为人的主观情感；"幽玄"则侧重和歌表现在外的审美意境，是对客观景物或是主观情感的物化。因此，"有心体"与"幽玄体"的和歌很难明确地加以区分，如果硬要加以区分的话，可以从审美的色调上入手，例如"有心体"的诗美多为暖色调，尤其是表现爱情的恋歌作品，往往会呈现出一种浓丽细婉的"妖艳美"；"幽玄体"则多呈现出寂寥枯淡的老寂、冷艳之色。但事实上，两种风格兼而有之的作品居多。

为了能使有"心连歌"达到和歌的雅正境界，宗祇主张向古人学习，如在原业平、伊势、小野小町、纪贯之、壬生忠岑、源俊赖、藤原俊成、藤原定家、寂莲、西行等和歌诗人都是擅长创作"有心幽玄体"的诗人。但令人感到意外的是，宗祇主张回归《万叶集》的传统时代，而非《古今集》与《新古今集》时代。这大概是因为，《古今和歌集》与《新古今和歌集》过多地注重创作技巧，尤其是《新古今和歌集》更是如此，甚至可以说是"技巧主义"。而宗祇则是一个"主情主义者"，他认为只有诗人内心充沛、意蕴怀抱，便可以做到"清水出芙蓉，天然去雕饰"的境界。

第二节　能乐论中的"幽玄"

日本的能乐剧起源于春日与日吉两大神社的法事活动。能乐与歌舞伎、狂言、人形净琉璃（木偶戏）并称为日本四大古典戏剧，2001 年。能乐与中国昆曲同时入选联合国教科文组织第一批"人类口头及非物质文化遗产代表作"。最初的能乐剧也包括狂言，即一种类似话剧形式的滑稽戏，后来"狂言"独立成为一种新的戏剧。正如我国的元曲包括元杂剧与散曲一样，能乐研究也分舞台剧的"能"与"谣曲"两种。在当今日本社会，很少有日本人会走进戏院观看能乐剧，许多人是通过阅读"能"的脚本（即谣曲）来了解与欣赏能乐剧的，特别是对外国人来说，他们极少有机会观看能乐剧的演出，而且一些欧美学者甚至认为，谣曲具有更高的文学价值，即使不看舞台表演，通过谣曲也能研究能乐，例如美国哥伦比亚大学教授唐纳德·金便持有这种代表性观点。[1]

一般认为，能乐剧出现于十四世纪日本室町幕府时代的南北朝初期，到了十八世纪江户时代中期便基本定型。如果追溯起来，能乐最早源自唐代的散乐（与雅乐相对的俗乐），即一种滑稽戏，它在奈良时期（七—八世纪）传入日本，与日本本土的滑稽戏"猿乐"[2]及"田乐"[3]相结合而成。在我国戏曲界，一般认为唐代的滑稽戏即唐散曲并不能算是真正的戏剧，因为宋金时期才是我国古典戏剧的形成期。唐代只有歌舞戏与滑稽戏，宋金时期则出现了演故事的戏剧。王国维对"什么是戏剧"曾作出过几种定义："戏曲者，谓以歌舞演故事也"[4]；"必合言语、动作、歌唱，

---

① 张哲俊：《世界戏剧中的日本能乐》，《上海戏剧学院学报》2006 年第 2 期，第 38 页。
② "猿乐"是"散乐"的讹化，因两者读音接近的缘故，是一种以讲故事或模仿动作为主的滑稽戏。
③ "田乐"起源于日本古代农民插秧或开耕仪式上的祈求丰收的歌舞，舞者一边吹笛或击鼓，一边起舞。
④ 王国维：《戏曲考原》，载《王国维戏曲论文集》，中国戏剧出版社 1984 年版，第 163 页。

以演一故事，而后戏剧之意义始全"①。不过，元杂剧的出现标志着我国古典戏剧开始走向成熟期。

宋元时期中日之间的民间贸易往来非常兴盛，官方贸易也时断时续，大量中国古代文化传入日本。特别是能乐最兴盛的室町初期，1392 年日本结束了南北朝的分裂局面，室町幕府与明朝恢复了因倭寇猖獗而中断的官方贸易。所以有理由相信宋金的杂剧院本也在这一时期流入日本。在宋金时代，北方金朝辖区的戏剧称为"院本"，也叫杂剧，"院本者，行院之本也"。所谓"行院"，就是当时对伶人、乞丐这些社会地位较低的人聚居之所的总称，"行院家"所表演的节目就称为"院本"。特别是元代后，因科举一时被废止，大批文人加入元杂剧的创作队伍，一时间出现了繁荣局面。据钟嗣成的《录鬼簿》记载，元代散曲作家有 152 人（实为 151 人），杂剧作品有 458 种之多。②

反观日本能乐剧的形成，也经历了由滑稽戏到歌舞戏、再到演故事的戏剧这种演变过程。镰仓时期（1192—1333 年），以滑稽的模仿动作为主的"猿乐能"中加入了歌谣、舞蹈等要素，还具备了简单的角色分工，这些都标志能乐即将正式出现。经过数百年的演变，先后出现了"延年能"③、"田乐能"及"猿乐能"等民间艺能，后来在幕府将军足利义满（1368—1401 年在位）的大力扶持下，观阿弥（1333—1384 年）与世阿弥（1363？—1443？年）父子对能乐剧的雅化起到了关键作用，能乐剧遂摆脱了原有的诙谐滑稽的粗俗风格，集音乐、舞美、对白于一体，成为一种贵族式的高雅戏剧。能乐剧的脚本谣曲具有高度化的语言艺术，故事题材多取自古典名著的某个片段，也有一些源自我国古代的历史事件或传说。能乐剧的题材可以根据主人公类型简单地概括为"神、男、女、狂、鬼"等五大类。

能乐剧的表演不重写实，类似于京剧的写意表演形式，且极少使用道具，至多是一把扇子或手杖之类。主角表演时要戴上面具，不过绝大多数的面具被制作成没有任何表情的形状。当表现悲伤时，演员便微微俯首；表现喜悦时，就稍微上仰；表现哭泣时，便将手掌抬至额前。如此这般，一张中性、内敛的能面具凭借演员高超的演技，在观众眼中便能随着剧情变化，表现或喜或悲的情绪，无表情的表演中

---

① 王国维：《宋元戏曲考》，东方出版社 1996 年版，第 36 页。

② 程华平：《中国小说戏曲理论的近代转型》，华东师范大学出版社 2001 年版，第 111 页。

③ 寺院法会后上演的滑稽戏，包括舞蹈、朗诵、模仿等形式，具有祈求神佛保佑及五谷丰穰等目的。

蕴藏着无限的可能。这一点上，能乐剧所追求的艺术境界与和歌、有心连歌并无二致，都是将意蕴深远、枯淡寂寥的"幽玄"之境视作其追求的最高目标。

从能乐剧的演出形式上看，它与元杂剧有着很多相似之处，例如元杂剧以及现如今的京剧也是如此，主要演员上场时先要念"定场诗"或"引子"，然后自报家门，之后要做一下情况说明，进行一番背景交代后，这才进入正戏。如关汉卿《金钱龟·楔子》中，石府尹引张千上场，诗云：

> 少小知名达礼闱，白头犹未解朝衣。年来屡上陈情疏，怎奈君恩不放归。

然后自报家门：

> 老夫姓石名敏，字好问，幼年进士及第，随朝数载，累蒙擢用。谢圣恩可怜，除授济南府尹之职。

再下来就是交代背景情况：

> 我有个同窗故友，姓韩名辅臣。这几时不知兄弟进取功名去了，还只是游学四方？一向音信杳无，使老夫不胜悬念。今日无甚事，在私宅闲坐。[1]

相对而言，能乐剧属于短篇的歌舞剧。能乐剧一开场，作为次要角色（waki）的僧人上场，他在剧中起到讲解剧情的作用，而主角（site）则以"幽灵"（鬼魂）的形式上场，不做自我介绍。这种能乐剧被称作"梦幻能"，是能乐剧的几种表演形式中艺术性最高的一种。能乐剧的开场演员一般也会吟诵一首和歌，然后是自我介绍，交代一下故事，预告接下来的行动等等。[2] 因为能乐剧的源头起于唐代的散乐，而且宋元杂剧比能乐剧的形成又早了几百年，所以虽然目前还没有找到关键证

---

① ［日］长松纯子：《中日古典戏剧中登场人物"自报家门"的程式比较》，《中央戏剧学院学报·戏剧》2004 年第 4 期，第 54~59 页。

② ［日］长松纯子：《中日古典戏剧中登场人物"自报家门"的程式比较》，《中央戏剧学院学报·戏剧》2004 年第 4 期，第 54~59 页。

据，但我们有理由推测能乐剧在某种程度上接受了元曲的影响。然而，两者不同之处在于元曲走平民化路线，而能乐剧则越来越脱离社会现实，可谓曲高和寡。原属于能乐剧范畴的狂言，在能乐剧的幕间演出，为的是活跃气氛，其形式与内容轻松滑稽，受到平民百姓的喜爱。近代之后，狂言从能乐剧中独立出来，成为另外一种戏剧形式。

十四世纪日本室町时代初期，能乐剧具备了真正意义上的戏剧要素，在这一过程中，观阿弥与世阿弥父子俩人起到了关键作用。特别是世阿弥，他不仅是室町时代最著名的能乐戏演员，也是能乐论的开创者。少年时期的他是一位绝顶俊美的美少年，受到了室町幕府第三代将军足利义满的喜爱与庇护，这对身份卑微的世阿弥来说是绝好机会，他依靠幕府将军的势力，促使能乐剧由民间戏曲成长为高雅的舞台艺术。

世阿弥一生中创作的剧本超过了百余部，而且还根据自己多年的舞台经验，写出了二十一部（现存）关于能乐的理论著作，其中最著名的便是《风姿花传》和《花镜》两部能乐论，主要内容是演员的修养论和演出技巧，同时也涉及美学理论。世阿弥将和歌理论中的"幽玄"思想运用到能乐剧的戏剧理论中，并有所创新。

世阿弥在《能作书》中提出："舞歌幽玄"为能之"本风"，而其他体裁风格的能乐即使风光一时也不会长久，他认为以"幽玄"为代表的美才是日本民族世代相传、永恒不变的传统美，它已深深扎根于日本人的民族情感之中[1]。那么，能乐中的"幽玄"与和歌、连歌中所论的"幽玄"是何种关系呢？对此，世阿弥在《花镜》一书中论"幽玄之人界事"一项中说：

> 幽玄之风体之事，于诸道诸事，以幽玄者为上果。殊更于本艺，幽玄之风体为第一。（中略）抑夫幽玄之境者，究竟该于何处而存者。观诸人世间万物，公家（贵族）之仪容品貌，与世人殊者，此诚可谓幽玄之品位。如此，惟华美柔和之体，幽玄之本体也。[2]

---

[1]　能勢朝次、『能勢朝次著作集（第二卷）』、東京：思文閣、1981 年、第 326~327 頁。

[2]　世阿弥、「花鏡」、『古典日本文学全集 36・芸術論集』、東京：筑摩書房、1962 年、第 211 頁。

从世阿弥的言论中可以看出，他所指的"幽玄"是一种奢华纤柔的、符合贵族审美情趣的婉约之美，他又进一步将"幽玄"美分成"人体幽玄"、"科白幽玄"以及"舞美幽玄"三种，这样就将"幽玄"美具体化了。首先来看"人体幽玄"，很明显世阿弥所指的"人体"是指平安时代贵族才具备的优雅品貌。人们往往习惯于贵古贱今，将古人理想化。这一点在我国古代也是如此，诸如"文必秦汉，诗必盛唐"。在世阿弥心目中，贵族妇女的仪态尤其典雅端庄，简直就是理想美的化身，他在《能作书》中这样说道：

> 女体的能姿，可饰风体而书之。此乃歌舞之本风也。于其内，有上上之风体。如女御、更衣、葵、夕颜、浮舟（皆为《源氏物语》中人物）等贵妇人之女体，其高雅风姿，应以世间非寻常之妙笔书之。（中略）绚丽绝美，幽玄无比，燕语莺声，风情万种，无出其上者。①

所以说，世阿弥认为能乐中的"幽玄"美应是一种优美典雅、柔弱纤细的美，当演员在演出时，无论是动作、科白，或是唱腔、舞美，都要优雅舒缓，即使是扮演鬼怪、乞丐，也不应失其优雅之仪风。在世阿弥的艺术主张中，"幽玄"贯穿于能乐的各个理论方面，无论是舞美伴奏，还是唱念做打，在他的能乐理论著作中，"幽玄"一词出现的频率相当高。②在艺术审美上，世阿弥强调能乐应有"幽玄"的艺术效果，他认为"唯美且柔和之体（女体）乃幽玄之本体"③，从这句话中可见其"幽玄"美之端倪，因为与和歌、连歌中的"幽玄"之境不同，能乐剧的"幽玄"之美是视觉艺术，必须通过演员的肢体语言表现出来，这种演技是要靠演员不断地学习，不断地积累舞台经验。

为了实现他的这种艺术主张，世阿弥《风姿花传》提出了"初心不可忘论"④，主张演员为了艺术应该终身都要不断地学习，其核心内容谈的就是所谓的"初心"，即指表演者对艺术追求的执着精神。在《风姿花传》中，世阿弥将演员的艺术成长

---

① ［日］世阿弥：《能作书》，载王向远译：《日本古代诗学汇译》，昆仑出版社 2014 年版，第 323 页。
② 能勢朝次、『能勢朝次著作集（第二卷）・幽玄』，東京：思文閣，1981 年、第 332~335 頁。
③ ［日］世阿弥：《能作书》，载王向远译：《日本古代诗学汇译》，昆仑出版社 2014 年版，第 322 页。
④ 世阿弥、「風姿花伝」、『日本古典文学 24・中世評論』，東京：角川書店，1976 年、第 243 頁。

之路按年龄分成四个阶段：（1）十二三岁时，即便是表演得非常好，但从艺术的角度来看，这只是一种假"花"，因为观众们往往以怜爱与宽容的眼光来看待其表演。（2）二十四五岁时，就像蝴蝶刚从蛹化成蝶一般，世阿弥将其称为"初心之花"，这里的"初心"当是初学者之意。"初心之花"又称为"时分之花"，并非"真正之花"。稍有点成就的能乐演员受到外界夸奖，也许就会产生错觉，只为自己掌握了"真正之花"。因此要切忌"初心不可忘"。（3）四十四五岁，随着自身不断的努力，表演技巧日益成熟。（4）到了五十余岁时，身体虽已衰老，但此时的技巧炉火纯青，举手投足之间，自内而外散发出一种无以名状的神韵、气质，能带给观众以无限的艺术享受。

他在《至花道》中指出："观赏能艺之事，内行者用心眼来观赏，见识本质；外行者则用肉眼来观看，只见表面。用心来观赏就是体，用肉眼观者则是用。"[1]这样才能令人有联想和回味的余地，观众联想自己的境遇及人生经验，就会产生极强烈的共情。在世阿弥的能乐论中，"幽玄"美不仅限于视觉感官上，更重要的是精神层面。他以禅宗"无"的思想来解释能乐论中的"幽玄"，"有即是无，无即是有"。而"无"不是什么都没有的状态，是作为超越"有"与"无"的对立的"绝对无"的状态。也就是说，"无"是最大的"有"，"无"是产生"有"的精神本源。

由此可见，世阿弥是将"有"的世界提高到"无"的世界，而处在"有无中道"之境。他追求空寂的幽玄美至极，就是要达到"无相"的奔放的意境。[2]如此一来，能乐的表现便脱离了写实，而亦梦亦幻、迷离恍惚的非现实效果便成了世阿弥不懈追求的艺术境界，他自己称其为"本意"。这是指同一时代的文人共同拥有的审美情趣与艺术追求，只有充分理解了和歌的本意，无论是创作者还是鉴赏者，可以最大限度表现自我与享受艺术所带来的无尽美感。从这一点来说，世阿弥所说的"本意"应该是指创作的艺术规律，任何人都不能违背它。

世阿弥认为符合"本意"的能乐必然具有"幽玄"之美，他在《至花道》中提出了"皮、肉、骨"三相说："此能乐之艺态，有皮肉骨。（中略）若非大师之御手，则无三者兼具者。"[3]大意是说能乐表演就像人的身体，我们只能见到一个人的肌肤，

---

① 世阿弥、「至花道」、『古典日本文学全集 36・芸術論集』、東京：筑摩書房、1962 年、第 215 頁。

② 叶渭渠：《日本文学思潮史》，经济日报出版社 1997 年版，第 206~207 页。

③ 世阿弥、「至花道」、『古典日本文学全集 36・芸術論集』、東京：筑摩書房、1962 年、第 215 頁。

看不到肌肤之内有血肉与筋骨，但正是血肉与筋骨支撑起人的身体。世阿弥用这种比喻来说明，对于能乐演员来说，天赋的才貌是"骨相"，后天的努力修炼是"肉相"，两者结合起来才能创造出美好的舞台形象，即所谓的"皮相"。他在《花镜》一书中还曾提出过"见闻心"的观点，于是他说："见即是皮，闻即是肉，心则是骨。就音乐而言，也包括三者（声为皮相，曲为肉相，息为骨相）；舞者也含三者（舞姿为皮相，手势为肉相，心为骨相）。"幽玄美是通过"皮相"表现在外，即通过演员曼妙的歌舞表现出来，如果没有天生身体上的好条件，无论多么刻苦地练习也是达不到好的效果。所以，世阿弥认为只有天赋与练习两者相结合才能表现出"幽玄"的艺术效果。

然而我们注意到，世阿弥将天赋比喻成"骨相"似乎并不妥，因为光靠天赋而不努力练习也是不行的，所以还是将"心"视为"骨相"方为妥当。在和歌等诗歌艺术中，"心"被解释为"诗心""文意"。能势朝次认为世阿弥所说的"心"应该有三种：（1）是指《花镜》中所论的"幽玄之种"，即领悟幽玄之真谛的能力；（2）是"目前心后"之心，即练习舞蹈动作时注意（意识）自己的背影是否优美，可以认为是一种精益求精的表演态度；（3）则是"见闻心"中所说的"心力"，它赋予舞曲感人的艺术生命与魅力，也是演员追求艺术的原动力。[①]关于这一点，世阿弥在《花镜》"万能缩于一心"项中这样说道：

> 观众认为，演员表演时什么动作都不作时最有意思（中略）。首先，以二曲为主，各种演员的站立、模仿等，皆须表演动作。而所谓不作为者，是指表演的间隙。在此不作任何表演动作，这便是最有看头的场面，这也是不可丝毫大意、最吃功夫的用心之所。（中略）这内心之感，渗出外表而富于情趣。[②]

这段话的大意是说，当演员的修炼达到炉火纯青之时，他内心中的"心力"，便能感动观众于无形。这就如同道家所追求的"无为而无不为"境界，也是武林高手所说的"无招胜有招"，内敛于中的精气神不需演员的一招一式便会自然而然地表

---

① 能势朝次、『能势朝次著作集（第二卷）·幽玄』、東京：思文閣、1981 年、第 369 頁。

② 世阿弥、「花鏡」、『古典日本文学全集 36·芸術論集』、東京：筑摩書房、1962 年、第 212 頁。

露出来。用世阿弥的话说即"无心之能""无文之能"。

当能乐演员将世阿弥所说的三种"心"融为一体之时，这种"万能缩于一心"的"心力"境界便是创造出具有幽玄美的"骨相"。世阿弥在《至花道》中又使用"骨风""肉风""皮风"等"风力"，来说明"心力"（骨相）与"习力"（肉相）以及"幽玄美"（皮相）之间的关系。这让我们很容易就联想到刘勰所说的"风骨"，"风"与"骨"，二者密不可分。

另一位能乐剧的艺术家金春禅竹（1405—1470？年）也出身于能乐世家，他是世阿弥的女婿，因此得到了世阿弥的《六义》《拾玉得花》等能乐论的真传，同时又有一定的创新，他在"幽玄"的某些观点上与世阿弥的幽玄论有所不同。金春禅竹在《幽玄三论》中提出了"六轮一露说"，他在《六轮一露之记》《六轮一露之记注》中对此反复进行了论述。概括起来，"六轮"是指"寿轮"（歌舞幽玄的根源）、"竖轮"（歌舞幽玄的萌芽）、"任轮"（题舞幽玄的稳定相）、"像轮"（歌舞幽玄的诸相）、"破轮"（歌舞幽玄的变相）、"空轮"（歌舞幽玄的终极）；"一露"即"一水"，如同万物之根源，是贯穿"六轮"的精髓与灵魂。[①] 金春禅竹主张泛幽玄化的能乐思想，将"幽玄"与佛家的"六轮一露说"相联系，把"寿""坚""住"等上三轮作为幽玄论的根源，以此解释世阿弥的"九位说"。

在《至道要抄》中，金春禅竹提出"八音"及"三学三曲"说，"八音"是指"祝言音""祝言曲""游曲""幽玄音""恋慕""哀伤""阑曲""闲曲"，将世阿弥"五音"（祝言、幽曲、恋慕、哀伤、阑曲）进一步拓展。所谓"三学"，是把佛教中的"戒""定""慧"等三学应用到能乐的基本原理上；"三曲"是将身、口、意这三业与作为练习能乐指导思想的"六轮一露说"相结合。[②] 如此这般，金春禅竹借佛家学说对能乐理论进行独特探索，其学说在能乐发展史上占有一席之位。

在能乐剧本的创作上，金春禅竹显示出与世阿弥不同的风格。以横道万里雄为代表的日本学者在评论禅竹的能乐作品时，基本都会使用诸如"观念的神秘的、暧昧模糊、幽暗晦涩"等评语[③]。能势朝次称金春禅竹的作品具有"幽寂"风格，然而

---

① 金春禅竹、『古典日本文学全集 36・六輪一露』、東京：筑摩書房，1965 年、第 217 頁。

② 高情悠介、「六輪一露説の志玉加注について」、『芸文研究』12 号、2008 年、第 354~371 頁。

③ 塚本康彦、禅竹能覚書、「『芭蕉』に則して」、『日本文学』、23 巻 11 号、1974 年。

在"文藻才能上面不及世阿弥的自在无碍"①。"自在无碍"的意思是说文笔流丽畅达，言外之意也许是说禅竹的词章佶屈聱牙。然而，禅竹的这种"幽寂"风格却受到中世日本民众的喜爱。金春禅竹的能乐是日本"东山文化"的产物。"东山文化"与"北山文化"相对而言，分别指室町时代的初期与中期两种不同风格的文化。室町时代初期正值幕府将军足利义满执政时期，武家、公家、禅僧等三种文化相融合，以京都北山山庄（即后来俗称的金阁寺）为代表，崇尚优美华丽的风格；相反，室町时代中期在八代将军足利义政（1436—1490 年）执政期间，以京都的东山山庄（即后来的银阁寺）这中心，深受禅宗思想影响的庶民文化兴起，在能乐、茶道、花道、园林、建筑、连歌等领域都取得了极高的艺术成就，审美取向与北山文化相反，崇尚枯淡空寂、简约质朴的侘寂美，被形象地称为"熏银文化"，即氧化银的颜色，代表内敛低调、不张扬的格调。例如，京都北山的鹿苑寺金阁（金阁寺）金碧辉煌，与东山的慈照寺银阁（银阁寺）的简素形成鲜明的对照；龙安寺的"枯山水"用细砂与岩石营造出真山真水的意境；此外，雪舟的水墨画、村田珠光的侘寂茶、池坊专庆的插花等都是在东山文化时期出现的艺术成就，体现出"无"与"空"的审美思想。

正彻与世阿弥将"幽玄"理解为"艳丽美"，而心敬与禅竹则将"幽玄"理解为"寂美"。前二者所生活的时代正值北山文化的炯烂期，后二者则遭遇了"应仁之乱"的大变故，京都的灿烂文化被战火付之一炬，化为灰烬。清初孔尚任的《桃花扇》有唱词"哀江南"："俺曾见金陵王殿莺啼晓，秦淮水榭花开早，谁知道容易冰消。眼看他起朱楼，眼看他宴宾客，眼看他楼塌了。这青苔碧瓦堆，俺曾睡风流觉，将五十年兴亡看饱。那乌衣巷不姓王，莫愁湖鬼夜哭，凤凰台栖枭鸟。残山梦最真，旧境丢难掉，不信这舆图换稿。诌一套《哀江南》，放悲声唱到老。"②"乌衣巷""莫愁湖""凤凰台"等都是中国历史上的典故。心敬与金春禅竹经历过日本的应仁之乱，想必心中也会产生同样的无常流转与悲凉无奈的感受。心敬的人生之路是将人格净化、佛法修行、文学创作三者融为一体；金春禅竹同样也是将生活、信仰与艺术三者一体化，他在《至道要抄》中认为"岩石""鬼神"皆是"幽玄"。③这

① 能勢朝次、『能勢朝次著作集（第四卷）』，東京：思文閣，1982 年。
② 高小康：《领悟悲剧——王国维〈红楼梦评论〉研究》，《文艺理论研究》1996 年第 5 期，第 28~36 页。
③ 转引自赤羽学、『幽玄美の探究』，東京：清水弘文堂，1988 年、第 600 頁。

是泛幽玄论思想，正如心敬《私语》中说的“森罗万象即幽玄”①。因此，金春禅竹的“幽玄”不仅是指审美风格，同样也具有了价值判断的意义，将其视为一种人生的宗教信仰。

第三节　松尾芭蕉的“侘寂”美学

松尾芭蕉的俳句源于“俳谐连歌”，即所谓的“发句”，也即连歌的首句。而“俳句”的称呼早已存在，并且与“发句”同义。明治二十一年（1888 年），正冈子规第一次在《哲学的发端》一文中使用了“俳句”一词。以往的“俳句”是指连歌的“发句”，这是众人“共同”的情绪发端；正冈子规的“俳句”则是指诗人己的情绪抒发。从这个意义上说，“俳句”的名称是正冈子规确立起来的。②

俳谐连歌又与“无心连歌”关系密切，俳谐的原义有“滑稽”“游戏”“机智”“谐谑”等，早在平安时代的《古今和歌集》中便有俳谐歌的分类。进入室町时期，“俳谐连歌”从连歌中逐渐独立出来，由武士参加为主的连歌会或者在神佛面前举办连歌会，其内容形式都是非常庄重严肃的，而“俳谐连歌”则具有滑稽诙谐的语言风格，这一点上与“无心连歌”并无多大差别。十六世纪前半叶，俳谐连歌的一代宗师山崎宗鉴编撰了《犬筑波集》（又名《俳谐之连歌抄》），另一位与他齐名的俳谐之祖——荒木田守武则编写了俳谐集《俳谐独吟百韵》（1530 年）。自此，“俳谐连歌”真正占有了一席之地。

到了十七世纪的江户时代，流行的创作风尚开始由连歌向俳谐连歌进行转化，松永贞德（1571—1654 年）起到了关键作用。松尾芭蕉的俳谐连歌师从北村季吟，而北村季吟的老师便是松永贞德，因此细论起来，松尾芭蕉出自俳谐“贞门”。松永贞德与他的众多弟子被称为“贞门派”，其势力超过了正统连歌派。然而好景不长，1680 年左右，以西山宗因为首的“谈林派”掀起了改革运动，针对“贞门派”的保守歌风，“谈林派”提倡灵活的创作态度，打破常规，讲究构思奇巧、速咏。但这股新潮也没有持续多久，便又被松尾芭蕉的“蕉风”所取代。“蕉风”的特点是汉诗文调，创作上提倡使用汉诗文的词语，格调高雅。而更重要的是，芭蕉确立

---

① ［日］心敬：《私语》，载王向远译：《日本古代诗学汇译》，昆仑出版社 2014 年版，第 272 页。

② 郑民钦：《日本俳句史》，京华出版社 2000 年版，第 103 页。

了以"和敬清寂"四字为核心的"闲寂"与"空寂"美学，特点在于古拙简素而富有情趣。

松尾芭蕉（1644—1694年）在幼年时曾有过"金作""甚七郎""甚四郎""忠右卫门"等多个幼名，成年后改名"松尾宗房"。出身于伊贺国上野（今日本三重县）的"农人町"（地名），其父松尾与左卫门是一名没落豪族的乡士，被允许"苗字带刀"，虽有武士名分，但没有俸禄。松尾芭蕉与井原西鹤、近松门左卫门并称为"元禄三文豪"①。1662年芭蕉在18岁时，进入藤堂新七郎家（侍大将）成为"武家奉公人"，给良精的儿子良忠当侍从。由于良忠（俳号"蝉吟"）的关系，芭蕉便有了学习俳谐与汉诗文以及《源氏物语》等文学经典的机会，他取俳号"宗房"，经常主仆唱和。1666年良忠病死，失去上升通道的芭蕉便离开了藤堂藩主家。1672年，28岁的芭蕉发表了第一部俳谐歌集《贝多》，供奉给伊贺天满宫（神社）的"学问之神"菅原道真的灵位，祈求神明保佑。1675年，芭蕉正式走上了职业"俳谐师"的文学道路，改俳号为"桃青"②。因为芭蕉非常崇拜李白，便给自己起了"桃青"的俳号，取意水果中的"李子"对"桃子"，他非常喜欢这个俳号，甚至后来改名为"芭蕉"之后，仍然没有放弃"桃青"这个俳号。

当时的江户俳坛流行滑稽诙谐、急智速咏的创作风格，但这不是松尾芭蕉想要的理想俳谐，他所向往的是闲寂超脱与清新自然之歌风，俳谐也不是插科打诨式的无厘头，而是能够抚慰内心的宁静，表现人生感悟与生命体验的真正艺术。然而，江户俳坛充斥着名利争斗，这让芭蕉深感失望。于是他远离城市人群，效仿杜甫草堂的作法，在江户郊外的"深川"（地名）修建了草堂，取意杜诗"窗含西岭千秋雪，门泊东吴万里船"，自号"泊船堂主"。天和元年（1681年）芭蕉的弟子李下送来一棵芭蕉树，遂将"泊船堂"改为"芭蕉庵"，并改俳号为"芭蕉"。就在这年秋天的某个夜晚，暴风雨来袭，院中的芭蕉树在风雨中飘摇，草庵屋顶漏雨不止，接漏雨的木盆传出滴答声响。37岁的芭蕉写下一首俳句：

---

① 元禄时代（1688—1707年），是日本江户幕府时代（1603—1868年）城市经济与市民文化最繁荣的时期，尤其特指大阪地区的市民文化。

② 高桥庄次、『芭蕉庵桃青の生涯』、東京：春秋社、1993年，第4~9頁。

野分して / 盥に雨を / 聞く夜かな

夜深风雨骤，芭蕉庵内木盆响，屋漏听水声。　　　　　　　　（笔者译）

风狂雨点骤 / 蕉叶响如豆 / 草庵盂盆中 / 夜静雨滴漏　　　（邱岭译）

　　对于中国人来说，"屋漏偏逢连夜雨"，这与"老来丧子""中年丧妻"并列人生的三大苦事，是一件极度悲催之事，然而芭蕉却将其视为风雅趣事，这首俳句也是其"侘寂"美学的开端。古代诗人常将自己的书斋称为寒屋陋室，被宋人尊为"诗圣"的杜甫更是写下了《茅屋为秋风所破歌》，其中有诗句："床头屋漏无干处，雨脚如麻未断绝"，这两句的诗境与芭蕉俳句非常相似。铃木修次在《中国文学与日本文学》一书中谈及日本文学的"脱政治性"时便举了杜甫的这首诗为例，杜甫被宋人尊为"诗圣"，"一饭不忘君"，成为忧国忧民的士大夫精神的典范。所以，诗中才会有诗句"安得广厦千万间，大庇天下寒士俱欢颜，风雨不动安如山！呜呼！何时眼前突兀见此屋，吾庐独破受冻死亦足！"这是何等的人生境界，相比之下，芭蕉的俳句丝毫感受不到中国文人士大夫式的政治觉悟与道德情怀。[①]

　　"俳谐"一词源自中世文学的"无心连歌"以及和歌中的特殊形式——"俳谐歌"，格调粗俗低下。芭蕉为了使其登上艺术殿堂，进行了多种尝试。首先是使用贵族文学中的"雅语"进行改造，并且借用中国老庄哲学与汉诗文的词语写入俳句，其早期创作也深受杜甫、白居易等人的影响。不过，其评价体系的核心思想仍然是"幽玄"美学。因为，最容易被人理解与接受的是诗歌外形律，也即所谓的"词幽玄"。但是，如果过多地从立意构思、修辞技巧的层面评价俳句优劣的话，很容易偏向雕琢辞藻等外在因素，这与"幽玄美"注重主观感悟、含蓄蕴藉等内在美的本义相悖。在芭蕉早期创作的俳句中便存在这种弊病，他尚未形成对"心幽玄"的真正领悟，还只是停留在"谈林俳谐"的技巧主义阶段。

　　例如，芭蕉在《田舍句合》和《常盘屋句合》两本俳句集中所作判词中使用了"幽玄"一词[②]。这两本俳句集中的"句合"模仿和歌的歌合比赛，分左歌与右歌，

① ［日］铃木修次：《中国文学与日本文学》，吉林大学日本研究所文学研究室译，海峡文艺出版社 1989年版，第 37 页。

② 辻村尚子、「其角のこころみ一『田舍之句合』から『俳諧次韻』へ」、『連歌俳諧研究』、2003 年2003 卷 104 号、第 1~12 頁。

评判优劣。然而，芭蕉的"判词"轻妙洒脱、诙谐幽默，与中世文学的"幽玄"风格迥异。芭蕉的弟子其角（1661—1707 年）为《田舍句合》作序："桃翁，在栩栩斋读俳谐无尽经。"[1] 桃翁是指芭蕉本人，此时他的俳号为"桃青"；"栩栩斋"是芭蕉的书房，取自庄子的"栩栩然胡蝶也"之句；而"俳谐无尽经"则是效仿《庄子南华真经》而得名。从这几个恶搞戏仿的词语可以看出俳谐的本来面目就是滑稽，别无其他。

其角的序文接着写道："（俳句）凭借东坡之风情，杜子美之洒脱，黄山谷之气色（气韵），其体方得幽深流丽通畅之妙。"[2] 杜甫的诗风沉郁顿挫，既有"鲸鱼掣海"的壮阔，又有"翡翠兰苕"的婉约；而苏轼与黄庭坚的诗风或"豪放"或"瘦硬"，虽比不上杜甫的艺术成就，但都是中国古代诗人的杰出代表与学习楷模。他们三人成为芭蕉的崇拜对象不足为奇，然而芭蕉所关注的是"风情""洒脱""气色"，虽然我们不能准确地将它们转换成熟知的诗学话语，但还是可以推测出大概意思，"风情"等语义指诗歌语言的风格或情趣，如苏轼诗词的豪放大气、黄庭坚的佶屈聱牙，还有杜诗，其风格不全是"沉郁顿挫"，也有清丽自然、朗朗上口之作。其角所作的序言着眼于诗歌的体格声律等外在美，至少偏向理性思维的机智妙想、立意构思等客观方面，却忽视了诗歌的内在美。然而杜甫等人的真正艺术价值在于诗歌内部的蕴藉怀抱、吟咏情性等主观思想感情，而非诗歌表面的体格声律之美。

另外，芭蕉在《田舍句合》中将左右歌的作者写为"农夫"与"野人"，这种调侃的语气也正表现出"俳谐连歌"的滑稽特点。

试举一例：

五番

作者：农夫（其角）

左歌　持

徳利狂人 いたはしや花ゆくにこそ

花好月圆日，美酒佳肴赏樱时，人生幸事哉。　　　　　　　（笔者译）

---

[1] 辻村尚子、「其角のこころみー『田舎之句合』から『俳諧次韻』へ」、『連歌俳諧研究』、2003 年 2003 巻 104 号、第 1~12 頁。

[2] 转引自赤羽学、『幽玄美の探究』、東京：清水弘文堂、1988 年、第 624 頁。

右歌

作者：野人（其角）

桜狩けふは目黒のしるべせよ

痴迷赏樱人，为觅美景奔目黑，路遥不惜力。　　　　　　　　　（笔者译）

芭蕉评论道："携带酒壶美食，与花同戏，真乃狂人深切也。又，上野谷中之樱花皆看遍，此意见于言外。两俳句，皆入幽玄境，无差别。"① 这两首俳句描写的均为江户人赏樱花时的盛况，人们如痴如醉，乐此不疲。在当时的江户，上野谷中是最负盛名的赏樱之处，各色人等齐聚花下，热闹非凡。特别是赏花痴迷者，观遍了上野谷中的樱花后仍不感到满足，他们往往会到别处寻觅盛开的樱花，甚至不惜路途遥远，要去郊外的"目黑"（地名）赏花。右歌含蓄地写出了赏花人去郊外的目的，因为上野谷中是当时最好的赏花之地，然而他们还想去"目黑"，言外之意是说他们已经看遍了城里的樱花。这种含蓄的表达便是一种"幽玄"之词。但是，俳谐的含蓄美与传统的和歌不同，它要求欣赏者必须了解风情、懂得这种高智商文字游戏的规则。

尽管俳句的"幽玄"与正统和歌的"幽玄"不同，芭蕉仍然使用"幽玄"一词，这是因为受传统思想的影响太深，他们认为和歌是正体，连歌与俳句是变体，有必要遵守"幽玄"这一正统文学思想。当然，芭蕉心中有一个愿望，那就是他想把粗俗鄙陋的俳谐提升至真正的文学殿堂，只是这一时期他尚未达到"心幽玄"的艺术境界，还要等到其晚年"风雅之诚"俳论思想的成熟时日。

延宝三年（1675 年）西山宗因创立了"谈林派俳谐"，立意构思以及语言修辞无不以追求新奇为能事，而芭蕉认为俳句的"新意"不是简单的求新。芭蕉的弟子杉山杉风（1647—1732 年）编撰《常盘屋句合》，"常盘屋"是一家蔬菜店的店名，杉风的俳句都是以各种蔬菜果类为描写对象，最后请师父芭蕉作评判，芭蕉对此大为赞赏。杉山杉风是"蕉门十哲"之一，他是一名鱼商，也是芭蕉弟子中最富有的人，为芭蕉提供了修建芭蕉庵、旅行经费等经济支持②。杉风请芭蕉为自己的《常盘

---

① 辻村尚子、「其角のこころみー『田舎之句合』から『俳諧次韻』へ」、『連歌俳諧研究』、2003 年 2003 巻 104 号、第 1~12 頁。

② 堀切実、『芭蕉の門人』、東京：岩波書店、1991 年、第 47 頁。

屋句合》写判词，芭蕉写道："眼见此书，以各种青菜为题，作成二十五番句合，请余评判之。读罢，句句皆清爽雅致，所见者幽也，所思者玄也。足可代表今世俳谐之风。"①

从《常盘屋句合》的例子可以看出，蕉门弟子努力摆脱"谈林派"的创作影响，他们从果蔬等日常生活中品悟出哲理，平淡之中有大美，正如老庄所言，"至味无味""大象无形"。不过，此刻的芭蕉尚未意识到这一点，但其俳论中的"不易流行"思想已经萌发。

由芭蕉弟子服部土芳所著的《三册子》记录下芭蕉的语录云："新意者乃俳谐之花（生命）也。无流行则无新意。正因为（人们）经常追求新意，（新意）便自然容易前进一步而显现出来。"②所谓"不易流行"，是矛盾对立的两个概念——"不易"与"流行"。"不易"是指传统文化的核心价值观，无论时代变换都不曾改变，而且渗透到日本社会的各个层面。在诗歌文学方面，以"幽玄""物哀""有心"等范畴为代表的传统思想与审美情趣可以说是一种"不易"，它经历了和歌、连歌、能乐以及俳句等体裁形式的转变，却依然可以牢牢地抓住日本人的审美之心，"不易"就是不曾改变的审美取向，它经得起时代的考验。与此相对，"流行"则是指形式体裁等方面的创新，刘勰《文心雕龙·时序》云："文变染乎世情，兴废系乎时序"，说的便是这个道理。

在弟子杉风的俳句集《常盘屋句合》中，二十五番（对句）俳句皆以蔬菜水果为题，而果蔬是人们一年四季每天餐桌上不可缺少的食材，它们过于普通，以至于容易被人遗忘，这是一种"不易"的例子；与果蔬相对，"樱花鲷"与"枫叶鲋"是只有在春天樱花季节或秋天红枫季节才能吃得到两种鱼，色彩鲜艳而且味道肥美。但在芭蕉眼中，这两种鱼虽然很珍奇，引起人们争相追逐抢购，称得上"流行"，但其貌不扬的水果蔬菜更符合"侘寂"美学的标准。芭蕉认为只有"不易"的流行才是真正的"流行"，经得起时间考验，平凡之处方见不平凡，这可归结于一句："大道至简。"因此，懂得"不易流行"的人才算得上是真正理解"幽玄"美学的。说到底，"侘寂"美学毕竟源自"幽玄"。

---

① ［日］芭蕉：《常盘屋句合跋》，载王向远译：《日本古代诗学汇译》，昆仑出版社2014年版，第514页。
② 広末保、「芭蕉の位置とその不易流行観」、『古典日本文学全集36·芸術論集』、東京：筑摩書房、1962年、第312頁。

　　然而，与芭蕉晚年的"蕉风"相比，这一时期的俳句以及判词还只是侧重立意构思与修辞奇巧。芭蕉在《常盘屋句合》跋文中写道："汉诗自汉朝以下至曹魏历经四百余年，词人、才人、文体发生三次变化。而倭（和）歌的风雅（文体风格）则历朝代历代有不同，俳句则是年年有不同，月月有新意。"①大意是说诗赋文体的历史演变，"时运交移，质文代变"（刘勰语）②，中国汉代到三国曹魏时期经过四百余年，诗歌的文体、创作主体、创作对象都发生了变化，扬雄在《法言·吾子》中提出"诗人之赋丽以则，辞人之赋丽以淫"③，意思是说创作主体不同，"诗人"必须遵守儒家"温柔敦厚"的诗教，"发乎情，止乎礼义"，"辞人"则等同于"伶工戏子"，纯粹将诗赋视为游戏之物，"嘲风雪、弄花草"，过分地追求华丽的辞藻，雕琢矫饰。当然，扬雄说这番话是站在儒家诗教的立场上，但汉儒的思想禁锢对诗歌发展的负面影响是深远的，直到四百多年后的三国时期，儒家思想的"大一统"局面才被打破，诗歌发展迎来了空前繁荣。

　　相对而言，日本和歌较少受儒家诗教的束缚，自《万叶集》到《古今和歌集》《新古今和歌集》，其诗体、修辞技巧、审美风格都发生了很大变化，但与近世的俳句相比，变化频率不能说很快，因此芭蕉说是"代代有改变"。而进入江户时代后，芭蕉说俳谐连歌（俳句）是"年年变代""月月更新"，这是指语言风格、修辞技巧等诗歌外形律上的变化，也就是芭蕉所说的"流行"。但不管"流行"如何更迭替换，总有不变的规律，这即"不易"之物。晚年的芭蕉认为，"风雅之诚"是俳句的立足根本，换言之就是"不易"，无论和歌、连歌或是俳句，虽然文体形式各自不同，但"以人心为种子"的诗歌本质是相同的，这也可以说是"心幽玄"的创作态度。

　　"幽玄"美学中的"寂美"遇到芭蕉的"蕉风俳谐"后便大放异彩，最终形成了"侘寂"美学。当然，早期的芭蕉尚未形成独特的"蕉风"思想，他对"寂寥枯淡"的美学理解只是停留在诗歌题材、修辞等外在体裁方面，但芭蕉已经清醒地意识到

---

① ［日］芭蕉：《常盘屋句合跋》，载王向远译：《日本古代诗学汇译》，昆仑出版社2014年版，第514页。

② 童庆炳：《〈文心雕龙〉"质文代变"说及其启示》，载中国《文心雕龙》学会编：《〈文心雕龙〉与21世纪文论研究国际学术研讨会论文集》，学苑出版社2009年版，第194~207页。

③ 曾祥波：《"诗人之赋丽以则"发微——兼论〈汉志·诗赋略〉赋史观的渊源与影响》，《中国人民大学学报》2018年第1期，第149~156页。

"谈林派"俳谐的局限性，他试图摆脱它的束缚。

西山宗因的"谈林俳谐"为了打破中世古典主义的僵化局面，语言风格上的奇警机敏、轻松诙谐等特征有几分符合巴赫金关于"戏仿"理论的描述，"谈林派俳谐"在当时是具有进步意义的。然而，由于"谈林派"的创新只是流于表面形式，注重奇警巧智或抖机灵式的创作，忽视对内涵意蕴的挖掘表现，所以它的流行只是昙花一现，前后只有十来年便被人们遗忘。

芭蕉意识到创新必须另辟蹊径，他将目光转移到对中世诗学"幽玄"思想的移植上来。广义的"幽玄"涵盖了"物哀""优艳""长高"等范畴，而且芭蕉在早期创作活动时期，他对"幽玄"的概念把握就已经显示出较大的灵活性。宝历十三年（1763 年）芭蕉在《初怀纸评注》中对弟子其角所作的五十韵（俳谐）进行评判：

日の春を / さすがに鶴の / 歩み哉

霞光初元日，鹤舞仙姿步优雅，新春新气象。　　　　　　　　　（笔者译）

芭蕉评价道："元旦之晨，朝霞映耀华庭，令人优雅闲适，气象幽玄。（俳句）托玄妙之意，寄言于鹤舞仙步之美妙，溢意于言外。"[①]其角的这首俳句是五十韵俳谐的发句（首句），要为整首俳谐的众人接龙创作定下基调，其重要性不言而喻。而其角的发句可谓风格大气，优雅端丽，非常契合新春元日的喜庆气氛。芭蕉用"气象幽玄"称赞该俳句的华贵艳丽诗境以及含蓄蕴藉的表现手法。

然而，芭蕉意识到彻底摆脱"谈林调俳谐"的束缚，必须放下功利心，向诗歌内部探索诗美的形成规律。1684 年，为了更好地寻求创作灵感，松尾芭蕉在他 40 岁那年开始了长达半年的旅行，临行时作俳句一首铭志：

野ざらしを / 心に風の / しむ身かな

荒野晒枯骨，秋风萧瑟沁体寒，不惧漂泊苦。　　　　　　　　　（笔者译）

在芭蕉所生活的年代，人们的出行条件非常艰苦，特别是山野荒郊更是凶险异

---

① 转引自赤羽学、『幽玄美の探究』、東京：清水弘文堂、1988 年、第 629 頁。

常。芭蕉在出发前作诗明志，表明即使抛尸野外也在所不惜，带有几分"风萧萧兮
易水寒"的悲壮感。不过俳句的后半句却又话锋一转，萧瑟的秋风沁彻入骨啊！后
来芭蕉将此次旅行的见闻与感悟写成了散文集《野曝纪行》（「野ざらし紀行」）。

①馬に寝て / 残夢月遠し / 茶の煙

　　马背惊梦醒，残月朦胧晓风寒，煮茶炊烟白。　　　　　（笔者译）

②僧朝顔 / 幾死返る / 法の松

　　僧命若朝颜，花开花谢几度春，佛堂千年松。　　　　　（笔者译）

③命二つの / 中に生きたる / 桜かな

　　离别二十载，红樱烂漫好时节，他乡遇故知。　　　　　（笔者译）

松尾芭蕉在滋贺县水口与同乡好友服部土芳分别二十年后，在盛开的樱花树下
重逢。两人的生命在二十年的岁月中得以延续，并再次重逢，诗中充满了感恩与
喜悦。

④手にとらば / 消ん涙ぞ熱き / 秋の霜

　　亡母遗白发，发丝如雪似秋霜，惟恐热泪融。　　　　　（笔者译）

这首俳句是芭蕉为悼念亡母而作，他手捧母亲雪白的遗发，不敢让眼泪流下
来，唯恐热泪会融化了秋霜（白发）。

以上这四首俳句除了第四首为悼念亡母的内容外，余下三首都是记录旅途中的
见闻与感悟，所表现的诗境继承传统诗学的"幽玄"美学，表现出寂寥枯淡的侘寂
美以及佛教的无常思想，可谓中规中矩。不过与讲究修辞技巧、诗语奇警的"谈林
派"俳句相比，格调要高雅得多。这次旅行开阔了芭蕉的视野，他的侘寂美学思想
逐渐开始萌芽，表现手法从早年注重修辞句法、奇巧妙思转向了注重诗境的营造方
面。两年后的 1686 年，他创作出了那首著名的俳句"青蛙入古池"，这首俳句是最
为人们熟知的作品，存在众多的译文，试举出几例：

古池や / 蛙飛込む / 水の音

①幽幽古池边，青蛙跳水清音扬，耳畔绕余响。 　　　　（笔者译）

②闲寂古池旁，青蛙跃入水中央，扑通一声响。 　　　（叶渭渠译）

③幽幽古池畔，青蛙跳破镜中天，叮咚一声喧。 　　　（陈德文译）

④悠悠古池畔，寂寞蛙儿跳下岸，水声——轻如幻。　（王树藩译）

⑤幽幽古池塘，青蛙入水扑通响，几丝波纹荡。 　　　（陈岩译）

⑥古池幽静，跳进青蛙闻水声。 　　　　　　　　　　（李芒译）

⑦古池幽且静，沉沉碧水深，青蛙忽跳入，激荡是清音。（檀可译）

⑧古池，青蛙跳进水里的声音。 　　　　　　　　　（周作人译）

⑨蛙跃古池内，静潜传清响。 　　　　　　　　　　（彭恩华译）

⑩苍寂古池边，不闻鸟雀喧，一蛙穿水入，划破静中天。（姜晚成译）

　　这首俳句被认为是充满了"无中万般有"的禅意，也是芭蕉"侘寂"（wabi）美学的发轫之作。试想一下，一潭幽静的古池水边，诗人正悠闲地静坐，忽闻一只青蛙"扑通"跳入水中，打破四周的宁静，而且这水声随着池水的波纹慢慢扩散，在诗人耳中回响，声音越来越小，似有似无，但仿佛永远不会消失一般，令人进入一个忘我的境界。然而，诗人又很快回到现实中来，这时候四周的环境变得更加幽静。南朝诗人王籍的《入若耶溪》诗云：

　　　　艅艎何泛泛，空水共悠悠。
　　　　阴霞生远岫，阳景逐回流。
　　　　蝉噪林逾静，鸟鸣山更幽。
　　　　此地动归念，长年悲倦游。

　　其中"蝉噪林逾静，鸟鸣山更幽"被认为达到了"动中间静意"的美学效果。[①]这种动静美学在唐代诗人王维的笔下更是出神入化、炉火纯青，例如《山居秋暝》

---

① 邹志方：《以动写静 文外独绝——读王籍〈入若耶溪〉》，《文史知识》1996 年第 7 期，第 31~33 页。

中"明月松间照,清泉石上流"这两句①,动静相间,格调清新,在诗情画意之中寄托了诗人的高洁情怀。

由于松尾芭蕉的诗名越来越大,从日本各地慕名来投的弟子众多。当芭蕉离开江户外出旅行时,各地的弟子们便热情招待食宿。虽然旅行变得轻松愉快,但这并不是芭蕉想要的旅行方式,他心中向往的旅行是像杜甫那样的漂泊生活,他认为舒适的旅行无助于诗心与情操的修行,必须在严酷的自然面前毫无保留地晒出自己的灵魂,这才是向大自然的"朝圣"之旅,也才是真正的精神修行。于是,1689 年芭蕉再次踏上了旅途,而且他选择了一条从未走过的陌生旅途,他甚至将芭蕉庵卖掉以换取旅费,沿着《万叶集》《古今和歌集》等古典和歌中的"歌枕"(名胜古迹)开始了向前人致敬的旅行。随后,他将这次旅行的见闻写成了著名的散文《奥州小道》,历时七个月,行程长达 2400 多公里,没有任何熟人的帮助,其中遭遇的困难让我们无法想象,用他自己的话说就是:"然思羁旅于穷乡僻壤,怀俗世无常之心,抱舍生野曝之意,路毙亦乃天命也。"②这的确很有一种悲壮的味道,其艺术求道的意志非常决绝,而且这次旅行带给芭蕉对"心幽玄"以及"侘寂"美学的开悟之门。

在旅途中芭蕉寻访拜谒古人遗迹,探古访幽,获得了大量创作灵感。例如:

田一枚 / 植て立去る / 柳かな

昔人柳下歇,今朝农户插秧忙,惟余独感慨。 (笔者译)

独立柳树下,忽见农妇插完秧,离地正回家。 (郑民钦译)

芭蕉路过一片水田时,一群农妇正忙着插秧,一派热闹的景象;而水田旁一棵古柳孤寂地立在那里,传说西行和尚曾在一棵古柳下歇息过,并咏和歌一首③:

道のべに / 清水流るる / 柳かげ / しばしとてこそ / 立ちどまりつれ

路旁清水潺潺流,伫立柳荫久。 (郑民钦译)

---

① 蘅塘退士选编:《唐诗三百首》(合订注释本),巴蜀书社 1992 年版,第 150 页。

② [日] 松尾芭蕉:《奥州小道》,郑民钦译,河北教育出版社 2002 年版,第 85 页。

③ [日] 松尾芭蕉:《奥州小道》,郑民钦译,河北教育出版社 2002 年版,第 79 页。

西行和尚的这首和歌因能乐《游行柳》而广为人知。观世信光（1431—1516年）是世阿弥的弟弟观世四郎的孙子。世阿弥曾创作过谣曲《西行樱》，于是观世信光创作了谣曲《游行柳》。"游行"指僧侣行走时的步伐姿态，引申为行脚僧。谣曲《游行柳》的梗概如下：一遍上人（和尚）路过此地遇见化作老人的柳树精，便向其讲述西行出家的故事，并念诵十遍"南无阿弥陀佛"，于是老人消失。夜晚柳树精托梦，向僧人道谢，称自己放下执念，获得超生。而枯死的柳树则留在了原地。芭蕉来到此地，有感而发。当芭蕉正在感叹时过境迁、物是人非的时候，不知不觉间农妇们忙完插秧回去了，只留下作者孤零零地与古柳呆立在原地。一动一静，古今相对，令人恍惚间有一种穿越时空的错觉。

随后，芭蕉来到岩手县平泉市，这里是传说中源义经自尽的地方，曾经的古战场早已变得面目全非，满眼是荒芜的野草，芭蕉在纪行文中写道："杜诗曰：国破山河在，的确如此啊。我放下斗笠坐下来，忘记了时间的流逝，想象着这里发生的历史悲剧，泪流不止。（中略）这里曾是英雄们梦断殉死之地。"[①] 于是芭蕉咏俳句一首：

夏草や / 兵どもが / 夢の跡

夏野草木深，多少古今英雄事，尽遗残梦中。　　　　　　　　　　（笔者译）

往日兵燹之地，今朝绿草如茵。　　　　　　　　　　　　　　　　（杨烈译）

夏天草凄凉，功名昨日古战场。　　　　　　　　　　　　　　　　（郑民钦译）

该俳句虽然在诗境比不上苏轼的《赤壁怀古》的雄浑阔大，但也颇具"幽玄"之境，原诗句中的"夏草""古战场""残梦"等几个粗疏的意象勾勒出一个缥缈虚空的画面，带给读者无尽的想象，称得上是一首感遇怀古、意悲以远的佳作。中世诗学的"幽玄"范畴中具有多歧义、深广复杂的外延内涵，而随着时代变迁，其外延逐渐变窄，内涵却更加深邃。芭蕉通过艰难困苦的旅行与漂泊，多次遭遇危险，还要面临野兽、强盗的威胁，通过亲身经历与体验，"顺随造化（自然）"，他感悟到古人高洁的诗情与诗心，最终达到了艺术开悟的境界，"侘寂"美学思想在他的

---

① ［日］松尾芭蕉：《奥州小道》，郑民钦译，河北教育出版社2002年版，第96页。

创作活动中开始成熟起来。

元禄五年（1692 年），芭蕉 48 岁时创作一首俳句：

塩鯛の / 歯茎も寒し / 魚の店

盐渍咸鲷鱼，干瘪鱼嘴露齿寒，岁暮店头悬。　　　　　　　　（笔者译）

弟子其角在《句兄弟》称此句为“幽深玄远”[①]。其实，芭蕉是受其角的俳句启发
而创作的，其角的俳句如下：

声枯れて / 猿の歯白し / 峯の月

猿啸闻凄厉，山巅一轮秋月斜，夜光猿齿白。　　　　　　　　（笔者译）

其角的这首俳句中隐含着“巴峡闻猿泪沾衣”的汉诗意[②]；芭蕉与弟子其角俩人
的俳句都与传统的创作方法不同，特别是芭蕉的俳句更是如此，不但将咸鱼、牙
齿、鱼店等这类日常生活的俗语入诗，关键是最后的一句不合常理，因为按常人的
思维，最后一句应该写“年末岁尾”“人至暮年”等主观用意的内容。换言之，俳
句的前两句写眼前景物，后一句应该“点题”，抒发感慨，并表达主题。但芭蕉认
为，这样写的话则束缚住读者的想象力，为此他几易其稿，最后定稿为极其普通的
“鱼店”，即干瘪的鲷鱼在“岁暮店头悬”，只点明了故事发生的地点，至于读者对
干瘪的鲷鱼以及鱼嘴露出牙龈、在寒风中泛着寒光的萧瑟模样会产生何种联想，作
者并没有给出固定答案。相反，读者可以根据自己的人生境遇、生命感悟展开艺术
联想，也许体会到的是人生失意、落寞无奈，或者是幽远禅意。

现代人则习惯于将这种“蕉风”美学并称“侘寂”，“侘”（wabi）与“寂”
（sabi）原来是不同的概念。“寂”的内涵包括古拙、清旷、古雅、古朴、简素、枯
淡、孤傲等含义。“侘”的原义是粗陋、寒酸的样子，本来属于贬义词，后来演变

---

① 荒川有史、「芥川龍之介『芭蕉雑記』の教材化（六）——其角の視座」、『文学と教育』1995 卷、168
　号、1995 年、第 36~45 頁。
② 李菁：《猿声一叫断，客泪数重痕——唐诗中的“猿啼”意象》，《古典文学知识》2011 年第 2 期，第
　55~58 页。

为简素古朴之义。最早将这种"侘寂"美学付诸实践的是日本茶道集大成者村田珠光（1423—1502 年）与千利休（1522—1591 年）。此前用于茶道的茶具都是奢华之极的精美器皿，茶室也是装修奢华，千利休则提倡"简素之美"，茶室与茶具故意使用简陋之物。在村田珠光、千利休等人的大力倡导下，茶道的奢华之风一转，崇尚简素的"侘茶"成为日本茶道的主流审美价值，其审美思想集中体现在"和、敬、清、寂"四字当中。

从人类自我意识的觉醒那一时刻起，孤独、落寞的心态就常伴随着我们。不过，"孤寂"要成为人们审美的对象，必须要等到人类心智成熟到一定程度。孤独寂寞分浅层次与深层次两种，只有深层次的寂寞才能成为审美对象，而这种寂寞一般都伴随着生老病死等浓烈的离别之痛，当禅宗思想出现后便化解了这份浓烈的悲哀心绪。唐代诗人王维在《饭覆釜山僧》诗中曾述曰："一悟寂为乐，此生闲有余"[1]，诗句的意思是说，只有寂灭了尘世的烦恼，才是一种至高至妙的本真极乐，从此就可以进入随缘任运、闲逸自在、悠然自得、游刃有余的境界。王维笃信佛教，他是唯一获得"诗佛"称号的大诗人，这是与他高深的佛学修养，以及将空寂悟禅作为自己的精神皈依分不开的。晚年时期的王维执着于禅观修习，真正回归人的本心，"只有真正回归了本真的心才能释然心中的尘事，进入一种随缘任运、闲逸自在的境界，看庭前花开花落，看天上云卷云舒，徜徉于与本真之心最契合的纯明的大自然中"[2]。

王维在《与魏居士书》中说："无可无不可，可者适意，不可者不适意也。君子以布仁施义，活国济人为适意，纵其道不行，亦无意为不适意也。苟身心相离，理事俱如，则何往而不适？"[3]这种"无可无不可"，身心相离的禅念是"止观"双修，"止观"乃是断除一切烦恼，远离颠倒虚妄，成就定慧二法，获得根本解脱的重要法门。同样，芭蕉也对禅宗情有独钟。叶渭渠在《日本文学思潮史》对芭蕉俳谐的风雅精神评论道："首先是摆脱一切俗念，采取静观的态度，以面对四时的雪、月、花等自然风物，乃至与之有关的人间世相。其次，怀抱孤寂的心情，以愉悦为乐。

---

① （唐）王维：《王维集校注》，陈铁民校注，中华书局 1997 年版，第 520 页。

② 胡遂、廖岚：《一悟寂为乐、此生闲有余——论王维的"寂乐"与"闲余"境界》，《黑龙江史志》2009 年第 6 期，第 71~71、125 页。

③ （唐）王维：《王维集校注》，陈铁民校注，中华书局 1997 年版，第 1096 页。

（中略）风雅或风流本身，就是孤寂。"①芭蕉的创作理念深受禅宗思想的影响，只有以静观的态度看待世间万物，才能把握万物的本质，人与自然才能达到物我合一的境界。朱光潜在其《诗论》中写道："诗境与禅境本相通，所以诗人和禅师常能默然相契（中略）禅趣中最大的成分便是静中所得于自然的妙语。"②例如，王维的《辛夷坞》诗云："木末芙蓉花，山中发红萼。涧户寂无人，纷纷开且落。"③这首诗体现了物我合一的境界。在远离喧嚣的尘世，唯有自然静寂的山涧旁，美丽的芙蓉花自开自落，没有生的喜悦，也无死的悲哀。人们很自然地想到将王维与芭蕉相比，俩人的寂美渗透入禅境。人们欣赏芭蕉的俳句文学，也正是因为它让我们感受到自然与生命中的"侘寂"之美。

弟子去来在《去来抄》论述了芭蕉"侘寂"的本质："闲寂乃句之色也。不是说闲寂之句。比如老人披甲胄驰战场，饰锦绣赴御宴，犹如老年有影子。既有热闹之句，也有静寂之句。"④虽然叶渭渠将"侘寂"分别译成"空寂"与"闲寂"，但由于两者的区别不大，且很难区分，故本书合而称之。时年 37 岁的芭蕉有一首俳句具备典型的"侘寂"之美：

> 枯朶に / 烏のとまりけり / 秋の暮
> 暮秋枯木瘦，乌鸦枝头落。
> 　　　　　　　　　　　　　　　　　　　　　　　　　　　　　（笔者译）

这首体现了在芭蕉的俳句艺术中禅宗思想的深度渗透，这是他从"谈林俳谐"向"蕉风俳谐"转变的初期作品。不过，暮秋时节的画面过于枯淡、凄凉，大地一片萧瑟，那枯死的老树枝头落着一只（或者数只）乌鸦，犹如一幅"寒鸦枯木"的水墨画，原本暗色调就充满整个画面，又增添了几分悲凄感。相比之下，人们更喜欢芭蕉的那首《蝉声》俳句：

> 閑けさや / 岩にしみこむ / 蝉の声

① 　叶渭渠：《日本文学思潮史》，经济日报出版社 1997 年版，第 223~224 页。
② 　朱光潜：《诗论》，生活·读书·新知三联书店 1984 年版，第 82 页。
③ 　（唐）王维：《王维集校注》，陈铁民校注，中华书局 1997 年版，第 424 页。
④ 　叶渭渠：《日本文学思潮史》，经济日报出版社 1997 年版，第 226 页。

多幽静，蝉声沁山岩。 （郑民钦译）

蝉声似静幽 但可穿岩石。 （杨烈译）

寂静似幽冥，蝉声尖厉不稍停，钻透石中鸣。 （陆坚译）

　　芭蕉在晚年时期，其俳论思想达到了圆融无碍的境界，早期创作的"雅正"风格与晚年主张的"轻妙"等风格融会贯通，他主张的"风雅之诚"其实就是对广义"幽玄"的重新诠释。为了创作出"佗寂"之美的俳句，芭蕉提倡"轻妙"（karu-mi），主张在日常生活中发现美，以俗俚入诗。在诗歌创作中，宋人主张"以俗为雅"，这为我们理解芭蕉的"轻妙"提供了启示，其核心思想是"以俗为雅"，主张运用俗事俗物反映世俗生活，以及俗词俚语入诗，但重点还是在"为雅"上面做文章。俗言俚语必须经过作者的提炼处理，方可具有审美意境，这是"以俗为雅"的最终目的。例如，北宋时期诗人梅尧臣最早提出以俗为雅的观点，他描写螃蟹的诗作《二月七日吴正仲遗活蟹》三四句"满腹红膏肥似髓，贮盘青壳大于杯"，语言直白浅俗，用俚语口语生动描绘处江蟹膏肥脂黄、丰满肥硕的形象，方回赞为"自然，见蟹之状"[①]。

　　总之，松尾芭蕉通过旅行体味漂泊人生的真谛，在与大自然零距离接触中，芭蕉懂得了"道法自然"的含义，他的俳句与西行和尚的和歌、宗祇的连歌、雪舟的绘画等是相通的，"顺随造化，以四时为友"，其背后的是老庄"天人合一"的齐物论思想。齐物论思想为芭蕉的创新活动开启了一扇大门，简单地说就是以俗俚入诗，芭蕉称其为"轻妙"，日文表记为"轻み"，具有"轻快、轻盈、随性"等语义，文学之"轻"却可以表现生命之"重"。

　　以往的芭蕉在创作时总想着以议论入诗、以理入诗，或要将自己的思想感情在俳句中表达出来，刻意人为的痕迹过浓，有用力过猛之嫌，这是一种"重"，与"轻"相对。而如今，芭蕉意识到"轻松"对于创作的重要性，放下沉重的思想"包袱"，人生的意义也许就是日常生活的粗茶淡饭之中，人应该学会"放下"，平平淡淡才是真。在日本文化语境下，"真"与"诚"的读音相同，源于"言灵"信仰，语言具有咒语的神力。日本古典文学具备崇真贵实的传统。晚年后的芭蕉悟到了艺

---

① （元）方回：《瀛奎律髓》，黄山书社1994年版，第714页。

术的真谛,只有做到无欲无求、冲淡平和的精神状态,才能进入"心幽玄"的审美境界。

这里顺便提一下,芭蕉的俳句中也有少数诗境阔大雄浑的风格。例如:

荒海や / 佐渡によこたふ / 天河

怒海涌银河,流来佐渡岛。　　　　　　　　　　　　　　(杨烈译)

大海翻狂澜,银河横卧佐渡天。　　　　　　　　　　　　(郑民钦译)

怒海远荒佐渡岛,星河璀璨横亘天。　　　　　　　　　　(笔者译)

佐渡岛曾是日本古代的流放犯人之地,荒凉偏远,历史许多名人,包括因承久之变失败的顺德天皇都曾被流放于此。俳句的后半句话题一转,银河横亘在沧海之外,种种政权争斗与悲欢离合,在永恒的宇宙面前是多么短暂的一瞬!可谓意境幽玄。

第八章

西学东渐：近代理性之光与"幽玄"式微

1885年至1886年，坪内逍遥（1859—1935年）发表了文艺评论《小说神髓》上下两卷，标志着日本近代文学的新开端，此后的日本开始引入西方先进文学理论。尽管如此，以"幽玄"为代表的古代日本诗学一方面仍然保存住了命脉，并且在翻译西方文艺范畴的过程中发挥了重要的"格义"作用，就如同东汉末年佛教东传时，借助老庄思想"格义"佛经一般。另一方面，随着日本现代语言学的兴起，曾经语义歧杂的"幽玄"逐渐在语义上得到系统性梳理。

日本学者赤羽学在《幽玄美的探究》中对此进行了详尽的梳理。例如大槻文彦奉明治天皇敕命编写辞典，《言海》于1889年编成，后来他在此基础上，编写《大言海》。其中关于"幽玄"词条这样解释道：幽玄，"理之微妙者为玄"，"趣意深远，寻常者难及企（且）优胜者也"。这种解释是以"玄"字为突破口，以此来说明"幽玄"的词义源流。①

根据赤羽学的说法，明治二三十年代的辞典都将"幽玄"解释为"其意难懂、深不可测"等词义，然而却将中世歌论、能乐论中所提到的"意境""情调""兴象"等释义弃之不顾，继续强调"幽玄"词义中的幽深、玄妙等神秘特性，而且在具体使用上，"幽玄"给人一种视觉上的朦胧感，静寂、深奥。很显然，明治时期的语言学家试图用近代西方的科学理性认识对"幽玄"一词下定义，但他们却忽视了东方诗学重感悟、表达含蓄的传统思维模式。结果令他们意想不到的是，"幽玄"范畴的内涵外延大大地缩窄了。

明治时代的日本人对"幽玄"的理解变得简单明了，又回到了词义原点，"幽

---

① 转引自赤羽学、『幽玄美の探究』、東京：清水弘文堂、1988年、第672~673頁。

玄"的原初词义侧重于"玄"字，寂静且深邃，与神境相通；"幽"字则是同语反复，两字叠加而产生神秘（mysterious）、深远（profound）、朦胧（obscure）等引申之义。然而，这在明治日本人眼中显得有些过时、落后、不合时宜，因为这与急着"脱亚入欧""富国强兵"的时代潮流格格不入。

第一节　正冈子规的俳句革新运动

江户时代中后期，松尾芭蕉的"蕉风"俳句受到日本人的推崇，"幽玄"等同于"侘寂""孤寂"等枯淡寂寥，褪掉了"优艳""妖艳"等浓丽细婉的《新古今集》时代风格，其实这更接近"幽玄"的本义，即所谓的"幽深玄妙"，将感伤主义的"物哀美"分离出去；然而，进入明治时代后，情况悄然发生了变化。以正冈子规为代表的俳句诗人认为，芭蕉所推崇的"幽玄"，即"侘寂"美学，并不适应新的时代精神，已经变得陈腐保守。因此，他主张"俳谐革新"，在 1894 年 11 月到 1895 年 1 月的报纸《日本》上，连续发表题为《芭蕉杂谈》的系列文章："白雄著寂栞，而倡导蕉风，然其精髓归于幽玄二字，终未能创言豪壮雄健者。"[①]正冈子规对俳坛将松尾芭蕉神化的做法表示不满，他首先将白雄作为攻击的目标。

白雄（1738—1791 年）是芭蕉去世之后江户俳坛中兴的关键人物，他主张"清寂柔婉"（寂栞），"栞"的日文读音为"shiori"，中文通"刊"字。"寂栞"是芭蕉美学思想的范畴之一，其意是指在语言技巧方面注重余情的含蓄表达的创作理念。然而，正冈子规批评道，仅从语言技巧入手会落入芭蕉早年所犯的俗套窠臼。换言之，如果只从诗歌声律、语言修辞等外在因素上下功夫，而不对诗歌的本质、审美思维有所感悟的话，那只能是步早年芭蕉"谈林调"俳谐的后尘。下面试举白雄《俳谐寂栞》中所收录的三首芭蕉的俳句：

①神垣や / おもひもかけず / 涅槃像

神宫墙巍峨，神圣之地感意外，释伽涅槃像。

---

① 中村章田男編、『正岡子規——俳句の出発』、東京：みすず書房、2001 年 10 月、第 26 頁。

这是松尾芭蕉在参拜伊势神宫之时，意外遇到释迦牟尼的涅槃像，有感而作。因为伊势神宫是皇家神社，所供奉的都是日本人原始信仰的神灵，而释迦牟尼则是外来的神。虽然在明治维新之前，日本人认为"神佛一致"、神社与寺庙不分，但在皇家神社中出现如来佛的涅槃像还是令芭蕉感到意外。

②角力取 / ならぶや秋の / から錦
　　皇家相扑赛，盛装力士排街头，秋日美唐锦。

按照皇家的惯例，每年秋天皇宫内都会举办相扑大赛。披挂盛装巡游的相扑力士们成为街头一景，华丽的唐锦丝缎鲜亮耀眼，令人目不暇接。俳句表面上写力士的华服，但读者感受到的却远不止这些，尤其是最后一句，"秋日美唐锦"，俳句的诗意实指秋色的美好，那种色彩斑斓、五颜六色的秋意跃然纸上。

③炉をめぐる / 命つれなし / 榾の蟻
　　炉灶燃柴薪，蝼蚁不知命将尽，犹在枯枝爬。

该俳句用白描手法，表面写炉灶的灶口处，一只蚂蚁在柴枝上爬行，却不知其生命即将结束。实际上是作者有感而发，感叹人生的无常，令人唏嘘。

对此三句，正冈子规评论道："是俳谐题也。理当幽玄含蓄，还需进一步将词语艳化，否则易陷入平淡之句。"[1]意思是说，这三首俳句属于"幽玄之句"，表面上朴素平白，却意蕴深远。然而，在正冈子规看来，"幽玄"并不是正面的评价用语，含蓄蕴藉的反面却是模棱两可、含糊不清的意思，这三首俳句的风格过于阴柔温软，缺乏刚健雄浑的阳刚之气。芭蕉的俳句以幽玄雅正者为上，正冈子规却认为这脱离了俳谐的滑稽本义。

虽然松尾芭蕉的作品中不乏"壮词""雄浑"之作，但"蕉风"的整体风格是偏向阴柔、清寂的。借用白雄的话说："枯枝上落着乌鸦，秋暮时分，寂寥之余情无

---

① 正岡子規、『芭蕉雑談 獺祭書屋俳話増補』、東京：日本新聞社、1893 年、第 28~38 頁。

限。"① 这种"枯藤老树昏鸦"的阴柔诗境，对于国人来说并不陌生，诗人往往运用典型化的意象点染出寂寥枯淡的诗境，含蓄蕴藉，含不尽之意见于言外。无疑芭蕉非常擅长这种"余情"的营造手法。说到底，这种婉约含蓄的表达手法自然是源自中世的"幽玄"诗学，芭蕉与白雄等人称其为"栞"（也可写成"挠"字），情深意切，最忌直白浅露。然而，正冈子规认为"幽玄"（余情）为消极美学，与积极进取的时代精神格格不入，他更推崇雄浑的壮美风格。但也不限于此，表现出多元化的价值观，像"自然之句""幽玄之句""纤巧之句""华丽之句""奇拔之句""滑稽之句""温雅之句"等都属于"各种佳句"②。

正冈子规认为日本古典诗歌缺乏"雄浑豪壮"之作，尽管《万叶集》时代还能找出少数"雄浑豪壮"的作品，然而自《古今集》之后便难觅其踪。江户时代的国学家贺茂真渊（1697—1769 年）也提倡和歌创作的"豪宕雄壮"之风，主张恢复万叶调歌风，但响应者寥寥无几。其实，在贺茂真渊出生前的数十年间，松尾芭蕉便已经开始创作"雄壮之句"，例如：

①夏草や / つわものどもが / 夢のあと

　　　夏野草木深，多少古今英雄事，尽遗残梦中。　　　　　　　　（笔者译）

②五月雨を / あつめて早し / 最上川 ③

　　　五月骤雨急，最上川之江面阔，初夏雨季早。　　　　　　　　（笔者译）

③荒波や / 佐渡に横たふ / 天の川

　　　惊涛拍岸响，水天一色银河横，佐渡岛影稀。　　　　　　　　（笔者译）

这三首俳句所写诗境相对而言比较阔大壮观，据正冈子规的详考，芭蕉的众多

---

① 加舍白雄、「俳諧寂栞」、『加舍白雄全集（下）』、矢羽勝幸ら編、東京：国文舎、2008 年、第 196 頁。
② 正岡子規、『芭蕉雑談 瀬祭書屋俳話増補』、東京：日本新聞社、1893 年、第 28~38 頁。
③ 最上川是日本的河名，主要流经日本东北地区的山形县，注入日本海，全长 229 千米，该流域历史上就是一个鱼米之乡。

作品中这类"雄浑豪壮"之俳句共有 12 首①。但从芭蕉所创作的千余首俳句数量来看，这区区 12 首未免也太少了，而且芭蕉有众多优秀的弟子，如宝井其角、向井去来、许六支考等人均对"雄浑豪壮"的风格不以为然。这很说明问题，因为"幽玄"范畴在形成之初便具有广义与狭义两种，而且广义上的"幽玄"包括了"长高"与"远白"，即雄浑壮美等风格在内，属于一种复合型的审美范畴；中世幕府社会以后，曾经昂扬进取的平安贵族变得内敛消极，随着政治经济上的被边缘化，他们的人格精神也变得日益矮小颓废，表现在文学创作上的诗风也随之改变。虽然受"岛国根性"这一地缘文化因素的限制，日本古代诗歌天性便缺乏壮美的因子，但创作主体长期被政治边缘化则是主因，这即所谓的"文学脱政治性"。在"俳圣"松尾芭蕉活跃江户俳坛的时代，"幽玄"早已失去了广义含义，也失去了"艳"的色调，只剩下寂寥枯淡、寒瘦清冷，可以说与芭蕉的"侘寂"同义。

更有甚者，正冈子规在《芭蕉杂谈》中对日本人将芭蕉神化的做法表示质疑，认为芭蕉所作的一千余首俳句中，仅有二百首左右是好作品②。其实，正冈子规的真实用意并非故意贬低松尾芭蕉，而是反对将审美标准绝对化，主张多元化的评判标准。虽然后人中没有人能超越芭蕉，但是也各有千秋。③正冈子规的这种观点在今天看来有些偏激，只能说他对芭蕉"侘寂"美学的理解还不够深刻、不够准确。当然这不能怪罪正冈子规一个人，明治时代中期的日本社会正处于急速转型期，整个社会都陷入急功近利、浮躁冒进的状态，他们急于"脱亚入欧"，盲目引进西方思想，对本民族文化多少持有历史虚无主义思想。因此，正冈子规认为芭蕉的"幽玄"（侘寂）是一种"消极的美"，与时代的脉搏不合拍；相反，正冈子规非常推崇与芭蕉同时代的俳句诗人与谢芜村。他在《俳人芜村》中认为，与谢芜村的诗风是一种"积极的美"，"积极的美是指其意匠之壮大，雄浑、劲健、艳丽、活泼、奇警者，而消极的美则是指意匠的古雅、幽玄、悲惨、沉静、平易等风格"④。

因此，正冈子规推崇与谢芜村俳风，其目的在于推行"俳句革新"运动。在他

① 正岡子規、『芭蕉雑談 獺祭書屋俳話増補』、東京：日本新聞社、1893 年、第 26 頁。
② 正岡子規、『芭蕉雑談 獺祭書屋俳話増補』、東京：日本新聞社、1893 年、第 8 頁。
③ 正岡子規、『芭蕉雑談 獺祭書屋俳話増補』、東京：日本新聞社、1893 年、第 30~38 頁。
④ 飛高隆夫、「正岡子規の俳句革新——写生と伝統の問題」、『大妻女子大学紀要』、31 巻、1999 年、第 123~133 頁。

看来，芭蕉的"侘寂"与"幽玄"美学都已经落后时代，这种消极的贵族文学必然要被平民化的积极文学所取代。

第二节　西方美学与东方美学的融汇转换

明治维新结束了日本江户时代的闭关锁国，主张"脱亚入欧"的日本人将目光投向西方世界。1870 年西周（1829—1897 年）发表了《百学连环》，译介了西方美学等理论，他将"美"定义为"外形完美而无缺憾者"，将诗歌、音乐、绘画、雕刻、书法并称为"雅艺"，他主张文艺"不重理而重意趣"[①]。"意趣"可以与严羽的"兴趣"相提并论，只是晚提出数百年。1872 年中江兆民译介了拜伦的美学思想，发表了《维氏美学》，将美学的概念译为"佳趣论"；1875 年西周在《百一新论》书中重新将美学译为"善美学"，却将美学置于哲学体系之下。总之，在近代西方美学被译介到日本之前，日本人头脑中没有一个完整的美学概念，但关于美是什么以及美是如何产生的，这种审美意识是存在的，而且它分别存在于歌论、能乐论、画论、俳论等领域，若用一个词来概括的话，除了"幽玄"之外就再找不出其他概念了。

"美学"的学科名称在日本明治时期经历了一个艰苦的探索过程。《百一新论》是西周在 1866 年至 1867 年间为幕府将军德川庆喜所作"御前讲座"的基础上创作的理论著作。最初，西周使用"善美学"一词来译介西方美学，原文是德文的"Aesthetica"，直译就是"感性的认识论"。西周于 1872 年前后发表了《美妙学说》一文，这是亚洲第一篇美学论文，他提出用"美妙学"取代"善美学"。此外，西周还曾用"佳趣论"译介"Aesthetica"。根据西周在《百一新论》中的解释，"善美学"指的就是美学。1879 年 1 月，西周在"宫中御谈会"上为王公贵族讲授了他的《美妙学说》，他进行了详细阐释："美妙学是哲学的一种，与所谓美术有着共通的原理。"然后，他依据哲学逻辑为"美妙学"下定义，区分了"美妙学"与道德、法律、宗教的差别，认为"美妙学"主要是以"美术"（艺术）为对象，研究美与丑的一种学问。而且，西周进一步将"美妙学"分解为内部元素与外部元素，分析出"感

---

① 浜下昌宏、「西周による <aesthetics> 理解とその邦語訳」、『美学』46 巻、1995 年 3 月号、第 36 頁。

性""情感""想象""趣味""可笑"等美学范畴。①1883 年，中江兆民翻译出版了《维氏美学》，第一次使用了"美学"一词，此后美学的学科名称才正式确立。②

日本人的审美意识从一开始便与自然结成了密不可分的关系，其最高境界用中国老庄哲学的话说，便是追求"天人合一"，这是东方美学的共性；而西方美学的根基建立在"人定胜天"或者说"人是自然的主宰"的这种哲学思想之上，其发展史就是人的自我意识不断觉醒、不断膨胀的过程，无论是视觉上的黄金分割定律，还是绘画技巧上的透视聚焦法，其背后都有人的视角存在，一切都围绕着人类的精神需求而展开。特别是文艺复兴之后，科学与理性一度被人类认为是解决世间所有问题的"万能药"，各类学科的分类越来越细化，美学理所当然成为一门独立的学科。

虽然对于雕刻、绘画等艺术门类而言，美学问题相对容易解决，但是对于东方文学中的诗歌，尤其是篇幅短小的抒情诗而言，美学问题就变得复杂得多。一般而言，美学的起源都与宗教信仰、伦理道德密不可分。日本美学同样具有这种特性，"明、净、直"，即澄明、洁净、诚直，此三者构成了日本美学所谓的"清风美"或称"清丽美"的原始内核，它决定了日本传统审美的表达方式必然是含蓄内敛的。那么，"幽玄"作为诗学与美学范畴，它在日本中世文学时期的出现绝不是偶然，在日本诗学的萌芽期，一方面是因为中国古代诗学（文论）的催化，另一方面是其理论话语的极度贫弱，中世日本人对"幽玄"一词青睐有加，藤原俊成、藤原定家等人遂将其由神秘莫测、幽深玄妙等的日常用语提升至诗学范畴，最终形成了具备主客观两方面圆融无碍的高级审美范畴，并且巧妙地避开了"神韵"与"性灵"的无益纠缠。随后歌学歌论中的幽玄概念扩展到了连歌论、能乐论、俳论等领域，成为日本传统美学的最高位概念。

由于"幽玄"的本义具有宗教的神秘性、语义的模糊性等特殊属性，尽管后来其演变为诗学范畴，但"幽玄美"仍具有某种程度的先验性，它本能地排斥理性化的言语解释，人们只能通过自身的感悟去领会、体味。总之，这种思维模式是东方诗学所常见的内容，也是被西方理性中心主义者斥为落后的、愚昧的形式。日本进

---

① 西周、『日本近代思想体系美术·美妙学说』、東京：岩波書店，1989 年、第 4~5 頁。
② 陈望衡、周茂凤：《"美学"：从西方经日本到中国》，《艺术百家》2009 年第 5 期，第 72~76 页。

入十九世纪近代社会，随着西学东渐，明治时期的日本文人开始大量引入西方理论，并且在科学主义、理性主义的名义之下，将"幽玄""物哀"等范畴代表的传统诗学要么改造，要么无情抛弃。当然，对古典诗学思想的现代转换与重构，这是东方诗学必须面对的重要问题，尽管时间已经过去一百多年，包括中国古代文论在内的东方诗学，现代话语转换仍然是一个进行式的话题。例如，在二十世纪初与二十世纪末，东方古典诗学的现代转换被人们认真地讨论了两次，只是两次主题相同，而性质和目标却完全不一样。

其实，以中国、日本为代表的古代东方诗学，比兴、含蓄是常用的表现手法，然而东方诗学与西方诗学相比缺乏思辨性，重感性思维，留传至今的多为点滴感悟式的诗话、词话，在理论体系的构建上难以持论。因此，当西学东渐之时，古老的东方诗学一方面无力与其相抗衡，甚至被讽刺为集体"失语"。另一方面，明治时代的日本文人曾大量引入西方诗学理论，其中西方美学被用拿来重构日本的传统美学思想体系，那么通过比较文学的阐发研究方法，对"幽玄"诗学的概念、范畴的重新阐释便成为一个首当要问题，对于我国重构传统诗学思想，建设文化自信，同样具有文明互鉴、文化共建的现代意义。

当然，在中国古代文论中并没有单独的美学概念，古人谈到诗美时都是指美的风格而言，如刘勰《文心雕龙》就将风格分成"典雅""远奥""精约""显附""繁缛""壮丽""新奇""轻靡"等八种。到了中唐司空图那里，更是细分为"二十四诗品"。同样，尽管西方美学的历史可以追溯到柏拉图时代，但长期寄居于哲学与文学的樊篱之下，直到十八世纪之后情况才有所改变。德国启蒙运动时期的鲍姆嘉通（Alexander Gottlieb Baumgarten，1714—1762年）首先提出用"Aesthetica"的术语建立了美学，被誉为"美学之父"，其思想对康德、谢林、黑格尔等德国古典唯心主义美学家产生重要影响。鲍姆嘉通在《美学》第一章里这样界定美学的对象：

> 美学的对象就是感性认识的完善，这就是美；与此相反的就是感性认识的不完善，这就是丑。正确，指的是教导怎样以正确的方式去思维，是作为研究高级认识方式的科学，即作为高级认识论的逻辑学的任务；美，指的是教导怎样以美的方式去思维，是作为研究低级认识方式的科学，即作为低级认识论的

美学的任务。美学是以美的方式去思维的艺术，是美的艺术的理论。这一界定正是针对当时理性至上、排斥感性的情况提出的。作为感性认识的美学，其目的是达到感性认识的完善。①

中日古代文化深受儒教诗学影响，直到西学东渐之前，美学从来就没有形成过独立的一门学科，古人在谈论美学问题时，也都是将"真善美"放在一起来讨论，而且"美"总是排在最后一位。中国古人将"善"排在首位，日本古人则将"真"摆放在第一位。这从一个侧面说明儒家思想对中日两国文化的影响程度不一致，或者说儒家思想传入日本后发生了变化。日本江户幕府将"朱子学"（理学）奉为国教，但并不排斥阳明学等其他学派的学说存在，以神道教思想为宗主的日本国学崛起之后，它主张排除包括儒家思想在内的所有外来思想，恢复所谓纯正无瑕的大和魂文化。鼓吹这种国学思想的代表学者当数江户时代的国学者本居宣长，他在《石上私淑言》书中写道："他人遇事物，心中必然会生出或喜或悲的感触。而自己能够感受到旁人的内心世界，这种能力会谓之知物哀。"②

本居宣长对日本诗学的最大贡献就是将点滴零散式的"物哀"思想理论化、体系化，这是对林罗山父子把持的"朱子学"的禁锢局面的反拨，本居宣长巧妙地融合了理性主义与浪漫主义的这对矛盾体，把神秘化的、先验性的"物哀"思想改造成日本传统美学思想的基石，此后的近代日本全盘接受并消化吸收西方现代美学与哲学思想，却并没有被西方同化。因此，现代日本文化表面上具有西方现代思想的科学理性等外形特点，但其内核却仍然保留着感性主义、含蓄内敛的日本传统文化。可以说，在西方近现代思想的本土化过程中，经过本居宣长之手而建立起来的"物哀"美学思想是功不可没的，它对现代日本社会的影响已经超越了中世"幽玄"思想。

早在《万叶集》时代，"物哀"一词就已经出现，"物哀"是"物之哀"的意思，在没有文字记载的年代里，日本古人借用汉字来表意，所以"哀"字的内涵外延并不完全与我们所理解的"悲哀"之义等同，日本古人所说的"哀"（aware）泛指人

---

① ［德］鲍姆嘉通：《美学》，王旭晓译，文化艺术出版社1987年版，第21页。
② ［日］本居宣长：《石上私淑言》，载王向远译：《日本古代诗学汇译》，昆仑出版社2014年版，第921页。

的喜怒哀乐，原本只是一个感叹词，后来与"物"字连联缀，于是便有了"物哀"一词，简单而言，就是"外化、物化、客观化的人的情感"。到了平安时代后期，"物哀"演变了诗学范畴与美学范畴，主要指和歌语言与诗境等方面的复合型美学风格，或壮美（长高远白），或浓丽细婉（妖艳优丽）。不过，在中世文学时期，"物哀"一直到被遮掩在"幽玄"概念的神秘主义光环之下，没有形成上位概念，甚至被"优丽""妖艳"等概念所取代，在众多歌学歌论著作中鲜见使用。

本居宣长在西学东渐的刺激下，在前人学说的基础上集大成，指出文学创作的本质目的是"知物哀"，当诗人（也包括读者）的主客观相融合，"心中了见"与外界景物契合无垠，对事物本质的认识便会引发心中的感动，而这种感动即"物哀"的审美机制，这是创作的动力与源泉。换句话说，本居宣长的"知物哀"与中世诗学的"心幽玄"是同义的，或称殊途同归，而且更加科学合理，摆脱了"幽玄"的神秘主义色彩，更容易被现代人所接受。大概也是因为这个原因，日本近现代诗学中"幽玄"的使用频率远远小于"物哀"。在本居宣长等人的努力下，"物哀"摆脱了朱熹理学的功用主义束缚，在美学思想方面获得了巨大发展，成为抗衡西方现代美学思想"入侵"的最后一道防火墙，保持住了日本民族的文化特色。

虽然"幽玄"在日本近代以后的使用频率不及"物哀"，但"幽玄"一词的内涵外延远大于"物哀"，其本身先天所具备的幽深玄妙的象征与神秘特性则是无可替代的，尤其是当西方的象征主义诗歌理论传入日本时，"幽玄"范畴再次受到日本人的重视，同时对"幽玄"持不同观点的评论家之间也发生过争论。例如森鸥外（1862—1922年）与石桥忍月（1865—1926年）就展开过著名的"幽玄论争"[①]。事情的起因是石桥忍月针对森鸥外的小说《浮沫记》（「泡沫の記」）发表评论，成为这场争论的导火索，两人的争论围绕"幽玄"一词的概念而展开。

短篇小说《浮沫记》是明治文学作家森鸥外以德国为背景的虚构作品。小说主人公巨濑在慕尼黑学习期间，对德国姑娘玛丽一见钟情。玛丽是绘画学校的模特，因她的行为怪异被当作疯子，其实玛丽是为了躲避国王迫害故意装疯的。国王因玛丽母亲的美貌而图谋不轨，玛丽的父亲为保护妻子而死，母亲也殉情而死。成为孤儿的玛丽被人收养，长大后玛丽为了父亲遗愿而学习绘画，但在绘画学校里，垂涎

---

① ［中］鄭子路、「幽玄論史百年（一）、森鴎外と石橋忍月の『幽玄論争』をめぐって」、『人間文化研究』、第 9 号、2017 年 3 月、第 53~65 頁。

其美貌的不良之徒众多，因此玛丽才故意装疯卖傻。得知这一切之后的巨濑与玛丽相爱，俩人来到史坦贝尔湖畔游玩，不料却遇到了国王。国王因玛丽母亲殉情而死，他深受刺激，竟然也发疯了。国王见到长得酷似其母亲的玛丽，将其当成了心爱之人，不顾一切地追赶。结果玛丽落入湖中溺死，国王与巨濑等人也为救她而溺死。这个故事是森鸥外虚构的，不过在慕尼黑的史坦贝尔湖，的确曾有国王溺水而死，他便是路德维希二世。路德维希二世（Ludwig II，1845—1886 年），维特尔斯巴赫王朝的巴伐利亚国王，绰号"童话国王""天鹅国王""疯王路德维希"。路德维希二世沉浸在个人幻想中的行为引起了王室保守派的不满，于 1886 年 6 月被以罹患精神病为由废黜。数日后他与医生外出散步时神秘地死于史坦贝尔湖①。

石桥忍月在明治二十三年（1890 年）10 月 23 日的《国民之友》第 7 卷 98 号上发表评论，引发了"幽玄论争"。石桥忍月认为"文章"（遣词造句等写作技巧）是小说的末技，"精神"（思想主题）才是最重要的。"虽然如此赞赏，但只是对小说的外形而言，其内面果然是否健全而且具有不朽幽玄的意志精神，则属于另外的问题。"②石桥忍月对森鸥外的小说是先扬后贬，而且他并没有对"精神"的内涵作出详细论述，这引起了森鸥外的反感。于是明治二十三年 11 月，森鸥外写了《答忍月论幽玄书》，发表在《栅草纸》第 14 号上，对石桥忍月的观点进行了反驳。石桥忍月的观点可概括为，"文章""外形""内面"是小说创作应该兼顾的三要素，小说的"外形"是指小说的叙事结构，或简称小说的结构，"内面"则是指小说的主题思想以及带给读者的审美感受。

石桥忍月批评森鸥外小说的"内面"并不具备"不朽幽玄的意志精神"，他这番话是站在传统的"余情幽玄主义"立场上的缘故，批评森鸥外的小说过于直白，主题表达缺乏含蓄性。然则，石桥忍月对"幽玄"含义的理解并没有超越当时普通人，即将"幽玄"等同于含蓄。对此，森鸥外则用西方美学理论对"幽玄"进行了阐释：

　　君所谓的健全与不健全，应该认为说的是想髓，其所谓的不朽幽玄也应该

---

① 唐中华：《路德维希二世：生活在童话中的悲情国王》，《世界文化》2018 年第 5 期。
② 『明治文学全集 23·山田美妙 石橋忍月 高瀬文渊集』、東京：筑波書房、1971 年、第 274~276 頁。

用想髓这个概念加以理解。君既然把想髓命名为外形，那么健全与不健全，不朽幽玄与非不朽幽玄，皆应存在于外形之中。在美术的领域中，本来就是要求健全的，幽玄的，不朽的。如果缺少这些内容，则在美术（学）的意义上不足以推崇。现在为了方便起见，将这个健全、幽玄而不朽的说法统称为幽玄，而且相当于这个名称的西洋语大概是 Mysterium。[①]

明治时期的日本人一般将"幽玄"译成神秘之义的英语"mystery"，而森鸥外将"幽玄"当成现代美学的概念来使用：

> 狭义上说，是诗中的幽玄；广义上说，是美术（学）中的幽玄，作为具象的美而存在于理路的极暗处。无论是诗歌，还是美术作品，领会此幽玄者称为开悟。在美术（学）的领域，因为光学成像的缘故，理路黑暗处之外，幽玄（之像）不会存在，要想得知此幽玄，除了开悟之外别无他法。[②]

森鸥外在文章里拈出禅宗很是有些唬人。总之，他认为美的真面目需要人凭借直觉才能感悟到，而用科学理性的实证方法则无法办到。然而我们不得不说，森鸥外的这种观点近乎宗教的神秘主义思想，但他的初衷是防止美学以外的因素介入文学领域，例如政治意识形态以及功利主义思想，他认为纯粹的美是非关乎功利的，当然这是非常理想化的状态，文学艺术并非存在于真空环境。在这一点上，森鸥外是一名理想主义者。

明治二十三年 10 月至翌年 1 月，山田美妙在《国民之友》杂志上连载文章《韵文论》。对此作出回应，森鸥外在《栅草纸》明治二十四年 10 月第 25 号上发表了《美妙斋主人的韵文论》，其中有关于"幽玄"的一段话，对山田美妙的"余情主义"思想进行了批判：

> 我们先听一听美妙先生的见解，他对我国古代空想美术的评论涉及余情主

① 森鸥外、『森鸥外全集（第 22 卷）』、東京：岩波書店、1973 年、第 287 頁。
② 森鸥外、『森鸥外全集（第 22 卷）』、東京：岩波書店、1973 年、第 288 頁。

义及纤弱思想。美妙先生曰：（中略）世上在叙景之外还有余情这种东西，所谓余情者就是注释而已。因为不知余情即为注释，歌人与俳人都努力以小兼大（微言大义），极力想得到秀句良诗而无暇兼顾其他。因此，柿本人麻吕或者松尾芭蕉都不能开辟哲理，亦不能留下有益学术发展之作品。

森鸥外认为，山田美妙主张诗歌创作应有利于学术发展，强调功用性，以开启哲理为目的，然而日本古代的韵文在开创哲理方面过于纤弱。山田美妙说诗歌中的余情只是注释而已，这是因为山田美妙将余情（含蓄）的作用理解成对诗文叙事能力不足的一种补充。森鸥外则坚持纯美主义的观点，即"艺术至上"，他说："幽玄"存在于"理路的极暗处"，它能够感动读者，依靠的是"审美的情感"，而非关哲理。他认为，用思考来表现理想的不是诗人，诗人表达理想时无须理性思考，而是化成"心相"，借助意象的力量，如图画般显露出来，用古人的话说便是"状难写之物置于眼前"。森鸥外所说的"心相"是指客观景物，经过诗人的"心中之眼"而转化成的视觉图画，对读者而言，具有唤醒审美经验的作用。而"诗人的理想"可以换言为诗人的兴寄怀抱、主题思想。

森鸥外在《逍遥子的诸评语》（「逍遙子の諸評語」）一文中写道："因情动、主观的大小，或因感兴而入诗境，（中略）思绪驰骋于万有（天地）之外，自然会达到一种高远的厌世主义。"[1]意思是说高远脱逸的诗意诗情能令人产生超凡脱俗的高洁心境、观念，而与一般意义上的厌世主义并无关系。"由大主观而得出的诗句，虽然只有短短十七言（音），但也可以营造出晴空万里的小天地图来，在这张图画中，可以看见由寥寥数笔的线条勾勒出无边无际的大天地的身影。独具诗（慧）眼的人可以毫无倦怠地、持久观赏，并且会愈觉奇妙。在小天地的图画中，可以望见大天地的身影。这便是称作余情的原理。"森鸥外说的"大天地"是从尼古拉·哈特曼的美学范畴"Makrokosmos"（宏观世界）转译而来，"小天地"（微观世界）是指主观主体（诗人）的审美思想与审美体验。"小天地"是"大天地"在审美主体心中的反映，是对宇宙人生的一种主观性的表象。[2]

---

① 森鸥外、『森鸥外選集（第12巻）·評論随筆』、東京：岩波書店、1979年、第12~15頁。
② 浜下昌宏、「森鸥外『審美学』の研究（1）——序説」、Kobe College Studies 45（1）、1998年7月号、第69~78頁。

松尾芭蕉在《三册子》谈"去私"时曾说过："松树之事向松树学，竹子之事向竹子学。（中略）体会人物至微处而情感显现，便是俳句所成之时。"①这句话的意思是要求诗人放下主观自我，与客体合二为一，即他所说的"物我一如"，用现代话来说就是"移情"。曾留学德国的森鸥外受到西方科学理性主义的影响，遗憾的是他的"小天地"尚没有达到松尾芭蕉"物我一如"的思想高度。不过，此时的森鸥外已经多少意识到了"余情"（幽玄）与象征主义的机理相通，但离他的思想成熟还需要些时日。

由于森鸥外是一个彻底的理想主义者，他试图将已经沦落为普通词语的"幽玄"恢复到中世诗学时期的辉煌，因此他以一己之力，甚至有些偏执地与多位学者展开了论战。这其中影响最大的是他与坪内逍遥之间的"没理想论争"。其实，森鸥外是误读了坪内逍遥，后者所说的"没理想"不是"没有理想"的意思，而是作者隐身，即作者在创作时隐藏自己的思想主张。巴赫金在研究陀思妥耶夫斯基的《罪与罚》时提出过"复调理论"，即小说中同时存在多种声音，作者本人并不指定哪种声音是对的，而是把选择权交给读者。②这也是人们所熟悉的那句论断："有一千个读者，便有一千个哈姆雷特。"如果用我们熟悉的话语说明，坪内逍遥所说的"没理想"就是一种客观化叙事。

然而，森鸥外在《栅草子》上发表《早稻田文学的没理想》等文章对坪内逍遥的观点进行批驳，引发了"没理想论争"。由于俩人对"没理想"的概念没有界定清楚，导致了一场"鸡对鸭讲"式的争论，这场论争注定没有结果。"没理想论争"是写实主义和浪漫主义在日本的首次碰撞。通过这次论争，日本乃至亚洲既宣传了左拉的自然主义思想，也普及了哈特曼的美学体系，并为以后日本文学中现实主义、自然主义、唯美主义和"私小说"等文艺思潮的诞生奠定了基础。③

森鸥外认为：

> 逍遥以纪实宗旨厌恶谈理、提倡"没理想"，而我对此难以认同。逍遥的"没理想"的论点是由于他没有看到世界上不仅存在着一个"现实"（real）还充

---

① 王向远译：《日本古代诗学汇译》，昆仑出版社2014年版，第650页。
② 庞海音：《巴赫金复调小说理论中的"事件"和"事件性"阐释》，《新疆大学学报》2009年第3期。
③ 王煜婷、陈世华：《"没理想论争"：日本近代文艺思潮之滥觞》，《译林（学术版）》2012年第6期。

满着"想"（idea）。当我们好好观察理性界、无意识界时，可以发现那里有先天的理想。例如，听钟声的时候，有人听出了无常，有人听出了快乐。但是从中感受到美也是一种。或者这里看到了美丽的花，有人看出了悲伤，有人看出了喜悦，但也有人感到了美。在这里，从钟声和花中感到美的并不是因为耳朵好好听、眼睛好好看的缘故。而是因为那个人有着感受美的"先天的理想"。①

从上述这段话中可以看出，森鸥外与坪内逍遥之间并没有实质性的观点对立，说得直接一些，"没理想"基本上等同于"先天的理想"，也可以换言之为"无意识"。美的产生有着客观的原理与机制，不论是直接面对的视觉美感，还是通过联想、暗示所取得的抽象性精神愉悦。从个人层面来说，审美主体的生活境遇、教育程度、成长环境，以及心智、品位等因素会影响其对美的审美情趣；而从民族文化的层面来说，其所生存的历史文化语境、宗教信仰等多方面原因合力产生所谓的"集体无意识"则更为重要，这决定了整个民族的审美价值取向。

森鸥外曾在明治二十四年九月号的《栅草子》杂志上发表文章《逍遥子的诸评语》，该文中有这样一段话：

哈特曼将类想、个想、小天地想这三者作为美的三个阶段，这是哈特曼的审美学的理论基础。他排斥抽象的理想派的审美学（美学），想要建立结象（具体）的理想派的审美学。在他的眼中，即便是唯有感官上能够感受到快感的潜意识的形式美，上升到美术（美学）的真谛、幽玄的境界，也即是小天地想（idea），但是也只是由抽象的阶段向具象的阶段前进的街道（路径）。所谓类想与个想，以及小天地想，都只是靠近那个幽玄之都的一里塚（阶段性）的名称而已。②

这段话中的"类想""个想""小天地想"是指审美的三个由低到高的阶段。"想"是对"idea"的日语翻译，"类想"是指普通大众的"想"，即一般观念；"个

① 潘文东：《日本近代小说理论研究》，北京大学出版社2015年版，第223~224页。
② 吉田精一编、『近代文学評論大系1·明治期I』、东京：角川書店、1971年、第220~226頁。

想"则是审美主体、作家诗人的独自个体的"想"；而"小天地想"则是"个想"的
终极阶段，"小天地"是与"大天地"（宇宙）相对的概念，也可称为"小宇宙"，它
是人的精神潜能。拥有"小天地"或"小宇宙"的人，对外界的"大天地"（宇宙）
奥秘的认知具有无限的可能性，但作为审美主体的人在正常状态下，却很难知晓自
己拥有这种潜能。所以，哈特曼称"小天地想"为"无意识"，森鸥外则将"小天地
想"与传统的"幽玄"结合起来，这多少有些神秘主义的论调。不过，森鸥外仍然
认为"类想"与"个想"，甚至包括"小天地想"，均未达到"幽玄"的境地，所以他
说它们"只是靠近幽玄之都的一里塚的名称"。所谓"一里塚"，日本古代的一里约
等于2.4公里，古代的驿道上每隔2.4公里便在路旁堆一个土堆，形状像坟墓（塚）
一样，目的是让行人便于计算距离，后来转义为指阶段性成果。森鸥外的意思是
说，哈特曼的三个美学意义的概念只是阶段性成果，但距离他自己心目中的"幽玄
之都"，即最高美学的终极目标尚存在差距。

　　接下来，森鸥外对坪内逍遥的"小说三派"分类观点也进行了批判。坪内逍遥
将小说分为"固有派""折衷派""人间派"三类。"固有派"的小说创作以叙述故
事为主，而以人物塑造为辅，传统小说多为这种模式；"折衷派"以小说人物的塑
造为主，以事件叙述为辅；"人间派"则以人的活动为主，故事是因人而发生。尽
管坪内逍遥说这三派之间不分高低优劣，但事实上从审美价值的角度来说，"人间
派"显然是重要的，而且现代小说都是"人间派"的创作模式。森鸥外利用哈特曼
的价值论美学理论，将"固有"解释为"类想"（Gattungsidee），将"折衷"解释为
"个想"（Indivualidee），将"人间"解释为"小天地想"（Mikrokosmos），显然也是
将坪内逍遥的"小说三派"进行了价值判断。

　　与现实主义者的坪内逍遥相比，森鸥外则是一名理想主义者，反对现实主义的
创作思想，他认为"小天地"或称"小宇宙"，是宇宙"大天地"的表象，而"大天
地"的宇宙才是世界的本原；在宗教世界里讲究"天人合一"，人与神在本质上是
相同的，神是先验的理念（idea），而人则是抽象的神的具体表象。森鸥外的"小天
地想"理论便建立在这一哲学基础上。哈特曼将"无意识"（Unbewusst）视为美的
本体，人们在现实世界里只能欣赏到它的假象（Shein），森鸥外将"无意识"译介
为"小天地想"，这是美的最高级，他称之为"幽玄之都"，或直接称"幽玄"。但值

得注意的是，哈特曼的"无意识"指的是西洋美的本体、最高境界，而森鸥外则用日本传统的"幽玄美"来阐释，这类似于东汉佛教传入中原时期的"格义"作法。

坪内逍遥在《早稻田文学》第一期上发表的题为《萨（莎）士比亚脚本评注》一文中，对森鸥外的批评进行了回应：

> 如若赞美萨（莎）翁，称赞其表现人性的创作技巧当然是自不待言，其比喻之妙，想象之妙，构思之巧，可称为空前绝后。然而若称赞其理想（思想）如大哲学家一样的高深，这令人难以信服。还不如称赞其没理想。但是有与无，必须一分为二地来看。古人常将没理想之作解释为大理想之作，视作者为神人、为圣人，或者为至人。但是没理想未必成为大理想，小理想也可能被视为没理想。①

坪内逍遥所说的"理想"让人感受不到先验的、本原的形而上味道，他把理想分成"众理想""大理想""小理想"等层次，但却没有摆脱现实的、具体的目的意识，带有很浓的人间烟火气息，如他说的"读者的理想"，读者根据自身的主观喜好、人生境遇而会作出各种取舍选择，这个理想可以换言为"愿望"，它并没有成为客观化的抽象概念；而森鸥外所说的"理想"等同于"想"（idea），关乎世界本原的绝对理念，而"小天地想"超越了审美主体的主观"个想"的层面，进入恍惚迷离的精神状态，即哈特曼所说的"无意识"。森鸥外赋予了"小天地想"以美的绝对价值，这让我们联想起尼采的酒神理论，古人在创作时常说"佳句可遇而不可求""神来之笔""如有神助"等，这也正是中世诗学"幽玄"所包含的内蕴。

坪内逍遥并没有把"理想"绝对抽象化，也没有视其为独立存在于主观之外的美学概念，他的"理想"是很具体的、现实的，而抽象的"理想"概念是哲学家思考的对象。莎士比亚之所以伟大，是因为他在创作时"没理想"，没有把自己的主观想法直白露骨地在作品中表达出来，而是呈现出空虚的状态，古人讲"虚则万景入"（刘禹锡语），这是说进入虚静的状态后，人对于事物就产生了感悟。总之，在关于"理想"一词的语义概念上，坪内逍遥与森鸥外之间存在偏差。前者谈论的是

---

① 吉田精一编、『近代文学評論大系 1・明治期 I』、东京：角川書店、1971 年、第 186 頁。

文学创作的具体方法问题，即客观化写作；后者谈论的重点在于创作理念与美学的终极问题，他用日本传统的"幽玄"来阐释西方的近代美学理论，目的是调和东西文化与价值观等方面的对立冲突。

在日本明治时期，西学东渐的脚步越来越快，理性中心主义与工具理性的观念大行其道，注重感悟、直觉的东方传统文化容易被人们认为是落后的事物而排斥。在这种语境下，森鸥外重提"幽玄"便具有了历史意义。不久之后，"幽玄"与象征主义之间的关联受到日本文人的重视，然而这只能是"幽玄"诗学的一种"回光反照"现象。

第三节　日本象征主义诗歌与"幽玄"思想

明治十五年（1882年）到明治二十年代，日本文坛兴起了一股新体诗运动。许多诗人作家纷纷发表个人诗集，如植木枝盛的《自由词林》（1887年）、大和田建树的《诗人之春》（1887年）、北村透谷的《楚囚之诗》（1889年）等等，此外，明治二十二年（1889年），森鸥外等人翻译了包括歌德、拜伦在内的西欧诗集《於母影》，首次将欧洲诗歌译介到日本，对新体诗运动的崛起与传播发挥了重要的影响作用。[①]明治三十年代（1900年前后），西方象征主义诗歌运动传入了日本。首先，森鸥外在明治三十三年（1900年）所写的《审美新书》中，对"象征"（symbol）一词进行了定义：狭义的象征为一种含蓄，原来不容易表达的意图，通过这种方式可以形象地表现出来，例如马克斯·克林格尔（Max Klinger）的著作中，以及在易卜生（Ibsen）的诗作中都有象征手法的运用。[②]

在对西方唯美主义文学，特别是象征主义诗歌的译介活动中，最值得一提的是上田敏和他的翻译诗集《海潮音》（1905年），其影响最为深远。《海潮音》的题名出自《观音经》的揭语"妙音观世音，梵音海潮音"，指海外新声之意。诗集共收译诗57篇，重点介绍了法国象征派代表诗人波德莱尔、马拉美、魏尔兰等人的代表诗歌。

《海潮音》的文学性非常高，然而象征主义诗歌本身就很晦涩难懂，更何况要

① 　岡本昌夫、「同志社文学と新体詩」、『人文科学』、第1卷第1号、1966年10月、第1~28页。

② 　森鸥外、『審美新説』、東京：春陽堂、1901年、第43页。

译成另外一种异质文化的语言。但是上田敏做到了，他不仅准确地翻译了原诗的语言文字，而且也准确理解了原诗的文化背景与思想意蕴。在翻译过程中，上田敏对《万叶集》《源氏物语》等日本古典文学的深厚造诣发挥了关键作用，他创造性地译介了许多新词，运用传统和歌的五、七、五声律，最大化地赋予了译诗的韵律美。

上田敏在译介"象征"一词时使用了"幽玄"，而在此前，森鸥外等明治文人一般将"神秘性"（mystery）译介为"幽玄"。①上田敏在《幽趣微韵》一文中提到法国颓废主义文学运动的代表人物于斯曼（1843—1907 年）在小说《逆流》中的奇特描写。小说主人公戴埃赛坦欣赏一切人为、畸形和病态的事物与人物，也是一个厌世、敏感、精力耗尽的神经病患者。他躲进与世隔绝的小天地，建立了一个"人工世界"，对香味、声音进行混合实验，对花卉、动物进行人工改造，甚至也对自己的肠胃消化系统进行人工处理，他在一种完全不与外界接触的小天地中，满足于自己领略艺术的高雅享受。②

上田敏之所以将"象征"译作"幽玄"，因为"象征"是依靠联想而获取寓意，这与圆融三谛、"幽玄"的意象思维相类似。上田敏在《幽趣微韵》一文中认为，"联想具备听觉与味觉、视觉与嗅觉相连接的力量"。"文化的进步让吾等的神经变得敏锐，让感情有了更多的机敏，今后的美术必然会满足复杂的吾等的要求"，"今日的诗人已经不再满足延用戈蒂埃（Theophile Gautier）诗文中出现的绚烂色彩，不再用朦胧的思维，而欲画出阴影，让人感受缥缈幽婉之妙。在此之上更进一步，将野花芳草之香传入词章之间，无形、无色、无影，难道没人想更捉那充满幽趣微韵之'芳香'的吗？"③

这段话是对戈蒂埃的象征诗的描述，可以用东方诗学的意象论来比拟，用比兴、兴象等范畴来阐释之，类似于日本诗学的"余情幽玄"。虽然上田敏没有直接使用"幽玄"一词，但"幽趣微韵"是他对"幽玄"内涵的另一种诠释。不过，将诗歌创作中的暗示、象征等手法，与音乐或绘画的手法杂糅在一起加以解释，结果却是越来越复杂。

---

① 佐藤伸宏、『日本近代象徴詩の研究象』、東京：翰林書房、2005 年、第 71 頁。

② 樊咏梅、薛雯：《于斯曼与法国的颓废主义运动》，《海南师范大学学报（社科版）》，2007 年第 20 卷第 6 期。

③ 上田敏、『明治文学全集 31·上田敏集』、東京：筑摩書房、1966 年、第 149 頁。

上田敏译介的象征主义诗集《海潮音》等给明治文学带来了巨大影响，当时的著名和歌诗人与谢野铁干（1873—1935 年）甚至将该诗集与平安文学时期传入日本的《昭明文选》和《白氏文集》相提并论。[①] 上田敏在《海潮音》的序中说："如果要将异邦的诗文之美移植进来，不能因为本国诗文具有丰富的表达词语就牺牲它的清新趣味，而且所谓的逐字逐句翻译也未必是忠实原著。"[②] 因此，上田敏在翻译过程中煞费苦心，使用归化和异化相结合的翻译策略，既要做到使译文带有日本情调，又要保留原著的原汁原味，这几乎是个不可能完成的任务。因此，在翻译策略上，上田敏尽可能使用言简意赅的汉字词语，例如他的《幽趣微韵》一文将于斯曼的"神秘"对译为"幽婉"和"幽趣"，顿时让人感到多了几分温婉的感性与情趣，而少了几分冰冷之感；另外，上田敏在《海潮音》中译介了马拉美（1842—1898 年）的一段话：

> 静观物象，在这个唤醒的幻想（心中之眼）里，当心像自由飞翔时便形成"歌"（诗）。从前的"高踏派"诗人采取事物的全貌而示人。这样一来，其诗缺乏幽妙，让读者感觉不到好像是自己在创作一样的快感享受；那种明示物象的做法抹杀掉了四分之三多的诗兴。读诗的妙处在于渐悟的过程中。暗示不等于幻想。如此这般，幽玄的运用即名曰象征。为了表现一种心状（美的感受），缓慢唤起物象；或者反其道行之，采用一种物象，阐明数次之后，从中分离出一个（抽象的）心状（意象）。[③]

对马拉美的这段话，熟悉古代诗论的中国人很容易理解。诗人静观外物，有一个感兴的过程，当"心中了见"与外物达到契合无垠的状态，"心中之眼"便会看到一个"幻象"，或称"心象"。"心象"会变得越来越清晰可辨，正如陆机《文赋》所言"精骛八极，心游万仞"，诗人进行艺术构思，不受时空之限制而自由驰骋。这时候的创作欲望无法遏制，诗歌便由诗人心中流淌而出，浑然天成。然而"高踏派"诗人过分注意诗歌的形式美和理性表达，缺乏含蓄，简单直白。正如后人评

---

① 冈林清水、「上田敏研究——『幽趣微韵』の考察を中心に」、『高知大学学術研究報告』、1956 年 3 月。
② 上田敏、『明治文学全集 31・上田敏集』、東京：筑摩書房、1966 年、第 4 頁。
③ 上田敏、『明治文学全集 31・上田敏集』、東京：筑摩書房、1966 年、第 37 頁。

宋诗"以议论为诗、以理为诗"的弊端一样，这样的诗歌当然缺少诗味，如同嚼蜡一般。因此为了避免这种局面，上田敏主张运用"幽玄"，即象征的表现手法进行创作。

译文中出现的"高踏派"一词是上田敏对法语"Parnassiens"（帕尔纳斯派、巴那斯派）的翻译，其原意是指住在"parnassos"（帕那索山）的人。在希腊神话中，太阳神阿波罗与众缪斯女神居住在帕那索山上，代表着艺术的神圣殿堂与最高典范。十九世纪是法国文学由古典主义向浪漫主义文学过渡，继而向"现代性"文学的转换期。十九世纪六七十年代在法国，出于对忽视形式美、过度感伤的浪漫主义诗歌的反拨，出现了被称为"帕尔纳斯流派"（又译巴那斯派）的一群诗人，受唯美主义影响，他们注重诗歌的形式美，主张用理性表达超越情感，其文学主张界乎浪漫主义与象征主义文学之间，以戈蒂埃、波德莱尔等诗人为代表。①

"高踏派"的诗歌强调模山范水式的摹写，属于写实主义范畴；象征派则提倡含蓄表达，以少写多，用部分表现全貌，其余内容交给读者想象。想象的核心是"mystère"（法语，"神秘"之意），上田敏将其译作"幽妙""幽玄"。西方文化的"神秘"与东方文化的"朦胧"分别属于不同体质的审美取向。文艺复兴之后，受理性思想启蒙的欧洲人对外界事物，也包括美本身，都具有探索精神，对神秘的事物已不再有中世纪时期的愚昧表现，而是将其视为科学知识解释能力之外的超现实现象，这反倒更激发起他们的好奇心、求知欲，当然也会成为审美对象。尤其是十九世纪后期，资本主义大工业生产与工具理性思维的弊端逐渐暴露出来，科学理性并不能解决人类的精神痛苦，"科学万能主义"思想已经是破绽百出，以尼采为代表的哲学家提出"反理性中心"的口号。在这种历史语境下，神秘主义成为文学艺术的追求发展、追求创新的理论武器也就不奇怪了。

反观日本明治社会，明治维新不仅引进了西方先进的科学技术和政治制度，还在整个社会营造了"脱亚入欧"的急功近利的情绪氛围，甚至有一部分人主张全盘否定日本传统文化，从而全面西化。表现在文学创作上，重感性的形象思维被认为是落后原始的观念。当象征主义诗歌传入日本后，上田敏等人发现可以借助西方文艺理论来提升本民族文学传统的社会地位，或者称其是一种本土化策略。因此，上

---

① 李怡：《巴那斯主义与中国现代新诗》，《中州学刊》1990年第2期，第75~86页。

田敏将象征主义中的"神秘"等范畴同于日本诗学中的"幽玄"，然而"幽玄"中的"面影""余情"等朦胧缥缈的情调根本无法用理性、逻辑等西方现代话语解释清楚。

　　另一位日本象征主义诗人蒲原有明（1876—1952 年）则将日本的象征主义诗歌创作推到一个新高度。蒲原有明被认为是孤独的自省的诗人，他把"幻想的意识的创造"作为诗的首要内容，并且沉迷于"幻想的奇怪盛宴"。蒲原有明的《有明集》给读者留下一个强烈的印象。在这个诗集中作者将"寂静""不安""绝望""孤寂""苦恼""哀伤"这样近代的抽象观念，用深沉含蓄的意象加以表达。在复杂情感、朦胧细腻的诗意表达中，我们不难窥见日本传统"物哀"美学的身影。[①]

　　蒲原有明在明治三十八年（1905 年）发表的诗集《春鸟集》序中多次使用"幽致""幽趣""玄致"等词语。[②]而且在具体的创作中，幽婉缥缈、节奏多变，明显地表现出象征暗示等特色。例如《有明集》的卷首诗"智慧的相面人给我看相"的第一节，"智慧的相面人给我看相，说我眉宇间藏着一个凶兆，若不摆脱情网及早逃走，情天的狂风乱云就要临头"[③]。罗兴典在《借八面来风 创扶桑诗韵——论日本现代诗歌流派的形成和发展》一文中论述道："这首诗仿照十四行诗的形式写成，通篇写因恋爱在内心引起的感情和理智的斗争"，"智慧的相面人"暗示理智，"我"象征感情，"狂风乱云"则是凶兆的隐喻。对于这样一个观念性主题，诗人却能调动象征派诗歌特有的表现手法，给读者描绘出一幅十分神秘的"心象风景"。[④]

　　上田敏在明治二十九年（1896 年）前后曾宣扬感官的审美功效理论，视觉、听觉、嗅觉在艺术鉴赏的交感犹如欣赏交响乐，例如他在《幽趣微韵》一文中说："将甜桂花酒的酸味与滑爽的口感比拟为竖琴；将白兰地比拟为嘹亮且带有鼻音的双簧管。"[⑤]那么，味觉与视觉、听觉与嗅觉，当人的五官的敏锐神经都被调动起来

①　斐勇：《析中日象征主义诗歌中的"物感"与"物哀"》，《六盘水师范学院学报》2013 年第 6 期，第 41~44 页。

②　转引自赤羽学、『幽玄美の探究』、東京：清水弘文堂、1988 年、第 714 頁。

③　罗兴典：《借八面来风 创扶桑诗韵——论日本现代诗歌流派的形成和发展》，《外语与外语教学》1993 年第 4 期，第 44~48 页。

④　罗兴典：《借八面来风 创扶桑诗韵——论日本现代诗歌流派的形成和发展》，《外语与外语教学》1993 年第 4 期，第 44~48 页。

⑤　上田敏、『明治文学全集 31・上田敏集』、東京：筑摩書房、1966 年、第 150 頁。

时，人感知外界的细微变化，神经就会像锋利的剃刀一般灵敏。上田敏的观点影响了蒲原有明，他将波德莱尔的《交感》译作《万法交彻》便是一个例子。

波德莱尔在《交感》这首诗中所说的与时间、与历史、与名人的"交感"（correspondances）的那种感觉，是对伟大与凡常、永恒与短暂、遥远与至近的深切感悟。在巴黎的街景当中，由街景橱窗、铺面商标、地形风貌、建筑格调等组成的一系列都市形象和符号，它们吸引行人的目光，令其驻足端详，随之又触发一丝记忆、一片敬意、一番感慨或一阵无限想象。那一块块简朴得有些不起眼的铭牌上，可能记载着法国历史上某个震惊世界的大事件，或是某位令人崇拜、敬仰的作家诗人、艺术家或哲人曾在这儿出生、居住过。

蒲原有明在翻译《交感》时，将原诗中的"Confuses"（困惑）译成"幽玄"：

在名为"自然"的宫殿里，并列着有生命的立柱，当人们触摸立柱时便会发出幽玄的言语……①

而其他的日文版本往往采用直译手法，铃木信太郎在《名诗名译》中译成"时而会流露出难以捕捉的只言片语"；福永武彦在《世界诗人全集》中译成"时而会讲出难懂其义的言语"。②波德莱尔的这首诗收录在诗集《恶之花》中，中文名译作《通感》或者《应合》。通感是视觉、听觉、触觉、嗅觉等感觉互为转移、把一种感官的感觉移到另一感官上的表现手法。典型的例子是《荷塘月色》中的句子："微风过处，送来缕缕清香，仿佛远处高楼上渺茫的歌声似的。"借联想引起感觉转移，"以感觉写感觉"。文学艺术创作和鉴赏中各种感觉器官之间的互相沟通，指视觉、听觉、触觉、嗅觉等等各种官能可以沟通，不分界限，它系人们共有的一种生理、心理现象，与人的社会实践的培养也分不开。③在通感中颜色似乎会有温度，声音似乎会有形象，冷暖似乎会有重量。如说"光亮"，也说"响亮"，仿佛视觉和听觉相，又如"热闹"和"冷静"，感觉和听觉相通。用现代心理学或语言学的术语来

① 转引自罗兴典：《借八面来风 创扶桑诗韵——论日本现代诗歌流派的形成和发展》，《外语与外语教学》1993年第4期，第44~48页。
② 冈崎义惠、「芭蕉における万物交感」、『連歌俳諧研究』、1952年1952卷3号、第1~13頁。
③ 彭懿、白解红：《通感认知新论》，《外语与外语教学》2008年第1期，第14~17页。

说，这些都属于"通感"的范畴。

其实，在我国古代诗论中，钟嵘《诗品序》的滋味说开创中国古代诗歌理论以"味"论诗的先河，其后司空图的"韵味论"、苏轼的"至味论"，以及王士祯的"神韵说"都深受其影响。那么，"滋味说"与"通感"之间有着异曲同工之妙。不过西方哲学的"通感"是以现代心理学或语言学为理论基础，属于理性思维的产物；而上田敏、蒲原有明的"幽玄"则是自然与人的通感，其背后是"天人合一""物我一如"的东方哲学。与此相比，森鸥外的"幽玄"带有神秘主义色彩，而上田敏、蒲原有明则吸取西方理性精神，尝试东西方诗学的融合贯通，将象征与"幽玄"等同的做法是在理性思维与感性思维的对立关系上找到平衡点。

然而，与象征主义诗派相对的则是信奉自然主义的一批诗人，他们以诗刊《阿罗罗木》[①] 为文学阵地发表诗作，因此被称为"阿罗罗木诗派"。他们的诗风以写实性、贴近日常生活为特点，擅长理性分析，剖析现代社会的人的深层心理。客观地说，自然主义与象征主义的对立冲突有利于诗歌文学的健康发展。一方面，自然主义或者现实主义的文学创作保证诗歌反映社会现实、与社会底层大众文化不脱节；另一方面，象征主义与唯美主义、浪漫主义等其他文艺思潮在美学方面的探索提升了人类的艺术品位，使文学避免了过度世俗化与庸俗化。

下面我们再介绍一位象征主义的现代和歌诗人，北原白秋（1885—1942年）于明治三十九年（1906年）便开始了新诗创作，他与当时著名诗人与谢野铁干、与谢野晶子、石川啄木等人相识相知，他在诗刊《明星》上发表的诗作曾受到上田敏、蒲原有明等前辈的称赞。后来，北原白秋加入由森鸥外创立的"观潮楼歌会"，结识了一批"阿罗罗木派"和歌诗人。1908年他转身加入"潘神会"[②]，主张象征主义、唯美主义是该会的文学宗旨，他们反对自然主义文学，具有耽美主义倾向。1935年进入晚年期的北原白秋创立和歌期刊《多磨》，提出"新幽玄体"短歌的艺术主张，并成立"多磨短歌会"。北原白秋的"新幽玄体"不是对日本传统幽玄诗学的简单回归，而是在对象征主义的理解基础上，试图将两者加以有机地融合。

1935年6月北原白秋在杂志《多磨》的创刊号上发表"多磨宣言"，正式提出建

① 《阿罗罗木》是和歌杂志刊名，创刊于1908年。所刊和歌歌风写实，主张贴近生活，一度成为大正、昭和时期的短歌创作主流。

② 潘神，希腊神话中的牧神，又称潘恩，其形象是半人半羊，掌管树林、田地和羊群。

立"新幽玄体"诗风的文学主张："诗歌的生命在于暗示而不是对抽象概念的简单表述。所谓象征，即在一种不可名状的情绪震颤中，去觅求心灵的歆歙，去憧憬缥缈的音乐的欢愉，去表现自我思想的悲哀。我的象征诗旨在追求情绪上的和谐与捕捉感觉印象，尤其追求富有音乐感的象征。"①

北原白秋认为跟着感觉走，用语言无法言尽的情趣便是幽玄的主要内容。这是象征主义诗歌的本质，而且这种感觉或情趣带有神秘、梦幻、颓废的色彩，属于唯美主义的范畴。1911 年他在诗集《记忆》的序中说道："如影随形一般，行将凋谢的牡丹花影下，昨日的微光不停地震颤。我的内心执着于现实的，有时会像一碗巧克力，闻其散发出炽热的乡土气息，留恋于记忆中凋萎的藏红花的幽香。"②北原白秋认为人的感官中嗅觉与音乐的节拍最搭配，最适合表现那缥缈缠绵的战栗感，而人可以通过物质媒介，沉浸在幽深缥缈的愉悦当中。北原白秋有意识地使用这种表现手法，通过感觉得到的心象（意象），与日本古人说的"面影"相似，大意是"状难写之物置于睫前"。

1923 年北原白秋发表诗集《水墨集》，他大量使用"幽"字，如"幽绿""烟雪幽微""幽人""幽坐""幽游""幽听""夜阴幽风"等等，多达二十例。③从中可以看出，老庄哲学、禅宗思想以及松尾芭蕉的寂静闲雅美学都对北原白秋产生过深远影响，而且这些与中世诗学的"幽玄"思想一脉相承，同时也有北原白秋个人的感悟与创新。北原白秋将"象征"与日本古代诗学中的"幽玄"思想融会贯通起来，"幽玄"与"神秘"被联系在一起使用，全面西化的时代潮流使日本人产生过历史虚无主义思想，他们对本民族的历史文化缺乏自信。而北原白秋重新拾起了对本民族传统文化的自信，他将东洋的象征与西洋的象征放在同等位置上，指出感性、感觉是通往艺术宫殿的桥梁，例如松尾芭蕉的"风雅之诚"（心幽玄）可以起到"通神""通感"的作用。北原白秋的早期创作常使用朦胧晦涩的诗语，充斥着暗示性的感觉描写，而这一时期的北原白秋则强调诗语简洁含蓄的表达。

二十世纪前三十年是明治文学晚期向日本大正、昭和文学初期的过渡时期，在

---

① 陈岩：《浪漫、孤愁的吟唱——浅谈北原白秋诗歌创作道路》，《外语与外语教学》1987 年第 3 期，第 43~46 页。

② 转引自赤羽学、『幽玄美の探究』、東京：清水弘文堂、1988 年、第 725 頁。

③ 转引自赤羽学、『幽玄美の探究』、東京：清水弘文堂、1988 年、第 726 頁。

小说创作上，自然主义文学大有一统日本文坛之势，早期有夏目漱石、森鸥外等人的高踏派、余裕派，后有芥川龙之介、谷崎润一郎以及新感觉派等"反自然主义文学"坚守着自己的艺术理想底线，保住了文学创作没有沦为功利主义的庸俗工具。在诗歌文学方面同样存在过文艺争鸣。北原白秋提倡"新幽玄体"的和歌创作，显示出他对传统诗学的崇敬与向往，其背景是日本学者对日本现代性的反思活动的兴起，即所谓的"近代超克"，这是一次并不成功的现代性反思运动。上述文学争鸣归结起来主要有两种对立观点，即"西洋憧憬"与"传统回归"的思想对立。在这种语境下，北原白秋提出"新幽玄体"，显示出开放的姿态，他在 1936 年发表的和歌集《白南风》的序言中道："心地清明则观万象透彻，品格整齐则气韵生动。纯情而简朴，幽玄且富赡，情意至真，则词华顺之，境涯入极而象征之香气归聚于一。"[1] 北原白秋将幽玄与简素、直观与余情、古典与新风等不同风格并列在一起，他认为传统诗学就是一个具有包容性的理论体系，《万叶集》、《古今集》以及《新古今集》，甚至还包括芭蕉的俳句，其风格各异，唯有"风雅之诚"的传统，即"心幽玄"才是永恒不变的真理，纪贯之《假名序》云："和歌者以人心为种子"，借用现代语言来说，就是抒情诗是人类情感的语言外化的产物，借用严羽的话说则是"吟咏情性"。

自明治文学时期起，西学东渐的势头无可阻挡，自然主义、浪漫主义、象征主义、新心理主义等西方文艺思潮一股脑儿地涌入日本文坛，但在对待西方文艺理论的本土化问题上，出现两种对立观点，这种对立可以归纳为"西洋憧憬"与"传统回归"的两种意见。其中一方面，在传统和歌领域，以正冈子规为代表的"阿罗罗木派"主张自然主义的写实创作思想，推崇《万叶集》的现实主义风格；而另一方面，北原白秋站在了反"阿罗罗木派"的阵营一边，然而他并不是简单地反对现实主义的写实风格，而是要超越那种的二元论思维，他主张将传统诗学的"幽玄"思想与西方的象征主义结合起来，创建一种包括现实主义与浪漫主义诗风在内的多元化、多价值体系的"新幽玄体"诗风。为此，北原白秋在《多磨》诗刊的创刊号上发表"多磨宣言"[2]，并连续几期发表文章阐述他的诗学主张，前面那段难懂的话

---

① 转引自赤羽学、『幽玄美の探究』、東京：清水弘文堂、1988 年、第 729 頁。

② 北原白秋、『詩文評論 10・白秋全集（第 24 巻）』、東京：岩波書店、1986 年、第 53 頁。

概括起来就是，多磨诗派应该回归传统的"幽玄"诗学，然而"阿罗罗木诗派"将《万叶集》歌风与《古今集》《新古今集》的歌风对立起来，这种观点过于狭隘。虽然《万叶集》属于现实主义风格，质朴古拙，雄浑刚健；《古今集》与《新古今集》则注重创作技巧，特别是《新古今集》更是如此，风格妖艳，浓丽细婉，具有浓郁的浪漫主义色彩。但是北原白秋认为应当将万叶调、古今调、新古今调以及松尾芭蕉的闲寂美学都包括在内，建立起一个将各种传统美学风格都涵盖在内的"新幽玄体"，虽然他也是借鉴外来的象征主义思想，但并不是想通过西学来改造传统日本诗学，而是回归于"物我一体""物心一如"的东方哲学思想。

然而，在对待"写生"与"象征"的对立关系上，北原白秋在《自然观照我观》一文中认为，写生（写实）必须精准，必须准确无误地表现客观对象，但更重要的是"以诗的精神，直入一心"，"凭借法眼""凭借心眼"，写生不是将自然景物如实地加以描绘，而且凭直觉捕捉到事物的本质，"写意正则写生亦彻底，才会有香气漂荡于诗境，兴象宛然如影随形，余音绕梁声韵回响。（中略）余情也，余韵也，此乃幽玄之风色"①。古人言诗必称以心眼观物，不提倡"模山范水"，而要有"心中了见"。

在古代诗学话语中，是否有"余情""余韵"常被用来衡量诗词的优劣高低。缺少"余韵"的诗过于直白，例如苏东坡讥讽白居易的诗为"白俗""白俚"。日本和歌也是如此，如果纯粹从艺术的眼光来看，《万叶集》的作品绝大多数都是缺乏技巧的直白之作，虽然不乏直抒胸臆的好作品，但大多数和歌诗人是缺乏理论自觉性的。中国古代诗论认为，好的作品应该具有"蓝田日暖，良玉生烟"的意境，或者是"雾里看花、水中望月"似的朦胧美，转换成日本诗学的话语就是"余情""面影"，一句话来说就是"物色尽而有余情"，这种"余情"的出现要恰到好处，不能喧宾夺主，最理想的状态是"羚羊挂角，无迹可寻"，不要有人工斧凿的痕迹，这种审美感受即一种"幽玄"之美，它给人一种虚幻缥缈的朦胧感，但却不是隐晦艰涩的。

下面试举几例北原白秋创作的短歌，以此来说明他提倡的"新幽玄体"：

---

① 北原白秋、『詩文評論 10・白秋全集（第 24 巻）』、東京：岩波書店、1986 年、第 32~34 頁。

①塔や / 五重の端反り / うつくしき / 春昼にして / 浮かぶ白雲

②朴の花 / 白く群がる / 夜明けがた / ひむがしの空に / 雷はとどろく

（《白南风》）①

短歌①的大意是：寺院里庄严肃穆的塔林，那五重塔的塔檐脊背反翘，辉映着春日午后温暖的阳光，洁白的云朵在蓝天上悠然地漂浮。②的大意是：朴树上盛开着团簇的白花，临近黎明时分的东方天际，传来轰鸣回响的雷声。尤其是这首短歌的第四句"东方的天空"，让日本人很容易联想起《万叶集》诗人柿本人麻吕的和歌来，即"东野炎，立所见而，反见为者，月西渡"（万叶假名），用现代日语表记则为：

ひむがしの / 野にかぎろひの / 立つ見えて / 返へり見すれば / 月かたぶきぬ

（柿本人麻吕，《万叶集》卷1-18）

和歌大意是：诗人眺望东方，原野的天际显露出曙光。回首遥望西天，月已西沉。其实"曙光"一词译得并不准确，原文的"かぎろひ"（kagirohi）是一种自然现象，在冬季的晴好天气条件下，因日出前气温极低，当太阳升起时会产生五彩的棱镜效应。而北原白秋在上一首短歌中使用了古语"ひむがし"（himugashi），应该是向柿本人麻吕的作品致敬，这种细微的化用手法是瞒不过熟知古典和歌的日本读者的。"幽玄"的精髓即由此及彼的不露痕迹的联想，比如寺院的塔林是埋葬僧侣骨灰的地方，本是神圣庄严之地，而透过反翘塔檐眺望蓝天上悠然飘浮的白云，这种兴象令读者脑洞大开、浮想联翩，如超越生死、向往永恒、深邃幽远等等，诸如此类。北原白秋的两首短歌尽管语言朴实无华，但使用了象征手法，"塔林"（卒塔婆）、"春昼"、"浮云"、"夜明"、"东方"、"雷鸣"等，这些词语在世界上大多数文化语境里都是具有相同含义的，堪称是"不著文字，尽得风流"似的含蓄，这也是传统"幽玄"思想的原义。

再举两首收于诗集《白南风》中的短歌：

---

① 北原白秋、『詩文評論10·白秋全集（第24巻）』、東京：岩波書店、1986年、第119頁。

白鷺は / くちばし黒し / うつぶくと / うしろしみみに / そよぐ冠毛

白鷺鸟喙黑黝黝，伫立垂首凝思状。项后羽毛浓又密，冠毛摇摆随风舞。

風を見る / 牛のまなこの / しづけさよ / 秋づきにけり / うつくしき稲

听任秋风吹，水牛黑眸圆。天地安静时，水田稻飘香。

无论是"白鹭"还是"水牛"，诗中这两种动物的意象在作者笔下的画面里具有神秘幽玄的色调，其实背后隐藏着作者北原白秋的双眼，这一切都是造物主的安排，体现出作者对松尾芭蕉所提倡的"顺随造化"人生哲学的理解与接受。相比之下，我国古人的诗句更具洒脱，王维的《终南别业》最为有名："行到水穷处，坐看云起时。"如此，诗歌表达的诗意中便少了一分宗教色彩，而多了一分豁达与任性。

总之，日本明治维新以后，"脱亚入欧""富国强兵"成为国家民族宏大叙事的主流声音，以与谢野宽、北原白秋等这些明星派、多磨派诗人坚守着浪漫主义、象征主义的诗歌阵地，在自然主义文学风靡一时、所向披靡的时代，为诗歌艺术保留住了想象与美学的空间。与谢野宽等明星派诗人倾倒于西方的象征主义，"幽玄"成为格义象征的方便工具，反映了这一时代日本人对本民族文化的不自信。

二十世纪三十年代，科学理性早已成为人类社会的主流意识，即便是在人文学科领域，人们也不可能运用感性主义与神秘主义对抗理性工具的强势话语权，尽管西方学者中也有先觉者提出现代性反思的命题，对工具理性的话语暴力提出质疑声，但西学东渐的大环境不可逆转。北原白秋则用象征主义的话语重新阐释传统的"幽玄"思想，为"幽玄"正名，指出注重感悟感兴的"幽玄"并不是落后的、非科学的神秘主义思想，与崇尚科学理性的西方人创立的象征主义思想相通相融，以此来证明日本传统诗学的正当性、合理性。从这一点可以看出，北原白秋的骨子里流淌着国粹主义的血液。

结语

西方学者普遍认为，东方美学注重形象思维，长于感悟能力，缺乏逻辑思辨，不能持论；然而，在审美现代性越来越受到人们重视的今天，东方美学思想曾经的短处却正在转变为一种长处。席勒《美育书简》谈到理性带来的危机时说：

> 正是教养本身给现代人性造成了这种创伤。只要一方面积累起来的经验和更明晰的思维使科学更明确的划分成为必然，另一方面国家越来越复杂的机构使等级和职业更严格的区别成为必然，那么人的本性的内在纽带也就断裂了，致命的冲突使人性的和谐力量分裂开来。（中略）不是这一边旺盛的想象力毁坏了知性辛勤得来的果实，就是那一边抽象精神熄灭了那种温暖过我们心灵并点燃过想象力的火焰。"[1]

现代性将人类异化，我们不是受到感性力量的钳制，就是受到理性工具的压迫。表现在文学创作上面，形式与内容长期处于二元对立的矛盾当中。在"幽玄论"出现之前，纪贯之的"心词相兼"影响着日本和歌的创作活动，当二者不可兼得时，"以心为先"。因为和歌的本质是"托其根于心地，发其华于词林"，这个"心"包含着"诗言志"与"诗缘情"两方面内容，巧妙地避开了功用主义诗学与审美主义诗学对立的陷阱。然而在方法论上，"心词相兼"却缺乏实际的指导意义，形式与内容、理性与感性的矛盾对立并没有得到解决。随后，藤原公任提出了"心词姿"，其审美机理类似于唐代殷璠的"兴象"理论，当理性与感性、人心与自然、

---

[1] ［德］席勒：《美育书简》，徐恒醇译，中国文联出版社1984年版，第50页。

主观与客观妙合无垠，诗歌就会产生"词姿""句姿"，乃至"心姿"，于是便会有"物色尽而有余情"的艺术效果。

藤原俊成首先提出"余情幽玄"的命题，这是对"心词姿"的理论深化，其实质是一种意境论；鸭长明《无名抄》中将"幽玄之境"解释为"余情笼于内，景气浮于空"，如果用我国古代诗论进行话语转换的话，那便是一种"境外之象""韵外之致"，司空图《与李生论诗书》云："近而不浮，远而不尽，然后可以言韵外之致耳。"① 好的诗歌作品一定是语浅意深、兴寄幽远。

那么，如何才能进入"幽玄之境"或"余情幽玄"呢？藤原俊成在《古来风体抄》提出"调论"，他认为和歌创作不必雕琢辞藻，不必穷言尽理，只需要自然吟咏，便能令人闻之，顿生"优艳""幽玄"之感。但前提是诗人必须"有调"。按照江户时代的桂园派诗人香川景树的解释，"调"就是"情"。王昌龄《论文意》说："意高则格高"。由此可知，藤原俊成的"调论"就是主情主义，随后这种"调论"演化为"心幽玄"的创作态度。藤原俊成的真实意思并非说不要雕琢辞藻，诗歌是语言艺术，不可能不顾词采辞章，美辞丽句是基本要求；我国古人论诗，离不开"言、意、象"三要素，和歌也离不开"心、词、姿"。藤原俊成用圆融止观的"三谛"来比附"幽玄论"，其意思就是说，"心幽玄""词幽玄""姿幽玄"三者并不是相对独立的，只有当三者达到圆融无碍的境地，诗人便真正进入"幽玄"之境。尽管藤原俊成对"幽玄论"没有做出进一步的说明，但在诗学原理上已经暗含了幽玄体系论的思想。然而，"幽玄论"具有的神秘主义色彩在很大程度上妨碍了中世和歌诗人对它的接受，甚至连其子藤原定家也另辟蹊径，创出了"有心论"。"幽玄"具有广义与狭义两个层面，藤原定家以及后世日本文人几乎都是接受了狭义上的"幽玄"范畴，即诗体学与风格学意义上的"幽玄"，特别是将"幽玄"理解成复合型的审美风格。无论是藤原定家的"妖艳美"，还是藤原为家的"平淡美"，以及心敬和尚的"冷寂寒瘦"，还有松尾芭蕉的"侘寂"等等，这些都可以归结为"幽玄美"。至于"幽玄美"与"物哀"的关系，可以这样理解："幽玄美"包括了"物哀"，"幽玄美"更多的是指形而上的美，或者说是客观化的大美；"物哀"则停留在主观感受的层面，无常留转，感时伤世，感物兴叹。

① （唐）司空图：《司空表圣诗文集笺校》，祖保泉、陶礼天笺校，安徽大学出版社2002年版，第194页。

　　"幽玄美"具有两个极端，艳到极致的"妖艳"与寂寥枯淡、外枯内膏的"寂美"，进入中世后期，这两种不同风格的美分别在世阿弥的"能乐"与芭蕉的"俳谐"（俳句）中得到续承并发扬光大。明治文学时期之后，在科学理性的现代启蒙影响下，带有神秘色彩的"幽玄"逐渐淡出人们的视野，就如同我国古人常说的"神韵""入神"一样，退出了历史舞台。其实，"幽玄论"是根植于东方文化土壤的审美思维，并非都是重感悟、轻理性的，它暗合了十九世纪后期西方出现的现代性批判思潮，我们从尼采、席勒、波德莱尔等人的著作中可以找到相似的观点，广义的"幽玄"就是"神韵"与"性灵"、主观与客观、"有为而作"与"无意于为"、"以意为主"与"吟咏情性"等诗学命题的对立统一。

　　总之，"幽玄"等范畴在古代诗学史中留下浓墨重彩的篇章，不容我们忽视和忘记，尤其是在审美现代性反思尚未完成的今天，中日古代诗学研究仍然大有可为，这有助于我们重构东方诗学，与西方诗学一道共同实现世界文学的终极理想，让人类实现"诗意的栖居"。

参考文献

外文文献

尼崎彬、『花鳥の使い』、東京：勁草書房、1983 年。

荒川有史、「芥川龍之介『芭蕉雑記』の教材化（六）―其角の視座」、『文学と教育』1995 巻、168 号、1995 年。

［中］鄭子路、「幽玄論史百年（一）、森鴎外と石橋忍月の『幽玄論争』をめぐって」、『人間文化研究』、第 9 号、2017 年 3 月。

遠藤実夫、『長恨歌研究』、東京：建設社、1934 年。

藤平春男編、『和歌の品質と表現』、東京：勉誠社、1993 年。

藤平春男、『藤平春男著作集第 2 巻・新古今とその前後』、東京：笠間書院、1997 年。

藤平春男、『新古今歌風の形成』、東京：明治書院、1969 年。

宮内庁、『皇室制度史料（太上天皇）』（三）、東京：吉川弘文館、1980 年。

［中］厳紹璗、「日本古伝記浦島子の研究」、『日本研究（日文研）』、6 月号、1995 年。

塙保己一編、『群書類従』（第 16 輯）、東京：続群書類従完成会、1960 年。

浜下昌宏、「森鴎外『審美学』の研究（1）――序説」、Kobe College Studies 45（1）、1998 年 7 月号。

浜下昌宏、「西周による <aesthetics> 理解とその邦語訳」、『美学』46 巻 、1995 年 3 月号。

橋本不美男、『院政期歌壇史研究』、東京：武蔵野書院、1966 年。

福田秀一ら編、『中世評論集――歌論、連歌論、能楽論』、東京：角川書店、1985 年。

藤原定家、「詠歌大概」、『日本古典文学大系 65・歌論集 能楽論集』、東京：岩波書店、1973 年。

藤原定家、「近代秀歌」、『日本古典文学大系 65・歌論集 能楽論集』、東京：岩波書店、1973 年。

藤原定家、「毎月抄」、『日本古典文学大系 65・歌論集 能楽論集』、東京：岩波書店、1973 年。

350

藤原定家、『名月記』、東京：国書刊行会、1978 年。

藤原定家、『千載和歌集 (巻四)』、久保田淳校注、東京：岩波書店、1986 年。

藤原俊成、「秋歌上」、『千載和歌集 (巻四)』、東京：岩波文庫。

藤原俊成、「古来風体抄」、『古典日本文学全集 36・芸術論集』、東京：筑摩書房，1962 年。

広末保、「芭蕉の位置とその不易流行観」、『古典日本文学全集 36・芸術論集』、東京：筑摩書房、1962 年。

後鳥羽院、「後鳥羽御口伝」、『日本古典文学大系 65・歌論集 能楽論集』、東京：岩波書店，1973 年。

久松潜一ら編、『古典日本文学全集 36・芸術論集』、東京：筑摩書房、1962 年。

久松潜一、『日本文学評論史』、東京：至文堂、1940 年 /1968 年。

久保田淳、『新古今歌人の研究』、東京：東大出版会、1973 年。

久保田淳、『藤原定家』、東京：集英社、1984 年。

堀切実、「支考の虚実論の展開」、『近世文芸』、第 14 巻、1968 年。

堀切実、『芭蕉の門人』、東京：岩波書店、1991 年。

堀田善衛、『定家名月記私抄』、東京：新潮社、1986 年。

藤平春男、『新古今歌風の形成』、東京：明治書院、1969 年。

藤平春男、「藤原俊成の幽玄論ということ」、『早稲田大学国文学研究、1955 年 8 月号』。

藤平春男、「建久期の歌壇と新古今」、『中世文学』、9 巻、1964 年。

飛高隆夫、「正岡子規の俳句革新——写生と伝統の問題」、『大妻女子大学紀要』、31 巻、1999 年。

石田吉貞、「定家偽書の発生の線路」、『国語と国文学』、1951 年 12 月号。

石田吉貞、『藤原定家の研究』、東京：文雅堂書店、1957 年。

石田吉貞、『藤原定家の研究』、東京：文雅堂書店、1982 年。

伊地知鉄男校注、『日本古典文学大系 39・連歌集』、東京：岩波書店、1960 年。

伊藤正義、『中世文華論集 (第 3 巻)』、金春禅竹の研究、大阪：和泉書院、2016 年。

稲田繁夫、「藤原基俊の歌論の意義特に俊成の幽玄論成立過程における」、『人文科学研究報告』、6 号、1956 年 3 月。

池田富蔵池、「藤原基俊の初期歌論の特質——宰相中将源朝臣国信卿家歌合を視座として」、『日本文学研究』、16 巻、1980 年 11 月。

今野達ら編、『無常』、『日本文学と仏教』(第四巻)、東京：岩波書店、1999 年。

井波律子、『中国文学　読書の快楽』、東京：角川書店，1997 年 9 月。

原今朝男、『室町期廷臣社会論』、東京：塙書房、2014 年。

［中］雋雪艶、『藤原定家「文集百首」の比較文学的研究』、東京：汲古書院、2002 年。

香川景樹、「桂園大人詠草奥書」、佐佐木信綱、芳賀矢一校注、『校注和歌従書7』、東京：博文館、1915 年。

鴨長明、『鴨長明全集』、東京：貴重本刊行会、2000 年。

鴨長明、「無名抄」、『日本古典文学大系 65・歌論集 能楽集』、東京：岩波書店、1973 年。

金子金治郎、「連歌師宗砌の生涯」、『連歌俳句研究』、1953 年第 6 期。

金子金治郎、『心敬の生活と作品』、東京：桜楓社，1982 年。

川瀬一馬、「古今伝授について：細川幽斎所伝の切紙書類を中心として」、『青山學院女子短期大學紀要』（第 15 号）、青山學院女子短期大學、1961 年。

加舎白雄、「俳諧寂栞」、『加舎白雄全集（下）』、矢羽勝幸ら編、東京：国文舎、2008 年。

風巻景次郎、『新古今時代』、東京：三協美術印刷社、1970 年。

風巻景次郎、『和歌の伝統』、東京：桜楓社、1970 年。

風巻景次郎、『中世和歌の世界』、東京：桜楓社、1970 年。

唐沢正実、「『順徳院御百首』の『裏書』について」、『和歌文学研究』、49 号、1984 年 9 月。

木越隆、「藤原公任の歌論私考――『あまりの心』と『心ふかし』について」、『学習院研高等科研究紀要』、1966 年 9 月号。

木下資一、「遁世」、『国文学解釈と教材研究』、第 30 巻第 10 号、1985 年 9 月号。

木藤才蔵、「二条良基の研究」、『日本学士院紀要』、1963 年 21 巻 1 号。

木藤才蔵、「連歌新式天文十七年注」、『連歌俳諧研究』、1988 年 1988 巻 75 号。

北原白秋、『詩文評論 10・白秋全集（第 24 巻）』、東京：岩波書店、1986 年。

北村季吟、『源氏物語 湖月抄（上)』、東京：講談社学術文庫，1982 年。

北住敏夫、『日本文芸の理論』、東京：弘文堂、1944 年。

吉村武彦、「列島の文明化と律令制国家の形成」、『古代学研究所紀要』、第 21 号、2014 年。

吉田精一編、『近代文学評論大系 1・明治期 I』、東京：角川書店、1971 年。

金任仲、「西行の晩年――『和歌起請』をめぐって」、『文学研究論集』、第 17 号，2002 年 9 月。

黒板勝美編、『国史大系（第 6 巻)・扶桑略記 帝王編年史』、東京：吉川弘文館、2007 年。

黒川洋一ら編、『中国文学歳時記・夏』、京都：同朋社、1988 年。

小島憲之、『上代日本文学と中国文学（中)』、東京：塙書房，1964 年 3 月。

小島憲之、『上代日本文学と中国文学出典論を中心とする比較文学的考察（下)』、東京：塙書房、1971 年。

小西甚一、『日本文芸史（二)』、東京：講談社、1970 年。

小西甚一、『日本文芸史（三)』、東京：講談社、1960 年。

小西甚一、『日本文芸の詩学』、東京：みすず書房、1998 年。

小沢正夫、「壬生忠岑と藤原公任の古今集批評」、『日本學士院紀要』、1966 年 24 巻 3 号。

古橋信孝、『古代和歌の発生——歌の呪性と様式』、東京：東京大学出版社、1991 年。

古瀬奈津子、『『摂関政治』シリーズ日本古代史⑥』、東京：岩波新書、2011 年。

窪田章一郎校注、『古今和歌集』、東京：角川文庫、1977 年。

金春禅竹、『古典日本文学全集 36・六輪一露』、東京：筑摩書房，1965 年。

樹下文隆、「室町後期の能に見る漢籍摂取——〈船弁慶〉の陶朱公故事をめぐって」、『中世文学 59 巻』、2014 年。

頼山陽、『日本外史（一）』、名古屋：彰文館、1911 年。

［韓］李御寧、『「縮み」志向の日本人』、東京：学生社、1982 年。

正岡子規、『芭蕉雑談 瀬祭書屋俳話増補』、東京：日本新聞社、1893 年。

森鴎外、『森鴎外全集（第 22 巻）』、東京：岩波書店、1973 年。

森鴎外、『森鴎外選集（第 12 巻）・評論随筆』、東京：岩波書店、1979 年。

森鴎外、『審美新説』、東京：春陽堂、1901 年。

前田妙子、『和歌十体論の研究』、東京：清水弘文堂、1968 年。

松原聡、『日本の経済（図解雑学——絵と文章でわかりやすい！）』、東京：ナツメ社、2000 年。

松村雄二、「定家——達磨歌をめぐって」、『新古今集とその時代』、東京：風間書房、1991 年。

目崎徳衛編、『無常と美——日本美意識の心理と論理』、東京：春秋社、1986 年。

美川圭、『院政』、東京：中公新書、2006 年。

峯岸義秋、『歌論歌合集』、東京：桜楓社、1959 年。

村尾誠一、「朦気を払う歌——藤原定家『毎月抄』における『景気の歌』をめぐって」、『東京外国大学論集』、第 42 号、1991 年。

村瀬敏夫、「藤原公任傳の研究」、『東海大学紀要文学部（2）』、1959 年。

『明治文学全集 23・山田美妙 石橋忍月 高瀬文淵集』、東京：筑波書房、1971 年。

中島輝賢、「紀貫之の『薔薇』歌——漢詩文の影響と物名歌の場」、『国文学研究』、2001 年 135 号。

西周、『日本近代思想体系美術・美妙学説』、東京：岩波書店，1989 年。

二条良基、「連理秘抄」、『日本古典文学大系 65・歌論集 能楽論集』、東京：岩波書店、1973 年。

西田正宏、「事業報告 堺と古今和歌集——古今伝授をめぐって」、『上方文化研究センター研究年報』第 4 号、大阪女子大学上方文化研究センター、2003 年。

西田正好、『花鳥風月のこころ』、東京：新潮社，1984 年。

能勢朝次、『能勢朝次著作集（第二巻）』、東京：思文閣、1981 年。

能勢朝次、『能勢朝次著作集（第四巻）』，東京：思文閣、1982 年。

能勢朝次、『聯句と連歌』、東京：要書房、1950 年。

能勢朝次、『幽玄論』、東京：河出書房、1944 年。

中村章田男編、『正岡子規——俳句の出発』、東京：みすず書房、2001 年 10 月。

小川剛生、「二条良基の歌論と連歌——『愚問賢注』の題詠 論をめぐって」、『国語と国文学』、
　　1999 年 6 月。

岡林清水、「上田敏研究——『幽趣微韻』の考察を中心に」、『高知大学学術研究報告』、1956 年
　　3 月。

岡本昌夫、「同志社文学と新体詩」、『人文科学』、第 1 巻第 1 号、1966 年 10 月。

岡崎義恵、『美の伝統』、東京：宝文社、1969 年。

岡崎義恵、『日本文芸学』、東京：宝文館、1973 年。

岡崎義恵、「芭蕉における万物交感」、『連歌俳諧研究』、1952 年 1952 巻 3 号。

大西克禮、『幽玄と物哀』、東京：岩波書店，1940 年。

大野順子、「藤原俊成の和歌と今様」、『中世文学』、55 号、2010 年。

大鹿実秋、「浄名玄論序の序——密教とインド思想」、『松尾義海古希記念文集』、種智院大学密
　　教学会、1980 年 1 月。

大取一馬、「後鳥羽院と定家の歌の好尚の違いについて——順徳院御百首の歌評をめぐって」、
　　『竜谷大学論集』、第 474 号、2010 年 1 月。

相良亨ら編，『日本の思想 5——美』、東京：東京大学出版社、1985 年。

佐々木信綱編、『日本歌学大系第一巻』、第七版、東京：風間書房、1991 年。

佐々木信綱編、『日本歌学大系第三巻』、東京：風間書房、1956 年。

佐藤伸宏、『日本近代象徴詩の研究象』、東京：翰林書房、2005 年。

佐藤正英、『隠遁の思想——西行をめぐって』、東京：東京大学出版社、1977 年。

定方晟、『須弥山と極楽——仏教の宇宙観』、東京：講談社、1973 年。

西郷信綱、「詩の発生——文学における原始」、『古代の意味』、東京：未来社、1988 年。

白井忠功、「加藤千陰覚書——すみだ河の歌について」、『立正大学文学部論集』、088 号、1988
　　年 9 月。

菅原道真、川口久雄校注、『日本古典文学大系 72・菅家文草』、東京：岩波書店、1966 年。

世阿弥、「花鏡」、『古典日本文学全集 36・芸術論集』、東京：筑摩書房、1962 年。

世阿弥、「風姿花伝」、『日本古典文学 24・中世評論』、東京：角川書店，1976 年。

赤羽学、『幽玄美の探究』、東京：清水弘文堂、1988 年。

正徹、「正徹物語」、『日本古典文学大系 65・歌論集 能楽論集』、東京：岩波書店、1973 年。

宗祇、「心敬僧都庭訓」、『続群書類従巻』、第四百九十七（雑部第 52）。

宗祇、「吾妻問答」、『日本古典文学大系 66・連歌論集 俳論集』、東京：岩波書店、1961 年。

関口裕末、「定家の『見渡せば』詩論——白詩『蘭省花時錦帳下廬山夜雨草庵中』との関係をめ
　　ぐって」、『文学研究論集』第 16 号、2002 年 2 月。

鈴木修次、『中国文学と日本文学』、東京：東京書籍、1981 年。

高橋庄次、『芭蕉庵桃青の生涯』、東京：春秋社、1993 年。

高浜充、「桂園歌論の源流」、『日本文学研究巻』10 号、1974 年。

高楠順次郎，小野玄妙ら編、『大正新修大蔵経』、東京：大正一切経刊行会、1934 年。

高情悠介、「六輪一露説の志玉加注について」、『芸文研究』12 号、2008 年。

武田元治、『広田社歌合全釈』、東京：風間書房、2009 年。

武田元治、「幽玄用例注釈（三）」、『大妻女子大学紀要』、24 号、1992 年。

武田元治、『中世歌論をめぐる研究』、東京：桜楓社，1978 年。

武田元治、『「幽玄」―― 用例の注釈と考察』、東京：風間書房、1995 年。

田尻嘉信、「藤原定家」、『和歌文学講座』、東京：桜楓社、1972 年。

田仲洋己、「藤原定家の十体論について ―― その概略と定家の幽玄観について」、岡山大学文
　　学部プロジェクト研究報告書，2006 年 3 月。

田中裕、「俊成歌論研究 ―― 景気と余情」、『大阪大學文學部紀要』、8 巻、1961 年 11 月。

田中裕、『中世文学論研究』、東京：塙書房、1969 年。

谷昇、「承久の乱に至る後鳥羽上皇の政治課題」、『立命館文学』、588 号、2005 年。

谷山茂、『谷山茂著作集（一）・幽玄』、東京：角川書店、1982 年。

谷山茂、『谷山茂著作集（二）・藤原俊成 ―― 人と作品』、東京：角川書店，1982 年。

谷山茂、『谷山茂著作集（四）・新古今時代歌合と歌壇』、東京：角川書店、1983 年。

谷山茂、『谷山茂著作集（五）・新古今集とその歌人』、東京：角川書店、1983 年。

辰巳正明、『万葉集と中国文学（二）』、東京：笠間書院、1993 年。

手崎政男、『有心と幽玄』、東京：笠間書院、1985 年。

塚本康彦、禅竹能覚書、「『芭蕉』に則して」、『日本文学』、23 巻 11 号、1974 年。

遠田晤良、「藤原定家の自立――西行歌風への超克」、札幌大学女子短期大学部紀要，第 12 巻，
　　1978 年 3 月。

辻村尚子、「其角のこころみー『田舎之句合』から『俳諧次韻』へ」、『連歌俳諧研究』、2003 年
　　2003 巻 104 号。

綱明保ら編、『日本文学の古典』、東京：岩波書店、1987 年。

上田万年、『大字典』、東京：講談社、1963 年。

上田敏、『明治文学全集 31・上田敏集』、東京：筑摩書房、1966 年。

熊達雲ら、「古代日本科挙制度の導入と廃止について」、『山梨学院大学法学論集』、60 号、2008
　　年 2 月。

『新編国歌大観（第一巻）・勅撰集編歌集』、東京：角川書店、1987 年。

『新編国歌大観（第五巻）・歌合編』、東京：角川書店、1987 年。

新間一美、「花も実も――古今序と白楽天」、『甲南大学紀要（文学編 40）』、1980 年。

山本一、『慈円の和歌と思想』、大阪：和泉書院、1999 年。

山崎良幸、『「哀」と「物哀」の研究——とくに「源氏物語」における』、東京：風間書房、1986 年。

米田雄介、「聖徳太子伝説（片岡山飢人説話）」、『歴史読本特別増刊 事典シリーズ 16・日本「神話・伝説」総覧』、東京：新人物往来社、1992 年。

伊藤唯真編、『阿弥陀信仰』、東京：雄山閣出版、1984 年。

伊藤理恵、「山上億良の令反惑情歌と『抱朴子』の『地仙』思想」、『フェリス女学院大学日本大学院人文科学研究科』、第 5 号、1997 年 12 月。

伊地知鉄男、『連歌論集・能楽論集・俳論集』、東京：小学館、1973 年。

伊地知鉄男、『梵灯庵主返答書・百韻連歌集・歌道聞書』、東京：汲古書院、1975 年。

伊藤正義、『中世文華論集（第 3 巻）』、『金春禅竹の研究』、大阪：和泉書院、2016 年。

与謝野日子、『新訳栄華物語（下巻）』、大阪：金尾文淵堂、1915 年。

智光、「般若心経述义序」、『大正藏』（巻 57）、東京：日本大正一切□刊行会、1934 年。

［德］ユーディット・アロカイ（Judit Árokay）、「江戸中後期における三都間の歌壇の対立」、『都市のフィクション』知の対流 I、芝原宏治・スティーヴン・ドッド編、東京：清文堂、2006 年。

Said，Edward. "Traveling Theory"，in *The World the Text and the Critic*. Canmbridge: Harvard University Press，1983.

Zhang，Longxi. "Poetics and World Literature." *Neohelicon* 38.2（2011）：319~327.

中文文献

［德］爱克曼：《歌德谈话录》，朱光潜译，人民文学出版社 1980 年版。

［日］安万侣：《古事记》，周作人译，中国法制出版社 2018 年版。

［日］芭蕉：《常盘屋句合跋》，载王向远译：《日本古代诗学汇译》，昆仑出版社 2014 年版。

（唐）白居易：《白居易全集》，丁如明、聂世美校点，上海古籍出版社 1999 版。

（唐）白居易：《白居易集》，顾学领校点，中华书局 1979 年版。

（唐）白居易：《白居易诗集校注》（三），谢思炜校注，中华书局 2006 年版。

（汉）班固：《汉书》，中华书局 2007 年版。

［德］鲍姆嘉通：《美学》，王旭晓译，文化艺术出版社 1987 年版。

［日］本居宣长：《日本物哀》，王向远译，吉林出版集团 2010 年版。

［日］遍照金刚：《文镜秘府论》，周维德校点，人民文学出版社 1975 年版。

蔡镇楚：《中国古代文学批评史》，岳麓书社 1999 年版。

［日］长松纯子：《中日古典戏剧中登场人物"自报家门"的程式比较》，《中央戏剧学院学报·戏

剧》2004 年第 4 期。

陈伯海：《释"意境"——中国诗学的生命境界论》,《社会科学战线》2006 年第 3 期。

陈伯海：《唐诗学史稿》,人民出版社 2011 年版。

陈福记：《"愤怒出诗人"的出处》,《咬文嚼字》2009 年第 6 期。

陈鼓应：《〈庄子〉内篇的心学（下）——开放的心灵与审美的心境》,《哲学研究》2009 年第 3 期。

陈宏天、赵福海、陈复兴编：《昭明文选译注》,吉林文史出版社 1987 年版。

陈良运：《中国诗学批评史》,江西人民出版社 2001 年版。

陈良运：《论"淡"美》,《湖南社会科学》2008 年 02 期。

陈良运：《中国诗学体系论》,中国社会科学出版社 1992 年版。

陈铭：《唐诗美学论稿》,中州古籍出版社 1987 年版。

陈庆元：《萧统与声律说——〈文选〉登录齐梁诗剖析》,《中州学刊》1996 年第 3 期。

陈书良：《〈文心雕龙〉释名》,湖南人民出版社 2007 年版。

陈望衡、周茂凤：《"美学"：从西方经日本到中国》,《艺术百家》2009 年第 5 期。

陈岩：《浪漫、孤愁的吟唱——浅谈北原白秋诗歌创作道路》,《外语与外语教学》1987 年第 3 期。

陈延杰：《诗品注》,人民文学出版社 1961 年版。

陈友康：《论"国家不幸诗家幸"》,《云南民族大学学报》2004 年第 3 期。

陈竹、曾祖荫：《中国古代艺术范畴体系》,华中师范大学出版社 2003 年版。

程华平：《中国小说戏曲理论的近代转型》,华东师范大学出版社 2001 年版。

（宋）程颢、程颐：《二程遗书》（卷十八）,载《二程集》（第三册）,中华书局 1981 年版。

褚斌杰、谭家健：《先秦文学史》,人民文学出版社 1998 年版。

邓曦：《奥义书与佛教般若思想》,《哲学动态》2011 年第 1 期。

邓新华：《中国古代诗学解释学研究》,中国社会科学出版社 2008 年版。

丁福保编：《全汉三国晋南北朝诗》（一）,中华书局 1959 年版。

（唐）杜牧：《答庄充书》,载《樊川文集》（卷 13）,四部丛刊初编本。

杜书瀛、毛峰：《东方诗学与东方批评——关于建设有中国特色文艺学的对话》,《学术研究》
    1996 年第 6 期。

董平：《论天台宗圆融三谛的真理观》,《中国哲学史》1999 年第 3 期。

［美］厄尔·迈纳：《比较诗学：文学理论的跨文化研究札记》,王宇根、宋伟杰等译,中央编译
    出版社 1998 年版。

范道济：《严羽唐宋诗"词理意兴"论辩略》,《嘉兴学院学报》2005 年第 17 卷第 5 期。

樊咏梅、薛雯：《于斯曼与法国的颓废主义运动》,《海南师范大学学报（社科版）》,2007 年第 20
    卷第 6 期。

（元）方回：《瀛奎律髓》,黄山书社 1994 年版。

（明）冯班：《钝吟杂录卷五》，载《文渊阁四库全书》（第 886 册），严氏纠谬，台湾商务印书馆 1986 年版。

高小康：《领悟悲剧——王国维〈红楼梦评论〉研究》，《文艺理论研究》1996 年第 5 期。

高秉江：《idea 与"象"——论直观和超越的兼容》，《外国哲学》2007 年第 11 期。

高文汉：《日本中世文论》，《解放军外国语学院学报》2004 年第 4 期。

（晋）葛洪：《西京杂记》，中华书局 1985 年版。

（晋）葛洪：《抱朴子内篇校释》，王明校释，中华书局 1985 年版。

郭绍虞主编：《中国历代文论选》，上海古籍出版社 2001 年版。

郝敬：《〈日本国见在书目录〉著录小说书考略》，《古籍研究》2013 第 2 期。

（唐）韩愈：《韩昌黎文集注释》，关琦校注，三秦出版社 2004 年版。

（清）何文焕辑：《历代诗话》，中华书局 2004 年版。

［德］黑格尔：《历史哲学》，王造时译，生活·读书·新知三联书店 1956 年版。

蘅塘退士选编：《唐诗三百首》（合订注释本），巴蜀书社 1992 年版。

胡忆尚选注：《赵翼诗选》，中州古籍出版社 1985 年版。

（宋）黄庭坚：《黄庭坚诗集注》（第一册），刘尚荣校点，中华书局 2003 年版。

（宋）黄庭坚：《黄庭坚全集》，刘琳等校点，四川大学出版社 2001 年版。

黄彻：《巩溪诗话（卷四）》，人民文学出版社 1986 年版。

（明）胡应麟：《诗薮·外编卷四》，上海古籍出版社 1979 年版。

（明）胡应麟：《诗薮》，上海古籍出版社 1958 年版。

胡遂、廖岚：《一悟寂为乐、此生闲有余——论王维的"寂乐"与"闲余"境界》，《黑龙江史志》 2009 年第 6 期。

吉藏：《净名玄论》（卷一），京东电子书。

姜文清：《"物哀"与"物感"——中日文艺审美观念比较》，《日本研究》1997 年第 2 期。

（春秋）老聃：《老子》，梁海明注，山西古籍出版社 2001 年版。

刘江宁：《日本古典文学中的植物美学——从"花""草""木"诞生的文学》，《日语教育与日本 学》2018 年第 1 期。

金中：《日本诗歌翻译论》，北京大学出版社 2014 年版。

景凯旋：《韩愈"不平则鸣"说辨析》，《南京大学学报》1996 年第 1 期。

李春青：《"吟咏情性"与"以意为主"——论中国古代诗学本体论的两种基本倾向》，《文学评论》 1999 年第 2 期。

李东军：《诗人贵诚、诗心贵意——论日本桂园派和歌诗人香川景树的"调"之说》，《苏州教育 学院学报》2019 年第 4 期。

李东军：《杜甫与芭蕉》，《苏州大学学报》2000 年第 4 期。

李东军：《晚唐诗的浓丽美与新古今的歌风》，《日语学习与研究》2001 年第 4 期。

李东军：《藤原定家"拉鬼体"和歌的美学风格》，《日语学习与研究》2015 年第 1 期。

李东军：《〈水浒传〉美刺说与〈南总里见八犬传〉劝惩说之比较》，《解放军外国语学院学报》 2004 年第 6 期。

李东军：《藤原定家"事可然体"的诗学释义》，《东北亚外语研究》2019 年第 1 期。

李菁：《猿声一叫断，客泪数重痕——唐诗中的"猿啼"意象》，《古典文学知识》2011 年第 2 期。

理净：《三论宗在中国的发展及其思想概述》，http://wenku.shanyuanwang.com/wenku-43361.html，
访问日期：2013-12-06。

（宋）黎靖德：《朱子语类》，中华书局 1986 年版。

李芒：《芭蕉俳句选译》，《日语学习与研究》1987 年第 6 期。

（唐）李善：《文选注》（卷三十四），重刻宋淳熙本。

李学勤：《十三经注疏·毛诗正义》，北京大学出版社 1999 年版。

李滟波：《全球化语境下的"世界文学"新解——评介大卫·达姆罗什著〈什么是世界文学〉》，
《中国比较文学》2005 年第 4 期。

李怡：《巴那斯主义与中国现代新诗》，《中州学刊》1990 年第 2 期。

李咏吟：《诗学解释学》，上海人民出版社 2003 年版。

李泽厚、刘纪纲编：《中国美学史：魏晋南北朝编（上）》，安徽文艺出版社 1999 年版。

梁琼：《玄教宗师张留孙与元初道教政治》，《宜春学院学报》2013 年 10 月。

（宋）林逋：《林和靖诗集》，沈幼征校注，浙江古籍出版社 1986 年版。

林继中：《释"神来、气来、情来"说——盛唐文评管窥之一》，载《古代文学理论研究》（第 11
辑），上海古籍出版社 1986 年版。

［日］铃木虎雄：《中国诗论史》，许总译，广西人民出版社 1989 年版。

［日］铃木修次：《中国文学与日本文学》，吉林大学日本研究所文学研究室译，海峡文艺出版社
1989 年版。

刘怀荣：《论殷璠"兴象"说》，《中国人民大学学报》1997 年第 4 期。

刘洁：《唐代诗人补考五则——以〈千载佳句〉所收"生平无考"者为中心》，《域外汉籍研究集
刊》2016 年 5 月。

刘利国：《中日"日暮诗"的意象分析——〈唐诗三百首〉与〈新古今和歌集〉之比较》，《外语与
外语教学》2004 年第 6 期。

刘乃昌选注：《苏轼选集》，齐鲁书社 2005 年版。

刘全波：《〈云笈七签〉编纂者张君房事迹考》，《中国道教》2008 年第 4 期。

刘瑞芝：《论白居易的狂言绮言观在日本文学史上的影响》，《外国文学研究》2005 年第 3 期。

刘瑞芝：《"狂言绮语"源流考》，《浙江大学学报》2003 年第 3 期。

（清）刘熙载撰：《艺概注稿》，袁津琥校注，中华书局 2014 年版。

（梁）刘孝标：《世说新语笺疏》，余嘉锡笺注，中华书局 2011 年版。

（梁）刘勰：《文心雕龙》，远方出版社 2004 年版。

（梁）刘勰：《文心雕龙注》，范文澜注释，人民文学出版社 1958 年版。

（南朝宋）刘义庆：《世说新语》，中华书局 1999 年版。

刘永济：《文心雕龙校释》，华正书局 1981 年版。

龚克昌：《白居易诗文选注》，上海古籍出版社 1984 年版。

逯钦立辑校：《先秦汉魏晋南北朝诗》，中华书局 1983 年版。

鲁迅：《鲁迅全集（第三卷）》，人民文学出版社 2005 年版。

（宋）陆游：《剑南诗稿校注》，钱仲联校注，上海古籍出版社 2005 年版。

罗竹风编：《汉语大词典》，汉语大词典出版社 1993 年版。

罗兴典：《借八面来风 创扶桑诗韵——论日本现代诗歌流派的形成和发展》，《外语与外语教学》
　　1993 年第 4 期。

（清）吕之振等选：《宋诗抄（一）》，中华书局 1986 年版。

麻天祥：《僧肇与玄学化的中国佛学》，长安佛教学术研讨会，2009 年。

毛宣国：《"〈诗〉无达诂"解》，中国文学研究 2007 年第 1 期。

梅家玲：《汉魏六朝文学新论——拟代与赠答篇》，北京大学出版社 2004 年版。

木斋：《论风骨的内涵及建安风骨的渐次形成》，《山东师范大学学报》2006 年第 3 期。

木斋：《宋词体演变史》，中华书局 2008 年版。

［日］能势朝次、大西克礼：《日本物哀》，王向远译，吉林出版集团有限责任公司 2011 年版。

［德］尼采：《悲剧的诞生》，石冲白译，商务印书馆 1982 年版。

［德］尼采：《看哪这人》，载《悲剧的诞生》，周国平译，生活·读书·新知三联书店 1986 年版。

（唐）欧阳询撰，汪绍楹校：《艺文类聚》，上海古籍出版社 1965 年版。

潘文东：《日本近代小说理论研究》，北京大学出版社 2015 年版。

庞海音：《巴赫金复调小说理论中的"事件"和"事件性"阐释》，《新疆大学学报》2009 年第 3 期。

庞天佑：《论范晔的历史认识论》，《中州学刊》2003 年第 4 期。

斐勇：《析中日象征主义诗歌中的"物感"与"物哀"》，《六盘水师范学院学报》2013 年第 6 期。

彭懿、白解红：《通感认知新论》，《外语与外语教学》2008 年第 1 期。

彭恩华：《日本和歌史》，学林出版社 1984 年版。

（清）彭定求等编：《全唐诗》，中华书局 1960 年版。

祁志祥：《江西诗派的形式美论》，《云南大学学报（社会科学版）》2011 年 5 期。

福建师大古典文学教研室编：《清诗选》，人民文学出版社 1984 年版。

钱志熙：《魏晋诗歌艺术原论》，北京大学出版社 2005 年版。

钱锺书：《中国诗与中国画·七级集》，上海古籍出版社 1994 年版。

钱锺书：《谈艺录》，生活·读书·新知三联书店 2010 年版。

钱锺书：《钱钟书散文·中国文学小史序论》，浙江文艺出版社 1997 年版。

〔日〕舍人亲王：《日本书纪》，四川人民出版社 2019 年版。

（清）沈祥龙：《论词随笔》，载中国古代文学理论研究室编：《历代诗话词话选》，武汉大学出版
　　社 1984 年版。

（梁）释慧皎：《高僧传》，汤用彤校注，中华书局 1992 年版。

释印顺：《成佛之道》，载《妙云集》（12 卷），正闻出版社 2009 年版。

（唐）释法藏：《大方广佛华严经探玄记》，上海古籍出版社 1995 年版。

宿久高：《浅析幽玄》，《日语学习与研究》1998 年第 4 期。

舒乙：《蛙声一片出山泉》，《财经国家周刊》2013 年第 6 期。

〔日〕世阿弥：《能作书》，载王向远译：《日本古代诗学汇译》，昆仑出版社 2014 年版。

《四部丛刊初编·集部 103·卷一》，影印上海涵芬楼藏明翻元刊本。

《四库全书 897·子部 203》，上海古籍出版社 1987 年版。

（唐）司空图：《司空表圣诗文集笺校》，祖保泉、陶礼天笺校，安徽大学出版社 2002 年版。

〔美〕斯沃茨：《文化与权力：布尔迪厄的社会学》，陶东风译，上海译文出版社 2006 年版。

孙劲松：《永明延寿的真心妄心说》，《宗教学研究》2009 年第 3 期。

孙尚勇：《谢灵运〈述祖德诗二首〉的创作宗旨和年代》，《杜甫研究学刊》2019 年第 1 期。

〔日〕松尾芭蕉：《奥州小道》，郑民钦译，河北教育出版社 2002 年版。

孙维才：《日本古典诗歌中的"比兴"》，《外国问题研究》1991 年第 2 期。

宋再新：《千年唐诗缘》，宁夏人民出版社 2005 年版。

（宋）苏轼，（明）茅维编：《苏轼文集》，孔凡礼点校，中华书局 1986 年版。

唐中华：《路德维希二世：生活在童话中的悲情国王》，《世界文化》2018 年第 5 期。

滕昭宗：《佛教在我国开始兴盛的时间问题》，《史学月刊》1983 年第 3 期。

童庆炳：《〈文心雕龙〉"质文代变"说及其启示》，载中国《文心雕龙》学会编：《〈文心雕龙〉与
　　21 世纪文论研究国际学术研讨会论文集》，学苑出版社 2009 年版。

童庆炳：《文体与文体创造》，云南人民出版社 1994 年版。

铁军等：《日本古典和歌审美新视点》，中国传媒大学出版社 2010 年版。

王雷泉：《天台宗止观学说发展的历史过程》，《法音》1985 年第 5 期。

王向远：《诗韵歌调——和歌的"调"论与汉诗的"韵"论》，《东疆学刊》2016 年 3 期。

王向远：《入"幽玄"之境——通往日本文学堂奥的必由之门（代译序）》，载〔日〕能势朝次、大
　　西克礼：《日本幽玄》，王向远译，吉林出版集团有限责任公司 2011 年版。

王向远：《释"幽玄"——对日本古典文艺美学中的一个关键概念的解析》，《广东社会科学》2011

年第 6 期。

王向远译：《日本古代诗学汇译》，昆仑出版社 2014 年版。

王宁：《孟而康、比较诗学与世界诗学的建构》，《文艺理论研究》2014 年第 6 期。

王煜婷、陈世华：《"没理想论争"：日本近代文艺思潮之滥觞》，《译林（学术版）》2012 年第 6 期。

王国维：《戏曲考原》，载《王国维戏曲论文集》，中国戏剧出版社 1984 年版。

王国维：《宋元戏曲考》，东方出版社 1996 年版。

王国维：《宋元戏曲史》，广西师范大学出版社 2010 年版。

王国维：《人间词话》，山西古籍出版社 2002 年版。

（唐）王维：《王维集校注》，陈铁民校注，中华书局 1997 年版。

王水照编：《历代文话》（第七册），复旦大学出版社 2007 年版。

（宋）魏泰：《东轩笔录》（卷五），马永卿撰，田松青校点，上海古籍出版社 2012 年版。

（汉）王弼：《王弼集校释》（上册），楼宇烈校释，中华书局 1980 年版。

（元）王逢编：《梧溪集（卷一）·二十四》，中华再造善本。

王健三：《论维摩诘经之不二法门》，《宗教学研究》2006 年第 1 期。

王军有：《大化改新性质博弈论——兼论日本律令时代的封建性》，《学术探索》2012 年 5 月。

王少良：《文心雕龙·原道篇哲学本原论思想探微》，《文艺评论》2013 年 10 期。

（清）王士禛：《带经堂诗话》（卷三），人民教育出版社 2001 年版。

（清）王士禛：《王士禛全集（第 6 册）·分甘余话》，齐鲁书社 2007 年版。

（清）王士禛：《带经堂诗话》，人民文学出版社 1963 年版。

王文涛：《论汉代官吏七十致仕》，《社会科学战线》2005 年第 4 期。

王学泰：《清词丽句细评量》，东方出版社 2015 年版。

王运熙、杨明：《隋唐五代文学批评史》，上海古籍出版社 1994 年版。

王钟陵：《中国中古诗歌史》，江苏教育出版社 1988 年版。

（北齐）魏收：《魏书卷一百九·志第十四·乐五》，中华再造善本。

（清）吴之振等选：《宋诗抄》（一），中华书局 1986 年版。

吴在庆选编：《刘禹锡集》，凤凰出版社 2007 年版。

［德］席勒：《美育书简》，徐恒醇译，中国文联出版社 1984 年版。

夏忠宪：《巴赫金狂欢化诗学理论》，《北京师范大学学报》1994 年第 5 期。

（梁）萧统：《文选》，上海古籍出版社 1986 年版。

谢锐：《中国最早的华严宗基地的形成》，《唐都学刊》2011 年第 1 期。

（明）谢榛，（清）王夫之：《中国古典文学理论批评专著选辑·四溟诗话 姜斋诗话》，宛平、舒芜校，人民文学出版社 2005 年版。

［日］心敬：《私语》，载王向远译：《日本古代诗学汇译》，昆仑出版社 2014 年版。

徐国荣：《中古：感伤文学原论》，中国社会科学出版社 2001 年版。

（陈）徐陵：《玉台新咏笺注》，（清）吴兆宜注，程琰删补，穆克宏校点，中华书局 1985 年版。

许能洙：《中、朝、日佛教初传期比较》，《延边大学学报（社科版）》1998 年第 1 期。

[荷] 许理和：《佛教征服中国》，李四龙，裴勇译，江苏人民出版社 1998 年版。

（汉）许慎：《说文解字》，中华书局 2004 年版。

徐传武：《漫说"学诗浑似学参禅"》，《齐鲁学刊》1994 年第 3 期。

许霆：《闻一多诗论"脚镣说"新论》，《洛阳师范学院学报》2005 年第 1 期。

徐艳：《"宫体诗"的界定及其文体价值辨思——兼释"宫体诗"与"宫体文"的关系》，《复旦大学学报（社科版）》2009 年第 1 期。

（清）严可均：《全梁文·集部·卷四十三》，商务印书馆 2006 年版。

严绍璗：《"文化语境"与"变异体"以及文学的发生学》，《中国比较文学》2000 年第 3 期。

（宋）严羽：《沧浪诗话校释》，郭绍虞校释，人民文学出版社 1983 年版。

杨伯峻译注：《论语译注》，中华书局 1980 年版。

杨星丽：《唐诗格成因探微》，《文艺评论》2015 年第 4 期。

杨义：《感悟通论》，人民出版社 2008 版。

杨曾文：《日本佛教史》，浙江人民出版社 1995 年版。

叶嘉莹：《从文本之潜能与读者之诠释谈令词的美感特质》，《文学遗产》1999 年第 1 期。

叶渭渠：《日本文学思潮史》，经济日报出版社 1997 年版。

叶渭渠：《日本文学思潮史》，北京大学出版社 2010 年版。

叶渭渠、唐月梅：《日本文学史》，昆仑出版社 2004 年版。

[意] 伊塔洛·卡尔维诺：《新千年文学备忘录》，黄灿然译，译林出版社 2009 年版。

尹占华：《大历浙东和湖州文人集团的形成和诗歌创作》，《文学遗产》2000 年第 4 期。

尤海燕：《〈古今和歌集〉的崇古主义——以两序中的"教诫之端"与"耳目之玩"为中心》，《外国文学评论》2012 年第 4 期。

（清）袁枚：《随园诗话》，人民文学出版社 1960 年版。

（清）阮元：《十三经注疏·周礼注疏》，中华书局 1980 年版。

[美] 宇文所安：《中国文论：英译与评论》，王柏华、陶庆梅译，上海社会科学出版社 2003 年版。

余英时：《士与中国文化》，上海人民出版社 2003 年版。

曾祥波：《"诗人之赋丽以则"发微——兼论〈汉志·诗赋略〉赋史观的渊源与影响》，《中国人民大学学报》2018 年第 1 期。

展立新：《"玄道"、"玄览"、"玄同"和"玄德"——老子"不言之教"的玄思》，《学术论坛》2004 年第 6 期。

张安祖：《唐代文学散论》，生活·读书·新知三联书店 2004 年版。

张丑平：《古代诗词中蔷薇的审美意蕴和象征意义》，《安徽文学》2018 年九月号下半月。

张安祖、杜萌若：《〈河岳英灵集叙〉"神来"、"气来"、"情来"说考论》，《文学遗产》2003 年第 3 期。

张伯伟：《全唐五代诗格汇考》，江苏古籍出版社 2002 年版。

张伯伟：《全唐五代诗格汇考》，凤凰出版社 2005 年版。

张风雷：《智顗的"三谛圆融"思想》，《佛学研究》1998 年总第七期。

张恩普：《哲学虚静论与中古文学虚静理论》，《东北师大学报》2004 年第 6 期。

（宋）张君房：《云笈七签》，蒋力生等校注，华夏出版社 1996 年版。

张梅：《成公绥〈正旦大会行礼歌〉辨正二题》，《古籍整理研究学刊》2014 年第 2 期。

张少康：《中国文学理论批评史》，北京大学出版社 2015 年版。

（明）张綖：《诗余图谱卷首》，嘉靖十五年（1536）刻本。

张玉能等：《新实践美学论》，人民文学出版社 2007 年版。

张哲俊：《世界戏剧中的日本能乐》，《上海戏剧学院学报》2006 年第 2 期。

（唐）张鷟：《朝野金载》（卷六），中华书局 1979 年版。

赵树功：《无中生有、机变神化——论古代文艺美学中的文才创造思想》，《安徽大学学报（哲社版）》2016 年第 3 期。

（清）赵翼：《陔余丛考》，中华书局 1963 年版。

智顗：《三观玄义（卷下）》，《续藏经》，台湾新文丰影印本（第 99 册），1975 年。

［日］中村璋八：《日本文化中的道教》，萧崇素译，《文史杂志》1991 年第 1 期。

邹志方：《以动写静 文外独绝——读王籍〈入若耶溪〉》，《文史知识》1996 年第 7 期。

周振甫：《文心雕龙今译》，中华书局 1996 年版。

周振甫：《文心雕龙注释》，人民文学出版社 1981 年版。

朱光潜：《诗论》，生活·读书·新知三联书店 1984 年版。

朱金城：《白居易集笺校卷》（第四十五卷），上海古籍出版社 1988 年版。

朱志荣：《论江西诗派对严羽〈沧浪诗话〉的影响》，《文艺理论研究》2007 年第 5 期。

朱志荣：《中西美学之间》，上海三联书店 2006 年版。

庄国瑞：《骆宾王的七言歌行创作及其抒情艺术》，《重庆社会科学》2010 年第 6 期。

郑民钦：《日本俳句史》，京华出版社 2000 年版。

郑民钦：《和歌美学》，宁夏人民出版社 2008 年版。

［日］紫式部：《源氏物语》，丰子恺译，人民文学出版社 2015 年版。

后记

2020年是庚子年，"庚子"在中国历史上曾是一个多灾多难的纪年，今年或许注定又是令人难忘的一年。一方面，新冠病毒无情地在世界各国肆虐，给人类社会带来了巨大的生命与财产损失，而且疫情威胁下的生活大有常态化趋势，人类必须做好与新冠病毒进行长期斗争的心理准备；另一方面，中美两国之间的大国博弈呈现白热化局面，国际形势日趋复杂，世界在日益全球化的同时，也出现了反全球一体化的逆流。在这样一个特殊不寻常的时候，这本凝聚着笔者心血的《日本幽玄体系论》终于即将付梓，此时的心情是既激动又紧张。

为什么要这样说呢？2008年，笔者的第一本专著《幽玄研究：中国古代诗学视域下的日本中世文学》出版，这本专著是在博士论文的基础上加工而成，其写作框架是立足于中日比较诗学，具体内容是中日古代诗学范畴之间的异同比较；十二年之后，前者中的某些观点需要修正或补充，更主要的是，《日本幽玄体系论》的重点在于对"日本幽玄"诗学体系的重构，而且有别于日本学者的研究方法。笔者立足中国古典诗论，结合现代诗学原理，对"日本幽玄"的诗学体系进行诗学观照、解构与重构，突出中国化阐释的研究目的，但本书能否被学界接受，或者是否会受到方家质疑，说心里话，我心里并没有多少底气。然而，如果本书起到抛砖引玉的效果，那便是本人的初衷。

关于"幽玄"的概念，日本老一代学者能势朝次、大西克礼、久松潜一等人早已下过定义与论述。例如，能势朝次在他的《幽玄论》中说道："在爱用'幽玄'这个词的时代，当时的社会思潮几乎在所有方面，都强烈在憧憬着那些高远的、无限的、有深意的事物。……要求人们把一味向外投射的眼光收回来，转而凝视自己的内心，以激发心中的灵性为指归。……所谓'幽玄'，就是超越形式的、深入生命内部的神圣之美。"① 此外，大西克礼在《幽玄论》中认为"幽玄"有七个美学特征，它"是从崇高美派生出来的一个特殊的审美范畴"②。王向远在《日本幽玄》的序文中对大西克礼的崇高美派生说提出质疑。③ 的确，大西克礼所说的"幽玄"由崇高美中派生的观点不够严密科学。虽然广义上的"幽玄"具有多种美学风格，例如"三体和歌"的"长高体"（粗大体）便可以比附"崇高"与"壮美"，但两者终究不是完全相同的范畴。不过，能势朝次所说的"神圣之美"可以为大西克礼的观点做出修正，即"幽玄美"具有浓厚的宗教性与形而上学性。

至于"幽玄"的词义源流，早已被日本学者考证得明白清楚，其源头可追溯到先秦道家思想以及儒家典籍、佛教经典，这是毫无疑问的。然而，平安时代的晚期，"幽玄"在藤原俊成《古来风体抄》等著述中才真正成为诗学范畴，并且藤原俊成利用唯识宗的"止观"思想来比附"幽玄"诗学。在此之前，"幽玄"一词早已应用于日常会话，具有"不可思议""神奇""深奥"等语义。然而，人们大概都会产生这么一个疑问：平安时代晚期也即十二三世纪，中国诗论发展到了宋朝时期已经高度发达，唐代诗论自不必言，宋朝文人的诗话、词话大都传入了日本，和歌理论的萌发离不开汉诗文与诗论的影响，但以藤原俊成父子为代表的新古今歌人却为何舍去现成诗论、诗话的范畴概念，偏偏选中了表达抽象且词义多歧的"幽玄"一词？

其实个中缘由还是容易解释的。首先，日本民族的自我意识自《古今集》时代已开始觉醒，纪贯之、壬生忠岑、藤原公任等人的和歌理论都体现了这种民族自觉意识。其次，"幽玄"一词首先出现在纪贯之的《假名序》中，其后在"歌合"评语中也有许多用例。在藤原俊成提出"余情幽玄"之前，"幽玄"已经逐渐具有审美批评的特征，包括和歌创作的立意构思、修辞技巧，以及语言风格、诗境营造等方面的批评内容。最后关于第三点原因，王向远也在《日本幽玄》的代译序中指

---

① 能勢朝次、『能勢朝次著作集（二）』、東京：思文閣、1981年、第200頁。
② 大西克礼、『幽玄とあはれ』、東京：岩波書店、1939年、第85~102頁。
③ 王向远：《入幽玄之境——通往日本文学文化堂奥的必由之门》（代译序），载能势朝次、大西克礼：《日本幽玄》，吉林出版集团有限责任公司2011年版，第12页。

出，日本民族的思维偏重感性，相对而言，文学理论中缺乏抽象性词汇^①，例如"心姿""余情""有心""景气""面影"等范畴本身均为具体性词语，成为诗学范畴后再通过外延扩展、引申等方法获得更深奥的诗学内容。"幽玄"的本义便是"幽深玄妙"，加之佛教的宗教神秘色彩，"幽玄"范畴被藤原俊成选中也是水到渠成、自然而然的事情。

中国古代科举制度以"诗赋取士"，诗歌创作与批评是一种"显学"，无论是朝廷高官或是布衣寒士都可以著书立传，因此诗学范畴除"神韵""神思"等少数抽象词语外，基本上都是通俗易懂的。"幽玄"除在中国古代画论中偶尔可见之外，在论诗词的著作中均未出现。在日本古代，和歌创作与批评则属于"密学"，被少数贵族、僧侣等阶层所垄断，特别是批评理论更是被所谓的"歌道世家"所把持，轻易不会外传，在中世社会时期更是如此，被称为"古今传授"，即《古今和歌集》的学习仅限师徒之间的口口相传。故此，"幽玄"非常适合于歌学歌论的专门用语，而且在后来的连歌论、能乐论以及俳论中都有所传承，只是其语义内涵发生了微妙的变化。

古代人对于神秘未知的事物往往采取唯心主义态度，例如道家主张的"道"便是"道可道，非常道"，意思是所谓"道"，可以说得出口的就不是真正的"道"。同样，德国唯心主义哲学家黑格尔也提出"绝对精神"的概念，世上的一切物质的、精神的东西都从它那里产生，最后又都返回到它那里去。古代日本人称和歌创作与批评理论为"歌学歌道"，虽然没有像刘勰《文心雕龙》一样标举"原道""宗经"，不过藤原俊成还是借用佛教唯识宗的"止观"，同样为"幽玄"披上了神秘主义外衣。虽然"幽玄"的地位不如"道"，但也只是仅逊于"道"而已，没有其他范畴可以与"幽玄"相比。藤原定家随后独创"有心"，在其和歌理论体系中赋予了"有心"深奥的诗学含义与美学思想。虽然他的用意是要取代"幽玄"，但是"有心"一词过于平凡、过于具体，"有心"论也缺乏后世歌道家的响应，最终"有心"没有对后世诗学发展产生如"幽玄"那般深远的影响。

中日两国是一衣带水的邻国，重感悟、轻思辨的传统做法同属东方美学思维，

---

① 王向远：《入幽玄之境——通往日本文学文化堂奥的必由之门》，载能势朝次、大西克礼：《日本幽玄》，吉林出版集团有限责任公司 2011 年版，第 12 页。

不仅如此，古代日本文化长期受中国文化的影响，然而，我们对日本文化仍然缺乏真正的理解。"幽玄"与"物哀"是我们理解日本传统文化最重要的两个范畴。

本书目的在于建构"幽玄体系"，自然要立足于"大幽玄"的学术立场，因此，本书的前几章首先要梳理清楚"幽玄"的词源流变，辨析"幽玄"与"物哀""有心""优艳""典雅""妖艳"等范畴之间的辩证关系。当然，这几个范畴间最直观的便是审美风格上的关联与区别。西方美学采用两分法或三分法；中国古代的分法过于细微，例如刘勰的"八分法"、司空图的"二十四品"；而日本在《新古今集》时代其实有过"三体和歌"，即"粗大体"（长高体）、"瘦细体"（狭义幽玄体）、"艳歌体"（狭义有心体），广义上的"幽玄美"是一种复合型的审美风格，包括了所有审美风格。

这究竟是为何？本书提出了一个大胆推测：之所以如此，很可能是因为"壮美"风格的缺失。我们知道，盛唐诗与晚唐诗的诗风完全相反，盛唐的昂扬激越与晚唐的萎靡消沉如实地反映在诗歌的创作上，因此刘勰在《文心雕龙》中说："文变染乎世情，兴废系乎时序。"同样，日本奈良时代的《万叶集》与平安中期的《古今集》，以及镰仓初期的《新古今集》，三者的时代风格是不同的。尽管"三体和歌"中的壮美风格被"幽玄美"所吸收，但相比另外两种或婉约阴柔，或寂寥枯淡的审美风格来说，就显得微弱许多，甚至可以忽略不计。新古今歌人的人群主体则是没落贵族与不问世事的僧侣，他们都是被政治边缘化的人群，他们的创作或是嘲风雪、弄花草的自适消遣，抑或是陷入对往昔荣耀岁月的感伤怀旧，对"物哀"的理解也就格外深刻。简单来说，"物哀"可以理解为一种感物兴叹、以悲为美的审美心理，它是诗人内在情感对外物的投射。"物哀"概念的形成早于"幽玄"，而且它是一种偏重感性的思维，在佛教无常思想的稀释作用下，其原本浓郁的感伤情调得到淡化，最终被偏理性的广义"幽玄"所统摄。

另外还有一个问题，即藤原定家试图用"有心论"取代其父藤原俊成创立的"幽玄论"，但从结果来看，他并没有获得成功，"有心论"并没有被后世日本诗学所继承，最终昙花一现，"有心"这一概念湮没在历史长河中。但是，我们不能因此就否定藤原定家的"有心论"。

藤原俊成凭借《古来风体抄》等著述建构起了"幽玄论"，但他没有进一步详细论述，只是提出"余情幽玄"的命题，并且借助"止观"的三谛圆融来说明"心幽玄""词幽玄""姿幽玄"之间的关系。不过这已经足够了，"幽玄论"的理论框架已经搭建起来。二条良基、宗祇等人的连歌论，观阿弥、世阿弥父子的能乐论，以及松尾芭蕉的蕉风俳论，甚至近代日本明治文学家都从"幽玄"那里汲取了养分，他们在各自的艺术领域里将"幽玄"进行细化、深化。

虽然随着西学东渐的冲击，传统的"幽玄"思想被西方的科学理性所取代，但它不会消亡。东方传统文化的深层根基是儒释道相融合的结果，已经与我们的血脉相交融，是一种集体无意识的思维模式。在许多领域里，我们东方人做事表面上虽已采取科学理性的态度，但这种重感悟的感性思维有时依然会冒出头来，尤其在艺术领域更是如此。除此以外，随着针对现代性的反思的逐渐深入，二元对立的理性中心思想，即工具理性越来越受到批判与质疑。相反，借助禅宗思想的力量，"幽玄"自其成为诗学范畴之日起便是一个自足的思想体系，即使藤原俊成等人的诗学思想深度受时代局限，在当时并没有明确的理论表述，但和歌本体论、创作论、意境论、风格论、通感论（灵感）等诗学原理已经暗含其中，而这些西方现代诗歌理论直到在十九世纪晚期才真正地传入日本。明治文学的理论家因为有"幽玄"等传统诗学的根基，很容易地就消化吸收了西方诗学理论，并做出了合理准确的译介。不久之后，这些理论又经译介迅速传入我国，我国学者对西方理论的接受与理解毫无障碍。与之形成反差的是，西方人对东方美学思想的接受则困难重重。

与西方人相比，中国人对日本古代诗学的理解相对容易许多，毕竟中国自魏晋六朝以后的文论、诗话、词话大量传入日本，对之产生了深远的影响。"幽玄"思想也不例外，我们都很容易辨别出其中隐含的神韵、性灵、妙悟、兴趣、寂寥枯淡等中国诗论元素。不过，"幽玄"体系中的"物哀美"却很是唬人，很是令人困惑。"物哀"是最能代表日本传统文化特点的范畴，其内涵深厚复杂，远非一句"以悲为美"或"感物兴叹"能解释得了的。

总之，"幽玄"诗学体系非常庞杂深奥，近百余年来，日本学者对"幽玄"的研究成果丰硕，蔚为大观，先后出现了佐佐木信纲、风卷景次郎、实方清、能势朝次、久松潜一、小西甚一、谷山茂等一大批先学前辈，他们的研究成果极难超越，故近二三十年以来，很少有日本学者再对"幽玄"进行研究；而在我国学界，研究

"幽玄"的著述更是少得多，除了叶渭渠、王向远等人之外，少有知名学者对"幽玄"展开系统的研究。

笔者从事中日比较诗学研究十余载，自知有些自不量力、不揣浅陋，试图对"幽玄"思想进行诗学阐释意义上的解构与建构。本书凝聚了笔者数年的心血，仔细读来仍有许多不足，甚至还可能存在引发争论与质疑的观点。此外，书中列举了许多和歌作品，多数汉译均由笔者自己译出，效果并不理想，存在平仄不分、韵脚错误等问题，在行家眼中只是打油诗的水平。但是，笔者仍坚持自己翻译，没有去找著名翻译家的译作，目的是为保持原作的原汁原味，因为理论著作不是以辞藻华丽取胜，和歌翻译的目的是说明诗学理论的原理机制，强调语言的逻辑严谨与科学性。

最后，我要特别对支持我工作的爱人高颖以及我的父母表示感谢！对我的恩师方汉文先生表示感谢！对苏州大学外语学院的领导与同事表示感谢！祝愿祖国更加繁荣昌盛！祝愿人类早日战胜新冠病毒！